Das Buch

Ta-Thea ist die Frau des Herrschers von Shinabar. Bei einem Überfall auf die Hauptstadt werden ihr Ehemann Mon-Allat und ihr über alles geliebter kleiner Sohn Habi brutal ermordet, und Ta-Thea gelingt gerade noch die Flucht. Sie reist nach Orimiasse, die Heimatstadt ihrer Mutter, und findet Schutz bei ihren Verwandten. Dort kommt sie zur Ruhe, fragt sich aber nun, nachdem sie alles verloren hat,welchen Sinn ihr Leben noch haben soll. Als sie zu einem weisen Priester geht, um der geliebten Toten zu gedenken, bringt dieser sie auf den Weg der Wahrheit. Doch die Wahrheit kostet ihren Preis – einen sehr hohen Preis. Mit einem Mann namens Ishrafeli macht sich Ta-Thea auf eine weite Reise, deren Ziel sie nicht kennt. Sie weiß nur, dass sie die Wahrheit finden will. In fremden Ländern und Städten muss sie viele neue und oft schmerzliche Erfahrungen machen, ehe ihr ein wundersames goldenes Buch in die Hände fällt. Findet sie darin die Antwort auf ihre Fragen?

Die Autorin

Anne Perry, 1938 in London geboren und in Neuseeland aufgewachsen, lebt und schreibt in Schottland. Sie hat sich vor allem durch ihre historischen Kriminalromane um Oberinspektor Pitt von Scotland Yard und dessen Ehefrau Charlotte ein Millionenpublikum in aller Welt erobert.

ANNE PERRY

DAS GOLDENE BUCH

Roman

Aus dem Englischen
von Rafa Ströder

WILHELM HEYNE VERLAG
MÜNCHEN

HEYNE ALLGEMEINE REIHE
Band-Nr. 01/13345

Die Originalausgabe
TATHEA
erschien 1999 bei Headline Book Publishing

Umwelthinweis:
Dieses Buch wurde auf
chlor- und säurefreiem Papier gedruckt.

Deutsche Erstausgabe 10/2001

Diese Werk wurde vermittelt durch die
Literarische Agentur Thomas Schlück GmbH, 30827 Garbsen
Printed in Danmark 2001
Umschlagillustration: THAI 15395, »Destiny«, 1900 (oil on canvas)
by John William Waterhouse (1849–1917);
Towneley Hall Art Galery and Museum,
Burnley, Lancashire/Bridgeman Art Library
Umschlaggestaltung: Hauptmann und Kampa Werbeagentur, CH-Zug
Satz: Buch-Werkstatt GmbH, Bad Aibling
Druck und Bindung: Nørhaven, Viborg

ISBN: 3-453-18940-X

http://www.heyne.de

Danksagung

Für meine Mutter, meinen Vater sowie meinen Stiefvater, meinen Bruder und seine Familie

Für meine Freundin Meg MacDonald, die immer an mich geglaubt hat und mir sehr geholfen hat.

Für Simon und Nikki MacDonald,
für Elizabeth und Alex Sweeney

Für Meg Davies und ihren Freundeskreis

Für Ed und Peggy Wells

Für Ken Weir

Für June Anderson

Für Hugh W. Pinnock

Für Russell M. Nelson

1

Ein Schrei zerriss die Nacht. Ta-Thea schreckte hoch, der Schweiß auf ihrer Haut war kalt. Mondlicht fiel durch die hohen Fenster auf den Marmorfußboden. Ein zweiter Schrei ertönte, dann hörte sie die Rufe eines Mannes und das Klirren von Metall. Was war nur geschehen? Was hatte dieser Lärm zu bedeuten? Und Habi? Er fürchtete sich sicherlich, er war doch erst vier Jahre alt.

Ta-Thea sprang aus dem Bett und lief über den Flur zur Tür des Zimmers, in dem ihr kleiner Sohn schlief. Sie drückte den Riegel hinunter, aber es gelang ihr nicht, die Tür zu öffnen. Irgendetwas auf der anderen Seite versperrte ihr den Eintritt. Aus den anderen Zimmern waren laute Hilferufe zu vernehmen. Und langsam kamen erregte Stimmen immer näher.

Ta-Thea warf sich gegen die Tür. Aus dem Zimmer drang kein Laut. Habi schlief offenbar noch, aber er würde sicherlich jeden Moment aufwachen. Endlich gelang es ihr, die Tür einen Spalt breit zu öffnen. Sie zwängte sich hindurch und stolperte. Dann sah sie die Kinderfrau. Sie lag auf dem Boden, Gesicht und Brust blutüberströmt.

Ta-Thea spürte, wie ihr das Entsetzen den Atem nahm. Ihr Herz klopfte heftig, und für einen Moment war sie wie erstarrt.

»Habi«, flüsterte sie in Richtung des kleinen Bettes.

Der Junge lag dort, auf die Seite gerollt, und schlief offenbar.

Sie beugte sich über ihn, berührte ihn sanft und fragte leise: »Habi?«

Sie spürte die Wärme seiner Schulter und, als ihre Hand nach vorn glitt, etwas Nasses, Klebriges. Ein riesiger Fleck bedeckte die Brust des Jungen. Ungläubig starrte sie darauf. Im Mondlicht war er schwarz, doch sie ahnte, dass er bei Tageslicht scharlachrot sein würde.

»Habi!«, rief sie jetzt laut und mit brüchiger Stimme.

Sie beugte sich immer noch über den kleinen Körper, erstarrt und fassungslos, als die Tür aufschwang und Licht ins Zimmer fiel. Mechanisch – das Entsetzen hatte die Angst vertrieben – drehte sie sich ganz langsam um.

Vor ihr stand Kol-Shamisha, der Hauptmann der Palastgarde. Seine Gewänder waren beschmutzt und zerfetzt, und an seinem Schwert klebte Blut.

Ta-Thea starrte ihn an.

Er schloss die Tür und trat auf sie zu.

»Majestät! Bitte, kommt mit mir! Ihr könnt hier nichts mehr tun. Alle sind tot – auch der Isarch.«

»Ich soll mitkommen? Wohin denn? Ich kann doch jetzt nicht fort!«

Noch immer drückte sie ihren Sohn an sich, als ob er noch am Leben wäre. Aber sie hob ihn nicht hoch. Eine grausame innere Stimme sagte ihr, dass seine Kehle durchgeschnitten worden war.

»In die Wüste«, antwortete Kol-Shamisha heiser. »Die ganze Stadt ist in Aufruhr. Der Palast wurde gestürmt. In den Oasen gibt es vielleicht noch Menschen, die Euch Schutz bieten. Ihr müsst fort von hier.«

»Ich kann nicht!«

Sie konnte doch nicht einfach fortgehen. Es gab jetzt so viele Dinge, die sie erledigen musste. Und sie konnte Habi nicht hier zurücklassen – bei irgendwelchen Fremden, die ihn waschen, um ihn trauern und ihn schließlich beerdigen würden. Das konnte nur sie tun.

Kol-Shamisha trat hastig näher und nahm ihre Hände.

»Bitte nicht!«, rief sie und versuchte vergeblich, ihn abzuwehren. Er war viel stärker als sie.

Draußen wurden das Geschrei und das Klirren der Schwerter immer lauter. Schritte näherten sich.

Kol-Shamisha holte plötzlich aus und versetzte Ta-Thea einen kräftigen Hieb. Dunkelheit umfing sie, und sie sank in seine Arme.

Erst im Pferdestall des Palastes kam sie wieder zur Besinnung. Kol-Shamisha schüttelte sie heftig. Einen Augenblick lang wusste sie nicht, was geschehen war, doch dann kehrte die Erinnerung wie ein Albtraum zurück.

Mühsam richtete sie sich auf. Kol-Shamisha nahm sie in die Arme und hob sie hoch. Voller Verblüffung bemerkte sie die Zärtlichkeit, mit der er sie an sich drückte. Ein Kind hätte er nicht behutsamer wiegen können.

»Wir müssen uns beeilen, Majestät!« Seine Stimme war laut und eindringlich. »Dort stehen die Pferde. Ein Knecht wird uns die Tore öffnen. Wir nehmen den Weg durch die Stadt. Hier, zieht das an, es sind auch Hosen zum Reiten dabei.« Mit diesen Worten reichte er ihr ein Bündel Kleider, wie sie die Knechte trugen.

»Wie bitte?«

»Anziehen! Schnell!«

Ta-Thea gab jeden Widerstand auf. Hastig streifte sie die Tunika aus feinstem Musselin von den Schultern und tauschte sie gegen das Hemd aus grober Baumwolle ein. Sie verstand zwar immer noch nicht, was vor sich ging, aber die offensichtlich gefährliche Lage und die Angst zwangen sie dazu, den Worten Kol-Shamishas zu folgen.

»Warum?«, fragte sie leise und schaute über seine Schulter in Richtung der turmhohen Mauern des Palastes, die sich deutlich gegen den mit Sternen übersäten Himmel abhoben.

»Ich weiß es nicht«, antwortete er zögernd. »Es gibt keinerlei Hinweise, aber die Garde, ein großer Teil der Aristokratie und die Armee sind an dem Aufstand beteiligt.«

»Alle?« Ta-Thea war verwirrt. Wie war es nur möglich, dass tausende von Menschen so viel Hass empfanden, ihn jeden Tag hinter lächelnden Gesichtern und freundlichen Worten verbargen, und dann mitten in der Nacht zu morden begannen? Warum hatte sie nichts davon bemerkt? Und Mon-Allat, ihr Mann, der Isarch – er traf jeden Tag seine Minister und Generäle. Warum war er so blind gewesen?

»Beeilt Euch!«, drängte Kol-Shamisha und zerrte sie zu den wartenden Pferden.

Der Lärm des Kampfgetöses kam näher. Es blieb nur noch wenig Zeit.

Ta-Thea stieg in den Sattel, als gerade eines der beiden großen Tore geöffnet wurde. Dann hörte sie auch schon das Rasseln der Ketten. Der Wächter mahnte nun ebenfalls zur Eile. Mehr als einen kleinen Vorsprung hatten sie nicht.

Sie ritten dicht nebeneinander in die Stadt. Die Straßen waren breit und wurden von hohen, dunklen Gebäuden gesäumt. Bei Tageslicht hätte man die viereckigen Säulen und die in den rötlichen Sandstein eingearbeiteten Reliefs sehen können, die von Schlachten und Triumphen erzählten. Jetzt ragten die Mauern glatt und dunkel in den Himmel.

Ta-Thea und Kol-Shamisha ritten schweigend dahin. Das Westtor war ihr Ziel. Wenn die Nachricht von dem Aufstand die Wächter dort erreichte, würde es zu spät sein. Gefangene wurden in Thoth-Moara sicher nicht gemacht. Man würde sie verfolgen und umzingeln und ihnen schließlich die Kehle durchschneiden, so wie all den anderen auch.

Der Weg schien endlos. Das Trappeln der Pferdehufe hallte durch die Nacht. Sie ritten an Markthallen, Theatern und hunderten von Läden und Geschäftshäusern vorüber. Shinabar war die älteste Zivilisation der Welt, das größte Reich. Selbst die aufstrebende Macht von Carnassien hatte eine solche Größe noch nicht erreicht.

Endlich erblickte Ta-Thea das Tor zur Wüste. Kol-Shamisha ergriff die Zügel beider Pferde, und brachte sie zum Stehen. Dann sprach er leise mit dem Wächter. Nach einer Weile reichte er ihm ein Päckchen, und die kleine Tür, die in das Haupttor eingelassen war, öffnete sich.

Ta-Thea trieb voller Panik ihr Pferd an. Wenn sich die Tür plötzlich wieder schloss, war sie verloren.

Erleichtert erblickte sie hinter der Stadtmauer die Straße, die sich durch die Wüste schlängelte. Sie war kaum von dem Sand zu unterscheiden, der sich bis zum Horizont erstreckte.

»Los!«, befahl Kol-Shamisha und presste die Fersen in die Seiten seines Pferdes. Bald flatterte sein Umhang hinter ihm her, und er ritt in rasendem Galopp. Ta-Thea folgte ihm mit pochendem Herzen. Der Wind war kühl und roch nach Sand und Stein und der weiten Leere der Vollmondnacht.

Sie wusste weder wie lange noch wie weit sie ritten. Hinter ihnen wurde Thoth-Moara langsam kleiner und verschwand schließlich ganz, als sie über Hügel und durch Senken der alten Handelsstraße westwärts folgten. Es herrschte immer noch tiefe Nacht.

Die Sterne leuchteten über ihnen, der Mond wanderte am Himmel entlang, und die Schatten waren länger geworden, als sie endlich eine Oase erblickten, die sich schwarz gegen den hellen Sand abhob.

Kol-Shamisha zügelte sein Pferd. »Hier werden wir die Tiere wechseln.« Mit einer Hand zog er einen großen Lederbeutel aus der Tasche seines Umhangs hervor und reichte ihn Ta-Thea.

»Was ist das?«, fragte sie.

»Mehr konnte ich nicht retten. Nehmt, Ihr werdet es brauchen.«

»Ist es Geld?«

»Es sind die Juwelen des Isarch. Etwas weniger Verräterisches wäre mir lieber gewesen, aber ich hatte keine Zeit. In die Schatzkammer sind sie zuerst eingedrungen.«

»Ihr … Ihr nahmt …« Ta-Thea hielt inne. Ihre Heirat mit Mon-Allat hatte die politische Allianz zweier großer Familien besiegelt, die Ehe war nicht aus Liebe geschlossen worden. Mon-Allat hatte immer eine Mätresse gehabt. Aber er war dennoch ihr Ehemann. Und sie fühlte sich ihm über die Pflicht und die Ehre hinaus in Freundschaft verbunden. »Habt Ihr etwa seinen Leichnam geplündert?«

Kol-Shamishas Miene verriet nichts. »Eure Familie ist tot«, sagte er schließlich mit harter Stimme. »Diese Dinge gehören Euch. Und nun kommt!« Dann ritt er weiter.

Ta-Thea folgte ihm. Sie hatte keine andere Wahl. Mon-Allat hätte bestimmt gewollt, dass sie die Juwelen bekäme. Daran zweifelte sie nicht, was auch immer er für seine Mätresse empfunden hatte. Ob Arimapsis bei ihm gewesen war oder ob sie noch lebte, wusste sie nicht, und sie fragte auch nicht danach.

Sie erreichten die Oase und nahmen den Weg unter den Palmen, der zu einem Teich führte. Die Oberfläche des Wassers glitzerte im Mondlicht wie poliertes Silber. Am Ufer standen vier Männer und etwa ein Dutzend Pferde.

Ta-Thea hielt an. Kol-Shamisha stieg ab, trat zu den Männern und sprach einige Minuten lang mit ihnen. Schließlich reichte er ihnen ein Päckchen, und einer der Männer führte ihn zu den Pferden. Es waren schöne, hochbeinige Tiere, und sie strahlten Kraft und Intelligenz aus.

Kol-Shamisha, der ein Mann der Wüste gewesen war, bevor er in die Garde eintrat, hegte eine natürliche Liebe zu diesen Geschöpfen. Er benötigte nur einen Augenblick, um den Wert eines Pferdes zu ermessen. Er nickte anerkennend und führte zwei der Tiere zu Ta-Thea, die auf ihn wartete.

Er hatte gerade den Sandstreifen überquert, als sich einige dunkle Schatten von den Bäumen lösten, sich rasch und lautlos vorwärts bewegten und schließlich über die Pferdehändler herfielen.

Deren entsetztes Geschrei alarmierte Kol-Shamisha. Eine Hand an seinem Schwert wandte er sich hastig um, mit der anderen Hand gab er den Pferden einen Klaps, damit sie ihren Weg zu Ta-Thea fortsetzten.

»Lauft!«, rief er. »Fort mit Euch!«

Im nächsten Augenblick fielen die Angreifer auch über ihn her.

Ta-Thea lief zu den Tieren, ergriff ihr Zaumzeug und schwang sich in den Sattel des einen Pferdes. Instinktiv wollte sie zum Angriff übergehen, doch sie hatte keine Waffen. Und zudem hatte ihr Kol-Shamisha befohlen, zu fliehen. Er war sogar bereit, sein eigenes Leben zu geben, wenn er sie damit vor dem sicheren Tod retten konnte.

Sie riss das Pferd herum und spürte die Kraft, aber auch die Angst des Tieres unter sich. Man würde sie verfolgen ... vielleicht waren die Männer aber auch verwundet – Kol-Shamisha war ein mutiger Kämpfer –, oder sie nahmen die Verfolgung zu spät auf … doch zu spät wofür? – Wohin sollte sie bloß gehen, wo sollte sie sich vor ihnen in Sicherheit bringen?

Ta-Thea jagte davon. Sie musste in einer der anderen Städte den Widerstand organisieren. Es war unvorstellbar, dass alle Shinabari gefallen waren. Hunderte großer Städte, an die tausend Ortschaften und zahllose Dörfer und Oasen gab es schließlich. Das konnte nicht alles verloren sein.

Sie galoppierte durch die Nacht. Nicht ein Mal blickte sie zu der Oase zurück. Der kalte, saubere Geruch des Sandes füllte ihre Lungen, der Wind stach ihre Haut und trieb ihr Tränen in die Augen.

Der Mond neigte sich tief über dem Horizont, doch die Morgenröte schien noch fern. Der Weg stieg nun ein wenig an. Steile Felsen ragten in den Himmel. Ta-Thea zügelte das Pferd und ritt langsam den Hügel hinauf. Auf dem Gipfel hielt sie an. Sie wusste, dass man ihre Gestalt hier oben auch aus großer Entfernung leicht ausmachen konnte. Doch auch in der Ebene hoben sich die dunklen Umrisse des Pferdes mit der Reiterin gegen den vom Mond beleuchteten Ozean aus Sand nur allzu deutlich ab.

Ta-Thea blickte sich um. Die Straße war leer. Sie erkannte die Umrisse weiterer Hügel, auch hinter den Sanddünen konnte sich unbemerkt eine Gruppe von Reitern vorübergehend verbergen.

Sie wandte sich ab und ritt auf der anderen Seite des Hügels ins Tal hinunter. Bald entdeckte sie in einiger Entfernung eine Oase, und sie trieb das Pferd zur Eile an. Sie war erschöpft. Ihre Muskeln schmerzten, doch die Leere, die sie in sich spürte, der Gedanke an den sinnlosen Verlust, den sie erlitten hatte, quälten sie so sehr, dass sie es kaum bemerkte. Kein körperlicher Schmerz würde jemals so groß sein, dass er die Erinnerung an Habis Leichnam auf den weißen Laken und an den Geruch seines Blutes auslöschen konnte.

Schließlich dämmerte es. Ein Streifen fahlen Lichts zeigte sich schon, und gleich darauf wurde es so hell, dass

Ta-Thea die Augen schloss. Innerhalb weniger Minuten würde die Sonne über dem Horizont stehen und die dunklen Schatten der Nacht vertreiben. In einer halben Stunde würde der Sand warm sein, in einer Stunde würde er glühen.

Ta-Thea war noch einige hundert Schritte von den Palmen entfernt, als sie plötzlich eine Gestalt erblickte. Dort stand eine Frau neben einem Grab. Die aufgehende Sonne tauchte sie in helles Licht. Der gesenkte Kopf und die gebeugten Schultern sprachen die deutliche Sprache der Trauer und des Verlustes. Ta-Thea erblickte sich selbst, so vollkommen spiegelte diese Frau ihre eigene Verzweiflung.

Sie stieg aus dem Sattel, führte das Pferd an den Zügeln und ging langsam auf die Frau zu. Schließlich stellte sie sich schweigend neben sie. Minuten vergingen. Die Sonne wanderte am Himmel in die Höhe und warf großzügig ihr Licht über den Wüstenboden.

Endlich hob die Frau den Kopf. Sie war nicht mehr jung. In ihren Augen war von Weisheit, Lebenserfahrung und unermesslicher Trauer zu lesen.

»Ihr habt ihn sicher sehr geliebt«, sagte Ta-Thea leise.

»Nein«, antwortete die Frau. »Nein, ich wünschte, es wäre so, aber es stimmt nicht.« Ein Lächeln glitt über ihr Gesicht und verschwand wieder. »Der Himmel möge mir vergeben, aber ich mochte ihn nicht einmal.«

Ta-Thea war verwirrt. »Warum ...?«

Die Frau starrte über das Grab hinweg in die endlose Wüste. »Ich komme hierher, weil es sonst niemand tut. Er war gewissenlos, grob und ohne Freundlichkeit, doch niemand sollte begraben werden, ohne dass ein anderer von seinem Tod weiß und sich darum kümmert.«

Ta-Thea starrte fragend in das Gesicht der Frau. »Aber warum trauert Ihr so sehr, wenn Ihr ihn nicht geliebt habt?« Nur die Liebe konnte solchen Schmerz bereiten, dass wusste sie selbst nur zu gut. Die Qual über den Verlust ihres geliebten Kindes war kaum zu ertragen.

Um die Augen der Frau lagen dunkle Ringe, und um ihren Mund gruben sich zahllose Falten in die Haut. »Weil er ein Leben hatte. Er hatte die Wahl, mutig zu sein und nach der Wahrheit zu suchen, sie zu ehren und sie zu verteidigen. Er hatte die Zeit, der Angst zu begegnen und sie zu überwinden, und sich selbst ohne Bitterkeit und Täuschung, Entschuldigungen oder Selbstmitleid kennen zu lernen. Er hatte Tage, in denen er lachen, die Schönheit sehen, sein Herz mit Dankbarkeit füllen konnte. Er hätte höflich, mutig und großzügig sein können.« Ihre Stimme war weich, und sie sprach langsam, als ob sogar die Worte schmerzten. »Es gab Menschen, die er hätte lieben, mit denen er Vergebung hätte lernen können. Er ist nicht mehr, und niemand auf der Welt war schlechter dran als er.« Sie blickte auf das Grab. »Jetzt sind all seine Möglichkeiten dahin. Deshalb weine ich um ihn.«

Für einen Moment konnte Ta-Thea in einen unbekannten Winkel ihrer Seele blicken, und alles, was sie wusste, wurde plötzlich unbedeutend. Diese Frau spürte kein Mitleid wegen der Dinge, die dem Mann widerfahren waren, sondern sie bedauerte den Menschen, der er gewesen war.

»Was war dann der Sinn seines Lebens?«, fragte Ta-Thea laut. »Was ist der Sinn unseres eigenen Lebens?«

»Ich weiß es nicht.« Die Frau blickte ihr offen in die Augen. »Ich wünschte, ich wüsste es, aber ich habe keine Antwort. Ich kann mich nur darum bemühen, es zu erfahren. Und wenn ich mich genug bemühe …« Sie beendete den Satz nicht.

Ta-Thea berührte mit ihrer Hand den Arm der Frau, als wolle sie ihr so näher kommen. Für einige Minuten standen sie so da, die Köpfe gebeugt, und blickten auf die fliehenden Sandkörner, die der Wind vor sich her trieb. Schließlich wandten sie sich ab und gingen zu den Palmen hinüber, dorthin, wo das Gras im Wind raschelte.

Ta-Thea nahm die Zügel des Pferdes und führte es in den Schatten. Zuerst kamen die Pferde, dann erst der Mensch. Seit 2000 Jahren war jedem Shinabari, ob König oder Sklave, die Weisheit dieses Grundsatzes bekannt.

Sie nahm den Sattel vom Rücken des Pferdes, rieb den

schwitzenden Leib mit einer Hand voll Gras trocken und führte es schließlich eine Weile lang im Kreis herum, so dass der Wind das Tier kühlte.

Plötzlich erblickte sie in der Ferne auf einer Anhöhe eine Gruppe von Reitern. Die Verfolger! Sie wusste es, und es gab keine Möglichkeit zur Flucht. Das Pferd waren vollkommen erschöpft, und ohne das Tier war sie ihren Feinden hilflos ausgeliefert. Jetzt würde sie sterben.

Die Worte der Frau kamen ihr wieder in Erinnerung. Nicht der Tod war die größte Tragödie, sondern ein Leben, das dem Menschen zwischen den Fingern zerrann, vergeudet, bis es schließlich zu Ende war, und man nichts gelernt, nichts gegeben hatte, kein Mitgefühl und keine Liebe in irgendeiner Seele hinterlassen hatte. Was würde sie selbst hinterlassen, das größer war als das, was sie bereits vorgefunden hatte, was das Schicksal für sie bereitgehalten hatte? Wen hatte sie geliebt außer ihr eigen Fleisch und Blut? Jede Mutter liebt das eigene Kind. Wem hatte sie jemals vergeben? Und sie dachte nicht an die Kleinigkeiten, die man leicht verzeihen konnte, sondern an die großen Schmerzen, die einem von anderen zugefügt wurden und die wahrhaftige Vergebung verlangten. Von welch bitterer Wahrheit hatte sie erfahren und sie mit der ganzen Leidenschaft ihrer Seele sogar verteidigt?

Die Frau trat aus einer Lehmhütte, die am Rand der Bäume gelegen war. In den Händen hielt sie eine Flasche Wasser und eine Schale. Ta-Thea lief auf sie zu und deutete auf die Reiter, die jetzt deutlich zu erkennen waren. Sie kamen rasch voran.

»Geht wieder ins Haus«, rief sie. »Schnell! Die Männer suchen nach mir.«

»Wer sind sie?«

»Ich weiß es nicht, aber sie haben meinen Mann und mein Kind auf dem Gewissen und verfolgen mich. Gebt Euer Leben nicht umsonst. Ihr könnt mich nicht retten.«

Die Frau starrte Ta-Thea an. »Warum wollen sie Euch töten?«

»In Thoth-Moara gab es einen Aufstand. Der Isarch

wurde ermordet, meine ganze Familie ausgelöscht, alle außer mir.«

»Geht ins Haus!«, befahl die Frau. »In der Kanne ist Wasser. Wascht Euch, kämmt Euch das Haar und zieht von mir Kleider an. Verhaltet Euch ruhig, was auch immer geschieht. Tut, was ich sage.«

»Sie werden uns beide töten!«, protestierte Ta-Thea.

Die Augen der Frau funkelten. »Dann möge es so kommen! Trefft nicht meine Entscheidungen. Nun macht schon!«

Gehorsam ging Ta-Thea in die Hütte. Hastig streifte sie die groben Kleider ab und wusch sich den Staub von der Haut. Sie spürte, dass sie keine Kraft mehr zum Kämpfen hatte und auch nicht mehr wollte.

Sie stand in dem Raum, mit einem schlichten weißen Gewand bekleidet, als die Männer die Tür aus Palmenholz aufrissen und hereinstürzten. Es waren fünf, und sie hielten die Frau an beiden Armen. Ihre Gesichter waren mit Staub bedeckt. Der erste von ihnen starrte Ta-Thea an.

Sie begegnete seinem Blick und sah Hass und Zorn darin.

»Wer seid Ihr?«, fragte er mit bellender Stimme.

»Das ist Mita, meine Dienerin«, antwortete die Frau. »Sie kann nicht sprechen.«

»Kann sie denn hören?«

»Ja.«

Der Mann wandte sich an Ta-Thea und sah sie mit seinen schwarzen Augen forschend an. »Habt Ihr einen Fremden gesehen? Habt Ihr jemandem Wasser gegeben? Einem Knecht oder einer Frau, die wie ein Knecht gekleidet war? Sagt die Wahrheit, oder ich schneide Euch die Kehle durch.« Er strich mit dem Daumen bedeutungsvoll über das Messer.

Ta-Thea schüttelte verneinend den Kopf.

»Sie hat niemanden gesehen«, sagte die Frau mit kalter Stimme. »Sie ging ihren Pflichten nach. Sie ist nur einmal draußen gewesen, zum Essen.«

Der Mann zu ihrer Linken schüttelte die Frau grob.

»Sagt uns, was Ihr gesehen habt! Was treibt Ihr hier überhaupt? Warum lebt Ihr hier?«

»Ich lebe hier, weil ich mich dafür entschieden habe. Ich bin Witwe. Ich kümmere mich um Reisende. Mein Mann war selbst Reisender. Ihr seid keine Männer der Wüste, sonst würdet Ihr das verstehen.«

»In welche Richtung sind die Reiter geritten?«

Die Frau hob die Augenbrauen. »Entlang der Straße Richtung Stadt natürlich. Es gibt keinen anderen Weg, es sei denn, man kennt die geheimen Handelswege und die verborgenen Oasen. Sonst würde man in der Hitze umkommen.«

Der Mann versetzte ihr einen solchen Stoß, dass sie gegen den Tisch taumelte. Dann wandte er sich ab und verließ, gefolgt von den anderen, die Hütte.

Die Frau schaute Ta-Thea an und legte den Finger an die Lippen. Endlich waren die Männer fort.

»Dort sind schmutzige Kleider. Geht und wascht sie im Teich«, sagte sie schließlich.

Ta-Thea verstand. Die Männer waren vielleicht noch in der Nähe und glaubten die Geschichte der Frau nicht. Es war durchaus möglich, dass sie sich versteckt hielten und sie beobachteten.

Langsam, mit schmerzenden Gliedern und ohne einen klaren Gedanken fassen zu können, wusch Ta-Thea die Kleider und verrichtete anschließend einfache Arbeiten in der kleinen Hütte. Gegen Mittag nahm die Frau sich ihrer an, freundlich und ruhig. Sie bereitete ein Mahl aus Früchten, Käse, Brot und Quellwasser. Danach, immer noch schweigend, goss sie ein scharf riechendes Öl in eine große Schale und versorgte damit die Schwellungen und Prellungen an Ta-Theas Gliedern und verband sie mit Leinentüchern.

»Geht jetzt schlafen«, sagte sie freundlich. »Ich werde Euch wecken, wenn es dunkel ist. Euer Pferd wird dann ebenfalls wieder ausgeruht sein.« Sie lächelte. »Gut, dass Ihr es versorgt habt, bevor die Männer kamen. So bemerkten sie nicht, dass es lange und ausdauernd geritten wurde. Ich habe ihnen erzählt, es sei meines, und sie glaubten mir. Sie sind tatsächlich keine Söhne der Wüste.« Die Frau schaute Ta-Thea fragend an. »Wo hat eine Kaiserin nur solche Dinge gelernt? Eure Knechte sollten sich darum kümmern!«

»Ja, ich weiß«, antwortete Ta-Thea gleichgültig. »Doch mein Vater kam aus der Wüste und meine Mutter von der See. Von ihnen lernte ich vieles.« Sie verschwieg, dass ihre Mutter von den Verlorenen Inseln stammte, von der Küste jenseits des Maelstroms im südlichen Teil der Insel am Rand der Welt. Nicht einmal die mutigsten Seeleute von Shinabar wagten es, dorthin zu segeln.

»Schlaft jetzt«, wiederholte die Frau. »Ihr werdet Eure Kraft noch brauchen. Vertraut auf morgen und auf die kommenden Jahre.«

Ta-Thea glaubte, sie könne kein Auge zutun, doch die Erschöpfung überrollte sie wie eine gewaltige Welle, und sie fiel in einen tiefen Schlaf.

Als sie erwachte, färbte der Sonnenuntergang die Wände des kleinen Zimmers rotgolden, und die erstickende Hitze des Tages wich der abendlichen Brise. Sie blickte sich um und setzte sich langsam auf. Einen Moment lang wusste sie nicht, wo sie war. Sie war an Stille gewöhnt. Die Wände des Palastes waren dick, und die Diener trugen weiche Schuhe. Nur der Geruch der Lehmsteine und der des Sandes waren dort anders.

Als sie die Beine bewegte, spürte sie die schmerzenden Muskeln, und die Erinnerung kam über sie wie eine tödliche Krankheit, wie ein Schmerz, der ihr den Atem nahm – die Schreie, das Blut, Habis kleiner Körper, schlaff und noch warm. Sie neigte den Kopf und weinte solange um ihren Sohn, bis sie keine Tränen mehr hatte.

Als die untergehende Sonne den Himmel über der Wüste tiefrot gefärbt hatte, betrat die Frau den Raum. Sie hielt eine Lampe in der Hand und setzte sich auf die Bank.

»Ihr müsst jetzt aufbrechen«, sagte sie eindringlich. »Ich kann Euch nicht begleiten, aber ich weise Euch den richtigen Weg. Wenn Ihr Euch beeilt, werdet Ihr morgen früh auf das Meer stoßen.«

Ta-Thea hatte nicht darüber nachgedacht, wohin sie gehen sollte. Sie wusste nur, dass sie fort musste. Es war eine blinde Flucht. Sie hatte keine Zukunft und spürte trotzdem das Verlangen, eine Antwort auf die Frage nach dem Warum zu finden. Hatte ihr Leben einen Sinn? Ihr Kind war gestorben, bevor sie das Geschenk seines Lebens angemessen hatte würdigen können. Der Mann, der in seinem Wüstengrab in dieser Oase lag, hatte sich selbst nicht gekannt. War das Leben tatsächlich so unbedeutend, war es wirklich nicht mehr als ein Lidschlag des Bewusstseins zwischen dem einen Vergessen und dem nächsten?

Sie konnte es nicht glauben. Es gab zu viel Leidenschaft und Willenskraft – selbst in den kleinsten Lebewesen. Sicherlich konnte jemand, den sie so liebte wie Habi, nicht einfach im Nichts untergehen.

Da erinnerte sie sich plötzlich an ihre Mutter, und es schien ihr, als seien die Bilder, die vor ihrem geistigen Auge Gestalt annahmen, noch ganz frisch. Ihre Mutter saß im Abendlicht vor der Tür, der Wind wehte von der Wüste her und trug den gleichen bitter-sauberen Geruch mit sich, der ihr auch hier in die Nase stieg. Ihre Mutter hielt eine Stickerei in der Hand, die sie offenbar ganz vergessen hatte, während sie vom Leben und von der Liebe sprach und von einem Weisen, von dem sie an den Küsten der Verlorenen Inseln gehört hatte und von dem man sagte, dass er die Bedeutung und den Zweck aller Dinge kannte.

Vielleicht gab es diesen Mann tatsächlich. Vielleicht wusste er von diesen Dingen. Und vielleicht hatte er die Antwort auf die dringlichste aller Fragen: Warum?

Ta-Thea erhob sich. »Danke«, sagte sie. »Ich schulde Euch mein Leben. Ich kann Euch nicht bezahlen, aber …«

»Nein, Ihr schuldet mir nichts«, entgegnete die Frau schnell, und ihr Gesicht war zugleich hässlich und schön. Ein Lächeln glitt ihr über die Lippen. »Meine Familie diente dem Isarch viele Jahre lang und erhielt nur wenig Anerkennung. Mein Mann starb für ihn, und Mon-Allat kannte nicht einmal seinen Namen. Dass ich dies für Euch tun konnte, hat mir meine Bitterkeit genommen. Vielleicht habt Ihr auch mir mein Leben zurückgegeben. Nehmt diese Karte. Ihr findet darauf den Weg zum Meer eingezeichnet. Und folgt den Sternen, wie es die Wüstenschiffe tun. Wenn Ihr die Tochter Eures Vaters seid, werdet Ihr in der Morgendämmerung das Ufer erreichen.«

Ta-Thea folgte dem eingezeichneten Weg auf der Karte und blickte immer wieder zum Himmel empor. Noch immer sah sie das Gesicht der Frau vor sich. Tiefer Friede hatte sich darin gespiegelt, als sie sich voneinander verabschiedet hatten, und es sah so aus, als ob die Trauer, die ihren Geist noch ein paar Stunden zuvor getrübt hatte, plötzlich verschwunden war. Die Sinnlosigkeit des Lebens des Mannes, der in jenem hastig angelegten Grab lag, bedeutete ihr nichts mehr.

Ta-Thea ritt nach Norden. Schon eine Weile lang folgte sie nicht mehr dem markierten Weg, sondern lenkte das Pferd über vertrocknetes Land, Bergkämme und Böschungen. Der Mond tauchte den Wüstenboden in blasses Licht, und die Schatten wurden dunkler.

Gegen Morgen erblickte sie vor sich eine Karawane. Die Kamele wirkten wie große Schiffe, die sanft über den Sand schaukelten. Nur das leise Läuten der Glocken an dem Zaumzeug war zu hören. Sie folgten der Route, die von den Städten im Hinterland zu dem großen Seehafen von Tarra-Ghum führte.

Ohne weiter darüber nachzudenken, trieb Ta-Thea ihr Pferd an, um die Straße zu erreichen, bevor sie auf gleicher Höhe mit der Karawane war. Sie galoppierte den letzten Hügel hinauf und auf der anderen Seite wieder hinunter.

Als der Anführer der Karawane Ta-Thea erblickte, hob er eine Hand, und alle Kamele hinter ihm hielten an. Er wandte sich ihr zu, sein bärtiges Gesicht war von Sonne und Wind dunkel gefärbt, die Haut schimmerte wie Ebenholz.

Ta-Thea ritt auf ihn zu und brachte ihr Pferd vor ihm

zum Stehen. »Ich reise zum Meer«, sagte sie leise. »Darf ich mich Euch anschließen?«

»Warum reist Ihr allein, junge Frau?«

»Mein Mann ist tot.« Sie hatte Mühe, diese Worte auszusprechen. Die Wahrheit hatte sie noch immer nicht akzeptiert, und es schien ihr, als verkünde sie eine Lüge, als hätte sie etwas erfunden. »Er wurde getötet … gestern erst.«

»Warum seid Ihr dann nicht zu Hause, um zu trauern?«

Sie hätte lieber geschwiegen, erkannte jedoch, dass sie mit der Wahrheit vielleicht am meisten erreichen konnte. »Weil die, die ihn töteten, auch mich umbringen würden.«

»Nun, dann reitet mit uns. Wir werden Euch beschützen.« Das Angebot des Mannes war ehrlich und eindeutig.

»Danke«, sagte sie schlicht, neigte den Kopf und ritt ans Ende der Karawane, um hinter dem letzten Kamel den anderen zu folgen.

Bald machten sie Rast. Die Tiere mussten ausruhen, die Menschen etwas essen. Während Ta-Thea klares Wasser trank, kam der Anführer auf sie zu. Im hellen Morgenlicht konnte sie sein Gesicht deutlich sehen. Er setzte sich neben sie auf die Erde.

»Wir reisen nach Tarra-Ghum«, sagte er so leise, dass sie seine Worte kaum verstand. Die anderen, die einige Meter weit entfernt auf dem Boden saßen, hatten sicher nichts gehört.

»Ich weiß.«

»Ihr könnt nicht mit uns kommen.« Sein Ton duldete keinen Widerspruch.

»Warum denn nicht?«

Er blickte sie eine Weile forschend an, und es schien sich in seinen Augen eine dunkle Ahnung zu spiegeln. »Ich möchte das Leben meiner Leute nicht aufs Spiel setzen, Majestät. Wenn wir mit Euch gefunden werden, dann würden wir alle hart bestraft. Esst also mit uns, nehmt von unserem Wasser, aber dann geht Eures Weges!«

Ta-Thea hielt seinem Blick stand. Vielleicht gelang es ihr, sein Mitleid zu erregen. Alte Loyalitäten würden sicher etwas bewirken, aber sie war keine Kaiserin mehr, sondern nur ein Gefahr bringendes Anhängsel, das er sich nicht leisten konnte. Wenn er und seine Männer mit ihr entdeckt würden, wäre dies das Todesurteil auch für diejenigen, die ihm vertraut hatten.

Sie wusste, dass er Recht hatte. Und es wäre beschämend zu versuchen, ihn umzustimmen.

Der Mann blickte sie einige Sekunden lang schweigend an, wandte sich dann ab und deutete auf den Horizont. »Folgt den Hügeln dort, und Ihr werdet das Meer erreichen. Dort liegt ein kleiner Hafen. Die Seeleute der Verlorenen Inseln laufen ihn manchmal an. Sie werden Euch fortbringen. Mögen Eure Götter Euch vom Gestern zum Morgen führen.« Mit diesen Worten erhob er sich und ging davon, lief mit leichten Schritten über den Sand, ohne zurückzuschauen. Sein heller Umhang flatterte im Wind.

Ta-Thea ritt der aufgehenden Sonne entgegen. Bald schon roch sie das Salz im Wind. Als sie endlich das schimmernde Blau der See erblickte, stand die Sonne hoch oben am Himmel. Sie brannte auf der ungeschützten Haut im Gesicht, und das Wasser reflektierte die Sonnestrahlen so stark, dass der Anblick in den Augen schmerzte, so grell funkelte es auf dem Wasser.

Im Hafen fand sie ein Schiff von den Verlorenen Inseln und bezahlte mit Mon-Allats goldenem Fingerring für die Passage. Der Ring gehörte zu den Juwelen, die nicht so leicht identifiziert werden konnten. Er hatte zum Privatbesitz des Kaisers gehört und war nicht Teil der königlichen Insignien.

Der Kapitän des Schiffes stellte keine Fragen. Sein Gesicht war vollkommen ausdruckslos, und sie wusste nicht, ob er erraten hatte, wer sie war. Sie erzählte ihm, dass ihre Mutter von den Verlorenen Inseln stamme, dass ihr Mann verstorben sei und dass sie nun zu ihren Leuten zurückkehren wolle.

Am Nachmittag endlich wurden die Segel gesetzt, und in der Abenddämmerung lag Shinabar jenseits des Horizonts.

Ta-Thea stand an Deck des schmalen Schiffes und spürte plötzlich eine so große Müdigkeit, dass sie glaubte, sie würde sie niemals überwinden. Den schmerzenden Körper und die geschwollenen Füße spürte sie nicht mehr. Sie war ebenso verloren wie dieses winzige Schiff auf dem riesigen Ozean.

Am zweiten Tage legte sich die Benommenheit. Die Trauer wurde zum dumpfen, bohrenden Schmerz, und auch der Zorn ergriff wieder Besitz von ihr. Wer war dafür verantwortlich? Warum war all das geschehen?

Ta-Thea stand am Bug. Salz klebte in ihrem Haar und auf ihrer Haut. Sie starrte in das dunkelblaue Wasser. Der Ozean war unbeschreiblich weit, und er hatte eine unvorstellbar wilde Kraft. Das Wasser kam nicht zur Ruhe. Unter anderen Umständen hätte sie sich gefürchtet. Doch nun war ihr Herz voller Zorn und Bitterkeit über den Verlust – für andere Gefühle gab es keinen Platz mehr darin.

Irgendjemand hatte die Attentäter in den Palast hineingelassen. Seit fünfhundert Jahren waren die großen Türen bei Nacht immer verriegelt, denn damals hatte ein eifersüchtiger Prinz in der Nacht Dar-Somet II. angegriffen. Wer kannte Mon-Allats Gewohnheiten so genau und genoss so großes Vertrauen, dass er den Dolch erhob und der Isarch nicht einmal einen Schrei der Überraschung ausstieß? Seine Geliebte, Arimapsis? Einer seiner Leibwächter? Und wieder drängte sich die Frage in Ta-Theas Gedanken: Warum?

Sie war ihrem Zorn hilflos ausgeliefert. Sie konnte nichts tun. Sie starrte geradeaus, umklammerte das Geländer mit den Händen und wartete auf den Maelstrom, von dem sie wusste, dass er irgendwo vor ihnen lag, ein gefährlicher Strudel im Ozean, der so gewaltig war, dass kein Fremder jemals gewagt hatte, ihn zu durchsegeln. Seit Menschengedenken sicherte er die Verlorenen Inseln, diesen geheimnisvollen Ort, von dem auch viele Fabeln und andere alte Geschichten erzählen.

Am zwölften Tag auf See spürte Ta-Thea, wie sich die Luft veränderte. Es wurde kalt, und sie fror sogar in der

Sonne. Weißer Schaum bildete sich auf den Wellen. Und mit dem Wind zog ein sauberer, bitterer Geruch vorüber.

»Ist dies der Maelstrom?«, fragte sie und deutete auf einen dünnen grauen Schleier am Horizont.

Der Mann, der ihr am nächsten war, richtete sich auf und kniff die Augen zusammen. »Jawohl, das ist er«, bestätigte er und überschattete sein Gesicht mit einer knotigen Hand, an der die dicken Taue tiefe Narben hinterlassen hatten. »Ich glaube, wir werden ihn morgen erreichen.«

»Morgen? Heute nicht mehr?«

Er schmunzelte über die Ungeduld in ihrer Stimme. »Er wird früh genug kommen. Ihr werdet noch heute Nacht die Angst am Leibe spüren können, die steile Lage des Bootes unter Euch und das Furcht erregende Prickeln in Eurem Bauch. Es wird nichts weiter als ein kaltes Geflüster in der Nacht sein, aber Ihr werdet wissen, was es bedeutet, und dann werdet Ihr keine Eile mehr haben.«

Ta-Thea antwortete nicht. Die Sonne sank, und der Himmel brannte zornig und hell wie die Glut eines Feuers. Die Seeleute waren jetzt besonders wachsam. Die Segel spannten sich. Die Männer erzählten sich immer wüstere Witze und lachten allzu laut, standen da mit gespannten Muskeln, die Augen westwärts gerichtet, und der Wind wurde immer kälter.

In der Dämmerung war Ta-Thea wieder an Deck. Die Segel strafften sich immer mehr, der Wind zerrte unablässig daran. Das Schiff ächzte, als wäre es lebendig. Es schaukelte auf den Wellen und tauchte unter ihnen hindurch.

Der Kapitän bat Ta-Thea, nach unten zu gehen, wo sie wenigstens trocken bleiben würde, aber sie lehnte ab. Sie würde sich wie die Besatzung durchschütteln lassen, würde dem Maelstrom entgegenblicken und sich nicht in einer Kabine verstecken, bloß um dort ebenfalls das Gleichgewicht zu verlieren. Hier oben würde sie sehen, womit sie es zu tun hatte, denn Unwissenheit konnte sie nicht mehr ertragen.

Der Kapitän redete auf Ta-Thea ein. Das bevorstehende

Ereignis malte er in den düstersten Farben aus. Selbst ihm fehlten die Worte, um es angemessen zu beschreiben. Er wusste nicht, ob sie ihn verstanden hatte, und er hatte ohnehin keine Zeit mehr zu verlieren. Da erreichten sie auch schon den Maelstrom. Der Kapitän wandte sich ab und machte sich an die Arbeit.

Der Nebel wurde dichter. Ta-Thea war wie die Matrosen an der Hüfte mit einem dicken Tau an den Rungen festgebunden worden. Selbst der Mast könnte über Bord gehen, hatten sie Ta-Thea erklärt. Unter Deck hatte sie zwei Spiere gesehen und sich gefragt, wozu diese gebraucht würden. Jetzt begriff sie. Nun überkam auch sie die Angst, doch sie blieb erstaunlich gefasst. Ihr Verstand und ihr Herz begrüßten die Gewalt der Elemente, sie passte gut zu dem Zorn, der in ihrem Innern tobte.

Sie fuhren jetzt in den Nebel hinein. Die Sonne warf bunt schillernde Strahlen durch das dichte Grau. Das Wasser wurde unruhig, und unter der Oberfläche lag ein stärker werdender Strom, der das Boot mit immer höherer Geschwindigkeit vorwärts trieb.

Ta-Thea erkannte die Macht des Wassers am Ächzen des Holzes unter sich, in den zum Zerreißen gespannten Segeln über sich und in dem schrillen Pfeifen des Windes zwischen den Seilen. Es war geradezu belebend. Ihr Herz klopfte immer schneller. Sie blickte in die weit aufgerissenen Augen der Männer und auf die weißen Knöchel ihrer Hände, mit denen sie sich an das Geländer klammerten.

Minuten vergingen, und dann vernahm sie ein Brüllen, das erschütternder war als das Heulen des Windes oder das Peitschen und Klatschen des Wassers. Sie wurden in einen heulenden Tunnel gestoßen, und das Dunkel des Ozeans verwandelte sich vor ihren Augen in eine farbige, in allen Grün- und Blautönen erstrahlende Festung. Niemals hatte Ta-Thea etwas Schöneres und zugleich Beängstigenderes gesehen. Es war die urzeitliche Kraft der Natur, die Schöpfung selbst mit ihrer unbezwingbaren Leidenschaft. Gleißendes Licht war in glänzenden, glasklaren Türmen gefangen, die zunächst schwankten, sodann das Gleichgewicht wieder fanden und in hohem Bogen Schaumfontänen spuckten, die so weiß waren, dass sie die Augen blendeten. Der Lärm war unbeschreiblich. Es krachte und brüllte und toste, so dass jedes andere Geräusch von diesem Naturschauspiel getilgt wurde.

Ta-Thea war bis auf die Haut durchnässt. Ihre Kleider waren von der unbändigen Gewalt des Wassers zerfetzt worden. Tiefe Wunden und Prellungen bedeckten ihre Arme und Beine. Die nassen Seile gruben sich in ihre Handgelenke, bis sie bluteten. Sie rang nach Luft, die Lungen drohten beinahe zu zerplatzen, so sehr tobten die Wellen. Doch, obwohl sie glaubte, es würde niemals enden, gab Ta-Thea nicht auf. Nichts konnte ihre Liebe zu der fürchterlichen Schönheit des Maelstroms trüben, und trotz ihrer Angst konnte sie den Blick nicht von dem Schauspiel abwenden.

Eine Stunde lang, die eine Ewigkeit zu sein schien, trieben sie im Herzen des Maelstroms, bis sie schließlich am anderen Ende des Tunnels in leuchtendes Sonnenlicht entlassen wurden. Erschrocken und erschöpft hingen die Menschen in den Seilen, mit denen sie festgebunden waren. Hinter sich hörten sie nur noch ein leises Brummen, und der Ozean breitete sich ruhig und blau vor ihnen aus.

Es war der Kapitän persönlich, der Ta-Thea losband. In seinem Gesicht spiegelte sich Erschöpfung, die Kleider klebten an seiner Haut. Sie waren zerrissen wie die ihren.

Sein Blick traf ihre wilden, schwarzen Augen, und er las Stolz, aber auch Verletzlichkeit darin, vielleicht auch Angst und Trauer.

Er lächelte und sagte kein Wort, und Ta-Thea spürte den tiefen Respekt des Mannes, als er behutsam die Knoten löste.

»Danke«, sagte sie schlicht und biss sich vor Schmerz auf die Lippen.

Der Kapitän nickte.

Ta-Thea ging in ihre Kabine, zog sich aus und trocknete sich ab. Dann kroch sie in das Bett, zog die rauen Decken bis zum Kinn und sank in einen Schlaf, so tief wie das dunkle Blau des Ozeans.

Das durchdringende Geschrei der Seevögel weckte sie. Es war später Nachmittag, und das Boot bewegte sich kaum. Kleine Wellen schlugen gegen den Rumpf. Sie setzte sich langsam auf und sah das Spiel der Sonnenstrahlen, die durch das Bullauge hereindrangen und schöne Muster auf die Wände warfen. Ihre Muskeln schmerzten. Arme und Beine waren mit blauen Flecken übersät, Taille und Handgelenke durch die nassen Kleider und Seile wund gescheuert. Selbst die zarteste Berührung konnte sie kaum ertragen.

Langsam erhob sie sich und streifte das Gewand über, das sie von der Frau in der Oase erhalten hatte. Ihre Hände zitterten, als sie nach der Leiter griff, um an Deck zu steigen. Sie war am Ende ihrer Reise angekommen, hatte die Heimat ihrer Mutter erreicht, von der sie als Kind so viel gehört, die sie jedoch nie gesehen hatte. Die Vergangenheit, ihr eigenes Leben und ihre Liebe in Shinabar, all das war ausgelöscht, aus der Erde gerissen und verbrannt wie Unkraut und ohne jede Zukunft. Die Heimat ihrer Mutter war die letzte Verbindung zu dieser Vergangenheit. Hier konnte sie sich ein Zuhause schaffen, einen Ort, an den sie gehörte.

Ta-Thea blickte sich um. Sie waren in einem kleinen Hafen vor Anker gegangen. Überall lagen farbenprächtige Schiffe aus rotbraunem oder kastanienfarbigem Holz. Die Farbtöne der eingeholten Segel waren ebenso sanft und warm wie die des Wüstensandes bei Sonnenuntergang: Ocker- und Goldtöne, warme Brauntöne, hin und wieder sah sie auch ein leuchtendes Rot.

Am Ufer lag Orimiasse. Die Häuser waren aus hellem Stein gebaut, schmale Straßen schlängelten sich den Hügel hinauf. Es gab lange Treppen, mit Weinranken bewachsene Rundbögen, die mit hellroten Blüten bedeckt waren, und darüber zahllose Fenster, aus denen Fischernetze hingen, die in der Sonne trockneten. Die Luft war salzig und vom Geschrei der Möwen erfüllt, das Sonnenlicht brach sich in dem blauen Wasser des Ozeans.

Ta-Thea verabschiedete sich vom Kapitän und bedankte

sich herzlich. Dann stieg sie in ein kleines Boot, das sie an Land brachte. Benommen setzte sie wenig später den Fuß auf den hölzernen Pier. Fantasie und Wirklichkeit mischten sich mit der kühlen Brise und dem berauschenden Gefühl, wieder festen Boden unter den Füßen zu haben. Die Stille der Wüste lag weit hinter ihr. In der Stadt ging es laut und lebhaft zu, und die Sonne verbreitete nicht die sengende Hitze, an die sie gewöhnt war.

Sie ging langsam am Kai entlang und bog in die schmale Uferpromenade ein. Männer und Frauen liefen geschäftig an ihr vorbei, trugen Netze und Baumwollballen, Gemüsebündel und Körbe voller Fisch. Schiffe wurden be- und entladen, die Takelage ausgebessert, und manche stritten über die Ware. Ta-Thea blickte sich neugierig um. Die Menschen waren viel hellhäutiger als die schwarzhaarigen und dunkeläugigen Shinabari. Ihre Gesichter hatten weichere Züge. Manche hatten graue oder ozeanblaue Augen – wie ihre Mutter. Sie stand regungslos da, die hellen Gebäude um sie herum begannen zu schwanken, und sie starrte auf die feinen Muster, die die Schatten der Fischernetze auf die Steine warfen, bis sie vor ihren Augen verschwammen.

Sie hatte ihren Sohn verloren. Und hier stand sie nun, in der Heimat eines Teils ihrer Vorfahren. Eigentlich sollte sie den Ruf des Blutes hören.

»Wartet Ihr auf jemanden?« Es war die Stimme einer Frau.

»Bitte?«

»Wartet Ihr auf jemanden?«, wiederholte die Frau und hob fragend die Augenbrauen.

Keiner der Mörder würde sie hier suchen. »Nein«, antwortete Ta-Thea lebhaft. »Ich bin auf der Suche nach der Familie meiner Mutter. Sie stammte aus Orimiasse.«

Die Frau blickte sie neugierig an, aber sie war offenbar nicht misstrauisch geworden. Jeder sah zwar sofort, dass Ta-Thea keine Einheimische war, aber ihr Blick war offen, und sie schien aufrichtig zu sein.

»Wie ist denn der Name?«

»Tamar von Orwen.«

»Oh ...« Die Gesichtszüge der Frau wurden weicher. Die dunkelblauen Augen strahlten. »O ja, ich kannte sie. Vor beinahe vierzig Jahren kam ein Prinz von Shinabar hierher. Er verliebte sich in sie, und er wäre niemals ohne sie fortgegangen. War er Euer Vater?«

»Ja.« Ta-Theas Herz zersprang beinahe vor Aufregung. Ihre Finger waren steif, und das Blut rauschte in ihren Ohren. »Wisst Ihr vielleicht, wo ich meine Familie finden kann?«

Die Frau nahm Ta-Thea in ihre Obhut und brachte sie zu einem Haus mit einem hohen Turm, dessen pfirsichfarbenen Mauern vom Sonnenlicht beschienen wurden. Es gehörte dem ältesten Bruder ihrer Mutter. Sein Haar war von grauen Strähnen durchzogen, und seine Augen waren so grau wie der Himmel über der stürmischen See. Er hieß seine Nichte willkommen. Seine Stimme war leise, aber er schien immer zum Lachen aufgelegt, und er ließ keinerlei Zweifel daran, dass er mit seiner Meinung niemals hinter dem Berg hielt. Seine Frau war weniger herzlich und geradeheraus, doch ihr Blick war offen und voller Verständnis. Sie stellten keine Fragen. Offenbar war die Anwesenheit ihrer Nichte Antwort genug.

Ta-Thea war voller Dankbarkeit über die Freundlichkeit, mit der die beiden sie in ihrem Haus aufnahmen, doch es gab Tage, in denen sie sich so einsam fühlte, dass sie ihre ganze Kraft aufbringen musste, damit sie nicht in Tränen ausbrach. Sie sehnte sich danach, allein zu sein, um ihren Gefühlen freien Lauf zu lassen, und gleichzeitig suchte sie die Gesellschaft der anderen, um ihre düsteren Gedanken zu vergessen.

Sie folgte den Spuren ihrer Mutter, ging die Wege, die sie gegangen war, sah und berührte Dinge, die sie gesehen und berührt hatte, spürte ihre Nähe und fühlte sich trotz ihres Unglücks geliebt. Sie machte lange Spaziergänge am Strand entlang und beobachtete stundenlang die unglaublichsten Kreaturen, die in den Becken schwammen und die die Gezeiten hinterließen. Manche von ihnen waren so klein, dass sie in ihrer Hand Platz gefunden hätten. Dann stieg sie auf die Klippen hinauf und blickte stundenlang über das Meer. Sie füllte ihre Lungen mit der reinen Luft und wusste, dass der Schrei der Möwen sie bis zum letzten Atemzug an diese Tage erinnern würde.

Ta-Thea starrte auf den Horizont. Dort war das Ende der Welt, und niemand wusste, was dahinter lag. Es trennte das Leben von der Ewigkeit. Sie starrte in die Tiefe, wo sich die Wellen brachen und weißen Schaum in die Luft spritzten. Schaumperlen tanzten in der Sonne und fielen dann in das blaugrüne Wasser zurück.

An anderen Tagen wanderte sie am Strand über grüne Wiesen, atmete den Duft von Seelupinen und wilden Lilien und beobachtete, wie das Licht auf dem klaren, seichten Wasser spielte.

Dann war Ta-Thea bereit, den Priester aufzusuchen und die Totenfeier vorzubereiten. Sie fand den Mann auf einer Klippe, die einen atemberaubenden Blick über die Stadt bot. Er war schon in die Jahre gekommen und hatte schütteres, weißes Haar, das vom Wind zerzaust war. Er lauschte ihr aufmerksam und voller Verständnis. In seinem Blick lag die Weisheit desjenigen, der von der Natur nicht mit Schönheit bedacht worden war, der aber über die Gabe der Geduld verfügte und die Selbstsucht besiegt hatte.

»Ich werde Euch zum Muschelgarten bringen«, sagte er freundlich.

Trauer und Mitgefühl standen in seinen Augen, nachdem Ta-Thea ihr Anliegen vorgetragen hatte. Dann wandte er sich ab und ging den langen Weg entlang, der zu den Westklippen führte. In seinem blaugrauen Umhang verfing sich der Wind, und seine Füße schienen den warmen Boden kaum zu berühren.

Ta-Thea folgte ihm. Das Gras umspielte ihre Knöchel, und die Luft hatte einen eigentümlichen bitter-süßen Geruch, den sie nicht kannte.

Endlich erreichten sie den Kamm eines Hügels, dessen Hänge durch die ewigen Gezeiten ausgewaschen worden waren. Und so fielen sie wie eine gigantische, steile Wand ins Meer. Ta-Thea starrte fasziniert in die Tiefe. In einem seichten Becken, nur wenige Meter unter sich, sah sie eine Art Garten, in dem jedoch keine Blumen wuchsen, sondern angeschwemmtes Holz herumlag. Dort war es seit Jahrhunderten dem Wind, dem Wasser und der Sonne schutzlos ausgeliefert, war bleich und glatt geworden und sah aus wie poliertes Elfenbein. Und sie erblickte zahllose Muscheln, eine schöner als die andere, die in allen Farben des Himmels schimmerten und in diesem Garten lebten. Jede von ihnen bestand nur noch aus einer Hälfte der Schale. Keine war vollständig.

Der Priester zog einen Beutel unter seinem Umhang hervor, griff mit einer Hand hinein und holte acht vollkommen geformte Muschelschalen heraus. Sie waren weit geöffnet und sahen wie gefrorene Schmetterlinge aus.

»Erzählt mir von denen, die Ihr liebtet«, forderte der Priester Ta-Thea auf. »Warum bedeuteten sie Euch so viel?«

Sie begann mit ihrer Mutter. Dies war ihre Heimat. Ta-Thea erinnerte sich an vieles, die Freude ihrer Mutter und ihre Traurigkeit, ihre Fähigkeit, sich an den kleinsten Dingen des Lebens zu erfreuen – wie das Licht in einem Tautropfen oder die Blütenblätter einer Blume. Ihr Lachen hatte wie eine Hymne an das Leben geklungen. Jedoch die Eigenschaft, die Ta-Thea am meisten beeindruckt hatte, war der Mut ihrer Mutter gewesen.

»Sie lehrte mich, dass Mut die wichtigste von allen Tugenden sei. Ohne Mut ist auch die Liebe vergänglich, weil man es nicht wagt, um sie zu kämpfen und sich dem Schmerz zu stellen, den wahre Liebe mit sich bringt, und alles zu ertragen und nicht nach dem Preis zu fragen.«

»Welches Geschenk für die Menschheit haltet Ihr in ihrem Namen bereit?«

Ta-Thea war verwirrt. Das hatte sie nicht erwartet. Kein Shinabari-Priester würde eine solche Frage stellen. Ihr Interesse galt der Zeremonie, den Ritualen. Doch sie spürte eine tiefe Befriedigung, und langsam überkam sie das Gefühl von süßem Frieden.

Der Priester betrachtete sie schweigend und verstand. »Nehmt Euch Zeit. Die Wunden des Körpers und der Seele müssen heilen, die Erschöpfung wird vergehen«, sagte er freundlich. »Trauert mit denen, die trauern, kümmert Euch um diejenigen, die einsam sind, und hört ihnen zu. Im Namen Eurer Mutter. Versprecht es.«

»Ich verspreche es.« Ta-Thea zögerte nicht.

Er hielt ihr die Muscheln hin und forderte sie auf: »Sucht Euch eine aus.«

Sie betrachtete die Muscheln. Eine gefiel ihr besonders gut: Sie war zart, rosafarben und an den Rändern durchsichtig. Ta-Thea berührte sie. »Ich wähle diese.«

»Sie gehört Euch.« Dann holte er einen Metallstift hervor. »Ritzt den Namen Eurer Mutter in eine Hälfte, in die andere Euren eigenen.«

Ta-Thea zögerte, die zarte Oberfläche zu beschädigen. Dann nahm sie den Stift aus der Hand des Priesters. Als sie schließlich fertig war, blickte sie fragend auf.

»Brecht die Schale in zwei Hälften. Werft die Hälfte mit dem Namen Eurer Mutter in die Tiefen des Ozeans. Die andere Hälfte lasst in den Garten fallen. Dort wird sie bleiben und mit ihr Euer Versprechen.«

Ta-Thea hielt die Muschel noch einen Augenblick lang in ihrer Hand, dann zerbrach sie die Schale. Sie holte aus und warf die Hälfte mit dem Namen ihrer Mutter ins Meer. Eine zarte, weiße Schaumfontäne spritzte noch auf, dann war die Muschelhälfte verschwunden. Die andere Hälfte mit ihrem eigenen Namen ließ sie in den Muschelgarten fallen.

Den gleichen Vorgang wiederholte sie zuerst für Mon-Allat, dann für Habi. Für ihren Sohn suchte sie eine kleine goldfarbene Muschel aus und versprach, in seinem Namen für alles Neue und die Unschuld einzutreten. Dann kehrte sie mit dem Priester nach Orimiasse zurück.

Mit der Zeit erholte sich Ta-Thea. Die engen Straßen mit den Treppen wurden ihr vertraut, den Anblick der Fischernetze, die zum Trocknen in den Fenstern hingen, wollte sie nicht mehr missen. Schmerz und Trauer verschwanden nicht, aber sie waren leichter zu ertragen. Sie fand Freunde und lernte jeden Tag dazu. Die Gewissheit, in der Familie ihrer Mutter einen Platz gefunden zu haben, spendete ihr Trost. Mit jedem Tag spürte sie, dass die Verbindung zu ihrer Mutter stärker wurde.

Eines Tages – Ta-Thea war seit etwa einem Monat in Orimiasse und nahm mit ihrer Familie und einigen Gästen ein leichtes Abendessen ein – fiel ihr ein Einheimischer ins Wort. Der Mann war ungefähr zehn Jahre älter als sie selbst, hatte ein von Sonne und Wind verbranntes und hochmütiges Gesicht. Er machte zunächst einen Witz auf ihre Kosten und stellte sie dann auch noch vor den anderen bloß.

Für einen Augenblick empfand Ta-Thea ein Gefühl der Kränkung und zog sich in sich selbst zurück. Die Grobheit des Mannes hatte sie verletzt. Doch noch während der Mann weitersprach, erinnerte sie sich plötzlich daran, wer sie war. Niemand wagte es, mit der Kaiserin von Shinabar zu streiten, niemand würde ihr jemals widersprechen oder sie gar dem Gelächter anderer preisgeben. Hatte sie das etwa vergessen? Warum nahm sie hin, dass so etwas geschah? Hatte die Zufriedenheit, die sie umgab, etwa dazu geführt, dass sie sich nicht mehr an ihre eigenen Träume und ihre Wissbegier erinnern konnte? Die Freundlichkeit der Bewohner der Verlorenen Inseln hatte ihre Tatkraft offenbar erstickt. Voller Zorn über sich selbst ging sie schließlich zu Bett und wusste, dass sie sich nicht mehr länger dem Müßiggang hingeben durfte.

Am nächsten Morgen machte Ta-Thea sich auf die Suche nach dem Weisen aus den Erzählungen ihrer Mutter. Erst am späten Nachmittag erhielt sie von einer alten Frau endlich einen brauchbaren Hinweis. Als die Sonne bereits sank und die Schatten weicher wurden, kletterte Ta-Thea in den Hügeln jenseits von Orimiasse umher. Dort, zwischen den Dünen, sollte ein einsames Haus liegen. Vor ihr lag die Bucht, und blaugrünes Wasser brach sich auf dem hellen Sand. Im Norden lag die Insel vom Ende der Welt.

Ta-Thea trug einen Umhang aus Seide, so blau wie der Himmel über der Wüste. Sie wickelte sich darin ein. Die Luft war kühl, und der weiche Stoff wärmte sie.

Auf ihrem Weg kam sie an vielen Häusern vorüber. Dann wieder lief sie über freie Flächen, die mit Seelupinen bewachsen waren, deren Blüten im Licht der Dämmerung leuchteten. Das letzte Haus – sie fand es weit hinter den anderen – lag am Strand, eigentlich zu nahe am Wasser, als dass dort Wein wachsen könnte. Hier gab es nur Seenelken, ausgewaschene Steine und bleiches Schwemmholz.

Ta-Thea zögerte, bevor sie an die Tür klopfte. Sie ging ein großes Wagnis ein. Wenn der Weise nun auch keine Antworten hatte? Wenn er nichts weiter als ein Mann mit vielen Träumen und Fragen war wie viele andere auch? Was sollte sie dann tun? Vielleicht war es besser, einfach hier draußen stehen zu bleiben, dem Wasser zu lauschen, das den Sand überschwemmte, oder dem Geschrei der Möwen, die sich draußen über dem Meer im Wind treiben ließen. Dies war die Heimat ihrer Mutter. Ta-Thea meinte ihre Stimme durch das Rauschen des Wassers hindurch zu hören. Jetzt, da sie den Becher bereits an die Lippen geführt hatte, wäre es feige gewesen, nicht nach der Antwort zu schmecken – mochte sie auch noch so süß oder bitter sein. Entschlossen stieg sie die verwitterten Stufen des Hauses hinauf und klopfte an die Tür.

Ein alter Mann öffnete ihr. Sein Schädel war kahl und von der Sonne dunkel gebräunt, seine Augen waren blau wie die See und ebenso blind. Sein Gesicht war von tiefen Falten zerfurcht, aber es strahlte eine solche Wärme aus, dass es über die Schönheit der Jugend erhaben war. Es zeigte eine Seele, die gelitten, doch die Macht der Liebe nicht verloren hatte, einen Geist, der weit gereist und stark geworden war, und der seinen Frieden gefunden hatte. Ta-Thea wusste, dass ihre Reise nicht vergeblich sein würde.

Wortlos bat er sie hinein, und sie folgte ihm in einen kleinen Raum, der den Blick auf das Meer und den Strand freigab. An einer Wand hing ein Fischernetz. Es war viel feiner geknüpft als die Netze, die sie in Orimiasse gesehen hatte. In seinen Maschen hatten sich Gräser, Blumen und Muscheln aus der Tiefe des Ozeans verfangen, in Form und Farbe so unterschiedlich und prachtvoll, wie ein Mensch es sich nur vorstellen konnte.

»Was führt Euch zu mir?« Seine Stimme war kaum mehr als ein Flüstern. Es war offensichtlich, dass der Alte schon lange nicht mehr gesprochen hatte.

»Alle, die ich liebte, sind fort und mit ihnen all die Dinge, die ich jemals glaubte zu wissen«, antwortete Ta-Thea schlicht. »Ich möchte wissen, ob das Leben irgendeinen Sinn hat. Warum lebe ich? Wer bin ich?«

»Das wollt Ihr wirklich wissen?« Er hatte den Kopf zur Seite geneigt, als ob er hören wollte, was er nicht sehen konnte.

»Ja.«

»Und welchen Preis seid Ihr bereit zu zahlen? Gibt es tatsächlich nichts, das Ihr noch mehr begehrt?«

Ta-Thea erschrak, dachte aber nur einen kurzen Augenblick darüber nach. Dann war sie sich sicher. »Wenn ich es nicht erfahre, hat alles andere keinen Sinn. Ich muss wissen, wer ich bin!«

»Ach, Kind.« Der Alte schüttelte langsam den Kopf, und ein Lächeln glitt über seine Lippen. »Die Wahrheit gibt es nicht umsonst. Sie hat einen hohen, einen sehr hohen Preis. Seid Ihr wirklich bereit, ihn zu zahlen? Der Krieg in den Himmeln ist so alt wie die Welt, und der Große Widersacher wird mit aller Macht versuchen, Euch zu vernichten. Doch Gott wird seine Hand über Euch halten, und Euren Namen wird Er in seinem Herzen tragen.«

Ta-Thea schluckte. Furcht schnürte ihr die Kehle zu. Was wollte sie eigentlich? Gottes Seele entdecken? Doch dann fasste sie sich und antwortete mit leiser Stimme: »Ja, ich will den Preis zahlen.«

Das Lächeln des Weisen war voller Liebe. »Dann geht dort zum Strand.« Er deutete auf eine schmale Sandbank, die sanft zum Meer hin abfiel. »Geht dorthin und wartet. Die Sonne wird untergehen, der Mond über dem Himmel schweben, die Sterne werden um die Erde ziehen, und wenn die Dämmerung naht, werdet Ihr den ersten Schritt auf dem Weg zur Wahrheit tun. Geht jetzt und bereitet Euch darauf vor.«

»Danke«, flüsterte Ta-Thea, wandte sich ab und verließ das Haus.

Die letzten Sonnenstrahlen versanken im Ozean, das leuchtende Blau des Himmels wurde blasser, und die See strahlte in klarem Grün. Die Luft kühlte ab und duftete nach Salz. Dann erblickte Ta-Thea die ersten Sterne hoch über ihrem Kopf. Sie zitterte in der kühlen Brise, die vom Wasser zu ihr herüberwehte, und wickelte sich in ihren Umhang.

Der Mond ging auf und zog seine Bahn, bis er schließlich im Meer versank. Die Flut zog sich langsam zurück und zeichnete zarte Wellenlinien in den Sand. Ta-Thea hörte nichts als das Rauschen des Meeres.

Dann kam der Morgen. Ein schmaler Streifen Licht erstrahlte im Osten, schnell wurde er breiter und immer heller, und Ta-Theas Augen schmerzten. Die schwarzen Umrisse eines Segelbootes kamen am Horizont auf.

Ta-Thea starrte regungslos hinüber und achtete nicht auf ihre Füße, die kaltes Meerwasser umspielte. Der Osten brannte jetzt in strahlenden Farben, die See war in kaltes Blau getaucht und wartete auf das weiße Feuer des Sonnenaufgangs.

Das Boot kam näher. Auf einer Sandbank lief es schließlich auf Grund. Ein Mann stieg aus, er war schlank und dunkelhäutig. Ta-Thea betrachtete ihn neugierig, während er in ihre Richtung kam. Seine Bewegungen waren geschmeidig, sein Körper voller Kraft, und als er vor ihr stand, erblickte sie Weisheit und Verständnis in seinem Gesicht, und seine Augen verrieten das Wissen eines Mannes, der Himmel und Hölle gesehen hatte.

»Seid Ihr sicher?«, fragte er sanft.

»Ja, ich bin sicher.«

Er reichte ihr seine Hand. »Dann kommt.«

2

Ta-Thea schwieg und beobachtete den Fremden, der breitbeinig am Heck stand. Der Wind blähte die roten Segel, und der Rumpf des Bootes hob und senkte sich mit den Wellen. Sie gewannen schnell an Fahrt. Sichtbar konzentriert, ließ er die Segel und die Rahen nicht aus den Augen.

Ta-Thea fragte nicht, wohin er sie brachte. Worte hätten die friedliche Stille der Morgendämmerung nur zerstört. Die Sonne überzog die See mit einem Film aus Silber. Über ihnen wölbte sich die blaue Himmelskuppe, und die Nacht floh westwärts.

Ta-Thea setzte sich auf die Planken und blickte über das Meer. Die Sonne stieg höher, Himmel und Wasser standen wie in Flammen, und auch die Kühle der Nacht wich endlich den wärmenden Strahlen. Ta-Thea streifte ihren Umhang von den Schultern und überließ sich der friedlichen Stimmung, die sie umgab. Das Boot glitt sanft über das Wasser, und bald legte sie sich hin und fiel in einen tiefen, traumlosen Schlaf.

Als sie viel später erwachte, blickte sie sich verwirrt um. Der Umhang lag wie eine Decke auf ihrem Körper, und ihr Kopf ruhte auf einer weichen Unterlage. Verlegen setzte sie sich auf. Der Fremde saß am Heck, eine Hand am Ruder. Die Sonne hinter ihm stand schon tief über dem Horizont.

»Es tut mir Leid«, sagte sie hastig.

Er lächelte. »Warum?«

»Ich bin eingeschlafen …«

»Das macht doch nichts.« Sein Lächeln wurde noch breiter. »Ich heiße übrigens Ishrafeli.«

Ta-Thea schob sich eine dichte, nachtschwarze Haarsträhne aus der Stirn. »Ich bin Ta-Thea«, sagte sie und vermied den Akzent, der sie als Shinabari verraten hätte. Sie zog es vor, noch eine Weile unerkannt zu bleiben. Ihm zu erzählen, dass sie noch bis vor kurzem Kaiserin gewesen war, dass ihre Familie, ihr Sohn umgebracht worden waren, und dass sie aus ihrer Heimat geflohen war, wäre allzu schmerzhaft gewesen. Worte ließen die Dinge wahr werden, hier in dieser friedlichen Stille aber konnte sie alles vergessen.

»Ich weiß«, entgegnete er.

Sie fragte ihn nicht, woher er ihren Namen kannte. Ehrfurcht ergriff sie, und sie schwieg.

Plötzlich erblickten sie Land. Vor ihnen erhob sich eine Landzunge, die mit silbergrauen Bäumen bewachsen war. Sie segelten in einem weiten Bogen an einem langen Wellenbrecher vorbei in einen Hafen, in dem zahllose Schiffe vor Anker lagen. Jenseits des Hafens erstreckte sich im fahlen Licht des Nachmittags eine Stadt. Helle Säulen, klare Fassaden und weite Treppen prägten das Bild. Die Stadt war kleiner als die in Shinabar, und es schien, als sei sie aus Liebe zu ihren Bewohnern gebaut worden.

Sie segelten an einem großen Frachter vorüber, der sich im lauen Abendwind schwerfällig vorwärts schob. Die Matrosen an Bord hatten alle Hände voll zu tun, die Brise mit den großen Segeln einzufangen. Fischerboote schaukelten mit den Wellen und zogen Netze hinter sich her. Ein Trimaran glitt hinter ihnen übers Wasser, und von den Rudern schienen goldene Wassertropfen abzufallen.

Ishrafeli war damit beschäftigt, die Segel einzuholen. Ta-Thea hätte ihm gern geholfen, aber sie wusste nicht, wie. Sie verstand viel von Pferden und von der Wüste, etwas von Gesetz und Rechtsprechung, und sie verfügte zweifellos über politischen Sachverstand, aber von der See verstand sie nichts.

Als Ishrafeli das Boot festgemacht hatte, sprang er an Land und bot ihr seine Hand. Sie folgte ihm über den Kai, an Händlern und Fischern vorbei in die lebhaften Straßen. Die Stadt war aus der Nähe betrachtet ebenso schön wie aus der Ferne. Solche Anmut hatte Ta-Thea noch nie zuvor gesehen, und Schlichtheit machte jedes Detail bemerkenswert. Wohn- und Geschäftshäuser waren mit beeindruckender Sorgfalt errichtet worden. Auf offenen Plätzen und in Arkaden gesäumten Straßen konnten die Menschen zusammenkommen, überall gab es Brunnen, die Wasser für die Durstigen bereithielten. Einige hätten jedoch einer dringenden Reparatur bedurft, und Ta-Thea bemerkte plötzlich die fehlenden Steine und die anderen Zeichen der Vernachlässigung an den Mauern und auf den Straßen, und Traurigkeit kam in ihr auf.

Rundbögen gaben den Blick auf Gärten frei, die so schön waren, dass sie innehielt und den plötzlichen Wunsch verspürte einzutreten. Nur die Furcht, dass Ishrafeli sie zurücklassen könnte, hielt sie davon ab. Blumen in Gold- und Rosatönen rankten sich an Mauern empor und verliehen den ausgeprägten Formen eine zarte Weichheit. Der Blumenduft erfüllte die Luft und berauschte die Passanten. Alte Steine waren mit glänzendem Moos bewachsen, und Weinranken blühten in üppigem Rot. Zu ihrer Linken erstreckte sich ein Theater, doch offenbar wurde es seit langer Zeit nicht mehr benutzt. Die Friese über dem Eingang – sie zeigten tanzende Figuren in ekstatischer Freude – bröckelten bereits.

Ta-Thea hatte Mühe, mit Ishrafeli Schritt zu halten. Die Straßen waren voller Menschen, die in kleinen Gruppen beisammen standen und sich angeregt unterhielten. Doch ihre Gesichter waren verkniffen, ihre Blicke misstrauisch.

Als sie an einer Gruppe junger Männer vorübergingen, brach ein Streit aus, und ehe Ta-Thea und Ishrafeli sich versahen, waren sie mitten in eine Schlägerei geraten. Ishrafeli griff nach Ta-Theas Hand, drängte Ta-Thea zur Seite und schützte sie mit seinem Körper. Er war unbewaffnet, und die Auseinandersetzung wurde zusehends brutaler. Hier ging es nicht um eine kleine Meinungsverschiedenheit. Die jungen Leute brüllten, während sie aufeinander einschlugen, und bald waren die weißen Tuniken mit Blut befleckt. Dann ertönte plötzlich ein lauter Befehl, und die Streithähne hielten für einen Augenblick inne. Ein junger Mann nutzte die Gelegenheit und kam wieder auf die Füße, doch sein Gegner ging erneut zum Angriff über.

Der Mann, der versucht hatte, ihnen Einhalt zu gebieten, war groß und breitschultrig. Sonnenstrahlen trafen auf seine hohen Wangenknochen und das hellbraune Haar. Wie ein Soldat trug er einen Harnisch und Beinschoner.

»Kommt!«, forderte er Ta-Thea und Ishrafeli hastig auf. »Es ist nicht sicher genug, unbewaffnet unterwegs zu sein. Seid Ihr fremd hier?«

»Ja.« Ishrafeli nickte. »Wir sind gerade angekommen. Ich heiße Ishrafeli …« – er berührte Ta-Thea sanft am Arm – »… und das ist Ta-Thea.«

»Phraxus«, erwiderte der Mann. »Habt Ihr Freunde in Parfyrion?« Er ging immer schneller, und Ta-Thea und Ishrafeli hasteten hinter ihm her. »Wenn nicht, dann heiße ich Euch in meinem Haus willkommen. Die Stadt ist vollkommen überfüllt – wegen der Gerichtsverhandlung morgen. Es wird noch unruhiger werden, Ihr werdet sehen.«

Überall brachen Tumulte aus. Soldaten marschierten durch die Straßen, die Hände an den Schwertern. Männer in Straßenkleidung eilten an ihnen vorüber. Frauen sahen sie nur wenige, und die Kinder schienen alle in den Häusern zu sein.

»Welche Gerichtsverhandlung? Wer wird den angeklagt?«, fragte Ishrafeli.

Phraxus führte sie gerade über einen großen Platz, der voller junger und älterer Männer war, die heftig miteinander stritten. Er schwieg und führte sie eine lange Treppe hinauf. Sie sahen den Hafen unterhalb der Stadt im Abendlicht liegen, doch Phraxus ließ ihnen keine Zeit, den Anblick zu genießen. Er brachte sie zu einem Haus mit einem Turm aus rosafarbenen Steinen, und erst als sie die Tür hinter sich geschlossen hatten, sprach er.

»Cassiodorus.« Trauer spiegelte sich in seinem Gesicht. Er straffte die Schultern und wandte sich ab. »Er war im letzten Krieg unser Führer gegen unseren ältesten Feind.«

Sie standen in einem langen Korridor. Ta-Thea blickte sich neugierig um. Die Wände waren in warmen Braun- und Goldtönen gestrichen. Vor ihnen lag ein großer Raum, an den ein Hof grenzte, und auf der linken Seite führte eine Wendeltreppe zu einem weiteren Zimmer, das gewiss einen atemberaubenden Blick auf das Meer freigab.

»Wann wurde der Krieg denn beendet?«, fragte Ishrafeli.

Phraxus warf ihm einen Blick zu. »Vor zehn Tagen. Cassiodorus unterschrieb den Friedensvertrag. Und deshalb wird ihm der Prozess gemacht.« Er beobachtete Ishrafeli und versuchte, in seinem Gesicht zu lesen.

Ta-Thea hörte aufmerksam zu. Sie verstand etwas von Diplomatie. Kriege zwischen Nationen, die über Jahrzehnte oder gar Jahrhunderte verfeindet waren, konnten nur mit Kompromissen zu einem friedlichen Ende geführt werden. Doch allzu oft war keine der Parteien bereit einzulenken. Ta-Thea wusste, dass Feindschaft zum Lebensinhalt und sogar zur Rechtfertigung – selbst unentschuldbarer Taten – werden konnte. Dann war die Liebe zum Krieg das einzige Ziel. Es gab Helden, deren Leben nur im Krieg einen Sinn zu finden schien.

Ishrafelis Augen weiteten sich. »Er wurde angeklagt, weil er den Krieg beendet hat? Hat er denn kapituliert?«

Ein bitteres Lächeln umspielte Phraxus' Lippen. »Nein. Er hat einen ehrenvollen Frieden errungen.«

Dann wandte er sich ab und ging die Wendeltreppe hinauf. Ta-Thea und Ishrafeli folgten ihm in einen Raum, in dessen Wände mehrere Türen eingelassen waren. Ta-Thea hatte jedoch nur Augen für die im Dämmerlicht liegende Stadt. Die Dächer waren in rosafarbenes Licht getaucht, die Schatten violett. Jenseits der Hafenmauer lag die tiefgrüne See.

Phraxus forderte sie auf, sich zu setzen, bot ihnen Wein, Brot und schmackhafte, mit Kräutern verfeinerte Butter an. Auf dem Tisch stand eine Schale mit frischem Obst, eine andere war mit Mandeln gefüllt.

»Es geht eigentlich gar nicht um den Friedensvertrag selbst«, erklärte Phraxus. »Cassiodorus hat jedoch verhandelt, und den Vertrag schließlich unterschrieben, ohne den Stadtrat zu befragen. Wir leben in einer Demokratie. Schon seit langem wurde bei uns keine für die Gemeinschaft wichtige Entscheidung getroffen, ohne dass jeder Bürger der Stadt über den Sachverhalt informiert und um seine Meinung gefragt worden wäre.«

»Und früher?« Ta-Thea war neugierig geworden. Sie war davon überzeugt, dass ein solches System nur zu chaotischen Verhältnissen führen konnte. Andererseits war sie begierig darauf, Neues zu lernen.

Phraxus blickte sie an und lächelte. Er war Soldat, und sie kannte viele Soldaten. Er würde höflich sein. Vielleicht mochte er sie, vielleicht fand er sie sogar interessant oder attraktiv, aber er würde niemals vergessen, dass sie eine Frau und ihm körperlich unterlegen war. Sie sah in seinen graublauen Augen den Schimmer selbstherrlicher Überlegenheit des Mannes über die Frau. Und sie war nun keine Kaiserin mehr, die Gehorsam verlangen konnte.

»Früher wurden wir von Tyrannen beherrscht. Die ersten waren durchaus weise, trafen kluge Entscheidungen, die den Menschen und dem Land von großem Nutzen waren. Aber uneingeschränkte Macht korrumpiert. Fürsorge verwandelt sich in Unterdrückung. Die Menschen verlernten bald, eigene Entscheidungen zu treffen. Und so entstanden zwei Klassen innerhalb der Gesellschaft. Zu der einen gehörten diejenigen, die herrschten, zu der anderen diejenigen, die beherrscht wurden. Eine Minderheit beherrschte die Mehrheit.«

»Etwa mit Dummheit oder Ungerechtigkeit?« Ta-Thea ließ nicht locker.

»Manchmal sogar gleichzeitig mit Dummheit und Ungerechtigkeit. Doch das war gar nicht das Problem – und heute geht es genauso wenig darum.« Phraxus blickte ihr offen in die Augen. »Die Frage nach der Gerechtigkeit des Friedensvertrages stellt sich nicht. Entscheidend ist, wer die Macht hatte, ihn zu schließen. Cassiodorus hat ihn unterzeichnet. Er kehrte zurück und stellte Parfyrion vor vollendete Tatsachen. Dieses Vorgehen spaltete die Bevölkerung in zwei Lager.« Trauer lag in seiner Stimme.

Ta-Thea blickte Ishrafeli an. Die Lampen an den Wänden warfen Schatten auf sein Gesicht, und seine markanten Züge traten deutlich hervor. War er wie sie auf der Suche, oder hatte er die Wahrheit bereits gefunden? Sie wusste es nicht, und seine Miene verriet nur, dass er dem Gespräch aufmerksam folgte.

»Die jungen Männer waren voller Hoffnung auf eine neue Ordnung. Die Soldaten brachten reiche Beute. Drei Tage und drei Nächte lang haben wir gefeiert.«

»Was für eine neue Ordnung?«

»Mit mehr Freiheit«, erwiderte Phraxus mit rauem Lachen. »Die jungen Leute glauben noch daran, dass sie die Dinge zum Besseren wenden können. Und vielleicht würden die Menschen einfach aussterben, wenn es anders wäre. Wir brauchen Wachstum und neue Ideen. Ohne Fantasie sterben wir.« Er presste die vollen Lippen aufeinander. »Doch dieselben jungen Leute hungern nach Macht. Macht, die keinen anderen Zweck verfolgt als sich selbst. Sie würden sich mit Gewalt nehmen, was ihnen die Gemeinschaft verweigert.«

»Und die Älteren? Was ist mit denen?«, schaltete sich Ishrafeli in das Gespräch ein.

»Die Älteren erinnern sich noch an die Tyrannei, die Angst und den Schrecken, den sie verbreitete. Und sie fürchten, dass sie zurückkehren könnte. Sie wissen, dass sie nur ihrer Weisheit ihren Ehrenplatz verdanken.«

»Dann geht es also um einen Konflikt zwischen Jung und Alt«, stellte Ta-Thea fest.

»Nein!« Phraxus widersprach heftig. »Es gibt noch mehr Fraktionen. Zum Beispiel die Händler, die den Frieden wollen. Oder die Frauen, die um ihre Männer und Söhne bangen. Und es gibt diejenigen, die in vergangenen Kriegen bereits viel verloren haben und nicht verzeihen können. Für sie ist jedes Zugeständnis auch ein Verrat an den Gefallenen. Sie haben einen hohen Preis gezahlt und werden auf keinen Fall noch mehr drauflegen. Die Vergangenheit lastet schwer auf ihnen, und die Zukunft kann diese Schuld nicht abtragen.«

»Wird Cassiodorus denn wegen Hochverrats angeklagt?«, fragte Ta-Thea.

»Nein, nicht wegen Hochverrats. Niemand könnte ihm beweisen, dass er dem Staat Schaden zugefügt hat.« Phraxus zögerte. Eine steile Falte bildete sich zwischen seinen Brauen. »Die Anklage lautet auf Blasphemie.«

Ishrafeli erstarrte und konnte seine Überraschung nicht verbergen. »Blasphemie? Gegen welchen Gott denn?«

Auch Phraxus saß jetzt vollkommen regungslos auf seinem Stuhl. Sein Gesicht glich nur noch einer Maske. »Das wissen wir eben nicht. Die Götter gaben uns die Gesetze, die Besonnenheit, Gerechtigkeit und Freiheit versprechen, vor so langer Zeit, dass wir uns nicht mehr an sie erinnern können.« Während er sprach, wandte er den Blick nicht von Ishrafeli ab. »Es gibt Philosophen, die behaupten, dass diese Gesetze nie existiert hätten, dass weise Männer sie erschaffen hätten, um den Worten mehr Kraft zu verleihen, mit denen das einfache Volk regiert werden sollte. Sie behaupten, die Weisen hätten geglaubt, dass die Menschen den Göttern gehorchen, das Wort anderer Menschen aber infrage stellen würden.«

Ishrafeli setzte zum Reden an, besann sich dann aber und unterbrach Phraxus nicht.

»Erst im Lauf vieler hundert Jahre, wurden wir langsam selbstständig und lernten die Gesetze um ihrer selbst willen schätzen. Wir brauchten weder Magie noch Mysterien, wir lernten auch ohne all das zu gehorchen. Die Erkenntnis brachte uns weiter.« Phraxus sprach jetzt voller Überzeugung, ja sogar voller Stolz. »Weisheit und Menschlichkeit, Selbstbeherrschung und die Liebe zur Schönheit sind das Maß des Menschen. Die Einwohner von Parfyrion dienen diesen Zielen seit tausend Jahren, und wir wurden dafür reichlich belohnt, im Frieden und auch im Krieg. Wir haben durch die Erschaffung von Schönem großen Geistesreichtum erlangt, der bisher von niemandem übertroffen wurde.« Seine Stimme wurde sanft. »Ich bin sogar der Meinung, dass er auch von niemandem erreicht wurde.«

»Wie kann denn jemand Götter lästern, die gar nicht existieren?« Ta-Thea schaute fragend in die Runde.

Phraxus erwiderte ihren Blick. »Vielleicht ist es einfach ein Brauch. Blasphemie ist auch ein anderes Wort für Überheblichkeit. Ich meine damit den Stolz des Mannes, der das Schicksal herausfordert, der seine Gefährten überrunden will und nach den Sternen greift, der dem Universum seinen Respekt verweigert, jene Ehrfurcht, die das Wunder der Schöpfung und das Wissen um die eigene Vergänglichkeit gebieten. Das ist der Hochmut, der die Seele beleidigt und den Geist derjenigen mahnt, die um die zerstörerische Macht solcher Anmaßung wissen. Versteht Ihr?«

Ta-Thea war sich nicht sicher. Der Gedanke an ihre eigene Herrschaft über Shinabar verwirrte sie. Sie hatte die Macht des Isarch nie infrage gestellt und selbstverständlich vorausgesetzt, dass ihre Landsleute sie ebenso vorbehaltlos akzeptierten. Offensichtlich hatte sie sich geirrt …

Plötzlich ertönte ein nachdrückliches Klopfen an der Haustür, und eine Stimme rief laut nach Phraxus. Der Gastgeber entschuldigte sich, lief nach unten und kehrte kurz darauf mit einem dunkelhäutigen Mann zurück. Er hatte eine stark gebogene Nase, und die Augenbrauen wuchsen über funkelnden Augen in der Mitte zusammen.

»Das ist Allomir«, stellte Phraxus seinen Gast vor. »Er wird Cassiodorus anklagen.«

Allomir war offensichtlich überrascht, als er die Fremden erblickte. Er verbeugte sich steif. Seine Bewegungen zeugten von innerer Anspannung, und jede Regung in seinem raubvogelartigen Gesicht verriet Bedrängnis.

»Ta-Thea und Ishrafeli sind erst heute Nachmittag in der Stadt angekommen. Sie kennen unsere Probleme nicht«, erklärte Phraxus.

Allomir warf einen kurzen Blick auf Ta-Thea. Ishrafeli schaute er lange mit wachsender Neugier an, als ob er ihn schon irgendwo gesehen hätte, sich aber nicht erinnern konnte. Dann fragte er in barschem Ton: »Und wer wird ihn verteidigen? Niemand wird sich freiwillig dazu bereit erklären und sich in eine solche Lage bringen – jedenfalls niemand von juristischem Format.« Seine Hände bewegten sich ruckartig. »Soldaten, gut, die würden es vielleicht tun, und es gibt viele junge Männer, die für Cassiodorus' Sache eintreten. Ohne einen anständigen Verteidiger allerdings wird der Prozess erst recht keinen Erfolg haben.«

»Erfolg?« Ishrafeli fiel Allomir ins Wort. »Welche Art von Erfolg meint Ihr?«

»Gerade darin liegt das Problem.« Allomir stieß ein bellendes Lachen aus. »Es wird nämlich keinen Erfolg geben. Stellt das Gericht Cassiodorus' Unschuld fest, hat er somit den ersten Schritt auf dem Weg zu einer Gewaltherrschaft bereits hinter sich gebracht. Damit würden wir seine Anmaßung billigen und könnten ihm den nächsten Schritt auch nicht mehr verweigern und die folgenden ebenfalls nicht und so weiter, bis er die Zügel fest in der Hand hält. Von seinen Bewunderern, zu denen die unbesonnensten und rüpelhaftesten Mitglieder der Armee gehören, wollen wir gar nicht erst sprechen.« Mit großem Ernst fügte er an Ishrafeli gewandt hinzu: »Letztendlich gibt es keinen Unterschied zwischen guten und schlechten Menschen. Nur die Fähigkeit, sich angesichts des Gesetzes und im Sinn der Gemeinschaft zu zügeln, entscheidet. Ignoriert den Willen der Gemeinschaft, lasst die Stärke allein regieren … und schon werft Ihr all das über den Haufen, das uns Würde verleiht und unsere Seelen über die der Tiere erhebt.«

»Und wenn Cassiodorus verurteilt wird?« Ishrafeli sprach mit leiser Stimme. Er wirkte besorgt, und seine Lippen waren nur noch ein schmaler Strich.

Allomir starrte ihn an, als wäre er mit ihm allein im Raum. Die Leidenschaft, mit der er sprach, hatte beinahe eine hypnotische Wirkung. Ta-Thea spürte, dass die nächsten Worte nur für Ishrafeli bestimmt waren. Sie selbst und Phraxus waren vergessen.

»Wenn er verurteilt wird, kommt es zum Kampf.« Allomir spuckte die Worte geradezu hinaus. »Seine Soldaten werden ihn unterstützen, ebenso wie die jungen Männer aus der Stadt, diejenigen, die weder Frauen noch Kinder haben, zweitgeborene Söhne, die nichts besitzen und ohnehin ruiniert wären, wenn ein Krieg …«

»Es wird keinen Krieg geben!« Phraxus widersprach

heftig. »Das wird er nicht zulassen. Er mag hochmütig sein und der alten Wege und der Kraft, die es kostet, diese Pfade nicht zu verlassen, müde, doch er stammt trotz alledem aus Parfyrion.«

Allomir wandte sich um. »Ach, und einer aus Parfyrion kann keinen Tyrannen hervorbringen?« Seine Stimme überschlug sich beinahe vor unterdrücktem Zorn. »Wir werden nicht als gute Menschen geboren, Phraxus, wir werden erst gut, weil wir das Gesetz kennen lernen, wir erfahren seine Stärke, und ich wage zu sagen: auch seine Schwäche, aber wir entscheiden uns dafür, dem Gesetz zu gehorchen.« Er blickte in die Runde. »Und wenn wir uns dafür entscheiden können, dem Gesetz zu gehorchen, sind wir durchaus auch in der Lage, eine andere Entscheidung zu treffen, nämlich den Gehorsam zu verweigern. Das ist es, was wir sind: Kreaturen, denen das Gute und das Böse innewohnt. Und das Gesetz bestimmt, wofür wir uns entscheiden.«

Ta-Thea starrte Allomir an. Sprach dieser merkwürdige, hässliche Mann etwa über die Dinge, über die sie alles erfahren wollte? Eine Frage war jedoch noch offen: Wer bestimmte das Gesetz?

»Ändern sich Gesetze denn nicht?«, fragte sie. »Wer interpretiert sie? Werden sie niedergeschrieben, so dass man sich auf die Worte beziehen kann? Oder sind sie die Essenz aus Weisheit und Erfahrung der Vergangenheit wie in meiner Heimat? Überall im Land gibt es Richter, aber in schweren Fällen gibt es eine letzte Instanz, die herbeigerufen werden kann, und das ist der Isarch.«

Allomir wandte sich Ta-Thea zu, und das plötzliche Interesse brachte seine Augen zum Leuchten. »Ihr versteht viel von diesen Gesetzen, nicht wahr?«

»Ja«, antwortete Ta-Thea ohne zu zögern. Sie hatte oft neben Mon-Allat gesessen, wenn er über schwierige Fälle zu entscheiden hatte, und mit ihm darüber gesprochen.

»Unser Gesetz beruht ebenfalls auf der Weisheit und der Erfahrung der Vergangenheit«, fuhr Allomir fort. »Doch erklärt mir, wie es kommt, dass Ihr über die Gesetze in Eurer Heimat Bescheid wisst. Richten bei Euch auch Frauen?«

»Nein ...« Über diese Möglichkeit hatte Ta-Thea noch nie nachgedacht. Doch warum sollte eine gebildete Frau nicht ebenso viel wissen wie ein Mann, warum sollte die Fähigkeit einer Frau, klug zu urteilen, nicht ebenso groß sein wie die eines Mannes. »... nicht offiziell jedenfalls«, entgegnete sie. »Aber in Wirklichkeit wohl doch so manches Mal. Ich habe oft meinen Mann beraten, und sein Urteil beruhte häufig auf meinen Erwägungen.«

Phraxus starrte sie mit großen Augen an.

Allomir schien in Gedanken versunken.

»Glaubt Ihr wirklich, dass Cassiodorus, wenn er verurteilt wird, einen Krieg anzetteln wird?« Ishrafeli sprach leise, und seine Stimme klang verwirrt. »Dass er es darauf anlegen wird, alles zu zerstören?«

»Nein, natürlich nicht!«, antwortete Phraxus energisch.

»Ich denke doch!«, entgegnete Allomir nicht weniger nachdrücklich. »Cassiodorus ist ein Mann, der nur sich selbst sieht.«

»So weit wird es dennoch nicht kommen.« Phraxus schüttelte den Kopf. »Er ist ehrgeizig, ja, aber er ist kein Dummkopf.«

»Wenn er verurteilt wird, welche Strafe erwartet ihn dann?«, fragte Ta-Thea.

»Die Verbannung«, erwiderte Allomir.

Ta-Thea schwieg. Sie wusste nur allzu gut, was es bedeutete, hinter sich zu lassen, was einem lieb, teuer und vertraut war, eine Reise ins Ungewisse anzutreten.

Allomir missverstand ihr Schweigen. »Verbannung aus Parfyrion ist eine harte Strafe. Er verliert seine Rechte als Bürger, seine Identität. Was kann einen Mann schwerer treffen, als nur die Wahl zu haben, fern der Heimat weiterzuleben oder den Tod durch die eigene Hand zu sterben?«

Da ergriff Ishrafeli das Wort, und auch aus seiner Stimme sprach Trauer. »Ein Leben im Exil, fern von allem, was einem vertraut ist, kann auch bedeuten, dass man den Weg zu sich selbst findet, das Maß findet, den Teil des Selbst, der in tiefem Schlaf lag, weil man ihn zuvor niemals gerufen hatte. Wir beginnen selten damit zu wachsen, wenn wir nicht dazu gezwungen werden.«

Das war zu viel für Allomir. »Ihr versteht nichts! Verbannung aus Parfyrion bedeutet, all die Dinge zurückzulassen, die den Geist mit Schönheit erfüllen, die den Verstand weit und die Seele rein werden lassen. Sie ist eine Art Tod ohne den Frieden des Vergessens.«

Ishrafeli widersprach nicht. Was immer er wusste, er behielt es für sich.

»Wenn wir keinen Verteidiger für Cassiodorus finden, wird der Prozess dem Buchstaben des Gesetzes nicht gerecht.« Allomir blickte nacheinander einen jeden von ihnen an, und seine Stimme war vor Anspannung ganz rau. »Aber das ist noch nicht alles. Viel schlimmer ist, dass die Allgemeinheit unter diesen Umständen das Urteil und natürlich auch die Strafe nicht akzeptieren wird. Aber es ist einfach kein Verteidiger zu finden.« Jetzt wandte er sich an Phraxus. »Ihr seid meine letzte Rettung. Ich weiß, Ihr seid Soldat und kein Anwalt, aber Ihr könntet für ihn eintreten, und er würde Euch akzeptieren. Ihr habt unter ihm gedient und kennt die Wirklichkeit und das Grauen des Krieges. Ihr wisst, wovon Ihr sprecht.«

»Das kann ich nicht!« Phraxus sah an den anderen vorbei aus dem Fenster.

Auf den Straßen waren immer noch Gruppen junger Männer unterwegs, die mit Fackeln im Dunkeln ihren Weg suchten. Hier oben konnte man jedoch nicht hören, ob sie miteinander sprachen, sich anbrüllten oder die Klingen kreuzten.

»Ich bin Zeuge«, fuhr Phraxus nach einer Weile fort. »Jede Partei muss mich befragen. Man wird den Eindruck gewinnen, dass ich eigene Ziele verfolge. Ihr müsst einen anderen finden.«

Allomir ballte die Hände zu Fäusten. Die Schatten, die das Licht der Lampen auf sein Gesicht warf, betonten seine ohnehin schon große Nase, und seine Augen lagen ohne jeden Glanz tief in ihren Höhlen. »Ich habe alles versucht, mit allen gesprochen, die infrage kommen. Niemand stellt sich zur Verfügung. Ich habe erklärt, dass es nicht darum geht, Cassiodorus zu unterstützen, sondern den Zielen des Gesetzes zu dienen. Der Einzige, der bereit war, den Auftrag zu übernehmen, war Styanax, aber der ist zu alt und zu krank. Er kann sich kaum noch auf den Beinen halten. Seine Stimme ist nicht mehr als ein Flüstern, und es kostet ihn ungeheure Kraft, überhaupt ein Wort hervorzubringen. Aber er weiß, dass das Gesetz über dem einzelnen Fall steht, dass wir die Angelegenheit von allen Seiten betrachten müssen, um ein gerechtes Urteil zu fällen. Wenn uns das nicht gelingt, korrumpieren wir das Gesetz und verhöhnen die Wahrheit.«

»Ich weiß«, stimmte Phraxus zu und beugte sich vor, »aber ich kann es dennoch nicht tun.«

Das Schweigen, das auf diese Worte folgte, lastete schwer auf ihnen. Ta-Thea blickte zu Ishrafeli hinüber. Seine Miene verriet tiefe Ratlosigkeit.

»Ich hasse ihn!«, rief Allomir plötzlich, und seine Stimme zitterte vor Qual. »Ich hasse ihn, weil er mich in eine solche Lage bringt! Er tritt unsere Lehren und Errungenschaften mit Füßen.« Mit erhobenem Zeigefinger wandte er sich an Phraxus. »Ihr wisst doch, was da draußen geschieht! Zwietracht verbreitet sich unter den Menschen, Väter kämpfen gegen ihre eigenen Söhne. Wo einst Respekt herrschte, gibt es nur noch Zorn und gegenseitige Verachtung.«

»Ich weiß …«

»Selbst die natürliche Zuneigung wird nach und nach preisgegeben, all die Großzügigkeit, von der wir glaubten, dass sie für immer in unseren Herzen wohne. Wir müssen uns fragen, ob wir uns nicht etwas vorgemacht haben, Phraxus.« Allomirs Stimme wurde brüchig. »Wenn der Ehrgeiz eines einzigen Mannes all das vernichten kann, müssen wir uns die Frage stellen, ob das Gute tatsächlich über so große Macht verfügt, wie wir glaubten. Was bedeuten Ehre, Mitgefühl und Demut gegenüber dem Willen der Gemeinschaft tatsächlich? Sind all diese Dinge nicht vielleicht doch bloß Produkte unserer eigenen Wahnvorstellungen?« Er schwang die Hände derart aufgeregt durch die Luft, dass die Schatten an den Wänden tanzten. »Ich hasse mich selbst, weil ich zu zweifeln beginne. Waren wir bereits alle so korrupt, dass es nur eines einzigen Mannes bedurfte, damit wir wie verfaultes Obst von den Bäumen fallen?« Jetzt wandte er sich an Ishrafeli, als ob er nun ihn überzeugen wollte. »Ich weiß, dass er schuldig ist. Aber ohne Verteidiger können wir ihn nicht verurteilen, und wir können ihn erst recht nicht bestrafen. Alles andere wäre eine Aufforderung an jeden dreisten jungen Mann, sich aufzulehnen. Wir hätten Cassiodorus schon viel früher Einhalt gebieten müssen, aber wir waren zu selbstgefällig, um die Gefahr zu erkennen. Und er war stattlich und mutig – ein herausragender Mann.« Tiefe Selbstzweifel drohten Allomir zu überwältigen. »Wir waren zu bequem, um ihn an die Kandare zu nehmen. Seine Launen waren uns gleichgültig, weil wir auf ihn angewiesen waren. Wir nahmen an, was er uns bot, ohne nach dem Preis zu fragen.«

Phraxus blickte Ta-Thea fragend an und runzelte die Stirn, als ob er verzweifelt einem Gedanken nachjagte, den er nicht mehr fassen konnte. Auch Ishrafeli wandte sich ihr zu. Plötzlich leuchteten Allomirs Augen auf und er wandte sich Ta-Thea zu. »Ja, das ist es! Ihr habt doch den höchsten Richter in Eurem eigenen Land – welches immer das sein mag – beraten, nicht wahr? Würdet Ihr für Cassiodorus sprechen, damit der Gerechtigkeit Genüge getan werden kann? Würdet Ihr für Parfyrion, für das Gesetz eintreten?«

Ta-Thea blickte zu Ishrafeli hinüber. Sie kannte ihn zwar erst seit wenigen Stunden, doch er war ihr ein guter Führer – zu tiefen Empfindungen fähig, mutig und verletzlich zugleich. Sie würde tun, was er ihr riet. Doch als er sie lächelnd ansah, konnte sie seinem Blick keinen Hinweis entnehmen.

Auf ihr Zögern hin drängte Allomir: »Bitte. Ich werde Euch auch in die Gesetze Parfyrions einweisen. Phraxus wird uns dabei unterstützen. Es gibt auch eine Liste mit den Namen der Zeugen, die für Cassiodorus aussagen werden.«

Ta-Thea blickte Phraxus an. Er senkte zustimmend den Kopf. Es blieb keine Zeit mehr, das Für und Wider abzuwägen. Sie musste ihre Entscheidung jetzt treffen. Sie würden die ganze Nacht benötigen, um sich auf den Prozess vorzubereiten. Es gab schließlich sehr viel zu lernen.

Ta-Thea seufzte und sagte dann: »Ja, einverstanden. Ich werde tun, was ich kann.«

»Danke.« Allomirs strahlte über das ganze Gesicht. Er hob eine Hand und macht eine Geste, als wollte er ihr anerkennend auf die Schulter klopfen, besann sich dann aber und fügte energisch hinzu: »Dann lasst uns beginnen! Hört gut zu ...«

Sie hatten nur eine Stunde geschlafen, als sie sich zum Frühstück an den Tisch setzten. Es gab Brot, Obst und Käse mit wildem Rosmarin. Sonnenlicht fiel durch das große Fenster in den Raum, und die Strahlen spielten auf dem polierten Holz und dem glatten Marmor.

Ta-Thea starrte hinaus und beobachtete zahllose Menschen, die rastlos umherliefen. Niemand schien ein bestimmtes Ziel zu haben, und sie spürte die Unruhe, die wie eine Glocke über der Stadt hing. Selbst die Händler schienen sich für heute zurückgezogen zu haben, und wie am Tag zuvor waren nur wenige Frauen und kein einziges Kind zu sehen.

Allomir machte sich als Erster auf den Weg; Phraxus, Ishrafeli und Ta-Thea folgten ihm kurze Zeit später. Die Luft war bereits warm und roch nach Staub und feuchter Erde.

Ta-Thea wurde unruhig. Sie betrachtete ihre Umgebung mit scharfem Blick, und es war, als würde sie jede Skulptur, jeden Fries und jeden verwitterten Stein tief in ihrem Gedächtnis eingraben wollen. Es war, als würde ihr Fortbestehen davon abhängen, ob es ihr gelang, Cassiodorus mit genau den Worten zu verteidigen, die der Gerechtigkeit dienten, die aber auch eindeutig bewiesen, dass er tatsächlich der Blasphemie schuldig war und all die Werte verleugnet hatte, an die ganz Parfyrion geglaubt hatte.

Sie trug ein einheimisches Gewand, so dass sie nicht auf den ersten Blick als Fremde entlarvt werden konnte, und sie betrat mit ihren Begleitern das Gerichtsgebäude, ohne besondere Aufmerksamkeit zu erregen.

»Ich muss mit Cassiodorus sprechen«, sagte sie.

»Natürlich. Wir sind bereits auf dem Weg zu ihm«, erwiderte Phraxus. Er führte sie durch einen langen Flur. Vor einer großen Tür verabschiedeten sie sich von Ishrafeli und wandten sich an die Männer, die davor Posten bezogen hatten. Ihre grauen Tuniken waren schlicht, und keinerlei Abzeichen deutete auf irgendeinen Rang. Die Harnische war so blank, als ob sie zum ersten Mal angelegt worden seien. Sollte dies ein Zeichen dafür sein, dass dem Angeklagten tatsächlich Blasphemie und nicht Hochverrat zur Last gelegt wurde?

Phraxus ergriff das Wort, und schließlich wurde Ta-Thea von den Posten vorgelassen. Phraxus selbst wurde der Zutritt verwehrt.

Der Raum war nur mit einem schmalen Bett und einem Stuhl möbliert. Cassiodorus saß auf dem Bett. Er war mindestens ebenso groß wie Phraxus und genauso kräftig, darüber hinaus aber hatten die beiden Männer keinerlei Ähnlichkeit miteinander. Über seiner breiten Stirn schimmerte sein Haar wie Gold. Lippen und Nase waren dick, und Ta-Thea hatte noch nie so durchdringende Augen gesehen. Sie schienen auf den Grund ihrer Seele zu blicken. Plötzlich spürte sie, dass sie eine tiefe, unbekannte Furcht überkam, und sie zitterte, obwohl die Luft in dem Raum warm war. Sie blieb stehen, bedacht darauf, dem Mann nicht zu nahe zu kommen. Cassiodorus blieb auf dem Bett sitzen und fragte nicht einmal, wer sie war. Offenbar interessierte es ihn auch gar nicht.

»Ich werde vor Gericht für Euch sprechen«, erklärte Ta-Thea. »Uns bleibt eine Stunde. Ihr könnt diese Zeit nutzen, mir die Dinge zu sagen, von denen Ihr glaubt, dass ich sie wissen sollte, damit ich tatsächlich in Eurem Namen sprechen kann. Gibt es irgendeinen Zeugen, den ich für Euch aufrufen soll und der noch nicht auf der Liste steht?«

Spott lag in seinen Augen. »Steht Phraxus auf Eurer Liste, meine Dame?«

»Ich heiße Ta-Thea. Ja, Phraxus wird auf jeden Fall gehört werden.«

»Das ist gut. Der edle Phraxus.« Cassiodorus kräuselte die Lippen, und seine Stimme war voller Verachtung, als ob er etwas im Schilde führte, von dem Phraxus keine Ahnung hatte. »Er wird schon deshalb die Wahrheit sagen, weil er gar nicht anders kann. Er ist unfähig zu lügen. Aber er wird sich noch wünschen, dass es anders wäre.«

»Gibt es noch jemanden? Ich habe hier die Namen einiger Soldaten und einiger Männer, die im Krieg alles verloren haben, Händler, die während des Krieges keine Geschäfte machen konnten und daher auch nicht dem Wohl der Stadt dienten. Da ist auch eine Mutter, die fünf Söhne auf dem Schlachtfeld verlor. Sie wird für viele andere sprechen.«

Cassiodorus' Augen standen allzu weit auseinander, sein Nasenrücken war allzu flach. Sein Gesicht strahlte zwar Machtwillen aus, aber keinerlei Feingefühl. »Ihr seid gut vorbereitet«, sagte er jetzt, und in seiner Stimme lag immer noch leiser Spott. »Es sieht tatsächlich so aus, als wolltet Ihr mich verteidigen. Warum? Habt Ihr Angst davor, dass die Alten mich zum Schweigen bringen und aus dem Verkehr ziehen?«

Ta-Thea hatte Mühe, seinem Blick standzuhalten. »Sollte ich?«

»Aber selbstverständlich«, gab er gelassen zurück. »Ich werde zerstören, was ich nicht besitzen kann.«

Ta-Thea hatte viele mutige Männer kennen gelernt, und sie hatte schon häufig gehört, wie einer eine Drohung ausgesprochen hatte. Doch Cassiodorus' Worte ließen ihr das Blut in den Adern gefrieren. Sie blickte ihm in die Augen und las Hohn und unbändigen Willen darin. Sie versuchte, den Blick abzuwenden, aber sie hatte nicht die Kraft es auch zu tun.

Sein Lächeln wurde immer breiter.

Ta-Thea hätte ihn am liebsten geschlagen, dieses Lächeln zerschlagen. Doch ihre Aufgabe war es, diesen Mann zu verteidigen. Sie hatte es Phraxus versprochen, sie hatte ihr Wort gegeben. Das Gesetz war größer als der Zorn oder die Eitelkeit eines Einzelnen. Und ganz sicher war es größer als Cassiodorus. Vielleicht würde er Parfyrion tatsächlich zerstören. Sie aber würde nicht aufgeben, das Gesetz hochzuhalten.

»Genau das ist Eure Schwäche, nicht die meine«, sagte Ta-Thea und war überrascht, dass ihre Stimme vollkommen furchtlos klang.

Cassiodorus erhob sich. Zorn entstellte seine Gesichtszüge. Mit hasserfüllten Augen trat er auf Ta-Thea zu, gewann dann aber schnell wieder Kontrolle über sich. Das Lächeln kehrte zurück, und er blickte träumerisch aus dem Fenster. »Wir werden sehen«, erwiderte er und ging zurück zu seinem Bett. »Wir stehen erst am Anfang, ganz am Anfang. Ihr habt keine Ahnung, wie lange die Reise noch dauern wird.«

Ta-Thea schwieg, wandte sich grußlos ab und verließ den Raum. Als die Wärter die Tür hinter ihr geschlossen hatten, waren ihre Finger so steif, dass die Papiere ihr aus der Hand zu Boden glitten. Ihre Kleider waren nass geschwitzt, und sie zitterte heftig.

Die Kuppel des Gerichtssaals hatte eine Öffnung, durch die das Sonnenlicht hereinströmte. Die Wände waren mit geschnitzten und bemalten Friesen verziert. Der Zuschauerraum war bis auf den letzten Platz besetzt.

Fünf in grüne Gewänder gehüllte Richter saßen in der Mitte des Saals und beobachteten Cassiodorus, der, an beiden Handgelenken gefesselt, in einem vergitterten Käfig stand. Zu beiden Seiten hatten Wärter Posten bezogen.

Ta-Thea blickte sich suchend nach Ishrafeli um und entdeckte ihn schließlich erleichtert in der ersten Reihe.

Allomir eröffnete das Verfahren und trug die Anklage vor.

Ta-Thea stellte erneut fest, dass in Parfyrion alles viel kleiner, viel persönlicher war als in Shinabar. Sogar das Klima war ganz anders. Es gab nicht diese sengende Hitze, nicht den bitteren Geruch im Wind, hier lag nur der schwache Duft von Salz in der Luft. Allerdings der Geist, der alles bestimmte, war ein und derselbe: Hier wie dort gab es Konflikte, die nach den allgemein gültigen Maßstäben der Gerechtigkeit und des Gesetzes beurteilt wurden.

Die Erinnerungen überwältigten Ta-Thea. Die Vergangenheit schien überall zu sein, obwohl sie sie längst hinter sich gelassen hatte, die Vergangenheit, die aus ihrem Leben geflohen war und alles, was ihr lieb und teuer gewesen war, mit sich genommen hatte.

»Wir wissen alle, was Ehre ohne Hochmut bedeutet«, sagte Allomir, und der Klang seiner Stimme verlangte ungeteilte Aufmerksamkeit. »Jeder Mann in Parfyrion schätzt seine Freiheit und ist ein treuer Diener der Gemeinschaft. Ich werde beweisen, dass Cassiodorus, indem er eigenmächtig mit dem Feind verhandelte, unseren Prinzipien den Rücken kehrte und versuchte, sich selbst zum Maß aller Dinge zu machen.«

Die jungen Männer im Saal begannen zornig zu murmeln. Ta-Thea beobachtete, wie Cassiodorus sich in seinem Käfig nach vorn beugte und einem blonden jungen Mann in seiner Nähe etwas zuflüsterte, der es an seinen Nachbarn weitergab. Hass machte sich auf den Gesichtern breit.

»Es besteht keinerlei Notwendigkeit, darüber zu streiten, ob es sich hier um Hochverrat handelt.« Allomir warf Ta-Thea einen warnenden Blick zu. Er hatte bemerkt, dass sie nicht ganz bei der Sache war. »Cassiodorus ist nicht des Hochverrats angeklagt. Er ist der Missachtung jener Demut angeklagt, jener Besonnenheit, die uns die Götter am Beginn aller Zeiten schenkten und die uns zu dem machte, was wir heute sind.« Seine Stimme wurde leiser. »Die Zerstörung dieser Tugenden fordert einen schrecklichen Tribut, einen Tribut, den wir und unsere Kinder mit unserem Leben bezahlen werden.«

In der drückenden Hitze des Tages wurde erbittert gestritten, und zahllose Zeugen wurden vernommen. Allomir bewies, dass Cassiodorus den Vertrag ausgehandelt hatte, ohne die Bevölkerung von Parfyrion anzuhören und ohne ihrem Urteil oder ihren Wünschen die geringste Beachtung zu schenken. Die Fakten lagen schnell auf dem Tisch. Cassiodorus hatte weder um Erlaubnis gebeten noch hatte über den Vertrag eine öffentliche Diskussion stattgefunden.

Ta-Thea rief Zeugen auf, die zu den Schrecken des Krieges verhört wurden und die über die schädlichen Auswirkungen des Krieges auf die Stadt und ihre Bewohner berichteten.

Am folgenden Tag rief sie die Frauen auf, die ihre Männer, ihre Brüder und ihre Söhne auf dem Schlachtfeld verloren hatten. Alle sprachen voller Würde, doch ihr von Trauer und Schmerz gezeichneten Gesichter sagten mehr als alle Worte.

Mit der Befragung der Frauen gab Ta-Thea viel von sich selbst preis, indem sie deren Qualen für jedermann offensichtlich und nachvollziehbar machte. Die Verzweiflung, die sie selbst gespürt hatte, als sie durch die Wüste geritten war, die Einsamkeit, die sie immer noch in ihren Klauen gefangen hielt, die Fragen nach der Vergangenheit, die sie selbst quälten, die Ahnung, dass sie vielleicht alles hätte verhindern können, all ihr eigenes Leid floss in die Befragung der Zeuginnen mit ein. Die Richter lauschten voller Anteilnahme.

Jedes Mal, wenn sie Cassiodorus anschaute, sah sie ein verräterisches Schimmern in seinen Augen. Er wusste, wovon sie sprach, wusste um ihre tiefsten Wunden, und es schien ihr, als kröche ein widerwärtiges Wesen in ihrem Innersten umher. Das Böse hatte von seiner Person Besitz ergriffen und dies erfüllte sie mit tiefer Furcht. Sie wandte sich ab und suchte Ishrafelis Blick, konnte das vertraute Gesicht in der Menge aber nicht finden. Ihre Knie wurden weich, und sie holte tief Luft, um nicht in Ohnmacht zu fallen.

»Ist alles in Ordnung mit Euch?« Allomirs Stimme klang bestürzt, geradezu liebenswürdig. Hatte er in Cassiodorus dasselbe gesehen wie sie? Nein, natürlich nicht. Cassiodorus war nichts weiter als ein Mann, dessen maßlosem Stolz und brennendem Ehrgeiz zum Wohl von Prafyrion Einhalt geboten werden musste. Und ausgerechnet sie verteidigte ihn! Er verhöhnte sie, weil sie sich nicht dagegen zur Wehr setzen würde. Ihm bedeutete Großmut nichts, ebenso wenig wie die Menschen. Doch vielleicht lag gerade darin seine größte Schwäche.

Ta-Thea beschloss, noch einen weiteren Zeugen aufzurufen, einen, von dem Allomir gesprochen hatte, einen Mann, der die Traditionen hoch hielt.

»Ich rufe Styanax in den Zeugenstand.«

Cassiodorus erstarrte. Er knetete seine Hände, so dass die Knöchel knackten. Auch Ta-Thea zitterte trotz der wärmenden Sonnenstrahlen, die durch die Kuppel in den Saal drangen.

Styanax war ein alter Mann mit grauem Haar und einem verhärmten Gesicht. Er blickte sie misstrauisch und voller Ablehnung an und klammerte sich an das Geländer. Durch die Haut seiner Hände schimmerten bläuliche Venen, und sie war über und über mit den Flecken des Alters bedeckt.

»Ihr beschuldigt Cassiodorus der Blasphemie«, begann Ta-Thea mit fester Stimme. »Wie könnt Ihr sicher sein, dass es der Wille der Götter ist, dass die Mehrheit an allen Entscheidungen beteiligt werden soll, obwohl die Menschen unter Umständen weder über die nötigen Informationen noch über ausreichende Erfahrung verfügen, um zu einem vernünftigen Urteil zu gelangen? Niemand bestreitet, dass Cassiodorus der beste Soldat ist, der jemals für Parfyrion kämpfte. Und selbst Ihr seid doch der Meinung, dass er den Vertrag zur rechten Zeit aushandelte und dass es sich überdies um einen gerechten Frieden handelt.«

Styanax lächelte beinahe unmerklich. »Es handelt sich in der Tat um ein würdiges Abkommen«, sagte er mit großem Ernst. »Wenn Cassiodorus Parfyrion regieren würde, träfe er zum einen sicher bessere, zum anderen auch schnellere Entscheidungen als der Hohe Rat.«

»Bessere Entscheidungen?«

»Wie alle anderen auch würde er irgendwann einmal einen Fehler machen oder zu einem falschen Urteil kommen. Doch dann gäbe es niemanden mehr, der ihn dazu anhalten könnte, die Dinge ein zweites Mal zu überdenken. Diejenigen, die es wagen würden, seine Auffassungen zu kritisieren, würde er nicht als Berater, sondern als Feinde und sogar als Verräter betrachten. Seine Herrschaft entspräche exakt den alten Mustern der Tyrannei.«

Ta-Thea wusste, dass sie mit ihrer nächsten Frage ein hohes Risiko eingehen würde. Doch sie war schon zu weit gegangen – und wenn sie jetzt aufgab, wäre alles verloren. Ihre Hände zitterten noch immer. »Warum hat Allomir bisher nicht auf diesen Punkt hingewiesen? Eure Ausführungen unterstützen doch in jeder Hinsicht seine Argumentation.«

»Weil dieser Fall bisher noch nicht eingetreten ist. Meine Ausführungen sind nichts weiter als reine Spekulation«, erwiderte Styanax und blickte ihr fest in die Augen. »Cassiodorus kann das alles einfach abstreiten, und es gibt viele, die ihm glauben würden. Die Jugend ist ungeduldig.« Er lächelte sanft, und sie fragte sich, ob er wohl selbst Söhne hatte. »An Cassiodorus schätzt die Jugend schließlich gerade die Effektivität seines Handelns. Sie ist des Abwägens müde, der ewigen Diskussionen ebenso wie der Disziplin. Allomir klagt Cassiodorus nicht wegen Hochverrat an, und es würde ihn auch nicht weiterbringen, selbst wenn er den Vorwurf beweisen könnte.«

Sollte sie jetzt aufhören? Sie hatte immerhin einen halben Punkt gemacht. Auch jetzt noch konnte sie alles verlieren. Ta-Thea spürte Cassiodorus' triumphierenden Blick, der sich in ihren Rücken zu bohren schien. Und sie traf eine Entscheidung.

»Gab es denn in der Vergangenheit noch nie einen Helden, der vom Volk bewundert und verehrt wurde, obwohl er nicht gerade ein Vorbild an Demut war?«

»Doch, selbstverständlich ...«

»Und bedeutete das dann gleichsam eine Bedrohung für Parfyrion?«

Die Menge wurde unruhig. Ein junger Mann hob seinen Arm und fuchtelte wild in der Luft herum.

Styanax senkte den Kopf. »Manches Mal schon. Die tatsächliche Gefahr der Bedrohung beurteilten wir nach den Maßstäben der Vernunft und denen des Gesetzes.«

»Standet Ihr denn den Ratschlägen der anderen immer offen gegenüber, obwohl Ihr Euch im Recht fühlen konntet und die anderen offenbar weniger mutig und nicht so fähig waren wie Ihr selbst? – Die anderen vertraten zudem eine falsche Auffassung.«

»Dies ist keine Frage von richtig oder falsch. Es ist eine Frage der Macht. Eine Macht, von der man sich nicht befreien kann und die keine Kritik duldet, ist Tyrannei. Letztendlich bedeutet sie Sklaverei. Jeder, der ihr ausgeliefert ist, verliert die Freiheit des Gewissens und damit seine Seele.«

Ta-Thea wandte sich Allomir zu. Sein sonst raubvogelartiges Gesicht sah in diesem Moment geradezu schön aus. Er erhob sich, lächelte sie an und richtete dann das Wort an Styanax.

»Und ist das nicht die schlimmste aller Gotteslästerungen?«, fragte er sanft, doch seine Stimme war bis in den letzten Winkel des Saals zu hören.

Styanax seufzte, Zorn und Verzweiflung standen ihm deutlich ins Gesicht geschrieben. »Ja, so ist es.«

Cassiodorus' Züge waren vor Wut völlig entstellt. Seine Empörung füllte den großen Raum, traf die Zuschauer und nährte den Hochmut und die Entrüstung der jungen Leute, die sich bereits auf eine gewalttätige Auseinandersetzung vorbereiteten. Leises Raunen erhob sich und schwoll an wie die Flut.

Ta-Thea wandte sich an die Richter.

Das Urteil stand ihnen ins Gesicht geschrieben, und sie verkündeten es mit Nachdruck. »Cassiodorus, Sohn des Critos von Parfyrion, wir sprechen Euch schuldig der Blasphemie. Wir verurteilen Euch zu lebenslanger Verbannung. Ihr habt unser Vertrauen missbraucht, und Euer Name wird ausgelöscht werden.«

Cassiodorus hob die gefesselten Hände und wandte sich an die schweigende Menge. »Mein Name wird niemals ausgelöscht werden. Parfyrion wird ihn noch im Munde führen, wenn Ihr schon längst zu Staub zerfallen seid.« Sein Blick wanderte zu Allomir. »Ihr sprecht von einer Zeit, die längst vergangen ist, einer Zeit ohne Ideen und ohne Leben. Ihr werdet mit ihr verschwinden, noch bevor der nächste Tag anbricht. Und was Euch betrifft …« – er wandte sich abrupt zu Ta-Thea um – »… Ihr habt mich verraten, Weib.« Seine Stimme wurde plötzlich sanft, und die nächsten Worte galten nur ihr. »Ich weiß, wer Ihr seid. Ich habe mir Euren Namen in die Haut geritzt, ich werde Euch bestimmt nicht vergessen. Ihr werdet auf Knien dafür beten, dass ich Euch aus meinem Gedächtnis streiche, doch es wird vergeblich sein. Euer Gott kann Euch nicht vor mir beschützen.« Dann blickte er zu den Zuschauern hinüber. »Fragt Ishrafeli. Er weiß, wovon ich spreche.«

Ta-Thea setzte zu einer Antwort an, aber ihr Mund war trocken und ihre Kehle wie zugeschnürt. Die Worte blieben ihr im Hals stecken, und das Schweigen erstickte die Widerrede.

Cassiodorus warf den Kopf zurück, holte mit den Armen aus und schlug durch die Gitter hindurch einen der Wärter nieder. Es war kein Fluchtversuch, sondern die Demonstration seiner Stärke und gleichzeitig ein Schlachtruf, mit dem er sich an die jungen Männer wandte, die bereits auf dem Weg nach draußen waren und die Älteren beiseite drängten. Einige der Jüngeren blieben furchtsam stehen.

Cassiodorus wurde aus dem Saal gebracht. Die Menschen rückten zusammen – wie eine schwere Wolke stand die Angst über ihnen.

Allomir eilte zu Ta-Thea. »Ihr habt Eure Sache gut gemacht. Parfyrion steht in Eurer Schuld. Doch seid vorsichtig. Cassiodorus wird Euch nicht vergeben.«

»Ich weiß«, gab sie mit heiserer Stimme zur Antwort. All ihr Selbstvertrauen war verschwunden.

Auch die Richter sprachen ihr tiefste Dankbarkeit aus. Dann wandte sie sich zum Gehen und wusste nicht mit Bestimmtheit zu sagen, was sie eigentlich getan hatte und ob sie irgendetwas daraus lernen konnte. Wenn dies ein Teil jener Wahrheit gewesen war, nach der sie sich so sehr sehnte, dann war sie noch weit davon entfernt, irgendetwas zu verstehen.

Phraxus kam ihr mit in Falten gelegter Stirn entgegen. »Ihr habt es tatsächlich geschafft!« Seine Stimme klang voller Bewunderung.

Ta-Thea wusste nicht, was sie darauf erwidern sollte. Zweifel überkamen sie. Wo blieb denn bloß Ishrafeli? Sie sehnte sich nach seiner Nähe, nach seiner Stimme. Nur seine Meinung zählte jetzt.

»War es etwa doch nicht die Wahrheit, die ans Licht gebracht wurde?« Sie hatte ihre Stimme wieder gefunden und machte kein Hehl aus ihrer Verbitterung und ihren Bedenken.

Phraxus' Gesicht war plötzlich leer. »Doch, es war die Wahrheit. Ich hätte es wissen müssen. Ich habe oft genug neben ihm gekämpft, doch ich habe die Zeichen falsch gedeutet. Ich hielt für die Wahrheit, was ich für wahr halten wollte.« Er reichte ihr seinen Arm. »Kommt jetzt. Wir sollten gehen. Ihr seid sicher hungrig und erschöpft.«

Er führte sie durch die aufgeregte Menge hinaus in die Sonne. Allomir stand auf der Treppe, nur wenige Meter von ihnen entfernt. Sein Gewand war blendend weiß.

Dann erblickte Ta-Thea endlich Ishrafeli. Er kam ihnen entgegen und schien auf sie gewartet zu haben. Seine Augen suchten ihren Blick.

Plötzlich ertönte ein Schrei, und die Menschen erschraken. Ein junger Soldat war mit gezogenem Schwert auf Allomir gestürzt. Die Augen des Anklägers weiteten sich vor Entsetzen, als er den Blutfleck auf seiner Brust erblickte. Er schien zu erstarren, stand regungslos im blendenden Sonnenlicht. Dann gaben seine Beine nach, und er fiel vornüber auf die Stufen aus Stein.

Eine Frau schrie. In der Menge ging ein Raunen des Entsetzens umher, das nach und nach zu einem einzigen Schrei des Zorns und tiefer Furcht anschwoll.

Alle Farbe war aus Phraxus' Gesicht gewichen, seine Augen war leer. Er stand wie angewurzelt da, der Anblick dieser unfassbaren Tat lähmte seine Zunge.

Ta-Thea spürte, wie eine Hand sie sanft am Arm berührte. Sie wusste, ohne aufzublicken, dass Ishrafeli neben sie getreten war.

Die Menge erwachte langsam aus ihrer Ohnmacht. Männer stürzten herbei, einige mit gezückten Schwertern. Blinde Wut kochte sich hoch und drohte zu einem tödlichen Strudel anzuwachsen, der früher oder später alles unter sich begraben würde.

Furcht ergriff Ta-Thea.

Laute Rufe ertönten, Frauen kreischten. Jemand brüllte Befehle. Einige liefen kopflos umher, andere suchten Schutz in kleinen Gruppen. Dann begann die Schlacht.

Wie unter einem Zwang wandte Ta-Thea sich ab und erblickte auf der ersten Stufe der Treppe die turmhohe Gestalt von Cassiodorus. Das Funkeln seiner Augen war nicht zu übersehen, und seine Lippen spannten sich zu einem triumphierenden Lachen.

Entsetzt wanderte ihr Blick zu Phraxus. Auch er hatte Cassiodorus, den alten Kampfgefährten, gesehen. Die Sonne schien Phraxus ins Gesicht, doch in seinen Augen wütete ein dunkler Sturm.

Hitze und Staub hingen wie eine Glocke über dem Platz vor dem Gerichtsgebäude, und die Luft dröhnte vom Geschrei der verwirrten Menschen, die nicht einmal ahnten, welches Unheil über sie hereinzubrechen drohte.

Cassiodorus hatte sich seiner Wächter offenbar entledigt, er war bewaffnet. Vorsichtig, geradezu bedächtig zückte er das Schwert. Die Klinge funkelte im Sonnenlicht.

Ishrafeli drängte Ta-Thea zurück und von Phraxus fort. Im Gewühl schluchzte eine Frau.

Phraxus griff nach dem Heft seines Schwertes. Er wusste, dass es, wenn er es zog, kein Zurück mehr geben würde, und zögerte einen Augenblick lang. Dann hielt er die glänzende Schneide in die Höhe.

Die Menge tobte. Ein Mann applaudierte, dann noch einer und schließlich fast alle.

Ishrafeli umklammerte Ta-Theas Arm mit solcher Kraft, dass sie vor Schmerz aufschrie, doch sie hatte keine Wahl. Er zog sie mit sich über den Platz, die breite Straße entlang und hinunter zum Hafen. Der Lärm hinter ihnen schwoll an, während sie an den verschlossenen Türen der Häuser vorbeihasteten. Ein Kind stand plötzlich mitten auf der Straße und weinte, Angst verzerrte das kleine Gesicht. Ta-Thea hielt an, sie wollte helfen. Doch eine Gruppe junger Männer trat aus einer Nebenstraße und hielt direkt auf sie zu. Sie verteilten sich, um ihr den Weg zu versperren, die Mienen hochmütig, die Augen funkelnd.

Ishrafeli stellte sich schützend vor Ta-Thea. Einer der jungen Männer trat hämisch grinsend auf ihn zu, und es war offensichtlich, dass er Ta-Thea ins Visier genommen hatte.

»Wir wollen die Frau!« Er rief dies mit lauter Stimme und deutete mit dem Kopf in Ta-Theas Richtung, dann fügte er seinen Kumpanen zugewandt hinzu: »Sie hat Cassiodorus verraten.« Er griff nach seinem Schwert, schwang es über dem Kopf und stieß, ohne zu zögern, zu.

Ishrafeli wich dem Angriff jedoch gekonnt aus und riss als Ablenkungsmanöver blitzschnell einen seiner Arme in die Höhe, mit der anderen Faust schlug er dem Gegner in den Nacken, so dass dieser zu Boden ging und bewegungslos liegen blieb.

Einer der anderen stieß einen Schrei aus, stürzte vor und schwang dabei ebenfalls ein Schwert in der Luft. Er schien im Umgang mit der Waffe wesentlich geübter zu sein als sein Freund.

Ta-Thea spürte, wie das Entsetzen sie zu überwältigen drohte, doch sie gab dem Gefühl nicht nach. Sie warf sich auf den Mann, der bereits am Boden lag, ergriff sein Schwert und warf es Ishrafeli zu.

Die beiden Männer kämpften voller Erbitterung, der

jüngere hatte gegen Ishrafeli jedoch nicht den Hauch einer Chance. Schließlich lag er tödlich getroffen am Boden. Alle Farbe war aus Ishrafelis Gesicht gewichen, und seine Kleider waren voller Blut. Er griff nach Ta-Theas Arm und rannte mit ihr die Straße hinunter. Nicht einen Blick mehr schenkten sie den schönen Häusern, den schlanken Säulen, den bunten Blüten. Schließlich erreichten sie den Hafen. Die Flut wiegte die Schiffe hin und her, und endlich sahen sie auch ihr Boot am Hafen in den Wellen schaukeln.

Ishrafeli gab Ta-Thea einen Stoß, machte die Leinen los und sprang selbst in das Boot, und schon glitt es über das grün schimmernde Wasser.

»Das Segel! Los, löst das Seil dort!«

Mit zitternden Händen befolgte Ta-Thea seinen Befehl.

Hinter ihnen lag Parfyrion im Feuer der untergehenden Sonne. Am Himmel hing eine dunkle Rauchwolke. Hastig lösten sie die Taue, und bald blähte sich das Segel in der kräftigen Brise. Das Boot glitt über das in der Sonne glitzernde Wasser, fort von Parfyrion.

Ta-Thea betrachtete Ishrafeli, der sich immer noch mit den Tauen abmühte. Sein Gesicht glänzte kupfernfarben. Er schien doch älter zu sein, als sie angenommen hatte. Sein Gesicht war von großer Trauer gezeichnet, eine Trauer, die so alt sein musste wie der Himmel selbst.

Erst als Parfyrion nur noch ein verschwommener Fleck am Horizont war und die Sonne wie ein glühender Ball im Westen hing, ließ er die Taue fallen und trat zu ihr. Er kniete nieder und nahm ihr Gesicht in beide Hände.

»Ihr wolltet die Wahrheit.« Seine Stimme war nur ein Flüstern. »Habt Ihr wirklich geglaubt, dass Ihr ohne Mühe und Schmerzen zu ihr gelangt?«

»Ich glaube nicht, dass dies die Wahrheit war.« In Ta-Theas Augen standen bittere Tränen.

Ishrafeli lächelte Ta-Thea an, nahm ihre Hände in die seinen und schwieg.

3

Ta-Thea erwachte und stieß einen Seufzer der Erleichterung aus, als sie die dunkle Silhouette des Segels über sich erblickte. Die Sterne leuchteten, und das Boot glitt sanft und ruhig über das dunkle Wasser. Sie hatte von Cassiodorus geträumt, seine durchdringenden Augen, die schonungslos ihre Seele entblößten, vor sich gesehen, und seine Stimme, die ewigen Hass schwor, dröhnte noch immer in ihren Ohren.

Ta-Thea spürte die Kälte und zog den seidenen Umhang enger um ihre Schultern, doch das Zittern wollte nicht aufhören.

Ishrafeli war aufmerksam geworden und wandte sich um. Seine Gestalt ragte schwarz in den Himmel. Ta-Thea hätte gern mit ihm über Parfyrion gesprochen, aber sie wusste nicht, was sie sagen sollte. Sie waren kaum zwei Tage lang dort gewesen, und doch war es, als hätte sie abermals einen großen Verlust erlitten, und die ungeweinten Tränen brannten in ihren Augen. Große Gedanken und große Träume waren unter dem Hochmut eines einzigen Mannes zerbrochen. Und die anderen, die viel zu jung waren, um das Ausmaß der Zerstörung auch nur zu ahnen, waren ihm ins Verderben gefolgt.

»Geht es bei der Wahrheit denn immer nur um Macht?«, fragte sie leise.

Ishrafeli setzte sich neben sie auf die Planken. Sie spürte seine Wärme und seufzte erneut.

»Nein, aber die Macht ist ein wichtiger Teil der Wahrheit. Niemand findet den Weg zu sich selbst, wenn er nicht lernt, Macht auszuüben, und versteht, wie und wann er auf sie zu verzichten hat.«

»Wer ist Cassiodorus?«

»Wisst Ihr es denn nicht?« Seine Stimme war sanft.

Ta-Thea blickte ihm ins Gesicht, doch das Licht der

Sterne genügte nicht. Sie konnte seine Züge nicht erkennen.

»Nein.«

»Was glaubt Ihr denn?«

Sie erbebte, und die Erinnerungen waren kälter als die Nacht und der Wind. »Es kommt mir so vor, als wäre …« Sie suchte nach den richtigen Worten, fand sie aber nicht sogleich. »… es kommt mir so vor, als wäre er so etwas wie ein ewiger Widersacher.«

Ishrafeli legte seine Hände auf die ihren. »Er ist nur der Schatten jenes Widersachers, er ist nur der Atem des Eises.«

Ta-Thea schwieg für einige Minuten, dachte an die Schönheit Parfyrions, das Sonnenlicht auf den Steinen, an eine kunstvoll gehauene Statue, an Phraxus' Gesicht, als sie in seinem Haus über den bevorstehenden Prozess gesprochen hatten, und an jenen Augenblick, als er sein Schwert gegen Cassiodorus gerichtet hatte. Sie hörte Allomirs Stimme, die ihn mit aller Kraft und Leidenschaft versucht hatte zu überzeugen, und sie spürte die Trauer über seinen Tod.

»Bei der Wahrheit geht es auch um Mut und Verlust, nicht wahr?«, begann sie erneut.

»Ja«, antwortete Ishrafeli, ohne zu zögern.

Ein Schauer lief ihr über den Rücken, und sie zog den Umhang fest um ihre Schultern.

»Ist Euch kalt?«, fragte Ishrafeli besorgt.

»Ja. Die Luft hat sich verändert. Sie riecht anders, nach Verbranntem. So roch es auch, als wir in den Maelstrom hineinfuhren. Sind wir etwa wieder in der Nähe eines solchen Strudels?« Plötzlich kam ihr noch ein anderer Gedanke. »Wir kehren doch nicht etwa um?«

»Nein, habt keine Angst.« Zärtlichkeit und ein Lächeln lagen in seiner Stimme. »Wir haben noch einen langen Weg vor uns, aber der wird uns nicht durch einen Strudel führen, jedenfalls nicht durch einen vergleichbaren. Wir werden jedoch bestimmt schweren Seegang haben, und unsere Reise wird nicht ungefährlich sein. Die Wellen sind voller Tücken, und manch einer ist schon darin umgekommen.«

Nur das Heulen des Windes in den Segeln und das Rauschen des Wassers waren zu hören. Doch der Klang hatte sich verändert, und das Boot glitt schneller dahin.

Eine Weile saßen sie schweigend nebeneinander. Ta-Thea war froh darüber, dass Ishrafeli bei ihr war. Er hatte seinen Frieden bereits gefunden, und sie wusste, dass auch das größte Chaos auf der Welt ihm diesen nicht mehr nehmen konnte. Es kam ihr so vor, als ob auch ihr ein wenig von diesem Frieden zuteil wurde, wenn Ishrafeli ihr nahe war, und langsam glitt sie hinüber in einen leichten Schlummer.

Als sie die Augen wieder öffnete, wurde der Himmel im Osten bereits hell. Dort wo die Nacht ihn noch umhüllte, färbte er sich ozeangrün. Ta-Thea blickte zu Ishrafeli hinüber. Seine Augen waren geschlossen. In dem schimmernden Licht der Dämmerung wirkten seine Züge weich und verletzlich. Sein Umhang war zur Seite gerutscht, und Ta-Thea deckte ihn vorsichtig zu.

Da blinzelte er und lächelte sie an.

»Ich wollte Euch nicht wecken …« Sie war verlegen und fühlte sich ertappt.

Ishrafeli setzte sich auf und blickte sie dabei immer noch lächelnd an. Dann deutete er auf den Horizont vor ihnen, und auch Ta-Thea erkannte, dass Land vor ihnen lag – noch sah man allerdings nur eine schmale Linie.

»Wohin fahren wir?«, fragte sie.

»Nach Bal-Eeya. Wir müssen die Segel reffen.« Er hob den Kopf und beobachtete den Himmel. »Wenn der Wind noch stärker wird, werden wir kentern. Hier, haltet dies!« Er drückte Ta-Thea ein Tau in die Hand. »Haltet es ganz fest!«

Sie war dankbar, dass sie helfen konnte. Gemeinsam refften sie die Segel, hielten das Boot auf Kurs und schossen durch tiefe Täler aus blauem Wasser. Die Wellen wurden immer höher, und als der Tag erwachte, war der Himmel winterblass, und am Horizont türmten sich dunkle

Wolken. Der Wind stach wie mit eisigen Nadeln in Ta-Theas Gesicht, und das Flimmern des Lichts auf dem unruhigen Wasser schmerzte in ihren Augen. Die Strömung riss das Boot mit sich, und als sie schließlich die Landzunge erreichten, erforderte es Ishrafelis ganze Kraft und sein ganzes Geschick, den Hafen von Bal-Eeya anzusteuern.

Bal-Eeya hatte keinerlei Ähnlichkeit mit Parfyrion. Es strahlte keinerlei Wärme aus, es gab keine kunstvoll behauenen Steine, keine breiten Straßen. Die Stadt lag in einem Talkessel und wurde größtenteils von hohen Bergen umschlossen. Den Hafen entlang verlief eine steinerne Mauer, die die Stadt wie eine Festungsmauer schützte und die bis zu einer nahe gelegenen zerklüfteten Insel führte. Nur der Süden lag völlig ungeschützt unter den dunklen Wolken.

Die Häuser am Ufer waren aus Holz und wirkten sehr gepflegt. Ihre Konturen waren schlicht und die Farben, in denen das Holz gestrichen war, waren blass und kühl, wie die Farben des Himmel. Hölzerne Schiffe lagen vor Anker und schaukelten auf den hohen Wellen hin und her. Seevögel kreischten über ihren Köpfen, und die Männer, die am Kai arbeiteten, waren in dicke Umhänge gehüllt, deren Kapuzen sie über die Köpfe gezogen hatten. Manchmal blickte einer von ihnen auf und starrte über die See dem finsteren Horizont entgegen.

Ishrafeli steuerte das Boot in die Nähe einer Gruppe von Männern und rief: »Wo können wir vor Anker gehen?«

Einer erhob sich und trat an die Kaimauer. Sein glattes Haar war nach hinten gekämmt und gab die breite Stirn frei. Man sah ihm an, dass er daran gewöhnt war, Befehle zu erteilen, doch er sagte freundlich: »Euch bleibt nur das innere Hafenbecken, denn Euer Segel ist leicht. Und es zieht ein Sturm auf, wie wir wahrscheinlich noch keinen schlimmeren erlebt haben.« Er wies in eine Richtung und sagte: »Fahrt dort hinüber und dann haltet scharf nach rechts. Dort werdet ihr die Liegeplätze schon sehen. Der vierte in der Reihe gehört mir, aber ich benötige ihn im Augenblick nicht. Dort könnt Ihr gern anlegen.«

»Vielen Dank …« erwiderte Ishrafeli zögerlich.

»Mein Name ist Itureus«, antwortete der Mann auf die stumme Frage. Dann blickte er an ihnen vorbei in Richtung Osten, die Hand über die Augen gelegt, um sie vor dem Wind zu schützen. »Beeilt Euch lieber. Es sieht nicht gut aus da draußen. Habt Ihr Freunde in Bal-Eeya?«

»Nein.«

»Dann wäre es mir eine Freude, Euch als meine Gäste begrüßen zu dürfen. Zögert nicht, mein Angebot anzunehmen. Ihr seid willkommen. Sobald ich mit Patro gesprochen habe, komme ich zu Euch. Es gibt noch viel zu tun.«

»Vielen Dank.« Ishrafeli steuerte das Boot vorsichtig am Kai entlang. Die Wellen wurden immer höher, und die Strömung drohte, das Boot gegen die Pfähle zu treiben, auf denen der Pier errichtet worden war. Doch dann hatten sie das innere Hafenbecken erreicht und legten an. Bald stieß Itureus, gefolgt von einem jüngeren Mann, zu ihnen. Seinen Begleiter stellte er als Patro, den Regenten von Bal-Eeya, vor. Patro hieß die Ankömmlinge ebenfalls willkommen. Er wechselte noch einige Worte mit Itureus, dann ging er davon.

Ta-Thea und Ishrafeli eilten hinter Itureus den Kai entlang und die grauen Straßen hinauf. Und dennoch zitterten sie vor Kälte. Die Dächer der Häuser waren mit Schindeln gedeckt, die Holzwände vom Wind und Salz zerfressen. Sie sahen kaum Menschen in den Straßen. Hin und wieder kreuzte ein einsamer Mann eilig ihren Weg, den Kopf leicht nach unten geneigt. Die langen, mit Pelz besetzten Umhänge schienen auch dem gewöhnlichsten Einheimischen Bedeutung zu verleihen.

Ta-Thea sah keine Statuen, keine Schnitzereien, keinerlei Verzierungen, und es gab auch kein Theater in der Stadt. Doch während sie die Straßen entlangliefen, nahmen sie die schlichte Schönheit der Gebäude sehr wohl wahr. Weiße Glockentürme zierten die Kirchen und über den Dächern der Stadt trotzten sie in luftiger Höhe dem Sturm.

Itureus brachte sie zu einem hübschen Haus in der Nähe des Stadtkerns. Der Garten war von einer Mauer umgeben, und auf der Wiese wuchsen dichte Lorbeerbüsche mit strahlenden, kräftigen Blättern. Unter den Büschen wuchs ein dichter Teppich aus Pflanzen mit zarten grauweißen Blättern und weißen Blüten.

Die Tür öffnete sich. Die Frau, die sie willkommen hieß, war auffallend schön. Sie hatte ein helles, zartes Gesicht und goldbraunes Haar. In ihren dunkelblauen Augen war nur einen Lidschlag lang Überraschung zu lesen, und als Itureus die Fremden vorgestellt und ihre Situation erklärt hatte, lächelte sie, trat zurück und bat sie ins Haus. Sie hieß Dulcina, war mit Itureus verheiratet und ganz offensichtlich mindestens zwanzig Jahre jünger als ihr Ehemann.

»Ihr seid bestimmt ganz durchgefroren und müde«, sagte sie und warf einen Blick auf Ta-Theas seidenen Umhang. »Soll ich Euch eines meiner Wollkleider borgen? Und wie steht es mit wärmeren Schuhen? Ich fürchte, das Unwetter, das sich da draußen zusammenbraut, wird uns noch schwer zu schaffen machen.«

»Vielen Dank, das wäre wunderbar.« Ta-Thea nahm das freundliche Angebot nur allzu gern an. Sie zitterte vor Kälte, und ihre Füße waren beinahe taub.

»Patro glaubt, dass es noch schlimmer als vergangenes Jahr wird.« Itureus schloss die Tür.

Dulcina lächelte, aber ihre Augen verrieten, dass sie ungehalten war. »Patro versucht nur, dich dazu zu bringen, ihm zu helfen.« Sie wandte sich an Ta-Thea. »Itureus war zwanzig Jahre lang Regent von Bal-Eeya, und alle haben ihm vertraut«, erklärte sie. »Er hat die Stadt jedes Jahr vor der See beschützt. Zwanzig Jahre lang hat er seine ganze Kraft in den Bau von Schutzwällen investiert und dafür gesorgt, dass die Tiere landeinwärts in Sicherheit gebracht wurden, dass jedes einzelne Schiff fest vertäut wurde, dass jeder etwas zu essen hatte und die Wachsamkeit der Männer nicht nachließ. Wenn Ihr noch nie einen Sturm in Bal-Eeya erlebt habt, könnt Ihr nicht wissen, wie viel Arbeit das ist.« Dulcina wandte sich ausschließlich an Ta-Thea, für die Männer hatte sie keinen einzigen Blick übrig. »So viele Abende habe ich hier allein verbracht. Natürlich habe ich mit den anderen Frauen zusammen ebenfalls Vorsorge getroffen. In der Stadthalle hielten wir Notrationen bereit, Decken, Verbandszeug und Schienen für gebrochene Arme und Beine. Doch nachts ging ich nach Hause und schlief allein, hörte, wie der Sturm anschwoll, hielt meinen Sohn in meinen Armen und wusste, dass mein Mann immer der Letzte sein würde, der seinen Posten verließ, nämlich erst dann, wenn die Gefahr bereits vorüber war. Er hat es sich wahrlich verdient, nun etwas kürzer zu treten und den Platz des Regenten für andere frei zu machen. Jetzt ist Patro an der Reihe. Er kann es sehr wohl allein schaffen.«

Itureus nahm Dulcina in die Arme. »Liebling, ihn drückt nur die Last der Verantwortung.«

Sie blickte zu ihm auf und lächelte. Dann wandte sie sich erneut an Ta-Thea. »Kommt, ich zeige Euch jetzt Euer Zimmer. Dort könnt Ihr Euch umziehen und ausruhen … wenn es der Sturm gestattet.« Und zu Ishrafeli sagte sie: »Möchtet Ihr auch eine Tunika und einen Umhang aus Wolle?«

Sie befanden sich in einem großen, hellen Raum. Ein großer Ofen aus Stein stand darin, der Boden war aus grauem und weißem Marmor, nackt und sauber, doch der Stein war von solcher Anmut, dass jeder Zierrat überflüssig war. Die Wände waren blau, und die Farbe so unendlich tief wie die abendliche See, der einfache Wandschmuck aus Bronze und der Schein des Feuers gaben dem Raum Wärme.

»Ich danke Euch.« Ishrafeli nahm das Angebot ebenfalls gern an und fragte neugierig: »Und der Sturm ist tatsächlich heftiger als sonst?«

»Ich glaube nicht.« Dulcina schüttelte den Kopf. »Mitten im Sommer vergessen wir einfach nur, wie heftig ein Sturm sein kann. Patro ist neu in seinem Amt, und er ist sich seiner Sache noch nicht sicher. Er wird es schon noch lernen …« – sie warf ihrem Mann einen Blick zu – »… wenn er darf. Kommt, bitte. Itureus wird Euch Euer Zimmer zeigen, Ta-Thea führe ich selbst hinauf. Und danach werden wir etwas essen.«

Sie führte Ta-Thea eine schmale, hölzerne Treppe hinauf zu einem Zimmer unter dem Dach. Wie in einem Turmzimmer gaben die Fenster zu drei Seiten hin den Blick nach draußen frei, das Holz war weiß gestrichen und das Licht schimmerte blau, als ob der Himmel selbst darin wohnen würde. Der Boden war mit einem Teppich aus geflochtenem Seegras bedeckt, das vom Wind und vom Salz gebleicht so hell wie Stroh aussah. Lediglich große Muscheln mit gelben und goldfarbenen Herzen schmückten die Wände.

Dulcina reichte Ta-Thea ein naturfarbenes Gewand aus weicher Wolle, einen Umhang und lederne Schuhe und ließ sie dann allein, damit sie sich umkleiden konnte.

Als Ta-Thea wieder nach unten kam, war Ishrafeli schon dort. Itureus stand am Fenster und beobachtete mit gerunzelter Stirn und zusammengepressten Lippen den Himmel.

»Der Sturm heult immer so laut«, beruhigte Dulcina einen kleinen Jungen, der etwa fünf Jahre alt war, und ihre Hand lag dabei auf seiner Schulter. Das Haar des Jungen war ebenso hell wie das ihre, und er hatte den festen Blick seines Vaters. Der zarte Nacken und die schmalen Schultern erinnerten Ta-Thea an Habi, und eine brennende Sehnsucht erfüllte ihr Herz. Für einen Augenblick erstarrte sie vor Qual. Sie bekam keine Luft mehr, ihr Herz drohte zu zerspringen. Der Schmerz war unerträglich. Alles um sie herum begann zu schwanken, und sie war wieder im Palast, die Nacht lag über der Wüste und Habi, ihr Sohn, in ihren Armen.

»Ist das auch wahr?«, fragte der Junge, und seine Stimme fuhr ihr wie eine Klinge in die Seele. Er blickte von einem zum anderen. »Elnid sagt, dieses Mal sei der Sturm schlimmer als je zuvor.«

»Unsinn, Kori«, erwiderte seine Mutter bestimmt. »Patro wird dafür sorgen, dass nichts passiert. Du brauchst keine Angst zu haben. Und diesmal wird sogar dein Vater hier sein und auf uns Acht geben.«

Kori sah seinen Vater mit großen Augen an.

»So ist es«, sagte Itureus mit zärtlicher Stimme. »Aber wir müssen noch die Tiere in Sicherheit bringen, die Schafe weiden an der Küste. Doch eigentlich habe ich noch genug damit zu tun, den anderen zu helfen.«

»Was ist mit uns? Wir könnten doch mithelfen«, schlug Ishrafeli vor.

Itureus zögerte nicht. »Vielen Dank. Jede Hand ist willkommen.«

Ishrafeli blickte zu Ta-Thea hinüber.

Er konnte nicht wissen, was in ihr vorging. Niemand hatte auch nur die geringste Ahnung davon. Und sie musste es auch weiterhin verbergen und nach vorn blicken, wenn sie das finden wollte, wonach sie suchte: den Sinn des Lebens, den Wert alles Seins. Sie konnte nicht mehr zurück. Irgendwo vor ihr lag die Erfüllung des Versprechens, das ihr der Weise gab. Daran glaubte sie jedenfalls ... um Habis Seelenheil willen. Für ihn musste sie es in Erfahrung bringen.

»Ja ... natürlich helfe ich auch.« Ihre Stimme klang rau, und Ishrafeli warf ihr einen neugierigen Blick zu, stellte aber keine Fragen. Sie hätte ihm ohnehin nicht antworten können.

Dann setzten sie sich alle zu Tisch und aßen. Ta-Thea konnte kaum fassen, dass sie überhaupt einen Bissen hinunterbekam. Anschließend warf sie sich einen schweren Umhang über die Schultern und folgte den beiden Männern. Zu dritt liefen sie die Straße hinunter in die Stadt. Dort trafen sie Patro. Sein junges Gesicht war angespannt, doch als er Itureus erblickte, glätteten sich die Sorgenfalten auf seiner Stirn, und er richtete sich auf, als sei ihm eine schwere Last von den Schultern genommen.

»Der Wind hat nachgelassen!«, rief er. »Bedeutet das nicht, dass er neuen Atem schöpft?«

»Ja.« Itureus legte Patro beruhigend eine Hand auf den Arm. »Keine Sorge, wenn der Zeitpunkt kommt, wirst du wissen, was zu tun ist. Du hast schon viele Stürme gesehen und mir oft genug geholfen. Wir werden jetzt zuerst die Tiere in Sicherheit bringen. Den südlichen Teil der Küste übernehme ich. Ishrafeli und Ta-Thea können mir helfen. Kümmere du dich um die Hafenmauer. Sie muss noch mit Sandsäcken verstärkt werden.«

»Ich weiß, ich weiß.« Patros strich sich zerstreut mit den Fingern durch das Haar und eilte davon.

Itureus lächelte und nahm dann Ta-Theas Arm. »Kommt! Wir müssen die Tiere zusammentreiben, oder wir werden sie alle verlieren.«

Die Luft war eisig. Der Wind trieb schieferfarbene Wolken über das kalte Blau des Himmels. Als sie über die engen Pfade der Landzunge gingen, konnten sie beobachten, wie sich die trockenen Grashalme auf den Wiesen und Feldern kräuselten und bogen. Ta-Thea hörte die tosende Brandung, noch bevor sie die Dünen erklommen hatten, und dann erblickten sie die weiß schäumende Gischt, die sich auf den hellen Sand ergoss und wieder zurückgesogen wurde in den dunklen Ozean.

Ta-Thea hielt überrascht den Atem an. Der Anblick war schrecklich – und schön zugleich. Es lag Musik darin, ähnlich dem Pochen eines Herzens. Und alles erschien so rein wie der Anfang der Zeiten, als noch nichts berührt worden war.

Sie blickte zum Himmel hinauf. Weiße Vögel zogen dahin und ließen sich vom Wind treiben. Plötzlich empfand sie Sehnsucht und Hoffnung. Sie wagte kaum, diesen Gefühlen nachzugeben, und fürchtete, dass sie nur eine Illusion bleiben würden.

Itureus sagte etwas, aber seine Worte wurden von dem Tosen der Brandung verschluckt. Mit einer Hand deutete er nach links, dann nach rechts, wo die Schafe auf einer Grasnarbe der See schutzlos ausgeliefert waren. Ishrafeli nickte, und Itureus ging nach links.

»Kommt, wir gehen dorthin!«, rief Ishrafeli Ta-Thea zu und deutete auf den Flecken hellen Sandes, der vor ihnen lag. Der Wind heulte mit der Brandung und blies den Meeresschaum durch die Luft.

Ishrafeli nahm Ta-Theas Arm, und als sie den Schutz der Düne verließen, verloren sie beinahe das Gleichgewicht.

Doch sie stemmten sich mit aller Kraft gegen den eisigen Wind. Ta-Thea sah die gewaltigen Wellen, hörte das donnernde Dröhnen der Brandung und empfand Freude und Frieden. Sie fühlte sich eins mit den am Himmel kreisenden Vögeln und den turmhohen Wolken, die von Osten herangetrieben wurden.

Plötzlich begann Ishrafeli zu laufen, breitete die Arme aus und kümmerte sich nicht mehr um den Wind, der ihm ins Gesicht schlug und an seinen Kleidern zerrte. Ta-Thea zögerte. Die Sehnsucht, es ihm gleichzutun, war groß, doch die tiefe Trauer, die in ihrer Seele wohnte, hielt sie zunächst zurück.

Ishrafeli lief immer weiter. Da endlich gab sie sich einen Ruck und rannte hinter ihm her, stolperte über große Steine und dicke Grasbüschel, und das Blut rauschte in ihren Adern. Lachen erklang in ihren Ohren und erfüllte sie wie der Wind den Himmel mit seinem Heulen.

Endlich hielt Ishrafeli inne, wandte sich um und breitete die Arme aus. Ta-Thea lief auf ihn zu. Er fing sie auf, hielt sie fest, und sie klammerte sich für einen kurzen, wundervollen Moment an ihn und spürte, wie seine Kraft durch sie hindurchströmte. Ungeahnte Freude überkam Ta-Thea. Alles war möglich! Sogar der Himmel schien unglaublich nah zu sein.

Ishrafeli trat einen Schritt zurück und nahm ihre Hand. Sein Griff war fest und stark. »Kommt, wir haben Arbeit. Nicht ein Schaf darf verloren gehen. Wenn wir sie nicht finden, werden sie umkommen.«

Ta-Thea befolgte glücklich Ishrafelis Worte. Diese Art Gehorsam erschien ihr gut und wertvoll. Sie war bereit zu laufen, bis ihre Beine schmerzten und ihre Füße wund waren.

Sie arbeiteten den ganzen Tag und führten die flinken, üppig mit Wolle bedeckten Schafe landeinwärts zu den höher gelegenen Weiden. Sie unterbrachen ihre Arbeit nur, um im Schutz einer Mauer das Brot zu essen und das Wasser zu trinken, das Dulcina ihnen mit auf den Weg gegeben hatte.

Als es zu dämmern begann, liefen sie noch einmal zum Strand, um sich davon zu überzeugen, dass sie keines der Tiere übersehen hatten. Sie standen nebeneinander auf der Landzunge und beobachteten, wie die Sonne hinter den Wolken zu einer purpurroten Kugel wurde und die dunklen Himmelsberge mit Feuer und Gold übergoss.

»Das sind die Flammen vom Ende der Welt«, sagte Ta-Thea leise. »Kommt von dort der nächste Sturm?«

»Ja, es dauert nicht mehr lange. Er wird uns noch in der Nacht erreichen.« Ishrafelis glattes Gesicht lag im roten Schein des Himmels. »Patro hat Recht«, fügte er hinzu und legte seinen Arm um ihre Schultern. »Dieser Sturm ist der schlimmste.«

Das Sonnenfeuer im Westen schien sogar die Luft zu färben, und in dem Scheiterhaufen, den es hinterließ, glich die dunkle See einem Schild aus Zinn.

Ta-Thea dachte an Parfyrion und an Cassiodorus und an die Macht des Zorns, die von ihm ausgegangen war. Ishrafeli hatte ihn den ›Schatten des Widersachers‹ genannt.

»Hat das alles vielleicht etwas mit mir zu tun?«, fragte sie, und der Wind riss ihr die Worte von den Lippen.

»Ich weiß es nicht«, erwiderte Ishrafeli und drückte sie an sich. »Aber ich glaube schon.«

Als das Pfeifen des Windes bereits zu einem schrillen Kreischen angeschwollen war, erreichten sie schließlich Itureus' Haus. Die Bäume im Garten gaben dem Wind nach, und überall lagen Äste herum. Trotz der dicken, wollenen Umhänge froren sie erbärmlich, und ihre Glieder waren taub. Dulcina öffnete die Tür und blickte sie besorgt an.

»Alles in Ordnung«, versicherte Ishrafeli. »Die Tiere sind in Sicherheit, und die Menschen sind auf das Schlimmste vorbereitet. Auch die Schutzwälle sind fertig.«

Dulcina lächelte erleichtert. »Ich hab's ja gesagt: Patro wird schon alles in den Griff bekommen. Eigentlich war es gar nicht nötig, dass Ihr dort hinausgegangen seid. Jetzt seid Ihr sicher hungrig.«

Sie führte sie in den großen Raum. Ein Feuer brannte im

Ofen und verschluckte gierig das Holz und den dunklen Torf. Auf dem Tisch stand ein großer irdener Topf, und durch die Löcher in seinem Deckel entwich köstlich duftender Dampf.

Sie aßen schweigend. Das Heulen des Windes wurde immer lauter, und selbst im Haus, dessen Wände aus dicken Steinen gemauert waren, und trotz der Äste, die der Wind gegen die Fenster peitschte, hörten sie deutlich die dröhnende Brandung der Küste.

Nach dem Mahl half Ta-Thea Dulcina den Tisch abzuräumen. Solche Arbeit hatte sie noch nie zuvor verrichtet, doch nun verstand sie es als Selbstverständlichkeit. Diese Leute gehörten zur führenden Schicht von Bal-Eeya. Sie hatten Gastfreundschaft angeboten, aber keinerlei Dienste, und sie hätte sich nicht wohl gefühlt, wenn sie Dulcina nicht zur Hand gegangen wäre.

»Vielen Dank«, sagte Dulcina lächelnd. Behände wusch sie die Teller ab und räumte sie in den Schrank. »Ihr könnt Euch nicht vorstellen, was es für mich bedeutet, dass mein Mann diesmal während des Sturms bei mir sein wird, anstatt die Vorbereitungen zu überwachen und sich um jedermann zu kümmern.« Als nächstes wusch sie den Topf aus. Sie arbeitete flink und man konnte erkennen, dass ihr die Handgriffe vertraut waren. »Früher, wenn der Sturm endlich vorüber war, sah Itureus vor lauter Erschöpfung aus wie ein alter Mann. Niemand kann diese Verantwortung länger als ein paar Jahre tragen. Die anderen verlangten viel von ihm, und er konnte einfach nicht Nein sagen.«

»Ihr seid sicher sehr erleichtert, dass seine Amtszeit vorüber ist«, sagte Ta-Thea mitfühlend und nahm Dulcina den Topf aus der Hand, um ihn abzutrocknen.

Dulcina spülte und trocknete die letzte Schüssel, stellte sie in ein Regal und blickte Ta-Thea in die Augen. »Es war nicht nur das Alleinsein, es war die Gefahr überhaupt – in Bal-Eeya kennen wir die Gewalt der See. Wir wissen um ihre tödliche Kraft, vor der wir niemals sicher sein werden. Doch der Regent trägt jedes Mal das größte Risiko. Er ist der Erste, der sich der Gefahr stellt, so wie ein Kapitän der

Letzte ist, der sein sinkendes Schiff verlässt. Auch er würde niemals den anderen etwas befehlen, das er selbst nicht zu tun bereit wäre.«

»Ihr seid sicher sehr stolz auf ihn. Sogar in Augenblicken, in den denen die Gefahr …«

Dulcina wandte sich abrupt ab. »Ich bin froh, dass es vorbei ist. Er soll hier bei Kori und bei mir bleiben. Jetzt ist ein anderer an der Reihe.«

Ta-Thea schwieg. Die Leidenschaft, mit der Dulcina ausschließlich an sich zu denken schien, verursachte ihr Unbehagen. Doch sie hatte kein Recht, über Menschen zu urteilen, die sie im Grunde gar nicht kannte. Von Bal-Eeya hatte sie bis vor wenigen Stunden noch nie etwas gehört. Aber sie wusste, dass sie auf den Thron von Shinabar, ohne zu zögern, verzichtet hätte, wenn sie damit das Leben ihres Sohnes hätte retten können. Sie wünschte sich sehnsüchtig, dass sie vor eine solche Wahl gestellt worden wäre, aber dieser Wunsch würde sich niemals erfüllen.

Dulcina stand regungslos da. Sie war wunderschön, jung, und es schien, als würde das Alter ihrer Schönheit niemals etwas anhaben können. Ta-Thea lächelte sie an, und all ihre Vorbehalte lösten sich in Luft auf. Ihre Gastgeberin entspannte sich sofort, und einträchtig kehrten die beiden Frauen in den großen Raum zurück.

Ishrafeli stand neben dem Feuer. Itureus saß in seinem Sessel und hatte die Augen geschlossen. Es sah aus, als ob er schliefe. Die Sorgenfalten waren aus seinem Gesicht gewichen, und Ta-Thea erkannte den jungen Mann, der er einmal gewesen war, bevor sein Amt ihn in den langen und harten Kampf gegen die See getrieben hatte. In gewisser Hinsicht war dieser Kampf jedes Mal wie ein Feldzug gewesen, und er hatte seine Armee gegen einen unbesiegbaren Feind in die Schlacht geführt. Auch wenn sie so manches Scharmützel gewonnen hatten: dieser Krieg würde niemals enden.

Ishrafeli schürte das Feuer. Draußen heulte unablässig der Wind, der mit jeder Sekunde schriller zu werden schien.

Es dauerte ein paar Minuten, bis sie das Klopfen an der Tür bemerkten. Die Zweige der Bäume schlugen immer noch laut gegen die Fenster und übertönten die wenigen Geräusche, die noch nicht vom Sturm verschluckt worden waren. Itureus öffnete die Augen und erhob sich. Dulcina erstarrte, und Besorgnis legte sich über ihr Gesicht.

Itureus öffnete die Tür und kehrte kurz darauf mit Patro zurück. Der junge Mann zitterte unter seinem dicken, braunen Mantel, und mit vor Kälte gerötetem Gesicht wandte er sich an Itureus.

»Es ist alles viel schlimmer als letztes Jahr.« Furcht lag in seiner Stimme. »Die See hat im Norden bereits tiefe Löcher in die Küste gerissen. Sie reicht schon fast an das Weideland heran. Sie wird diesmal auch die Weiden, die weiter unten liegen, nicht verschonen.«

»Doch, das wird sie«, widersprach Itureus mit fester Stimme und führte Patro zum Feuer. »Es sieht immer alles schlimmer aus, als es tatsächlich ist. Der Sturm trägt den Sand nach Osten, doch wenn der Wind dreht, bringt er ihn zurück. Im Frühling spült die Flut ihn wieder an Land, und wir werden das alles einfach vergessen.«

Patro schüttelte den Kopf. »So etwas habe ich noch nie gesehen.« Seine Stimme überschlug sich, die Panik darin war nicht zu überhören. »Das Wasser steht viel höher als sonst. Die äußere Mauer ist schon nicht mehr zu sehen, und wir wissen nicht, ob sie unter der Wasseroberfläche noch steht oder ob sie bereits fortgespült wurde.«

»Sie steht noch«, sagte Dulcina ein wenig ungeduldig. Sie deutete in die Dunkelheit hinter dem Fenster. »Ihr könnt jetzt sowieso nichts sehen. Es sieht immer schlimm aus, wenn man nur die Hälfte sieht, und das auch noch bei diesem Lärm. Außerdem habt Ihr Itureus schon so oft bei der Arbeit beobachtet. Ihr solltet eigentlich wissen, was zu tun ist.«

»Ganz Bal-Eeya ist in Gefahr!« Patro drohte, die Beherrschung zu verlieren, und zitterte immer heftiger. »Ich bin auf Itureus' Erfahrung angewiesen. Er wirft einen Blick auf die Mauer und weiß, was los ist, während ich zuerst Tests durchführen muss und mich selbst dann immer noch irren kann.«

»Ihr werdet Euch nicht irren«, erwiderte Dulcina energisch. »Ihr müsst lernen, auf Euer Urteil zu vertrauen. Wenn die Leute merken, dass Ihr Angst habt, werden sie ebenfalls ängstlich. In einer solchen Situation geschehen die meisten Unfälle, weil die Angst das Vertrauen und die Entscheidungskraft auffrisst. Dieser Sturm unterscheidet sich überhaupt nicht von jenen, die wir bereits erlebt haben. Es scheint nur so zu sein, weil Ihr zum ersten Mal für die Leute verantwortlich seid und nicht Itureus.« Sie trat zu ihrem Mann und legte einen Arm um seine Taille. Die Geste war vertraulich, zärtlich und besitzergreifend zugleich. »Er hat sich seine Ruhe verdient, und ich habe verdient, dass er hier bei mir ist.« Sie lächelte Itureus an und wandte sich dann wieder an Patro. »Geht und erfüllt Euren Auftrag, Patro.«

Patro holte tief Luft, rührte sich jedoch nicht.

Itureus warf einen kurzen Blick auf seine Frau, dann hielt er Patro zum Abschied die ausgestreckte Hand hin. »Sie hat Recht, mein Freund. Zweifelt nicht an Eurem Urteil. Die Leute vertrauen Euch, aber vor allem müsst Ihr Euch auch selbst vertrauen. Natürlich habt Ihr Angst. Glaubt Ihr denn, dass ich niemals diese Furcht empfand? Auch ich hatte Angst, jedes Mal, Angst vor dem Sturm, Angst vor der See und vor allem Angst davor, dass ich die anderen enttäuschen könnte und sie für meine Fehler bezahlen würden.«

Überrascht über die Worte weiteten sich Patros Augen. »Habt Dank für Eure tröstenden Worte«, sagte er erleichtert. »Ich glaube immer noch, dass dieser Sturm gefährlicher ist als die anderen, aber ich werde gehen und tun, was in meiner Macht steht.« Er warf Ishrafeli und Ta-Thea noch einen Blick zu. »Auf Wiedersehen. Ich hoffe, dass Euch nichts geschieht.« Dann wandte er sich ab. Itureus begleitete ihn zur Tür und schloss sie hastig hinter ihm, um den Sturm auszusperren.

Dann löschten sie im unteren Stockwerk die Lampen

und das Feuer und krochen in ihre Betten. Doch an Schlaf war nicht zu denken. Ta-Thea lag in dem Turmzimmer und lauschte auf das hohe, schrille Pfeifen des Windes und das Rauschen der Bäume im Garten. Sie zog die weichen Decken bis zum Kinn und fiel immer wieder in einen Halbschlaf, doch das Tosen der Naturgewalt draußen weckte sie immer wieder auf. Es war übermächtig, bedrohlich, zerstörerisch. Für eine Weile fiel sie in einen leichten Schlaf und träumte: An die Stelle der Kräfte, die den Himmel und die See zerrissen, traten im Traum riesige Armeen von Barbaren, die von blindem Hass getrieben, gegen die Grenzen der guten und schönen Welt anstürmten. Und in ihrem Wahnsinn würden sie all das Gute zerstören, was der Mensch jemals geschaffen hatte. Manchmal erblickte sie sogar den Schatten hinter Cassiodorus, und sah, wie er in grenzenlosem Hass die Seelen der Menschen verschlang und alles Licht von der Erde verbannte.

Als Ta-Thea erwachte, spürte sie kalten Schweiß auf ihrer Haut und war erleichtert, dass das Heulen des Sturms und das Tosen der See vor der Küste nur allzu irdisch waren. Sie wickelte sich in die Decken, doch es gelang ihr nicht mehr, die Augen zu schließen. Sie fürchtete die Wiederkehr der Albträume und starrte erschöpft in die Dunkelheit. Plötzlich zuckte ein greller Blitz über den Himmel, und für lange, furchtbare Sekunden wurde der Raum in ein blaues, gleißendes Licht getaucht. Anschließend verdunkelte sich der Himmel noch, und die Finsternis glich der in einer Höhle tief unter der Erde. Der Lärm wurde immer lauter.

Wieder und wieder zuckten Blitze herein, und dann hörte Ta-Thea wie Glas zerbrach und einen Schrei unten im Haus – den Schrei eines Menschen.

Sie sprang aus dem Bett, lief aus dem Zimmer, ohne daran zu denken, sich etwas überzuziehen, und hastete die Treppe hinunter. Kalte Luft strich über Ta-Theas Körper.

In dem großen Raum brannte nur eine einzige Lampe, deren Schatten wild über die Wände zuckten, obwohl sich die Flamme geschützt hinter einem Glasschirm befand.

Und dann sah Ta-Thea auch schon Dulcina, die vor dem zersprungenen Fenster über Kori kauerte, das Gesicht bleich, die Augen in namenloser Verzweiflung durch wirre Haarsträhnen hindurch auf sie gerichtet.

»Helft mir!«, schrie sie, als sie Ta-Thea erblickte. »Helft mir! Er ist verletzt! Er blutet so sehr!«

Für einen Augenblick war Ta-Thea zu keiner Bewegung fähig. Das zusammengekrümmte Kind, der blutbefleckte Körper rissen sie zurück in die schmerzliche Erinnerung an den eigenen Verlust. Sie sah Habi vor sich, wusste, dass er tot war, weigerte sich aber dennoch, es zu glauben. Es quälte sie so sehr, und sie konnte den Schmerz nicht ertragen.

Kori bewegte sich. Es war nicht mehr als ein reflexartiges Zucken seines kleinen Körpers, doch es entriss Ta-Thea dem Bann der Vergangenheit. Sie warf sich auf den Boden, der mit Blättern und Zweigen und anderen Zeugnissen, die der Sturm hinterlassen hatte, bedeckt war. Ta-Thea verstand viel von Medizin. Heilkunde war in Shinabar eine weit verbreitete Kunst. Sie stieß Dulcina zur Seite und tastete flink den kleinen Körper ab, suchte nach der blutenden Wunde und nach gebrochenen Knochen.

»Bringt ein paar Tücher!«, befahl sie. »Etwas Leichtes, Glattes für die Wunde. Beeilt Euch!«

»Was habt Ihr vor?«

»Zuerst werde ich die Blutung stoppen«, erwiderte Ta-Thea, ohne aufzusehen. Im zitternden Licht der Flamme konnte sie kaum etwas erkennen, aber es sah ganz so aus, als ob der Leib des Jungen unverletzt war. Offenbar blutete er aus einer Wunde an seinem Bein, das ohne Zweifel gebrochen war. Der Schnitt war tief, und um den Jungen herum lagen zahllose Glassplitter, die mit Blut bespritzt waren. Kori war sehr klein, sie hätte ihn wie einen Säugling aufnehmen können, und seine Arme waren derart dünn, dass eine ihrer Hände genügt hätte, einen zu umfassen.

»Tücher!« Ta-Thea hob die Stimme deutlich an.

Endlich gehorchte Dulcina. Sie zerriss ihr eigenes Hemd und reichte Ta-Thea die Stofflappen.

Einen faltete Ta-Thea zu einem kleinen Kissen, das sie mit einem anderen auf der offenbar größten Wunde festband.

Regen strömte durch das zerbrochene Fenster. Der Boden war schon ganz nass.

»Was ist geschehen?«

»Wird er wieder gesund?« Dulcina starrte sie an.

»Ich glaube schon.« Ta-Thea zwang sich zur Ruhe. »Was ist geschehen?«

»Ich weiß es nicht. Er ist offenbar hier hinunter gelaufen. Ich bin erst aufgewacht, als das Glas zerbrach. Dann habe ich ihn gefunden. Wahrscheinlich hat er geträumt.« Dulcina schüttelte den Kopf und strich sich das Haar aus der Stirn. Eisiger Wind wehte ins Zimmer. Sie zitterte. »Er geht sonst nie allein nach unten. Daran kann nur der Sturm Schuld sein!«

Itureus erschien auf der Treppe. »Was ist los?«, fragte er und trat zu den beiden Frauen. Dann sah er den Jungen. Er starrte erst Dulcina an, dann Ta-Thea, und in seinen Augen stand nackte Angst.

»Das Fenster ...«, erwiderte Ta-Thea ruhig. »Ich glaube, er wird wieder gesund, aber wir müssen dafür sorgen, dass er warm gehalten und sein gebrochenes Bein gerichtet wird. Die Wunde darf nicht wieder anfangen zu bluten.«

Dulcina wollte Kori aufheben. Doch Ta-Thea hielt ihren Arm so fest, dass sie vor Schmerz aufschrie. »Nein, Ihr würdet es nur noch schlimmer machen. Holt mir etwas, womit ich das Bein schienen kann. Irgendetwas Gerades und Festes sollte genügen.«

Gehorsam erhob sich Dulcina wieder und machte sich auf die Suche. Kurz darauf nahm Itureus einen Stuhl mit schlanken Beinen, brach eines ab und reichte es Ta-Thea.

»Habt Ihr Kräuter, mit denen ich das Blut stillen kann? Ich brauche auch welche, mit deren Hilfe er wieder zu Kräften kommt«, sagte sie. »Und mehr Leinen, am besten in Streifen gerissen, damit ich die Wunden damit verbinden kann.«

Dulcina bebte vor Furcht. Ihr Gesicht war von Qual gezeichnet und ohne Farbe. Es schien, als wäre alles Leben aus ihr gewichen. Ta-Thea litt stärker mit ihr, als Dulcina ahnen konnte. Doch es gab Wunden, die so tief waren, dass man niemandem etwas von dem Leid mitteilen konnte. Ta-Thea versorgte den Jungen schnell, und Dulcina und Itureus beobachteten sie schweigend. Sie verstanden nichts von der Kunst zu heilen. Ishrafeli schlief offenbar immer noch, und es dachte auch niemand daran, ihn zu stören. In dieser Angelegenheit brauchte Ta-Thea seinen Rat ohnehin nicht. Die Medizin gehörte zu den wenigen praktischen Dingen, in denen sie eine Meisterin war. Jeder Shinabari wurde darin geschult, ungeachtet seines gesellschaftlichen Ranges. Und sie war immerhin die Tochter eines Wüstenprinzen.

Eine Stunde später hatte Ta-Thea die Wunde mit einem Kräutersud ausgewaschen. Sie hatte die Pflanzen in der Küche gefunden. Dann schiente sie das Bein, bestrich die Wundränder mit einer Salbe, die sie aus zerstoßenen Kräutern und Beeren, von denen sie hoffte, dass sie dieselbe Wirkung hatten wie die, die sie kannte, gerührt hatte. Dann bereitete sie einen stärkenden Tee zu und reichte ihn Dulcina, damit sie ihn Kori einflöße. Währenddessen achtete sie sorgfältig darauf, den Jungen warm zu halten, und hüllte ihn in Decken.

Als Ta-Thea schließlich wieder zu Bett ging, war sie erschöpft, und sie zitterte vor Kälte. Der Anblick des verletzten Kindes erfüllte sie immer noch mit Entsetzen und dem schrecklichen Wissen, dass sie ihren eigenen Sohn niemals würde heilen können. Sie schlüpfte unter die Decken und wickelte sich darin ein. Draußen schien der Wind nachgelassen zu haben, aber sie achtete gar nicht mehr darauf. Sie spürte, wie langsam heiße Tränen über ihre Wangen liefen, und wusste, dass auch sie ihren Schmerz nicht lindern konnten.

Es war schon Tag, als sie erwachte. Das Turmzimmer lag in einem grünlichen, fahlen Licht. Durch das Fenster sah Ta-Thea den bewölkten Himmel. Sie stand auf und legte sich eine Decke um die Schultern, ging zum Fenster hinüber und blickte hinaus. Die Glocken waren aus den Kirchtürmen verschwunden, die nackt und verlassen in die Luft ragten. Nur das Heulen des Windes und die Brandung, die gegen die Wellenbrecher donnerte, waren zu hören.

Ihr erster Gedanke galt Kori. Sie wusch sich, kleidete sich hastig an und lief dann hinunter, um nach dem Kind zu sehen.

In dem großen Raum traf sie auf Itureus und Ishrafeli. Sie waren gerade dabei, die Scherben und die Trümmer fortzuschaffen.

»Ist der Sturm vorbei?«, fragte sie.

»Nein«, erwiderte Itureus mit einem zaghaften Lächeln. Er strich sich müde durch das Haar. »Das ist nur die Ruhe, bevor es richtig losgeht. Ich fürchte, Patro hat doch Recht, und diesmal wird es schlimmer als jemals zuvor. Irgendetwas an der Farbe des Himmels und am Geruch der Luft ist anders als sonst.«

Ishrafeli blickte Ta-Thea kurz an, wandte sich aber sofort wieder ab. Er war zwar mit dem Aufräumen beschäftigt, doch es war offensichtlich, dass seine Gedanken anderen Dingen galten.

Ta-Thea war ganz starr vor Schreck. »Noch schlimmer als letzte Nacht?«

»Ja, das war nur der Auftakt«, antwortete Itureus grimmig. »Der Sturm lauert immer noch dort draußen. Wahrscheinlich wartet er noch zwei, drei Stunden lang, und dann ist es so weit.«

»Dann müssen wir dieses Fenster vernageln.« Ishrafeli stand auf und blickte hinaus in den Garten. Einige Bäume lagen am Boden, die Mauer hatte sie nicht schützen können. Er runzelte die Stirn, als würde ihn etwas dort draußen beunruhigen.

Ta-Thea ging zu dem Ast hinüber, der das Fenster in der Nacht zerbrochen hatte. Ein schwerer irdener Krug lag zwischen den Glasscherben. Der Henkel war abgebrochen, aber der Krug selbst – er war besonders schön, schlicht und in Blau- und Grüntönen bemalt, die an Seegras erinnerten – war nur angeschlagen. Vielleicht kann man ihn mit etwas Geschick reparieren, dachte Ta-Thea traurig. Sie würde nach den fehlenden Splittern suchen, ehe die Männer sie mit dem anderen Unrat fortschaffen konnten. Sie nahm den Krug, stellte ihn beiseite und kniete sich nieder. Zuerst suchte sie den Boden an der Stelle ab, an der sie den Krug gefunden hatte. Dann zog sie immer weitere Kreise, doch sie fand nichts. Sie hatte schon aufgegeben und begonnen, Ishrafeli dabei zu helfen, die Bretter vor dem Fenster in die Wand zu nageln, als sie die Splitter des Kruges entdeckte. Doch sie stand draußen vor dem Fenster. Sie blickte auf den Steinboden und zu ihren Füßen lagen tatsächlich die fehlenden Stücke. Verwirrt bückte sie sich und hob sie auf. Es waren vier kleine, mit blauer und grüner Farbe bemalte Tonsplitter. Es gab keinen Zweifel, sie stammten von dem Krug.

Ishrafeli wartete. Sie steckte die Tonstückchen ein, wandte sich wieder ihrer Aufgabe zu und reichte ihm lange, eiserne Nägel, die er in die Bretter schlug, um das Fenster zu vernageln.

Sie hatten gerade das Haus wieder betreten, als Patro erschien. Sein langer Umhang war zerrissen und voller Schmutz. Angst und Sorge lag in seinem Blick, als er sich an Itureus wandte. »Es wird immer schlimmer. Der Wind hat zwar nachgelassen, aber die See ist stürmischer als jemals zuvor. Sollte der Sturm noch stärker werden, werden wir nicht davonkommen. Bitte, kommt mit und seht Euch die Schutzwälle an, bevor es zu spät ist. Die Leute brauchen Euch. Ich habe getan, was ich konnte, aber ich kenne die See nicht so gut wie Ihr.«

Dulcina erschien in der Tür, das Haar zerzaust, das Gesicht bleich, dunkle Ringe unter ihren Augen. »Du kannst jetzt nicht fort!« Ihre Stimme überschlug sich vor lauter Angst. Sie wandte sich an Patro. »All die Jahre hat er Euch unterstützt, ohne jemals nach sich selbst zu fragen. Er hat dort draußen Stunde um Stunde geschuftet, um euch alle zu retten. Jetzt seid Ihr an der Reihe, Euch der Gefahr und der Kälte zu stellen, nun muss Eure Familie in der Ungewissheit auf Euch warten, ob Ihr zurückkehren werdet oder nicht.« Sie knetete ihre Hände. »Jetzt sind Eure Frau und Eure Kinder an der Reihe, dem Sturm ins Auge zu sehen und auf Eure Hilfe und Euren Trost zu verzichten. Verschwindet, lasst uns endlich in Ruhe! Euer Platz ist dort draußen!« Sie fuchtelte wild mit den Händen in der Luft herum. »Hier habt Ihr nichts verloren!«

»Liebling …«, fiel Itureus ihr ins Wort, aber Dulcina warf ihm einen warnenden Blick zu, und er hielt inne und blickte Patro in die Augen. »Es tut mir Leid«, sagte er leise. »Meine Frau hat Recht. Ihr solltet mehr Vertrauen in Euch selbst haben.«

»Aber dieser Sturm ist anders!« Patro gab nicht auf, nackte Verzweiflung stand in seinen Augen. »Wir brauchen Euch!«

»Und wir brauchen ihn auch.« Dulcina trat einen Schritt vor. »Kori ist schwer verletzt. Sein Bein ist gebrochen, und er hat stundenlang geblutet. Itureus kann hier nicht fort.«

Patros Gesicht war schon ganz bleich, doch er gab nicht auf. »Das tut mir Leid, glaubt mir, aber die See kennt kein Mitleid …«

»Und das bedeutet, dass Ihr es ebenso haltet?«, unterbrach Dulcina ihn, und unbändige Wut blitzte in ihren Augen.

»Das bedeutet, dass ich tun werde, was in meiner Macht steht, um Bal-Eeya zu retten. Uns alle, und nicht eine Familie hier oder ein Haus dort. Doch Itureus hat die Erfahrung und nicht ich.«

Itureus blickte zuerst seine Frau an, dann Patro, dann wieder seine Frau. »Mein Sohn ist verletzt«, sagte er heiser. Jeder im Raum spürte die Anstrengung, die es ihn kostete, hart zu bleiben. »Ich kann nicht fort.«

Dulcina seufzte und schien sich zu entspannen.

Da ergriff plötzlich Ishrafeli das Wort. »Ich werde Euch begleiten. Ich kenne zwar Bal-Eeya nicht, aber ich kenne die See. Vielleicht kann ich Euch helfen.«

»Ich danke Euch.« Doch Patro nickte aus reiner Höflichkeit. Erleichtert war er allerdings nicht. Ishrafeli war schließlich ein Fremder, und Patro schenkte ihm kaum Beachtung. Er war auf Itureus Hilfe angewiesen.

Ta-Thea fror, obwohl dem Wind durch das zugenagelte Fenster der Weg ins Haus versperrt war. Doch sie hörte, wie er wieder stärker wurde. Bald würde es mit der Ruhe vorbei sein. Sie zog die Schultern hoch und steckte die Hände in die Taschen ihrer Tunika. Mit den Fingern berührte sie die Scherben.

»Kori ist verletzt«, sagte sie zu Patro. »Er ist *schwer* verletzt. Er wäre beinahe gestorben. Der Ast eines Baumes zerschlug die Fensterscheibe und riss einen Krug mit sich. Kori brach sich ein Bein und blutete heftig.« Ihre Stimme wurde brüchig. »Er ist doch noch so klein.«

Patro gab auf. Der heulende Wind sagte ihm, dass ihm keine Zeit mehr blieb. »Es tut mir Leid. Das ist wirklich schrecklich. Überall sind Bäume umgestürzt, nur in einigen Gärten, die geschützt hinter hohen Mauern liegen, stehen sie alle noch.«

Ishrafeli warf Ta-Thea einen Blick zu, dann sah er misstrauisch zum Fenster hinüber.

Ta-Thea zog die Tonsplitter aus der Tasche. Sie hatten draußen vor dem Fenster auf dem Boden gelegen und nicht in der Nähe des Kruges, zu dem sie gehörten. Wenn der Ast, der durch das Fenster eingedrungen war, den Krug mit sich gerissen hatte, dann hätten die Splitter in der Nähe des Kruges und auf jeden Fall im Haus auf dem Boden liegen müssen. Und plötzlich verstand sie: Jemand musste den Krug genommen und damit das Fenster eingeschlagen haben. Wenn sie die fehlenden Stücke nicht gefunden hätte, wäre niemand je darauf gekommen. Itureus oder Dulcina? Auch wenn sie sich heftig dagegen wehrte, kannte Ta-Thea die Antwort, noch bevor sie die Frage gestellt hatte. Niemals hätte sie ihrem Sohn Schaden zugefügt, nur damit ihr Mann bei ihr zu Hause bliebe. Doch sie hatte Mon-Allat auch nicht geliebt. Sie zauderte noch einen Augenblick lang, doch dann war sie sich sicher: Niemals hätte sie Habi verletzt, nicht einmal wenn sie ihr eigenes Leben damit hätte retten können.

Sie blickte in Dulcinas Augen und las die Wahrheit darin. Sollte sie sprechen? Was war mit dem Sturm? Würde Bal-Eeya wirklich darin umkommen, oder hatte Patro einfach Angst vor der unbekannten Herausforderung, die auf ihn wartete?

»Ist es wirklich so schlimm?«, fragte sie laut.

Dulcina starrte sie an. »Nein, natürlich nicht«, keifte sie. »Patro hat Angst, das ist alles. Er will die Last der Verantwortung nicht tragen. Alles hängt an ihm, und er erkennt, wie schwer diese Bürde zu tragen ist. Er sehnt sich nach Ruhm und Anerkennung, doch er will nicht dafür bezahlen, wenn er versagt. Er hat Angst vor der Gefahr. Seht Ihr das denn nicht?«

Wind heulte auf.

»Der Sturm ist dieses Mal wirklich gefährlicher als in den vergangenen Jahren.« Itureus ergriff das Wort. Er presste für einen Moment die Lippen aufeinander, bevor er weitersprach. »Man sieht es an der Farbe des Himmels.«

»Woher wollt Ihr das wissen?«, fragte Ta-Thea. »Der Sturm scheint doch langsam nachzulassen.«

Itureus zuckte traurig die Achseln. »Ihr kennt die See nicht, wie ich sie kenne«, sagte er mit müder Stimme. »Ich rieche das Unheil und spüre jede Veränderung.«

»Dann solltet Ihr mit Patro gehen.«

»Ich kann nicht«, erwiderte er den Blick auf Dulcina gerichtet. »Diesmal nicht. Ich schulde …«

Da streckte Ta-Thea die Hand aus und zeigte ihm, was sie darin verborgen hielt. »Das habe ich draußen auf den Steinen vor dem Fenster gefunden.«

»Was ist das?«

»Splitter von dem Krug, der … mit dem die Fensterscheibe zerschlagen wurde und an deren Scherben Kori sich verletzt hat.«

Nur noch das Heulen des Windes war nach diesen Worten zu hören. Dulcina starrte Ta-Thea hasserfüllt an.

Itureus blickte von Ta-Thea zu seiner Frau. Zunächst rang er mit sich, dann erklärte er schließlich mit leiser, gequälter Stimme: »Ich werde gehen.« Ohne ein weiteres

Wort an seine Frau zu richten, wandte er sich ab, und verließ, gefolgt von Patro und Ishrafeli, das Haus.

Dulcinas Augen waren immer noch auf Ta-Thea gerichtet. Sie glichen dunklen Löchern, die von Verstehen und brodelndem Hass sprachen, von Wissen um Schwäche, Furcht und Not und von den Wegen, die sie gegangen war, um all dies für ihre eigenen Zwecke zu nutzen. Sie hatte all ihre Macht in die Waagschale geworfen, und sie war dennoch gescheitert. Sie hatte von Itureus verlangt, sie mehr als alles andere zu lieben, mehr als seine eigene Seele sogar.

Da hielt Dulcina plötzlich einen weiteren Krug in der Hand, und im nächsten Moment schleuderte sie ihn auch schon gegen den Tisch und hob anschließend eine besonders spitze Scherbe vom Boden auf.

»Ihr habt mir genommen, was ich mehr als alles andere begehrte«, zischte sie durch ihre zusammengebissenen Zähne. »Dafür werdet Ihr bezahlen.« Doch sie rührte sich nicht.

Draußen wurde der Wind wieder stärker.

Ta-Thea trat ein paar Schritte zurück. Sie musste hier raus. Lieber würde sie sich vom Wind zerschmettern oder von der See ertränken lassen, als sich diesem zerstörerischen Hass auszuliefern. Diese Frau erinnerte sie an Cassiodorus. Ta-Thea spürte, wie sie Schwindel ergriff, und ihre Glieder wurden schwer.

Sie stieß gegen einen Stuhl.

Dulcina lachte. »Ihr werdet mir nicht entkommen! Wo immer Ihr hingeht, ich werde Euch finden. Bis in alle Ewigkeit werde ich Euch verfolgen.« Sie trat vor.

Ta-Thea tastete nach der Tür und riss sie schließlich auf.

Plötzlich stolperte Dulcina und verletzte mit der Scherbe ihren Arm. Ihr Fleisch war schwammig, blutleer und hatte nichts Menschliches.

Von Entsetzen gepackt stürzte Ta-Thea durch die Tür nach draußen. Sie rannte so schnell sie konnte. Der Wind zerrte an ihren Kleidern und schlug ihr das Haar ins Gesicht. Sie fiel auf die Knie und blutete. Das Heulen des Windes veränderte seinen Ton. Es klang wie das tiefe Brummen einer gewaltigen Orgel, und es erfüllte die Luft.

Ta-Thea richtete sich auf und stürzte davon. Sie wankte wie eine Betrunkene durch die Straßen bis sie erneut zu Boden fiel. Schließlich kroch sie auf Händen und Füßen einen Hügel hinauf, klammerte sich an das Gras und zog ihren Körper vorwärts.

Dann erblickte sie das Meer, und sie erschrak. Der Sturm breitete sich dunkel über dem zerfurchten Antlitz des Ozeans aus. Der Himmel war in finstere Wolken eingehüllt, die wie Schatten aussahen, ausgeschickt, um Bal-Eeya einzukesseln und all das zu Boden zu drücken, was sich hier bewegte und es wagte, den Blick zu erheben. Das Wasser erhob sich zu riesigen, grauen Wänden des Zorns, Bergen gleich, die im nächsten Moment zusammenbrachen und in brodelnder Gischt explodierten. Die Schöpfung selbst schien ihren Zorn über die Erde auszugießen, sie zerstören zu wollen, um sie neu zu erschaffen.

Ta-Thea wagte nicht, sich zu bewegen. Sie kauerte sich wie ein Tier zusammen, legte sich flach auf den Boden, krallte sich in der Erde fest und verbarg das Gesicht im Gras. Auch wenn Dulcina ihr wahrscheinlich dicht auf den Fersen war – sie vermochte sich nicht mehr zu rühren. Den ganzen Tag lang heulte der Sturm, der Himmel zerbrach in Blitzen, die Erde bebte und wurde von der tobenden See verschlungen.

Mit der Dämmerung hatte sich die Naturgewalt schließlich erschöpft. Die letzten Wolken hingen in roten und blauen Fetzen im Westen, und die Kuppel des Himmels färbte sich in klarem, durchsichtigem Blau.

Ta-Thea fror, und ihr Körper war vor Kälte steif geworden. Ihre Glieder schmerzten, und ihre Muskeln waren verkrampft. Jede Bewegung verursachte unerträgliche Qualen.

Dann fand Ishrafeli Ta-Thea. Sie sah ihn erst, als er schon neben ihr kniete. Er hob sie auf, nahm sie behutsam in seine Arme und drückte sie an sich. Im bleichen Licht der untergehenden Sonne blickte sie in sein erschöpftes

Gesicht. Sein schwarzes Haar war nass, die Linien um seine Augen und seinen Mund tief.

»Ist es vorbei?«, fragte Ta-Thea mit rauer Stimme. Das Zittern ihres Körpers wollte nicht aufhören.

Ishrafeli wiegte sie sanft. »Ja, für dieses Mal. Doch ich glaube, einen solchen Sturm wird es nicht noch einmal geben, jedenfalls nicht in dieser Gegend.«

»Irgendwo anders?« Sie blickte ihn an und fürchtete, dass sie die Antwort bereits kannte.

»O ja«, sagte er. »Es wird immer wieder solche Stürme geben, auf die eine oder andere Art und Weise.«

Ta-Thea schwieg für eine Weile. Ishrafeli nahm ihre steif gefrorenen, tauben Beine und rieb Leben in sie, knetete so lange ihre Muskeln mit seinen Händen, bis sich Ta-Thea wieder bewegen konnte. Dann stand er auf und half auch ihr auf die Füße. Ta-Thea drehte sich um und blickte zum Strand. Die See war jetzt von einem durchsichtigen Grün, und sie brodelte noch immer, als würde unter ihrer Oberfläche ein Ungeheuer wüten – doch nirgendwo brachen sich Wellen oder war weiße Gischt zu sehen. Der goldene Schimmer der untergehenden Sonne legte einen Pfad zu den Trümmern, die an den Strand gespült worden waren.

»Aber in Bal-Eeya wird alles wieder in Ordnung kommen?«, fragte Ta-Thea. Obwohl sie diesen Flecken Erde erst seit kurzer Zeit kannte, lag ihr sein Schicksal doch sehr am Herzen.

»Ja, das wird es. Es gibt zwar viele Verletzte, einige sind auch tot … ohne Itureus' Weisheit allerdings wären sie alle verloren gewesen.«

»Dulcina hat … sie wollte …« Es fiel Ta-Thea schwer, Ishrafeli von den Ereignissen zu berichten, sie der Furcht zu entreißen und in die Wirklichkeit der Worte zu überführen. »Sie ist wie Cassiodorus.«

»Ich weiß.« Ishrafeli erwiderte ihren Blick. Seine Augen waren dunkel, beinahe schwarz. »Ihr seid gewarnt worden. Der Preis ist hoch.« Er war ihr sehr nahe. Die Kraft seiner Hand auf ihrem Arm strömte durch sie hindurch. Er brachte sie durch das Seegras zurück nach Bal-Eeya und zum Hafen, wo das Boot lag.

Es hatte sich nicht erfüllt, was Ta-Thea sich ersehnt hatte, vielleicht ein Teil ihrer Wünsche, aber nicht alle. Ta-Thea und Ishrafeli mussten weiter, wieder hinaus aufs Meer.

Ta-Theas Körper schmerzte, jeder Schritt war eine Qual, doch Ta-Thea spürte es kaum. Sie ging an Ishrafelis Seite. Er ließ ihren Arm los und nahm stattdessen ihre Hand.

4

Ta-Thea und Ishrafeli sagten Patro Lebewohl. Der junge Mann war erschöpft, stand jedoch mit erhobenem Kopf und voller Selbstvertrauen am Kai. Über Itureus' Züge hatte sich ein Schatten von Müdigkeit gelegt, die nicht allein von den Anstrengungen der geschlagenen Schlacht herrührte. Ihm blieb nichts, als Ta-Thea und Ishrafeli Glück zu wünschen. Sie verließen Bal-Eeya und durchfuhren das dunkle, aufgewühlte Wasser, und der Atem des Eises lag immer noch in dem ersterbenden Wind.

Es war schwere Arbeit, das Boot durch die Trümmer, die der Sturm hinterlassen hatte, und aus dem Hafen zu steuern. Die Dünung war schwächer, als es Ishrafeli gefiel. Gern hätte Ta-Thea über Itureus und Dulcina gesprochen oder Ishrafeli nach seinem eigenen Schicksal gefragt. Die Tragödie, von der sie tief in seinen Augen las, ließ sie nicht los. Doch sie wusste, dass er auf keine ihrer Frage antworten würde. Solange Bal-Eeya noch in Sichtweite lag, war an Schlaf nicht zu denken. Doch das Land rückte immer weiter in die Ferne.

Im Morgengrauen erwachte Ta-Thea. Meer und Himmel waren wie das Innere einer Muschel. Über das weite Himmelsdach zogen zarte Wolkenschleier, die durch die aufgehende Sonne golden schimmerten. Ishrafeli schlief noch, das Ruder hatte er festgebunden. Ta-Thea blickte auf die sanften Wellen, die, obwohl sie schon sehr weit von Bal-Eeya entfernt waren, immer noch weiße Schaumkronen trugen. Sonst war auf dem glatten Antlitz des Ozeans nichts zu sehen. Ta-Thea erbebte. Sie zog den Umhang fest um ihren Körper. Es war immer noch kalt.

Kurz darauf erwachte auch Ishrafeli. Er setzte sich auf, lächelte sie an, sprach aber kein Wort. Er beugte sich über den Bootsrand, spritzte sich Meerwasser ins Gesicht und warf einen Blick auf die Segel und den Himmel. Er überprüfte die Taue, war zufrieden und packte dann Brot und Äpfel aus und bot Ta-Thea davon an.

Sie aßen zunächst schweigend.

Nach einer Weile begannen sie schließlich doch noch, einander zu erzählen. Von Begebenheiten aus ihrem Leben, von schönen und wertvollen Erinnerungen und von Menschen, die sie einst geliebt hatten.

Ta-Thea berichtete aus ihrer Kindheit, von lustigen Augenblicken und flüchtigen Gedanken, die ihr jetzt, nach so langer Zeit, dumm erschienen. Doch sie schämte sich dessen nicht. Für sie zählte nur, dass sie auch diese Dummheiten mit Ishrafeli teilen konnte.

Ishrafeli sprach vor allem von den Ländern, die er bereist hatte, von riesigen Wäldern mit uralten Bäumen, von wilden Tälern im Sonnenlicht und Hochebenen in nackter Einöde, von Seen, die von hohem Schilf umgeben waren und in denen sich der Himmel spiegelte. Ishrafeli sagte nicht, wo diese Länder lagen, aber er beschrieb sie mit leidenschaftlicher Ausführlichkeit, und Ta-Thea ahnte, dass er diese Länder sehr liebte.

Später – wieder in Schweigen gehüllt – beobachtete Ta-Thea Ishrafeli. Er hatte den Kopf hoch erhoben und streckte sein Gesicht der Sonne entgegen. Er hielt die Taue in den Händen, und der Wind streichelte seine Haut. Das Haar bewegte sich mit der sanften Brise und gab seine Stirn frei. Im harten, reinen Licht der Sonne sah Ta-Thea die feinen Linien, die Ishrafelis Gesicht zeichneten und die von einem Leben voller Leidenschaft, Hoffnung und Qual erzählten. Kraft lag in seinen Zügen, nicht die der unüberlegten Wildheit aus den Jugendjahren, sondern eine lebendige Kraft, die die Stärke seiner Seele spiegelte. Ta-Thea hatte daran gezweifelt, doch jetzt, in dieser unendlichen Weite von Meer und Himmel, war sie sich sicher, dass Ishrafeli die Wahrheit, nach der Ta-Thea sich sehnte, bereits kannte. Sie war froh, als der Schlaf noch einmal zu ihr zurückkehrte und sie in seinen Armen wiegte.

Die Sonne stand schon hoch am Himmel, als Ta-Thea

schließlich wieder erwachte. Ishrafeli sang mit leiser Stimme ein Lied und beobachtete die Segel. Es war ein heiteres Lied. Die Luft war warm, die Sonnenstrahlen tanzten auf dem blauen Wasser, und zu beiden Seiten des Bootes erstreckten sich Hügel in den Himmel, deren Hänge wie saftige grüne Flecken zwischen den Felsen aussahen.

»Wo sind wir?«, fragte Ta-Thea und rieb sich die Augen. Nach den Erfahrungen in Parfyrion und Bal-Eeya fürchtete sie sich vor fremden Orten.

»Wir sind in Malgard«, erwiderte Ishrafeli.

Sie suchte in seinen Augen nach Zeichen von Freude oder Trauer, nach Hinweisen, was sie erwartete. Doch sie sah nur die Wirklichkeit, auf die sie wiederum keinerlei Einfluss hatte.

Ta-Theas Blick wanderte über die Bucht. Der Wind trug das Boot immer weiter, vorbei an sanften Tälern und dunklen Wäldern. Es war Frühling, und ein süßer Duft lag in der Luft.

Ishrafeli manövrierte das Boot zu einem hölzernen Pier. Dahinter lag eine kleine Stadt, die aus pfirsich-, rosafarbenen und gelblichen Steinen gebaut war. Die Dächer der Häuser ragten steil auf. Die Wiesen waren mit bunten Blumen übersät, und die Bäume standen in voller Blüte.

Der Pier füllte sich mit Menschen, die ihnen neugierig entgegenblickten. Allen voran ging ein junger Mann mit dunklen Augen, dessen Haut im Gesicht vom Wetter gegerbt schien. Er war sehr schön, seine Züge waren fein gezeichnet, die Nase gerade und die Stirn breit.

»Willkommen in Malgard!«, rief er lächelnd. »Sicher kommt Ihr wegen des Festivals. Das ist wunderbar! Wir freuen uns alle sehr. Noch nie zuvor hatten wir Besuch. Ich heiße Salymbrion. Und Ihr?«

»Ta-Thea und Ishrafeli«, erwiderte Ta-Thea.

»Willkommen in Malgard«, wiederholte Salymbrion und bot ihr die Hand, um ihr beim Aussteigen zu helfen, während Ishrafeli das Boot festmachte.

Die Menschen versammelten sich um sie herum, alle begierig darauf, die Ankömmlinge zu betrachten und ihnen

Hilfe und Gastfreundschaft anzubieten. Schnell wurde entschieden, dass sie bei Salymbrion wohnen würden, doch jeder erbot sich, ihnen Malgard zu zeigen und alles über das Festival zu berichten.

»Es findet jedes Jahr statt«, erklärte Salymbrion, während er neben Ta-Thea über den Steg ging. »Es gibt Darbietungen in jeder Kunstrichtung, doch Musik und Poesie verehren wir am meisten. Es wird Euch gefallen. Und der Lorbeer ist die höchste Auszeichnung der Welt.« Er lachte. »Ich habe schon sieben Mal an den Wettbewerben teilgenommen. Letztes Jahr belegte ich den zweiten Platz, doch diesmal werde ich gewinnen. Ich werde jedenfalls alles dafür geben.«

»Was ist denn der Lorbeer?«, fragte Ta-Thea. Sie verließen den Bootssteg und bogen in eine der ruhigen Straßen ein.

Erstaunt stellte sie fest, dass es offenbar keine Geschäfte, allerdings zahlreiche Werkstätten gab. Sie sah eine Schmiede, eine Zimmerei, eine Glasbläserei und eine Töpferei. Die Gärten quollen über mit Blumen in allen möglichen Farben. Weinranken kletterte an den Mauern hinauf, hingen von Torbögen herunter und erfüllten die Luft mit ihrem Duft. Der Gesang der Vögel begleitete das Plätschern eines Springbrunnens. Ein kleiner brauner Hund lief die Straße hinunter und wedelte mit dem Schwanz. Nur das Lachen von Kindern vermisste Ta-Thea, es war auch keines zu sehen.

»Der Lorbeer?« Salymbrion runzelte verwirrt die Stirn. »Das ist der Preis für den besten Sänger und Dichter.«

»Und woraus ist er gemacht?«

»Na, aus Blättern!« Er verstand die Frage nicht. »Aus Lorbeerblättern. Natürlich trocknen sie mit Zeit, aber sie vergehen nicht.«

»Natürlich, ich verstehe.« Ta-Thea verstand nicht das Geringste, aber es spielte keine Rolle.

Salymbrion jedenfalls war mit der Antwort zufrieden und lächelte sie an. Er kam gar nicht auf den Gedanken, an ihren Worten zu zweifeln. Ta-Thea war plötzlich davon überzeugt, dass sie hätte sagen können, was immer ihr in den Sinn kam – er hätte vielleicht geglaubt, dass sie sich irrte, aber niemals, dass sie ihm absichtlich etwas vormachte. Er war vertrauensselig wie ein Kind, das noch nichts von den Wunden und Enttäuschungen wusste, die das Leben bereithielt. Plötzlich erfüllte Ta-Thea die wilde Hoffnung, dass dies auch mit den Seelen derjenigen geschah, die wie Habi schon als Kinder starben, bevor sie sich für Gut oder Böse entscheiden konnten.

Hastig drehte sie sich nach Ishrafeli um und hoffte, in seinem Gesicht die Bestätigung für ihre Gedanken zu finden. Doch er sprach gerade mit einem jungen Mann und einer Frau, die etwas über Maulbeersträucher erzählten, in denen Seidenraupen lebten, und beachtete sie nicht.

Über Malgard lag eine tiefe Ruhe, die süß und ungestört in der Natur zu wohnen und alles Übel, alles Leid und alle Trauer zum Schmelzen zu bringen schien – so wie der Frühling den Schnee schmolz, um bei der Geburt der Blumen zu helfen.

Salymbrions Haus lag in einem riesigen Garten, in dem Apfelbäume ihre Zweige über Krokusbeete breiteten. Bienen summten träge in der Sonne, und Ta-Thea erblickte zwischen den Zweigen auch die Bienenstöcke.

»Heute Abend gibt Ikthari ein Fest«, berichtete Salymbrion, nachdem er seinen Gästen ihre Zimmer gezeigt hatte. Die Sonnenstrahlen tanzten auf den Wänden und mischten unter die Rosa- und Pfirsichtöne ein strahlendes Gelb.

»Wer ist Ikthari?«, fragte Ta-Thea.

Salymbrion warf ihr einen erstaunten Blick zu. Offenbar war sie der erste Mensch, der nicht wusste, wer Ikthari war.

»Unser König, obwohl … er ist viel mehr als das. Er ist unser Führer, unser Beschützer, unser Ratgeber und unser Freund. Ihr werdet heute Abend mit ihm zusammentreffen, dann werdet Ihr verstehen.«

Salymbrion bot Ta-Thea saubere Kleider an, die sie zu dem Fest würde anziehen können, und sie nahm das Angebot dankbar an. Es gab keinen Spiegel, in dem sie sich hätte betrachten können, doch die Schlichtheit der Gewänder und die sanften Farben schmeichelten ihrer dunklen Haut und dem dichten, schwarzen Haar. Salymbrion strahlte glücklich, als er sie sah, doch er sagte nichts. Ishrafeli lächelte und schwieg ebenfalls.

Ta-Thea war neugierig auf den Mann, der diese Menschen regierte. Als sie durch die dämmrigen Straßen gingen, betrachtete sie die schweren Blüten der Bäume, atmete den süßen Duft der Abendluft, lauschte auf den Gesang der Nachtvögel und hörte schließlich das entfernte Gelächter der Menschen in Iktharis Haus. Sie wollte alles über diesen Mann wissen.

»Wie wurde er denn Euer König?«, fragte sie. »Hat er das Amt geerbt oder habt Ihr ihn gewählt?«

Salymbrion war verwirrt. »Geerbt?« Er schien die Bedeutung des Wortes gar nicht zu kennen.

»Zum Beispiel von seinem Vater«, erklärte Ta-Thea, »oder von seiner Mutter.«

»Er war immer unser König«, erwiderte Salymbrion. »Wir kennen keinen anderen.«

Ta-Thea wollte schon eine Diskussion beginnen, besann sich aber. Sie befand sich in einem fremden Land, und hier war vielleicht manches anders, als sie es gewohnt war. Vielleicht lebten diese Menschen länger als die in Shinabar und schrieben ihre Geschichte nicht auf – obwohl Salymbrion sicher kaum älter als dreißig war. Tatsächlich hatte sie bisher noch niemanden gesehen, der älter zu sein schien oder auch jünger. Vielleicht alterten die Menschen hier nicht.

»Sind die Winter hier kalt?«, fragte sie, um das Thema zu wechseln.

»Schon. Manchmal friert es, aber es schadet nichts. Im Grunde ist der Frost auch gut für die Erde. Der Boden bricht davon auf, und die Aussaat im Frühling ist dann viel leichter.«

»Und im Sommer? Macht Euch da nicht die Trockenheit zu schaffen?«

Wieder war Salymbrion überrascht. »Nein, es regnet alle paar Tage, meistens nachts. Regnet es dort, wo Ihr herkommt, denn nicht?«

»Nein, es regnet nie.«

»Aber wie lebt Ihr dann?«

»Es gibt unterirdische Flüsse«, erklärte Ta-Thea. »Sie kommen aus den Bergen, die hunderte von Kilometern weit entfernt sind. Sie speisen die Brunnen unter der Stadt, und wir leiten das Wasser dorthin, wo wir es brauchen.« Die Erinnerung an Shinabar schmerzte noch, schien aber immer mehr zu verschwimmen. Nur an die sengende Hitze und den feinen Sand, der sich über alles legte, erinnerte Ta-Thea sich noch genau. Und auch den Mond über der Wüste und den bitteren Duft der Kräuter im Wind hatte sie nicht vergessen. Doch sie wollte nicht, dass Salymbrion sie nach diesen Dingen fragte. Erneut wechselte sie das Thema. »Ist Ikthari auch Euer Richter?«

»Während des Festivals? Nein.« Diese Vorstellung schien ihn zu amüsieren. »Die Gemeinschaft trifft die Entscheidung.«

»Ich dachte eigentlich an andere Dinge, an Auseinandersetzungen, an Verbrechen zum Beispiel.«

»Verbrechen?« Auch dieses Wort schien Salymbrion nicht zu kennen.

»Wenn jemand etwas Unrechtes tut«, erklärte Ta-Thea.

»Manchmal machen wir Fehler, natürlich. Ja, und dann korrigiert Ikthari uns. Das war schon immer so.«

Sie gelangten jetzt zum Eingang eines Hauses, das etwas größer war als die anderen. Menschen strömten in das Haus, die alle unter dem Torbogen begrüßt wurden.

Ta-Thea blickte sich suchend nach Ishrafeli um, doch sie konnte ihn nirgends in der Menge entdecken. Also trat sie mit Salymbrion durch den Torbogen und stand schließlich in einem großen Saal, der von hellen Laternen beleuchtet wurde. An einer Seite stand ein Tisch, der reichlich mit Schalen voller Obst, Nüsse, Blumen und Brot gedeckt war. Krüge mit hellem Honig glichen Juwelen aus Bernstein und Gold. Kerzen aus Bienenwachs verströmten einen herrlichen Duft, und ihre Flammen strahlten hell und warfen ihren Schein auf rotschwarze Weintrauben, samtige Pfirsiche, dunkelrote Pflaumen und Beeren, die an Blutstropfen erinnerten.

Ikthari saß auf einem großen Stuhl aus Elfenbein, der mit geschnitzten Fischen und Vögeln verziert war. Zuerst lag sein Gesicht im Schatten, und Ta-Thea konnte nur erkennen, dass er ein kräftiger Mann mit vollem Haar war.

Salymbrion stellte sie einander vor.

»Willkommen in Malgard«, sagte Ikthari mit sanfter Stimme, die beinahe zu schweben schien und eine wohlige Wärme verbreitete. »Was bringt Euch hierher?«

Ta-Thea zögerte. Die Wahrheit führte entschieden zu weit und ging ihn auch nichts an. Trotzdem wagte sie es nicht zu lügen. »Ich bin auf der Suche nach Erkenntnis«, erwiderte sie vorsichtig. »Und nach Erfahrung.«

Ikthari lächelte. Ta-Thea nahm seine vollen, breiten Lippen und die Reihe strahlend weißer Zähne wahr.

»Ihr sucht Weisheit.« Das war eine Feststellung, und in seiner Stimme schienen Belustigung und Verärgerung zugleich zu liegen.

»Ja.«

»Doch Ihr fürchtet Euch davor, ihr ins Auge zu sehen«, fuhr er sanft fort. Sein Lächeln wurde breiter. Er erhob sich und trat ins Licht. Er war groß und auf wunderbare Weise hässlich. Seine Züge waren grob und sinnlich, und in den schwarzen Augen leuchtete Klugheit. »Ihr müsst mir erlauben, Euch Malgard zu zeigen und es mit Euch zu teilen.« Er schaute Ta-Thea durchdringend an. »Alles, was wir besitzen, dient nur dem einen Zweck: Wir teilen es mit anderen Menschen.«

»Ich danke Euch.«

»Wo sollen wir beginnen?« Die Frage verlangte keine Antwort. Sein Blick wanderte durch den Raum, und immer noch lag das breite Lächeln auf seinem Gesicht. Was er sah, erfüllte ihn offenbar mit großer Freude. Er strahlte vor Genugtuung.

Ta-Thea folgte seinem Blick, und sie sah fünfzig oder sechzig Menschen, die miteinander sprachen und lachten.

Selbst in dem dämmrigen Licht konnte man deutlich die Zufriedenheit auf den Gesichtern erkennen. Es waren keine unterschwelligen Spannungen vorhanden, die es in Shinabar bei einer solchen Menschenansammlung sicherlich gegeben hätte. Vor ihrem geistigen Auge sah Ta-Thea die große Halle des Palastes von Thoth-Moara, zahllose Generäle, Botschafter und Handelsfürsten, die Posen der Überheblichkeit und Herrschsucht, die gesenkten Augen der weniger Hochgestellten, den Austausch von Gefälligkeiten, Schmeicheleien und Halbwahrheiten.

Hier in Malgard schien es keinerlei Spott und nicht den Hauch von Furcht zu geben.

»Gab es dieses Festival schon immer?«, fragte Ta-Thea neugierig.

»Ja. Es ist gut, dass die Menschen miteinander wetteifern. Und es ist noch besser, das Schöne zu preisen und Gott dafür zu danken, der es uns schenkt. Solche Segnungen für selbstverständlich zu halten, schadet der Seele, und mit der Zeit gehen sie sogar verloren, wenn man sie nicht pflegt. Der Mensch sollte niemals müde werden, das Schöne zu nähren und es in Ehren zu halten.«

Ta-Thea warf ihm einen Blick zu und erkannte die Süße der Wahrheit in seinen Worten.

»Kommt, ich will Euch noch mehr von Malgard zeigen.«

Ikthari nahm ihren Arm, und seine Augen leuchteten. Seine Berührung war sanft und kraftvoll zugleich, und für einen Augenblick fürchtete Ta-Thea sich. Beinahe hätte sie sich dem Griff entzogen, doch ein solches Verhalten wäre unverzeihlich grob und auch recht lächerlich gewesen. Warum sollte sie sich fürchten? Alles, was sie bisher gesehen hatte, war voller Schönheit gewesen. War denen, die sie geliebt hatte, eine solche Ewigkeit bestimmt? Vielleicht wohnte in den finsteren Winkeln ihres Geistes das Wissen darum, dass sie selbst nicht dorthin gehörte, dass Habi nicht dort war, und ihre Mutter ebenfalls nicht und auch nicht der Vater mit seinem ungestümen Wüstenglauben. Vielleicht war sie deshalb so ruhelos.

»Kommt«, wiederholte Ikthari. Seine Hand lag immer noch auf Ta-Theas Arm. »Wir teilen gern, was wir haben. Malgard gehört allen, die sich dafür entscheiden.« Er sprach mit Nachdruck, betonte jedes einzelne Wort.

Ta-Thea ging schweigend neben ihm her, und tausend Fragen dröhnten in ihrem Kopf. *Wie* hatten die Menschen hier gewählt? Und *wann*? Hatte Habi eine Wahl gehabt?

Ikthari führte sie aus dem Saal hinaus auf einen von Arkaden gesäumten Weg. Die schlanken Bögen gaben den Blick auf einen Garten frei, der ganz im Mondlicht versunken lag. Die Luft war von silbernem Glanz erfüllt. Weiße Magnolien schimmerten in diesem sanften Schein des Lichts und spiegelten sich wie gefallene Sterne auf der ruhigen Oberfläche eines Teiches. Eine schwache Brise zog vorbei, und es schien, als atmete die Erde den Duft von Jasmin und Narzissen. Plötzlich erklang das Lied einer Nachtigall. Kristallklar fielen die süßen Töne aus einem Baum auf die Erde, dann war es wieder still.

»Dauert es ewig?«, fragte Ta-Thea sehnsüchtig und schaute Ikthari an.

Er stand regungslos da und betrachtete sie eine Weile, bevor er antwortete. Seine Ausstrahlung war überwältigend.

»Aber natürlich«, sagte er schließlich. »Niemand hat uns je verlassen.« In seiner Stimme lag tiefe Befriedigung. »Jeder hier weiß, wie wertvoll all dies ist. Vielleicht scheinen die Menschen Euch zu jung, vielleicht sogar naiv, aber sie alle sind im Besitz großer Weisheit. Sie wissen um den Plan Gottes für die Menschheit, und sie haben sich dafür entschieden, hier zu bleiben und ihm ihr Leben zu widmen.«

Ta-Thea fiel es nicht schwer, Iktharis Worten Glauben zu schenken. Der Gedanke, diesen Ort wieder zu verlassen, war auch ihr unerträglich. Hier gab es Frieden, so tief und ruhig wie ein Sommertag, und eine Unschuld, die Lüge und Verrat unmöglich machte.

»Werden denn Menschen, die Unrecht tun, aus Eurer Gemeinschaft ausgeschlossen?«, fragte sie ernst. »Was geschieht, wenn jemand unehrlich, grausam oder habgierig ist?«

Ikthari griff wieder nach ihrem Arm und führte sie in das Mondlicht. »Niemand ist unehrlich. Warum sollte jemand unehrlich sein? Menschen lügen nur, wenn ihnen die Wahrheit unangenehm ist oder ihnen Angst macht oder, um eine Sünde zu verheimlichen. Hier gibt es nichts, das Angst macht.« Er zuckte die Achseln. »Also kann es keine Lüge geben und auch keine Hagbier.«

Sie betraten eine Laube, die auf einen Rasen führte, der von großen Bäumen eingerahmt wurde. Der Duft von Zedern und frischem Gras mischte sich mit dem der Blumen.

Ikthari machte eine ausholende Geste, die alles einschloss, was sie sahen. »Worauf sollte hier jemand neidisch sein? Alles gehört allen.«

»Aber was ist mit den Alten, den Kranken?« Ta-Thea dachte an die Bettler in Shinabar, daran, wie die Alten dort einerseits von Söhnen und Töchtern verehrt und andererseits allzu oft einfach ignoriert wurden, wenn sie krank oder lästig waren oder den eigenen Zielen im Weg standen. Und es gab immer irgendwo einen Menschen, der niemanden hatte.

Ikthari lächelte, und seine Zähne schimmerten im Mondlicht. »Eure Fragen haben ihren Ursprung in Euren eigenen Ängsten. Seht Ihr etwa Krankheit oder Gebrechlichkeit in Malgard?«

»Nein.« Eine verzweifelte Hoffnung ergriff Ta-Thea, doch sie wagte kaum, daran zu glauben, dass sie in Malgard tatsächlich den Himmel sah, den vollkommenen Ort, an dem die Gerechten für immer ohne die Qualen des Körpers und der Seele lebten.

»Ich glaube, mein Kind, Ihr beginnt zu verstehen. Kommt mit mir. Wir gehen dort auf den Hügel hinauf, und ich werde Euch die Stadt des Friedens zeigen.«

Ta-Thea folgte Ikthari eine schmale, sanft ansteigende Treppe hinauf. Überall waren Blumen, und die Luft duftete nach wildem Thymian. Als sie die Kuppe des Hügels erreicht hatten, wandte Ikthari sich um. Ta-Thea folgte seinem Blick und sah unter sich die im Tal verstreuten Häuser von Malgard, die verschwommenen Silhouetten der blühenden Bäume, das grün leuchtende Wasser der Teiche, und sie hörte das Plätschern der Springbrunnen. Weit draußen schimmerte die See wie ein Schild aus poliertem Silber, der Atem der Nacht berührte sie kaum. Nur das leise Rascheln der Blätter und das klare, süße Lied eines Vogels brachen die Stille.

»Das ist Vollkommenheit«, sagte Ta-Thea ergriffen. »Jetzt habe ich sie mit eigenen Augen gesehen. Ich verstehe nicht, wie jemand sich noch mehr wünschen kann.«

»Ja, das ist wahre Herrlichkeit«, stimmte Ikthari zu, und wieder vernahm Ta-Thea die tiefe, unerschütterliche Befriedigung in seinen Worten.

»Eure Gäste werden Euch sicher vermissen«, stellte Ta-Thea schließlich fest. »Ich glaube, Ihr seid ebenso wie die anderen der Ehrengast dieses Festes.«

Iktharis blickte Ta-Thea aufmerksam an. »Da habt Ihr ganz Recht. Ich sollte zurückkehren. Wir beide sollten umkehren. Kommt, begleitet mich.«

Er bot ihr seine Hand. Diesmal jedoch war es die schlichte Geste desjenigen, der sie einlud, ihre Hand in seine zu legen, um sie zu stützen. Ta-Thea ging mit erhobenem Kopf die Stufen hinunter. Zum ersten Mal, seit sie im Palast von Shinabar aus dem Schlaf gerissen worden war, wurde das Echo jener Schreie in ihrer gequälten Seele leiser, und schließlich verstummte es ganz.

In jener Nacht schlief Ta-Thea tief und traumlos und befreite sich endlich von all den Ängsten, die alte Wunden und Narben bereits lange vor den grausamen Bluttaten in ihrem Geist hinterlassen hatten.

Sie erwachte in einem Raum, der in helles Sonnenlicht getaucht war. Schnell stieg sie aus dem Bett und zog sich an. Unten wartete Salymbrion bereits mit dem Frühstück auf seine Gäste. Er war eifrig darum bemüht, sie in allem zufrieden zu stellen, doch wegen des Festivals war er zerstreut und fahrig. Ishrafeli half ihm lachend dabei, den Tisch zu decken.

»Es tut mir Leid«, sagte Salymbrion und wurde vor Verlegenheit rot. »Aber ich möchte so gern gewinnen, dass ich an nichts anderes mehr denken kann.« Doch er korrigierte sich sofort. »Das ist nicht die ganze Wahrheit. Ich möchte mein Bestes geben, mich anstrengen wie nie zuvor und etwas so Wundervolles schaffen, dass es jedem größte Freude bereitet.« Für einen kurzen Moment legte sich ein Schatten über seine Züge. »Glaubt Ihr, dass ich zu viel erwarte?«

»Nein.« Ishrafeli antwortete, ohne zu zögern. »Ihr solltet immer danach streben, Eure größten Träume Wirklichkeit werden zu lassen.«

Salymbrion lachte erleichtert auf. Es war offensichtlich, dass ihm diese Antwort sehr gefiel.

Gegen Mittag mischten sich Ta-Thea und Ishrafeli unter die Menschenmenge, die in dem großen Amphitheater der Stadt bereits die Zuschauerränge füllte. Sie erhielten die besten Plätze.

Ikthari erhob sich feierlich, um die Zeremonie zu eröffnen, und augenblicklich verstummten selbst die leisesten Gespräche. Er stand in der Mitte der Bühne, mit einer goldschwarzen Robe bekleidet, deren Stickereien den Mond und zahllose Sterne zeigten. Er kündigte den ersten Teilnehmer des Wettbewerbs an und trat dann zurück, um einem jungen Mann in einem grünen Gewand mit einer Flöte in der Hand Platz zu machen.

Das Lied der Flöte war schwärmerisch und klagend zugleich und von schmerzhafter Süße erfüllt. Es schwebte über den Köpfen der Menschen, die gebannt den Atem anhielten. Bald nahm der Mann das Instrument von den Lippen und besang die Wiedergeburt der Natur nach dem Schlaf des Winters, das erste Schmelzen des Eises nach dem bitteren Frost, das Erblühen der Blumen unter Birken und Eichen, das Erwachen der Eichhörnchen und Igel. Der Gesang war rein und erfüllt von Zärtlichkeit und Bewunderung für die Natur.

Die Darbietung des jungen Mannes wurde mit tosendem Applaus belohnt, er verbeugte sich errötend und zog sich dann zurück.

Ta-Thea schaute zu Ikthari hinüber und begegnete seinem Blick. Sein Lächeln war herzlich, und erst, als die nächste Kandidatin die Bühne betrat, wandte er die Augen ab.

Die junge Frau hielt eine auffallend schön gearbeitete Leier in der Hand und sang dazu von ihrer Liebe zu den Tieren. Die Musik schlug den Bogen von Fröhlichkeit zu Sanftmut, von Verzweiflung zu tiefer Freude, und die Sängerin erhielt ebenfalls herzlichen Applaus für den Vortrag.

Ein Mann mit einer auffallend tiefen Stimme, deren Klang dem sanften Grollen des Donners in der Ferne glich, sang von den Tagen, die er als Hirte in den Bergen verbracht hatte, von seiner Sorge um die Schafe, von der Anmut und der Vollkommenheit der wilden Tiere und dem Reichtum der Erde, die Mensch und Tier gleichermaßen ernährte.

Ein hagerer Mann mit einem strahlenden Lächeln spielte die Laute und sang dazu ein sanftes Lied von seiner Liebe zu den Wäldern, den Blumen und dem Wandel der Jahreszeiten. Er besang die zarten Blätter im Frühling, den schwachen Duft der Hyazinthen, die verschwenderische Schönheit der Rosen und das Wispern der alten Bäume, die sich im Sommer in den wolkenlosen Himmel reckten. Er vergaß weder die Farbenpracht des Herbstes noch den süßen Duft von verbranntem Holz oder die schneidende Klarheit des Winters und endete mit einer Hymne auf den vollkommenen Kreislauf des Lebens.

Den ganzen Tag über folgte ein Vortrag auf den anderen. Manchmal waren die Verse besonders gelungen, bei anderen waren die besonderen Stimmen der Sänger von herausragender Schönheit, manche Teilnehmer wiederum beherrschten ihre Instrumente meisterhaft. Die Lieder erzählten von Hingabe, und aus allen sprach eine tiefe Liebe.

Die Sonne sank bereits, und das Licht schien bernsteinfarben, als sich Salymbrion endlich erhob, um zu singen. Atemlose Spannung legte sich über die Menschen. Er war der Letzte in der langen Reihe. Würde er auch der Beste sein?

Salymbrion stand regungslos da, ein schüchternes Lächeln glitt über seine Lippen, sein Gesicht erstrahlte in der Glut des Sonnenuntergangs, umrahmt von seinem tiefschwarzen Haar. Langsam hob er seine Harfe und begann zu spielen. Zunächst entlockte er ihr nur wenige Töne, die wie die ersten Sonnenstrahlen am Morgen die Dunkelheit der Nacht zu vertreiben schienen. Sie klangen so zart, dass sich jeder fragte, ob sie nicht bloß eine Illusion waren. Dann begann er, den Sonnenaufgang über dem Meer zu besingen. Seine Stimme war klar und rein, mühelos schwang sie sich zu den höchsten Tönen auf. Salymbrion trug die Verse mit so viel Gefühl und Freude vor, dass Ta-Thea die Süße des Windes, den Tau und den Kuss der kühlen Luft mit all ihren Sinnen einzufangen glaubte.

Bald wurde Salymbrions Stimme kräftiger. Er erzählte vom blauen Glanz eines sonnigen Tages, von seinem Boot, mit dem er über glasklares Wasser glitt. Er hielt die Harfe mit zärtlicher Hand, als ob sie ein lebendiges Wesen wäre, und sang von der Stille des Himmels, der See und des Windes. Es schien, als ob ein geheimnisvolles Licht seine Seele erstrahlen ließ.

Niemand im Publikum wagte es, sich zu rühren. Aller Augen ruhten auf Salymbrion.

Zum Schluss besang er die Heimkehr am Abend, wenn das Licht zuerst golden und dann immer blasser wurde, und ein zarter, rötlicher Schleier über dem Himmel lag, wie in diesem Moment über dem Amphitheater. Die letzten Klänge drangen durch die Kühle des Abends, dann war alles vollkommen still, bis sich donnernder Beifall den Weg zur Bühne bahnte.

Es gab weder Diskussionen noch eine Abstimmung. Alle waren sich einig, dass Salymbrion gewonnen hatte. Der hagere Mann mit der Flöte war der Erste, der vortrat, und sein Gesicht war voller Bewunderung für die Schönheit des Liedes, das er soeben gehört hatte. Nicht Neid zeichnete seine Züge, sondern die Liebe zur Musik. Er streckte die Hand aus. Salymbrion zögerte einen Augenblick lang, dann ergriff er sie und errötete vor Freude. Der Mann mit der grünen Robe war der nächste Gratulant, dann war eine Frau an der Reihe, und bald stand Salymbrion mitten unter seinen Mitstreitern auf der Bühne, die ihn mit Lob und Begeisterung überschütteten.

Auch Ikthari trat vor, in der Hand einen Lorbeerkranz. Er hob ihn hoch in die Luft. Für einen Augenblick schaute er zu Ta-Thea hinüber, und es schien, als würden sich seine Augen in sie hineinbohren, in ihre Seele dringen und darin lesen. Dann wandte er sich wieder zu Salymbrion, und unter dem tosenden Beifall der Menge setzte er ihm den Lorbeerkranz auf den Kopf.

Als der Lärm langsam verebbte, ergriff Salymbrion seine Harfe und gesellte sich zu seinen Freunden. »Ihr seid die ersten Fremden, die uns in Malgard besuchen«, sagte er schüchtern zu Ishrafeli. »Wollt Ihr uns nicht etwas über Euer eigenes Land erzählen? Ta-Thea sagt, dass Ihr eine sehr schöne Stimme habt. Ich bitte Euch darum. Es wäre uns eine Ehre, Euer Lied zu hören. Erst dann wäre unsere Freude vollkommen.«

Ishrafeli schwieg.

Doch schon erhoben sich andere Stimmen. »Bitte! Singt für uns!«

Alle Augen richteten sich erwartungsvoll auf Ishrafeli. Offensichtlich fiel ihm die Entscheidung, ob er auf die Bitte eingehen sollte, unendlich schwer. Schließlich sagte er: »Nein … nein, ich danke Euch.« Aus seinem Gesicht, seinen Augen und der ganzen Haltung seines Körpers sprach Trauer.

Ta-Thea verstand ihn nicht.

»Bitte«, drängte Salymbrion und bot seine Harfe dar. »Oder zieht Ihr vielleicht eine Flöte oder eine Geige vor …?«

Ikthari trat zu ihnen, und auf seinem Gesicht lagen dunkle Schatten. »Gebt Ruhe!«, befahl er. »Nicht jeder erfreut sich an Liedern. Es ist grausam, jemanden auf diese Weise zu bedrängen.«

»Aber er singt doch!« Salymbrion war unschuldig wie ein Kind und ebenso hartnäckig. Immer noch hielt er Ishrafeli die Harfe hin. »Er ist nur zu bescheiden …«

»Ihr habt ihn gebeten, und er hat abgelehnt!« Iktharis Stimme war voller Schärfe. Eine dunkle Erinnerung griff wie mit eisiger Hand nach Ta-Thea. »Ishrafeli ist nicht aus Malgard«, fuhr Ikthari fort. »Ihr wisst gar nicht, worum Ihr ihn bittet. Seid jetzt still! Er hat Nein gesagt.« Sein Blick brannte sich in Salymbrions Gesicht, und es lag plötzlich eine andere Art von Stille in der Luft, als ob Ishrafelis Entscheidung viel mehr bedeutete und keineswegs nur das Lied betraf.

Salymbrion schien es nicht zu bemerken. Er hatte den Lorbeerkranz gewonnen. Seine Freude darüber war überschwänglich, und er wollte sie mit den anderen teilen.

Ikthari wandte sich an Ishrafeli. »Ihr braucht nicht zu singen«, sagte er mit Bestimmtheit. »Es ist Eure Entscheidung, nicht die unsere.«

Die Worte waren zwar an Ishrafeli gerichtet, doch Ikthari schien sich gleichzeitig an die Menschenmenge zu wenden. Er hob die Hand, und der dunkle Ärmel seiner Robe gab seinen Arm frei. »Ihr seid unsere Gäste. Und Gastfreundschaft ist uns heilig.« Er senkte den Kopf und schaute Ishrafeli an. »Wir würden sie niemals um eines Liedes willen verraten.«

Ishrafeli erhob sich. Auge in Auge standen sich die beiden Männer nun gegenüber, doch Ikthari schien noch zu wachsen. Er straffte die breiten Schultern noch ein wenig mehr, und sein Umhang legte sich wie eine Mauer um ihn. Schweigend stand er da.

Ta-Thea erstarrte auf ihrem Platz. Die beiden Männer schienen einen Kampf auszufechten, der so erbittert war, dass sie ihre Umgebung gar nicht mehr wahrnahmen. Dann wandte Ishrafeli den Blick ab und schaute stattdessen in Salymbrions hingebungsvolles und großmütiges Gesicht, und schließlich griff er ganz langsam, als ob ein großes Gewicht auf seinen Schultern lastete, nach der Harfe. Er ging auf die Bühne und berührte mit leichten Fingern die Saiten des Instruments.

Die Menschen in dem Amphitheater hielten den Atem an. Der Himmel war purpurrot, die ersten Sterne glitzerten schon am Himmel. Fackeln beleuchteten die Bühne.

Ishrafelis Stimme war mit der von Salymbrion nicht zu vergleichen. Sie war dunkel, von tiefem Kummer getragen und voll solcher Hingabe, dass bei den Zuhörern ein Hunger nach unbekannten Dingen geweckt wurde. Seine Finger entlockten den Saiten eine immer wiederkehrende Melodie, die mit jedem Mal zarter und vertrauter klang, und als wäre sie direkt aus Ishrafelis Seele entsprungen. Es war das Lied eines ausgestoßenen, einsamen Mannes, der ohne einen Schimmer Hoffnung und ohne das Licht des Himmels den Kampf gegen das Böse und die Verzweiflung kämpfte und sich dabei nur auf seine blinde Liebe zum Guten verließ. Ishrafeli sang von der Trauer um verlorene Freunde und von schmerzlichem Verrat. Schließlich kamen die Töne wie ein Schrei aus seinem Mund und die Qual drang durch die Luft und jedem Einzelnen im Publikum in Ohr und Glieder.

Ishrafeli sang von der dunklen Seite der Seele, wenn der Mensch in sein verborgenes Selbst schaut und ohne Waffen und von allen Freunden verlassen gegen die Teufel kämpft, die darin wohnen.

Dann verließ Ishrafelis Stimme die bodenlosen Tiefen. Neue kräftige und klarere Kadenzen schwangen sich auf, bis sie schließlich mit Leichtigkeit dahinschwebten. Ta-Thea spürte die Erhabenheit, die jenseits aller Lieder lag. Ihr Körper schmerzte vor Begeisterung und Ekstase. Sterne strahlten vom Himmel, und Engel riefen ihren Namen.

Als Ishrafelis Stimme verstummte, glich die Stille in dem Theater dem Schweigen des Todes.

Ta-Thea rührte sich nicht, und auch die übrigen Zuhörer standen regungslos da und hingen einsamen Gedanken nach.

Es war Salymbrion, der schließlich die grausame Stille

brach. Sein Gesicht war so bleich wie das eines Mannes, der in einen unendlichen Abgrund geschaut hatte. Er nahm den Kranz vom Kopf und legte ihn Ishrafeli zu Füßen.

»Ich dachte, ich könnte singen«, sagte er heiser. »Das ist nicht wahr. Was versteht einer wie ich schon vom Reichtum des Lebens, von Glück oder von Leid?« Er erbebte. »Die Macht, die mich vor der Hölle bewahrt, verweigert mir auch den Zutritt zum Himmel.« In seinem Blick lag Verzweiflung, aber auch Entschlossenheit. »In Eurem Lied lebt die Heiligkeit des Menschen, und ich werde nicht ruhen, bis ich sie selbst gefunden habe. Meine Stimme ist neben Eurer ohne Wert und ohne Bedeutung, und daran wird sich nichts ändern, solange ich in Malgard bleibe ...«

Ikthari stürzte nach vorn. Sein schwarzer Umhang blähte sich auf, und sein Gesicht war vor Zorn verzerrt. »Ihr dürft Malgard nicht verlassen! Tut Ihr es dennoch, werdet Ihr sterben!« Er breitete die Arme aus und schloss die Menge, die blaue Nacht und das schlafende Land dahinter in die Bewegung ein. »Alles Gute wohnt hier! Liebe, Reichtum, Unschuld, das Volk der reinen Herzen – Euer Volk, Salymbrion!«

Salymbrion stand regungslos mit weit aufgerissenen Augen da. Ishrafelis Züge spiegelten noch immer die Herrlichkeit und das Leid, die er besungen hatte. Ta-Thea wartete mit klopfendem Herzen. Ihre Anspannung war so groß, dass ihr alle Muskeln schmerzten, doch sie nahm es kaum wahr.

Ikthari trat zum Rand der Bühne und wandte sich an die Menge. Das Licht der Fackeln warf Goldschimmer auf die bestickten Ärmel seiner Robe. »Dort draußen gibt es nur Hässlichkeit und Schmerz!« Seine Stimme überschlug sich vor Abscheu. »Gewalt, Betrug und Enttäuschung und am Ende das Verderben! Ihr werdet nichts finden außer dem langen, einsamen Weg zum Tod und Eurer eigenen Zersetzung. Und niemand wird Euch retten.« Triumphierend blickte er um sich.

Salymbrion schaute zu Ishrafeli hinüber, doch er sagte nichts. Er hatte das Lied gehört. Das war genug.

Ta-Thea war wie gelähmt. Wovon hatte Ishrafeli nur gesungen? In seiner Stimme hatte all die unvorstellbare Schönheit des Himmels gelegen. Sie war hingerissen, verlangte nach mehr, und sie wusste, dass sie diesen Hunger niemals stillen konnte. Doch die Schönheit Malgards war für immer zerstört, sie zierte nur die Oberfläche, war nichts weiter als eine Täuschung.

Salymbrion wandte den Blick nicht von Ikthari ab. Zum ersten Mal in seinem Leben spürte er Furcht, und er fand den Mut, sich ihr zu stellen.

»Ich muss fort«, sagte er kühl. »Es ist für mich an der Zeit, zu gehen. Hier zu bleiben bedeutet den Tod.«

»Ihr werdet sterben, wenn Ihr fortgeht!«, zischte Ikthari. »Ich verspreche es Euch. Tag für Tag werdet Ihr es erleben, Stunde für Stunde. Der schleichende Verfall des Fleisches und die Verzweiflung des Geistes werden Euch begleiten, bis schließlich die Asche des Todes Eure Stimme zum Schweigen bringt.«

»Dann werde ich eben auf der Suche nach dem hellen Licht des Gottes sterben, von dem ich heute Abend gehört habe«, erwiderte Salymbrion mit hoch erhobenem Kopf. »Aber ich werde meine Seele nicht länger jenem Untergang preisgeben, den Ihr hier bereithaltet.« Er wandte sich abrupt ab und begegnete Ishrafelis Blick. Die Stille pochte wie der Schlag eines Herzens. Langsam streckte Ishrafeli die Hand aus, und Salymbrion drückte sie lange und fest. Dann wandte er sich um und ging davon.

Ikthari maß Ishrafeli mit hasserfüllten Augen. Sie lagen tief in den Höhlen, und die vollen Lippen gaben seine Zähne frei. »Seht, was Ihr angerichtet habt! Ihr habt die Unschuld mit der Hand des Verderbens gestreift. Zahllose Seelen werden Euch bis ans Ende der Zeiten verabscheuen. Ihr werdet die Früchte der Hölle kosten, und Ihr werdet keine Vergebung finden, denn Ihr wisst, was Ihr tut!«

»Natürlich weiß ich das«, erwiderte Ishrafeli ruhig. In

seiner Stimme lag Wehmut. »Ich habe mit der Hand des Erwachens einen Traum zerbrochen.«

Iktharis Blick fiel auf Ta-Thea. »Ihr sucht die Bürde der Wahrheit. Wenn Ihr sie findet und sie annehmt, dann wird sie Euch in die Herrlichkeit des Himmels führen oder einer Verdammnis preisgeben, die noch größer ist als die, die Euch erwartet, wenn Ihr Eure Suche aufgebt. Versprechen dürfen nicht gebrochen werden.« Seine Stimme war nur noch ein Flüstern, doch seine Worte hallten dennoch durch die dunkle Nacht. »Wenn Ihr Euer Abkommen mit Gott brecht, gehört Ihr mir, und meine Rache wird furchtbar sein. Der geringste Versuch würde Euren Körper bereits welken lassen, doch Eure Seele kann nicht sterben. Es gibt kein Entrinnen. Denkt darüber nach, bevor Ihr Euch dafür entscheidet, mit Ishrafeli zu gehen.«

»Ich habe die Stimme des Himmels gehört«, erwiderte Ta-Thea unter Tränen. »Gott rief meinen Namen. Wie könnte ich Ihn verraten?« Dann holte sie tief Luft. »Ich werde den Preis zahlen, wie hoch auch immer er sein mag.«

Sie hörte nicht, dass Ishrafeli seufzte, sie sah nicht, dass er sich entspannte und in der Dunkelheit lächelte, aber sie fühlte seine Hände in den ihren. Dann drehte sie sich um und verließ an seiner Seite das Amphitheater.

Als sie durch die Straßen der Stadt liefen, wurde die Luft kälter. Die ersten weißen Blüten der Bäume welkten, und ein Blütenblatt nach dem anderen fiel von den Ästen. Die Vögel waren bereits verstummt, und die Steine am Hafen mit einer dünnen Schicht aus Eis bedeckt.

Salymbrion wartete neben dem Boot. Er zitterte vor Kälte, und in seinen Augen lag Furcht. Ta-Thea fühlte mit ihm.

»Ihr wurdet gewarnt. Der Preis ist hoch«, sagte Ishrafeli leise in die Dunkelheit hinein. »Habt Ihr geglaubt, der Schmerz würde Euch verschonen?«

»Wäre es doch nur mein eigener Schmerz!« Die Worte brachen aus Ta-Thea hervor. In diesem Augenblick hasste sie seine wundervolle Stimme, die ihre Seele wie ein Feld gepflügt und sie für immer verändert hatte. »Ihr habt mir nicht gesagt, dass auch so viele andere Menschen leiden.«

Mit warmen Lippen berührte er ihre Stirn. »Natürlich leiden auch die anderen. Unser Leid ist unvollkommen, wenn wir es nur selbst erleben. Salymbrion hat sich wie Ihr für die Wahrheit entschieden. Ihr könnt ihn nicht vor dem Leben beschützen, und ich kann es auch nicht. Nicht einmal Gott ist dazu in der Lage.« Er ging über das Eis und machte die Leinen los. »Kommt! Wir haben noch einen langen Weg vor uns.«

5

In der Dunkelheit versank die Küste von Malgard langsam hinter dem Horizont. Der Wind wehte schwach, und die Luft wurde kälter. Ta-Thea, Ishrafeli und Salymbrion rückten am Heck des Bootes nah zusammen, deckten sich mit ihren Kleidern zu und schliefen ein wenig.

Sie erwachten alle drei mit steifen Gliedern, und nur widerwillig setzten sie sich auf, denn jede Bewegung schmerzte sie. Die Luft war eisig, und auf dem tiefen Blau des Wassers lagen die Schatten steiler Klippen und hoher Berggipfel, die weiße Kappen trugen und sich dem matten Sonnenlicht entgegenreckten. Bunte Windröschen und leuchtende Flechten auf den Felsen schufen die Illusion des Sommers, den sie in Malgard erst vor kurzem hinter sich gelassen hatten.

Ta-Theas Blick fiel auf Salymbrion. Sie sorgte sich um ihn, um seine Unschuld und sehnte sich danach, ihn zu beschützen, doch sie konnte es nicht. Er stand neben ihr, die Augen vor Staunen weit geöffnet. Er hatte nicht die geringste Vorstellung von dem, was ihn erwartete, und konnte sich deshalb auch nicht darauf vorbereiten. Habi wäre in einer solchen Situation ebenso verletzbar gewesen wie er.

Ishrafeli steuerte das Boot in Richtung Küste. Die Knöchel seiner Finger traten weiß hervor, während er die Taue fest umklammerte. Auch er zitterte vor Kälte.

Was mochte das für eine Stadt, was für Menschen trafen sie dort, an einem solch abweisenden Ort? Welche neue Erfahrung wartete hier auf sie? Was gab es überhaupt nach Malgard noch zu lernen? Drangen sie jetzt in die dunkle Seite der Seele vor, von der Ishrafeli gesungen hatte? Und würden sie am Ende schließlich die Herrlichkeit der Freude finden? Wenn es so wäre, würde Ta-Thea trotz aller Furcht im Geist und im Herzen unbeirrt vorwärts schreiten. Kein Preis wäre zu hoch, denn wenn man Gottes Licht einmal gesehen hatte, würde man es nie wieder vergessen, und nichts auf der Welt konnte es ersetzen.

Salymbrion wusste das genauso gut wie sie. Auch er hatte Ishrafelis Lied gehört, und es hatte ihn aus Malgard fortgetrieben.

Die Siedlung war klein, ein Dorf von nur wenigen Häusern, doch sie hielten sich hier nicht allzu lange auf. Ishrafeli kaufte mit Pelz gefütterte Kleider, Mützen, Stiefel und scharfe, gebogene Messer. Auch an Öl für die kleinen, tragbaren Lampen und welches zum Kochen dachte er. Sie waren jetzt im Land des Großen Weißen Bären, und ihr Ziel lag im Norden jenseits der Berge.

Sie gingen schweigend ihres Weges und benötigten all ihre Kraft, um vorwärts zu kommen. Ihre Gesichter bedeckten sie zum Schutz vor der ständig zunehmenden Kälte mit dicken Schals. Sie ernährten sich von Fischen, die sie in den Flüssen fingen und über offenen Feuern aus Torf und Zweigen von Bäumen rösteten, die schon seit langem tot waren. Nachts schliefen sie nah beieinander in einem Zelt, das sie aus Pelzen und Häuten errichteten, die sie mit sich führten.

Am dritten Tag kletterten sie auf einen hohen Berg und blickten über eine öde, verschneite Landschaft. Jeder Hang, jeder Gipfel und jedes Tal in noch so weiter Ferne war von berauschender Schönheit, in Vollkommenheit gehüllt. Die Stille dröhnte in ihren Ohren.

Ta-Thea schaute zuerst Ishrafeli, dann Salymbrion an. Die Gesichter der Männer spiegelten ihre eigenen Gefühle. Ishrafeli sah sie fragend an. Seine Augen blickten sanft und voller Besorgnis, doch er schwieg.

Nach einer Weile holte Salymbrion tief Luft und nickte.

»Vorwärts«, stimmte auch Ta-Thea zu.

Sie gingen weiter durch tiefen Schnee und über gefrorene Felsen, unter Kiefern entlang, die in den Schatten über dem Boden dunkel waren und hoch über ihren Köpfen als weiße, regungslose Türme in den Himmel ragten.

Die Sonne stand schon tief im Westen, als sie auf eine

Gruppe Männer trafen, die sich offenbar auf der Jagd, vielleicht auch auf einem Kriegszug befand. Der Anführer trat vor. Er war von kleinem Wuchs, bewegte sich jedoch geschmeidig und kraftvoll. Seine Züge verrieten Klugheit und Willensstärke, aber auch Zurückhaltung und das Wissen um Leid. Er sagte nichts, doch gerade durch sein Schweigen und einen durchdringenden Blick drückte er die Forderung nach einer Erklärung aus.

Ishrafeli erkannte die Warnung in seiner Haltung und stand zunächst regungslos da. Für lange, eisige Sekunden starrten sich die beiden Männer in die Augen. Dann entspannte sich der Fremde.

»Wer seid Ihr? Wo sind Eure Gefährten?«

»Ich bin Ishrafeli, und außer Ta-Thea und Salymbrion ist niemand bei mir. Wir reisen um der Liebe zum Wissen willen.«

Plötzlich wurde die Stimme des Mannes lebhaft: »Wissen? Welches Wissen sucht Ihr denn?«

»Das Wissen um die guten und die bösen Dinge, die bitteren und die süßen. Man nennt es auch Weisheit.«

Ein Lächeln erhellte das Gesicht des Mannes. »Mein Name ist Kolliko. Wir sind in Richtung Norden unterwegs, wo das Land rau ist. Wir verfolgen Tascarebus und hoffen ihn zu erwischen, bevor er die ewige Dunkelheit erreicht hat. Er überfiel unsere Häuser und raubte Sophia. Es ist unsere Aufgabe, sie zu befreien. Wenn Ihr uns begleiten wollt, müsst Ihr derselben Sache dienen und uns gehorchen, ohne Fragen zu stellen. Wir kennen das Land und wissen, wie man hier überlebt. Wenn Ihr mit unserem Angebot nicht einverstanden seid, dann geht Euren Weg allein.«

»Wir begleiten Euch«, erwiderte Ishrafeli. »Euer Ziel ist auch das unsere.«

»Nun gut.« Kolliko nickte. »Dann esst mit uns, schlaft ein wenig, und morgen werden wir unsere Reise fortsetzen.«

Das Mahl war spärlich, aber schmackhaft. Nach dem Essen drängten sie sich eng aneinander, um die Wärme des eigenen Körpers mit den anderen zu teilen. Ein hagerer

Mann mit vom Wetter gegerbtem Gesicht und meergrünen Augen spielte auf einem kleinen Horn eine Melodie. Solche Musik hatte Ta-Thea noch nie zuvor gehört. Es waren tiefe, brummende Klänge, rein und bewegend. Das Lied war derart melancholisch, dass es kaum zu ertragen war. Schließlich legte der Mann das Instrument zur Seite und begann zu singen. Er trug eine uralte Geschichte von Liebe und Verrat vor, die sich lange vor dem Zeitalter des Eises, zugetragen hatte.

Ta-Thea schaute im flackernden Licht der Lampen in die Gesichter der fremden Männer. Die Ruhe in ihren Augen, die leidenschaftslose und beinahe wohlige Leichtigkeit, mit der sie dem Sänger lauschten, verriet, dass sie das Lied nicht zum ersten Mal hörten. Der Mut der Verzweiflung, der darin besungen wurde, war ihnen offenbar schon lange vertraut.

Am nächsten Morgen folgten die drei Kolliko und seinen Gefährten auf dem Weg nach Norden. Die Reise war anstrengend, und ihre Kraft reichte gerade aus, um einen Fuß vor den anderen zu setzen. Salymbrion war erschöpft, aber keine Klage kam über seine Lippen. Es gelang ihm, seine Furcht vor der endlosen Wüste aus Eis und Fels vor den anderen zu verbergen, doch Ta-Thea sah sehr wohl die ersten Anzeichen von Verzagtheit in seinen Zügen. Salymbrion hatte seine Unschuld für immer verloren.

Das Gelände wurde jetzt bergiger, und riesige Felsen, die wie Schwerter aus der Erde ragten, glitzerten weiß in der Sonne. Plötzlich kam ein Sturm auf und hüllte die Landschaft in Dunkelheit. Wolken öffneten ihre Schleusen und gossen Regen und Schnee über die Menschen. Unbeirrt zogen sie weiter.

Gegen Mittag des vierten Tages kletterten sie einen steilen Hang hinauf, als sich plötzlich ein Tal öffnete, in dessen Mitte ein jadegrüner See lag. Dahinter schmiegte sich ein Gletscher in hohe Berge. Vor ihnen lag eine weite Fläche aus Eis, die von tiefen Gletscherspalten, hohen Schneewehen und dunklen Moränen durchzogen wurde.

Ta-Theas Mut sank. »Woher wisst Ihr, dass Tascarebus hier war«, fragte sie Kolliko. »Wer ist er überhaupt?«

»Ich weiß nicht, ob er hier war. Es gibt einen leichteren Weg, aber dieser hier ist kürzer.«

»Wer ist Tascarebus?« Ta-Thea ließ nicht locker. Sie starrte den Mann herausfordernd an, der sich mit aller Kraft gegen den Wind stemmte.

»Er nimmt sich, was ihm nicht gehört.« Kolliko würdigte sie keines Blickes, sondern suchte mit zusammengekniffenen Augen das Tal ab.

»Er zerstört, was er nicht selbst erbaute«, erklärte Vartreth, der Mann mit den grünen Augen.

»Er tötet blind, was ihm in die Quere kommt«, ergänzte Shaki, der neben Ishrafeli ging.

»Was habt Ihr vor, wenn Ihr ihn einholt?«, fragte Ta-Thea.

»Wir werden Sophia befreien«, erwiderte Kolliko und nahm Ta-Thea die Wasserflasche aus der Hand, um sie wieder an seinem Gürtel zu befestigen. Sie war sehr schwer. »Dann werden wir nach Hause zurückkehren. Ihr tätet gut daran, dasselbe zu tun. Hinter jenen Bergen warten nur noch das Eis und die Tore zur Hölle.«

Sie stapften durch den hohen Schnee, der bald an ihren Schuhen klebte, und ihre Füße immer schwerer werden ließ. Der Himmel über ihnen war dunkelblau und verschluckte das wenige Licht. Nur ein sanfter Schimmer hing noch darin, vielleicht von dem Schnee, dessen Helligkeit er reflektierte. Das Grün des Sees wurde immer matter, und als sie am Ufer standen, erkannten sie, dass das Eis die Farbe des Wassers trübte. Vor ihnen tönte und ächzte der Gletscher, der sich auf seiner langsamen Reise talwärts schob.

Sie kletterten gerade einen steilen Abhang hinauf, als ein leises Grollen die unberührbare Stille störte.

Kolliko hielt inne, verharrte regungslos und lauschte angestrengt auf das Geräusch, das immer lauter wurde.

»Eine Lawine!«, schrie er plötzlich und deutete hastig auf einen breiten Felsen, der einige Meter von ihnen entfernt aus der Erde ragte.

Ishrafeli ergriff Ta-Theas Arm und zog sie mit sich durch den hohen Schnee. Sie blickte über die Schulter zu Salymbrion und sah aber, dass Vartreth sich um ihn kümmerte.

»Lauft!«, rief Ishrafeli und hielt sie fest, als sie strauchelte. Einer nach dem anderen rutschte in der Hast aus und fiel zu Boden. Über ihnen lösten sich bereits gewaltige Schneemassen, die immer schneller den Berg hinunterrasten und mit sich rissen, was sich ihnen in den Weg stellte.

Sie erreichten den Felsen, als der erste weiße Schwall mit donnernder Dunkelheit über sie hereinbrach. Sie drängten sich aneinander. Ta-Thea lag in Ishrafelis Armen und spürte seine Kraft, die sie vor dem weißen, erstickenden Tod beschützen würde. Wieder und wieder krachten die weißen Massen auf sie nieder, ohrenbetäubend und blendend, als ob die ganze Welt über ihnen einstürzte und sie für immer unter sich begraben wollte.

Endlich verstummte der Lärm, und die Stille war wieder vollkommen. Zuerst regte sich Kolliko und richtete sich langsam auf. Die anderen folgten seinem Beispiel zögernd, und dann begannen sie, sich Hand für Hand einen Weg nach draußen zu schaufeln. Sie kamen nur langsam voran und bewegten sich vorsichtig, um nichts ins Rutschen zu bringen.

Ta-Thea wusste nicht, wie viel Zeit vergangen war, als sie endlich wieder in Freiheit waren. Sie fror erbärmlich. Trotz der dicken Pelzhandschuhe waren ihre Hände taub geworden. Ishrafeli stand neben ihr. Sie wandte sich nach Salymbrion um, wollte sich davon überzeugen, dass er nicht allzu furchtsam und erschöpft war, um den Weg fortzusetzen. Sein Rücken war gebeugt, sein Gesicht von Kälte und Anstrengung gezeichnet. Nur kurz schaute er auf und begegnete ihrem Blick, und da las sie seine Gedanken, die maßlose Überraschung angesichts dieser weiten und schrecklichen Welt außerhalb von Malgard mit ihrer Unbarmherzigkeit und dem erdrückenden Gewicht der Verzweiflung. Er hatte Gefahr und Verlust nicht gekannt. Für ihn war das, was ihm widerfuhr, wie die blinkende Klinge eines Messers, und er wusste noch nicht, wie tief die Wunde sein würde, die sie ihm zufügte.

Ta-Thea lächelte ihm zu.

Salymbrion erwiderte das Lächeln und konzentrierte sich dann wieder auf die Landschaft. Die Umgebung war nicht wieder zu erkennen. Alles hatte sich verändert. In den Berg war eine breite Schneise gerissen worden, und der Boden des Tals war mit einer undurchdringlichen Decke bedeckt, deren Weiß sie blendete.

Plötzlich ergriff Ta-Thea Panik. Ihr war schwindelig. Sie waren für immer hier eingeschlossen! Dieser Berg würde niemals zur Ruhe kommen, würde wieder aufbrechen und sie dann für alle Zeit in seinem Eis begraben. Es schien ihr, als könnte sie in dieser leblosen Kälte Cassiodorus' hämisches Gelächter hören und Dulcinas drohende Augen sehen. Hier lag das lähmende Eis bodenlosen Hasses. Sie schaute die Männer an. Ishrafeli war immer noch an ihrer Seite, Salymbrion blinzelte ins Licht. In seinen Zügen erkannte sie für einen kurzen Augenblick ihre eigene Mutlosigkeit, das gleiche Entsetzen, die gleiche Schwäche. Dann straffte er sich. Kolliko und die anderen gingen bereits ihrer Wege.

Kurz darauf hörte Ta-Thea plötzlich das Echo von Ishrafelis Lied, und als Kolliko immer weiter vorwärts schritt, stemmte sie sich schließlich ebenfalls gegen den Schnee und folgte ihm.

Vier weitere Tage waren sie unterwegs, immer in Richtung Norden, immer mitten im Eis. Nachts suchten sie notdürftigen Schutz und drängten sich aneinander. Es gab kein Wild, und die Nahrungsmittel wurden nur noch in kleinen Portionen verteilt. Gefrorenes Fleisch wurde über den Flammen der kleinen Lampen aufgetaut, und jeder aß ein kleines Stück. Das Land war rau, und es zählte nichts anderes als das nackte Überleben. Jeder beschützte seinen Nachbarn. Alles taten sie gemeinsam, der Einzelne war nichts.

Salymbrion betrachtete die Gefährten mit Anteilnahme und Ehrfurcht. Er hatte schon immer alles großzügig mit anderen geteilt und kannte weder Selbstsucht noch Neid. Doch die Abhängigkeit und Not, mit anderen teilen zu müssen, war ihm neu.

Ta-Theas Bewunderung für Kolliko wuchs beständig. Wenn ihm Fehler unterliefen, gestand er sie ein und merzte sie so schnell wie möglich aus. Wie sehr Angst, Schmerz und Zweifel ihn auch bedrücken mochten, er zeigte es den anderen nie, denn die Schwäche des Einzelnen konnte schnell zur Schwäche der Gruppe werden.

Es war ein ödes und unbarmherziges Land. Zwischen den Bergen spiegelten seichte Flüsse die Farbe des Himmels. Bei Sonnenaufgang schimmerten sie pfirsichfarben, und grüne Schatten, die in ihnen verborgen lagen, zeugten von Wäldern, die einst in dem Wasser versunken waren. Bei Sonnenuntergang färbten sich die Flüsse in kräftigen Purpur-, Bronze- und Rosatönen, sie schienen beinahe zu brennen.

Vier Tage waren vergangen, seit die Lawine sie überrollt hatte. Da stießen sie eines Abends plötzlich auf Tascarebus. Etwa zwanzig Männer erschienen auf einem Bergrücken und stürzten den Hang hinunter, um die Gruppe anzugreifen. Ta-Thea war wie gelähmt. Ishrafeli ergriff sie mit beiden Händen und schob sie in den schützenden Kreis, den Kolliko und seine Männer bereits bildeten. Salymbrion stand ebenfalls reglos da und starrte den Männern fassungslos entgegen. Er hatte keine Ahnung, was hier vor sich ging. Er kannte Gewalt nicht.

»Salymbrion!«, schrie Ta-Thea verzweifelt.

Endlich schien er aus seiner Erstarrung zu erwachen und blickte sich um. Da hatte Vartreth ihn schon am Arm gepackt und drängte ihn kopfschüttelnd in die Mitte des Kreises.

Die Gefährten standen mit gezückten Schwertern Rücken an Rücken und zum Kampf bereit. Für einen langen Moment herrschte Ruhe. Der Himmel über ihnen wölbte sich in einem milchigen Blau. Um sie herum schimmerte das Eis, auf dem sich die angreifenden Männer immer weiter auf sie zu bewegten. Die Wirklichkeit glich in diesem

Moment einem fernen Traum. Doch dann zerbrach die Illusion. Als die Angreifer näher rückten, sahen die Gefährten die vom Hass verzerrten Gesichter ihrer Gegner und den rücksichtslosen Glanz ihrer Schwerter. Und schon klirrte es heftig, und die Schmerzensschreie von den Menschen, denen die Klingen in das Fleisch fuhren, erfüllten die eisige Luft.

Der Kampf war erbittert und dauerte lange, doch der Ring, den die Gefährten gebildet hatten, gab nicht nach. Die Verwundeten wurden zu Ta-Thea und Salymbrion in die Mitte hineingezogen. Ta-Thea kniete nieder und verband die Wunden mit Fetzen, die sie von ihren eigenen Kleidern riss. Salymbrion beobachtete sie verständnislos, und sie erkannte entsetzt und voller Mitleid, dass er in Malgard niemals eine Wunde gesehen hatte. Das Wort *Tod* kannte er nur, weil Ikthari es ausgesprochen hatte, doch er wusste nicht, was es bedeutete. Erst jetzt begann er, die bittere Wahrheit zu ahnen, die ihm durch seine Entscheidung nun zuteil wurde.

»Helft mir!«, befahl Ta-Thea ihm.

Gehorsam kniete Salymbrion nieder, und seine Miene spiegelte die Verzweiflung über seine eigene Nutzlosigkeit.

Ein weiterer Verletzter stolperte in den Kreis hinein. Er blutete stark, und Ta-Thea half ihm dabei, sich in den Schnee zu legen.

»Presst Eure Faust auf die Wunde!«, forderte sie Salymbrion auf. »Nehmt den Zipfel des Mantels und drückt ihn darauf, damit wir die Blutung stoppen können.« Sie nahm ihr Messer und schnitt noch mehr Stoffstreifen von ihren Kleidern ab.

Salymbrions Augen weiteten sich, als der Mann schließlich einen letzten Atemzug tat. »Was ist geschehen?«, fragte er wie ein erstauntes Kind. »Er ist … Warum …?« Er breitete hilflos seine Arme aus, und fragte in Richtung der Angreifer: »Wer sind diese Männer? Warum tun sie das?«

»Er ist tot«, sagte Ta-Thea ruhig mit einem Blick auf den Mann. »Wir müssen dem Nächsten helfen.« Sie kroch zu einem anderen Mann, der ebenfalls schwer blutete.

Salymbrion blieb, wo er war. »Was wird denn mit ihm? Wir können ihn doch nicht allein lassen.«

»Doch, das können wir. Er ist tot. Kommt und helft mir hier.«

»Und wo ist seine Seele?«

»Ich weiß es nicht!«, rief Ta-Thea. Plötzlich fühlte sie sich krank, sie war entsetzt, und der Anblick von so viel Blut erfüllte sie mit Ekel. In der Kälte konnte sie nichts riechen, nicht so wie in Shinabar, doch ihr Geist nahm wahr, was die Sinne nicht vermochten, und füllte ihre Nase und ihre Kehle mit Gestank, der ihr den Atem nahm. »Helft mir!«, rief sie verzweifelt.

Salymbrion hörte die Panik und die Verzweiflung in ihrer Stimme. Verängstigt gehorchte er und kroch zu ihr.

Endlich zog sich Tascarebus zurück. Er war verwundet, aber nicht geschlagen. Seine Männer bluteten und waren sichtlich erschöpft, vier lagen reglos im Schnee und würden sich nie wieder erheben.

Shaki beugte sich über einen von ihnen. Seine Miene war finster, und mit zusammengekniffenen Augen starrte er in die untergehende Sonne, teilnahmslos wie ein Mann, der das Licht zwar schwinden sieht, aber nicht mehr auf die Morgendämmerung hofft.

Ta-Thea begriff zuerst nicht, was geschehen war, doch dann riss die Erkenntnis eine tiefe Wunde in ihr Fleisch. Sie schwankte, ihr Herz drohte zu zerspringen. Kolliko war tot!

Die Männer blickten zuerst sich an, dann die Gefallenen. Die Schatten auf dem Schnee waren lang, und im Westen lag ein schmaler Streifen warmen Lichts.

Shaki richtete sich auf. »Vartreth«, sagte er, und einen Augenblick später wurde der Name von zwanzig Zungen wiederholt.

Salymbrion stand neben Ta-Thea. »Was ist los?«, fragte er mit gerunzelter Stirn.

»Kolliko ist tot«, flüsterte sie. »Sie brauchen einen neuen Anführer.« Sie blickte in sein Gesicht und sah die Schatten des Kummers dunkler werden. Offenbar dachte er an den

Mann, dessen Sterben er miterlebt hatte, und verstand, dass Kolliko dasselbe Schicksal ereilt hatte. Das Staunen über den Verlust, die Verblüffung über den Schmerz waren in seinen Augen zu lesen.

Es blieb keine Zeit. Nacht und Kälte würden kein Erbarmen haben. Vartreth akzeptierte die Wahl. Er teilte zwei Männer ein, die die toten Gegner begruben. Ta-Thea kümmerte sich um die Verwundeten unter den eigenen Leuten. Mit steifen Fingern und verzweifelter Hast tat sie, was sie konnte. Shaki übernahm das Totenritual. Mit einem Messer schnitt er ein kleines Stück Stoff aus der Kleidung der Gefallenen, entfernte das Fell und legte den Fetzen in einen Beutel. Dann stellten sich alle in einer Reihe mit dem Gesicht zur untergehenden Sonne auf.

Vartreth rief den Namen eines jeden Toten und fragte nach einem Verwandten. Der trat vor und zog sein Schwert. Aus dessen Heft aus Horn schnitt er einen kleinen Splitter heraus und reichte ihn Shaki mit den Worten: »Er war mein Bruder.« Shaki legte das Stück in den Beutel, verschloss ihn und knotete ihn um den Hals des Toten. Gab es keine Verwandten, übernahm derjenige, der zur Rechten des Gefallenen gekämpft hatte, die Rolle und sagte: »Er war mein Freund, er stand mir bei.«

Als die Zeremonie vorüber war, füllten die Männer die Jacken der Toten mit Steinen vom Ufer des Sees, und die Leichname wurden behutsam in das Wasser gelegt. Sie versanken fast augenblicklich in den dunklen Tiefen.

Nur Kolliko wurde auf andere Weise geehrt. Die Sonne setzte den Horizont in Flammen, und der Himmel über ihren Köpfen wölbte sich grün. Ta-Thea stand zwischen Ishrafeli und Salymbrion, und jeder der Männer trat vor, schnitt einen Splitter aus dem Heft seines Schwertes und reichte es Vartreth mit eigenen Worten. Sie waren knapp, rau und endgültig wie der Tod selbst.

»Er führte mich mit unvergleichlicher Tapferkeit in den Kampf.«

»Er wies mir den Weg durch unbekanntes Land.«

»Sein Schwert war mein Schild.«

»Nie ließ er mich im Stich.«

Als Salymbrion an der Reihe war, trat er vor und schaute lange in Kollikos lebloses Antlitz.

»Darauf war ich nicht vorbereitet«, sagte er leise. »Doch jetzt bin ich klüger und reicher, weil ich ihn kannte, und deshalb danke ich Gott, der uns beide erschaffen hat.«

Die Männer starrten ihn ungeduldig an, verwirrt durch die unerwarteten Worte.

Ta-Thea war eine Frau und zählte deshalb nicht.

Ishrafeli war der Letzte. Er trat vor und berührte Kollikos Stirn. »Mein Freund folgte dem Weg, der ihm bestimmt war, und verteidigte sein Erbe. Ich werde ihn vermissen.« Dann zog er sich zurück.

Vartreth gab den anderen ein Zeichen, und sie trugen den Leichnam zum Wasser. Sie legten ihn auf die Oberfläche, und er trieb davon.

Vartreth blickte in die letzten Sonnenstrahlen und sagte: »Die Tage der Sonne sind kurz, die Sommerblumen blühen nur für kurze Zeit. Wir nutzen das Leben, so gut wir können. Diese Männer lebten in Mut und Ehre. Niemals nahmen sie, was nicht ihnen gehörte, niemals missachteten sie ihre Pflicht. Sie verzagten nicht im Angesicht des Feindes. Sie teilten sowohl Gutes als auch Schlechtes mit uns. Wir werden uns im ewigen Schlaf am Ende der Zeit wieder mit ihnen vereinen.«

»So wird es sein«, stimmten die Männer einstimmig zu.

»So wird es sein«, wiederholte Vartreth.

Dann legte sich Schweigen über sie. Die Sonne strich noch einmal über den schattigen Schnee. Der Himmel war weit und blau, wie eine Höhle, deren Eingang jetzt im Westen lag. Der See, in der stillen Luft vollkommen glatt, schien so flach wie ein Schild aus Kupfer. Vartreth, der mit dem Rücken zur Sonne stand, war nicht mehr als ein schwarzer Umriss.

»Uns bleibt nur wenig Zeit. Wir schlafen, bis das Licht erneut erwacht«, sagte er. »Dann werden wir weiter ziehen und Tascarebus begegnen.«

Am nächsten Morgen zog die Gruppe erneut nordwärts. Tascarebus' Spuren waren auf dem Weg immer häufiger zu sehen. Die Gefährten spürten die zunehmende Angst, nicht nur vor einem weiteren Angriff, sondern auch vor den Gefahren, die die Natur für sie bereithielt: Es gab Eisbrücken, die nachgaben und in Gletscherspalten stürzten, und lockeren Schnee, der in kleinen Lawinen abging. Es gab Stürme, die einen Mann von den Füßen reißen konnten und Schnee und Eis durch die Luft trieben, so dass sie beinahe den Weg nicht mehr fanden. Kälte, Hunger und Erschöpfung waren ihre ständigen Begleiter. Das Leben eines jeden lag in der Hand seines Gefährten. Sie teilten Nahrung und Aufgaben ebenso wie die Wärme der Körper in den bitterkalten, langen Nächten gerecht. Doch niemand beklagte sich. Niemand dachte daran umzukehren. Es galt, Tascarebus zu finden, zu schlagen und Sophia zu befreien.

Nachts hielten sie zu zweit Wache. Manchmal war auch Ta-Thea an der Reihe, und wenn Salymbrion ebenfalls eingeteilt war, unterhielten sich die beiden leise miteinander. In der Kälte der Polarnacht kauerten sie Rücken an Rücken, bis zur Nasenspitze vermummt in Wind und Eis.

Ta-Thea fragte sich, ob Salymbrion wohl häufig an Malgard dachte, an all die Dinge, die er zurückgelassen hatte, an die Zeit, in der er die Bedeutung des Wortes *Schmerz* noch nicht gekannt hatte. Wenn es so war und er seine Entscheidung vielleicht sogar bereute, so sprach er jedenfalls nicht darüber. Sie schaute in seine Augen und sah nichts darin außer dem Schimmern des Schnees. Sie sprachen über die Gefährten, die sie bewachten, darüber, was Sophia wohl für eine Frau war, dass diese Männer vom Land des Großen Weißen Bären klaglos solche Entbehrungen auf sich nahmen, um sie zu finden und zu retten, ohne zu wissen, ob ihrer Expedition Erfolg beschieden sein würde.

Für Salymbrion war das Verhalten der Männer kein Zeichen besonders hoher Gesinnung. Sie hatten offensichtlich Ishrafelis Lied nicht gehört. Sie wussten nichts über die unvorstellbare Herrlichkeit, die am Ende ihrer Suche wartete. Eines Tages sagte er leise zu Ta-Thea: »Selbst wenn sie all das mit einem Geist ertragen, der erleuchtet und weise, freundlich und frei von Bosheit und Selbstsucht ist, bewiesen sie unglaublichen Mut, denn sie haben keine Hoffnung.« Staunen und Ehrfurcht lagen in seiner Stimme. »Sie glauben, dass am Ende gar nichts ist … außer dem ewigen Schlaf in dem alles verschlingenden Eis … dem ewigen Tod.«

Ta-Thea bat Ishrafeli, für diese Männer zu singen. »Sie wissen doch, dass es die Hölle gibt«, sagte sie. »Warum erlaubt Ihr ihnen nicht für einen Augenblick, auch den Himmel zu erblicken?«

»Das hier ist nicht die Hölle. Dies ist ein Land ohne Leben und ohne Gnade. Es ist wie der Geist des Großen Widersachers, aber es ist nicht die Hölle.«

»Das ist doch keine Antwort«, erwiderte Ta-Thea ärgerlich.

In Ishrafelis Augen schimmerte ein Lächeln. »Himmel und Hölle sind in der Seele. Und sie werden ihren eigenen Weg finden. Ihr könnt ihnen dabei nicht helfen, und es ist auch gar nicht nötig.«

»Ich will ihnen ja gar nicht helfen. Ich möchte nur, dass sie wissen, dass es den Himmel gibt. So wie Salymbrion und ich.«

Ishrafeli schwieg, wandte sich ab und ging davon. Ta-Thea blieb zurück und blickte ihm verständnislos hinterher.

Tascarebus griff überraschend an, doch diesmal waren seine Waffen nicht die Schwerter, sondern das Land selbst. Vartreth hatte die Entfernung zum Feind ebenso wie das Gewicht des Schnees, der auf den Berghängen lag, unterschätzt.

Zuerst hörten sie einen Schrei, der durch das Tal hallte. Vartreth erstarrte. Dann warf er sich herum und forderte die Gefährten zum Rückzug auf. Für den Bruchteil einer furchtbar langen Sekunde starrten sie ihn verständnislos an. Dann gehorchten sie endlich, drehten um und stolperten den Weg zurück, den sie gekommen waren. Vartreth bildete die Nachhut.

Doch die Letzten schafften es nicht mehr. Eine Wolke aus Schnee, hoch wie zehn Mann und donnerte heran wie die tobende See im Sturm, holte sie ein und begrub sie unter sich, als ob sie niemals existiert hätten.

Die Übrigen drängten sich aneinander und waren wie betäubt vor Trauer über den schweren Verlust. Auf dem Gipfel des Berges stand Tascarebus, die Arme erhoben, dann verschwand er.

»Das Eis beschützt ihren letzten Schlaf«, sagte Shaki so leise, dass die anderen ihn kaum verstanden. »Lasst uns für jeden Gefallenen einen Splitter aus den Heften unserer Schwerter schneiden. Vartreth war ein guter Mann.«

Die Männer blickten Shaki erwartungsvoll an, doch er wandte sich an Ishrafeli. »Ihr sollt jetzt unser Anführer sein. Tascarebus ist dort vorn. Welchen Weg nehmen wir?«

Ishrafeli war überrascht von der plötzlichen Wendung. Mit weit geöffneten Augen stand er da, und es war das erste Mal, dass Ta-Thea ihn mit einer Situation konfrontiert sah, die er nicht vorhergesehen hatte.

»Welchen Weg?«, wiederholte Shaki.

Ta-Thea wartete ebenso gespannt wie die anderen. Ishrafeli blickte zunächst unentschlossen, dann hob er den Kopf. »Vorwärts«, sagte er ruhig.

Am dritten Tag nach Vartreths Tod stießen sie gegen Mittag erneut auf Tascarebus. Die Sonne stand am südlichen Himmel, und vor ihnen lag ein wildes und bedrohlich wirkendes Tal, das von merkwürdig geformten Bergen eingeschlossen war.

Der Feind überfiel sie ohne Vorwarnung. Diesmal kämpfte auch Salymbrion und schwang mit noch nicht gekanntem Zorn sein geliehenes Schwert. Er stach auf den Feind ein, ohne auch nur ein einziges Mal an sein eigenes Schicksal zu denken. Plötzlich schien er zu begreifen, dass alles, woran sein Herz hing, bedroht war und dass er würde töten müssen, um es zu beschützen. Anderenfalls würde es in dieser schrecklichen Wildnis umkommen.

Ishrafeli kämpfte mit sichtlichem Widerwillen, doch er entzog sich seiner Pflicht nicht. Er war voller Groll gegen diese Männer, die nicht nachgaben, als ob diese riesige weiße Welt um sie herum gar nicht zählte und sie nur darauf aus waren zu morden. Er zögerte nicht, die todbringende Waffe zu führen.

Shaki wurde an der Schulter verletzt, und Ta-Thea hatte alle Mühe, die Blutung zu stoppen. Zwei weitere Gefährten wurden verletzt, fünf von ihnen starben.

Tascarebus verlor vierzehn Männer, ein schwerer Verlust. Die übrigen zerlumpten und elenden Gestalten waren schließlich froh, vor dem drohenden Sturm über den Pass fliehen zu können.

Niemand hatte Sophia gesehen.

Die Gefährten standen dicht beieinander. Der Wind heulte schrill durch das Tal und blies den Schnee vom Boden in die Luft. Er würde die Toten begraben, und alle warteten darauf, dass Ishrafeli das Wort ergriff.

Er stand da mit gesenktem Kopf, seine Miene war feierlich und doch auch voller Gram. Für die Überlebenden hatte er kein Wort, bot keine Erklärung und keinen Trost, jedoch die Verantwortung für die Toten übernahm er.

»Ihr habt für eine gerechte Sache tapfer gekämpft«, sagte er schließlich. Im Norden war der Himmel bereits dunkel und warf unheimliche Schatten auf die kalt schimmernde Erde. »Wenn die Herrlichkeit kommt, wird sie Euch ebenso wie uns gehören, und wir werden uns dann wieder sehen. Weicht bis dahin nicht vom rechten Weg ab.«

Ta-Thea fragte sich erstaunt, was das bedeuten sollte, doch sie würde keine Gelegenheit haben, Ishrafeli um eine Erklärung zu bitten. Seine Rolle als Anführer sonderte ihn von den Übrigen ab, und sie konnte nicht länger neben ihm gehen. Jetzt warteten alle auf seine Entscheidung.

»Vorwärts«, sagte er schließlich und wandte den Kopf in die Richtung, in der Tascarebus verschwunden war.

Gehorsam stemmten sich alle gegen den Wind und traten die beschwerliche Reise an. Innerhalb von Augenblicken war die Sonne verschwunden und die Welt hatte sich verdunkelt. Überall wirbelte das Eis durch die Luft und stach in ihre Gesichter.

Wie Tiere, die vor dem Zorn Gottes flohen, gruben sie im Schnee einen Unterschlupf. Sie brachen Eisbrocken ab, mit denen sie Wände und Decke stützten und krochen schließlich erschöpft und beinahe erfroren hinein, legten die Felle auf den Boden und rückten eng aneinander. Es gab nur noch wenig zu essen und nur noch wenig Öl. Sie nahmen davon, weil Verzicht den sicheren Tod bedeutete.

Ta-Thea lag neben Salymbrion. Er wich ihrem Blick aus. Vielleicht fürchtete er, sie könnte in seinen Augen lesen, dass er seine Entscheidung und die Ungeheuerlichkeit, die daraus erwachsen war, längst bereute. Ikthari hatte ihn zwar gewarnt, doch seine Worte waren nichts im Vergleich zu dem, was er nun erlebte. Doch er beklagte sich nicht. Weder wandte er sich offen gegen Ishrafeli noch führte er heimlich das Wort gegen ihn, obwohl er ihn vielleicht für den Verlust der Fröhlichkeit und des Friedens in Malgard verantwortlich machte.

Ta-Thea blickte zu Shaki hinüber, der mit schmerzverzerrtem Gesicht am Boden lag. In seinen blauen Augen lagen Müdigkeit und Ruhe. Dies war das Schicksal, das er vom Leben erwartet hatte.

Ishrafeli lag neben ihm, das Licht der Lampe fiel in einem gelben Schimmer auf sein Gesicht. Er war tief in Gedanken versunken, und Ta-Thea erkannte, dass die Betrübnis, die ihn ergriffen hatte, anderer Natur sein musste als die in Parfyrion oder in Bal-Eeya. Einmal hob er die Lider und begegnete ihrem Blick, und sie sah sein Leid. Der Schatten eines Lächelns glitt über seine Züge, verschwand aber sofort wieder. Er spottete über sich selbst, und dies war auch für ihn eine neue Erfahrung.

Ta-Thea wollte zu ihm, ihn berühren, doch sie konnte nicht. Es wäre schwierig gewesen, über all die am Boden liegenden Männer zu steigen, ohne sie zu stören, vor allem aber wäre es unangemessen, ja, würdelos gewesen. Und Würde war vielleicht alles, was ihnen noch geblieben war. Also legte sie sich nieder und dachte über Ishrafeli nach, fragte sich, welche Reise seine Seele angetreten hatte, ob er ihr eher ähnlich war oder ob er ganz anders war als sie. Die Antworten auf diese Fragen bedeuteten ihr viel. In diesem schmerzhaften Prozess des Lernens war er ihre einzige Hoffnung. Er war viel mehr als ein Reisender, dessen Glaube ihn zu den Sternen führte und Freude und Herrlichkeit Wirklichkeit werden ließ. Er hatte einen geheimnisvollen Kern, zu dem sie noch nicht vorgedrungen war. Hatte er jemals Angst, war er jemals verzweifelt? Oder hatte die strahlende Vision alle Dunkelheit von seiner Seele genommen? Sie wusste es nicht, und er sagte es ihr weder mit den Augen noch den Lippen. Doch sie erinnerte sich an die Leidenschaft in seinem Lied und war davon überzeugt, dass seine Hölle ebenso groß und tief war wie die eines jeden anderen Menschen auch.

Der Sturm tobte durch die Nacht. Es gab keinen Morgen, die Dunkelheit wurde nur etwas schwächer, während der Blizzard nicht müde wurde zu heulen. Die Gefährten blieben in dem Unterschlupf und hingen ihren Gedanken nach. Wenn es jemanden gab, der ängstlich oder verzweifelt war, so zeigte er es nicht. Aus den Gesichtern der Männer sprach nur ein grenzenloser Mut. Ta-Thea betrachtete einen nach dem anderen und spürte tiefe Liebe für jeden von ihnen. Sie alle hatten Schwerthiebe erhalten, die eigentlich ihr gegolten hatten, und sie hatten Nahrung und Öl mit ihr geteilt. Jeder hatte sie bei Gefahr rechtzeitig gewarnt, ihr eine Hand gereicht, wenn sie ausgerutscht oder müde war.

Wieder fing sie Ishrafelis Blick auf und erkannte in seinen Augen die gleiche Zärtlichkeit. Er lächelte ihr kurz zu, Unsicherheit zuckte um seine Mundwinkel. Wie gern hätte sie etwas gesagt, Worte gefunden, um ihm mitzuteilen, was sie fühlte, doch es gab keine, und sie waren nicht allein.

Eine weitere Nacht verging, bevor der Sturm sich endlich legte. Ishrafeli grub einen Weg nach draußen, und die anderen folgten ihm. Mit schmerzenden Gliedern krochen sie durch den Tunnel, und als sie schließlich im Licht standen, hatte sich die Welt erneut verändert. Der Himmel war dunkelgrau, und Wolken hüllten die Gipfel der Berge ein, so dass sie nicht wussten, in welche Richtung sie sich wenden sollten. Es gab keine Orientierungspunkte mehr, die kleineren Hügel aus Eis waren einfach verschwunden. Die Schneewehen hatten die Monolithen unter sich begraben, und Täler waren entstanden, wo sich vorher kaum eine Ebene ausgedehnt hatte.

Welchen Weg sollten sie jetzt nehmen? Wie konnten sie Tascarebus' Spur finden? Alle warteten darauf, dass Ishrafeli endlich sprechen würde.

Ohne darüber nachzudenken, trat Ta-Thea vor und stellte sich neben ihn. Jeden Vorwurf, jede Beschimpfung würde sie mit ihm teilen. Der Wind blies immer noch Schnee und Eis in ihr Gesicht.

Sie schaute zu Ishrafeli auf und sah zum ersten Mal, dass auch er Angst hatte. Er wusste nicht mehr als sie. Plötzlich waren sie einander ebenbürtig. Tascarebus hatte die Führung übernommen, und entweder würde er oder das Land sie töten. Dann würde er in den Süden zurückkehren und ihre Körper dem ewigen Eis überlassen. Der Große Widersacher würde den Sieg davontragen. Der Himmel war nur ein Traum, ein Lied, gesungen in einer anderen Welt, die sie für immer verloren hatten.

Ta-Thea hob den Arm und schlang ihn um Ishrafeli. Er drückte ihn. Dann trat er einige Schritte nach vorn. Offenbar suchte er nach einem Dolmen, der vorher an dieser Stelle gelegen hatte. Sicher war er zu groß gewesen, als dass irgendein Sturm ihn hätte davontragen können. Sicher war er noch irgendwo ... vielleicht einige Meter weiter weg ... etwas weiter links? Der Weg über die Berge hatte dahinter gelegen.

Ishrafeli löste sich von Ta-Thea und lief allein weiter. Langsam verschwand er im dichten Treiben des Schnees.

»Er hätte nicht allein gehen sollen!«, rief Shaki plötzlich. Der Wind heulte lauter, der Sturm war noch nicht vorbei.

Ta-Thea spürte, wie die Panik in ihr wuchs. Gefrierender Schweiß netzte ihre Haut. Ishrafeli hatte einen Fehler gemacht. Er hatte sich allein auf die Suche nach dem Dolmen, der ihnen die Richtung weisen konnte, gemacht, und nun war er verloren. Verzweiflung schüttelte sie.

Es gab keine Richtung. In der grauen, eisigen Luft war das Licht so diffus, dass die Umgebung verschwamm und zu einer reflektierenden, ebenen Fläche wurde. Der Wind wurde heftiger und schien von überall her auf die Gefährten einzuschlagen.

Da trat plötzlich Shaki mit gesenktem Kopf vor, die Wunde in seiner Schulter schmerzte ihn offensichtlich, und einen Augenblick später hatte die Dunkelheit auch ihn verschluckt.

Ta-Thea stand regungslos da und starrte in die Richtung, in die Shaki verschwunden war. Die Kälte spürte sie nicht mehr, nur noch das blanke Entsetzen. War dies das Ende? Sollte sie etwa allein sterben, hier im Eis, fern von Ishrafeli wegen eines Irrtums in der Beurteilung ihrer Situation? Ishrafeli, der den Himmel versprach, hatte versagt. Seine Freude war nur eine Illusion. Salymbrion hatte seine Unschuld vergeblich geopfert. All ihre Hingabe, all ihre Gebete … nichts konnte sie vor dieser letzten, grauenhaften Wahrheit beschützten.

Dann sah sie plötzlich, wie sich vor ihr in der Dunkelheit etwas bewegte. Eine Gestalt stolperte vorwärts, die eine andere stützte. Hoffnung breitete ihre Schwingen aus. Ta-Thea warf sich nach vorn, rief »Ishrafeli!«. Der Wind riss das Wort von ihren Lippen, und die Tränen der Erleichterung gefroren auf ihren Wangen.

Shaki stützte Ishrafeli und kämpfte sich durch den wirbelnden Schnee.

Da stürzten auch die anderen herbei. Ein Dutzend Hände streckten sich den beiden Männern entgegen, um ihnen zu helfen, trugen sie in den Unterschlupf, rieben ihre Glieder, hauchten warmen Atem auf ihre Lippen, ihre Augenlider. Ta-Thea hielt Ishrafeli in ihren Armen, überrascht darüber, wie schmal er war, wie leicht sie ihn umfangen konnte. Mit ihrem Atem taute sie seine Augen und Lippen auf. Seine Lider zuckten, und Erkennen lag in seinem Blick ebenso wie das Eingeständnis seines Irrtums.

Ta-Thea lächelte. Die Erleichterung war wie das strahlende Licht, das auf die große Dunkelheit folgte.

Ishrafeli richtete sich mühsam auf. »Shaki«, flüsterte er und wandte den Kopf, um nach seinem Gefährten zu sehen.

Ta-Thea kam ihm zuvor, und noch bevor sie die Haut berührte, die nun wie aus Wachs zu sein schien, erzählte ihr der Friede auf Shakis Antlitz, dass er das Leben bereits hinter sich gelassen hatte.

Ishrafeli starrte auf den toten Gefährten, und qualvolle Verzweiflung verdunkelte seine Augen. Er kostete den bitteren Geschmack von Leid und Versagen und auch den der Schuld. Shaki hatte ihn gerettet, ihn vor seinem eigenen Irrtum in Sicherheit gebracht, und das hatte ihn das Leben gekostet.

Draußen heulte der Wind. Drinnen flackerten die Öllampen, die kostbare Flüssigkeit verbrauchte sich mehr und mehr. Sie waren verloren, denn sie hatten nichts mehr zu essen und kaum noch Öl. Über die Hälfte der Männer war tot. Tascarebus war immer noch irgendwo dort draußen, und niemand wusste, wo. Ob Sophia überhaupt noch am Leben war?

Ta-Thea sehnte sich danach, Ishrafeli zu helfen, doch Lügen waren sinnlos, und es gab kein Wort der Wahrheit, das hätte Trost spenden können. Sie konnte nur schweigend an seiner Seite ausharren, ihn ohne Worte lieben, während er allein durch die Dunkelheit ging, durch die tiefe Nacht seiner Seele.

Vielleicht war es der veränderte Klang im Heulen des Windes, dass Ishrafeli schließlich aus seiner Erstarrung befreite. Es gab keine Hoffnung, keine Richtung, in die sie hätten gehen können, doch er erhob sich und blickte die Gefährten an. In seinen Augen lag Trauer.

»Wir müssen weiter«, sagte er mit klarer Stimme. »Vielleicht gibt es nichts mehr, das wir gewinnen können, doch wenigstens wird uns der Tod finden, während wir auf der

Suche sind und nicht, während wir hier tatenlos herumsitzen.«

Seine Ansprache war lächerlich, voller Mut und ohne jede Hoffnung, voller Vorsatz und ohne jeden Grund. Er nahm das Schwert des Toten und zog es aus der Scheide. Er legte es auf Shakis Leichnam und verließ den Unterschlupf. Einer nach dem anderen kroch hinter ihm her. Dann warfen sie Schnee und Eis über den Eingang und machten sich auf den Weg. Sie folgten Ishrafeli, ohne zu wissen, wohin er sie führte. Sie wussten nur, dass es besser war, geschlagen zu werden als einfach aufzugeben. Sich ohne Hoffnung und zugleich ohne das Eingeständnis des eigenen Versagens erneut auf den Weg zu machen, war der der Letzte, der endgültige Beweis ihrer Furchtlosigkeit.

Sie gingen den ganzen Tag lang durch tiefen Schnee. Ta-Thea wusste, dass Ishrafeli keine Ahnung hatte, wo sie sich befanden oder was vor ihnen lag. Sie sah die namenlose Trauer in seinen Augen. Wieder gab es nichts, was sie hätte sagen können. Nur seinem Blick konnte sie ohne Vorwurf und ohne Fragen begegnen, lächeln, wenn er sie anschaute, die eigene Furcht und Verzweiflung vor ihm verbergen. Und sie war erstaunt darüber, dass der Verlust des Himmels sie viel weniger quälte als sein Leid. Sein Schmerz riss viel tiefere Wunden in ihre Seele.

Das Licht wurde schwächer, als Ta-Thea bemerkte, dass sie nicht länger allein waren. Zuerst dachte sie, es wäre ein Trugbild aus Schnee, eine noch dichtere weiße Wand. Dann sah sie, dass es ein lebendiges Wesen war, riesig, mit einem dicken Pelzfell und eine Macht ausstrahlend, die sogar diesem schrecklichen Land zu trotzen vermochte. Der Kopf schimmerte seidig, das Maul war wie die Klinge eines Schwertes in der Dunkelheit … es war ein großer weißer Bär, höher als zehn Mann.

Ein Beben lief durch Ta-Theas Körper, als sie ihn sah. Seine Kraft ebenso wie seine Schönheit nahm ihr den Atem, auch wenn sie das Wissen erleichterte, dass es außer ihnen noch ein anderes lebendiges Wesen in diesem Vorhof zur Hölle gab.

Der Bär beobachtete die Gruppe einen Augenblick lang, dann wandte er sich ab und ging langsam davon.

Ishrafeli stürzte hinter ihm her, rief den anderen zu, sie sollten ihm folgen.

Salymbrion und Ta-Thea waren die Ersten, die sich in Bewegung setzten, ohne darüber nachzudenken. Ta-Thea wusste nicht, wohin Ishrafeli ging, warum er dem Bären nachlief, doch sie würde ihn nicht allein lassen. Und Salymbrion würde Ta-Thea beschützen, auch er würde gehen, wohin Ishrafeli ihn führte.

Das gewaltige Tier erklomm den Berg wie ein Geist, war nicht viel mehr als noch mehr Weiß in der Dunkelheit, und sie folgten ihm so schnell, wie sie nur konnten, um es nicht aus den Augen zu verlieren. Dann und wann hielt Ishrafeli inne und vergewisserte sich, dass die Gefährten Schritt hielten. Einmal kehrte er um, als Ta-Thea stolperte, ergriff ihren Arm und zog sie mit sich. Schließlich hatten sie den Gipfel erreicht, und der Abstieg begann. Plötzlich ließ der Wind nach, es hörte auf zu schneien, und vor ihnen lag ein weites Tal. Gegen den weißen Schnee hob sich schwarz Tascarebus' Lager ab.

Sie standen nebeneinander, hatten sich die Arme um die Schultern gelegt und schauten in den Mond. Sie wussten nicht, wo sie waren, doch die Luft war ruhig, und das Ziel ihrer Reise lag endlich vor ihnen. Sie standen aufrecht da, mit hoch erhobenen Köpfen und lächelten, obwohl ihre Glieder vor Schmerzen zitterten.

Der gewaltige Bär machte sich über das Eis davon, schnüffelte hier und da, und seine Pfoten berührten den Boden mit lautloser Schwerelosigkeit.

Der runde Mond spiegelte sich auf dem Eis und verscheuchte die Dunkelheit mit seinem strahlenden Licht. Und plötzlich erblickte Ta-Thea eine Gestalt, die sich aus den Schatten des Lagers löste und in ihre Richtung kam. Sie war schlank, nicht besonders groß, und die hellen Pelze, die sie einhüllten, fingen den Glanz der Nacht ein.

Tascarebus? Sicher nicht! Einer seiner Krieger? Warum? Jedenfalls nicht aus Barmherzigkeit oder gar, um

Frieden zu schließen. Verrat? Habgier? Vielleicht sogar Mord? Ishrafeli legte eine Hand auf sein Schwert, und Ta-Thea beobachtete, wie sich seine Finger um das Heft schlossen.

Sie betrachtete die Gestalt, die langsam näher kam, doch erst als sie nur noch wenige Meter entfernt war, erkannte sie, dass es eine Frau war. Sie hob die Hände und streifte die riesige Kapuze des Mantel von ihrem Kopf. Die Nacht war so ruhig, dass nicht der Hauch einer Brise über die Haare des dicken Pelzes strich.

Ishrafeli sog scharf den Atem ein, Überraschung und eine Ahnung zugleich lagen in seinen weit geöffneten Augen. Er trat einige Schritte zurück.

Ta-Theas Herz machte einen Satz.

Schließlich trat Salymbrion vor, wie unter Zwang, und seine Schritte knirschten im Schnee.

Das Haar der Frau war von weißen Strähnen durchzogen und im Nacken zu einem Knoten geschlungen. Ihre Züge waren von vollkommener Ebenmäßigkeit, ihre Augen ebenso dunkel wie die Nacht, die Frau war alt. Ihr Antlitz sprach von Hingabe und Leid, von Stärke und grenzenloser Sanftmut. Der Schwung ihrer Lippen barg das Wissen um die menschliche Kraft und Geduld. Sie sprach zu Salymbrion, als wäre er der Einzige, der nach ihr gesucht hatte.

»Mein Name ist Sophia. Ihr kamt von weit her, um mich zu finden.«

»Ihr seid …« Salymbrions Stimme erstarb. Er war vollkommen verwirrt.

»Alt«, ergänzte sie und lächelte. »Ihr glaubtet, ich sei die Unschuld … die Reinheit. Ihr glaubtet, Ihr müsstet mich retten. Ich weiß. – Aber sie ist zu Hause, schürt das Feuer, ist bei den ihren.«

»Aber Tascarebus … entführte Euch …« Salymbrion stotterte immer noch und starrte sie ungläubig an.

»Nein«, antwortete sie sanft. »Ich kam aus eigenem Willen hierher, damit Ihr nach mir sucht.«

Salymbrion war sprachlos vor Staunen.

Da nahm Sophia seine Hand und umschloss sie mit der ihren. »Ihr kamt, um nach dem Weg in den Himmel zu suchen, um über das Leben und den Tod und die Reise der Seele zu lernen. Ihr habt einen guten Anfang gewählt. Der Weg ist noch weit, doch das, was Ihr bereits gelernt habt, werdet Ihr niemals vergessen, und es wird Euch helfen, wenn Ihr es am meisten braucht.«

»Ich werde Euch niemals vergessen«, erwiderte Salymbrion voller Inbrunst. »Ich werde bei Euch bleiben und Euch dienen, solange ich kann.«

»Hier? In diesem Land?« Lachen und Überraschung klangen in Sophias Stimme.

»Wenn Ihr hier seid, dann eben in diesem Land – oder jedem anderen.«

Sophias Augen schienen sich in Salymbrion hineinzubohren. Er schlug schließlich die Augen nieder.

»Einverstanden«, sagte Sophia schließlich. »Bleibt bei mir.«

Sie zog die Hand zurück und trat zu Ishrafeli, der vor Ta-Thea stand. Ta-Thea sah die tiefe Schönheit in Sophias Gesicht und verstand Salymbrion, der so schnell und über jeden Zweifel erhaben gewusst hatte, dass er bei ihr bleiben würde, sogar an diesem schrecklichen Ort.

»Ihr kamt, um den anderen den Weg zu den Sternen zu zeigen«, sagte Sophie sanft zu Ishrafeli. Ihre Stimme war kaum mehr als ein Flüstern. »Sie zu lehren, das Herz Gottes und sein Erbe an seine Kinder zu verstehen. Doch dies ist noch schwerer, als sogar Ihr wissen konntet, und es werden nur wenige sein, die diesen Weg gehen.« Sie berührte ehrfürchtig seine Wange. »Doch Ihr werdet einer von ihnen sein. Niemals wieder werdet Ihr der Bitterkeit der Seele begegnen, die Ihr hier kennen gelernt habt. Ich werde die Männer auf dem Weg zurück zu ihrem Tal im Süden begleiten, jeden, außer Salymbrion, der mich mehr liebte als alles andere. Ich werde Euch und die Frau zurück zur Küste bringen, und Ihr werdet gemeinsam nach Sardonaris reisen. Dort werden Freude und Leid, Sieg und Tod auf Euch warten. Kommt jetzt!«

Salymbrion ergriff noch einmal das Wort. »Und was ist mit Tascarebus?«

»Er wird immer nehmen, was ihm nicht gehört. Und er wird es früher oder später wieder verlieren.«

»Immer?«

»Immer. Das Land des Großen Weißen Bären wird ihn niemals loswerden – bis zum Ende nicht.«

Ta-Thea starrte Sophia an. Der Mond war sehr hell, sie konnte jedes Detail auf ihrem Gesicht deutlich erkennen, und ihre Schönheit ließ sich wie ein leuchtendes Licht in ihrer Seele nieder.

»Mein Name ist ›Weisheit‹, sagte sie sanft. »Dem Wort Gottes zu folgen, obwohl Ihr Euch nicht einmal vorstellen könnt, was Euch erwartet, obwohl kein Licht Euren Weg erleuchtet, das ist wahrer Mut und der Anfang der Erkenntnis.«

6

Ta-Thea und Ishrafeli verließen das Land des Großen Weißen Bären auf demselben Weg, auf dem sie dorthin gelangt waren. Ta-Thea verstand inzwischen viel vom Segeln und war Ishrafeli eine große Hilfe, als er das Boot durch den engen Fjord an den Eisschollen vorbei auf das offene Meer steuerte. Das Wasser war seicht und schimmerte grün. Der Wind wehte nur schwach, und es dauerte eine Weile, bis die Strömung sie auf den dunkelblauen Ozean hinausgetragen hatte.

Dann blähte eine Brise die Segel, und das Boot glitt schneller dahin. Ishrafeli verließ seinen Platz am Ruder und setzte sich neben Ta-Thea auf die Planken. Sie hatten bisher weder über Shaki gesprochen noch über den Bären oder die Entscheidung Salymbrions, bei Sophia zu bleiben. Die Erfahrungen, die sie im Land des Großen Weißen Bären geteilt hatten, waren zu groß für Worte, und beide wussten, dass es im Grund überflüssig war, darüber zu sprechen.

So hüllten sich Ta-Thea und Ishrafeli auf ihrer Reise oft in Schweigen, und manchmal sprachen sie über belanglose Dinge. Er neckte sie und erzählte ihr verrückte Geschichten, die sie kaum glauben konnte, und dann lachten sie.

Sardonaris kam in Sichtweite, als die Sonne im Westen unterging und die Luft mit goldenen Strahlen streichelte. Die Stadt an der Küste erstreckte sich an einer weiten Lagune, und der Wind strich sanft über das blaugrüne Wasser. Ta-Thea hielt den Atem an. Die Stadt schien auf dem Wasser zu schweben, und der elfenbein- und bernsteinfarbene Stein, aus dem sie gebaut war, strahlte im Abendlicht. Es war eine alte Stadt, Sonne und Salz hatten ihre Spuren hinterlassen, und sie schien heiter vom Sommer in den Herbst zu schreiten. Die Luft war weich und strich sanft über die warmen Farben der Häuser.

Fischerboote trugen ihre Fracht über die Lagune, andere beförderten Passagiere. Manche sahen aus wie langbeinige Käfer, wenn die Ruder im Wasser versanken und wieder auftauchten. Sie schlängelten sich zwischen den großen Galeonen hindurch, die im Westen vor Anker lagen.

Aus der Nähe erkannte Ta-Thea, dass die Stadt tatsächlich über dem Wasser errichtet worden war. Die meisten Straßen waren in Wirklichkeit Kanäle, und man konnte ins Zentrum gelangen, ohne das Boot zu verlassen. Schnell half sie Ishrafeli, das große rote Segel einzuholen und den oberen Teil des Mastes zu bergen, damit sie unter den zahllosen Brücken, die die Kanäle kreuzten, hindurchfahren konnten.

Ta-Thea stellte überrascht fest, dass Ishrafeli diesen Ort bereits kannte. Mit Freude und besonderer Leichtigkeit schien er das Boot zu einem bestimmten Ziel zu steuern. Zum ersten Mal hatte sie ein solches Gefühl, und es erfüllte sie einerseits mit Erregung, andererseits mit Trauer. War dies das Ende ihrer gemeinsamen Reise? Würde sie hier die Offenbarung finden, nach der sie suchte? Würde er sie dann verlassen?

Sie erinnerte sich an die Worte des Weisen. Er hatte gesagt, dass der Preis furchtbar sein würde. Wie hatte sie nur so blind mit all dem einverstanden sein können? Sie wusste jetzt, dass die Trennung von Ishrafeli ein Preis wäre, den sie nicht zu zahlen bereit war. Sie würde lieber bei ihm bleiben, selbst im Land des Großen Weißen Bären mit seinen Schrecken und Gefahren, als allein in der ächzenden Schönheit der Stadt, die vor ihr lag.

Sie schaute zu Ishrafeli hinüber. Die untergehende Sonne schien in sein Gesicht. Tiefe Furchen zeugten von seinem Leid. Sie erzählten von den Qualen im Eis, von dem Wissen um sein Versagen und davon, dass andere dafür bezahlt hatten.

Mit plötzlicher Lebendigkeit hörte Ta-Thea wieder seine Stimme, die in Malgard jenes Lied gesungen hatte. Wenn sie nur alles verstanden hätte ... die Wahrheit war bestimmt dort gewesen, ewig, schrecklich und süß – und vertraut wie eine Stimme, die ihren Namen flüsterte, schön wie das Licht selbst.

Das Boot bewegte sich langsam vorwärts. Ta-Theas Blick fiel auf weiße Paläste, auf deren Stufen sanfte Wellen spielten. Manchmal führten auch Brücken von einem Gebäude zu einem anderen, und sie sah geheimnisvoll vergitterte Fenster, durch die das Licht in zarten Mustern fiel.

Sie fuhren an zahllosen Treppenfluchten vorbei, deren unterste Stufen im Wasser lagen, erhaschten flüchtige Blicke auf halbversteckte Gärten in farbenfroher Blütenpracht. Das leise plätschernde Wasser reflektierte das Licht in immer neuen, zarten Bildern, und die Illusion, dass die ganze Stadt auf der Lagune schwamm, schien beinahe Wirklichkeit.

Immer wieder erblickte Ta-Thea auch Nischen, in denen kleine Statuen standen. Sie schienen nicht wie die in Parfyrion den Menschen zu verherrlichen. Sie waren keine Träume aus Stein, sondern Abbilder von lebendigen Menschen. Jede zeigte auch allzu menschliche Schwächen des Einzelnen, und sie waren trotzdem so anmutig, dass Ta-Thea immer wieder aufschrie und Ishrafeli bat, doch näher an eine Statue heranzusteuern, damit sie den Mut oder die Hoffnung auf einem der marmornen Gesichter, die Zärtlichkeit einer Hand, oder auch den Schmerz in einem geneigten Haupt in Ruhe betrachten könnte.

Schließlich ertrug sie das Schweigen nicht länger. »Ishrafeli …«

Doch in dem Augenblick, als er sich zu ihr umwandte, lenkte eine Stimme, die von einer nahen Bank zu ihnen herüberdrang, die Aufmerksamkeit auf sich. Ein Mann in einem reich verzierten Wams sprach mit einem anderen, dessen Ärmel im Sonnenlicht scharlachrot strahlten. Dann umarmten sie sich und gingen davon. Der Mann in dem Wams lief über einen Pfad am Wasser entlang und nahm dann eine schmale Treppe, deren Stufen vom jahrhundertelangen Gebrauch schon ganz ausgetreten waren, und rannte hinauf. Er blickte sich verstohlen um, dann steckte er ein zusammengefaltetes Stück Papier in den engen Schlitz im oberen Teil eines mit Juwelen besetzten Reliquiars. Anschließend lief er die Treppe wieder hinunter, schob sich seinen Samthut tief in die Stirn und schoss wie ein Pfeil in eine schmale Gasse, die schon im Dunkeln lag.

Ta-Thea blickte Ishrafeli fragend an.

»Die Treppe der Klage«, sagte er, und seine Miene war finster. »Er hat gerade den Namen seines Freundes in den Kasten des Verräters gelegt.«

»Was geschieht nun?« Eine kalte Hand schloss sich um Ta-Theas Herz. Zwanzig Jahre lang war sie mit der Politik in Shinabar vertraut gewesen. Verrat hatte sie oft genug erlebt – und offenbar war es doch nicht genug gewesen, denn als sie selbst davon betroffen gewesen war, hatte er sie doch überrascht.

»Er wird festgenommen werden. Entweder heute Nacht oder morgen.«

»Und es wird einen Prozess geben?« In Ta-Theas Stimme klang Hoffnung mit.

Doch in Ishrafelis Blick lag Bedauern, und seine Stimme klang verkrampft. »Keinen Prozess, den irgendjemand beobachten könnte. Das Urteil ist immer dasselbe. Es hängt von dem Handel ab, den der Beschuldigte mit den Oligarchen von Sardonaris schließt. Wenn er damit einverstanden ist, einer ihrer Spione zu werden, wird er am Leben bleiben. Wenn nicht ...« Er machte sich nicht die Mühe, den Satz zu beenden.

»Das ist eine Schande!« Ta-Thea war empört. »Er könnte doch unschuldig, der Ankläger vielleicht neidisch auf ihn sein oder andere niedere Motive haben. Er könnte auch in der Schuld des Angeklagten stehen. Es gibt doch viele Möglichkeiten ...«

»Es macht aber keinen Unterschied. Die Oligarchen regieren im Verborgenen, und ihre größte Macht liegt in der Angst der Menschen.«

»Und warum lassen sich die Leute so etwas gefallen? Warum lehnen sie sich nicht dagegen auf?«

»Das tun sie ja.« Ishrafeli blickte Ta-Thea so gelassen an, dass sie sich beinahe fürchtete. »Manche mit Mut und Opferbereitschaft, andere mit Gewalt.«

»Dann leben die Menschen hier im Bürgerkrieg.« Ta-Thea bebte vor Enttäuschung, und die gleiche Ernüchterung ergriff von ihr Besitz, die sie erfahren hatte, als Schönheit und Hoffnung Parfyrions im Krieg versunken waren. Vielleicht gab es keine größere Wahrheit als Mut, menschliche Weisheit und Widerstandskraft. Vielleicht bestand die Glückseligkeit schon darin, überhaupt zu leben. Nichts weiter war nötig, als so ehrenhaft wie möglich durch all das zu stolpern. Dieser Gedanke war schrecklich. Es existierte gar kein Plan, keine Absicht, weder eine menschliche noch eine göttliche. Die Menschen waren im Universum eben doch ganz allein …

»Ja, in der Tat«, gab Ishrafeli geduldig zurück. »Hier gibt es viel Böses.« Er ergriff erneut das Ruder und steuerte das Boot behutsam über das Wasser.

Auf einer Brücke stand ein verliebtes Paar. Die Hände berührten sich kaum, die Gesichter strahlten im sterbenden Licht. Er trug einen grünen Mantel, und die Narben der Zeit und des Leids in seinen Zügen waren tief. Sie trug blaue Seide und Perlen. Obwohl die Frau viel jünger zu sein schien als der Mann, war auch ihr anzusehen, dass sie lange auf diesen Augenblick gewartet hatte. Graue Strähnen zogen sich durch ihr Haar.

Ta-Thea sehnte sich danach, solch eine Nähe mit Ishrafeli zu teilen. Wer sonst konnte ihre Hoffnungen und die Zerstörung, die sie gemeinsam erlebt hatten, verstehen, ihre Hingabe und ihre verlorenen Träume? Wer sonst konnte das Wissen um ihre Seelenreise mit all ihrem Hunger und ihren Qualen begreifen, die Glückseligkeit, auf die sie in Malgard einen flüchtigen Blick erhascht hatte. Nie würde sie einen anderen Mann so lieben wie Ishrafeli. Für andere blieben nur die Freundschaft und die Liebe, die ohnehin jedes Leben verdiente.

Als Ta-Thea ihm einen kurzen Blick zuwarf, den gebeugten Rücken und seine Hände auf dem Ruder sah, verstand sie plötzlich etwas, das sie mit Furcht erfüllte: Er war ebenso verletzlich wie eine Kerze im Nachtwind.

Sie schluckte, kein Wort kam über ihre Lippen.

Ishrafeli steuerte das Boot zu einer Treppe und vertäute es an einem steinernen Poller. Die letzten Sonnenstrahlen lagen nun auf den Dächern der Häuser, das Wasser war bereits dunkel und der Himmel im Osten tiefblau.

Schnell kletterte Ta-Thea an Land, und an Ishrafelis Seite ging sie durch die schmalen, vom Licht zahlloser Fackeln beleuchteten Straßen zum Marktplatz im Zentrum der Stadt. Bald hörten sie lauten Gesang und Gelächter. Schrill klangen die Stimmen in Ta-Theas Ohren, vulgär und obszön wie die von Betrunkenen.

Vor ihnen ertastete sich ein Blinder an einer Mauer entlang den Weg. In seiner Hand hielt er einen Beutel, in dem einige erbettelte Münzen klimperten. Ein alter Mann mit einem abgetragenen Mantel und durchlöcherten Schuhen lief hinter ihm her, bis er ihn schließlich erreicht hatte. Er öffnete eine Geldbörse, zog die letzte goldene Münze darin hervor und warf sie in den Beutel des Blinden. Dann drehte er sich um und lief eilig davon, ohne auch nur ein Wort des Dankes abzuwarten. Als Ta-Thea und Ishrafeli das Ende der Straße erreicht hatten und auf den Platz traten, rannte plötzlich ein junger Mann mit verschlagenem Gesichtsausdruck an ihnen vorbei, schlug den Blinden nieder und riss den Beutel mitsamt seinem Inhalt an sich.

»Dieb!«, rief Ta-Thea empört.

Geschmeidig wie eine Katze hastete Ishrafeli die Straße hinunter und dem jungen Mann nach, der sich inzwischen an den Weinranken einer Mauer in die Höhe zog.

Ta-Thea half dem Blinden auf die Beine.

»Seid Ihr verletzt?«, fragte sie besorgt, während sie ihn stützte. Er war nicht nur blind, sondern auch ausgezehrt, und er hinkte.

»Nein, aber ich danke Euch«, erwiderte der Mann seelenruhig. »Lasst nur.«

»Aber er hat Euer ganzes Geld genommen!« Ta-Thea schluckte, als sie ihm die Wahrheit sagte. »Ich habe leider nichts, um es mit Euch zu teilen. Doch Ishrafeli wird ihn einholen.«

Der Blinde lächelte. »Vielleicht …«

Ta-Thea lockerte ihren Griff. »Die letzte Münze war sogar aus Gold. Wusstet Ihr das?« Sie dachte an den abgetragenen Mantel und die durchlöcherten Schuhe des Mannes, und plötzlich hätte sie den Dieb mit ihren eigenen Händen umbringen können.

»Hier gibt es viele gute Menschen«, erklärte der Blinde ruhig. »Und auch viele schlechte. Ich danke Euch für Eure Hilfe.«

»Ich werde bei Euch bleiben, bis Ishrafeli zurück ist«, versprach Ta-Thea.

Doch das Schicksal hatte andere Pläne. Eine Gruppe ausgelassener Menschen bog lärmend und lachend um die Ecke. Männer mit losem Mundwerk und bauchigen Weinflaschen in den Händen, Frauen in zerknitterten Kleidern und mit nackten Brüsten. Als sie Ta-Thea und den blinden Mann erblickten, brachen sie in höhnisches Gelächter aus.

»He, was ist denn das?«, rief einer der Männer. »Ein alter Trottel und seine Tochter. He, Alter, ist sie noch Jungfrau? Was ist sie dir wert? Ich geb' dir einen Heller. Davon kaufst du dir 'ne Flasche Wein, um dir die Wampe zu wärmen.

»Ich geb' dir zwei!«, grölte ein anderer, und alle lachten.

»Warum ihm überhaupt etwas geben?«, warf ein dritter ein, dessen rotes Gesicht im Schein der Fackeln wie eine Fratze wirkte. »Der alte Trottel ist blind. Der wird mich nicht anzeigen. Kommt, auf sie!« Und schon ging er auf Ta-Thea los.

Deren einziger Gedanke galt dem alten Mann. Allein war er dieser Horde hilflos ausgeliefert. Sie ballte die Faust und schlug zu. Der Mann stolperte, und vor Überraschung drang ein Rülpser aus seinem Mund.

»Lauft!«, rief Ta-Thea. »Lauft davon!«

Erneut holte sie aus, doch diesmal erhielt sie selbst einen Hieb in die Seite, und ihr schwirrte der Kopf. Die Angreiferin war eine große, fette Frau mit grell geschminktem

Gesicht und schwellenden Brüsten. Ta-Thea roch ihren Schweiß. Sie schlug erneut zu. Die andere stieß einen markerschütternden Schrei aus. Und plötzlich erblickte Ta-Thea einen weiteren Mann mit bleichem Gesicht und den roten Wangen eines Betrunkenen. Er kam torkelnd auf sie zu, und in seiner Hand trug er ein scharfes Messer.

Der Blinde war bereits auf und davon.

Ta-Thea warf sich herum. Sie ergriff nun ebenfalls die Flucht, ohne auf den Weg zu achten. Sie wollte nur noch fort von den schlagenden Händen und den gierigen Augen der Meute. Die zornigen Schreie verschwammen im lauten Pochen ihres eigenen Herzens. Schon nahmen einige die Verfolgung auf, doch sie waren zu betrunken, und ihre Beine knickten ein. Selbst im Rinnstein liegend stießen sie noch einen Schwall bösartiger Flüche aus.

»Haltet den Dieb!«, rief einer von ihnen. »Haltet die Frau dort!«

Passanten wurden aufmerksam, und Ta-Thea stürzte in Panik davon. Kopflos lief sie durch die Straßen, bis ihre Lungen brannten und ihre Beine schmerzten. Aber es gab kein Entkommen. Schließlich war sie umzingelt. Hinter ihr waren die Verfolger und vor ihr das schwarze Wasser eines Kanals. Doch lieber wollte sie ertrinken, als jene schmutzigen Hände noch einmal auf ihrem Körper zu spüren.

Gerade wollte sie hineinspringen, wappnete sich gegen den Schock des eisigen Wassers, als sich aus der Dunkelheit ein Boot löste. Es war schmal wie das von Ishrafeli, und eine junge Frau in hellen Kleidern stand am Heck.

»Kommt!«, rief sie. »Springt! Wisst Ihr nicht, was mit Euch geschehen wird, wenn sie Euch schnappen?«

Ta-Thea zögerte nicht. Sie sprang, fiel allerdings so unglücklich, dass sie sich an einem hölzernen Querbalken des Sitzes heftig das Schienbein stieß. Sie spürte zwar den Schmerz, doch er bedeutete ihr nichts. Das Boot schwankte unter dem plötzlichen Aufprall, und sie kauerte sich erschöpft auf den Boden. Die junge Frau wendete das Boot mit leichter Hand, und schon wurde es von der Dunkelheit verschluckt.

Ta-Thea richtete sich langsam auf. Ihre Brust schmerzte, und Blut rann an ihrem Bein hinunter. »Ich danke Euch«, flüsterte sie.

Nur das sanfte Rauschen des Wassers klang durch die Stille der Nacht. Hinter ihnen brannten auf einem Landungssteg zahllose Fackeln. Instinktiv zuckte Ta-Thea zurück.

»Ist schon gut«, erwiderte die junge Frau leise. »Hier wird Euch niemand mehr verfolgen.«

Das Boot glitt mit der Strömung in schützenden Schatten hinein. Die Reise schien endlos lange zu dauern. Ta-Thea zitterte vor Kälte und Schmerz, als sie endlich einen Landungssteg erreichten. Die junge Frau drosselte die Geschwindigkeit und vertäute das Boot schließlich an einem steinernen Poller.

»Kommt!«, sagte sie einladend. »In meinem Haus werdet Ihr sicher sein. Ihr seid willkommen.«

Ta-Thea hatte keine Wahl. Sie wusste nicht, was aus Ishrafeli geworden war, hatte keine Ahnung, wie sie ihn finden sollte. Sie war verletzt und erschöpft und fror so erbärmlich, dass sie das Zittern ihres Körpers nicht länger unterdrücken konnte.

»Danke«, sagte sie schließlich und kletterte mit Mühe auf die feuchten Steine des Stegs. Sie fühlte sich sehr schwach, und das Atmen schmerzte in ihrer Brust.

»Wird es gehen?«, fragte die junge Frau voller Sorge.

»Ja ...«

Ta-Thea bot all ihre Kraft auf, um der jungen Frau zu folgen. Ta-Thea krallte ihre Finger beinahe in die Mauer hinein, als sie hinter der Frau eine Treppe erklomm, die sich um einen Turm wand. Oben angekommen gingen sie über eine Brücke, die hoch über dem Wasser lag, und traten danach durch eine wunderschöne, mit Nägeln beschlagene Tür in ein Haus. Drinnen brannten Kerzen. Das sanfte Licht der Flammen erleuchtete einen Raum, in dem schlichte Möbel aus poliertem Holz standen. Nur eine große Truhe zeigte kunstvolle Schnitzereien. Es war jedoch die junge Frau, die Ta-Theas Aufmerksamkeit auf sich zog. Sie hatte das schönste Gesicht, das Ta-Thea jemals gesehen hatte. Aber es sprach große Sorge daraus.

»Ihr seid ja verletzt! Das habe ich noch gar nicht gesehen!« Und schon war die Frau bei ihr, um Ta-Thea zu stützen.

In der Tat fühlte Ta-Thea sich sehr schwach, und rasende Schmerzen brannten in ihrer Brust und in ihrem Bein. Da spürte sie die starken Arme ihrer Retterin. Ta-Thea war erleichtert, als sie schließlich auf einem der Stühle saß.

»Ich heiße Ellida«, sagte die junge Frau. »Ich werde zuerst Eure Wunde versorgen. Ich verstehe ein wenig von Heilkunde. Ihr könnt mir vertrauen.« Ellida kniete vor Ta-Thea nieder und betrachtete sie ernst. »Hier seid Ihr sicher. Das verspreche ich Euch. Dieses Haus wird gut bewacht, und niemand kennt es. Die Oligarchen habe keine Ahnung davon, dass es überhaupt existiert.«

Doch Ta-Thea war viel zu müde und zu benommen von den Schmerzen, um sich über solche Dinge zu sorgen. Das Gefühl des Alleingelassenseins war geradezu übermächtig. Sie wusste nicht, was aus Ishrafeli geworden war, und die Sehnsucht nach ihm quälte sie mehr als die Schmerzen in ihrem Körper.

»Ich danke Euch«, erwiderte sie teilnahmslos und schaute überrascht auf das Blut, das immer noch aus der Wunde rann.

»Wie ist Euer Name?«, fragte Ellida und erhob sich. Sie ging ans andere Ende des Raums, goss Wasser aus einem Krug in eine Schüssel und gab einen kleinen Löffel von irgendeiner Flüssigkeit dazu. Selbst von dem Stuhl aus roch Ta-Thea den scharfen Geruch der Flüssigkeit.

»Ta-Thea«, antwortete sie. Wo war nur Ishrafeli? Wie sollte er sie jemals wieder finden? So vieles hatten sie gemeinsam erlitten und überstanden, und jetzt hatte sie ein gewöhnlicher Straßenraub voneinander getrennt. Wie hatte das nur geschehen können?

Ellida kehrte mit der Schüssel, einigen Tüchern und einem Topf mit Salbe zurück. Sie betrachtete aufmerksam Ta-Theas Gesicht und berührte dann ihre Stirn. Sanft schob sie ihre Kleider beiseite, bis die Wunde schließlich ganz frei lag. Ellida presste die Lippen zusammen und begann schließlich damit, die Wunde vorsichtig zu reinigen. Anschließend strich sie die Salbe darüber und legte einen Verband an.

Ta-Thea wurde vor Schmerz beinahe ohnmächtig. Die Salbe brannte wie Feuer, und sie zuckte zusammen.

»Es tut mir Leid«, sagte Ellida und lächelte zaghaft. »Es tut weh, ich weiß, aber die Salbe wird die Blutung stoppen.«

Ta-Thea war voller Zweifel. Von einer solchen Salbe hatte sie noch nie gehört, und sie verstand einiges von Medizin. Blutungen wurden nur gestoppt, indem man etwas auf die offene Wunde presste. Doch es hatte keinen Sinn, darüber auch nur ein Wort zu verlieren. Es wäre unhöflich gewesen, und Ellida gab sicherlich ihr Bestes. Gehorsam trank Ta-Thea den Tee, der ihr jetzt angeboten wurde, und versuchte mit aller Kraft, den aufsteigenden Ekel zu verbergen, als sie die bittere Flüssigkeit hinunterschluckte.

Ellida nahm die leere Tasse an sich, führte die Verletzte zu einem Sofa und bettete sie darauf.

Ta-Thea sank sofort in einen unruhigen Schlaf, und als sie nach einer Weile erwachte, fand sie sich zu ihrer Überraschung in Gesellschaft zweier fremder Männer wieder. Der eine war jung, schlank und dunkelhaarig und bewegte sich mit ungewöhnlicher Anmut. Der andere war kleiner als der andere und blond. Die gekrümmte Haltung und die auffallende Blässe seines Gesichts verrieten, dass er unter großen Schmerzen litt. Ta-Thea beobachtete, dass Ellida rasch an seine Seite eilte und ihn gemeinsam mit dem anderen Mann auf einen Stapel von Kissen bettete.

»Was ist geschehen?«, fragte Ellida erregt. »Pandolf? So antworte doch!«

Der blonde Mann schnappte nach Luft, presste blutbeschmierte Hände auf Brust und Schulter, und Ta-Thea erkannte, dass die Wunden tief waren. Das Blut, dass durch die Finger des Mannes rann, war dickflüssig und dunkel.

»Die Geheimpolizei schnappte uns auf dem Durchgang

zur Treppe der Klage«, berichtete er stockend. »Die haben nur auf uns gewartet. Nur wir zwei kamen davon. Arrigo haben sie umgebracht. Radamistus hat mich gerettet.«

Ellida wandte sich an den dunkelhaarigen Mann. »Bist du sicher, dass Arrigo tot ist?«

Ta-Thea lauschte aufmerksam. Offenbar war Ellida mit dem Unbekannten verwandt.

»Ja. Ich hätte ihn lebend niemals dort zurückgelassen.«

»Gott sei seiner Seele gnädig«, flüsterte Ellida.

»Wieder einer weniger.« Radamistus schaute sie aus schmalen, sorgenvollen Augen an. Dann warf er einen Blick über ihre Schulter auf Ta-Thea, die immer noch auf dem Sofa lag. »Wer ist das?« Argwohn und Misstrauen erfüllten den Raum.

»Sie musste flüchten.« Ellidas Stimme war fest und erlaubte keine weitere Frage. Sie wandte sich wieder an Pandolf. »Ich werde jetzt Eure Wunde versorgen. Reden können wir später.«

Schweigend machte sie sich an die Arbeit.

Radamistus trat ans Fenster und starrte über Kuppeln und Dächer in die Nacht. Entweder hatte er keine Ahnung von Heilkunde, oder seine Hilfe war nicht nötig.

Ellida blickte sich suchend nach mehr Verbandsmaterial um. Eine Rolle lag noch auf dem Tisch. Ohne zu zögern, stand Ta-Thea auf und reichte sie ihr. Erst danach stellte sie fest, dass sie nur noch einen dumpfen Schmerz in Brust und Bein spürte, ihr Kopf aber vollkommen klar war. Auch das Atmen bereitete ihr keine Schwierigkeiten mehr. Die Furcht war nicht verschwunden, ebenso wenig wie die Verzweiflung darüber, dass sie weder wusste, wo Ishrafeli war noch wie sie sich jemals wieder finden sollten. Doch sie fühlte sich recht wohl. Verwunderung ergriff sie, wärmte das Blut in ihren Adern, kribbelte auf ihrer Haut und löste ihre verkrampften Muskeln. Was stand sie noch hier herum? Ellida brauchte sicherlich eine helfende Hand. Ta-Thea bückte sich und nahm die verschmutzten Tücher, wusch die Schüssel aus und füllte sie mit frischem Wasser.

Es dauerte noch eine Weile, bis Pandolf versorgt war

und erschöpft in die Kissen fiel. Schweiß glänzte auf seiner Stirn, und ein mattes Lächeln huschte über seine Lippen. Würde er sich erholen oder hatte er zu viel Blut verloren?

Ellida erhob sich. »Ich danke Euch«, sagte sie herzlich zu Ta-Thea und ging wieder ans Ende des Raums.

Radamistus wandte sich um. »Wird es diesmal gelingen?«, fragte er so leise, dass Pandolf ihn nicht hören konnte.

»Ja«, erwiderte Ellida ohne den Hauch eines Zögerns.

Er sah sie aufmerksam an. »Bist du sicher?« Überraschung lag in seinem Blick.

»Ja«, wiederholte Ellida, ohne ihre Arbeit zu unterbrechen. Ihre Miene war sehr ernst, und große Sicherheit sprach daraus.

Radamistus biss sich auf die Unterlippe. »Warum?« Seine Züge spiegelten heftige Erregung. Hinter den einfachen Worten schien sich vieles zu verbergen, wovon Ta-Thea nicht die geringste Ahnung hatte.

Radamistus warf sich plötzlich herum und maß sie mit durchdringendem Blick. Er schien ihre Gedanken zu lesen. »Meine Schwester verfügt über die Gabe des Heilens. Doch vielleicht wisst Ihr das bereits.«

Ta-Thea war überrascht. »Nein. Ich weiß nichts darüber. Ich wurde überfallen … von einer Schlägerbande … auf der Straße. Eure Schwester hat mich gerettet.«

»Aber Ihr seid doch verletzt«, stellte er fest, und sein Blick fiel auf das verbundene Bein.

»Ja. Ich fiel ungeschickt, als ich in das Boot sprang. Auch die Rippen haben etwas abbekommen. Aber es ist nicht so schlimm, wie ich gedacht habe. Ich fühle mich schon viel besser als noch vor einer Stunde.«

Ein Lächeln stahl sich in Radamistus' Augen. »Natürlich fühlt Ihr Euch besser. Ich sagte es bereits: Ellida verfügt über die Gabe des Heilens. Auch Pandolf wird es bald viel besser gehen. Schließlich hat sie gesagt, dass wir es noch rechtzeitig hierher geschafft haben. Und sie weiß, wann sie Erfolg hat.«

Ta-Thea erkannte, dass er wörtlich meinte, was er sagte.

Ellida hatte eine Gabe. Sie besaß nicht einfach nur Kenntnisse über Kräuter und Anatomie. Ta-Thea warf einen Blick voller Respekt und auch Neugier zu ihrer Retterin hinüber.

Als ob er schon wieder ihre Gedanken lesen würde, antwortete Radamistus auf die Frage, die durch Ta-Theas Kopf schoss. »Ja, es ist auch eine Bürde, und sie bedeutet Gefahr. Wir fürchten, dass die Oligarchen, die über Sardonaris herrschen, davon erfahren. Wir befinden uns im Krieg, aber das wisst Ihr sicher schon. Pandolf ist der lebende Beweis dafür. Und Ihr habt davon auch am eigenen Leibe erfahren.« Wieder fiel sein Blick auf Ta-Theas Bein.

»Ich dachte, es wären nur …« Ta-Thea unterbrach sich.

»Straßenräuber? Wahrscheinlich waren sie tatsächlich welche. Doch wenn die Oligarchen nach Gesetzen und nicht mit der Angst regieren würden, wären solche Vorkommnisse viel seltener.«

Ellida blickte auf. »Unsere Stadt versinkt in Verkommenheit«, erklärte sie. »Diejenigen, die das Gesetz vertreten und die Schwachen schützen sollten, nehmen Geld dafür, dass sie den Blick abwenden, wenn die Übeltäter ihren Appetit stillen – wonach auch immer es sie hungert … Doch jetzt genug.« Sie zwang sich zu einem Lächeln. »Kommt, es ist Zeit zu ruhen. Pandolf wird es uns nicht danken, wenn wir ihn die ganze Nacht über wach halten. Auch Ihr werdet müde sein. Wir haben ein Gästezimmer. Dort steht ein Bett mit frischen Laken für Euch bereit.«

Ta-Thea nahm das Angebot dankbar an. Sie war tatsächlich sehr müde und wünschte sich nichts sehnlicher, als wenigstens im Schlaf Schmerz und Einsamkeit für eine Weile zu vergessen. Ellida führte sie in ein kleines Zimmer, dessen Fenster den Blick auf das Meer freigab. Die Luft war kühl und roch angenehm frisch. Das Bett war bereits bezogen, und auf dem Tisch stand eine Waschschüssel mit klarem Wasser. Etwas Brot und Obst lagen in einer kleinen Schale, und Ellida hatte sogar ein sauberes Kleid bereitgelegt.

Sobald die junge Frau das Zimmer verlassen hatte, wusch Ta-Thea sich und schlüpfte unter die Decken. Sie war davon überzeugt, dass sie sofort einschlafen würde, doch ihre Besorgnis um Ishrafeli war größer als die Müdigkeit. Und dann hörte sie die Stimmen von Ellida und Radamistus, die leise, aber erregt miteinander sprachen.

»Du weißt doch gar nicht, wer sie ist!«, stellte Radamistus ärgerlich fest. »Du hattest kein Recht, sie hierher zu bringen. Du bringst uns alle in Gefahr!«

»Wo hätte ich sie denn sonst hinbringen sollen? Sie wurde von den Mistkerlen aus den Bordellen beim Grünen Kanal verfolgt. Du weißt doch genau, was die mit ihr angestellt hätten!«

»Ja, natürlich weiß ich das.« Bedauern lag jetzt in Radamistus' Stimme. »Du lässt aber auch keine Gelegenheit aus, mich daran zu erinnern, nicht wahr? Du hast dafür bezahlt, dass du mir vergeben hast, und das wirst du nie vergessen.«

»Du selbst sorgst dafür, dass ich es nicht vergesse, Radamistus.« Ellidas Stimme klang jetzt kühl. »Ich half ihr, weil ich ihr helfen wollte. Ich heilte sie, weil ich die Gabe habe. Und ich entschied mich aus freien Stücken dafür, dir zu verzeihen. Es geschah zu deinem und auch zu meinem Besten. Du bist doch mein Bruder.« Sie sprach jetzt leiser, und Ta-Thea konnte sie gerade noch verstehen. »Ich möchte, dass du beweist, dass du ebenso mutig und ehrlich bist wie alle anderen im Widerstand. Und das kannst du nicht, wenn wir dir nicht die Gelegenheit dazu geben.«

»Ich will eine solche Gelegenheit nicht, wenn sie nur dazu dient, mich zu beschwichtigen«, wehrte Radamistus bitter ab.

»Dann verdien sie dir!«

Ta-Thea hörte den Schmerz und die Trauer in Ellidas Stimme.

»Es tut mir Leid. Ich … ich hasse es einfach, wenn ich jemandem etwas beweisen soll. Ich habe das Gefühl, dass jeder nur darauf wartet, dass …«

»Aber das ist doch Unsinn! Niemand wartet auf irgendetwas. Niemand außer mir weiß von jenem ersten Mal.«

»Wirst du denn niemals müde, unsere Anführerin zu

sein?« Die Bitterkeit wurde von Überraschung und Mitgefühl verdrängt. »Immer musst du die Entscheidungen treffen. Und was ist mit all dem Schmerz und vor allem dem Tod? Das alles lastet doch bestimmt auf dir. Wenn du anders entschieden hättest, könnte Arrigo noch leben.«

Ellidas Stimme war nur noch ein Flüstern. »Das brauchst du mir nicht zu sagen. Ich gebe mein Bestes, und auch ich muss mit meinen Fehlern leben. Ich würde mein Leben für unsere Toten geben, wenn dies von mir verlangt würde. Die Frau habe ich hierher gebracht, weil ich glaubte, das sei richtig so. Dieser Meinung bin ich immer noch. Geht jetzt und schlaf. Morgen wartet viel Arbeit auf uns. Du hast Pandolf gerettet. Sei froh darüber. Gute Nacht.«

Radamistus' Antwort hörte Ta-Thea nicht. Vielleicht war er schon gegangen. Vielleicht berührte er auch sanft den Arm seiner Schwester, verständnisvoll und dankbar. Das wollte sie jedenfalls glauben.

Als Ta-Thea erwachte, fielen warme Sonnenstrahlen ins Zimmer. Der Himmel, der von den goldfarbenen Steinen des Fensters eingerahmt wurde, war azurblau. Vom Wasser her drang die Stimme eines Mannes zu Ta-Thea herauf, der leise eine Melodie sang, ein klares, stimmungsvolles Lied der Zärtlichkeit.

Ishrafeli! Ta-Thea sprang aus dem Bett und lief zum Fenster. Sie beugte sich hinaus. Die Erinnerung und die Freude waren übermächtig, und sie spürte beinahe die Hand ihres Gefährten auf ihrem Arm, doch dann erblickte sie bloß einen Fremden. Er glitt in einem Boot über den Kanal, und die Stimme, die zwischen den Wänden der Häuser hallte, glich der Ishrafelis überhaupt nicht. Sie war bei weitem nicht so kraftvoll.

Ta-Thea kehrte enttäuscht zum Bett zurück und zog das Kleid an, dass Ellida für sie bereitgelegt hatte. Ihre Bewegungen waren schwerfällig, der Schmerz über den Verlust Ishrafelis hatte sich mit Macht zurückgemeldet.

Unten wartete bereits das Frühstück: Brot, Käse und große dunkelrote Pflaumen mit glänzender Haut. Ellida und Radamistus saßen schon am Tisch, und auch Pandolf schien sich beinahe vollständig erholt zu haben. Sein Gesicht hatte wieder Farbe angenommen, und er saß aufrecht auf einem Stuhl, wenn auch noch etwas steif. Die drei begrüßten Ta-Thea und erkundigten sich nach ihrem Befinden. Dann sprachen sie über den Widerstand, bemühten sich jedoch darum, ihre Worte so zu verschlüsseln, dass ein Außenstehender nicht verstand, worum es eigentlich ging. Nur die Anspannung in den Gesichtern verriet die Bestürzung der Gesprächspartner.

Ta-Thea hatte ohnehin andere Sorgen. Sie musste Ishrafeli finden. Selbst in dem schönen Raum fühlte sie sich wie eine Gefangene, und sie sehnte sich danach, endlich aufzustehen und zu suchen. Als Ellida sich schließlich erhob und das Haus verließ, folgte Ta-Thea ihr eilig zum Landungssteg. Die Sonne stand bereits hoch, und die Luft war warm. Eine sanfte Brise wehte von der Lagune herüber. Sie war so rein wie das Wasser, als ob die Sünden der Nacht fortgespült worden wären. Die Wellen schwappten sanft über die Treppen. Ein mit vollen Netzen beladenes Fischerboot glitt vorüber, dahinter eines mit Seidenballen in schillernden Farben. Ta-Theas Blick wanderte über die Häuserfassaden, über die Höfe, die Arkaden, den überall blühenden Wein und die Plätze mit den makellosen Statuen, die zwar weniger anmutig, weniger würdevoll waren als die in Parfyrion, aber Leid und Glück zeigten. Am Ende der Lagune, wo sich das blaue Wasser mit dem Dunst des Himmels vereinte, trafen die Sonnenstrahlen für einen Moment die weiße Kuppel eines Gebäudes, das aussah wie ein Palast.

»Was ist das?«, fragte Ta-Thea, als sie hinter Ellida in das Boot kletterte. »Gehört das auch noch zu Sardonaris?«

Ellida antwortete nicht. Ohne ein Wort löste sie die Taue, nahm das Ruder und steuerte das Boot durch den engen Kanal, bis sie zu einem breiteren kamen, auf dem schon viele Boote unterwegs waren. Einige zierten geschnitzte Wappentieren, andere schmückten gemalte Wappen. Auf manchen waren Damen zu sehen, die wie Kurtisanen stolz und träge auf Kissen ruhten.

Zwischen all diesen Booten trieb der Leichnam eines Mannes mit dem Gesicht nach unten auf dem Wasser. Eine tiefe Wunde klaffte zwischen den Schulterblättern, das Messer darin glänzte in der Sonne. Ta-Thea spürte, wie sie Furcht ergriff. Vielleicht war auch Ishrafeli längst tot, trieb auf irgendeinem dieser dunklen Kanäle, vielleicht stießen auch an seinen Körper Boote, deren Passagiere sein Tod nicht kümmerte. Das Sonnenlicht stach in Ta-Theas Augen, die Stimmen und das Klatschen der Ruder auf dem Wasser dröhnte in ihren Ohren, und sie fühlte sich in unerreichbare Einsamkeit verbannt.

Und dann sah sie ihn. Leichten Schrittes lief er über eine Straße in ihre Richtung, lächelte ihr sorglos entgegen. Auf der Treppe hielt er inne und wartete. Sein Blick glitt über ihren Körper, als wollte er sich versichern, dass sie unverletzt war, und wenn er die Welle der Erleichterung, die durch sie hindurchflutete, oder ihren Ärger darüber, dass er so fröhlich wirkte, überhaupt bemerkte, ließ er es sich nicht anmerken. Stattdessen wandte er sich an Ellida, und wie das Licht, dass sich seinen Weg durch die Wolken bahnte, brach ein Strahlen aus ihm hervor.

»Ich danke Euch«, sagte er mit sanfter Stimme. »Danke, dass Ihr Euch Ta-Theas angenommen habt. Ich verfolgte einen Dieb, um einem Blinden sein Geld zurückzubringen. Dabei wurden wir getrennt.«

Ellida schien auf wundersame Weise zu wachsen. Feine Röte stahl sich in ihr Gesicht, ihre Augen blitzten. Unverwandt blickte sie Ishrafeli an.

»Das war doch selbstverständlich. Mein Name ist Ellida. Seid Ihr fremd in Sardonaris?«

»Ich heiße Ishrafeli«, erwiderte er nur, als ob diese Worte eine erschöpfende Antwort auf die Frage wären.

»Habt Ihr bereits eine Unterkunft gefunden?«, fuhr Ellida fort und sprach zugleich eine Einladung aus. »Mein Bruder und ich haben ein Haus, oben im Turm des Weins.«

»Ich danke Euch.«

Leichtfüßig sprang Ishrafeli ins Boot. Er setzte sich und beobachtete gelassen, wie Ellida es wendete und in die

Richtung steuerte, aus der sie gekommen waren. Welches auch immer der ursprüngliche Grund dafür war, überhaupt das Boot zu nehmen – er war jetzt nicht mehr wichtig. Niemand sprach mit Ta-Thea. Einige Male öffnete sie den Mund, um etwas zu sagen, doch Ellida war vollauf damit beschäftigt, das Boot auf Kurs zu halten, und Ishrafeli ließ sie dabei nicht aus den Augen. Als sie endlich wieder an Land gingen und die lange Treppe, die sich um den Turm wand, hinaufstiegen, schien es Ta-Thea, als ob jedes Wort, das die beiden an sie richteten, reine Höflichkeit und ohne Bedeutung war.

Die Enttäuschung lähmte sie. Sie war allein in dieser schönen und brutalen Stadt. Die Vergangenheit war dahin und mit ihr alles, was ihr einst lieb und teuer und vertraut gewesen war. Und inmitten all ihrer Zweifel und ihrer Unsicherheit wusste sie nur eines mit Bestimmtheit: Ishrafeli war das einzige Ziel ihrer Sehnsucht, ihrer Liebe. Doch als sie endlich die beschlagene Tür erreicht hatte, war er schon an der Seite Ellidas ins Haus getreten, hatte sie draußen zurückgelassen, einfach vergessen.

Es würde vorübergehen, ganz bestimmt. Sie kannten sich doch kaum, hatten sich gerade erst getroffen. Sie hatten nicht gemeinsam Allomirs Tod beweint, nicht gemeinsam die Vernichtung der Schönheit und der Hoffnung Parfyrions betrauert, nicht gemeinsam die schreckliche, zerstörerische Gewalt der See in Malgard überlebt, nicht gemeinsam Malgards leblose Unschuld und Salymbrions tapfere Entscheidung miterlebt, auch das Land des Großen Weißen Bären und die Gemeinschaft des Mutes jenseits aller Hoffnung nicht gemeinsam gesehen, all die Hingabe, die Zärtlichkeit und das Entsetzen auf dieser Reise zum Herzen nicht miteinander geteilt …

Und doch: Als Ta-Thea das Haus betrat, standen Ellida und Ishrafeli in vertrauter Nähe beieinander, und sie fühlte sich wie ein Eindringling. Der Schmerz darüber war größer als alles andere, was sie jemals in ihrem Leben erfahren hatte. Er fraß alles andere auf.

Auch Pandolf und Radamistus waren zugegen. Sie saßen am Tisch und unterhielten sich leise über irgendeine Ungerechtigkeit der elf Oligarchen, einen Machtkampf, eine verhängnisvolle Liebe und einen Mord.

Ellida mischte sich in das Gespräch ein. »Sie wusste doch nichts davon.« Ihre Stimme klang rau. Abwehr und Mitleid schwangen darin.

»Natürlich nicht«, stimmte Pandolf zu. »Es war wieder einmal Tallagisto. Er hat sie benutzt und sie verraten, wie andere zuvor auch. Er hatte sicher auch diesmal seinen Spaß.«

»Und beide sind tot?«, fragte Radamistus.

»Alle drei sind tot«, erwiderte Pandolf. »Und Orlando ist verletzt und wird ebenfalls sterben. Das einzig Positive an der ganzen Angelegenheit ist, dass Skibus ebenfalls verwundet ist und sterben wird, und damit hat Tallagisto einen Mann weniger in seinen Reihen.«

Ellida wandte sich ab, das Gesicht von Trauer gezeichnet. »Ich wünschte, ich hätte Orlando noch rechtzeitig erreicht. Vielleicht hätte ich ihn retten können.«

Ishrafeli warf ihr einen erstaunten Blick zu.

Sie antwortete auf die stumme Frage. »Ich habe die Gabe des Heilens.« Es war offenbar nicht nötig, etwas zu erklären. Sie erwartete, dass er auch ohne weitere Worte verstand, wovon sie sprach.

Ishrafeli lächelte, und ein sanfter Schimmer trat in seine Augen. »Das ist ein großes Geschenk …« – er zögerte, und bald legte sich ein zärtlicher Zug um seine Lippen – »Dafür zahlt man einen hohen Preis.«

»Ich weiß«, antwortete Ellida, und Ta-Thea erinnerte sich an das Gespräch, dass sie während der Nacht belauscht hatte, an Radamistus' Zorn und Ellidas Worte der Vergebung. Ellida war schön, weise, mutig und großzügig. Sie kämpfte für die Gerechtigkeit, und trotzdem vergab sie auch Verrätern. Ta-Thea wusste es, sie erkannte es so deutlich wie das reine Licht auf dem Wasser, und dieses Wissen wog wie ein schwerer Stein auf ihrem Herzen.

»Nein, Ihr wisst es nicht«, widersprach Ishrafeli so leise, dass seine Stimme nur noch ein Flüstern war. »All das, was

Ihr bis jetzt bezahlt habt, ist nichts im Vergleich zu dem, was von Euch verlangt wird, wenn die Zeit dafür gekommen ist.«

Ellida schaute ihn an und wagte es nicht, etwas zu sagen. Er nahm ihre Hand für einen Augenblick, ließ sie dann aber wieder los.

Die Unterhaltung wurde wieder aufgenommen. Sie sprachen mit leisen Stimmen. Sie vertrauten einander vollkommen. Es gab gar keine andere Möglichkeit. Nur ein kleiner Tipp an die Geheimpolizei, und sie würden in den Gefängnissen der Oligarchen verschwinden und mit dem Gesicht nach unten auf den dunklen Kanälen wieder auftauchen.

Ta-Thea hatte niemals einen unglücklicheren Tag erlebt. Selbst die Zeit im Eis war erträglicher gewesen, denn nun hatte sich die Kälte auch über ihr Herz und ihre Seele gelegt.

Schließlich fuhren sie wieder mit dem Boot hinaus. Ta-Thea saß in der Mitte. Ishrafeli und Ellida hielten sich im Heck an den Händen, während sie über das Wasser glitten. Er schaute in die Augen der jungen Frau und verstand, was sie nicht in Worte fasste. Als die Sonne unterging, standen sie auf den Stufen der Treppe am Turm und blickten in das erlöschende Feuer der Sonne im Westen. Nur selten sprachen sie miteinander, und es schien, als wären ihre Gedanken so vollkommen aufeinander abgestimmt, dass gewöhnliche Worte nur gestört hätten.

Ta-Thea beobachtete sie und hätte auf jede Reise zur Seele, zur Wahrheit, zur Herrlichkeit verzichtet, wenn sie zu den Verlorenen Inseln hätte zurückkehren können. Sie hätte alles dafür gegeben, wenn sie den Weisen nicht gefunden und ihn nicht nach der Erkenntnis gefragt hätte. Wenn am Ende aller Hingabe, aller Entbehrungen, allen Mutes und aller Hoffnung nicht Ishrafeli wartete, war das Ziel nur wenig mehr als Heuchelei, eben nicht das Beste und von Verlust durchlöchert.

Am dritten Tag, kurz nach Mittag, war Ta-Thea allein in dem Turm, als sie ein deutliches Kratzen an der Tür hörte.

Sie öffnete gleichgültig. Für sie gab es nichts mehr von Bedeutung.

Draußen standen zwei Männer in vornehmer Kleidung. Die Ärmel waren kunstvoll bestickt, die Hüte aus weichem Samt und die Wämser mit Bändern verziert. Beide trugen lange Dolche, und ihre Hände ruhten nachlässig auf den Heften. Ihre Augen waren schmal, und die angespannte Körperhaltung verriet, dass sie darauf vorbereitet waren, sich schnell zu bewegen. Ta-Thea spürte die Macht, die sie ausstrahlten, roch sie geradezu wie frischen Schweiß.

»Ja?«, fragte sie gelassen.

Der größere der beiden räusperte sich und lächelte durch seine schiefen Zähne. »Ist dies Euer Haus?«

Ta-Thea wollte schon abstreiten und erklären, dass sie nur zu Gast war, als plötzlich eine ganz andere Antwort auf ihrer Zunge lag, als hätte sie, seit dem Tag, als sie die Lagune von Sardonaris erblickte, nur darauf gewartet, über ihre Lippen zu kommen, lange bevor sie Ellida traf und von den Oligarchen hörte. Ohne zu zögern, entgegnete sie: »Ja.« Damit hatte sie sich den beiden Männern ausgeliefert.

Der eine schob sie zur Seite und betrat das Haus, der andere blieb an Ort und Stelle und schnitt ihr so einen möglichen Fluchtweg ab. Ta-Thea dachte jedoch gar nicht an Flucht. Es blieb ihr jetzt nur noch ein Weg, und jede Bewegung musste wohl überlegt werden, sonst wäre alles verloren.

Mit zitternden Knien und trockener Kehle folgte sie dem Mann in den Raum. Sie trat an den Tisch, auf dem eine Schale mit Obst und einige Weinkrüge standen.

Die beiden Männer maßen sie mit glänzenden Augen und einem höhnischen Grinsen auf den Lippen.

»Wo ist Euer Bruder?«

»Ich weiß es nicht«, erwiderte Ta-Thea angriffslustig. Furcht durfte sie nicht zeigen, die kalten Hände und das pochende Herz sprachen bereits eine allzu deutliche Sprache.

»Das macht nichts«, sagte der Größere der beiden. »Wir

haben es ohnehin auf Euch abgesehen.« Seine Miene verriet eher Erschöpfung als Vergnügen. Die Qualen seiner Mitmenschen langweilten ihn. Zu viel hatte er bereits gesehen, und die Zeit war knapp. Er trat einen Schritt vor.

Jetzt! Sie musste etwas tun, oder es wäre zu spät, und die anderen wären nicht gewarnt.

Ta-Thea warf sich herum, fegte mit den Armen über den Tisch und warf die Schale auf den Boden. Dann ergriff sie den größten der Weinkrüge und schleuderte ihn in die Richtung des Mannes. Die Flüssigkeit ergoss sich über ihn, bespritzte die Vorhänge und tropfte zu Boden.

Die Männer fluchten und griffen brutal nach ihr, drehten ihr die Arme auf den Rücken. Schmerz fuhr ihr durch den Körper. Doch sie hatte erreicht, was sie wollte. Die Männer konnten nichts mehr daran ändern. Die Spuren des Kampfes waren überall im Raum zu sehen.

Mit mürrischer Miene ergab sich Ta-Thea. Die Männer durften nicht sehen, dass ihr Mut sie bereits verlassen hatte, und sie mussten aus dem Haus sein, bevor die anderen heimkehrten. Sonst wäre alles verloren.

Mit beiden Armen auf dem Rücken, die Spitze eines Dolches in der Seite, wurde sie die Treppe hinunter zum Landungssteg geführt. Ein langes, schwarzes Schiff wartete dort. Am Ruder stand ein dritter Mann. Ein schweres, dunkles Verdeck breitete sich über das Schiff, so dass von außen niemand hineinschauen konnte. Kein Mensch würde sie sehen, nicht einmal ihre Schreie würde jemand hören.

Ta-Thea saß regungslos auf ihrem Platz, als sich das Schiff in Bewegung setzte. Wenn die anderen nach Hause kämen, würden sie wenigstens sofort bemerken, dass etwas Schlimmes geschehen war. Die Geheimpolizei wusste nicht, dass sie die Falsche erwischt hatte. Vielleicht hätte der Plan, die Oligarchen zu stürzen, Erfolg. Außerdem wäre Ishrafeli endlich am Ziel seiner Wünsche: Ellida wäre frei. Wenn die Polizei sie verhaftet hätte, wären weder er noch Ellida jemals glücklich geworden. Dies hier war die bessere Lösung. Ta-Thea hatte ihm ihre Liebe, ihr Leben, ihr Lachen, ihre Hoffnung und ihren Schmerz schenken wollen, doch er hatte sie zurückgewiesen. Alles, was sie ihm noch geben konnte, war Ellida. Wenigstens dafür würde er sie lieben.

Das Schiff legte an, und Ta-Thea wurde an Land geführt. Sie befanden sich in einem engen Kanal. Zu beiden Seiten ragten Mauern steil in den Himmel. Eine Treppe führte zu einer eisernen, mit einem Emblem verzierten Tür, die sich öffnete, als sie sich ihr näherten. Dann schlug sie mit tödlicher Endgültigkeit hinter ihnen zu.

Ta-Thea wurde durch kahle Flure geführt. Die Fenster gingen zum Wasser hinaus, das leuchtende Muster an die Decke warf. Dann stiegen sie eine breite Treppe aus Holz hinunter, bis sie schließlich einen großen Raum betraten, dessen Wände mit prachtvollen rotgoldenen Teppichen geschmückt waren. Am Ende saß hinter einem Tisch ein verkrüppelter Mann mit einem großen roten Hut auf dem Kopf. Die Augen hinter den schweren Lidern lagen tief in ihren Höhlen. Es war Tallagisto, der elfte, der hungrigste und der klügste der Oligarchen.

»Die Frau Ellida«, stellte die Wache Ta-Thea vor. »Sie war allein im Haus.«

»Schade«, erwiderte Tallagisto trocken. »Aber sie wird uns genügen.« Er warf Ta-Thea einen interessierten Blick zu. »Sie ist nicht so schön, wie man sich erzählt, und auch nicht so jung.« Er schürzte die Lippen. »Doch sie ist wilder. Euer Stolz wird Euch hier nicht dienlich sein.« Er blickte über ihre Schulter zu den Männern hinüber. »Das reicht. Ihr könnt jetzt gehen.«

Ta-Thea hörte, wie sie zurücktraten, und die Tür schloss sich leise. Sie erwiderte unerschrocken Tallagistos Blick aus verhangenen, gefühllosen Augen. Er war sicherlich in der Lage, ihr Schmerz zuzufügen, vielleicht großen Schmerz, doch letztlich konnte er nicht mehr als ihr Leben nehmen. Ihre Entschlossenheit gehörte ihr.

»Wie ich schon sagte: stolz«, murmelte Tallagisto. »Euer Bruder erzählte von Eurem Mut, doch er sprach weder von Eurem Feuer noch von Eurer Stärke. Er ist ein Trottel.«

Ta-Thea starrte ihn sprachlos an. Die plötzliche Erkenntnis machte sie unendlich müde. Radamistus hatte einen Verrat begangen – und nicht den ersten. Sie sah den Jahre alten Hass in Tallagistos Augen, denselben unstillbaren Hunger wie bei Cassiodorus, Dulcina und Ikthari. Übelkeit und Abscheu ergriffen sie. Vielleicht war dies die letzte Konfrontation.

»Ihr habt Recht«, stimmte sie zu. »Kein Mann kann ein größerer Trottel sein. Er hat nicht nur mich verraten, sondern – und das ist viel, viel schlimmer – sich selbst …«

Der alte Oligarch schnitt eine Grimasse. Er hatte eine hohe Stirn und eine Nase, die an den Schnabel eines großen Vogels erinnerte.

»Ah, nicht nur Kämpferin und Heilerin, sondern auch noch Philosophin. Gut, ich habe einen Auftrag für Euch. Euer Leben wird der Preis sein. Einer meiner Freunde, Skibus, ist schwer verletzt. Heilt ihn, und auch Ihr werdet leben. Versagt, und ich werde Euch töten.« Er bleckte genüsslich die Zähne. »Und das nicht unbedingt schnell.«

Eine Weigerung wäre mutig gewesen. Von Skibus hatte Ta-Thea schon gehört. Er war ein Rabauke und ein Folterknecht. Sollte irgendjemand, auch aus Gründen der Barmherzigkeit, einen solchen Mann überhaupt heilen, einen Mann, der erneut töten und andere zu Krüppeln machen würde? Ta-Thea hatte jedoch gar keine andere Wahl. Die Heilkunst, wie sie sie aus Shinabar kannte, tat durchaus gute Dienste, doch sie war keinesfalls übermenschlich. Ellidas Gabe hatte sie nicht, Ellidas war göttlich.

Ta-Thea hob den Kopf und zwang sich dazu, dem alten Mann in die Augen zu blicken. »Nein.« Ihre Lippen waren wie ausgedörrt und brachten das Wort kaum hervor.

Tallagisto beugte sich vor und schlug ihr mit einer Hand mitten ins Gesicht. Sein Ring ritzte ihre Haut. Seine Kraft war erschreckend. Sie wurde zurückgeschleudert, stürzte schwer zu Boden und verrenkte sich den Knöchel. Schmerz tobte durch ihren Körper. Er beugte sich über sie, und sie spürte seinen Atem auf ihrem Gesicht.

Dann schlug Tallagisto sie erneut. Ta-Thea blieb auf dem Boden liegen, und Blut füllte ihren Mund.

»Heilt Skibus für mich, und ich werde Euch reich belohnen, Ellida.« Tallagistos Stimme war sanft und ebenso kalt wie die Luft in einem Grab. »Ich werde Euch retten. Das Leben Eures Bruders werde ich Euch schenken, und Ihr könnt mit ihm tun, was Euch beliebt. Wohlstand und Ehre werden Euer sein, wenn es Euch gefällt. Weigert Ihr Euch, meinen Befehlen zu gehorchen, werdet Ihr nichts haben, nicht einmal den Märtyrertod.«

Ta-Thea zweifelte nicht an seinen Worten. »Nein ...« Das Wort glich einem Seufzen.

Tallagisto nahm eine kleine Glocke zur Hand. Ein leises Klingeln ertönte, und die Tür öffnete sich.

»Schafft sie fort!«, befahl er. »Tötet sie! Und zwar langsam, wenn ich bitten darf.«

Grobe Hände griffen nach Ta-Thea und schleiften sie aus dem großen Raum über einen weiteren langen Flur. Dann wurde sie in eine nackte Zelle gestoßen.

Eine große, hagere Gestalt wartete bereits auf sie. Sie war ganz in Schwarz gekleidet. Das Gesicht war von einer schwarzen Maske verdeckt, und an den lächerlichen, vorn nach oben gebogenen Schuhen klingelten kleine silberne Glöckchen.

»Endlich gehört sie mir«, sagte der Mann leise zu den Wachen. »Zieht Eurer Wege!«

Ta-Thea hörte ein boshaftes Kichern, dann fiel die Tür ins Schloss. Sie starrte die Gestalt an, und namenlose Angst schnürte ihr die Kehle zu. Sie konnte kaum noch atmen und betete darum, dass es trotz des ausdrücklichen Befehls von Tallagisto schnell vorüber wäre, dass ihr Mut bis dahin reichen würde. Nur noch der Tod wartete auf sie.

Plötzlich kauerte sich der Mann neben sie auf den Boden, und Ta-Thea hörte ein leises Geräusch. Eine Falltür öffnete sich. Panik überfiel sie. Das war das Tor zur Hölle! Entsetzen schüttelte sie. Dann wandte sie langsam den Kopf und erblickte eine Treppe, die zu einem glitzernden Wasser führte.

»Beeilt Euch«, flüsterte der Mann. »Sie werden zurückkehren, und sie dürfen Euch nicht lebend finden.«

Ta-Thea war verwirrt. Was ging hier vor?

»Beeilt Euch!«, wiederholte die Gestalt mit Nachdruck und nahm ihren Arm. »Die Treppe hinunter und ab ins Boot. Die Strömung wird Euch davontreiben. Los jetzt!«

»Ich danke Euch.«

Die Dunkelheit verschluckte ihre Worte. Ta-Thea hastete die Stufen zum Wasser hinunter. Schwindel ergriff sie, und der Geschmack von Blut in ihrem Mund ließ nicht nach.

7

Das Boot glitt langsam durch die Finsternis, und nur selten fiel ein Lichtstrahl durch die vergitterten Fenster der Flure und der Kerker auf das Wasser. Ta-Thea hatte jedes Zeitgefühl verloren, und auch das Blut, dass an ihrer Wange hinunterrann, bemerkte sie nicht. Sie befand sich unter der Stadt, und die Strömung trug sie davon, hinaus auf die offene See.

Warum war sie frei? Wer war der Mann in Schwarz? Gehörte er zum Widerstand? Glaubte er ebenfalls, sie sei Ellida? Würde sie ein Schiff finden, dass sie von Sardonaris fortbrachte? Um welcher Wahrheit willen war sie überhaupt hierher gekommen? Ging es um ihre Opferbereitschaft, darum zu erfahren, dass alles einen hohen Preis hatte und sie jetzt ganz allein war?

Ta-Thea schlief schon, als das Boot noch zwischen den grauen Mauern durch den Tunnel hindurchfuhr. Sie erwachte erst, als der Himmel sich hoch über ihrem Kopf bereits im Blau des Abends wölbte. Eine Möwe schimmerte hell, während sie mit ausgebreiteten Schwingen im Wind tanzte.

Das Boot glitt ruhig dahin. Ta-Thea fühlte keinerlei Schmerz. Offenbar war sie nicht verletzt. Sie legte eine Hand an ihr Gesicht, erwartete, Blut oder aufgeplatzte Haut zu spüren, doch ihre Finger trafen auf eine glatte Wange.

Sie befand sich in der Mitte der Lagune. Hinter ihr lag Sardonaris in goldenem Licht über einem türkisfarbenen Hafen. Ta-Thea starrte jedoch unverwandt in die Richtung, in die sie die Strömung trieb. Die leuchtende Oberfläche des Wassers war durchsichtig und zugleich voller Schatten, und über ihr erhoben sich die marmornen Säulen eines Palastes.

Das Boot trieb jetzt schneller über das Wasser. Die Abendluft war kühl und süß. Tiefe Stille herrschte, und nur das leise Plätschern der Wellen, die mit dem Rumpf des Bootes spielten, war zu hören.

Schließlich rammte das Boot die Mauern des Palastes. Ta-Thea vertäute das Boot und stieg die flachen Stufen empor, bis sie die Schwelle zu einem Säulengang erreichte, der nach Westen führte. Eine kleine schwarzweiße Katze strich anmutig um den Sockel einer Säule, hielt inne und starrte sie mit funkelnden Augen an.

Vor ihr war eine Tür, doppelt so hoch wie ein Mann, geschmückt mit Paneelen, die in kunstvollen Schnitzereien Szenen voller Leidenschaft, Hoffnung, Mut und Mitleid zeigten. Sie stand einen Spalt breit offen, und Ta-Thea schlüpfte hindurch.

Die Wände des Raums waren mit Wandteppichen bedeckt. Gegenüber gab es eine weitere Tür. Sie war aus Zedernholz, sorgfältig poliert und mit Scharnieren aus Messing versehen. Auch diese Tür war angelehnt. Ta-Thea steckte den Kopf durch den Spalt und blickte in eine riesige Halle, deren Ende sie nicht erkennen konnte. Sie war voller Menschen. Unendlich viele Menschen waren darin, und niemand sprach, niemand regte sich. Alle hatten die Gesichter in dieselbe Richtung gewandt und schienen von solcher Hingabe und einem Eifer erfüllt, der wie eine Last in der Luft hing. Ta-Thea spürte, wie ihre Haut zu kribbeln begann.

Sie hielt mit pochendem Herzen den Atem an und folgte dem Blick der Menschen zu einem Sitz in einer erhöhten Nische. Dort thronte hoch über den Köpfen ein Mann, dessen Gesicht so schön war, dass das Leuchten darin sie schwindelig machte. Sie wandte den Blick ab, doch seine Herrlichkeit erfüllte sie bereits mit tiefem Frieden, und sie wusste, dass sie ihn niemals vergessen würde.

Kurz darauf kam Bewegung in die Menschenmenge, die Spannung nahm noch zu, und die Erwartung schien kurz vor ihrer Erfüllung zu stehen. Ein Mann trat vor. Das Licht schimmerte in seinem weichen, braunen Haar, fiel auf sein edles Gesicht, das größten Verstand und höchste Gesinnung spiegelte.

»Diener der Heiligkeit«, sagte er zu der Gestalt auf dem erhöhten Sitz. Seine Stimme war klar und ruhig und drang bis in den letzten Winkel.

»Sprich, Savixor.« Die Antwort war kurz, doch die Wörter klangen wie ein Flüstern des Himmels, das in jede Seele drang.

»Der Plan für die Menschheit beherrscht unser aller Denken«, begann der Mann. »Wir fragen uns, wie er wohl aussehen mag.«

Ein vielstimmiges Seufzen schwebte durch die Halle.

Savixor hob die Hände. »Doch wozu brauchen wir eigentlich einen solchen Plan? Der Mensch ist die wunderbarste aller Kreaturen. Sein Geist ist mit Feuer gesegnet, seine Vorstellungskraft unerschöpflich und sein Verstand außerordentlich ausgeprägt. Die Liebe zur Schönheit, zur Ordnung und zur Weisheit gehört zu seinen Geburtsrechten.« Zustimmendes Gemurmel erhob sich. Es schien als wären seine Worte von universeller Bedeutung. »Der Mensch in der Welt wird danach streben, alles über die Natur und ihre Wunder zu lernen, über das Land, das Wasser und die Luft und all die Lebensformen, die darin existieren. Er wird die Erde entdecken und den Sinn, der hinter all dem verborgen ist. Er wird eine Karte von den Sternen anfertigen und die Jahreszeiten begreifen, Städte bauen und die Äcker bestellen. Darüber hinaus jedoch wird er aus eigener Kraft Schönheit erschaffen. Er wird Bilder malen, Statuen hauen, Lieder singen und seine geheimsten Träume in Worte fassen und aufschreiben.« Er kreuzte seine Hände mit abfälliger Geste vor der Brust. »Der Mensch braucht keine Götter!«

Schweigen senkte sich über die Menschen, Bestürzung lag in der Luft.

»Er ist sich selbst genug«, fuhr Savixor fort. »Überlasst ihn einfach seinem Schicksal. Er wird seine eigenen Maßstäbe erkennen und zu sich selbst finden.«

In der Menge waren viele angespannte und besorgte Gesichter zu sehen. Von den Anwesenden stimmten einige den Worten mit Gesten zu, in den Augen anderer glänzte

Gewissheit, doch niemand sprach. Die Luft war schwer geworden, und die Stille dröhnte in den Ohren. Ein Lächeln breitete sich über Savixors Züge aus.

Dann trat ein anderer Mann vor, und Ta-Theas Herz machte einen Satz. Sie schnappte nach Luft, als sie ihn erkannte. Es war Ishrafeli. Der weiche Schwung des schwarzen Haares, seine Gestalt und seine Anmut waren unverwechselbar. Er blickte in ihre Richtung, und sie war zuerst sicher, dass er sie sah, dass er wusste, dass sie diesem großen Rat lauschte, obwohl sie nicht eingeladen war. Doch Ta-Thea stand im Schatten. Sie war nichts, nichts weiter als eine Gestalt zwischen zahllosen anderen.

Sie zwang sich zu bleiben, wo sie war. Ihre Finger krallten sich in den Türrahmen. Der Mann sah Ishrafeli unglaublich ähnlich, und doch war er ganz anders. Der Knochenbau war derselbe, doch Zeit und Ehrgeiz hatten diesen Mann hier verändert. Die geschwungenen Brauen waren schmaler, sein Blick war nicht so offen wie der von Ishrafeli, schien durch den eigenen Geist begrenzt zu sein. Sein Mund kannte keine Zärtlichkeit, kein Lachen, sondern nur einen Hunger, der nicht danach strebte, gestillt zu werden, sondern zu verschlingen. Namenloses Entsetzen ergriff Ta-Thea.

»Ich bin Asmodeus«, begann der Mann ruhig, doch seine Stimme prallte auch im hintersten Winkel der Halle gegen die Wände. Die Zuhörer erstarrten und lauschten aufmerksam. »Ich habe einen viel besseren Plan als Savixor. Ich werde jede Seele retten, die zu mir kommt. Nicht eine von vielen Millionen wird verloren gehen. Nicht eine wird umkommen oder der Sünde verfallen.«

Die Stille war jetzt so tief, dass Ta-Thea ihr eigenes Herz schlagen hörte wie einen Hammer auf einem Amboss.

»Ich werde eine Welt schaffen, in der der Mensch in Frieden und Sicherheit für Körper *und* Seele leben kann.« Asmodeus Stimme klang verführerisch wie dunkler Honig. »Ich werde ihn nicht einmal mit den Launen des Wetters quälen. Es wird weder bitterkalte Winter noch trockene Sommer geben. Die Jahreszeiten werden Früchte und

Ernte bringen.« Auf seinen Lippen lag ein Lächeln. »Die Sonne wird den Menschen nicht blenden, der Winter ihn nicht auszehren. Regen wird es geben, aber keine Flut wird sein Haus oder seine Habe mit sich reißen.«

Auf die Worte hin lächelten viele Menschen und nickten zustimmend mit den Köpfen. Ein Raunen ging durch die Menge, viele befreiten sich aus ihrer Erstarrung, bewegten sich, doch niemand verließ die Halle.

»Die anderen Kreaturen werden des Menschen Diener und Freunde sein, die Tiere auf den Feldern werden ihm gehorchen, und die Fische im Meer werden seine Netze füllen. Die Bienen werden ihm Honig geben und das Vieh Milch. Die Bäume werden Früchte tragen, jeder zu seiner Zeit. Der Mensch wird niemals den bitteren Geschmack des Versagens auf der Zunge spüren, er wird weder verachtet noch zurückgewiesen werden. Er wird niemals die Dunkelheit sehen oder von der Sünde und den Schrecken ihrer Fesseln wissen. Und er wird auch Reue nicht kennen lernen, denn er wird nichts vom Gesetz wissen und kann es daher auch nicht brechen.«

Wie ein Sommerwind schwebte ein leises Seufzen durch die Halle, so leicht und süß, dass eher die Wange es spürte, als dass das Ohr es hörte.

Asmodeus bemerkte es wohl, und sein Lächeln wurde breiter. »Der Mensch wird ohne Schmerzen und Krankheiten geboren werden. Seine Gliedmaßen werden gerade und stark sein, sein Geist unschuldig bleiben. Er wird nichts Böses tun.« Er straffte die Schultern. »Es wird nichts Böses mehr geben. Er wird von Tag zu Tag reifer werden und dann von der Sterblichkeit in die Unsterblichkeit hinübergehen, rein und frei von Sünde wie am Tag seiner Geburt.« Mit erhobenem Kopf und strahlender Miene wandte sich Asomdeus an die Gestalt in dem erhöhten Stuhl. »Ich werde jede Seele ebenso vollkommen zurückgeben, wie sie zu mir kam. Folgt deshalb meinem Plan und lasst mir die Herrschaft über den Menschen – und die Herrlichkeit!«

Atemlose Stille hing in der Luft. Ta-Thea fror bis auf die

Knochen, und trotzdem lagen Schweißperlen auf ihrer Haut.

Dann wurde das Licht über Asmodeus schwächer, und eine weitere Gestalt trat vor. Diesmal war es tatsächlich Ishrafeli. Ta-Thea erkannte ihn sofort. Sein Gesicht war so ruhig wie die Abenddämmerung an einem makellosen Himmel. Begeisterung und Überzeugung und Edelmut las sie darin, und alles andere verschwand aus ihrem Herzen. Die Erinnerung an die Schmerzen wurde fortgespült, der Preis zählte nicht mehr.

»Ich bin Ishrafeli.« Die Stimme verdrängte die Last der Stille und berührte jede einzelne Seele. »Ich spreche nicht mit meinen eigenen Worten, sondern mit jenen unseres Bruders, der bereits alles Fleisch der Welt vor der Verdammnis des körperlichen Todes gerettet hat.« Er beugte sich vor, seine Haltung und seine ausgestreckten Arme verliehen seinen Worten Nachdruck. »Doch was ist mit dem Tod der Seele? Asmodeus würde den Menschen vor dem Tod des Körpers retten, doch nur, indem er ihm das wahre Leben verweigert. Ein Mensch ohne die Kenntnis von Gut und Böse ist wie ein Kind, gefangen in den Fesseln der Unwissenheit. Er würde niemals eine falsche Wahl treffen, weil er überhaupt keine Wahl hätte.« Ishrafeli breitete die Hände aus. »Er wird weder Sünde noch Tugend kennen. Wenn er nichts zu fürchten braucht, wird er niemals ein Feigling sein. Niemals wird er sich seinen Pflichten entziehen noch vor Schmerzen fliehen, niemals lieber einen Verrat begehen als selbst zu leiden, niemals lügen, um seinen Kopf aus der Schlinge zu ziehen, niemals zaudern, schwindeln oder betrügen. Er wird niemals angreifen anstatt zu warten, bis er sich verteidigen muss.«

Trauer verzerrte jetzt sein Gesicht. Seine Stimme klang weich. »Er wird niemals sein zitterndes Fleisch bezwingen noch seine verzagte Seele aufrichten, um sich der Nacht seines eigenen Entsetzens zu stellen.«

Die Zuhörer hingen wie gebannt an Ishrafelis Lippen. Die Gesichter waren bleich vor Anspannung und dem Beginn eines Verstehens, dass sie geradezu lähmte.

Ishrafelis Worte drangen in jedes Herz. »Ein solcher Mensch wird niemals zitternd vor Furcht die steilen Stufen der Opferbereitschaft erklimmen. Er wird nicht davor zurückschrecken, das eigene Leben zu verschleudern, das andere vielleicht erhalten wollen. Er wird nicht arbeiten, sich nicht mühen und auch nicht dafür bluten, die verletzliche Gerechtigkeit zu schützen, und darauf achten, dass die Wahrheit mit lauter Stimme verkündet wird. Er wird nicht sündigen, er wird nicht bereuen. Und er wird auch nicht demütig vor Gott den Vater treten und um Vergebung flehen.«

Mit diesen Worten wandte sich Ishrafeli zu dem Mann, der regungslos auf dem großen Stuhl saß. »Er wird nicht glücklich darüber sein, das Brot der Gnade zu essen, all seine Träume und Vorstellungen zu vergessen, damit Gott ein neues Herz für ihn erschaffen kann, das weiser und sanftmütiger ist als das alte. Und weil er die tiefe Bitterkeit der Sünde nicht kennt, wird er sie weder fürchten noch vor ihr fliehen. Er wird auch nicht in der Lage sein, anderen zu vergeben. Sein Herz wird kein Mitgefühl kennen, er wird seine Liebe nicht über die Verzweifelten ausgießen, nicht über die Reumütigen, die auf Knien um Verzeihung bitten. Er wird die Demut des Versagens nicht kennen, nicht das Glück der Großzügigkeit. Er weiß nicht, wem er für die Gaben danken soll. Er wird nicht das Bedürfnis haben, nach Gott zu suchen, nicht wissen, wer ihn bedingungslos und unendlich liebt. Seine Seele wird ein verkrüppeltes, verschrumpeltes Etwas sein, ein unerfülltes Versprechen.« Ishrafelis Körper spiegelte seinen Schmerz, seine Kenntnis von niederschmetterndem Verlust. »Er wird keine Trauer und keine Freude kennen, kein Licht und keine Dunkelheit. Er wird für immer ein Kind bleiben, ein Gefangener in ewiger Kindheit.« Ishrafeli richtete einen leidenschaftlichen Appell an den Mann in der erhöhten Nische. »Lasst ihm die Wahl! Lasst ihn Freude und Schmerz kennen lernen, Gut und Böse! Lehrt ihn das Gesetz! Wenn er es versteht und dem Licht trotzdem den Rücken zuwendet, wird er in seinem eigenen Schatten leben. Doch wenn er lernt, das Gesetz zu achten – wie langsam und zaghaft seine

Schritte auf diesem Weg auch sein mögen, wie oft er auch bereuen mag, den Weg überhaupt eingeschlagen zu haben – die Tränen der Bitterkeit und Schmerzes werden mit Gottes Gnade getrocknet werden.« Er hob den Kopf, und seine Augen strahlten. »Am Ende wird sich seine Bestimmung erfüllen, denn deshalb wurde er geboren. Der Preis wird gezahlt sein! Lasst also dies den Plan sein: eine Welt, in der alles Gute und alles Böse möglich ist. Lasst dem Menschen die Wahl, und die Herrlichkeit wird Euer sein!«

In der großen Halle wurde es heller und heller, bis sie durchdrungen war von einem strahlenden Licht, und der Diener der Heiligkeit erhob sich und trat vor.

»Lasst den Menschen selbst wählen!« Seine Worte füllten die Luft wie ein ewiger Segen. »Er soll unter Beweis stellen, dass er an seiner eigenen Errettung arbeitet, um die Herrlichkeit, das Reich und immer währende Freude zu erlangen, denn dafür wurde er tatsächlich geboren.«

Ta-Thea war wie gelähmt. Das war die Wahrheit! Danach hatte sie gesucht, dafür hatte sie gelitten. Und diese Wahrheit war so kostbar, dass jedes andere Gut neben ihr gering war.

Der Raum hatte sich verändert. Ta-Thea wusste nicht mehr, auf welchem Weg sie hineingelangt war. Große Fackeln brannten und gossen sanftes Licht über Wandbehänge und aus Holz geschnitzte Tische. Auf einem dieser Tische lag ein Buch, dessen Einband aus gehämmertem Gold und mit Edelsteinen und Perlen verziert war. Ta-Thea ging darauf zu, als ob eine unsichtbare Hand sie dorthin führte. Die Schönheit des Buches war berauschend, der Künstler, der es geschaffen hatte, ein unvergleichlicher Meister. Das große Schloss zierte ein einzelner Rubin, und als sie es berührte, strömte unbeschreibliche Süße durch ihren Körper. Sie zögerte nur für einen kurzen Augenblick, war sicher, dass sie, wenn sie die Worte, die darin geschrieben standen, einmal gelesen hatte, niemals würde leugnen können, dass sie die Wahrheit waren. Dann öffnete sie das Schloss, schlug die erste Seite auf und las:

»Kind Gottes, wenn deine Hände das Schloss dieses Buches geöffnet haben, ist deines Herzens Absicht endlich frei von Eitelkeit und Falschheit.

Wisse, dass am Anfang allen Seins das Gesetz war, durch das jede Intelligenz ihre Daseinsberechtigung erhält und zugleich die Bestimmung ihrer Schöpfung erfüllt.

Auch als Gott selbst ein Mensch war wie du, mit deinen Schwächen, deinen Bedürfnissen und deiner Unwissenheit durch gefährliches Land wanderte, selbst da galt unwiderruflich das Gesetz.

Mit Gehorsam gegenüber dem Gesetz wirst du alles überwinden, sogar die Dunkelheit, die der Große Widersacher ist. Das Herz wird angerührt werden durch den Schmerz und die Sehnsucht, bis die Liebe über alle Lebewesen kommt und das Nichts fortgeworfen wird, zuerst das Nichts, dann die Grausamkeit und die Gleichgültigkeit. Der Geist wird erhellt werden durch Einsicht, die durch Bemühen und harte Arbeit, vor allem aber durch unstillbaren Hunger nach großen Werken langsam gewonnen wird. Mut wird die Gefallenen aufrichten, den Schmerz vieler Wunden lindern und deine Füße lenken, wenn deine Augen das Licht nicht mehr sehen.

Wenn dein Geist von Verzweiflung zerrieben wird und alles dich im Stich lässt, wird Mitleid deine Seele groß machen, und bis dahin wird die Herrlichkeit nicht möglich sein.

Auf einem solchen Pfad stieg auch Gott zur Heiligkeit auf.

Das Gesetz ist unveränderlich, und auch wenn die Tränen des Himmels die Sterne für dich fortspülen können, auch wenn Gott sein Blut um deiner Reinheit willen vergoss, wird jede lieblose Tat, jede Gleichgültigkeit, jeder Verrat dich von dem entfernen, was du hättest sein können. Die Ewigkeit schaut auf dich hinunter, während du die Leiter zum Licht emporsteigst, doch weder Gott noch der Teufel werden an deiner Statt eine Stufe erklimmen oder hinabsteigen. Jeden Schritt wirst du allein gehen.

Wenn es nicht so wäre, wo bliebe am Ende deine Größe? Würde Gott dir nicht die Freude deiner Seele rauben, an dem Tag, an dem du im ewigen Leben vor Ihm stehst und nicht als Fremder, sondern als Himmelsbürger sagst: ›Ich habe den langen Pfad zurückgelegt, ich habe alle Dinge überwunden, Du hast mir die Tür geöffnet, und ich bin nach Hause gekommen.‹?«

Ta-Thea starrte auf die Seite, bis die Worte vor ihren Augen verschwammen. Sie brauchte nicht weiterzulesen. Sie hatte alles gesucht und gefunden. Sie brauchte nicht zu wissen, wie lang der Pfad und wie steil die Stufen waren. Ihr einziges Ziel war, sie zu erklimmen.

Behutsam, beinahe widerwillig schloss sie das Buch und nahm es auf. Es war schwer, aber sie konnte es tragen, und es lag warm in ihren Armen. Sie würde es in die Welt hinaustragen und diesen Schatz, diesen Schlüssel zur Glückseligkeit mit jedem teilen.

Ta-Thea verließ die Halle mit dem Buch in den Armen. Draußen leuchteten schon die ersten Sterne am Himmel. Sie umklammerte das Buch, lief die Säulengänge entlang und die marmorne Treppe hinunter, die im Licht hell schimmerte. Das Boot lag an der untersten Stufe und schien auf sie zu warten.

Ishrafeli war schon dort. Die Worte, die sie sich zurechtgelegt hatte, starben auf ihren Lippen, alle Fragen, alle Erklärungen ließen sie einfach los. Selbst ihre Liebe zu Ishrafeli hatte keine Stimme mehr.

»Jetzt kennt Ihr also die Wahrheit«, sagte er sanft.

»Ja.«

»Und Ihr habt das Buch genommen.«

Plötzlich fröstelte sie. »Ja ...«

Ishrafeli trat zu ihr und legte seine Hände auf die ihren. »Ihr habt Eure Wahl getroffen, jetzt müsst Ihr entsprechend handeln.«

»Dies ist die Wahrheit, ich weiß es.« Die Worte bedurften keiner Erklärung. »Ich muss es der Welt zurückbringen. Ich muss es teilen.«

Das reinste Lächeln legte sich auf seine Lippen. »Ich weiß. Doch es ist schwerer, als Ihr Euch vorstellen könnt, viel schwerer, als Ihr allein ertragen könntet.«

»Aber Ihr werdet doch hoffentlich mit mir kommen?«

Ishrafelis Hände schlossen sich kraftvoll und warm um die ihren. »Ich kann nicht. Ihr habt die Wahrheit gewählt. Ihr habt das Wort des Himmels genommen, um es zu den Menschen zu bringen. Ich brachte Euch vor allem deshalb hierher, weil Ihr es so wolltet. Der Preis scherte Euch nicht. Nun sollt Ihr in die Welt zurückkehren, Euch all ihren Gefahren, ihrem Leid und auch ihrer Herrlichkeit stellen. Meine Zeit ist noch nicht gekommen.«

Ta-Thea stellte die Frage, die in ihrem Geist hämmerte und danach verlangte, beantwortet zu werden. »Wer seid Ihr?« In der gewaltigen Höhle des Himmels war ihre Stimme nur noch ein Flüstern.

»Ich bin ein Engel. Wusstet Ihr das nicht?«

»Dann kann ich nicht hier bei Euch bleiben?« Der Schrei bahnte sich mitten aus ihrem Herzen den Weg zu ihren Lippen.

Ishrafeli lächelte, große Zärtlichkeit spiegelte sich auf seinen Zügen und vielleicht für einen kurzen Augenblick dieselbe verzehrende Einsamkeit, die Ta-Thea heimsuchte. »Ihr wisst, dass Ihr nicht bleiben könnt. Ihr habt das Licht des Himmels an Euch genommen.« Langsam ließ er ihre Hände los und trat zurück.

Eine schwache, furchtsame Ahnung von dem, was sie angerichtet hatte, huschte durch ihre Seele. Ishrafeli sah es in ihren Augen. Dann streckte er ihr eine Hand entgegen. »Kommt«, flüsterte er.

Schweigend folgte sie ihm die Treppe hinauf. Das Buch an ihre Brust gepresst, betrat sie eine andere Halle. Durch den riesigen Raum hindurch führte eine Tür in einen Saal, der in reinstes Licht getaucht war, ein Licht, das jenseits jeder Vorstellungskraft lag, die Luft in diesem Raum war von der Süße des Atems allen Lebens erfüllt.

In der Mitte stand der Eine allein, und Sein Gesicht war die Liebe, die die Welt erschaffen hatte, und vor Seiner Schönheit erbebten selbst die Sterne.

Ta-Thea senkte den Kopf und sank auf die Knie, ihr Geist füllte sich mit Licht. Sie spürte sanfte Hände auf ihrem Kopf, und Gottes Friede kam über sie, und sie wusste, dass sie niemals wieder, bis ans Ende der Zeiten, einen Grund haben würde, sich einsam oder auch furchtsam zu fühlen.

Seine Worte klangen in ihren Ohren wie Musik, und Er schrieb sie in ihre Seele. »Ich segne dich. Geh in die Welt und lehre Mein Wort, allen Menschen auf der Erde, auf dass sie wissen, dass sie Meine Kinder sind, auf dass sie so werden wie ich und das ewige Reich und die Herrlichkeit und die Freude erlangen. Doch sie werden Vertreter in eigener Sache sein, und sie werden jedes Mal wieder neu wählen müssen. Ich habe dich von Beginn an geliebt und werde dich lieben immerdar. Ich werde neben dir gehen, meine Arme werden dich umfassen, und meine Hände werden dich halten. Ich kann dich nicht vor Schmerzen bewahren, denn nur durch Pein und Mühe wirst du wachsen, doch dein Name ist bei mir, und ich werde dich nicht vergessen und dich auch nicht verlassen. Erhebe dich nun, mein geliebtes Kind, und setze deine Reise fort.«

Die Hände, die ihren Kopf sanft berührt hatten, zogen sich zurück. Kurz darauf wusste Ta-Thea, dass Er den Raum verlassen hatte. Sie wartete lange, bevor sie sich erhob, das Buch immer noch in ihren Armen. Dann trat sie durch die Tür und einige Stufen hinunter auf einen Rasen.

Ein Mann stand vor ihr, und diesmal wusste sie sofort, dass es nicht Ishrafeli war, obwohl er große Ähnlichkeit mit ihm hatte. Er war in den Farben der Nacht gekleidet, und kleine glitzernde Punkte erinnerten an das Licht vergessener Sterne. Es war Asmodeus, der Große Widersacher. Er blickte auf das Buch in Ta-Theas Armen, und in seinen Augen schimmerte Hass, der älter war als die Zeit.

»Also habt Ihr die Wahrheit aus der Falschheit gewonnen«, sagte er langsam. »Doch Ihr werdet nicht siegen. Ihr werdet weder die Kraft haben noch den Mut. Ihr werdet es nicht ertragen. Ich werde Euch rauben, was Euch am teuersten ist. Ich werde Euch verletzen und die Wunden werden niemals heilen. Ihr glaubt, dass die Liebe Euch schützen wird?« Er lachte, und es war ein entsetzliches

Geräusch, das wie das Ende allen Lichts und allen Lebens klang.

Ishrafeli kam langsam die Treppe herunter und an Ta-Theas Seite.

»Liebe ist genug«, sagte er. »Ihr glaubt nicht daran, weil Ihr sie nicht versteht.«

Asmodeus starrte ihn an. »Ihr würdet also mit mir kämpfen? Um das Buch, um diese Frau?« Er schürzte die Lippen. »Sie ist nichts. So vergänglich wie das Gras, für einen Augenblick hier und im nächsten wieder verschwunden, dahingerafft vom ersten Stoß der Wirklichkeit. Doch so soll es sein! Wir werden mit richtigen Waffen kämpfen, den ewigen Waffen des Lichts und der Dunkelheit.« Er breitete die Arme aus, reckte die Finger zum Himmel empor und öffnete den Mund für einen markerschütternden Schrei.

Der Himmel war fahl. Durch die Luft schwebte, begleitet von glühendem Dunst, eine geflügelte Kreatur, die mit Schuppen aus Gold bedeckt war. Der Kopf war der eines Menschen, der Körper der eines Löwen, der Schweif war mit glänzenden Stacheln gespickt, die Nasenspitze krönte der Stachel eines Skorpions. Das Untier war größer als zwanzig Männer zusammen, und es funkelte, als ob man es in den Feuern der sterbenden Sonne geschmiedet hätte. Ta-Thea spürte, dass die Hitze ihre Haut versengte.

Die Pranken des Wesens berührten den Boden, und mit kühnen Augen betrachtete es die Menschen, einen nach dem anderen. Sein Blick blieb schließlich an Ishrafeli hängen, als ob es die Beute seines Meisters schon kannte. Es schoss die goldenen Stacheln ab wie Pfeile.

Ta-Thea war hilflos. Sie wusste, wen sie vor sich hatte: Es war der Goldene Mantikor, die Kreatur des Stolzes.

Ishrafeli starrte auf das Ungeheuer. Ta-Thea konnte nichts tun. Solche Kämpfe waren einsame Kämpfe. Die Zeit der gegenseitigen Unterstützung und des Trostes war vorüber.

Doch Ishrafeli kannte den langen Winter des Eises und auch die Tiefen der eigenen Seele. Er hatte Verzweiflung und Entsetzen überwunden und die Weisheit und die Liebe Gottes gefunden. Er verstand die Herausforderung und wählte seine eigenen Waffen. Er konzentrierte sich jetzt auf all das Gute, das er in seinem Leben erfahren hatte, auf die Momente, die ihn lernen ließen, Gnade und Liebe walten zu lassen, auf die sündigen, die ihm vergeben wurden – und auf die Sehnsucht, dem Diener der Heiligkeit zu folgen, zu erkennen und von Ihm erkannt zu werden. Und im Zwielicht erschien eine weitere Kreatur, sie war weiß wie Milch und wie ein mächtiges Pferd mit einem einzigen Horn in der Mitte der Stirn.

Der Mantikor schrie auf und schoss noch mehr glänzende Pfeile ab. Doch sie fielen wirkungslos auf die Erde nieder. Das Ungeheuer wehrte sich mit scharfen Krallen und kräftigen Zähnen, doch die Hufe des Einhorns zertrümmerten ihm die Knochen. Verbissen kämpften die beiden miteinander, zertraten die Erde, wühlten Staub auf. Schließlich schlitze das Einhorn Mantikor den schuppigen Panzer auf, dieser wiederum versuchte vergeblich seinen Stachel in die undurchdringbare Haut des Gegners zu bohren.

Immer wieder drang das Horn in den Panzer, und der Mantikor begann zu röcheln. Schließlich fiel er zu Boden und blieb hilflos zuckend liegen.

Das Einhorn zog endlich sein Horn zurück und schüttelte den schönen Kopf. Dann sprang es in die Luft und lief davon, und es schien, als ob eine breite Treppenflucht in den Himmel führte.

Der Mantikor hingegen löste sich nach und nach auf, bis nichts mehr von ihm zu sehen war und nur noch eine Brandnarbe im Gras davon zeugte, dass er überhaupt existiert hatte.

Ishrafeli lag auf den Knien, sein Gesicht war bleich und sein Haar von weißen Strähnen durchzogen. Asmodeus' Züge waren von Wut verzerrt, wie eine Maske aus Gerissenheit und ohnmächtigem Zorn zugleich. Nicht ein einziges Mal fiel sein Blick auf Ta-Thea. Er warf den Kopf zurück und stieß einen Schrei aus. Diesmal war es ein Brüllen namenlosen Entsetzens und unerträglicher Qual.

Der Himmel verdunkelte sich. Aus dem Süden näherte

sich eine weitere Kreatur mit schwarzen Flügeln, grauenhaft wie ein aus dem Wahnsinn geborener Albtraum. Die Haut schien, als wäre sie bloß über das Skelett gespannt. Der Kopf glich dem eines Vogels mit einem Furcht erregenden Schnabel und bösartig blitzenden Augen. Wie eine Krone trug er einen rot leuchtenden Hahnenkamm. Der übrige Körper hatte die Farbe von verfaultem Holz.

Es war Basilisk, das Tier der Angst. Sein Anblick lähmte jeden Menschen, ließ die Wärme des Herzens zu Eis erstarren und erfüllte den Geist mit grenzenloser Furcht. Die schrecklichen Flügel schlugen über Ishrafelis Kopf und verdunkelten die Luft. Das Kreischen des Untiers betäubte den Geist und umschlang die Seele mit Entsetzen.

Doch Ishrafeli wich nicht zurück. Er erinnerte sich an die Kämpfe im Eis, erinnerte sich an die Schande, das Versagen und die Einsamkeit, aber auch daran, wie er den Mut gefunden hatte, sich trotz allem wieder zu erheben und dem Weg zu dem Stern, den er einst gesehen hatte, zu folgen, um die Wahrheit des Guten zu erkennen.

Da erschien im Norden ein Bär, groß wie ein Berg, weiß wie Schnee, rasend wie ein Sturm und so groß, dass die Männer daneben wie Zwerge aussahen. Als er sich aufrichtete, überragte nur Basilisks Hahnenkamm den schmalen Kopf des Bären. Mit einer seiner riesigen Pranken versetzte er Basilisk einen mächtigen Hieb und riss einen der Flügel aus dem hässlichen Körper.

Basilisk brüllte auf. Sein Atem stank wie der Tod selbst und Verwesung glomm in seinen Augen.

Doch der Bär setzte sich auf die Hinterbeine und holte ein zweites Mal aus, und sein Gegner wurde mit einer klaffenden Wunde in der Seite zu Boden geschleudert.

Der Kampf dauerte lange. Auch der Bär wurde dabei verwundet, und Blut befleckte sein weißes Fell. Basilisk flatterte immer noch mit dem verbliebenen Flügel umher. Mut und Feigheit schienen sich im Kreis zu drehen. Da verschwanden die letzten Wolken am Horizont und der erste Stern war am makellosen Himmel zu sehen. Die Menschen standen regungslos da.

Dann holte der Bär zu einem letzten Hieb aus, nachdem Basilisk für einen atemlosen Augenblick bewegungslos am Boden lag, bevor sein Körper sich auflöste und nur einen Flecken auf der Erde zurückließ.

Der Bär heulte auf und hob den weißen Kopf zum Himmel empor. Dann wandte er sich um und verschwand auf dem Weg, den er gekommen war, wie ein weißer Wind, der nordwärts stürmte.

Ta-Thea folgte ihm mit hilflosem, tränenverhangenem Blick.

Ishrafelis Haar war nun vollkommen weiß und sein Gesicht von der übermenschlichen Anstrengung gezeichnet.

Ta-Thea blickte zu Asmodeus hinüber und meinte in seinen Augen erkennen zu können, dass er verlieren könnte. Er ballte die Hände zu Fäusten, öffnete sie wieder und stieß einen hohen, wimmernden Klagelaut aus. Wie auf einen Befehl hin erschien das letzte Tier der Sünde aus der Dunkelheit, der Drache der Trägheit. Er symbolisierte die Sehnsucht, die danach strebt zu gewinnen, ohne zu kämpfen, danach, den niederen, einfacheren Weg zu gehen und zu ernten, ohne zu säen – weil die Wahrheit Kraft und Leid fordert, gebiert hier die Täuschung und die Lüge.

Der Drache kam aus dem Norden, und der kalte Schlaf hatte ihn träge gemacht. Seine Bewegungen erinnerten an den Tod und die langsame Zersetzung der Welt, ihren Übergang in die Dunkelheit und die Leere jenseits allen Lichts.

Das Untier blickte unverwandt auf Ishrafeli, und es schien, als wollte es ihn aufsaugen. Sein Körper war seltsam verschwommen, verloren in den Schatten der Nacht. Es glich einem Reptil, die Augen denen einer Eidechse, und es war so gewaltig, dass der menschliche Blick nicht ausreichte, seine Größe zu ermessen. Sein grenzenloses Gewicht war seine einzige Waffe. Eine einzige Berührung schien auszureichen, um jedes Leben zu ersticken.

Ishrafeli versuchte, sich zu bewegen, doch seine Glieder waren wie gelähmt. Die Trägheit war auch in seinen Körper gekrochen und hielt ihn gefangen. Das Untier senkte seine Schnauze und starrte ihn unverwandt an. Ishrafeli senkte den Kopf. Ta-Thea beobachtete mit unsagbarer Trauer, wie sein Körper sich krümmte, schwächer und langsam kleiner wurde. Sie konnte nichts tun. Der Drache verschränkte seine Vorderbeine, als wollte er sich auf Ishrafeli stürzen und ihn zerquetschen.

Doch plötzlich erschien im Westen, vom letzten Licht der Sonne beleuchtet, ein weißer Schwan, schimmernd wie der Mond. Sein Schatten fiel auf den Drachen, und seine Schönheit und Anmut versengten das Fleisch des Untiers. Sein kaltes, schwerfälliges Blut begann zu kochen, brach aus seiner Haut hervor und rann wie glühende Lava an seinen Flanken hinunter. Seine Schreie klangen wie die derer, die in die Hölle verbannt waren.

Der Drache wandte sich ab und wollte sich verletzt davonmachen, fiel jedoch plötzlich auf einen Felsen nieder und verwandelte sich in feinen, dichten Staub. Seine Schreie flogen noch durch die Luft, bis er schließlich im Schlund der Nacht untergegangen war.

Der Schwan zog noch einige wenige Kreise, und eine einzelne Feder schwebte zu Boden.

Ta-Thea beugte sich nieder und hob die Feder behutsam auf. Sie wusste, was sie symbolisierte: Mitgefühl, jene vorbehaltlose Liebe, die den Menschen Gott am nächsten brachte.

Ishrafeli war ein gebrochener Mann. Sein Haar war mittlerweile blendend weiß und sein Körper bebte vor Erschöpfung. Doch er hatte gewonnen. Er hatte mit seiner Seele nach den göttlichen Tieren gerufen, und sie waren ihm zu Hilfe geeilt. Asmodeus lag auf dem Boden und atmete nicht mehr, seine Robe war staubig und schweißgetränkt, seine Hände verschmutzt und sein Gesicht ausdruckslos. Seine Seele war geflohen, er schien wie tot.

Ta-Theas Starre brach endlich auf. Sie lief zu Ishrafeli und kniete neben ihm nieder. Das Buch legte sie in seine Arme und drückte ihn an sich. Er war so leicht, ein alter Mann, verwelkt wie eine Blume. Alle Kraft war aus ihm gewichen. Ta-Thea streichelte seine Stirn, strich sein Haar zurück. Sie drückte ihn noch fester an sich und tränkte seine Wange mit ihren Tränen. Sanft küsste sie seine Lider und seine Lippen.

Mühsam öffnete er die Augen. »Ihr müsst gehen«, flüsterte er. Seine Stimme war nur noch ein Hauch. »Geht, solange Ihr es noch könnt. Dies ist der Kampf der Seele, und wir werden ihn noch viele Male ausfechten, bevor das Ende kommt. Vergesst nicht: Ihr seid nicht allein … niemals allein …« Und mit einem Lächeln sank er in den Schlaf, der so sanft war wie die Feder des Schwans.

Ta-Thea küsste ihn noch einmal, dann lies sie ihn los.

Das Boot wartete, und sie hatte das goldene Buch. Die Flut zog sich bereits zurück.

Ihr Körper schmerzte, und ihre Augen waren blind vor Tränen, als sie unter dem Sternenhimmel zum Boot eilte und hineinkletterte. Im Heck brach sie zusammen. Das Buch in ihren Armen, überließ sie sich dem Treiben der See.

Der Morgen weckte sie mit seiner atemberaubenden Schönheit. Das Himmelsdach leuchtete in strahlendem Licht, und die See schimmerte in durchsichtigem Blau und Grau. Silberne Barren glitzerten hell im Wasser.

Ta-Thea lag noch immer zusammengerollt im Heck des kleinen Bootes. Die Brise des Windes berührte die Segel wie mit zarten Fingern. Sie setzte sich auf und blickte sich um. Vor ihr lag eine Insel, sie konnte bereits den hellen Sandstreifen erkennen. Dahinter erhob sich ein grüner Hügel, an den sich eine Stadt schmiegte. Bunte Schiffe mit leuchtenden Segeln glitten über das Wasser. Vor der Stadt gab es einen Hafen, doch das Boot brachte Ta-Thea zum Strand. Die Taue waren so fest gezurrt, dass sie sie nicht lösen und den Kurs ändern konnte.

Das Boot lief auf Grund, und Ta-Thea sprang hastig auf die Füße. Möwen kreischten über ihr, und der schwache Duft von Lilien und Strandnelken zog vom Land her zu ihr herüber. Ein kleines Haus stand in den Dünen.

Bevor Ta-Thea aus dem Boot stieg, erinnerte sie sich daran, dass sie etwas mitnehmen musste, das so wertvoll war, dass alles Leben ohne Wert und Sinn bliebe, wenn sie es vergaß. Sie stand regungslos da, konnte sich nicht daran erinnern, was es war. Dann hob sie langsam eine Wasserflasche auf, eine kleine Kiste, in der etwas zu essen gewesen war, ein Kissen und schließlich einen großen seidenen Umhang. Darunter lag ein goldenes Buch. Für einen Augenblick lähmte sie seine Schönheit, doch sie wusste, dass sein tatsächlicher Wert nur an seinem Inhalt gemessen werden konnte.

Sie nahm es an sich, legte sich den Umhang um die Schultern und ging an Land. Jetzt wusste sie, wo sie sich befand. Das kleine Haus gehörte dem Weisen, der ihr gesagt hatte, sie solle zum Strand gehen und dort warten. Hinter dem Hügel lag Orimiasse. Sie erinnerte sich daran, dass sie zum Strand gegangen war, die ganze Nacht über bis zum Morgengrauen dort gewartet hatte, wie er ihr gesagt hatte. Doch was war dann geschehen?

Geister der Erinnerung schwebten an den Grenzen ihres Bewusstseins, doch sie blieben verschwommen. Nur Schmerz und Leid erkannte sie wieder. Auch an große Schönheit und ihre Zersetzung, an das Aufbrechen von alten, in Ehren gehaltenen Werten erinnerte sie sich. Undeutlich blieben die Höhenflüge der Vorstellungskraft und der Einsamkeit, die Verzweiflung und die Gewalt der Natur.

Dann kamen allmählich und schließlich auch allzu deutlich spürbar die Regungslosigkeit des Bösen, die Verleugnung des Lebens und des Wachstums und die große Tapferkeit wieder in ihr auf. Sie sah eine Stadt der Verzweiflung vor sich, von einmaliger Schönheit und Verderbnis, eine Stadt des Edelmuts, der Opferbereitschaft und der unendlichen Qualen. Doch Ta-Thea erkannte die Bedeutung all dieser Empfindungen und Geschehnisse nicht mehr. Ihr waren nur die Narben geblieben, die sie hinterlassen hatten, und das Wissen um Zweifel und Versagen. Am deutlichsten spürte sie, dass sie etwas zurückgelassen hatte, das ihr lieber als alles andere, ein Teil von ihr selbst war.

Doch sie hatte das Buch, und sie musste nach Orimiasse zurückkehren und das Schiff finden, dass sie hierher gebracht hatte.

Zuerst wollte sie dem Weisen danken. Sie folgte dem Pfad, der durch die Dünen führte.

Der alte Mann wartete bereits in der Tür und lächelte ihr entgegen, blickte auf das Buch in ihren Armen, dann in ihre Augen. Erstaunen lag in seinem Blick, der sich mit dem Feuer eines großen Schmerzes vereinte, weil ein Zeitalter zu Ende gegangen war und ein neues begonnen hatte. Er war der Mann, dessen visionäre Kraft sowohl die Zukunft als auch die Vergangenheit schauen konnte.

»Ihr habt also das Wort des Himmels vernommen«, sagte er leise. »Ich wusste, dass es eines Tages jemandem gelingen würde. Als ich gestern in Euer Gesicht blickte, dachte ich, dass Ihr es vielleicht sein könntet.«

»Gestern?«, rief Ta-Thea aus. »Nein … nein … ich kam schon vor einer ganzen Weile … vor ein paar Monaten oder mehr. Ich war …«

Sein Lächeln war sanftmütig. »… auf einer Reise des Geistes.« Er schüttelte den Kopf. »Und die bedarf keiner langen Zeit. Hüte sorgfältig, was du gefunden hast, Kind. Es ist das Licht, mit dem die Sterne leuchten und vor dem alle Dunkelheit flieht, und beide streben durch die Weiten des Universums zu den entferntesten Klängen des Geistes Gottes und zu den geheimsten Tiefen der Seele selbst, wo die Hoffnung und die Verzweiflung der Menschen wohnen. Seid wahrhaftig gegenüber dem Licht. Leugnet es niemals, wendet niemals Euer Gesicht von ihm ab, und wenn Euch die Dunkelheit auch einhüllt und der Große Widersacher Euch auf den Fersen folgt, soll Euer Fuß nicht von diesem Pfad abweichen und Euer Herz nicht verzagen.« Er hob seine vom Alter gezeichnete Hand, um Ta-Thea zu segnen, und schloss die Augen. Ein Lächeln tiefsten Friedens glitt über seine Lippen, als er gegen die Tür sank und sanft zu Boden glitt, wo er wie ein kleines Kind liegen blieb. Er entspannte sich langsam und fand den Tod. Er hatte seine schwere Aufgabe erfüllt.

Für einen Augenblick spürte Ta-Thea Furcht. Sie wusste, dass das Buch wertvoller als alles andere war, doch die Erkenntnis war in ihr eingeschlossen, niemand sonst wusste davon. Die Worte des Weisen hatten dies zu einer überwältigenden Wirklichkeit gemacht, und sein regloser Körper zu ihren Füßen, befreit von all den Zeitaltern seines Wachens, war das Vermächtnis seiner Macht.

Der Seewind strich über das Gras und blies ihr ins Gesicht. Hier gab es nichts mehr für sie zu tun. Der alte Mann hatte seinen Frieden gewonnen, er brauchte sie nicht mehr.

Ta-Thea wandte sich ab und kletterte auf den Hügel. Sie blickte nicht zurück zu der Bucht und sah daher auch nicht, wie das Boot auf das blaue Wasser hinausglitt und immer schneller wurde. Bei Sonnenuntergang war es bereits nur noch ein dunkler, kleiner Fleck am Horizont.

8

Ta-Thea ging langsam den Hang hinunter in Richtung Orimiasse. Für die Menschen dort war sie nicht lange fort gewesen, nur einen Tag und eine Nacht lang. Ihr selbst jedoch war es wie eine endlos lange Zeit vorgekommen.

Die Welt um sie herum war dieselbe geblieben. Sie spürte den Sand unter ihren Fußsohlen, roch den aromatischen Duft der Kräuter und Gräser und die See in dem Wind, der durch ihr Haar strich. Doch sie achtete kaum darauf, war bloß erfüllt von Eindrücken, die sich am Rand ihres Bewusstseins tummelten. Jedoch je energischer sie nach ihnen griff, desto unerreichbarer wurden sie.

Nur eines war absolut sicher: Das Buch war die Schönheit selbst, der Schatz aller Schätze, der Beginn und das Ziel immer währender Freude. Die Macht des Universums war zwischen den Seiten verborgen. Sie musste es mit den anderen teilen. Jeder sollte davon erfahren.

Ta-Thea erreichte das Stadtgebiet. Ihre Füße berührten nun nicht mehr die Erde, sondern glatte Pflastersteine. Männer und Frauen gingen an ihr vorüber, verrichteten ihre Alltagsgeschäfte und sorgten für den nächsten Tag, als ob sich die Welt nicht verändert hätte.

Wie sollte sie diesen Menschen erzählen, was sie erfahren hatte? Nur für einen kurzen Augenblick hatte sie in dem Buch gelesen, bevor sie den Weisen in seinem ewigen Frieden allein gelassen hatte, doch die wenigen Zeilen hatten genügend gesagt. Die Seiten enthielten eine atemberaubende neue Wahrheit. Nicht Gott hatte das Gesetz geschaffen, und selbst Er konnte es nicht brechen. Das Gesetz an sich war unveränderlich. Auch die Sterne würden bersten, Welten sich zersetzen, das Chaos das Universum zerstören, sollte es gebrochen werden. Der Sinn an sich würde verschwinden. Gott selbst würde aufhören, Gott zu sein.

Und unermesslich in ihrer Bedeutung, beinahe zu überwältigend, um sie zu ertragen, war die Erkenntnis, dass Er der Vater aller Menschen war. Nach seinem Bild waren sie geschaffen worden, auch wenn dies jetzt nicht mehr zu erkennen war. Wie ein kleines Kind war der Mensch, voller Schwächen und Ängste, nicht einmal fähig, auf eigenen Füßen zu stehen ... nicht mehr als die Keimzelle des Riesen, zu dem er sich entwickeln konnte. So war der Mensch, und doch trug er in seiner schwachen und törichten Seele den Samen der Göttlichkeit. Die Reise dorthin war für ihn unvorstellbar lang, doch Gott kannte auch ihre letzte Etappe. Und er erwartete, dass die ganze Strecke zurückgelegt wurde, Jahr für Jahr, Sieg für Sieg, bis das kleine Kind das Format des Riesen erreicht hatte.

Ta-Thea ging an einer Frau vorbei, die sie neugierig anstarrte. Sie schütze das Buch. Es war sehr schön. Die Leute würden vor seinem Wert die Augen nicht verschließen, und vielleicht ließen sie sich von ihrer Habgier verleiten. Sie streifte den seidenen Umhang von den Schultern und wickelte das Buch darin ein, verbarg sein Gold vor den Blicken der Menschen.

Der Erfolg ihrer Mission hing von ihrem eigenen Überleben ab. Mit dieser Erkenntnis kehrte auch der Schmerz über all den Verlust zurück. Für einen Augenblick war er so heftig, dass sie stolperte. Sie erinnerte sich an Habis schlaffen, blutüberströmten Körper, spürte das leichte Gewicht in ihren Armen, als ob sie ihn erst vor wenigen Minuten gehalten hätte. Sie bekam kaum noch Luft und fühlte sich schrecklich allein. Wer auch immer Mon-Allat und all die anderen ermordet hatte, er wusste, dass sie davongekommen war. Man würde nicht ruhen, um sie aufzuspüren, solange man damit rechnete, dass sie einen Aufstand anzetteln konnte. Die Irrtümer in Shinabar verlangten nach Korrektur, den Toten musste Gerechtigkeit widerfahren und – vor allem – den Lebenden. Doch um sich dieser Aufgabe zu stellen, brauchte sie Kraft, mehr Kraft, als das Wissen um die Wahrheit ihr geben konnte, wie strahlend, allumfassend und schön es auch sein mochte. Sie konnte nicht nach Shinabar zurückkehren, noch nicht.

Auch die Familie ihrer Mutter bot keine sichere Zuflucht mehr. Sie war vor allem für ihr eigenes Überleben verantwortlich und für das Buch. Es war klüger, zunächst allein zu bleiben. Viele Menschen in Shinabar wussten, dass ihre Mutter von den verlorenen Inseln stammte. Große Intelligenz erforderte es nicht, auf den Gedanken zu kommen, dass sie dort Unterschlupf gefunden hatte, und ihr hierher zu folgen.

Ta-Thea beschloss, so bald wie möglich weiter zu reisen. Doch sie wusste nicht, wohin sie nun gehen sollte.

Sie befand sich in einer Straße in der Nähe des Kais. Die salzige Luft roch nach Teer und Kräutern. Die Juwelen, die Kol-Shamisha ihr gegeben hatte, bewahrte sie immer noch in dem ledernen Beutel auf. Jetzt konnte sie noch fort, ohne jemandem etwas davon zu erzählen. Wo würden ihre Feinde in Shinabar sie am wenigsten vermuten? Wo waren Macht und Einfluss Shinabars am schwächsten?

In Camassia! Vielleicht kamen auch andere auf diese Idee, doch das war die beste Antwort auf die Frage, wohin sie gehen könnte. Camassia war die einzige Macht auf der Welt, die vielleicht eines Tages mit Shinabar um die Vorherrschaft ringen würde.

Ein schwaches Lächeln lag auf Ta-Theas Lippen, als sie daran dachte, wie schnell dieser Tag kommen würde. Schon Mon-Allats Feinde hatten solches befürchtet, und vielleicht war eben diese Furcht der Grund dafür gewesen, warum sie ihn gestürzt hatten. An den östlichen und südlichen Grenzen Shinabars hatten sich während der letzten Jahre immer größere barbarische Stämme angesiedelt. Die Zahl der Grenzübertritte und auch deren Brutalität hatten ständig zugenommen. Doch viele Menschen in Thoth-Moara zogen es vor, diese Vorgänge zu ignorieren. Shinabar war seit tausend Jahren nicht mehr erfolgreich angegriffen worden, und man konnte sich eine solche Möglichkeit einfach nicht vorstellen.

Doch Ta-Thea wusste, das dies die Wirklichkeit war. Sie hatte die Kundschafter aus den Grenzgebieten selbst getroffen und ihren Berichten über Massaker, über immer mehr Männer mit immer besseren Waffen gelauscht. Feindliche Angriffe gab es auch weiter im Norden, in den Ebenen jenseits von Irria-Kand. Eines Tages würden die Barbaren sicher auch mit einer Invasion in Camassia drohen. Aus diesem Grund hatte Mon-Allat alles daran gesetzt, Jahrhunderte der Feindschaft aus der Welt zu schaffen und einen Friedensvertrag mit dem Kaiser von Camassia zu schließen. Es war eine Allianz der zivilisierten Völker gegen die Gefahren aus der Dunkelheit, die von den Rändern der Welt her drohten.

Ta-Thea erinnerte sich noch genau an die langen Monate diplomatischer Verhandlungen und die freudige Erregung, als der Vertrag endlich zum Abschluss gekommen war. Der Kaiser Isadorus hatte seine bedeutendsten Vertreter zur Unterzeichnung geschickt. Und Eleni, die Schwester des Kaisers, hatte die Delegation begleitet.

Würde Eleni sich an sie erinnern? Natürlich! Niemand vergaß eine Herrscherin, wie auch immer sich ihre Lebensumstände ändern mochten. Ta-Thea traf ihre Entscheidung. Dort würde sie beginnen. Sie würde zu der Stadt in der Mitte der Welt, nach Camassia, reisen und einen Weg finden, um mit Eleni zu sprechen.

Sie umklammerte das Buch und ging über die hölzernen Planken des Kais in Richtung des nächsten Schiffes.

Die Reise nach Camassia dauerte lange, und Ta-Thea verbrachte die Zeit damit, in dem Buch zu lesen. Es war in einer uralten Sprache geschrieben, der Sprache, die die Wurzel aller Sprachen der Welt sein musste. Es verlangte höchste Konzentration, wollte man auch nur ein wenig von dem Inhalt des Buches verstehen. Wenn sich ihre Hoffnung, es mit der Welt zu teilen, erfüllen sollte, würde sie es in eine modernere Form übersetzen müssen, und dies konnte nur gelingen, wenn sie die Bedeutung der Worte zweifelsfrei verstand. Und mit jedem Tag spürte sie die Kraft, die Macht und die Schönheit der Worte deutlicher. Jeden Tag wurde sie immer mehr von einem zärtlichen Gefühl eingenommen, so dass sie beinahe glaubte, sie brauche nur die Hand auszustrecken, und berühre die Person, die dafür verantwortlich war.

Das Schiff ging in Camassia vor Anker. Die Stadt war nicht so alt wie Tarra-Ghum, trug jedoch deutlich die Zeichen von der Pracht des Reiches. Gebäude aus farbigem Stein, warm wie das Sonnenlicht, erstreckten sich über die Hügel. Zypressen und Zitronenbäume schufen dunkelgrüne Inseln, Olivenbäume silbergraue. Im Hafen lagen dickbauchige Schiffe vor Anker, beladen mit Waren aus aller Welt, schnittige Kriegsschiffe, Fischerboote und elegante Barken. Überall war Bewegung, und Rufe hallten über das Wasser.

Ta-Thea ging an Land und lief über die abgenutzten Steine des Kais in eine Straße, vorbei an Lagerhallen und Geschäften, dann an Wohnhäusern. Sie hatte einst die Sprache gelernt, aber Camassianisch klang fremd in ihren Ohren, ganz anders als ihre eigene Sprache. Auch die Gerüche waren hier nicht wie in Shinabar. Es roch hier schärfer, und die Luft war vom Salz und dem Dunst der See durchdrungen, und nicht mit der heißen Wüstenluft in Thoth-Moara zu vergleichen.

Zuerst musste sie eine Unterkunft finden. Mit Einbruch der Dämmerung sollte sie nicht mehr auf den Straßen sein. Abermals wickelte sie das Buch in ihren seidenen Umhang. Kleider hatte sie keine mehr außer denen, die sie am Leib trug, und ihr einziger Besitz waren die Juwelen. Außerdem war sie unbewaffnet, so dass sie sich im Notfall nicht einmal verteidigen konnte. Einen der Edelsteine würde sie verkaufen müssen, damit sie wenigstens etwas Geld zur Verfügung hatte.

Es war schwierig. So etwas hatte nie zu ihren Aufgaben gehört. Niemals zuvor in ihrem Leben hatte sie sich um die alltäglichen Notwendigkeiten kümmern müssen, um Nahrung und Unterkunft. All diese Dinge waren ihr immer zur Verfügung gestellt worden, und wie die Luft zum Atmen hatte sie sie für selbstverständlich gehalten. Die Camassiani begegneten ihr mit Argwohn – aber nicht etwa wegen ihrer dunklen Hautfarbe, denn man war hier an Menschen aus allen Teilen der Welt gewöhnt. Der Argwohn rührte daher, weil sie eine Ausländerin war, die allein reiste, und dass kannten die Menschen offensichtlich nicht.

Der ersten Wochen in Camassia vergingen langsam. Ta-Thea war eine Fremde in einem fremden Land und unter Menschen, denen sie nicht das Geringste bedeutete. Sie war gerade ein Gesicht unter zehntausend anderen Gesichtern, die die Straßen füllten. Auf dem Schiff war ihr die Idee, sich mit Eleni in Verbindung zu setzen, großartig erschienen. Eleni war der einzige Mensch in Camassia, der sie kannte. Doch früher waren sie einander ebenbürtig gewesen. Ta-Thea war Kaiserin gewesen und Eleni die Schwester eines Kaisers. Jetzt war Ta-Thea ein Flüchtling und besaß nichts außer einer Hand voll Juwelen und ein in Gold gebundenes Buch, das von Gottes Hand geschrieben worden war. Doch sollte das nicht eigentlich genügen?

Manchmal schien es tatsächlich zu genügen – wenn sie sich ausruhte, wenn die Sonne hoch am Himmel stand, wenn ein Mann oder eine Frau ihr auf der Straße ein Lächeln schenkten. Doch wenn sie müde war, wenn die Dunkelheit hereinbrach und sie die Treppen zu ihrer Unterkunft emporstieg, wenn sie die Menschen miteinander lachen und in einer fremden Sprache sprechen hörte, dann genügte es nicht. Am schlimmsten war es immer, wenn sie Kinder sah, kleine Kinder mit großen Augen und schmalen Schultern, mit weichem Haar in zarten Nacken. Dann war nichts mehr genug, nichts tröstete. Sie trat in ihr Zimmer, schloss die Tür und weinte bitterlich.

Ta-Thea verkaufte einige der Juwelen, die Kol-Shamisha ihr gegeben hatte und erwarb ein Haus auf dem Hügel der Zypressen, in der Nähe des Kaiserlichen Hügels. Das Geld reichte, und sie stellte eine paar Bedienstete ein. Sie erwarb gute camassianische Kleider, Kleider mit langen Ärmeln, die unterhalb der Brust von reich bestickten Bändern in Grün-, Blau- und Goldtönen gerafft wurden und die einer Dame durchaus würdig waren.

Eines Tages schlich eine kleine schwarzweiße Katze mit spitzem Gesicht zu ihr herein. Offenbar war auch sie auf der Suche nach einem Heim. Von diesem Tag an lebte Ta-Thea in Gesellschaft dieser anhänglichen Kreatur, die einen Freudenstrahl in ihr Leben brachte und eine Erinnerung aufkommen ließ, die sie aber nicht einzuordnen wusste. Schnell lernte sie, das Tier zu lieben. Sie gewöhnte sich auch an den Alltag in der Stadt und wurde vertraut mit den Sitten ihrer Bewohner, die weniger verwöhnt und viel ursprünglicher zu sein schienen als die Menschen in Shinabar. Sie waren schroffer, weniger tolerant gegenüber Ungewöhnlichem und fällten schneller ihre Urteile. Doch sie waren auch weniger zynisch, weniger gleichgültig gegenüber der Verderbtheit, so dass Ta-Thea sich wünschte, ihre eigenen Landsleute wären auch so gewesen. Hier glaubte man noch, man könnte das Schlechte ausrotten. Die Gedanken waren noch rau, nicht von der Erfahrung geschliffen, manchmal zu schlicht für das Verständnis der Versuchungen und Irrtümer, die das Leben bereithielt. Doch die Menschen waren auch noch frei von Enttäuschungen. Herzen und Seelen waren noch nicht von Erschöpfung gezeichnet.

Manchmal fühlte sich Ta-Thea sehr fremd und viel älter als die anderen. Quälende Einsamkeit überfiel sie, wenn sie daran dachte, dass sie von der Feinsinnigkeit und der Weisheit ihrer eigenen Kultur, die sich über Jahrtausende entwickelt hatte, so weit entfernt war. Die Camassiani verstanden den Humor der Shinabari nicht, die vielfältigen Ausdrucksmöglichkeiten dieser alten, bezaubernden Sprache, die voller Nuancen war, die aus Legenden und Dichtkunst stammten. Es gab niemanden, mit dem sie schöne Augenblicke teilen, sich über sich selbst lustig machen oder sich über die Kleinigkeiten freuen konnte.

Sie konzentrierte all ihre Kraft auf das goldene Buch und bereitete sich darauf vor, andere sein Licht zu lehren. Und sie blieb dabei: Mit Eleni würde sie beginnen.

Beinahe sechzig Tage lang war Ta-Thea schon in Camassia, als sie zum ersten Mal den Kaiser Isadorus sah. Sie stand inmitten einer Menschenmenge, die sich an den Straßenrändern versammelt hatte, um einer vorüberziehenden Prozession beizuwohnen. Ein Sieg über eine der benachbarten Provinzen wurde gefeiert, und ein solches Ereignis war immer ein willkommener Anlass, den Leuten eine Freude zu machen und einen Feiertag auszurufen. Der Duft von Zypressen, Staub und gefallenen Blättern hing in der Luft. Selbst das Licht auf den Mauern der Häuser schien heiterer Stimmung zu sein.

Ta-Thea wartete in der Menge. Neben ihr stand ein Bäcker, der noch Mehlspuren an den Händen trug, und auf der anderen Seite hielt eine Mutter ihr Kind an der Hand. Ta-Thea wollte unbedingt einen Blick auf das Gesicht des Kaisers werfen, nicht etwa weil sie ihn bewunderte wie die Menschen um sie herum, sondern weil sie hoffte, in seinen Zügen eine Antwort auf die Frage zu lesen, wie sie sich ihm am besten nähern könnte. Wenn ihr dies jetzt nicht gelang, würde es keine zweite Chance mehr geben.

Bewegung kam in die Menge. Jemand machte einen Scherz, und alle lachten. Gedränge setzte ein, denn über die Köpfe der Menschen hinweg war auf der breiten Straße, die vom Palast zu den Regierungsgebäuden führte, bereits der kaiserliche Konvoi zu erkennen. Rufe wurden lauter, Trompeten und Hörner bliesen, und die Luft war von Lärm erfüllt.

Ta-Thea drängte nach vorn, entschlossen, sich nicht von den Ellbogen der anderen beiseite schieben zu lassen. Prächtig gekleidete Fußtruppen zogen vorbei. Die ledernen Tuniken der Soldaten waren mit Metallplatten verstärkt. In Shinabar trugen die Männer zu solchen Gelegenheiten feierliche Gewänder. Diese hier waren eher für den kriegerischen Einsatz gefertigt. Rote Federn schmückten Helme aus Bronze, und rote Umhänge hingen über den Schultern. In den Händen trugen die Männer Speere, und an den Hüften baumelten Messer in breiten Scheiden. Die Soldaten in Shinabar trugen stattdessen Hellebarden und Krummschwerter.

Die Soldaten marschierten im Gleichschritt. Legion folgte auf Legion, zehntausende Krieger aus allen Provinzen:

die aus dem Süden mit breiten Schultern und sonnenverbrannten Gesichtern, die aus dem Osten mit schmalen Augen und hohen Wangenknochen. Die größeren Männer mit der hellen Haut stammten aus dem Norden. Ihnen folgten die Blauäugigen aus dem Westen, und zum Schluss kamen die Insulaner vom Rand der Welt. Alle trugen voller Stolz Kriegsstandarten mit dem kaiserlichen Wappen, und es schien, als bedeutete ihnen die Einheit in diesem beeindruckenden Aufmarsch viel mehr als der Erfolg des Einzelnen.

Im Jubel der Zuschauer ging das Stampfen der Schritte und das Klirren der Waffen unter. Ta-Thea wurde gestoßen und geschoben, fremde Füße traten auf die ihren, und bald waren ihre Glieder von blauen Flecken übersät. Die Sonne stand hoch, und es wurde heißer. Irgendwo weinte ein Kind. Ta-Thea drohte zu ersticken, als die Menge vorwärts drängte.

Auf die Fußtruppen folgten berittene Soldaten. Die Pferde waren ausgesucht schöne Tiere mit geschwungenen Hälsen und hohen Beinen, deren Hufe über die Steine klapperten. Großes Heimweh ergriff Ta-Thea, als sie sie erblickte. Es waren Wüstenpferde, gezüchtet in Shinabar, die nach dem Vertrag, um den Mon-Allat so gerungen hatten, hierher gebracht worden waren.

Doch jetzt war nicht die Zeit, trüben Gedanken nachzuhängen. Die kaiserliche Wache zog vorüber, stolze Männer mit bronzenen Harnischen, die in der Sonne glänzten, und Helmen, die rote Kämme schmückten.

Hinter ihnen erschien endlich Isadorus selbst auf einem Schimmel. Das Pferd war für einen Kriegszug gesattelt, und der Kaiser trug die Waffen der Wachen. Hatte er seine Truppen selbst in den Krieg geführt, so wie die Isarchen es seit tausenden von Jahren taten? Er schien seit langer Zeit an den Rücken eines Pferdes gewöhnt und ritt den Schimmel mit beeindruckender Anmut.

Ta-Thea suchte jedoch vor allem sein Gesicht. Den Ausdruck seiner Augen konnte sie aus der großen Entfernung nicht erkennen, doch seinen Lippen sagten alles. Der

Mund war breit und beweglich, zeugte von Intelligenz und Leidenschaft, doch Nachsicht schien er nicht zu kennen. Die Stirn war hoch und breit, die Nase lang und gerade. Es war das Gesicht eines Mannes, dessen Stärke in ihm selbst ruhte. Hätte seine Geburt ihm die Macht nicht bereits zu Füßen gelegt, er hätte sie sich ohne Zweifel genommen. Seine Züge zeigten keinerlei Grausamkeit, kein ungestümes Temperament und auch keine Schwäche, die von Höflingen ausgenutzt werden konnte.

Der Jubel der Menge schwoll an und dröhnte in Ta-Theas Ohren. Niemals zuvor hatte sie sich unter so vielen Menschen aufgehalten. Während der Prozessionen in Thoth-Moara wurde die Menge zurückgehalten, damit sie vorbeiziehen konnte. Hier jedoch war sie eine Zuschauerin unter vielen, und sie fühlte sich fremd und verloren.

Schließlich wandte sie sich ab und versuchte in einer plötzlichen und verzweifelten Flucht nach Hause, sich einen Weg durch die Leiber zu bahnen. Sie sehnte sich danach, das Buch in den Händen zu halten, in seinen bereits vertrauten Zeilen zu lesen und seinem Geist zu erlauben, in ihre Seele zu sinken, als ob der Schöpfer selbst sie berühre.

Sie stolperte und wäre beinahe gefallen, wenn starke Hände sie nicht gestützt hätten. Panik ergriff sie, als sie den Druck spürte. Sie riss sich los und blickte in das dunkle Gesicht eines Mannes. Er war schlank, hatte glatte Wangen, eine lange, gerade Nase und ausdrucksvolle Lippen. Er war dunkel wie ein Shinabari und nicht älter als zwanzig Jahre.

»Ta-Thea«, sagte er freundlich, »Majestät …«

Sie erstarrte, fror plötzlich erbärmlich, und Entsetzen schüttelte ihren Körper.

Doch der Mann lächelte und senkte den Kopf, ohne den Blick von ihr abzuwenden. »Ich bin Ra-Nufis, und Ihr werdet immer meine Kaiserin sein, gleichgültig welcher Usurpator auf dem Thron von Shinabar sitzt – noch sitzt.«

Ta-Thea kannte den Mann nicht. Der Name sagte ihr nichts. Zuerst dachte sie daran, ihre Identität zu leugnen, doch sie verwarf diese Idee sogleich wieder. Er schien sich so sicher, und wenn er wirklich ein Shinabari war, dann hatte er sie wahrscheinlich schon ein Dutzend Mal gesehen. Sie konnte sich unmöglich an jeden Höfling oder Bittsteller erinnern. Hatte sie denn wirklich so viel verloren, dass sie selbst vor der Würdelosigkeit nicht zurückschreckte zu leugnen, wer sie war?

Ta-Thea straffte den Körper und erwiderte den Blick des Mannes. »Wer ist es? Wisst Ihr das, Ra-Nufis?«

Er zog die Hände zurück und begann, im Strom der Menge langsam den Hügel hinaufzugehen. Ta-Thea folgte ihm.

»Wenn Ihr den Namen meint … ja, den kenne ich«, erwiderte er schließlich mit trauriger Stimme. »Mon-Allats Neffe Hem-Shash sitzt auf dem Thron. Doch wer die Mörder gedungen hat oder wer durch Hem-Shash eigentlich spricht, das weiß ich nicht.« Er schaute sie an. »Vielleicht kann ich es herausfinden. Sie sind alle Umstürzler, und ihr Gesetz ist die Unterdrückung.« Er ging neben ihr, schirmte sie mit seinem Körper von den nach vorn drängenden Menschen ab. »Allerdings sind sie unsicher, blicken dauernd über die Schulter, so wie jeder andere Schuldige auch. Sie wittern überall Komplotte und Gegenkomplotte, selbst wenn es gar keine gibt. Die Wachen wurden verdreifacht, und Menschen werden ohne Warnung und ohne jeden Grund verhaftet.«

Der Klang von Ra-Nufis' Stimme mit der vertrauten Melodie erstickte Ta-Thea beinahe in einer Welle alter Erinnerungen, und plötzlich verspürte sie keine größere Sehnsucht mehr, als endlich nach Hause zurückzukehren, in die trockene Hitze, zu dem einzigartigen Sand und zu den Menschen, die sie kannte.

»Das Wissen um einige Namen allein wird an dieser Situation allerdings nichts ändern«, erwiderte sie brüsk, doch sie sprach eher zu sich selbst als zu dem jungen Mann. Sie durfte jetzt nicht ihren Träumen nachgeben. Die Gedanken an Shinabar waren qualvoll. Von den Veränderungen dort zu hören, verletzte sie mehr, als sie erwartet hatte– gleichwohl sie vorhersehbar gewesen waren.

Ra-Nufis war stehen geblieben, doch er holte jetzt wieder auf. In respektvoller Nähe hielt er Schritt mit ihr, die Arme in die Seiten gestemmt, um sie nicht, auch nicht zufällig zu berühren. Sie war tatsächlich immer noch seine Kaiserin.

»Das glaube ich auch«, sagte er ruhig. »Die Namen der Mörder sind unwichtig. Die Geschichte wird sie zur Rechenschaft ziehen. Viel wichtiger wären die Namen derjenigen, die Euch gegenüber immer noch loyal sind, die genügend Mut und Liebe für ihr Land haben, um für die Wiederherstellung der Gerechtigkeit zu kämpfen und notfalls auch zu sterben.«

Ta-Thea hielt abrupt inne und starrte Ra-Nufis an. Er erwiderte ihren Blick. Er war noch so jung, sein Gesicht so glatt, nicht eine Sorgenfalte oder ein Zeichen des Zorns waren darin zu sehen. Seine Unschuld brachte Ta-Thea beinahe aus der Fassung.

»Was sagt Ihr da?«, fragte sie heiser.

»Dass Ihr die letzte gesetzmäßige Erbin des Throns von Shinabar seid, Majestät. Und dass ich alles tun werde, um Euch zu beschützen und Euch in Euer Land zurückzubringen. Euer Volk braucht Euch. Viele Menschen sind Euch treu geblieben, und in dem Maß, in dem die anderen ihre Macht missbrauchen, wird auch die Zahl der Getreuen steigen.« Nachdruck lag in seiner Stimme. »Ich werde sie finden. Ich werde die Neuigkeit verbreiten, mit jedem sprechen, den ich finden kann, bis es so viele sind, dass Ihr etwas unternehmen könnt.«

Sollte sie ihm Glauben schenken? Hatte etwa dieselbe Macht, die ihr das Buch überlassen hatte, auch Ra-Nufis gesandt, um ihr dabei zu helfen, mit ihrem Schatz nach Shinabar zurückzukehren? Wie konnte sie sicher sein?

Sie blickte eindringlich in seine Augen, achtete nicht mehr auf die Menschen, die an ihnen vorüberzogen und sich laut über die Prozession unterhielten, über ihre Familien und den Arbeitstag, der vor ihnen lag.

»Ich glaube nicht mehr länger an die alten Wege«, sagte sie und beobachtete aufmerksam Ra-Nufis' Gesicht. Wie viel von der Wahrheit durfte sie verraten? Auf jeden Fall musste sie sehr vorsichtig sein.

Ra-Nufis war verwirrt. »Woran glaubt Ihr nicht mehr?«

Noch nicht! Es ist noch zu früh. Lern ihn erst ein bisschen besser kennen!

»Ach, es ist recht viel«, erwiderte Ta-Thea leichthin und ließ ihn durch ein Lächeln wissen, dass dies nur eine vorläufige Antwort war.

In den folgenden Tagen und Wochen lernte Ta-Thea Ra-Nufis tatsächlich kennen. Er war immer zur Stelle, um Hilfe anzubieten, fand den besten Stuhl für sie, wählte eine Decke in den Farben der Wüste für sie aus, entdeckte, an welchem Marktstand man das beste Brot, die besten Datteln kaufen konnte, und sie lachten gemeinsam über die mangelhaften Kenntnisse der Camassiani über die Küche ihrer Heimat.

Eines Tages – sie saßen in dem kleinen Garten hinter Ta-Theas Haus – erzählte sie Ra-Nufis etwas, von dem sie glaubte, dass sie danach suchen sollten.

»Wir sollten immer eine Stufe höher steigen«, sagte sie, »in Richtung der Tapferkeit, die uns die Kraft gibt, Todesqualen, Verzweiflung und Versagen zu ertragen, ohne zu verzagen. Wir sollten nach der Einheit des Herzens und des Geistes streben, in der es keinerlei Halbwahrheiten, keine Lügen und keine Selbsttäuschung mehr gibt.« Sie betrachtete aufmerksam sein Gesicht. »Unser Ziel ist die Art von Liebe, die sich hingibt und uns erzieht, die auch den Schlechtesten, den Hässlichsten und den Bösesten vergibt. Das ist die Liebe Gottes für die Welt, die das Gesetz der Schöpfung ehrt. Sie ist die Kraft, die die Seele und den Willen aller Menschen für die ewige Freude bereitmacht.«

Ra-Nufis schaute Ta-Thea mit glänzenden Augen an. »Wo habt Ihr das gelernt?«

Sie lächelte. »Ich habe ein Buch. Darin steht geschrieben …«

»Darf ich es sehen?« Feine Röte überzog sein Gesicht,

und er senkte den Blick. »Es tut mir Leid. Das war … frech von mir. Ich sollte nicht so …«

»Doch, natürlich solltet Ihr«, fiel ihm Ta-Thea hastig ins Wort. »Dazu ist es doch da: zum Teilen. Ihr seid zwar der Erste, aber es ist für alle da.«

»Der Erste? Ich?«

»Ja.«

»Wann?«

»Jetzt, wenn Ihr wollt.«

»Ja, das will ich … mehr als alles andere auf der Welt.«

Ta-Thea erhob sich, und er folgte ihr ins Haus. Sie öffnete einen Schrank und holte etwas daraus hervor, das in blaue Seide eingeschlagen war. Nachdem sie den Umhang entfernt hatte, hielt sie Ra-Nufis das Buch hin.

Er nahm es mit zitternden Händen, strich mit den Fingern langsam über die Edelsteine auf dem Einband. Er schaute sie an, dann wieder das Buch.

Sie setzten sich, und Ta-Thea wartete.

Dann endlich schlug Ra-Nufis die erste Seite auf. Er begann zu lesen. Bald las er eine Stunde lang, ohne ihr auch nur einen einzigen Blick zu gönnen. Als er schließlich die Augen zu ihr hob, schimmerten Tränen darin, und große Verwunderung sprach aus seinen Zügen.

»Es ist alles!«, sagte er schlicht. »Ich kann nicht alles verstehen, was dort steht, doch ich weiß, dass seine Schönheit das Herz des Universums ist, die Kraft und der Sinn einer jeden Existenz. Wir müssen es nach Shinabar bringen …« Er bemerkte gar nicht, dass er sich selbst in diese Aufgabe eingeschlossen hatte. »Lasst mich zuerst gehen, damit ich Informationen sammeln kann.« Seine Finger strichen sanft über den Einband des Buches. »Es darf nicht dorthin gelangen, bevor wir nicht die Usurpatoren gestürzt und die Gerechtigkeit wieder hergestellt haben. Nur wenige Leute kennen mich. Niemand würde Verdacht schöpfen.«

Er dachte gar nicht an die Möglichkeit, dass Ta-Thea seinen Vorschlag ablehnen könnte. Er wusste, was das Buch enthielt, und auch, dass ihre Kenntnis davon noch viel tiefer war als seine eigene. Es gab keinen Weg zurück.

Mit Einbruch des Winters verließ Ra-Nufis Camassia. Ta-Thea entschloss sich, nicht mehr länger zu warten und endlich Eleni aufzusuchen. Vielleicht gelang es ihr, sie außerhalb des Palastes zu treffen. Die Wettkämpfe, die nun bald stattfinden würden, waren sicherlich eine gute Gelegenheit.

Ta-Thea wählte ihre beste Robe aus dunklem Weinrot mit einer goldenen Kordel unterhalb der Brust und einer breiten Bordüre am Saum. Sie betrachtete sich kritisch im Spiegel. Für eine Camassiani war ihre Haut entschieden zu dunkel, doch gleichwohl strahlte ihre Erscheinung eine gewisse Würde und Bedeutung aus. Die kaiserliche Garde würde sie nicht ohne weiteres zurückweisen können.

Mit dem Buch in den Händen stand sie da und las die erste Seite noch einmal, als ob sie mit dem Einen, der sie geschrieben hatte, in Verbindung treten wollte. Dann klappte sie es zu, legte es in einen Korb, den sie verschloss. Den Schlüssel steckte sie ein. Sie hatte ihre Entscheidung getroffen. Es gab keinen Grund, noch länger zu zögern. Ihr Ziel vor Augen verließ sie das Haus.

Es war ein kühler, strahlender Tag. Die riesige Arena war bereits voller Menschen. Über fünfzehn Stockwerke hoch drängten sie sich auf den Sitzplätzen, und Ta-Thea blickte sich mit weit aufgerissenen Augen um. An die hunderttausend Menschen waren hier versammelt. Aus allen Schichten waren sie gekommen, unterschiedlichste Landsleute und Religionen waren vertreten, und alle saßen und standen Ellbogen an Ellbogen, schrien und jubelten in allen möglichen Sprachen. Wetten wurden abgeschlossen, hitzige Argumente ausgetauscht. Die Luft war schwer vom Duft nach Fleisch, Zitronen, Quitten und süßem Honig. Die Leute riefen sich Grüße zu und stießen Provokationen ebenso wie Ermutigungen für die Favoriten aus.

Trotz der Größe der Arena war die Bahn, auf der das Rennen stattfinden würde, eher eng und daher gefährlich. Verstümmelungen und sogar der Tod drohten den Teilnehmern, und es erforderte besondere Fähigkeiten, Mut und Einfallsreichtum, um an den Wettkämpfen teilzunehmen.

Laute Rufe der Begeisterung erfüllten plötzlich die Arena, und alle Gesichter wandten sich zur kaiserlichen Loge um. Auch Ta-Thea beobachtete, wie Isadorus die Arme zum Gruß hob. An seiner Seite ging eine Frau, deren Äußeres streng und edel wirkte. Ihre Haltung war anmutig, aber kühl, und es schien, als fände sie nur wenig Gefallen an dem Enthusiasmus, mit der die Menge den Wettkampf erwartete. Das musste Barsymet sein, die Kaiserin. Jedenfalls war es nicht Eleni.

Ta-Thea war beunruhigt. Wo war Eleni denn? Wenn sie nicht kam, würde ihr Plan scheitern. Monate würden ins Land ziehen, wenn sie darauf angewiesen war, über Vermittler mit Eleni in Kontakt zu treten. Außerdem könnte es auch gefährlich werden.

Der Einzug der Streitwagen in die Arena unterbrach ihre Gedanken. Applaus brandete auf, die Menschen beugten sich vor, und ermunternde Rufe ertönten aus zahllosen Kehlen.

Die Pferde waren wunderschön. Sie tänzelten anmutig über die Bahn, warfen die stolzen Köpfe in die Luft, und ihre Leiber glänzten in der Sonne. Die Wagenlenker trugen militärische Uniformen, rote Tuniken und lederne Knieschoner, doch Arme und Schultern waren nackt, damit sie mit der nötigen Bewegungsfreiheit die Zügel halten und die Peitsche führen konnten. Als sie die kaiserliche Loge erreicht hatten, hielten die Wagen an, und jeder der Fahrer entbot dem Kaiser seinen Gruß. Ein von schwarzen Rössern gezogener Wagen kam genau vor Ta-Thea zum Stehen. Der Wagenlenker blickte auf. Mit erhobenem Kopf und ausgebreiteten Armen wiegte er sich im Gruß der Wettkämpfer. Sein Gesicht glich dem eines Adlers. Es war arrogant und intelligent. Für einen Augenblick vergaß Ta-Thea die Gegenwart. Hinter der urtümlichen Einheit von Mann und Tier vermutete sie einen Shinabari.

Dann fuhr der Kämpfer weiter, und die Erinnerung an den Plan, der sie eigentlich zu diesem Schauspiel geführt hatte, drang mit aller Macht in ihren Kopf zurück. Sie warf einen Blick zur kaiserlichen Loge. Mit irgendjemandem musste sie sprechen, gleichgültig wie groß das Risiko auch sein mochte.

Dann sah sie Eleni. Sie hatte sich leicht nach vorn gebeugt und lächelte, während sie denselben Wagenlenker beobachtete, der auch Ta-Thea aufgefallen war. Eleni hatte sich nicht verändert. Ihre Züge waren zart und süß wie Honig, ihr Haar floss immer noch rötlich braun um ihre Schultern. Trotz aller kultureller Unterschiede und auch der mittlerweile verschiedenen Lebensumstände reagierte Eleni auf genau die gleiche Weise auf den Wettkämpfer, wie Ta-Thea es getan hatte. Eleni war genauso verletzlich, ebenso menschlich wie sie selbst.

Die Wagen stellten sich auf und warteten auf das Startsignal. Die Menge tobte, und das Donnern der Hufe wirbelte eine Staubwolke auf, als sechzig Pferde ihr Gewicht ins Geschirr warfen. Sechzig Räder gruben sich in die Erde und rollten vorwärts.

Die Wagenrennen waren eine wilde, erregende und gefährliche Sportart. Mit halsbrecherischer Geschwindigkeit zogen die Pferde ihre Last durch die Arena, das Publikum tobte, die Frauen kreischten.

Schon früh kam es zu Zwischenfällen: Räder zerbrachen, Wagenlenker stürzten, Streitwagen überschlugen sich oder gerieten vom Kurs ab. Unter großer Gefahr für Leib und Leben liefen Helfer auf die Bahn, um die gestürzten Wettkämpfer zu retten. Manche waren schwer verletzt und ohne Bewusstsein und mussten getragen werden. Andere Männer wedelten mit den Armen oder mit bunten Stöcken, um herrenlose Pferde von der Bahn zu scheuchen, sie dann zu fangen und wegzuführen. Während der ganzen Zeit brüllten die Zuschauer wie aus einem Mund, und das Geschrei wurde um so lauter, je mehr sich der Höhepunkt des Rennens näherte.

In der letzten Runde waren nur noch sechs Streitwagen übrig. Auch der mit den schwarzen Pferden gehörte dazu. Ta-Thea beugte sich über die Brüstung und hielt den Atem an. Sie hoffte inständig, dass dieser Wagenlenker gewann, doch ihre Furcht, dass er verletzt werden könnte, war noch größer.

Die Wagen donnerten zum letzten Mal vorbei. Ein auffallend großer Mann in Weiß und Grün fuhr als Erster durchs Ziel, ihm folgte im Abstand von nur knapp einem Meter der Mann mit den schwarzen Pferden. Enttäuschung ergriff Ta-Thea für einen kurzen Moment, verschwand aber sofort wieder und wurde von Erleichterung verdrängt. Sie fühlte sich schwach, als die Anspannung sich endlich löste. Es war vorbei, und er war in Sicherheit. Die Menge tobte, als der letzte Wettkämpfer das Ziel erreichte. Eine Frau neben Ta-Thea wedelte jubelnd mit den Armen. Einige Leute suchten schon den Weg nach draußen, um die Gewinne aus den Wetten einzustreichen und sich zu erfrischen.

In der Arena neigte der Gewinner vor dem Kaiser den Kopf. Isadorus beglückwünschte ihn und warf ihm einen Lorbeerkranz zu. Eine Erinnerung durchflutete Ta-Thea, doch sie verflüchtigte sich so schnell, als wäre sie bloß ein Geist. Dann warf Isadorus noch einen Beutel mit Gold in die Arena.

Als die Siegerehrung vorüber war, trat auch der zweite Wagenlenker vor und blickte dem Kaiser kühn in die Augen. Er erhielt einen Beutel mit Silber. Enttäuschung zeigte er nicht, doch Ta-Thea sah an seiner Haltung und seinem Gang, dass er es immer wieder versuchen würde, bis er endlich ein solches Rennen gewinnen würde. Trotz ihrer Furcht wünschte sie sich brennend, dass es ihm eines Tages gelänge. *Sie* wäre enttäuscht gewesen, wenn er sich mit dem zweiten Platz zufrieden gegeben hätte.

Das nächste Rennen begann. Sollte sie jetzt versuchen, Eleni zu treffen? Wenn sie wartete, bis auch dieser Wettkampf vorüber war, zog sich Eleni vielleicht zurück, und es war zu spät. Oder wäre sie verärgert, wenn man sie störte? Würde eine solche Unterbrechung eine mögliche Freundschaft von vorn herein trüben?

Ta-Thea blickte zur kaiserlichen Loge hinüber. Isadorus folgte dem Rennen, doch seine Miene war ausdruckslos, als ob nur ein Teil seiner Aufmerksamkeit auf die Bahn gerichtet war. Er wusste, was sein Volk von ihm erwartete, und würde niemals weniger geben, und doch schienen seine Gedanken fern zu sein. Neben ihm unterhielt sich die Kaiserin Barsymet mit einem etwa zwanzig Jahre alten jungen Mann, der ihr so ähnlich sah, dass es nur ihr Sohn sein konnte, des Kaisers Erbe, Merkator. Der dunkelhaarige Junge hinter ihm war sicher sein jüngerer Bruder Tiberian. Beide schienen in das Gespräch mit ihrer Mutter vertieft. Für ihren Vater hatten sie keinen Blick.

Ta-Thea hatte immer noch keine Entscheidung getroffen. Hinter der kaiserlichen Familie standen Soldaten in den Tuniken der Palastgarde. Sie waren an den roten Bordüren zu erkennen. Erst vor wenigen Monaten hatte sie selbst in einer kaiserlichen Loge gesessen und die dramatischen Ereignisse in einer Arena verfolgt. Eine andere Palastgarde hatte hinter ihr gestanden. Jene Männer waren in gebleichtes Leinen und blau- und türkisfarbene Schärpen gekleidet gewesen, und sie hatten Helme aus getriebenem Kupfer getragen. Die Wüstennacht hatte den Schweiß auf der Haut der Menschen getrocknet, und Sandkörner waren flüsternd über die Steine gekrochen.

Das Rennen war zu Ende, und ein weiteres begann. Ta-Thea hatte den Augenblick verstreichen lassen.

Zwei Pferde stießen zusammen, gerade als sie an ihrem Platz vorbeikamen, beide stürzten und warfen ihre Reiter ab. Keiner der Männer wurde ernsthaft verletzt, und beide standen sogleich wieder auf, durchgeschüttelt, aber heil. Eines der Pferde kam ebenfalls wieder auf die Beine und trabte davon, doch das andere, ein wunderschönes Tier reinster Shinabari-Rasse mit einem intelligenten Blick, versuchte es vergeblich. Es war offensichtlich, dass eines seiner Beine gebrochen war.

Der Reiter des Pferdes ging unsicheren Schrittes auf es zu, Tränen strömten aus seinen Augen. Er verbarg die Trauer um das Tier nicht. Er schrie auf, als ob er die Todesangst des Pferdes dadurch lindern könnte und flehte seine Götter an, das Tier um jeden Preis zu retten.

Ta-Thea fühlte sich vor Entsetzen ganz krank. In der Wüste bedeutete ein Pferd Leben. Sie verstand das Band zwischen dem Mann und dem Tier, und sie fühlte mit dem Reiter, als wäre sie an seiner Stelle.

Da löste sich eine Gestalt aus der kaiserlichen Loge, sprang über die Sitzreihen und tat schließlich einen letzten Satz von der niedrigsten auf den Sand hinab. Das Messer war bereits gezückt, um dem Leid des Pferdes ein Ende zu bereiten. Der Mann wusste, dass der Reiter selbst es niemals fertig bringen würde. Es war der Wagenlenker mit den schwarzen Pferden und dem Adlergesicht. Natürlich war er ein Mitglied der kaiserlichen Familie. Das hätte Ta-Thea eigentlich wissen müssen.

Ta-Thea raffte die Röcke und kletterte über die Balustrade. Es gab jedoch nichts, was sie hätte tun können, um zu helfen. Der Reiter stand mit so leidvoller Miene da, als hätte er es vorgezogen, dass seine eigenen Knochen gebrochen wären. Vielleicht konnte sie ihm beistehen. Immer wieder sagte er mit erstickender Stimme den Namen des Pferdes.

»Ich werde mich beeilen«, versprach der Wagenlenker, und sein Gesicht war voller Mitgefühl.

Das Pferd lag auf der Seite, der Körper zuckte, in dem erhobenen Kopf rollten die Augen voller Furcht und Schmerz.

Ta-Thea trat zu dem Reiter, doch er nahm nicht die leiseste Notiz von ihr.

Der Wagenlenker kniete neben dem Pferd auf dem Boden, und seine Hände zitterten angesichts der Aufgabe, die auf ihn wartete.

In diesem Augenblick erschien Eleni auf der Treppe. Sie stürzte mit fliegenden Röcken über den Sand herbei. Neben dem Kopf des Pferdes fiel sie auf die Knie. Sie nahm die Zügel und redete beruhigend auf das Tier ein, als ob es ein Kind wäre. Dann griff sie mit geschlossenen Augen nach dem verletzten Bein und strich so sanft darüber, dass ihre Hand das Fell kaum zu berühren schien.

Die Menschenmenge verfolgte die Szene mit angehaltenem Atem.

Der Wagenlenker versuchte, mit Eleni zu diskutieren. Er stand nun neben ihr, eine Hand auf ihrer Schulter. »Eleni, das Warten macht es nur noch schlimmer, für das Tier ebenso wie für den Mann. Lass es mich zu Ende bringen.«

»Nein!« Sie wandte sich nicht einmal um.

Der Reiter stand reglos da, das Gesicht aschfarben und von Gram entstellt.

Da richtete Eleni sich plötzlich auf und blickte dem Wagenlenker ins Gesicht. Ihr Gesicht war ruhig, ihre Augen weit geöffnet und voller Staunen. Sie schien eine Art Freude auszustrahlen, die sie selbst nicht verstand.

»Es wird nicht nötig sein«, sagte sie leise und blickte auf das Messer in der Hand des Mannes. »Die Knochen sind nicht gebrochen. Die Fleischwunde wird heilen.«

»Eleni, das Tier leidet großen Schmerz.« Seine Stimme war sanft und voller Trauer. »Soll ich es nicht lieber …«

»Es ist vollkommen in Ordnung!«, beharrte sie. Sie sprach nicht laut, aber doch mit einer Autorität, die den Wagenlenker zögern ließ.

Eleni wandte sich an den Reiter und sagte lächelnd: »Bringt es nach Hause. Reinigt die Wunde, und in einigen Tagen wird sie verheilt sein.«

Die Umstehenden starrten sie an, und wie ein Mann drehten sie sich ruckartig um, als das Pferd sich auf die Beine kämpfte. Langsam, zunächst noch unsicher, stolperte es seinem Reiter entgegen, dann drückte es seine Schnauze an die Schulter des Mannes. Der Mann warf die Arme um den Hals des Tieres, sein Körper schüttelte sich in Schluchzern der Erleichterung.

»Ich hätte schwören können, dass es gebrochen ist«, murmelte der Wagenlenker erstaunt.

Es war gebrochen gewesen! Ta-Thea war sich absolut sicher. Und für einen kurzen Augenblick befand sie sich in einer längst vergangenen Zeit in einem Raum und beobachtete eine Frau, die ihre Hände ausstreckte, um auf wundersame Art zu heilen, eine Frau, die ihre Gabe verstand und sie gezielt verwendete und akzeptierte, dass dafür ein Preis zu zahlen war.

Dann war der Augenblick vorüber, und die Gegenwart schob sich erneut vor Ta-Theas Augen: der Sand und der Schweiß in der Arena, die Schreie der Zuschauer, als sie begriffen, was geschehen war, die Menschen, die sich jubelnd von ihren Plätzen erhoben. Eleni und der Wagenlenker blickten Ta-Thea fragend an, warteten darauf, dass sie erklären würde, wer sie war und warum sie die Zuschauerränge verlassen hatte.

Der Zeitpunkt war gekommen.

Sie trat einen Schritt vor, blickte Eleni mit erhobenem Kopf offen in die Augen. Sie musste ihr glauben.

»Wir trafen uns in Thoth-Moara … bevor mein Ehemann gestürzt wurde.« Ihr Stimme klang trocken und fremd. »Mein Name ist Ta-Thea.« Zum ersten Mal seit langer Zeit sprach sie ihn wieder mit dem Akzent Shinabars aus.

Eleni starrte sie ungläubig an. Dann blitzte Erkenntnis aus ihren Augen, gepaart mit Freude und Mitgefühl. »Ihr habt überlebt!« Sie trat mit ausgestreckten Händen zu Ta-Thea. »Wie können wir Euch helfen? Habt Ihr eine Unterkunft, ein Heim, Menschen, die für Euch sorgen?« Sie wandte sich an den Wagenlenker. »Das ist mein Mann, Alexius. Er hat uns damals nicht nach Shinabar begleitet. Er war mit dem Heer in Caeva.« Sie erklärte ihrem Mann nicht, wer die Unbekannte war. Wahrscheinlich wusste er es.

»Ich entkam mit genügend Mitteln, um mich fürs Erste mit dem Nötigsten zu versorgen«, erwiderte Ta-Thea. Welch lächerliche Worte, um das zu beschreiben, was ihr widerfahren war! Sie wäre wahrscheinlich selbst auf den Gedanken gekommen, dass der Wagenlenker verheiratet war … aber ausgerechnet mit Eleni … Doch eigentlich spielte das kaum eine Rolle. Im Grunde bedeutete es gar nichts. An Stelle der Gewissensbisse trat Verärgerung. Das Wichtigste überhaupt war das Buch. So fuhr sie schließlich fort: »Ich besitze jedoch etwas von unschätzbarem Wert, und ich würde es gern mit Euch teilen.« Sie zögerte für einen Augenblick und fügte dann hinzu: »Es erklärt die Dinge, die sich heute hier ereignet haben. Ihr habt das Recht, es zu erfahren, und vielleicht ist es auch nötig.«

Alexius schaute über den Rücken des Pferdes zu ihnen herüber, immer noch in der Umarmung des Reiters gefangen, doch Eleni wandte den Blick nicht von Ta-Thea.

»Ja …«, erwiderte sie langsam. »Ja, ich muss es wirklich wissen.«

Ta-Thea ging zum kaiserlichen Palast. Er war viel kleiner als der Palast in Thoth-Moara, doch die meisterhaft ausgewogenen Proportionen verliehen ihm große Schönheit. Er erstreckte sich auf dem Hügel der Oliven- und Zitronenbäume, zwischen denen auch dunkle Zypressen wuchsen.

Bei ihrem ersten Besuch trug Ta-Thea das Buch nicht bei sich. Sie berichtete Eleni von den Ereignissen in Thoth-Moara, von ihrer Flucht durch die Wüste und dem Beginn ihrer Suche, der Leidenschaft, der Sehnsucht, die sie zu den Verlorenen Inseln und zu dem Küstenstrich, an dem sie auf was auch immer gewartet hatte, getrieben hatten. Zuletzt erzählte sie, wie das Boot auf eben diesem Strand auf Grund gelaufen war und sie mit dem Buch in den Armen erwacht war.

Eleni lauschte ihren Worten aufmerksam. Die beiden Frauen waren sich erst ein Mal zuvor begegnet und waren sich zudem aufgrund ihrer verschiedenen Kulturen fremd. Sie hatten jedoch die Privilegien und die Bürde der hohen Geburt geteilt, die Einsamkeit, die keine Privatsphäre ließ, und ganze Schwere dieser Lasten. Keinem anderen Menschen hätte Ta-Thea ihre Geschichte erzählen wollen und wissen können, dass jener Mensch sie unbedingt verstehen würde.

»Und was ist mit dem Buch?«, fragte Eleni schließlich. »Darf ich es sehen?«

Auf diesen Augenblick hatte Ta-Thea gewartet, doch nun spürte sie Angst. So viel hing davon ab. Aber es gab keinen anderen Weg.

»Natürlich. Wann soll ich es herbringen?«

»Morgen.«

Ta-Thea verbrachte lange Wochen im Palast. Jeden Tag las sie mit Eleni in dem Buch. Der Anfang war leicht zu verstehen, obwohl auch die Bedeutung der ersten Zeilen zunehmend subtiler und tiefsinniger wurde, je häufiger man sie las. Das Werk spiegelte den Gedankenaustausch zweier großartiger Menschen, dem Licht und der Dunkelheit der vorsterblichen Schöpfung, deren Ursprung weit vor der Gründung des Himmels lag. Als Ta-Thea die Zeilen wieder las, um Eleni ihre Bedeutung zu erklären, deren schnelle Auffassungsgabe danach hungerte, jede noch so schwache Nuance zu erfassen, begann sie zu schätzen, dass ihr eigenes Verständnis noch in Kinderschuhen steckte.

Ta-Theas Zuneigung zu Eleni wurde mit jedem Mal, das sie sich trafen, größer, doch die Tatsache, dass sie sich immer im kaiserlichen Palast sahen, war eine merkwürdige und häufig beunruhigende Erfahrung. In Shinabar wäre sie diejenige gewesen, die Gäste empfangen oder abgewiesen hätte. Die Bediensteten, die ihr hier ins Gesicht blickten und sie durch die Flure führten, hätten es in Thoth-Moara nicht einmal gewagt, die Augen zu heben, um sie anzuschauen. Die Angehörigen der Palastgarde hätten zum Zeichen der Unterwerfung die Waffen gesenkt. Immer wäre ein Diener in ihre Nähe gewesen, dessen einzige Aufgabe darin bestand, ihre Wünsche zu erfüllen. In Camassia hingegen musste sie darauf warten, dass sie vorgelassen wurde. Die Wachen und die Bediensteten wussten nicht, wer sie war. Sie wussten nur, dass ihre Herrin sie empfing und dass die beiden Frauen stundenlang allein waren und sich jede Störung verbaten.

Die Kaiserin traf Ta-Thea durch Zufall. Barsymet betrat eines Tages zwanglos den Raum, in dem sie mit Eleni beisammensaß. Sie war exquisit gekleidet. Ihre Robe in verschiedenen Grüntönen war mit juwelenbesetzten Bordüren geschmückt. Der Faltenwurf betonte Größe und Anmut der Kaiserin. Ihre Haltung war ungezwungen, und sie sprach ohne jede Formalität, doch in ihren Augen war nur wenig Wärme.

Eleni stellte Ta-Thea vor, ging jedoch über das Buch mit einer oberflächlichen Bemerkung hinweg.

»Unser Mitgefühl begleitet Euch in Eurem Unglück«, sagte Barsymet mit einem Lächeln. »Ich bin froh, dass Ihr hier in Camassia Zuflucht finden konntet.«

Dann wandte sie sich an Eleni und sprach mit ihr über einen Staatsakt, für den die Vorbereitungen in vollem Gang waren.

Ta-Thea beobachtete die beiden Frauen, die sich nun in Elenis Zimmer gegenüberstanden. Barsymet hielt sich sehr gerade und schien ein wenig steif. In ihrer Jugend war sie sicher eine auffallend schöne Frau gewesen, doch nun überschattete Unzufriedenheit ihr Gesicht, und die feinen Linien um ihren Mund und ihre Augen hatten ihren Ursprung nicht im Lachen.

Eleni war weniger vornehm, und der Schwung ihrer Lippen war weicher. Wenn sie lächelte, strahlten auch ihre Augen. Sie hatte eine bequeme Haltung eingenommen, als hätte sie nichts zu fürchten. Die beiden Frauen mochten durch Familie und Umstände aneinander gebunden sein, und doch war sich Ta-Thea zunehmend sicher, dass sie durch einen Ozean voneinander getrennt waren, der niemals überbrückt werden konnte.

Eine andere Frau, die sie während dieser Tage aufsuchte, war Alexius' Schwester Xanthica. Sie fegte geradezu in das Zimmer und begann zu sprechen, noch bevor sie die Tür hinter sich geschlossen hatte. Die Zuneigung zwischen ihr und Eleni war offensichtlich, und Ta-Thea wurde sofort vorgestellt und ihre Anwesenheit erklärt.

Xanthica betrachtete das Buch, das offen auf einem kleinen Tisch in einem Becken aus Sonnenlicht lag.

»Das ist es?«, fragte sie neugierig. »Darf ich?« Sie wartete die Antwort gar nicht erst ab, sondern trat zu dem Tisch und blickte auf die Seite. Ihr Blick flog über die Zeilen, und dabei legte sie die Stirn in immer tiefere Falten. Sie blätterte die Seite um und fuhr fort zu lesen. Dann wirbelte sie herum. »Was ist das?«, fragte sie, die Augen weit geöffnet, leuchtend braun.

»Ich glaube, dass es das Wort Gottes an die Menschen ist«, antwortete Eleni und kam Ta-Thea zuvor. »Er erklärt dem Großen Widersacher, wer wir sind und was aus uns werden soll, dass wir die ewige Freude erlangen können, eine Freude, die niemals ein Ende hat.« Sie sprach, ohne zu zögern, und voller Überzeugung. Vielleicht versprach sie sich in diesem Augenblick dem Buch.

Xanthica starrte sie an. Verwirrung flackerte in ihren Augen. »Und welches ist der Preis für diese Freude?«

Eleni gab den Blick mit tiefem Ernst zurück. »Es ist nicht etwas, was du bekommst, sondern vielmehr etwas, was du wirst.«

»Das verstehe ich nicht.« Xanthica warf einen Blick zu Ta-Thea hinüber, dann schaute sie wieder Eleni an. »Du kannst dich doch nicht selbst dazu zwingen, glücklich zu sein«, protestierte sie. »Und wenn es so wäre, hätte es gar nichts mit Gott zu tun.« Sie lachte, doch es klang unsicher. »Du sagst das alles so, als ob es nur einen Gott gäbe. Glaubst du etwa, wir sollten alle anderen abschaffen?«

Elenis Augen wurden groß. »Wenn du es so siehst … ja, das glaube ich. Die anderen sind eher Abbilder unserer eigenen Wünsche …«

»Ach, das ist doch Unsinn!« Xanthica wischte den Gedanken mit einer schnellen Handbewegung beiseite. Dann trat sie ans Fenster. Draußen fiel ein sanfter Frühlingsregen vom Himmel.

»Wir selbst haben nicht die Macht, die wir ihnen zuschreiben.« Eleni ließ sich nicht beirren. »Doch wir füttern sie mit unseren Ideen und unseren Sehnsüchten. Wir glauben, dass sie sich genauso verhalten, wie wir es tun würden, wenn wir über ihre Macht verfügten. Wir vermuten, dass sie stärker sind als wir, aber nicht weiser und auch nicht edler. Wir verwenden das Wort ›heilig‹, um sie zu beschreiben, doch das, was wir tatsächlich damit meinen, ist ›schlau‹.«

Xanthica wandte sich vom Fenster ab und schüttelte sich. »Du gräbst zu tief. Ich brauche nur zu wissen, wonach ich mich richten soll. Und das verhält sich bei den meisten anderen Menschen genauso. Ich habe nicht das Bedürfnis, eine Philosophin zu sein.« Sie warf Ta-Thea ein entschuldigendes Lächeln zu, und nach einer Weile verließ sie das Zimmer.

Alexius sah Ta-Thea nicht wieder. Einige Male wollte sie Eleni schon fragen, ob sie ihm von dem Buch erzählt hatte, doch eine Gelegenheit, die entsprechende Frage zwanglos zu stellen, ergab sich nie. Und immer wartete sie auf den Tag, an dem sie endlich dem Kaiser selbst begegnen würde. Er hatte die Macht, ihre Rückkehr nach Shinabar zu ermöglichen, das Buch dorthin mitzunehmen und ihr Volk seine Botschaft zu lehren. Jedes Mal, wenn sie den Palast betrat, seine Schönheit und Anmut betrachtete und an das Imperium dachte, das sich dahinter verbarg, erinnerte sie sich an Thoth-Moara und die alte, ruhmreiche Pracht, die sie zurückgelassen hatte, die Vertrautheit, das Glück und das Leid, die sie dort erfahren hatte, und auch an die Gewalt, die nach Wiedergutmachung schrie.

Endlich traf sie Isadorus in dem herrschaftlichen Garten, der an den Hängen des Hügels unterhalb des Palastes lag. Eine Legion war gerade vom Dienst an der östlichen Grenze zurückgekehrt. Isadorus lauschte den Berichten des kommandierenden Generals. Dann belohnte er die Soldaten, die sich durch besonderen Mut und Opferbereitschaft hervorgetan hatten.

Es war ein kalter, windiger Tag. Manchmal gelang es der Sonne, die Wolken zu vertreiben, doch bereits nach kurzer Zeit setzte zumeist wieder strömender Regen ein. Die roten Federn auf den Helmen der Soldaten flatterten ebenso wie die Umhänge in den heftigen Böen.

Isadorus stand auf einer Treppe, Alexius war an seiner Seite. Ta-Thea hatte ihn seit den Wettkämpfen nicht mehr gesehen. Er beeindruckte sie immer noch, doch jetzt wusste sie, dass er mit Eleni verheiratet war. Eleni war ihre Freundin, der einzige Mensch, der ihr Wärme und Verständnis entgegengebracht hatte. Und außerdem glaubte sie an das Buch.

Eleni war ebenfalls dort, stand hinter ihrem Bruder und

ihrem Mann und verlieh der Zeremonie Anmut, die anderenfalls eher steif und förmlich geschienen hätte.

Ta-Thea zitterte trotz ihres warmen Mantels. Sie war an solch eine Kälte nicht gewöhnt, und die Feuchtigkeit trug noch zu der durchdringenden Schärfe bei. Keine Wüstennacht war jemals so kalt gewesen wie dieser Tag.

Die Beglückwünschung der Kommandanten war nun vorüber. Der vierte Soldat trat vor, um den Lohn für außergewöhnlichen Mut zu empfangen, als eine Windböe nach einer Standarte griff und sie aus den Händen des Trägers zerrte. Der flatternde Stoff erschreckte einige der Pferde, und eins stieg wiehernd auf. Der Reiter hatte es sofort wieder unter Kontrolle, doch da hatte es bereits nach einem anderen Mann getreten und ihn verletzt. Die tiefe Wunde in seinem Fuß blutete heftig.

Entsetztes und mitfühlendes Murmeln erhob sich unter den Zuschauern. Der Verletzte klagte nicht, doch seine Miene zeigte nur allzu deutlich, dass er große Schmerzen litt.

Alexius schritt eilig zu ihm hinüber und rief über seine Schulter nach einem Arzt.

Isadorus wandte sich an Eleni. Sofort lief sie zu ihrem Mann. Alexius zögerte, schaute ihr fragend ins Gesicht. Irgendetwas sah er in ihrer Miene, denn sein Körper straffte sich, und er trat zurück.

Eleni kniete nieder und berührte den Fuß des Verletzten. Ihr Hände glitten sanft darüber, und wieder geschah das Wunder. Das Gesicht des Mannes entspannte sich, und langsam lockerten sich auch die verkrampften Muskeln seiner Glieder. Grenzenloses Erstaunen trat in seine Züge. Er starrte Eleni an und schien alle anderen vergessen zu haben. Nicht einmal die Gegenwart des Kaisers drang noch in sein Bewusstsein. Die Männer hinter ihm hielten den Atem an, ihre Blicke waren auf Eleni gerichtet, und ihre Mienen waren starr vor Ehrfurcht und Respekt.

Ta-Thea setzte sich plötzlich in Bewegung, trat zu der immer noch knienden Eleni, getrieben von etwas, das zu verschwommen war, als dass es die Bezeichnung Erinnerung verdient hätte. Trotzdem war es ihr ein Bedürfnis, an der Seite ihrer Freundin zu sein – und sie zu warnen.

Alexius bemerkte sie zuerst. Seine Augen trafen die ihren, suchten nach einer Erklärung, hielten ihren Blick gefangen.

Isadorus wandte sich um und folgte Alexius' Blick. »Wer seid Ihr?«, verlangte er zu wissen.

»Ta-Thea von Shinabar.«

Er verstand sofort. »Und das hier?«, fragte er und deutete auf Eleni und den Soldaten. »Versteht Ihr das?«

»Ja«, erwiderte Ta-Thea, ohne zu zögern. Überzeugung lag in ihrer Stimme. »Dies ist eine der großen Gaben des Geistes, die Eurer Schwester gegeben wurden. Sie ist sehr selten und sehr wertvoll ...« Sie hielt inne, fürchtete sich davor, auch den Rest der Wahrheit auszusprechen, die sie erst erkannt hatte, als die Worte bereits über ihre Lippen kamen.

»Und?«, fragte Isadorus kühl.

Alle warteten, die Soldaten, Eleni, die sich auf die Unterlippe biss, Alexius an ihrer Seite, eine schützende Hand auf der Schulter seiner Frau, den Blick unverwandt auf Ta-Thea gerichtet, der Kaiser.

Ein Pferd verlagerte sein Gewicht von einem Bein auf das andere, Leder krachte. Nicht ein Mann in dem Garten zuckte auch nur mit der Wimper.

Ta-Thea kämpfte mit ihrer Unentschlossenheit. Sie riskierte Verärgerung, Unglaube, Isadorus' Ablehnung. Und trotzdem riss schließlich das Verlangen, Eleni zu warnen, alle Befürchtungen mit sich fort.

»Und es wird einen Preis geben, der für diese Gabe gezahlt werden muss«, antwortete sie. Ihr Mund war trocken, ihr Atem stockte, doch sie wusste, dass das, was sie sagte, wahr war. »Ein hoher Preis.« Sie schluckte und zitterte am ganzen Körper. »Es gibt nur einen Preis, der noch höher wäre, und der wäre die Ablehnung der Gabe. Damit würdet Ihr Euch selbst verleugnen, Euch weigern zu akzeptieren, wer Ihr seid, was Ihr geworden seid.«

Minuten des Schweigens folgten. Der Wind trieb einen Schwall Regen in den Garten.

»Und von wem stammt diese Gabe?« Isadorus brach die Stille.

Ta-Thea blickte in seine grauen Augen. »Von dem Gott, der der Anfang und das Ende aller Dinge ist«, erwiderte sie. »Es gibt keinen anderen Gott, nur Visionen und Aberglaube.« Sie wandte sich an Eleni. »Die Gabe ist Euer. Es ist an Euch zu entscheiden, ob Ihr sie annehmt oder zurückweist.«

Alexius Griff um Elenis Schulter wurde härter. Seine Hände waren stark und schön.

Isadorus öffnete den Mund, um zu sprechen, doch dann besann er sich. Seine Züge waren voller Zärtlichkeit, als er auf Eleni hinunterblickte. Nicht der Schatten einer Aufforderung, kein Wunsch lagen darin. Die Entscheidung überließ er seiner Schwester.

Der Soldat bewegte sich zuerst. Er hob die Hand und berührte den verletzten Fuß. Dann lächelte er Eleni an. Es war ein sanftes, schüchternes und dankbares Lächeln.

»Ich könnte diese Gabe gar nicht zurückweisen«, sagte Eleni. »Es wäre wie der Tod selbst. Davon bin ich so überzeugt, wie ich noch nie zuvor in meinem Leben von etwas überzeugt war.« Dann schaute sie Ta-Thea an. »Ich danke Euch«, fügte sie leise hinzu.

9

Ta-Thea hatte Angst. Die Aufgabe, das Buch dem Kaiser zu zeigen und ihn von seiner Wahrheit zu überzeugen, war eine große Herausforderung. Wenn Ta-Thea versagte, würde sie einen hohen Preis zahlen müssen. Plötzlich zweifelte sie. Ihr Plan schien ihr zu hochmütig.

Sie betrachtete das Buch auf dem Tisch, und die Last der Verantwortung drohte sie zu erdrücken. Doch dann erklang in der Stille ihres Herzens eine Stimme, die ihr die kostbaren Worte einflüsterte: »Ich erlasse kein Gebot, ohne dir gleichzeitig den Weg zu weisen, der es dir ermöglicht, es in Gehorsam und Vertrauen in mich zu befolgen.« Leuchtender Friede senkte sich über sie. Kurz berührte sie eine Erinnerung an grenzenlose Freude, doch es gelang ihr nicht, sie festzuhalten, und sie verschwand.

Ta-Thea traf den Kaiser auf dem Balkon einer seiner zahlreichen Privatwohnungen im Palast. Er lehnte an der Balustrade und betrachtete sie gleichmütig, als ob sie Fremde wären, die nichts voneinander zu befürchten hatten als die eigenen Fehler.

Dann ließ er ein schwaches Lächeln sehen und entspannte sich. »Heute seht Ihr der Kaiserin, von der ich hörte, viel ähnlicher«, bemerkte er amüsiert. »Das Sich-Herumdrücken am Rand des Geschehens, das Senken des Blicks und das Hoffen darauf, nur ja nicht die Aufmerksamkeit zu erregen, haben wohl ein Ende?«

Er hatte schon Recht. Bisher hatte sich Ta-Thea wie der Flüchtling benommen, der sie tatsächlich war.

Isadorus sah das Eingeständnis in ihren Augen, und für einen Augenblick schien er beschämt, doch er entschuldigte sich nicht. Er straffte die Schultern und schritt über den marmornen Fußboden zu einem Tisch und einigen Stühlen. Die Sonnenstrahlen spielten mit den goldenen Säumen seiner Robe.

»Erzählt mir von dem Buch, das Ihr mit meiner Schwester teilt. Woher kommt es, und wovon handelt es? Warum teilt Ihr es nicht mit Eurem eigenen Volk?« Er betrachtete Ta-Thea mit dem Gespür eines Mannes, der sich nur wenige Fehler leisten konnte. Den Thron von Camassia hatte er von seinem Bruder Baradeus geerbt. Der hatte seine Herrschaft nur mit Waffengewalt erhalten können, Isadorus hingegen verteidigte sie mit seinen Fähigkeiten, seiner Charakterfestigkeit und seinem Urteilsvermögen.

Ta-Thea lächelte ihn an. »In Shinabar hatte ich es noch gar nicht. Doch ich werde es mit meinem Volk teilen, sobald ich dorthin zurückkehren kann.«

Isadorus runzelte leicht die Stirn. »Rechnet Ihr denn mit Eurer Rückkehr?« Mit keiner Geste ließ er erkennen, dass er über die Einzelheiten des Umsturzes oder die gegenwärtige Politik in Shinabar informiert war.

Ta-Thea hielt seinem Blick stand. »Ja, ich hoffe, dass es mir gelingt. Teilt Ihr diese Hoffnung etwa nicht?«

Er lächelte. Es war beeindruckend, wie sich die Stärke eines Mannes selbst in einem schlichten Lächeln zeigen konnte. Ta-Thea erkannte seine Kraft in der Leichtigkeit, mit der er seinen geschmeidigen Soldatenkörper unter der bestickten Robe bewegte, doch nur die tiefe Ruhe in seinen Zügen erzählte von der Stärke seiner Persönlichkeit. Isadorus war ein Mann, der seine Grenzen erkundet und akzeptiert hatte.

»Ich glaube, wenn mein Thron fiele, wäre ich nicht mehr am Leben. Also könnte ich auch nicht mit meiner Rückkehr rechnen«, erwiderte er trocken. »Ich wäre ebenso tot wie Mon-Allat. Doch wenn meine Frau überleben sollte … Die Planung und Durchführung eines solchen Unternehmens würde ich ihr nicht zutrauen. Meine Söhne würden es schaffen, darauf würde ich bei meinem Leben schwören.«

»Mein Sohn ist tot«, bemerkte Ta-Thea heiser. Es kostete sie immer noch Mühe, die Worte auszusprechen, als ob der Tod erst dadurch wirklich würde. »Er war erst vier Jahre alt.« Unvermittelt füllten sich ihre Augen mit Tränen, doch sie weigerte sich standhaft, den Blick zu senken. Ihrer Trauer brauchte sie sich nicht zu schämen.

Isadorus war überrascht. Offenbar hatte er nichts davon gewusst, und seine Miene zeigte tiefes Mitgefühl.

»Dann werdet Ihr an seiner Statt handeln müssen«, sagte er sanft. »Wenn Ihr könnt.« Sein Gesichtsausdruck wurde wieder sachlich. »Doch jetzt berichtet mir von dem Buch.« Mit einer Geste forderte er sie auf, Platz zu nehmen. »Ihr habt es in mein Reich gebracht und meiner Schwester erzählt, dass es von dem Gott spricht, dem sie die Gabe des Heilens zu danken hat.« Er selbst setzte sich nicht und blickte auf Ta-Thea hinunter. »Und gleichzeitig warnt Ihr sie davor, dass es einen Preis gibt, der für diese Gabe zu zahlen ist, einen hohen Preis. Ich verlange eine Erklärung.«

Ta-Thea schluckte die Tränen in ihrer Kehle hinunter. Sie bezwang ihren Stolz nur mit Mühe. Sie war Kaiserin auf einem Thron gewesen, der viel älter war als dieser hier! Wer hatte es jemals gewagt, eine Erklärung von ihr zu fordern. »Ich war auf der Suche nach Erkenntnis. Ich wollte wissen, wer ich bin.« Mit einer ausholenden Geste schloss sie den Palast und die Stadt in die folgenden Worte ein. »Wenn man Euch die Macht Eures Amtes, Euren Besitz, Euer Land, Eure Familie und Euer Ansehen nähme, wer seid Ihr dann noch?« Das war eine Herausforderung. »Wenn Ihr nackt am Tor zum Himmel stehen würdet, welche Antwort hättet Ihr auf diese Frage?«

In seinen Augen flackerte Spott, Selbstironie und Erstaunen. »Kennt Ihr sie denn?«

»Ihr seid ein Kind Gottes«, erwiderte Ta-Thea unbeirrt. »Und das bedeutet, dass Ihr lernen müsst zu werden wie er. Es wird unendlich viel Zeit vergehen, bis Ihr dieses Ziel erreicht, doch Ihr müsst Euch jetzt auf den Weg dorthin machen.«

Isadorus blickte sie unverwandt an und schien langsam zu begreifen, dass sie zutiefst überzeugt war von dem, was sie sagte. »Wirklich? Und wird mir Euer Buch auch sagen, wie ich das anstellen soll?«

»Es wird Euch tatsächlich etwas sagen. Doch vieles

müsst Ihr selbst lernen, aus Erfahrung und Irrtum. Solche Dinge kann nicht einer dem anderen erzählen.«

Isadorus hob die Augenbrauen, seine Mundwinkel schoben sich amüsiert in die Höhe. »Warum sollte ich denn dann in diesem Buch lesen? Erfahre ich nur, dass das Leben nicht gelehrt werden kann? Nur ein Trottel oder ein Philosoph glaubt etwas anderes.«

»Die Wahrheit kann gelehrt werden.« Auch Ta-Thea lächelte jetzt. »Und auch die Weisheit, der Sinn der Dinge und die Hoffnung. Erst wenn Ihr das verstanden habt, werdet Ihr begreifen, welchen Schatz die Erfahrung für Euch bereithält, und an Stelle von Verwirrung und Verzweiflung werdet Ihr Glauben und Gehorsam lernen.«

»Aus einem Buch voller Regeln?« Der Gedanke bereitete ihm sichtlich Unbehagen. »Tu dies, lass jenes!«

»Auf der Grundlage der Erkenntnis, wer Ihr eigentlich seid«, erwiderte Ta-Thea, »wo Euer Anfang liegt und wohin Euch Eure Entscheidungen führen werden.«

Isadorus nahm auf einem breiten, gepolsterten Stuhl mit kunstvoll geschnitzten Armlehnen Platz. »Wer schrieb dieses Buch, dass ich daran glauben sollte?«

Es gab keine andere Antwort als die Wahrheit. »Ich fragte den Weisen der Verlorenen Inseln. Er sagte, dass die Wahrheit eine schwere Last sei, doch wenn ich dafür bereit wäre, sie zu hören, sollte ich an den Strand gehen und dort warten. Ich erinnere mich, dass ich die ganze Nacht dort war. Dann kam ein Boot mit einem Mann.« Während Ta-Thea sprach, kam Friede über sie, eine tiefe Ruhe, und ihre Stimme war voller Gewissheit, als sie fortfuhr: »Er fragte mich, ob ich sicher wäre. Ich bejahte. Dann erinnere ich mich an nichts mehr. Irgendwann wachte ich an dem Strand auf und hatte das Buch in den Armen. Ich weiß nicht, woher es kam, doch dies ist die Wahrheit. Berührt es, und auch Ihr werdet es erfahren, ob Ihr wollt, dass es Euch davon erzählt oder nicht.

»Regeln?«, fragte Isadorus erneut, doch die Skepsis war aus seinem Gesicht verschwunden. Seine Stimme klang überraschend sanft.

»Nein«, erwiderte Ta-Thea. »Es ist ein Gespräch zwischen Gott, der uns geschaffen hat, damit wir jede Möglichkeit ausschöpfen, Stärke, Fröhlichkeit und Freude zu gewinnen, und unserem Widersacher, der uns für immer wie Zwerge in Abhängigkeit und geistiger Unreife halten wird.«

»Bringt es mir«, flüsterte er. »Lasst es mich selbst lesen.«

Ta-Thea verbrachte viele Tage mit Isadorus und half ihm dabei, den Text zu verstehen. Er fragte nach der Natur des Widersachers, und sie rang um eine Antwort. Manchmal erbebte sie, als ob in der Dunkelheit hinter ihrem Bewusstsein etwas unermesslich Böses wartete, doch sie versuchte nicht, es dem Kaiser zu erklären. Es war eine Angelegenheit der Seele, nicht des Verstandes.

Die Fackeln brannten an den Wänden und warfen Schatten auf den Boden, als er das Buch endlich schloss.

»Es birgt eine Hoffnung, die anders ist als alles, was wir hier in Camassia glauben.« Seine Hand strich über den goldenen Einband und schien seine Wärme fest halten zu wollen. »Es ist Mitgefühl und Liebe darin. Doch es ist auch entsetzlich, die Hölle vor Augen zu haben und zu wissen, dass die Verdammnis das Resultat des eigenen Handelns ist. Das, was der Große Widersacher über die Furcht sagt, ist wahr.« Unbewusst hatte er seine Stimme gesenkt. Von dem geschäftigen Treiben im Palast war in diesem abgeschiedenen Raum nichts zu hören, nur der Wind rauschte in den Zitronenbäumen. »Viele von uns werden vor Entsetzen wie gelähmt sein. Wir werden Versprechungen machen, die wir nicht halten können. Ich schätze die Wahrheit, aber ich habe auch Angst vor ihr.«

»So geht es mir auch.« Ta-Thea lächelte ihm zu und biss sich auf die Lippe, als sie die Ironie, die in diesen Worten lag, und ihre eigene Verletzlichkeit erkannte. »Er weiß, dass wir viele Fehler begehen. Er sagt es selbst. Das Leben in unserem Körper ist nur eine Reise, keine Ankunft. Und gäbe es keine Reue, wäre es schlicht unerträglich.«

»Ich weiß! Ich weiß es!« Isadorus nickte stürmisch. »Da

ist der geliebte Eine, der das Leben auf eine Weise ermöglicht, die ich nicht verstehe. Dieser Glaube ist besser als unserer. Das Gesetz ist größer, weil es nicht auf der menschlichen Fähigkeit beruht, Urteile zu fällen, oder von seiner Macht, Urteile zu vollstrecken.« Seine Lippen verzogen sich zu einem schiefen Lächeln. »Ein hochmütiger Mann mag daran denken, der Menschheit zu trotzen. Ich selbst könnte auf eine ganze Reihe solcher Männer zeigen, ohne meinen eigenen Hof zu verlassen. Und ich fürchte, Ihr könntet das auch.«

Ta-Thea dachte darüber nach und sah diese Männer in ihren schlichten, mit roten und goldenen Bordüren verzierten Gewändern, ihre ernsten Gesichter vor ihrem geistigen Auge.

»Ja, das stimmt«, gab sie schließlich zu.

Isadorus grunzte und lehnte sich zurück. »Die Hinterhältigen werden das vielleicht verbergen können. Vielleicht wisst Ihr darüber ohnehin mehr als ich. Oder ist es nur das Vorurteil eines ungehobelten Camissiani, dass die Shinabari viel gerissener sind als wir?«

»O nein!«, erwiderte sie leise und schaute ihn an. »Wir sind tatsächlich viel gerissener. Wir verbergen es oft, und deshalb seid Ihr unsicher. Manchmal jedoch zeigen wir es, und Ihr glaubt, dass wir viel klüger sind, als es den Tatsachen entspricht.«

Es dauerte einen Augenblick, bis Isadorus verstand. Dann brach er in ungekünsteltes Gelächter aus. Es war das erste Mal, dass er aus sich herausging und ihr gestattete, einen Blick auf den Mann zu werfen, der sich hinter dem Kaiser verbarg.

Sie saßen noch lange zusammen und unterhielten sich, teilten vergangene Augenblicke der Einsamkeit, der Zweifel und der Freude miteinander, sprachen über überraschenden Verrat und Schwächen, die sie schon lange vorhergesehen und vermutet hatten. Isadorus erzählte von seiner ersten Zeit in der Armee, als sein Vater noch auf dem Thron saß und er als Erbe der Macht immer ein Außenseiter war, beneidet, aber nie verstanden wurde. Flüchtig erwähnte er seine dunklen Momente, als er die alten Werte der Selbstdisziplin, Pflicht und Ehre hinterfragt hatte, wo doch Mut die größte aller Tugenden und Loyalität das Ideal gewesen waren. In diesem System gab es nur wenig Wärme, keine Gnade mit den geistig Schwachen, es gab keine zweiten Chancen. Doch auch der Ruhm am Ende war nur eine Kleinigkeit verglichen mit dem, was das Buch bot. Aber es gab auch keinen Widersacher. Nicht nur die Hölle war kleiner, sondern auch der Himmel.

Nach diesem Abend veränderte sich die Beziehung zwischen Ta-Thea und Isadorus. Er war ihr gegenüber offener. Er hatte die Philosophie des Buches akzeptiert, obwohl sein Verständnis noch sehr eingeschränkt war. Der Hof war sein Zeuge, während er sich darum bemühte, Gott und den Menschen gerecht zu werden und nach den Worten des Buches zu leben. Er bat Ta-Thea darum, eine der Wohnungen im Palast zu beziehen, weil sie und das Buch dort sicherer wären. Schließlich war es durchaus möglich, dass ihr zunehmendes Ansehen die Aufmerksamkeit ihrer Landsleute auf sich lenkte. Ta-Thea willigte ein, ließ einige ihrer Möbel in den Palast schaffen und vergaß auch die schwarzweiße Katze nicht.

Eines Abend mitten im Sommer – die Fackeln waren gerade angezündet worden, und die Hitze des Tages hing noch schwer in der Luft – ging Ta-Thea im Palastgarten spazieren, als sie plötzlich Isadorus erblickte. Er lag auf einer gepolsterten Bank, sein Gesicht zu einer Frau erhoben, die ein Bündel Zweige mit glänzenden Beeren in der Hand hielt. Isadorus war vollkommen entspannt. Die Behaglichkeit auf seinem Gesicht verriet seine Einsamkeit und sein Bedürfnis, seinen Pflichten zu entfliehen. Mit dieser Frau war er nichts weiter als ein Mann.

Sie sagte etwas, und er lachte, streckte die Hand nach ihr aus. In ihrer Haltung und ihrem Gebaren lag keinerlei Koketterie. Sie reagierte auf ihn in einer Weise, die nur durch lange Vertrautheit miteinander möglich war.

Ta-Thea hielt inne. Eine Welle der Kälte spülte über sie

hinweg, dann ergriff sie tiefe Verwirrung und verzehrende Einsamkeit. Die Intimität des Augenblicks schloss jeden anderen Menschen aus, vor allem aber Barsymet. Zwei Frauen konnte man nicht auf diese Weise lieben – jedenfalls nicht zur selben Zeit. Mon-Allat hatte Ta-Thea nie so geliebt. Selbst wenn sie noch so tief in ihren Erinnerungen forschte, es gelang Ta-Thea nicht, nur einen einzigen Augenblick solch schlichter Zärtlichkeit, solcher Spontaneität und Vorbehaltlosigkeit hervorzuzaubern. Auch in Zeiten der Leidenschaft und der sich anschließend einstellenden Entspannung hatte Mon-Allat ihr nie gestattet, in seine Schale des Selbstschutzes einzudringen. Den Kern seiner Persönlichkeit hatte er immer vor ihr verborgen. Hatte er seine Mätresse Arimapsis mit der Wärme berührt, die Isadorus dieser Frau gegenüber zeigte, ohne jede Furcht vor Zurückweisung, vertrauend auf die Erwiderung seiner Zärtlichkeit? Ta-Thea war eine gute Herrscherin gewesen, doch Mon-Allat hatte sie nicht geliebt, nicht mit Feuer oder mit Tränen oder mit Lachen oder dem schmerzlichen Bewusstsein der eigenen Unvollkommenheit, wenn sie nur für einen Tag nicht bei ihm war.

Mon-Allat hatte mit ihr die Verantwortung des Regierens geteilt, weil es seine Pflicht war und ihr Wille.

Ta-Thea verstand die beiden Menschen, die sie beobachtete.

Mon-Allat hatte weder seine Hoffnungen noch sein Leid, weder seine Schwächen noch seine Bedürfnisse oder seine Träume mit ihr geteilt. Hatte er sich Arimapsis gegenüber anders verhalten? Hatte sie ihn auf eine Weise gekannt, die ihr selbst verschlossen geblieben war? Trauerte sie immer noch um ihn, lag sie wach in einem kalten Bett, vermisste sie seine Wärme neben sich, weinte sie um ihn? Dies waren unbekannte Gedanken, und sie waren bitter. Bis zu diesem Augenblick hatte Ta-Thea über solche Dinge gar nicht nachgedacht.

Doch das Buch sprach von Integrität, von der Unteilbarkeit des Herzens. Ta-Thea erkannte, dass Isadorus innerlich zerrissen war. Wie gut auch immer man ihn verstand, wie sehr auch immer die Liebe ihn rechtfertigte, sein Herz widmete sich nicht ungeteilt der Sache Gottes.

Doch wie sollte sie mit Isadorus darüber sprechen? Wenn sie es riskierte, verlor sie vielleicht die Unterstützung und den Glauben des einzigen Mannes, der die Macht hatte, die Rückkehr in ihre Heimat zu unterstützen und durchzusetzen.

Er hatte nach ihr geschickt, und sie musste sich jetzt endlich bemerkbar machen. Furchtsam setzte sie ihren Weg durch den Garten fort und trat in das Licht der Fackeln.

Isadorus erblickte ihren Schatten, bevor sie an seiner Seite war, und er wandte sich ihr mit einem Lächeln zu. Die Frau trat zurück, blieb aber in geringer Entfernung stehen. Sie war beinahe ebenso dunkelhäutig wie Ta-Thea selbst, und sie war sehr schön.

»Das ist Tissarel«, stellte Isadorus sie vor. Er sagte weiter nichts und nahm offensichtlich an, dass Ta-Thea über ihre Position im Bilde war. »Sie kann ruhig hören, was in dem Buch geschrieben steht«, fügte er mit einem Blick auf Ta-Theas Gesicht hinzu. »Bald wird es ohnehin ganz Camassia wissen.« Er bot ihr einen Stuhl an, und Ta-Thea nahm gehorsam darauf Platz.

Tissarel hörte aufmerksam zu. Sie sprach kein Wort, doch wenn Ta-Thea zu ihr aufblickte, erkannte sie die Anspannung und den Schatten in ihren Augen, und sie wusste, dass die andere das Gewicht dessen, was sie sagte, sehr wohl ermessen konnte, und dass es von jedem Einzelnen Entscheidungen verlangen würde, vor denen niemand fliehen konnte.

Eleni war sehr interessiert an der Kultur Shinabars, den Künsten und Wissenschaften, die dort viel weiter entwickelt waren als in Camassia.

»Erzählt mir davon«, bat sie, »wenn es Euch nichts ausmacht, darüber zu sprechen. Hilft es oder verletzt es Euch – oder vielleicht beides?«

»Beides«, erwiderte Ta-Thea prompt. Die Erinnerung an die Vergangenheit schärfte ihre Sinne, und sie fühlte sich noch fremder in dieser Stadt. Andererseits bestätigte sie auch die Kräfte und die Liebe, die sie geformt hatten, und die Tage, die von Glück erfüllt waren, zogen erneut an ihr vorüber. Die spätere Tragödie durfte diesen Schatz nicht schmälern. Zu seiner Zeit war er sehr wertvoll gewesen.

Eleni ihrerseits hatte große Freude daran, Ta-Thea von Camassia zu erzählen, ihr Kunstwerke zu zeigen. Da gab es zum Beispiel beeindruckende Mosaike, die ganze Böden bedeckten und von solcher Schönheit und so voller Leben waren, dass des Künstlers Traum daraus zu sprechen schien. Manchmal stieß man auf solche Werke auf öffentlichen Plätzen, doch die schönsten – und für Eleni waren diese die besten – fand man in kleinen Höfen oder in privaten Wohnhäusern.

Hin und wieder besuchten sie auch ein Theater, und Ta-Thea biss sich jedes Mal auf die Lippen, denn die Aufführungen waren unerträglich steif und blasiert. Sie hielten sich streng an die Regeln der Kunst, ohne zu verstehen, dass diese Regeln nicht um ihrer selbst willen geschaffen worden waren, sondern um die Leidenschaften einerseits zu disziplinieren und andererseits zu stärken. Das Denken in Camassia waren noch roh und hatte keine Flügel. Die Kultur war noch jung. Die Tugenden erschöpften sich in Ehre, Mut, Pflicht und Loyalität. Es schien, als ob noch kein Künstler es gewagt hätte, die Grenzen jenes Denkens herauszufordern oder die unbefestigten Wege der Seele zu beschreiten. Humorvoll waren die Autoren schon, doch keiner hatte den schneidenden Witz desjenigen, der es wagte zu spotten oder zu provozieren.

Die Theaterbesuche waren zwar auch angenehm und eine gute Gelegenheit, Kontakte zu knüpfen, doch die Aufführungen langweilten Ta-Thea sehr. Nur Xanthica, Elenis Schwägerin, verlieh solchen Abenden einen gewissen Reiz. Sie war lebhaft und widmete den anderen Theaterbesuchern entschieden mehr Aufmerksamkeit als dem eigentlichen Schauspiel. Sie kannte immer viele Leute im Publikum und nickte dauernd grüßend mit dem Kopf.

»Das ist Calvia«, flüsterte sie dann. »Der, der da hinter

ihr herläuft, ist ihr vierter Ehemann. Sie hat für jeden ein Lächeln und eine Zunge wie eine Schlange.«

Die Frau ging an ihnen vorüber, ohne sie auch nur eines Blickes zu würdigen.

»Und die hat keinen einzigen Penny mehr«, berichtete Xanthica über die nächste Frau. »Sie hält sich junge Geliebte, weil sie mit denen mehr zu lachen hat. Jeder mag sie.«

Die Frau blickte in ihre Richtung und lächelte. Sie war ausgesprochen auffällig gekleidet. Xanthica erwiderte das Lächeln und hob eine Hand zu einem eleganten Gruß. Eleni tat es ihr nach.

»Das ist Marella«, fuhr Xanthica fort und deutete verhalten auf eine große, in Rot und Gold gekleidete Frau. »Sie hat fünf Söhne und für jeden große Ziele. Alles an dieser Frau ist übertrieben.«

»Das Kleid eingeschlossen«, ergänzte Eleni. »Und ihr Juwelier sollte erschossen werden.«

»Sag das nicht so laut, sonst ist es wirklich bald so weit«, zischte Xanthica mit einem Grinsen.

An diesem Abend wurde ein bekanntes Werk aufgeführt, doch sie sahen nicht allzu viel davon. Nach einer besonders gestelzten Szene, in der es um ein traditionsgemäßes Urteil ging, wandte sich Xanthica an Ta-Thea. »Was würde Euer Buch wohl daraus machen?« Spott sprühte aus ihren Augen, doch dahinter war der Hunger nach Verstehen verborgen.

»Nur durch Leid und Erkenntnis erfahren wir überhaupt von der Sünde, und nur so lernen wir zu vergeben.« Ta-Thea lächelte ebenfalls, während sie sprach, um ihren Worten auf diese Weise die Schärfe zu nehmen.

Xanthicas Interesse war jedoch geweckt, und später fuhr sie fort, Fragen über Absicht und Versagen zu stellen, und Ta-Thea antwortete ihr geduldig.

Nach der Vorstellung begleiteten Eleni und Ta-Thea Xanthica nach Hause. Dort wartete ein schmackhaftes Mahl aus Obst, Wein und leichtem Gebäck auf sie. Xanthicas Mann, Maximian, gesellte sich zu ihnen, und sie saßen in einem großen Raum, dessen Fenster den Blick über die

Stadt freigaben. Es war ein milder Abend, und die Fenster waren weit geöffnet.

Maximian war ein stattlicher Mann mit ausgeprägten Gesichtszügen. Er war in die purpurgesäumte Robe der Archonten gekleidet und trug die Bürde seines Amtes mit bewusster Würde und der Selbstverständlichkeit dessen, der seit langer Zeit an eine solche Last gewöhnt war. Sein dichtes Haar zeigte bereits erste Grautöne. Er betrachtete Ta-Thea mit Interesse und Sympathie.

»Ich bedaure Euren Verlust, verehrte Dame«, sagte er und deutete eine Verbeugung an. In seiner Stimme lag Wärme. »Es war ein Unglück für die Welt, dass die Schritte zum Frieden zwischen unseren beiden Völkern immer wieder Rückschläge erlitten, doch Euer Trauerfall hat damit nichts zu tun. Ich hoffe, dass die Stadt in der Mitte der Welt Euch willkommen hieß.«

»Ja, ich fühle mich hier sehr wohl«, erwiderte Ta-Thea gleichwohl ernsthaft. »Ich fand sowohl Sicherheit als auch Großzügigkeit, und ich bin dafür sehr dankbar.« Dies war die Wahrheit. Elenis Freundschaft war zu großherzig, um jetzt kleinlich zu sein. Sie waren sehr offen miteinander umgegangen, hatten bis zum Umfallen miteinander gelacht. Sie waren zusammen auf den Hügel der Zypressen gestiegen, und oben angekommen hatten sie beide bemerkt, wie müde sie waren und dass die Aussicht sie kaum für die Schmerzen in den Beinen und die Blasen an den Füßen entschädigte. Niemandem sonst gegenüber hätte Ta-Thea so etwas zugegeben, doch ein Blick in Elenis Gesicht hatte genügt, und die beiden Frauen waren in schallendes Gelächter ausgebrochen und hatten sich kichernd in die Sonne gesetzt.

Xanthica reichte ihrem Mann einen Teller und fragte, wie er den Tag verbracht hatte. Die Antwort brauchte sie gar nicht zu hören, sie las sie in seiner Miene. Sie waren vollkommen vertraut miteinander, wie zwei Menschen, die schon seit langer Zeit zusammenlebten. Trotzdem war die Gemeinsamkeit nicht zur Routine verkommen.

Sie sprachen über das Stück, das sie gesehen hatten, und

Ta-Thea bemerkte schnell, dass Maximian die Kunst durchaus auch in solchen Werken schätzte. Für ihn hatten die Werte, die darin gelehrt wurden, Vorrang vor allem anderen. Er empfand ebenso wie der Dramatiker, dass Pflichtbewusstsein eine erhabene Tugend wäre. Der Held, der sich von seiner Familie abwandte, um für das Gemeinwohl zu sterben, hatte den Gipfel der höchsten Gesinnung erreicht. Dass er weder über Feinsinn noch Humor verfügte, dass er ohne den Makel menschlicher Schwäche und Begierde war, dass er niemals zweifelte oder in Versuchung geriet, änderte nichts an Maximians Meinung.

Ta-Thea hingegen sah die Dinge ganz anders. Um wie vieles menschlicher wäre der Held gewesen, wenn er neben den Siegen auch mit seinen Schwächen und seinem Versagen charakterisiert worden wäre. Dies hätte ihm nicht nur Wahrhaftigkeit verliehen, sondern ihn als ganz gewöhnlichen Mann gezeigt und deshalb sein Opfer noch wertvoller erscheinen lassen.

Ta-Thea fing, während sie diesen Gedanken noch nachhing, den Blick Elenis auf, die kaum merklich den Kopf schüttelte.

Xanthica zuckte mit den Achseln. »Florius ist ein guter Schauspieler, aber er erweckt immer den Eindruck, als ob er auf einer öffentlichen Veranstaltung spricht.«

»So ist es.« Maximian lächelte. »Was kann denn öffentlicher sein als das Publikum in einem Theater?«

»Der Rat der Archonten«, warf Eleni ein, ohne darüber nachzudenken.

»Zum Rat der Archonten kommen nur wenige Menschen, im Gegensatz zu denen, die das Theater besuchen«, stellte Maximian amüsiert fest. »Ich vermute, dass du mit dieser Bemerkung andeuten willst, dass dies mit den trockenen Reden zusammenhängt.«

»Das würde ich niemals wagen!« Elenis Augen strahlten belustigt.

»Meine Liebe, es steht dir nur allzu deutlich ins Gesicht geschrieben. Und ich fürchte, du hast Recht, zumindest für die meiste Zeit.«

»Du kannst so großartig sein!« Xanthica verteidigte ihren Mann entschlossen und fügte dann mit Schalk in den Augen hinzu: »Das Problem ist nur, dass wir niemals wissen, wann das sein wird.«

Maximian nahm es als Neckerei, nicht als Beleidigung.

Eine halbe Stunde später stieß Alexius zu ihnen. Er warf seinen schweren roten Mantel auf einen der hohen Stühle. Eleni nahm er zur Begrüßung in die Arme, und Xanthica erhielt einen Kuss auf die Wange. Die Behutsamkeit dieser Geste spiegelte die wohl wollende und gleichzeitig beschützende Haltung des älteren Bruders gegenüber seiner Schwester. Ta-Thea hatte er zum letzten Mal gesehen, als Eleni den Soldaten geheilt hatte, doch er wusste sicherlich, dass sie viel Zeit mit seiner Frau verbrachte, um in dem Buch zu lesen. Neugier stand in seinen intelligenten Augen, und sie schien viel eindringlicher und prüfender zu sein als die Maximians.

»Wie geht es Euch?«, fragte er höflich. »Hat Euch das Stück gefallen?«

Spott blitzte in seinen Augen auf, oder schien es ihr nur so, weil sie es sich so sehr wünschte? Wie sollte sie darauf antworten? Höflich – schließlich war sie zu Gast in seinem Land und in Maximians Haus – oder ehrlich wie einem Freund oder einem Ebenbürtigen? Ta-Thea bewegte diese Frage mehr, als sie sich eingestehen wollte. »Es war anders.« Sie wählte ihre Worte mit Bedacht, wohl wissend, dass die anderen sie genau beobachteten. »Ich habe leider noch nicht genug über die hiesigen Umgangsformen gelernt, um die Feinheiten zu verstehen.«

»Es war doch sicher voll gestopft mit Konventionen«, erwiderte Alexius trocken und warf einen Blick auf Maximian. »Ich bin mir gar nicht so sicher, ob die Stückeschreiber selbst sie eigentlich alle kennen. Jedenfalls habe ich den Verdacht, dass sie sie gehörig aufblasen.«

Er setzte sich auf eines der großen Sofas und entspannte sich sichtlich. Ta-Thea entging das Spiel seiner starken Muskeln unter den Kleidern nicht.

»Jedenfalls fühlen die Dichter sich der Disziplin verpflichtet, und das ist ihre einzige Motivation.« Maximian führte dieses Gespräch mit offensichtlichem Widerwillen. Seine Stimme klang hitzig, und es schien, als ob das Thema an seine tiefsten Überzeugungen rührte.

»Ein bisschen mehr Raum für neue Ideen wäre nicht schlecht«, warf Eleni lächelnd ein, doch ihre Stimme verriet, dass auch sie es sehr ernst meinte.

»Denkst du dabei etwa an plötzliche Eingebungen?« Maximian hob die Brauen.

»Nein, daran denke ich nicht. Aus deinem Mund klingt es frivol, und so meine ich es überhaupt nicht. Ich verlange nur Fantasie, die sich über das Bekannte erhebt und die Möglichkeiten dahinter erkundet. Du solltest mal etwas in dem Buch lesen, das Ta-Thea mitgebracht hat. Es gibt so vieles, wovon wir nichts wissen.« Ihr Gesicht leuchtete bei der bloßen Vorstellung. »Es gibt Dinge von unvorstellbarer Kraft« – sie holte zu einer Geste aus, die das Universum hinter dem Fenster einschloss – »Welten des Geistes und der Seele und eine Sittlichkeit, die viel größer und tiefer ist, als wir es uns erträumen ...«

Alexius betrachtete Ta-Thea, seine graublauen Augen forschten in ihrem Gesicht. Sie konzentrierte sich darauf, dem Blick auszuweichen, und wusste plötzlich nicht mehr wohin mit ihren Händen.

»Das klingt nach Mystizismus«, sagte Maximian nachsichtig. »Und das ist nichts Neues. Alle alten Religionen aus dem Süden praktizieren seit Generationen irgendeine Magie.« Er sagte nicht, dass er das ablehnte, doch seine Augen und seine Stimme sprachen eine deutlichere Sprache als alle Worte. »Unsere Moral ist viel klarer als so etwas. Sie baut auf das Verantwortungsbewusstsein und die alten Tugenden wie Tapferkeit und Ehrgefühl, auf die Verpflichtung eines jeden gegenüber seinem Nächsten.« Er wandte sich an Ta-Thea. »Ich möchte Euch nicht beleidigen, doch ich kann auch nicht so tun, als würde ich die Philosophen in Shinabar besonders schätzen. Es scheint mir, als wären sie ihren eigenen schlechten Gewohnheiten gegenüber nur allzu nachgiebig, und die Vernachlässigung dieser Art von persönlicher Integrität ist meiner Meinung nach die Wurzel für viele menschliche Übel. Ich bin weder auf der Suche nach Magie noch nach Entschuldigungen.«

Xanthica blickte zuerst Eleni und dann wieder ihren Mann an. Ihre Miene spiegelte ihre Unentschlossenheit. Ta-Thea wusste, dass die Hoffnung und die visionäre Kraft des Buches sie beeindruckt und etwas in ihr geweckt hatten, das ihr sehr gefiel. Es war jedoch offensichtlich, dass Maximian die Gefahr der Verweichlichung darin sah, die Schwächung der Reinheit und der Stärke, die er so sehr liebte.

»Wahrscheinlich hast du Recht.« Xanthica wandte sich ab, um die Enttäuschung in ihrem Gesicht zu verbergen. »Ich weiß ja nur sehr wenig, aber es war einfach ...«

Maximian nahm sie in die Arme. »Einfache Antworten, die eine höhere Macht gibt«, ergänzte er, und seine Finger schlossen sich sanft um ihre Schulter.

Alexius blickte Ta-Thea an, wartete darauf, dass sie für ihren Glauben kämpfen würde. Sie war sich dessen durchaus bewusst. Elenis Urteil sollte ihr mehr bedeuten, und trotzdem sorgte sie sich um das von Alexius, den sie kaum kannte.

»Die Antworten gibt niemand.« Ta-Thea hatte sich an Maximian gewandt, doch sie wusste, dass auch die anderen aufmerksam lauschten. Vielleicht hing ihr Glaube von dem ab, was sie nun sagte. Sie fühlte sich unbeschreiblich allein. Wie sollte sie der Wahrheit gerecht werden, die so schwer auf ihren Schultern lastete?

»Jeder Mensch hat die Freiheit zu tun, was immer er will«, fuhr sie schließlich fort. »Jede mutige, jede ehrenvolle Tat, jeder Akt des Mitgefühls oder der Vergebung lassen die Seele wachsen.« Sie hätte gern einen Blick zu Alexius geworfen, vielleicht nur um in seinem Gesicht zu lesen, was er dachte, doch sie schaute unverwandt Maximian an. »Jede Täuschung, jede Nachlässigkeit, jede Grausamkeit, groß oder gering, macht Euch kleiner. Jede Lüge und jedes Sich-Abwenden unterminiert das, was Ihr seid. Nicht einmal Gott kann daran etwas ändern. Was Ihr aus Euch selbst macht, ist alles, was Ihr habt. Was Euch wie Mystizismus erscheint, ist nichts weiter als die Liebe, die Ihr noch nicht versteht. Genauso wenig wie ich«, fügte sie hastig hinzu. »Doch mehr als alles andere in meinem Leben möchte ich lernen. Und ich bin mir sehr wohl darüber im Klaren, dass da ein riesiger Berg vor mir liegt.«

Ohne es zu wollen, hatte sie sich nun doch an Alexius gewandt, der ihr gegenüber saß. Ein Lächeln huschte über seine Lippen. Dann sah er Maximian fragend an. »Kennst du denn die Antworten?«

»Nein, natürlich nicht«, gab Maximian zu. »Doch ich glaube auch nicht, dass sie in dem Buch zu finden sind.« Er richtete seinen Blick auf Ta-Thea. »Doch ich werde Euer Recht, daran zu glauben, verteidigen. Camassia hat noch nie jemandem verweigert, dort nach der Wahrheit zu suchen, wo er glaubte, sie zu finden, solange er nicht seine Pflichten als Bürger vernachlässigt. Das allerdings wäre Verrat.«

Für einen kurzen Augenblick senkte sich drückendes Schweigen über den Raum. Es war die lebhafte Xanthica, der es gelang, mit einem Scherz die Spannung zu vertreiben und das Thema zu wechseln.

Eine Stunde später – Mitternacht war schon lange vorüber – stand Ta-Thea allein an dem offenen Fenster und blickte über die Stadt. Vereinzelte Fackeln brannten noch, nur die breite Durchgangsstraße war hell erleuchtet. Mondlicht lag grau über den Olivenbäumen und den dunklen Säulen der Zypressen.

Plötzlich spürte sie, dass sie nicht mehr allein war, und ohne sich umzudrehen, wusste sie, dass Alexius hinter ihr stand. Das leise Klirren von Metall verriet ihn ebenso wie sein männlicher Duft.

»Ist es sehr anders als Thoth-Moara?«, fragte er leise.

»Ja«, erwiderte sie und starrte weiter in die Nacht. »Thoth-Moara ist ganz flach und weit entfernt vom Meer. Es liegt in der Wüste, und die reicht bis zum Horizont. Der Wind ist immer warm. Der Sand darin prickelt auf der Haut. Es riecht dort auch anders, aromatischer, intensiver.

Und die Silhouette der Stadt ist ganz anders, auch bei Dunkelheit.«

»Und die Theaterstücke sind anspruchsvoller.«

»Ja.«

»Ihr wart sehr rücksichtsvoll gegenüber Maximian.« Erheiterung schwang in seiner Stimme. »Ihr sagtet nicht, dass das Theater in Camassia sterbenslangweilig ist.«

Sie lächelte, obwohl er es nicht sehen konnte. »Natürlich nicht. Ich bin Gast in seinem Haus.«

»Und Ihr predigt das Buch, obwohl Ihr wisst, dass er es für gefährlich hält«, stellte er fest. Er war jetzt ganz dicht hinter ihr. Sie spürte die Wärme seines Körpers.

»Es ist klug, in nicht mehr als einer Sache verschiedener Meinung mit ihm zu sein. Ich habe die ausgewählt, die mir am meisten bedeutet.«

Der Klang seiner Stimme änderte sich, der leise Spott war daraus verschwunden. »Glaubt Ihr denn wirklich, dass die Macht, von der das Buch spricht, Eleni die Gabe des Heilens verlieh?«

Ta-Thea konnte ihre Enttäuschung kaum verbergen. Er suchte nicht für sich selbst nach der Wahrheit, sondern er fragte nach Elenis Glauben.

»Ja, das weiß ich. Sagt sie denn nicht dasselbe?« Ihre Stimme klang spröde. Sie hasste es, eine Fremde zu sein, Menschen überzeugen zu müssen, die ein Heim hatten, obwohl sie selbst nicht wusste, wohin sie gehörte. Sie waren freundlich zu ihr – der Himmel wusste davon. Eleni war mehr als großzügig. Doch wenn sie morgen nach Shinabar reisen würde, wäre Elenis Leben auch ohne sie noch vollkommen. Isadorus würde sie vielleicht vermissen, doch nur weil sie ihm das Buch gebracht hatte. Es war das Gesetz darin, das er liebte, die Gerechtigkeit jenseits des fehlerhaften Urteilsvermögens der Menschen. Die darin enthaltene Botschaft war für sein Volk nur von Vorteil, und er war klug genug, das zu erkennen. Sie bot Hoffnung für die Leidenden und Vergeltung für das Böse, das sich dem irdischen Gesetz entzog.

»Doch, das tut sie«, erwiderte Alexius. Wenn er die Veränderung in ihrer Stimme bemerkt hatte, reagierte er nicht darauf. »Doch sie weiß viel, viel weniger darüber als Ihr. Irgendwann müsst Ihr auch mich unterrichten, wenn Ihr wollt.« Er wusste, dass sie jeden unterrichten würde, und ganz besonders ihn.

Isadorus spürte die Last des Buches schwer auf seinen Schultern. Die Passagen, die ihm Kummer bereiteten, waren die über Loyalität, Ehre und vor allem die über das Geheimnis derjenigen Kräfte, die die Menschen sowohl zum Guten als auch zum Bösen führen konnten. Tagelang hatte er sich der Erkenntnis verweigert, die ihm jetzt um so deutlicher vor Augen lag. Barsymet, in all ihrer kalten Würde, war seine Frau. Die großzügige, fröhliche Tissarel war seine Mätresse, eine Dienerin in seinem Haus.

Er hatte mit sich selbst gehadert, ob alle Menschen gleich waren. Dies schloss natürlich auch die Frauen ein. Liebe stand über dem gesellschaftlichen Rang. Sie war die große Kraft, die große Triebfeder. Der Gott des Buches hatte den Menschen geschaffen, damit er froh wäre. Barsymet liebte ihn nicht, und er betrog sie nicht. Es gab keine Lüge zwischen ihnen. Das Vergnügen an Tissarels Gesellschaft, ihre Liebenswürdigkeit, die Wärme ihres Körpers, all das machte aus ihm einen besseren Menschen, er war freundlicher und geduldiger mit anderen. Und er brauchte solche Augenblicke der Menschlichkeit.

Doch all diese Argumente waren nichts weiter als Ausreden. Durch ihre ständige Wiederholung entfernte er sich immer mehr von dem Buch und von der Wahrheit, die er nun kannte, dem reinen Feuer all dessen, was er schließlich sein wollte.

Er stand am Fenster und starrte auf die Stadt. Tissarel war auf dem Weg zu ihm. Er selbst musste es ihr sagen. Vor ein paar Monaten hätte er sich noch nicht vorstellen können, dass er sich vor ihr schämen und sich in ihrer Schuld fühlen würde. Jetzt tat er es.

Er drehte sich um, als sie das Zimmer betrat. Sie sah aus wie immer, fröhlich und sinnlich. Sie ahnte nichts.

Er fühlte sich schuldig, seine Kehle war wie zugeschnürt. Sie verdiente es nicht, auf diese Weise fallen gelassen zu werden. Nichts hatte sie gesagt oder getan oder unterlassen, das dafür einen Grund liefern würde. Er war dafür verantwortlich, es war sein Kampf und seine Entscheidung, doch sie würde einen Teil des Preises zahlen müssen. Sie würde nicht länger des Kaisers Mätresse sein.

Er betrachtete die vertraute Schönheit mit der gewohnten Freude und dem Gefühl eines unbekannten Schmerzes angesichts des bevorstehenden Verlustes.

Dann plötzlich, mit eiskaltem Erstaunen, kam er auf den Gedanken, dass sie vielleicht mit körperlicher Unversehrtheit, dem relativen Luxus, in dem sie lebte, den Kleidern und den Juwelen, die nur wenige andere Männer ihr hätten bieten können, schon zufrieden war, gar nicht mehr von ihm erwartet hatte. Es war sehr wohl möglich, dass die Trennung sie gar nicht schmerzte, sie sich nicht einsam fühlte. Und es wunderte ihn, wie sehr ihn dieser Gedanke verletzte.

Sie trat zu ihm, spürte, dass etwas nicht stimmte.

Er wich zurück. »Tissarel …«

Sie hielt inne. Sie war nie voreilig gewesen, hatte nie die Initiative ergriffen. Niemals – auch nicht in den Augenblicken größter Vertrautheit – hatte sie vergessen, dass sie ihm zur Verfügung zu stehen hatte und nicht umgekehrt. Hatte er jemals darüber nachgedacht, dass auch sie Bedürfnisse haben könnte, denen er nicht gerecht wurde? Nein, eigentlich hatte er daran keinerlei Gedanken verschwendet. Manchmal war er eifersüchtig gewesen, wenn er glaubte, dass sie vielleicht einen jüngeren Mann begehrte, und auch diese Phasen hatten nie lange gedauert. Er war auf der Höhe seiner körperlichen Leistungsfähigkeit, und er wusste es.

»Tissarel …« Es war noch schwerer, als er befürchtet hatte. Ausflüchte würden sie beide beleidigen. »Ich glaube jetzt an die Worte in dem Buch, das Ta-Thea hierher brachte.«

»Ich weiß«, erwiderte sie. »Ich sehe es seit langer Zeit in

deinem Gesicht, seit dem zweiten oder dritten Tag, als sie es mitbrachte.«

»Du hast zugehört?« Es sollte ihn nicht überraschen.

Sie nahm es als Tadel. Feine Röte überzog ihre Wangen, doch sie leugnete es nicht. »Ja«, sagte sie schlicht.

Ohne darüber nachzudenken, trat er vor und nahm ihre Hände. Zum ersten Mal reagierte sie nicht auf die Berührung. Sie suchte nur seinen Blick.

»Dann verstehst du vielleicht, warum ich den Dingen entsagen muss, die mir Vergnügen bereiten«, sagte er leise. »Warum ich stattdessen das tun muss, was richtig ist.« Sollte er zugeben, dass er Barsymet nicht liebte? Vielleicht würde es sie trösten. In jedem Fall war es die Wahrheit. Aber es war auch ein unnötiger Vertrauensbruch, ein armseliger Beginn für eine Versöhnung. »Seit Jahren habe ich nur auf meine eigenen Begierden gelauscht«, fuhr er fort. »Dabei war ich recht diskret. Ich habe meine Frau nicht bloßgestellt …«

»Ich verstehe«, fiel sie ihm ins Wort. Sie schaute ihm fest in die Augen, und für einen Augenblick waren sie nicht Kaiser und Dienerin, sondern Mann und Frau.

Er wusste nicht, wie tief die Wunde war, doch sie war zweifellos tiefer, als er sehen konnte, und auch schmerzhafter, als er zu wissen das Recht hatte. Er wollte noch etwas sagen, doch sie wandte sich ab.

»Es ist gut«, sagte sie sanft und verbarg ihr Gesicht vor ihm.

»Du musst den Kaiserlichen Hügel verlassen, jedoch nicht die Stadt. Alle, die du kennst, leben hier. Du hast …« Wie sollte er ihr ohne Herablassung sagen, dass sie ihm Freude und Liebenswürdigkeit geschenkt, sich seines Vertrauens würdig erwiesen hatte. »Ich wünschte … dies … wäre nicht notwendig …« Zum ersten Mal, seit er denken konnte, suchte er verzweifelt nach Worten. Wenn er wenigstens wüsste, was in ihr vorging. Galt ihr Schmerz ihm oder nur dem Verlust einer Position, um die sie wahrscheinlich viele Frauen beneidet hatten? War ihre starre Haltung Ausdruck ihres verletzten Stolzes oder des Bemühens, mit der Einsamkeit fertig zu werden? War dies eine Trennung, die ihr so viel bedeutete wie ihm?

Er konnte sie nicht fragen. Er wüsste ohnehin nicht, ob ihre Antwort der Wahrheit entsprach. Es wäre leicht, einfach Ja zu sagen, zu behaupten, dass sie ihn liebte. Was sonst konnte man denn zu einem Kaiser schon sagen?

»Ich verstehe das Buch«, sagte sie jetzt mit tränenerstickter Stimme und huschte an ihm vorbei zur Tür.

Er hätte die Hand ausstrecken und sie festhalten können, doch eine solche Geste hätte nur das Unvermeidliche hinausgezögert und wäre ihr und auch ihm selbst gegenüber unfair gewesen. Er ließ sie gehen.

Im Zimmer wurde es kälter und dunkler. Er wusste, dass das, was er getan hatte, richtig war, doch er wusste nicht, ob er es ertragen konnte. Plötzlich bemerkte er, dass er zitterte, obwohl ein kräftiges Feuer brannte und die Luft warm war.

Zwei Tage zuvor hatte Isadorus die Gelegenheit genutzt, um in Ruhe mit Barsymet zu sprechen. Es war früh am Abend, und er hatte den ganzen Tag bei Besprechungen mit Ministern und Botschaftern verbracht. Er saß immer noch an seinem Tisch, als sie den Raum betrat.

Er lud sie ein, auf dem Stuhl Platz zu nehmen, auf dem vor wenigen Minuten noch ein Botschafter gesessen hatte, der ihm von einem unerfreulichen Zwischenfall auf See berichtet hatte. Shinabar war in die Hohheitsgewässer von Camassia eingedrungen, und die Tage des Friedens schienen endgültig der Vergangenheit anzugehören.

Barsymet schien unsicher. Sie hielt die Augen gesenkt. Isadorus konnte die Jahre der Kälte nicht an einem Abend wegwischen. Es würde Monate dauern.

Er erzählte ihr von dem Vorfall auf See.

Sie war nicht überrascht. »Shinabar legt es doch auf einen Krieg mit uns geradezu an. Das Einzige, was sie noch zurückhält, ist die Angst, ihn zu verlieren.« In ihrem Gesicht spiegelte sich Zufriedenheit. »Sie sind schwach geworden. Die Tage der erfolgreichen Feldzüge sind vorüber. Und es kommt immer häufiger zu ernst zu nehmenden

Zwischenfällen mit den Barbaren an den südlichen Grenzen des Landes.«

»Woher weißt du davon?« Er hatte bisher nicht bemerkt, dass sie sich für Politik interessierte. Seit Jahren hatte er nur über Banalitäten mit ihr gesprochen.

Sie warf ihm einen schnellen, kühlen Blick zu. »Was glaubst du, womit ich meine Tage verbringe?«, fragte sie bitter.

Er war viel zu verlegen, um darauf zu antworten, und sie wusste es. Ein Lächeln glitt über ihre Lippen. »Beschäftigst du dich immer noch mit der Religion, die diese Shinabari hierher brachte … von woher auch immer?«

Den Ton, mit dem sie über Ta-Thea sprach, nahm er ihr übel. Früher hätte er sie deshalb geschlagen, doch jetzt war er vor allem an einer Versöhnung interessiert. Ein Streit würde alles nur noch schwieriger machen.

»Ich habe mich gründlich damit beschäftigt und bin zu einem Ergebnis gekommen«, antwortete er, und seine Verärgerung war ihm mehr anzumerken, als es ihm recht war. »Das Buch ist die Wahrheit, und ich werde versuchen, entsprechend zu leben und mein Volk darin zu unterweisen.«

Barsymet starrte ihn an. Ihre Augen waren groß, grau und ihr Blick durchdringend. Sie hätten sehr schön sein können, doch die Bitterkeit, die in ihnen lag, machte Isadorus Angst.

»Tatsächlich?«, gab sie interessiert zurück. »Du selbst willst danach leben?«

»Natürlich«, keifte er. »Ich sagte es bereits: Ich glaube, dass es die Wahrheit ist. Und ich kann sie Camassia doch nicht predigen, wenn ich mich selbst nicht danach richte.«

»Natürlich kannst du das. Alle tun das. Die meisten Religionen sind doch nichts weiter als Werkzeuge der Herrschenden und alles andere als eine Frage des guten Beispiels.« Spott sprach aus ihren Augen. »Doch wenn du den Rat der Archonten und den Adel beeindrucken willst, wirst du dafür sorgen müssen, dass alle sehen, dass du danach lebst, was auch immer du persönlich davon halten magst.«

»Aber ich glaube daran!« Seine Überzeugung brannte wie ein Feuer in ihm. »Es wird vielleicht lange dauern, aber ich versuche, die Lehren zu verstehen und entsprechend zu leben.«

»Reinheit, Ehrlichkeit, Loyalität?«, fragte sie sarkastisch. »Gewissensfreiheit, auch für die anderen?«

Er beugte sich über den Tisch zu ihr hinüber, achtete weder auf die Papiere noch auf die Tinte. »Ja. Und ich werde weder dich noch sonst jemanden dazu zwingen, mich zu begleiten.«

Sie hob die Augenbrauen. »Nicht einmal Tissarel?« Die Frage schnitt durch die Luft wie ein scharfes Messer.

»Tissarel ist fort«, erwiderte er leise. »Ich habe sie von meiner Entscheidung in Kenntnis gesetzt, und sie hat mich verstanden.«

Warum tat es nur so weh, das zu sagen, vor allem zu Barsymet? Er fühlte sich so einsam wie damals, als er zwölf Jahre alt war und sein Heim verließ, um in die Armee einzutreten. Er hatte sich in sich selbst verkrochen, frierend und ängstlich die Wachfeuer in der Dunkelheit beobachtet und dem Gelächter von Fremden gelauscht. Diese Frau jedoch war seine Ehefrau, und er war der Herrscher über die größte Macht der Erde. Er befand sich in seinem eigenen Palast, warm, sicher und von allen bewundert. Ein Wort von ihm genügte, und ein Mensch lebte oder starb.

Er lehnte sich zurück und seufzte. »Du kannst tun, was dir beliebt, Barsymet. Ich werde dem Buch folgen.«

»Oh, ich werde dich unterstützen«, entgegnete sie, ohne zu zögern. »Es wird für uns alle Gutes bringen. Ich wünschte, sie wäre vor zwanzig Jahren damit zu uns gekommen. Vielleicht hättest du es dann sogar mit mir geteilt.«

Er schwieg. Was konnte er darauf noch erwidern?

10

Ra-Nufis vertraute niemandem, und so erhielt Ta-Thea nicht einmal über einen Boten eine Nachricht, während er in Shinabar war. Vor nun schon weit über einem Jahr war sie über die Verlorenen Inseln nach Camassia gelangt. Die Stadt war ihr mittlerweile vertraut, doch sie blieb eine Fremde und sehnte sich mehr denn je nach ihrer Heimat. Trotz der Freundschaft zu Eleni und der vielen Stunden, die sie mit Isadorus verbrachte, war ihr Herz vor Einsamkeit schwer.

Die Jahreszeiten lösten einander ab. Die herbstliche Kühle war köstlich, doch der Winter mit seiner Kälte und den kürzeren, dunkleren Tagen bedrückte sie. Der erste Regen hatte sie befremdet, schließlich sogar begeistert. Doch zwei oder drei Mal pro Woche war er alles andere als eine Freude. An nasse Kleider und aufgeweichte Schuhe konnte sie sich einfach nicht gewöhnen.

Im Palast behandelte man sie höflich, und mit der Tatsache, dass sie dort Gast war, hatte sie sich abgefunden. Nur manchmal, wenn sie an einem strahlenden Tag erwachte und das Sonnenlicht auf den marmornen Fußboden fiel, traf sie die Erinnerung wie ein Stich ins Herz. Es war nicht Mon-Allat, den sie vermisste, sondern Habi. Der Anblick seines schmalen, blutüberströmten Körpers ließ sie nicht los, und sie wusste immer noch nicht, wie sie damit fertig werden sollte. Sie konnte es einfach nicht vergessen. Schon der Versuch erschien ihr wie ein Verrat, mit dem sie leugnete, dass er überhaupt gelebt, dass sie ihn je geliebt hatte. Es gab Nächte, in denen sie aus dem Schlaf hochschrak, weil sie glaubte, er riefe nach ihr. Aber dann erinnerte sie sich, drehte sich um und weinte untröstlich.

Doch es gab auch fröhliche Zeiten. Besonders mit Eleni lachte sie viel. Alexius war mit einer Legion zu den Grenzen aufgebrochen, und Eleni schien sich über ihre Gesellschaft zu freuen und war immer daran interessiert, noch mehr über das Buch zu erfahren. Auch viele andere Dinge teilten sie miteinander: neue Ideen und die Begeisterung für die Schönheit und das Theater, Sympathie für andere und Freude an Kleidern und Juwelen, neuen Möbeln, Tratsch und Scherzen.

Dennoch wartete Ta-Thea begierig auf Ra-Nufis' Rückkehr, auf Neuigkeiten von Shinabar, darauf, ihre Sprache zu sprechen, ihre Melodie zu hören, in die sie hineingeboren worden war.

Eines Abends kam er tatsächlich in ihre Wohnung im Palast. Sie hatte ein paar der schweren camassianischen Möbel entfernt, und daher erinnerten die Räume mehr an die Umgebung, die ihr vertraut war. Es gab mehr Raum, wärmere Farben, Goldtöne und Rosa, die das Grau des Winters verblassen ließen.

Ra-Nufis blickte sich nur kurz um, dann suchte er ihre Augen.

»Wie geht es Euch?«, fragte sie und forderte ihn auf, sich in einen der bequemen, breiten Stühle zu setzen. Seine Haut war in der Wüstensonne noch dunkler, seine Gestalt schlanker, und die Linien in seinem Gesicht waren durch den Wind und die Strapazen der Reise schärfer geworden. »Ich freue mich, Euch bei guter Gesundheit zu sehen.«

Er lächelte mit strahlenden Augen. »Ich freue mich auch, Euch wohlbehalten anzutreffen«, sagte er voller Inbrunst. »Vergesst nicht, Majestät, dass Ihr Feinde habt, und zwar aus zwei Gründen: Ihr seid die Witwe des Isarch und daher die Einzige, die das Volk gegen die Usurpatoren in die Schlacht führen könnte. Aber vor allem seid Ihr im Besitz des Buches. Wenn es Kräfte des Lichts gibt, sind die Kräfte der Dunkelheit nicht weit. Sonst gäbe es keinen Kampf.« Seine Augen wurden schmal, und seine Miene spiegelte seinen Kummer. »Shinabar hat sich sehr verändert, obwohl gerade erst ein Jahr vergangen ist …«

Ta-Thea trat an den Tisch und goss Wein in zwei dunkle Kelche. Einen reichte sie Ra-Nufis. »Möchtet Ihr etwas essen?«

Er schüttelte ungeduldig den Kopf. Mit solchen Nebensächlichkeiten wollte er sich später beschäftigen, zuerst musste er mit ihr sprechen.

»Vieles dort spielt sich im Verborgenen ab«, fuhr er fort und beugte sich vor. »Es ist wie eine schleichende Krankheit. So etwas habe ich noch nie gesehen. Die Energie der Menschen stirbt langsam ab.« Er nippte an dem Wein und verzog das Gesicht, obwohl er eigentlich süß war. »Vielleicht ist sie auch schon seit langer Zeit erloschen, und ich habe es einfach nicht bemerkt.«

Ta-Thea wartete voller Spannung. Ra-Nufis, wie sie eine Shinabari, war persönlich betroffen, verfügte über den Instinkt des Einheimischen. Er würde den kleinsten Strohhalm bemerken, der auch dem einfühlsamsten Botschafter noch entging.

Sie nahm eine Schüssel mit Mandeln und stellte sie vor ihn auf den Tisch.

»Ich habe alles Mögliche über die Morde in Erfahrung gebracht«, sagte er leise und sah ihr unverwandt in die Augen. Er wusste, dass er ihr Schmerz zufügen würde. »Wie Ihr bereits wisst, waren Teile der Palastgarde an der Durchführung beteiligt. Die Hintermänner wurden innerhalb weniger Wochen gefasst. Der Usurpator wurde verhaftet und hingerichtet.« Er nahm eine Hand voll Mandeln. »Tiyo-Mah hat dafür gesorgt. Ihre Rache war furchtbar. Niemand entkam.«

Ta-Thea brach in Gelächter aus. Sie hatte die Mutter des Isarch ihr ganzes Leben lang gefürchtet. Ihr kupferfarbenes Antlitz mit der gebogenen Nase und den tief liegenden Augen, ihre Haut, die altem, verknitterten Leder glich, ihre vollen Lippen sah sie genau vor sich. Ihre Fähigkeit, anderen ihren Willen aufzuzwingen, ohne dass sie sich wehren konnten, war bemerkenswert. Selbst Mon-Allat hatte sich ihr niemals widersetzt. Doch noch nie hatte eine Frau auf dem Thron von Shinabar gesessen. Ta-Theas Neffe, Hem-Shash, war der nächste Isarch. Er war der letzte männliche Nachfahre des Herrscherhauses.

»Es herrscht allgemeine Unzufriedenheit«, fuhr Ra-Nufis fort. »Noch ist sie nicht allzu offensichtlich, doch das wird sich ändern. Die wirtschaftliche Situation im Land ist gut, doch die Gier der Menschen wird auch das ändern. Die ersten Anzeichen dafür sind bereits zu sehen: Jeder lechzt nach sofortigem Lohn. Es gibt immer mehr Beamte, die sich weigern, Verantwortung zu übernehmen, aber ihre Position ausnutzen, um die eigenen Privilegien zu sichern.«

Draußen fiel leichter Regen auf die Zitronenbäume, und der Duft nach feuchter Erde drang durch das offene Fenster ins Zimmer.

»Die Liebe zur Schönheit stirbt. Wir vergessen unsere Vergangenheit und somit, wer wir sind. Wir wissen nicht mehr, was wir glauben. Kein Volk hat die reine Kraft des Buches jemals mehr gebraucht als unser eigenes. Wir brauchen seine Hoffnung und seine Wahrheit. Wie können wir nach dem Himmel streben, wenn wir vergessen haben, was das eigentlich ist?«

Ra-Nufis' Worte brannten wie Feuer in Ta-Theas Geist. Sie selbst hatte sich in Camassia bequem eingerichtet. Sie hatte die Dringlichkeit ihrer Berufung vergessen. Ihre Rückkehr nach Shinabar war in immer weitere Ferne gerückt, und sie hatte es hingenommen. Wie sollte die heilende Kraft des Buches jemals zu ihrem Volk gelangen, wenn sie nicht endlich ihr Schicksal in die eigenen Hände nahm?

Am folgenden Tag bat sie um eine Audienz bei Isadorus. Er war in Gesellschaft eines Soldaten mit Namen Ulciber, eines Mannes, dessen Miene sanft und doch voller Selbstvertrauen war, selbst in Gegenwart des Kaisers. Ein Feuer brannte in einem großen, marmornen Kamin, die Hunde lagen davor.

Ta Thea hätte lieber mit Isadorus allein gesprochen, doch er ließ ihr keine Wahl. Wenn er überhaupt bemerkte, dass die Gegenwart des Soldaten sie störte, ließ er es sich nicht anmerken. Ulciber war einer seiner Vertrauten, und Isadorus war daran gelegen, alles, was das Buch betraf, mit jedem zu teilen, der auch nur im Geringsten daran interessiert war.

»Was führt Euch zu mir?«, fragte er und bot Ta-Thea einen Stuhl an.

»Ich habe Neuigkeiten aus Shinabar.« Sie hatte nicht die Absicht, ihm zu sagen, von wem. »Alles dort ist krank.« Sie berichtete in Einzelheiten, was sie von Ra-Nufis erfahren hatte, und Isadorus hörte schweigend zu. Seine Botschafter und seine Spione hatten ihm sicher ähnliche Dinge erzählt, auch wenn sie nicht über Ra-Nufis' Einblick verfügten und kein Interesse daran hatten, dass die alte Ordnung wieder hergestellt wurde.

Ulciber schwieg und blickte abwechselnd Ta-Thea, dann Isadorus an.

»Das bedaure ich sehr«, sagte Isadorus schließlich, und tatsächlich lag ein Schatten auf seinem Gesicht. Voller Anteilnahme blickte er sie an. »Ich wünschte, ich hätte Worte des Trostes für Euch, doch alles, was ich selbst höre, bestätigt nur das, was Ihr sagt.«

»Aber es gibt viele, die die Wiederherstellung der alten Ordnung befürworten und damit auch den Frieden mit Camassia«, erklärte Ta-Thea.

»Hem-Shash ist doch von altem Blut«, betonte Isadorus und blickte ihr eindringlich in die Augen.

Ta-Thea hatte mit dieser Bemerkung gerechnet. »Ich weiß. Aber er ist jung, und er ist schwach. Diejenigen, die den Sturz des Isarch herbeiführten, stehen hinter ihm. Im Land herrschen Korruption und Apathie. Die Armee fällt auseinander, die Moral sinkt. Die Regierung unterdrückt die Menschen immer mehr.«

»Und all das sollte auch Camassia beunruhigen?«, fragte er. Er war nicht verärgert, doch seine Züge spiegelten eine tiefe Traurigkeit, die Ta-Thea nicht verstand.

Jetzt ergriff Ulciber das Wort. »Mein Herr, die Dame Ta-Thea hat ohne Zweifel auch von den Gerüchten um die zunehmenden Übergriffe der Barbaren an den Grenzen zu Shinabar gehört. Auch unsere eigenen Leute berichten darüber. Wir brauchen starke Verbündete, nicht nur zu Land und zur See, sondern auch solche, deren Regierungen nicht in nationalem Chaos versinken. Wenn

Shinabar zusammenfällt, werden wir von allen Seiten bedroht.«

Von dieser Seite hatte Ta-Thea am wenigsten mit Unterstützung gerechnet, und ihr war nicht wohl dabei, doch sie ignorierte dieses Gefühl. Isadorus war vor allem der Kaiser von Camassia. Der Reichtum, der Ruhm und die Sicherheit des Landes lagen ihm vor allem anderen am Herzen. Seit anderthalb Jahren beobachtete sie ihn. Er war ein besserer Staatsmann als Mon-Allat. Er hatte um die Macht kämpfen müssen, und er verstand ihre Möglichkeiten, aber auch ihre Grenzen besser als jeder Mann, der bereits als Herrscher geboren worden war. Nichts war für ihn selbstverständlich. Kein Freund und kein politischer Vertrauter konnte sein Urteil beeinflussen. Sollte sie jemals auf den Thron von Shinabar zurückkehren, würde sie sich dankbar an ihn erinnern, der sie vieles gelehrt hatte, ohne es auch nur zu bemerken.

»Bedrohung von außen, an unseren Grenzen, ist mir lieber als der Zerfall im Inneren«, sagte Isadorus ruhig.

Der Schatten der Enttäuschung huschte über Ulcibers glattes Gesicht. Seine blauen Augen weiteten sich vor Überraschung. Er lehnte sich zurück und schaute Ta-Thea an.

»Ich werde mein Volk das Gesetz des Buches lehren.« Sie griff auf das einzige Argument zurück, von dem sie wusste, dass Isadorus ihm nicht widerstehen konnte. Er selbst war schon dabei, das Wort des Buches zu verbreiten, fand Wege, es unter die Leute zu bringen. Noch gab es nur kleine Gruppen, die sich trafen, um von den Prinzipien zu lesen und darüber zu diskutieren. Es mangelte noch an Organisation, und er hatte mit ihr darüber gesprochen. »Es ist für alle Menschen bestimmt«, hatte sie hastig gesagt. »Für alle Völker, alle Sprachen.«

Einer der Hunde knurrte und jaulte im Traum.

»Ich weiß.« Seine Stimme war nur noch ein Flüstern und kaum lauter als das Knistern der Flammen. »Doch es gibt noch viel zu tun, bevor wir es in die Welt hinaustragen können. Es muss in eine allgemein verständliche Sprache übersetzt werden, so dass auch gewöhnliche Menschen es verstehen. Und wenn die Zeit gekommen ist, wird es nicht mit Zwang, sondern mit Beispielhaftigkeit gelehrt werden.«

Ta-Thea war erstaunt. »Ich hatte nicht die Absicht, es irgendjemandem aufzuzwingen!«, protestierte sie heftig. Wie konnte er so etwas auch nur denken?

»Ihr würdet es im Zug Eurer Eroberung mitbringen«, stellte er fest. »Ihr würdet die Usurpatoren stürzen. Und Ihr werdet mir doch nicht erzählen wollen, dass Ihr auf Rache für Eure Toten verzichtet?«

Die Antwort lag ihr schon auf der Zunge, doch Ulciber kam ihr zuvor. »Gerechtigkeit, nicht Rache, mein Herr. Sie würde um Eure Unterstützung bitten, damit eine gerechte Ordnung und ein Frieden, in dem die Menschen keine Angst davor zu haben brauchen, für einen neuen Glauben einzutreten, wieder hergestellt werden können. Dies wird nicht nur zum Wohl Shinabars geschehen, sondern auch zum Wohl Camassias.« Wieder beugte er sich vor. Die Flamme warf ein goldenes Licht auf seine glatte Wange und die geschwungenen Lippen. »Feinde haben wir genug. Wenn Shinabar an das Gesetz des Buches glaubt, wird es unser Verbündeter gegen jede Bedrohung sein.«

Isadorus erhob sich und trat zum Fenster. Mit dem Rücken zu ihnen sagte er: »Ich weiß, dass Ta-Thea unsere Verbündete ist, Ulciber. Ich weiß, dass Euer Rat meinem Wohl dient. Doch das Gesetz des Buches ist die Heiligkeit der Wahl. Ihr könnt die Wahrheit nicht mit Unterdrückung lehren. Wenn ich Truppen nach Shinabar entsenden würde, um Ta-Thea auf den Thron zu helfen, würde man ihr aus den falschen Gründen zuhören. Was vielleicht als Gerechtigkeit beginnt, wird in Rache enden, weil die Leidenschaft zu hoch fliegt, als dass man ihr Einhalt gebieten könnte. Und wo endet die Vergeltung?«

Ulcibers Gesicht spannte sich und etwas blitzte in seinen Augen, als ob er und nicht Ta-Thea eine Abfuhr erhalten hätte. Doch er schwieg. Er war ein Berater, sogar ein Freund des Kaisers, doch er kannte seine Grenzen und war klug genug, sie nicht zu überschreiten.

Auch Ta-Thea erkannte die Zurückweisung, und obwohl sie ihre Enttäuschung am liebsten laut herausgeschrien hätte, doch sie schluckte die Worte hinunter. Sie hatte um Hilfe gebeten und war abgewiesen worden. Lieber zog sie ihre Bitte zurück, als ihre Gefühle zu verraten. Das verbot nicht nur der Verstand, sondern auch ihr Stolz.

Sie fürchtete sich davor, Ra-Nufis von ihrer Niederlage zu berichten. Doch nach anfänglicher Überraschung bewältigte er seine Enttäuschung mit Würde. Er machte sie nicht dafür verantwortlich.

»Es wird einen Weg geben«, sagte er voller Vertrauen. »Wenn nicht jetzt, dann eben später. Das Wort wird siegen. Die Macht, die es Euch gegeben hat, wird einen anderen Weg finden. Es wird Ereignisse geben, die Isadorus dazu bringen, seine Meinung zu ändern.« Er biss sich auf die Lippen. »Eines ist sicher: Die Dinge in Shinabar werden sich zum Schlechten wenden. Das allein wird genügen.« Er blickte zu Boden, dann wieder in ihre Augen. »Aber ich sage Euch: Das Wort wird nicht versagen.«

Ta-Thea kehrte wieder beruhigt zu dem Buch zurück, und langsam stellte sich tiefer Friede ein. Das sichere Wissen um ihre eigene Fehlbarkeit paarte sich mit dem festen Vorsatz, weder Ra-Nufis noch all die anderen Menschen erneut im Stich zu lassen, die nichts von der Bürde wussten, die ihr aufgeladen war, für die sie sich aber verantwortlich fühlte.

Erst im Frühling kehrte Alexius von den Grenzkriegen in Irria-Kand in die Stadt zurück. Es war ein schwerer Feldzug gewesen, und die Barbaren jenseits der östlichen Ebenen waren zahlreicher und besser bewaffnet gewesen als erwartet. Camassians Legionen hatten die Stellung gehalten, aber ihre Verluste waren beträchtlich, und die Neuigkeiten, die Alexius Isadorus überbrachte, waren nicht nur gut.

Alexius war an ein Leben auf dem Schlachtfeld gewöhnt. Körperliche Entbehrungen bereiteten ihm keine Freude, doch er litt auch nicht so sehr darunter wie viele andere. Vor langer Zeit hatte er gelernt, mit Erschöpfung, Kälte und Hunger fertig zu werden. Auch die Furcht vor dem Feind und die größte aller Ängste, nämlich die, die aus der Fantasie geboren wurde, wenn er nachts unter den Sternen lag und die Schreie der Verwundeten hörte und ahnte, was der nächste Tag bereithielt, hatte er zu beherrschen gelernt. Er wusste, wie er seine Träume unter Kontrolle hielt. Tod und Mysterium waren ihm vertraut.

Trotzdem war er überrascht, als er während seiner ersten Audienz bei Isadorus feststellte, wie sehr sich dieser durch der Lektüre des Buches verändert hatte. Er selbst hatte Elenis Macht zu heilen mit eigenen Augen gesehen, und sie hatte ihn zutiefst verwirrt, weil sie die natürliche Ordnung der Dinge, so wie er sie kannte, durcheinander gebracht hatte. Es beunruhigte ihn auch, dass es seine eigene Frau war, die über eine solche Gabe verfügte, eine Frau, die ihm sein ganzes Leben lang vertraut war. Mit ihr hatte er so viele Erfahrungen geteilt. Er hatte geglaubt, sie ebenso gut zu kennen wie sich selbst. Nun war sie die Spur zu etwas viel Größerem, das jenseits ihrer beider Vorstellungskraft lag.

Er verließ Isadorus und ging nach Hause. Eleni begrüßte ihn mit der vertrauten Wärme, stets zum Lachen aufgelegt, empfänglich für seine Berührung und bereit, auf ihn zu reagieren, wie sie es immer getan hatte. Alles schien unverändert. Und doch wusste er nach wenigen Stunden, dass doch alles anders war. Eine geheimnisvolle Freude wohnte in ihr, und er war davon ausgeschlossen. Die ganze Nacht über lag Alexius neben Eleni in der Dunkelheit und litt.

Schließlich beschloss er, die Frau aus Shinabar selbst aufzusuchen, um herauszufinden, was dieses Buch sagte und warum es denen, die er liebte, so viel bedeutete.

Ta-Thea war allein in einem Raum, dessen Fenster den Blick auf den Garten des Palastes freigaben, auf Zypressen und Wasserlilien. Er hatte geglaubt, dass er sich an ihr Gesicht erinnern würde, doch als er sie sah, war er überrascht. Sie war viel dunkelhäutiger, als er in Erinnerung hatte. Ihre Züge waren ausgeprägter. Nur ihre Lippen und der sanfte Schwung ihres Halses waren weich. Mit Überraschung stellte er fest, dass ihre Ohren wunderschön waren.

Sie war in warme Erdfarben gekleidet. Die Freude und der Schmerz ihres Glaubens lagen bloß in ihrem außergewöhnlichen Gesicht.

»Ich komme, weil ich das Buch sehen möchte«, begann er. »Ich möchte von Euch lernen, nicht von denen, die nur wenig davon wissen und trotzdem an seine Macht glauben.«

Sie verlor kein Wort darüber, dass Eleni sich seit fast einem Jahr mit dem Buch beschäftigte oder dass Isadorus ebenfalls mit dem Buch vertraut war.

»Wenn Ihr möchtet«, stimmte sie zu und beobachtete ihn. »Ich werde es holen.«

»Ich danke Euch«, erwiderte er und blickte sich in dem Zimmer um. Es war von ihrer Gegenwart erfüllt, von dieser anderen, empfindsameren Natur. Es gab keinerlei camassianischen Schmuck, nur die Architektur zeugte vom Ursprung des Raums. Auf einem kleinen Tisch stand ein Pferd aus Alabaster. Es zeigte nicht die bewegten Konturen des lebendigen Tieres, es war eher schlicht, und die fließenden Linien deuteten auf die Anmut der Träume des Künstlers hin. Die Figur entsprach eher der Wahrhaftigkeit der Seele als der der Realität. Er wusste, ohne zu fragen, dass sie aus Shinabar stammte.

Ta-Thea kehrte mit dem Buch in den Armen zurück, und die Schönheit des Buches überraschte ihn. Das Gold war warm, die Perlen schimmerten sanft, doch so strahlend, als ob das Licht in ihrem Inneren wohnte und sie es nicht bloß reflektierten. Der große Rubin, der das Schloss zierte, glühte wie Feuer.

Alexius war gekommen, um zu lernen, nicht um zu streiten. Er wusste genug von Mysterien, um für den Glauben bereit zu sein, doch er hatte nicht erwartet, Ehrfurcht zu spüren, und als er die Hand ausstreckte, um das Buch zu berühren, zögerte er plötzlich.

»Nehmt es ruhig«, drängte Ta-Thea ihn, und leise Belustigung stahl sich in ihre Augen.

Das Gold unter seinen Fingern war glatt. Er setzte sich auf den Stuhl, den sie ihm zugewiesen hatte. Dann öffnete er das Buch und begann auf der ersten Seite und las sie auch noch ein zweites Mal. Eleni hatte ihm schon davon erzählt, doch es mit eigenen Augen zu lesen, weckte ein völlig neues Gefühl in ihm. Er vergaß, wo er war, vergaß auch Ta-Thea, die nur einen Meter von ihm entfernt stand. Er war allein mit den Worten, und er konnte den Blick nicht von ihnen wenden.

Er blätterte die Seite um und las weiter.

Als Alexius schließlich aufblickte, stand Ta-Thea immer noch da. Sie hatte nicht Elenis Wärme, auch nicht die Sanftmütigkeit, die er so liebte, doch sie verfügte über eine besondere Anmut. Sie hatte ihren Ursprung im Hunger, im Stolz, in der Einsamkeit und – er stellte es mit Überraschung fest – einer ausgeprägten Verletzbarkeit. Er blickte sie neugierig an.

»Er sagt, dass Er keine Gebot erlässt, ohne gleichzeitig einen Weg zu weisen, der Gehorsam ermöglicht. Trotzdem scheint Er sich bewusst zu sein, dass er Verwirrung stiftet. In der Konfrontation mit dem Leben und dem Tod, mit Hunger, Schmerz, Furcht und Trauer ist der Mensch wahrhaftig allein mit sich selbst. Träume zerbrechen, Geheimnisse zerfallen, nichts bleibt. Nur die Wahrheit und das Gesetz sind ewig.«

Ta-Thea wandte den Blick nicht ab. »Ich weiß«, erwiderte sie. »Ihr sprecht, als ob Ihr der Einzige wärt, der Tod und Verzweiflung kennt. Glaubt Ihr denn, dass das Buch vom Himmel fiel und in meinen Händen landete?«

Die Zurechtweisung war gerechtfertigt.

»Es tut mir Leid«, sagte er betrübt. »Doch das ist kein Argument. Das Buch stiftet trotzdem Verwirrung. Die Worte sind nur schwer zu durchschauen.«

»Und wenn es durchschaubar wäre, würdet Ihr es dann schätzen?«

Beinahe hätte er mit Ja geantwortet, doch dann bemerkte er die Herausforderung in ihrer Stimme und dachte noch einmal darüber nach. »Seht Ihr etwa eine Tugend darin, etwas zu verschleiern?«

Sie nahm es wie einen Fehdehandschuh, der ihr vor die

Füße geworfen wurde. Sie strahlte Sicherheit aus, als ob sie von einer Kraft außerhalb ihrer selbst inspiriert würde. Noch nie hatte er einen so leidenschaftlichen Menschen gesehen. Eine Welle der Erregung ergriff ihn.

»Schätzt Ihr die Dinge, die Euch gegeben werden, oder sind es nicht eher die, die Ihr Euch erarbeitet?«, fragte sie angriffslustig.

»Ich soll arbeiten, um das zu verstehen?« Er deutete mit dem Finger auf das Buch, doch er hielt ihren Blick fest.

»Ihr seid Gottes Kind, kein Säugling, der mit einem Löffel gefüttert werden muss.«

Er lachte. »Ihr nehmt kein Blatt vor den Mund, nicht wahr?«

»Wollt Ihr denn nicht die reine Wahrheit … General?«

Er sah in ihren Augen ein ganzes Universum Erinnerungen aufleuchten, als sie ihn mit seinem Titel ansprach. Da war ein Schlachtfeld, seine selbstverständliche Herablassung ihr gegenüber als Frau, denn er kannte Elend und Tapferkeit und hatte geglaubt, sie nicht. Angenehm überrascht und zunehmend neugierig nahm er einen Geist von bemerkenswerter Stärke wahr.

Die Zeit vergessend setzte Alexius sich Ta-Thea gegenüber, las Seite um Seite in dem Buch, suchte Passagen heraus, befragte sie dazu, diskutierte mit ihr, rang um die Bedeutung der Worte, überprüfte sie und fand eine andere, versuchte, sie zu verstehen.

Sie hielt Schritt mit ihm. Ihr Verstand war logisch, scharf und beweglich. Sie ließ nicht nach bei der Suche nach der Wahrheit und schien keinerlei Groll zu hegen, wenn er einen Fehler in ihrer Argumentation entdeckte. Es verblüffte ihn, mit welchem Eifer sie nach neuen Gedanken griff. Die Klarheit ihrer Ideen und die reine Kraft ihres Verstandes begeisterten ihn. Das Gespräch mit ihr war ähnlich berauschend wie ein wilder Galopp auf einem prachtvollen Pferd an einem Strand entlang.

Er war erstaunt, als er einen Blick auf den Zeitmesser warf und entdeckte, dass Mitternacht bereits vorüber war. Er öffnete den Mund, um sich zu entschuldigen, doch dann wusste er, dass es Heuchelei wäre, etwas zu bedauern, was so außergewöhnlich war – eine Zeit, die voller ungewöhnlicher und brennender Ideen gewesen war und die er niemals vergessen würde. Worte waren überflüssig. Ihr war es ohnehin gleichgültig, dass sich die erste Stunde des Morgens näherte. Sie hatten die Ewigkeit erforscht. Er ärgerte sich darüber, dass ihn seine zahlreichen Verpflichtungen für mehrere Tage von ihrem Haus fern halten würden.

»Darf ich nach dem Festival wieder kommen?«, fragte er in der Tür. Sie stand in der Mitte des Zimmers. Das Licht war wie Gold auf ihren Lippen und dem Schwung ihres Halses.

»Natürlich.« Sie blickte ihn mit einem Ausdruck an, den er nicht entschlüsseln konnte. Es schien, als ob sie sich einerseits wünschte, dass er wieder kam, die Aussicht ihr jedoch andererseits auch Schmerzen bereitete. Er bemerkte, wie wenig er sie doch kannte. Ihr Geist war klar wie das Sonnenlicht selbst, doch ihr Herz war ein unerforschtes Gelände.

Alexius versuchte, mit Eleni über die Stunden mit Ta-Thea zu sprechen, doch die passende Gelegenheit wollte sich nicht einstellen. Also begnügte er sich mit Oberflächlichkeit, bezog sich nur auf das Buch selbst, nicht auf die Gespräche mit Ta-Thea.

Er stellte fest, dass die Gedanken des Buches und sein Besuch bei Ta-Thea ihn immer mehr beherrschten. Die Ideen des Buches saugten ihn auf. Unmittelbar nach dem Festival suchte er Ta-Thea erneut auf, und dann immer wieder. Er konnte sich den Lehren des Buches nicht mehr entziehen. Er kämpfte sich durch die Schwierigkeiten der Sprache zu dem erhabenen Grund aller Dinge vor. Er war immer da, zum Greifen nah, er winkte ihm zu und offenbarte immer wieder neue Fragmente des Ganzen.

Und Ta-Thea war die vollkommene Gefährtin. Die Aufgeschlossenheit ihrer Vorstellungskraft erstaunte ihn. Der Mut ihrer Seele versagte nie. Nichts war zu schwierig, zu mächtig oder zu subtil, als dass sie es nicht versucht hätte.

Ihr Hunger danach, im Geist Gottes zu lesen, entsprach seinem eigenen.

Im Spätsommer führten sie eines Abends eine lange Diskussion über die Natur und den Sinn der Macht. Regen fiel auf die Zypressen im Garten des Palastes, und sie hatten heftig miteinander gestritten, über die Fähigkeiten des anderen gejubelt und nicht für einen Augenblick daran gezweifelt, dass sie auf der Suche nach derselben Wahrheit waren.

»Ich glaube immer noch, dass es einen besseren Weg geben könnte«, sagte Alexius und lehnte sich lächelnd zurück. »Die Gabe des Heilens« – nur für einen kurzen Moment dachte er an Eleni – »Steine in Brot zu verwandeln, die Hungernden zu speisen, zu tun, was auch immer Qual oder Mangel lindert, das wäre doch gut.«

»Nein, das stimmt nicht«, entgegnete Ta-Thea. Sie saß ihm gegenüber und trug ein dunkelblaues Kleid mit golden verzierten Säumen. Sie hielt sich schon lange nicht mehr damit auf, geduldig mit ihm zu sein. Er wertete dies als ein Zeichen der Ehrlichkeit miteinander. Das war der Kern der Unbefangenheit zwischen ihnen und der Erfrischung des Herzens und des Geistes, die er in ihrer Gegenwart kennen gelernt hatte.

»Ein Wunder ist ein Resultat, keine Ursache«, fuhr sie fort und blickte ihm ernst ins Gesicht. »Keine dieser Gaben – zu heilen, zu speisen, zu kleiden, den Elementen zu befehlen oder gar die Toten aufzuwecken – bringt irgendeine Seele näher zu Gott.« Sie beugte sich vor, ihr Gesicht war im Licht der Fackeln deutlich zu sehen. »Wenn ich tatsächlich in der Lage wäre, Euch Liebe zu lehren oder Mut oder die Unteilbarkeit des Herzens, glaubt Ihr denn, dass Gott es dann selbst tun würde? Dann hätte weder das Leben noch das Lernen einen Sinn.«

Er betrachtete sie aufmerksam. Eindringlichkeit machte ihr Gesicht zu dem schönsten, das er je gesehen hatte. Ohne darüber nachzudenken, streckte er die Hand aus und berührte ihre Wange, zog sie aber sofort wieder zurück. Ihre Wärme strömte durch seinen ganzen Körper. Kein anderer Mensch hatte solches Feuer in der Seele und solchen Mut im Herzen.

Er machte sich nicht die Mühe, ihr zu sagen, dass er sie verstanden hatte, denn sie hatte es bereits in seinen Augen gesehen.

Einige Zeit später kam die Sprache auf Isadorus' Zurückweisung ihrer Bitte, Truppen zu ihrer Begleitung nach Shinabar zu entsenden. Es war Herbst geworden, die Blätter färbten sich bunt, die Zypressen waren staubig. Sie gingen durch den Zitronenhain. Die Zweige der Bäume schienen schwer an der goldenen Reife zu tragen.

»Wisst Ihr denn irgendetwas über den Krieg?«, fragte er spöttisch. »Wisst Ihr überhaupt, wie man ein Schwert hält?«

»Ich kann gut reiten.«

»Gut reiten bedeutet fortlaufen«, gab er lächelnd zurück. »Wenn Ihr einen Feldzug plant, solltet Ihr etwas über Kriegführung lernen und darüber, wie man ein Schwert hält.«

»Unterrichtet mich darin«, sagte sie, ohne zu zögern mit unerschrockenem Blick.

Für einen Augenblick wusste er nicht, ob sie es ernst meinte. Doch dann erkannte er, dass der Zweifel in ihren Augen der Frage galt, ob er es tun würde, und nicht der, ob sie es nötig hatte.

Er bedauerte seine Voreiligkeit. Sie war keine Kriegerin. Trotz ihres weiten dunkelgrünen Gewandes konnte er sehen, wie schmal sie war. Sie hatte nichts Athletisches an sich. Ein einziger gelungener Hieb, und sie würde in zwei Teile zerbrechen.

Sie spürte seine Vorbehalte, und Enttäuschung stahl sich in ihre Augen.

»Natürlich«, antwortete er schnell. »Das ist nichts weiter als eine Kleinigkeit, um Euch zu vergelten, was Ihr mich gelehrt habt. Morgen werden wir beginnen.« Plötzlich lachte er. »Säbel bei Sonnenaufgang.«

Sie trafen sich kurz nach Beginn der Dämmerung, also noch bevor die Wache kam, in der Sporthalle, in der auch die Palastgarde trainierte. Ta-Thea hatte eine geliehene Tunika übergezogen und einem gepolsterten Wams, um ihren Körper zu schützen.

Über kriegerische Fähigkeiten verfügte sie nicht. Sie wurde schnell müde, und Alexius hatte alle Mühe, sie nicht allein aufgrund seiner körperlichen Überlegenheit zu verletzen. Am Anfang zögerte sie zuzuschlagen. Wieder und wieder zeigte er es ihr, doch es gelang ihr nicht. Am Ende machte er sie einfach wütend. Er versetzte ihr Hiebe mit der flachen Seite der Klinge, bis sie die Beherrschung verlor und endlich zurückschlug, dabei aber so ungeschickt war, dass sie aus dem Gleichgewicht geriet.

Alexius brüllte vor Lachen, als Ta-Thea von Röte übergossen wieder auf die Füße kam. Doch dann stellte sie sich geschickter an und erinnerte sich daran, was er ihr gesagt hatte.

»Bravo!«, rief er, immer noch lachend, und sprang geschmeidig zur Seite, um ihrem Hieb auszuweichen. Er traf sie wieder, ein glatter, aber zarter Treffer.

Ihre Lippen spannten sich, und sie begann, sich zu konzentrieren, bewegte die Füße mit größerer Schnelligkeit und den Körper mit zunehmender Anmut. Er sah die Entschlossenheit und hatte entschieden mehr Mühe, sich zu verteidigen.

Am Ende war Ta-Thea außer Atem, und erschöpft stützte sie sich auf das Schwert. Das Haar hatte sich gelöst, doch sie konnte das Lächeln auf ihrem Gesicht nicht verbergen. Ihre Augen strahlten vor Siegesgewissheit, nicht weil sie über ihn, sondern über sich selbst triumphiert hatte.

Militärische Strategie war ein ganz anderes Thema. Im Kartenraum des Palastes war das ganze camassianische Reich – seine Provinzen, sein Territorium und die Nachbarstaaten – in einem Lehmmodell dargestellt. Jedes Tal, jeder Fluss und jeder Hügel waren darauf zu erkennen. Ta-Thea erfasste alle Einzelheiten innerhalb eines kurzen Augenblicks, und manchmal war sie Alexius sogar voraus und ahnte schon, was er sagen wollte. Niemals brauchte er eine Taktik zweimal zu erklären. Sie verstand, bevor er etwas ausgeführt hatte, die Notwendigkeit, das Kriegsgelände zu erkunden, mit der Geschichte eines feindlichen Kommandeurs vertraut zu sein, der Erfahrung seiner Männer, ihrer Moral und auch über das Wetter Bescheid zu wissen. Es war nicht nötig, ihr zu erklären, dass für den Nachschub von Nahrung und Waffen ebenso wie für die Versorgung der Verwundeten und, wenn nötig, auch für eine Evakuierung gesorgt werden musste, und dass der Erhalt der Disziplin, der Respekt vor dem Kommandanten und vor allem der Glaube an den Sieg besonders wichtig waren.

Es war ganz und gar ungewöhnlich, von solchen Dingen zu einer Frau zu sprechen. Doch das Geschlecht schien gar keine Rolle zu spielen. Ta-Thea verfügte über einen ebenso scharfen Verstand wie ein Mann. Auch bei diesen Gelegenheiten konnte sich Alexius keine bessere Gesellschaft wünschen.

Wenn sie über das Buch sprachen, überraschte sie ihn immer noch mit dem Wagemut ihrer Vorstellungskraft. Und auch er schwang sich zu Höhen empor, von denen er gar nicht gewusst hatte, dass sie existierten. Ta-Thea stand da mit dem Gesicht im Licht, so voller Hingabe, dass sie ihn vergessen zu haben schien. Dann drehte sie sich plötzlich zu ihm um, blickte ihn an und zwang ihn dazu, mit ihr unerforschte Pfade zu beschreiten, nach Gedanken zu greifen, die kein Mensch vor ihnen gedacht hatte, Ideen, die im Geist Gottes selbst verborgen waren.

Elenis Umgang mit den Lehren des Buches war ganz anders. Für sie bestand seine Herausforderung darin, Gnade walten zu lassen, besonders im täglichen Leben. Sie war, wie Isadorus, geboren worden, während ihr Vater Soldat war, und sie wusste um die Wirklichkeit des gewöhnlichen Mannes, der sein Leben riskierte. Sie hatte Wunden, Hunger und Erschöpfung gesehen, so nah, wie sie jetzt den Glanz des Hofes vor Augen hatte. Und sie wusste auch um die Zerbrechlichkeit der Macht.

Für sie lag die Wahrheit des Buches in der Linderung des individuellen Leides. Ihre eigene Gabe stammte von

Gott. Daran hatte sie nie gezweifelt. Von dem Augenblick an, als sie in der Arena spürte, wie ihre Kraft in das verletzte Pferd floss, hatte sie es gewusst. Der Akt des Heilens war die reinste Freude, die sie jemals empfunden hatte. Er war wie der Flug eines Vogels mit ausgebreiteten Schwingen, die Gnade, das tun zu dürfen, wozu sie geboren worden war.

Diese Gabe zehrte an ihren Kräften. Sie brauchte daher viel Schlaf, erwachte jedoch stets erfrischt und mit dem Gefühl eines Friedens, von dem sie glaubte, dass nichts ihn stören könnte. Sie hatte nicht damit gerechnet, dass sich dies als Irrtum erweisen könnte. Die Erkenntnis traf sie vollkommen unvorbereitet und von einer Seite, von der sie es niemals erwartet hätte.

Sie war auf dem Weg zu Ta-Thea. Der Winter stand vor der Tür, und seit dem frühen Herbst hatte sie ihre Freundin nicht mehr gesehen. Von dem Diener erfuhr sie, dass Ta-Thea nicht in ihrer Wohnung, sondern in der Sporthalle war. Eleni war zwar überrascht, doch sie vermisste Ta-Thea sehr und eilte über den Hof zu der Halle. Sie öffnete die Tür und erblickte Alexius, der nur mit einer Hose und einem Brustharnisch bekleidet war. Schultern und Arme waren nackt, in einer Hand hielt er ein Schwert, und er lachte aus vollem Hals. Ihm gegenüber stand Ta-Thea, ebenfalls mit Hosen und einem leichten Wams angetan. Ihre Füße steckten in Lederstiefeln. Das schwarze Haar war streng nach hinten gekämmt und wurde von einem Band aus dem Gesicht gehalten. Auch sie hatte ein Schwert in der Hand.

»Schon besser«, sagte Alexius gerade und versuchte, ernst zu bleiben. »Jetzt versucht es noch einmal.«

Ta-Thea hob die Waffe. Man sah, dass es ihr nicht leicht fiel, offenbar war sie sehr schwer, doch sie stellte sich nicht ungeschickt an.

Alexius führte eine Finte aus und sprang schnell zur Seite. Ta-Thea duckte sich und versuchte es erneut. Die Schwerter klirrten. Alexius hatte die Wucht seiner Angriffe Ta-Theas Fähigkeiten angepasst und lachte sie immer wieder an, ermutigte oder lobte sie, und manchmal kritisierte er sie auch.

Sie war entschlossen, etwas zu lernen, korrigierte jeden Fehler, versuchte, sich schneller zu bewegen, kräftigere Hiebe auszuführen und sich auf seine Taktik einzustellen.

Die beiden bemerkten weder Eleni noch die Wachen, die einer nach dem anderen ihren Dienst aufnahmen. Sie waren allein in einer Welt, in der es für niemanden sonst einen Platz zu geben schien.

Schließlich ließ Ta-Thea sichtlich erschöpft das Schwert sinken und fiel auf die Knie. Mit den Händen fuhr sie sich über das Gesicht und strich sich durch das Haar. Sie lächelte zu dem Mann vor ihr auf.

Alexius ließ ebenfalls das Schwert fallen und trat zu ihr. Dann beugte er sich nach vorn, bis er sie beinahe berührte.

»Schon viel besser«, sagte er sanft, und sein Blick suchte ihr Gesicht. Diese einfachen Worte hätten jedem gelten können, doch es lag eine Vertrautheit, eine Zärtlichkeit darin, die Eleni betäubte.

Sie zog sich leise zurück. Draußen strich die Luft kalt über ihr Gesicht, während sie davonging. Jetzt würde sie weder mit Ta-Thea noch mit Alexius sprechen. Zuerst musste sie ihre Gedanken ordnen, und zwar allein.

Schnell eilte sie über den Hof. Das erste Gefühl, dass sie für Ta-Thea empfunden hatte, war Mitleid gewesen. Sie war eine Frau, die man all jener Dinge beraubt hatte, die ihr einst lieb und teuer gewesen waren: Familie, Haus, Heimat, Stellung. Sie war eine Fremde, ein Flüchtling geworden und konnte niemandem trauen. Niemand, der sie liebte, hatte überlebt. Diese persönliche Tragödie hatte Eleni für sie eingenommen. Keine Gabe und auch keine Erkenntnis konnte dieses Unglück aufwiegen.

Jetzt erkannte sie, dass dasselbe Leid, das ihr Mitgefühl hervorgerufen hatte, dass die Tapferkeit, die Fantasie und der Humor, die ihre Zuneigung für Ta-Thea geweckt hatten, dieselben Eigenschaften waren, die sie auch gefährlich machten. Selbst wenn keine Absicht dahinter steckte, selbst wenn sie es gar nicht bemerkte, sie war eine leidenschaftliche und einsame Frau. Das Feuer ihres Geistes konnte viele verschlingen. Eleni warf sich voller Bitterkeit vor, dass sie das nicht von Anfang gesehen hatte.

Sie stolperte über eine Stufe und fand nur mit Mühe das Gleichgewicht wieder. War dies der Preis für die Gabe des Heilens? Würde sie Alexius verlieren, sein Herz, wenn nicht seinen Körper?

Sie lief die Treppe hinauf, streifte Menschen, die sie kannte, und nahm sie nicht einmal wahr. Das Sonnenlicht war grell, die Winkel der Mauern und Dächer spitz. Es war ein Preis, an den sie nie gedacht hatte, und sie war nicht darauf vorbereitet. War dies Gottes Handel oder Ta-Theas? Wer war Ta-Thea, dass sie über solche Macht verfügte? Aus welchem Grund forderte sie eine solche Bezahlung?

Nein, das war lächerlich! Die Gabe kam von Gott. Ta-Thea traf ihre eigenen Entscheidungen, war für ihr Handeln selbst verantwortlich. Wenn sie sich Alexius nahm – vorausgesetzt, es gelang ihr –, war es menschliche Schwäche.

Eleni hatte das Buch immer und immer wieder gelesen und den Geist darin gut genug verstanden. Gott kannte die Herzen der Menschen, war in der Lage, ihr Tun vorauszusehen, doch er bestimmte nicht ihr Handeln. Die große, heilige Wahrheit, die sich hinter der Schöpfung aller Dinge verbarg, die Seele des Gesetzes war die Freiheit: Jeder Geist, der geboren wurde, hatte die Wahl. Gott würde davon nicht abweichen.

Eleni stieß mit jemandem zusammen und murmelte eine Entschuldigung, ohne auch nur aufzublicken. Sie hatte kein konkretes Ziel, sie war einfach auf der Flucht.

War sie immer noch frei genug, eine Entscheidung zu treffen? Konnte sie die Gabe zurückgeben und ihr altes Leben zurückgewinnen, ihr Leben vor Ta-Thea? Oder war es dafür bereits zu spät?

Am Ende des Zypressenweges blieb sie stehen und blickte über die Stadt. Es war kalt. Der Wind zerrte an ihren Kleidern und zerzauste ihr Haar. Von hier oben sah sie die Dächer der Häuser, die ganze Stadt, die sich bis zum Horizont ausdehnte.

Eleni kannte die Antwort auf ihre Fragen bereits, doch sie weigerte sich, sie zu akzeptieren. Vielleicht gelang es ihr, sich mit Alexius auseinander zu setzen, ihn nach der Wahrheit zu fragen. Vielleicht war das besser, als die Dinge mit sich allein auszumachen. Sie war seit über fünfundzwanzig Jahren mit ihm verheiratet. Die Art und Weise, wie er Ta-Thea angeschaut, wie er mit ihr gesprochen hatte, war unmissverständlich. Sie sah die Szene erneut vor ihrem geistigen Auge, und die Wunde schmerzte noch heftiger als zuvor. Die Benommenheit, die die Qual gedämpft hatte, war verschwunden.

Eleni traf ihre Wahl. Wenn sie die Gabe zurückwies – vorausgesetzt, das war überhaupt möglich –, würde sie sich selbst verleugnen und damit alles, woran sie glaubte. Sie würde verleugnen, wer sie war. Damit wollte sie nicht leben. Und selbst wenn sie sich doch dafür entschied, würde sie damit weder Alexius' Bewunderung noch seine Liebe gewinnen. Mit Glück und Zärtlichkeit, mit gemeinsamen Träumen konnte sie nicht mehr rechnen.

Sie blickte auf die See, der Wind zerrte an ihrem Haar. Dass sie vor Kälte zitterte, bemerkte sie nicht. Die Gabe musste bewahrt werden, wie hoch auch immer der Preis dafür war. Sie war ein Teil ihrer selbst. Dies war eine bittere Erkenntnis, doch es gab keinen anderen Weg, so sehr sie sich auch nach einem Ausweg sehnte.

Ta-Thea hatte keine Ahnung von Elenis Qualen. Isadorus' Leid blieb jedoch nicht vor ihr verborgen.

Barsymets Verhalten ihm gegenüber war über jeden Tadel erhaben. In der Öffentlichkeit zeigte sie sogar eine gewisse Zärtlichkeit. Offenbar genoss sie die neue Erfahrung, die einzige Frau zu sein, der seine Loyalität und Zuneigung galt. Der ganze Hof wusste, dass Tissarel fort war und dass der Kaiser offenbar auf einen Ersatz verzichtete.

Bei einem Bankett zu Ehren des neuen Botschafters von Tirilis wurde Ta-Thea Zeugin einer Szene, die Isadorus' tiefe Einsamkeit offenbarte. Er sprach gerade mit dem Gesandten und wandte sich an Barsymet, um sie in die Unterhaltung einzubeziehen. Ta-Thea hörte nicht, worüber gesprochen wurde, doch sie sah, dass Barsymet lächelte und etwas erwiderte, dass sie eine Hand leicht auf den Arme ihres Mannes legte. Es war eine besitzergreifende Geste, und sie war bar jeder Zärtlichkeit.

Der Abend war lang und von Ritualen und Förmlichkeiten beherrscht. Erst in den frühen Morgenstunden zogen sich die ersten Gäste zurück.

Isadorus' Blick fiel auf Ta-Thea, die den Saal verließ. Er erhob sich und eilte hinter ihr her, Freude erhellte seine Miene. Seine Augen hielten die ihren fest, und sie las die Wärme darin.

»Ich höre, dass aus Euch eine Kriegerin wird«, sagte er leise. »Warum? Ich weiß nicht, wie Ihr das Buch zu Eurem Volk bringen wollt, aber Ihr dürft es auf keinen Fall mit Waffengewalt versuchen.«

Ta-Thea stockte der Atem, und sie suchte verzweifelt nach einer passenden Entgegnung.

Isadorus lächelte. »Welchen Wert hat es, wenn Ihr es mit Gewalt versucht? Gott könnte uns doch alle zwingen oder uns Seiner Lehren berauben, indem Er uns die Wahlmöglichkeit raubt. Wollt Ihr das?«

»Aber ...«

Isadorus legte eine Hand auf ihren Arm. Sie war leicht, doch trotzdem war Ta-Thea erstaunt über die Kraft, die in seinem Griff lag. »Ta-Thea, lauscht der Stimme des Großen Widersachers ebenso aufmerksam wie der Gottes«, sagte er eindringlich. »Alles geschieht aus einem bestimmten Grund. Es wäre zu einfach, wenn wir das Wort Gottes hörten und die Gebote, die uns sagen, was wir tun oder lassen sollen. Die Stimme der Zerstörung ist manchmal eine deutlichere Warnung vor dem Bösen als das, was uns der sagt, der uns liebt.«

Wie der Geruch einer Leichenhalle drang die Erinnerung an Hass in Ta-Theas Geist, die Erinnerung an Augen, die so in ihr Innerstes blickten, dass es ihr wie eine Vergewaltigung der Seele erschienen war. Die Halle wurde zu einem kleinen Raum, zu einer Gefängniszelle, in der auch sie eingeschlossen war, in der sie keine Luft bekam. Sie konnte nicht mehr atmen, und Isadorus fing sie auf, bevor sie zu Boden stürzte.

»Ta-Thea!«

Sie erinnerte sich an helles Sonnenlicht und an den Tod.

»Ta-Thea!«

Der Gestank verflog. Für einen Moment glaubte sie, Alexius zu sehen, der ein Schwert über seinem Kopf schwang. Dann erkannte sie Isadorus.

»Ja …«, schluckte sie. »Ja … Es tut mir Leid.«

»Geht es wieder?« Bestürzung lag auf seinen Zügen.

»Ja … es war nur …« Eine Lüge lag auf ihrer Zunge, irgendeine höfliche Entschuldigung, doch die Worte kamen nicht über ihre Lippen. Er verdiente etwas Besseres als billige Ausflüchte. »Ihr habt Recht. Der Große Widersacher …«

»Vergesst ihn niemals!« Seine Stimme war ein Flüstern, eindringlich und sehr nah. »Denn er wird auch Euch nicht vergessen, Ta-Thea, niemals.«

Dies war die Wahrheit, wirklicher als der Marmorboden, auf dem sie stand, wirklicher, als die Säulen zu beiden Seiten des Gangs, als die Menschenmenge, als die Kuppel über ihren Köpfen.

Der Augenblick ging vorüber. Barsymet kam die Treppe herauf und erblickte Isadorus. Ihr Gesicht war glatt und höflich, aber kalt. Dann erkannte sie Ta-Thea, und die Kälte wurde zu Eis und mischte sich mit Ironie. Ta-Thea hatte schließlich das Buch gebracht, dass ihren Platz an Isadorus' Seite zurückerobert hatte – wenn es auch nicht der in seinem Herzen war, sah es doch in den Augen der Welt so aus.

»Guten Abend, meine Dame«, sagte sie höflich. »Ich freue mich, dass Ihr uns zu dieser Gelegenheit beehren konntet.«

Hinter Barsymet stand Ulciber stehen geblieben. Sein Blick ruhte auf Ta-Thea. Er lächelte leicht, doch es war weder ein schönes noch ein warmes Lächeln.

Ta-Theas Kehle war trocken. Sie suchte vergeblich nach Worten.

Da erschien Alexius. Ein Blick in Ta-Theas Gesicht genügte, und er stürzte vorwärts.

»Bring sie in ihre Wohnung.« Isadorus war blass, als ob er etwas begriffen hätte, das außerhalb des menschlichen Verstandes lag.

»Was ist geschehen?«, fragte Alexius. In seinen Augen lag eine düstere Ahnung, seine Stimme war drängend. Er wandte sich fragend an Ta-Thea.

»Ein Augenblick der … der Erinnerung«, antwortete sie stockend. Dies war die Wahrheit, selbst wenn sie noch nicht wusste, worüber.

Alexius dachte an die Morde. Seine Miene zeigte Wut und Mitleid und verzweifelte Zärtlichkeit. Er legte die Arme um Ta-Thea, und wenn sie sich nicht gerührt hätte, hätte er sie gewiss hochgehoben. Sie wäre glücklich gewesen, wenn er es getan hätte. Nur die Gegenwart der anderen hätte das Vergnügen beeinträchtigt. Sie lehnte sich an ihn, an seinen warmen Körper, seine Stärke, und es umgab sie ein vertrauter Duft.

Eleni, beobachtete die Szene, erkannte Ta-Thea aber zunächst nicht, und sie bemerkte auch nicht, dass Ulcibers Lächeln sich derart vertiefte, dass sein Gesicht beinahe zu strahlen schien.

11

Eleni beobachtete, wie Alexius und Ta-Thea davongingen, und ihr Herz schrie auf. Sie wusste, dass Ta-Thea einen Schock oder einen plötzlichen Anfall erlitten hatte und dass jeder Mann ihr geholfen hätte. Es störte sie nicht, dass Alexius derjenige gewesen war, aber die Zärtlichkeit in seinen Gesten erfüllte sie erneut mit Schmerz.

Sie hörte kaum, worüber die Menschen um sie herum sprachen. Isadorus wünschte seiner Frau liebevoll eine gute Nacht. Er schien nichts bemerkt zu haben. Eleni verabschiedete höflich von den anderen, wandte sich ab und ging allein nach Haus.

Sie konnte nicht schlafen. Verlassen lag sie in der Dunkelheit und starrte ins Leere. Als Alexius das Zimmer betrat, verharrte sie regungslos, atmete mit geschlossenen Augen gleichmäßig ein und aus. Er flüsterte ihr etwas ins Ohr, doch sie antwortete nicht. Ihre Gedanken kreisten verzweifelt um eine Zukunft, in der sie einsam und verlassen war. Der Schlaf vertrieb erst gegen Morgen ihren Kummer.

Trotzdem erwachte Eleni vor Alexius, und sie verließ leise das gemeinsame Schlafzimmer. Sie wollte immer noch nicht mit ihm sprechen. Irgendwann würde sie nicht mehr vor ihm fliehen können, doch zuerst sollte die Wunde vernarben. Sie musste einen Weg finden, mit ihrem Zorn und ihrer Furcht fertig zu werden. So lange noch wollte sie ihre Gefühle vor ihrem Mann verbergen. Sicher wäre er peinlich berührt, würde ihr Ungerechtigkeit vorwerfen. Oder – und das wäre noch schlimmer – er würde die Gründe für ihr Leid nur allzu gut verstehen. Gewissensbisse würden ihn zerreißen. Eleni konnte den Gedanken daran nicht ertragen. Sie stand in der Morgensonne auf der Terrasse und kämpfte mit plötzlicher Übelkeit.

Sie beschloss, in die Krankenhalle zu gehen. Dort arbeitete sie häufig gemeinsam mit anderen Frauen und sorgte für die Kranken und Verletzten. Wenn sie schon diesen Preis für die Gabe zahlen musste, dann wollte sie wenigstens Gebrauch von ihr machen. Die gewaltige, süße Kraft des Gebens war von der Qual des drohenden Verlustes unberührt geblieben. Sie gehörte nur ihr, niemand sonst hatte Einfluss darauf.

Eleni hastete durch die Straßen, an Bäckern, Milch- und Obsthändlern vorüber. Die Luft war frisch, die Straßen noch feucht vom Tau.

Zur Krankenhalle war es nicht weit, nur zehn Minuten zu Fuß, wenn man zügig ausschritt. Die anderen waren erfreut, sie zu sehen. Es gab immer zu viel zu tun und zu wenige Menschen, auf die jeden Tag allzu viele Aufgaben warteten. Die Nacht hatte die üblichen Tragödien gebracht, und Eleni wusste, dass der Tag das Leid in erbarmungsloses Licht tauchen würde. Vor den Kranken und Elenden lagen nun die schwersten Stunden, denn die Barmherzigkeit des Schlafes war in unerreichbare Ferne gerückt.

Eleni arbeitete verbissen, gönnte sich keine Pause und zwang ihren Geist zu seinem ganz eigenen Verrat. Ausgerechnet Ta-Thea! Ta-Thea, mit der sie sich angefreundet, die sie in die Geheimnisse des Buches eingeweiht hatte!

Oder war es gerade das? War es das, was Alexius liebte? Die Schönheit, die Weisheit, die Vollkommenheit des Buches, nicht Ta-Thea selbst? Doch wo lag der Unterschied?

Eleni versorgte gerade eine Frau, die an hohem Fieber litt. Die Kranke näherte sich einer Krise. Eleni badete sie in kaltem Wasser, versuchte, die Temperatur zu senken, und langsam begriff sie durch den Tumult hindurch, der ihre Gedanken beherrschte, dass sie zu versagen drohte. Die Frau glitt unaufhaltsam dem Delirium entgegen.

Der Arzt trat zu ihr und flüsterte: »Niemand außer Euch kann ihr noch helfen, verehrte Dame.« Seine Stimme war voller Vertrauen.

Da war der Moment! Beinahe hätte sie ihn verstreichen

lassen. Sie legte hastig die Hände auf das Gesicht der Frau und konzentrierte ihre Gedanken auf die Fiebernde, wartete auf die vertraute Kraft, die durch ihre Adern strömen würde, auf die tiefe Freude.

Doch nichts geschah.

Der Arzt hielt den Atem an, wartete voller Anspannung auf das Wunder, das ihn immer noch einschüchterte, obwohl er es schon viele Male gesehen hatte.

Eleni versuchte es erneut. All ihre Kraft nahm sie zusammen. Es musste gelingen!

Der Arzt räusperte sich.

Und Eleni spürte plötzlich, dass es nicht geschehen würde. Finsternis breitete sich aus. Sie hatte sich gewünscht, dass ihr die Gabe entzogen würde. Die Bürde war zu schwer gewesen, der Preis zu hoch – und Gott hatte sie erhört. Es war vorbei.

Die Frau holte noch einmal röchelnd Luft, dann war sie still.

Eleni schien es, als hätte sie ihren eigenen Tod gesehen. Langsam zog sie die Hände zurück. Sie waren steif und kalt. Das hatte sie nicht gewollt. Sie hatte einen Teil ihres Selbst verloren, etwas, das weder mit Alexius noch mit Ta-Thea oder irgendjemandem sonst zu tun hatte. Es war etwas zwischen ihr und Gott gewesen, und sie hatte sich der Verpflichtung verweigert.

Der Arzt schloss die Augen der toten Frau. Dann legte er eine Hand auf Elenis Arm. Ganz sanft versuchte er, sie von dem Lager fortzuziehen.

Doch Eleni rührte sich nicht. Dies war schlimmer als alles, was sie sich vorgestellt hatte. Dunkelheit herrschte in ihrem Inneren. Dort, wo zuvor Licht gestrahlt hatte, breitete sich Leere aus, und sie wusste, dass nichts sie füllen würde. Sie hatte sich selbst verleugnet.

»Kommt, verehrte Dame. Ihr könnt ihr nicht mehr helfen«, sagte der Arzt mit Nachdruck, und seine Worte erreichten sie schließlich.

Sie blickte auf und sah Enttäuschung und Verwirrung in seinen Augen. Nicht nur die tote Frau hatte sie im Stich gelassen, nicht nur sich selbst, sondern alle, die an ihre Macht und um ihretwillen an das Buch geglaubt hatten. Sie hätte wissen müssen, dass dies geschehen würde, schon seit dem ersten Mal, als sie alle voller Ehrfurcht beobachtet hatten. Damals hatten die Menschen selbst das Unmögliche für wahrscheinlich gehalten, und nun hatte sie alle enttäuscht.

Eleni ließ sich nur zögernd von dem Arzt wegführen. Sie wollte allein sein, zu dem Buch zurückkehren, alles Notwendige tun, um die Gabe zurückzuerhalten. Sie hatte das Licht selbst zurückgewiesen. Hatte auch sie ihre Natur, ihre Seele damit fortgeworfen? Nur das Buch hatte die Antwort auf diese Frage.

Ta-Thea erfuhr nichts von diesen Ereignissen. Die größte Leidenschaft des Arztes gehörte der Heilung der Kranken, ihres Körpers und ihrer Seele. Er wusste, dass der Verlust der Hoffnung ebenso tödlich sein konnte wie Verletzungen oder Krankheiten. Daher verlor er niemandem gegenüber auch nur ein Wort über den Vorfall.

Im Frühsommer war die Lehre des Buches schon in der ganzen Stadt verbreitet. Auch in anderen Städten hörten immer mehr Menschen davon. Händler und Soldaten, Steuereintreiber und Regierungsbeamte trugen die Nachricht überall hin. Die Lehre wurde zumeist begeistert aufgenommen, aber hier und da auch abgelehnt. An einigen Orten wurde sie skeptisch und heftig diskutiert.

Alexius kämpfte inzwischen mit den Feinheiten, doch es gab keinen Zweifel mehr: Er hielt die Wahrheit in den Händen. Der Weg zur Erkenntnis war vielleicht so lang wie ein ganzes Leben, aber dies war der Anfang. Eleni wusste es bereits und war nicht darauf angewiesen, von ihrem Mann unterrichtet zu werden. Vielleicht verstand sie die wesentlichen Dinge sogar besser als er.

Alexius' Schwester Xanthica hingegen zeigte kaum mehr Interesse für das Buch. Sie war fünf Jahre jünger als ihr Bruder, und er liebte sie, schüchterte sie aber auch ein und hatte sie ihr ganzes Leben lang mehr oder minder belehrt und beschützt. Er konnte nicht anders, als diesen Schatz des Geistes und der Seele mit ihr zu teilen.

Alexius begann langsam und behutsam. Er wusste, dass sie für das Lernen noch nie viel übrig gehabt hatte. Sie liebte ihn zwar, aber ihre Loyalität gehörte ihrem Ehemann Maximian so wie die Elenis ihm, und so sollte es auch sein.

Xanthica lauschte ihm wie immer aufmerksam und stimmte ihm schnell zu. Dies war eine ihrer Angewohnheiten, doch er wusste, dass es nichts weiter als Worte waren.

Eines frühen Abends – sie gingen zusammen im Liliengarten spazieren – war Alexius mit seiner Geduld am Ende. Die Sonne stand schon tief, das Jahr neigte sich seinem Ende entgegen. Mandeln und Oliven waren reif, und die Nestlinge waren schon lange flügge geworden.

»Du behauptest unablässig, mit allem einverstanden zu sein«, klagte Alexius Xanthica an. »Doch du verpflichtest dich zu nichts. Du sprichst von Mystizismus, doch das ist es nicht, was du eigentlich meinst. Jedes einzelne deiner Argumente habe ich widerlegt.«

Xanthica hielt den Blick gesenkt. Sie schritten langsam zwischen den prachtvollen Blumenbeeten dahin, und der Duft der wachsgleichen Blüten lag schwer in der Luft.

»Ich glaube, das Buch macht mir Angst«, entgegnete sie ruhig. »Du bedrängst mich immer mehr, und ich weiß nicht mehr, was ich erwidern soll.«

Alexius legte die Arme um ihre Schultern, doch sie schob ihn von sich fort und blickte ihn voller Ärger an.

»Nimmst du eigentlich überhaupt noch Notiz von Eleni?«, fragte sie vorwurfsvoll. »Ich glaube, du bist blind! Sie ist so unglücklich. Die Gabe des Heilens ist vielleicht wundervoll, aber muss sie deshalb das letzte Quäntchen Glück aus ihr heraussaugen?«

Dies war die Wahrheit. Eleni hatte zwar versucht, es zu verbergen, ihr Elend zu verstecken, doch er kannte sie zu gut, um sich täuschen zu lassen. Trotzdem hatte er der Gewissheit nicht ins Auge sehen wollen. Seine Frau war tatsächlich sehr unglücklich. Er liebte sie, und er liebte das

Buch. Darin hatte er das Glück gesucht, ohne es eigentlich zu bemerken. Ihr Leid war ihm nicht klar geworden. Er war verwirrt. Er verstand ihre Gabe nicht. Er selbst verfügte über nichts dergleichen und Ta-Thea auch nicht. Und die beiden Frauen waren die einzigen Menschen, mit denen der die Tiefe der Bedeutung des Buches teilen konnte.

Xanthica betrachtete ihn kritisch. »Die Bürde ist einfach zu schwer. Wenn jemand, der so gutherzig ist wie Eleni, so sehr darunter leidet – was soll dann aus uns anderen werden?« Als Alexius schwieg, fuhr sie fort: »Ich will so nicht leben! Ich will mich nicht einem Feind stellen, der behauptet, die Erde mit Elend und Krieg zu überziehen und das letzte Korn der Zerstörung zu ernten – und genau davon erzählt das Buch.«

»Ich weiß«, gab Alexius zu. »Doch auf diejenigen, die jenem Feind widerstehen, warten die Freude Gottes und sein ewig währender Friede. Ist diese Hoffnung nicht jeden Preis wert?«

»Nein.« Sie zögerte keine Sekunde. »Ich liebe, was ich habe, Alex.« Mit einer schwungvollen Geste schloss sie den Garten und die Stadt dahinter ein. »Ich strebe weder nach der Sonne noch nach dem Mond oder den Sternen. Mir ist die gewöhnliche, sterbliche Erde genug, und jeden Tag bin ich aufs Neue glücklich über die Liebenswürdigkeit, die Hingabe und die Ehrlichkeit, die die Menschen sich entgegenbringen. Daran haben auch die Besten in Camassia geglaubt, seit Generationen schon, und es ist gut. Ich verstehe nicht, warum du nach etwas anderem strebst.« Sie blickte ihn voller Ernst an. Es war offensichtlich, dass sie verzweifelt versuchte, ihren Bruder zu verstehen.

Warum war es ihm eigentlich nicht genug? Sie verdiente eine eindeutige Antwort.

Die Sonne schien warm auf die Lilien, die Bienen summten über den duftenden Blüten.

»Ich habe etwas Strahlenderes gesehen«, sagte er schlicht. »Und ich kann es nicht vergessen.«

Xanthica erbebte. Sie war verärgert. Seine Sturheit verursachte anderen nichts als Kummer.

»Was ist denn so viel strahlender? Das Buch ist voller Drohungen und Versprechungen. Und was ist mit der Welt, die um uns herum zusammenbricht, mit dem Tod und der Verzweiflung überall? Ich will das alles nicht, weder für mich selbst noch für die, die ich liebe! Ich will weder alles opfern noch Jahr um Jahr damit verbringen, daran zu arbeiten, zu lernen und zu versuchen, die Botschaft des Buches zu verstehen.«

Aus ihrer Stimme sprach Zorn, aus ihrer Haltung Trotz. Und sie hatte Angst. Alexius zweifelte nicht daran. Er trat zu ihr und nahm behutsam ihre Hand.

»Man kann es schaffen«, versprach er. »Er ist kein Dämon, der sich über uns lustig macht und Dinge von uns verlangt, die wir nicht vollbringen können.«

»Das gilt nur für einige von uns.« Xanthica befreite sich aus seinem Griff, und ihre Ringe ritzten seine Haut.

»Nein, es gilt für uns alle«, widersprach Alexius heftig. »Von jedem von uns erwartet Er nicht mehr als das, wozu wir tatsächlich imstande sind. Er ist ein Gott der Gerechtigkeit, nicht einer der Macht.«

»Er will alles!« Sie ließ sich nicht besänftigen. »In einem Atemzug erzählst du von dem heiligen Frieden der Wahl und gleichzeitig sagst du, dass wir gehorchen müssen oder bestraft werden. Und wenn wir den Gehorsam verweigern, nicht immer Opferbereitschaft, Kummer, Leid und Mühsal auf uns nehmen wollen, dann ist die einzige Alternative, dass wir alles verlieren.«

Alexius spürte, wie er langsam die Beherrschung verlor. Wenn es sich um jemand anderen gehandelt hätte, wäre es ihm gleichgültig gewesen. Doch das Band zwischen ihnen durfte er nicht zerstören. Er konnte Xanthica nicht zurücklassen, sie war doch ein Teil von ihm.

»Nein, das stimmt nicht. Jeder wird seinen Taten und seinen Wünschen gemäß belohnt werden, danach, was er getan hätte, wenn er die Macht dazu gehabt hätte, zum Guten und zum Schlechten. Doch wenn du dich vom Besten abwendest, deine höchsten Ziele verrätst, dann wird dein Lohn nur ein Teil dessen sein, was du hättest erreichen können.«

Xanthica trat einige Schritte zurück. »Ich bin auch mit einer gewöhnlichen Belohnung vollkommen glücklich. Ich will gar kein Gott sein, weder jetzt noch später. Und ich glaube, dass ein solches Ziel nicht nur arrogant, sondern, um ehrlich zu sein, auch lächerlich ist.« Ihre Stimme gewann an Schärfe. »Ich bin ein menschliches Wesen. Ich habe Fehler und Schwächen, und daran wird sich wahrscheinlich niemals etwas ändern. Aber es stört mich nicht. Und ich bin glücklich mit anderen Menschen, die genauso sind.«

Alexius wusste, warum sie so zornig war. Mit den letzten Worten hatte sie alles gesagt. Etwas in ihr fürchtete, dass das Buch die Wahrheit sprach, doch sie wollte nicht allein sein. Maximian schließlich glaubte nicht an das Buch. Er sah darin weder etwas Schönes noch etwas Empfindsames. Er erkannte nichts weiter als Mystizismus und Verwirrung und die Vernebelung des Verstandes, die zum Verlust der Selbstdisziplin und jenes Pflichtbewusstseins führen musste, das Camassia erst groß gemacht hatte. Xanthica hingegen hatte einen Schimmer dieser Lehre wahrgenommen, mochte er auch noch so schwach sein, einen Schimmer des Lichts, das in den Worten wohnte. Doch sie wollte weder Maximians ungeteilte Liebe noch seine Anerkennung aufs Spiel setzen. Hatte sie seine Reaktion schon geprüft? Oder wagte sie noch nicht einmal das?

Alexius selbst hatte mit Maximian gesprochen. Er war auf höflichen, aber unerbittlichen Widerstand gestoßen. Maximian würde den Glauben eines anderen Menschen niemals verurteilen oder sich weigern zuzuhören, doch er lauschte mit den Ohren, nicht mit dem Herzen. Alexius erkannte durch die Gespräche mit ihm, dass die Kluft zwischen ihnen tiefer war, als er vermutet hatte. Niemals zuvor war ihm aufgefallen, wie sehr er sich von seinem Schwager unterschied. Maximian stammte aus einer traditionsreichen Familie, und in seinem nüchternen, trockenen

Humor tat er häufig kund, dass er auch sehr stolz darauf war. Seine Verehrung der alten Ideale war jedoch viel mehr als nur ein Lippenbekenntnis. Er lebte durch sie und wäre für sie gestorben genauso wie jeder Gläubige durch das Buch lebte und dafür gestorben wäre. Maximian hielt keine leidenschaftlichen Reden und versuchte auch nicht, andere zu überzeugen, doch deshalb war er der Tradition nicht weniger verhaftet.

»Warum sagst du nichts?«, fragte Xanthica. »Du stehst nur da und klagst mich an.«

»Ich klage dich nicht an. Du musst deine eigene Wahl treffen. Ich will nur sicher sein, dass ich es dir gut genug erklärt habe, damit …«

»Das hast du bereits«, fiel sie ihm ins Wort. »Einige Male schon. Und ich will einfach nicht mehr darüber sprechen.« Damit wandte sie sich ab und lief den Weg zurück. Die Röcke wehten hinter ihr her, und die letzten Sonnenstrahlen spielten auf den Bordüren an den Säumen.

Isadorus hatte Ta-Thea darum gebeten, die Lehren des Buches zu vereinfachen und sie ins Camassianische zu übertragen. Alle Menschen sollten sie lesen können und auf diese Weise einen Weg finden, sich gegenseitig zu unterrichten und zu unterstützen. Es gab schon viele hundert Gläubige, und sie verlangten nach mehr als nach einsamer Reflexion über die Philosophie des Buches. Deren Komplexität erforderte die Anleitung durch diejenigen, die bereits mehr darüber wussten.

Ta-Thea hatte mit Alexius um die Frage gestritten, ob der Mensch nur das zu schätzen weiß, was er sich erkämpfen musste. Doch sie hatte eingesehen, dass auch diejenigen, die nicht von Natur aus wissbegierig und bereit waren, zu lesen und zu lernen, es verdienten, in die Geheimnisse des Buches eingeweiht zu werden. Die alte Sprache, in der es geschrieben war, blieb den meisten Leuten fremd. Obwohl der universelle Charakter trotzdem offensichtlich war, konnte die Gefahr von Missverständnissen nicht ausgeschlossen werden.

»Ich brauche etwas, was ich jedem geben kann«, drängte Isadorus. Es war kein Befehl, sondern eher eine Bitte, und Ta-Thea konnte und wollte sie ihm nicht abschlagen. Er stellte ihr Schreiber zur Verfügung und versprach Unterstützung, wo immer sie sich als notwendig erweisen würde.

Es ging nicht nur darum, das Buch in verständliches Camassianisch zu übersetzen. Das wäre verhältnismäßig einfach gewesen. Der Text würde auch Macht und Schönheit besitzen müssen, um die Menschen zu bewegen und in ihre Herzen zu dringen. Außerdem musste Ta-Thea ganz sicher sein, dass sie nicht unabsichtlich die Bedeutung verfälschte. Deshalb benötigte sie mehr als nur Schreiber, so fähig sie auch sein mochten. Sie musste den Text wieder und wieder lesen, darüber nachdenken und in ihrer Erinnerung nach jenen Fetzen des Glücks und des Friedens suchen, die ihr Gedächtnis verloren hatte. Nur so konnte sie sicher sein, dass sie auf dem richtigen Weg war.

Außerdem musste sie arbeiten, sich mit jemandem auseinandersetzen, streiten und jeden einzelnen Satz überprüfen, mit jemandem, der wie sie die Wahrheit kannte und ihre Arbeit ohne Furcht und ohne Parteilichkeit beurteilen konnte. Das konnte nur Alexius sein, und Isadorus nannte seinen Namen, noch bevor Ta-Thea selbst Gelegenheit dazu erhielt. Sie würde den Text übersetzen, und in regelmäßigen Abständen würde Alexius ihre Arbeit überprüfen.

Ein langer Raum im obersten Stockwerk des Palastes wurde ihnen zur Verfügung gestellt. Von dort blickte man auf den Flügel, wo einst Baradeus mit seinen Generälen zu Rate gesessen hatte. Die Südseite des Raumes bestand aus einer langen Fensterfront, und das Licht war hervorragend, obwohl der Winter nahte. Es war der vierte Winter, den Ta-Thea in Camassia verbringen würde.

Sie machten sich mit großem Vergnügen an die Arbeit. Am anderen Ende des Raumes saßen die Schreiber an ihren Tischen, doch sie störten nicht. Normalerweise arbeiteten sie abends, nachdem Ta-Thea den Tag damit verbracht hatte, mit dem Text zu ringen, und Alexius seinen militärischen und diplomatischen Pflichten nachgekommen war. Er trug keine Uniform, sondern Tunika und Robe der Archonten, aber ohne die rote Bordüre.

Eines Abends blickte er von dem Blatt in seinen Händen auf und sagte: »In dieser Passage hier über die Wunder habt Ihr die Liebe besonders herausgearbeitet, aber das Gesetz vernachlässigt.«

»Ja, das stimmt«, erwiderte Ta-Thea und deutete auf die entsprechenden Zeilen im Original.

Alexius schüttelte den Kopf. »Das trifft es nicht. Man kann allzu leicht zu dem Schluss kommen, dass Liebe und Glaube genügen.« Er warf einen Blick in das Original. »Seht Ihr? Die Macht des Gesetzes hat viel größeres Gewicht. Die Menschen können sich einreden, an alles zu glauben, wenn sie es nur wollen. Der bloße Wunsch könnte mit dem Glauben verwechselt werden. Und wenn der Lohn auf sich warten lässt, ist es leicht, der Wahrheit den Rücken zu kehren, weil man schnell die passende Ausrede zur Hand hätte: Gott hat sein Versprechen gebrochen.«

»Die Menschen werden ohnehin so handeln, wenn es das ist, was sie tatsächlich wollen«, erwiderte Ta-Thea mit einem schiefen Lächeln. »Wir können vor uns selbst alles rechtfertigen.«

Doch dann sah sie etwas in seinem Gesicht, ein Gefühl, das tiefer war als jeder Gedanke. Offensichtlich dachte er an jemanden, den er liebte, und sie wollte ihn nicht verletzen.

In dem Raum war außer dem leisen Kratzen der Federn der Schreiber kein Laut zu hören.

»Es gibt eine Schwierigkeit«, fuhr sie langsam fort. Verzweifelt suchte sie nach Worten, die behutsam und gleichzeitig ehrlich waren. Er war der Letzte, der die Abschwächung der Wahrheit dulden würde, selbst wenn es im Namen des Mitgefühls geschah.

Alexius lachte leise und schaute sie an. »Nur eine?«

Wusste er, dass sie ihn verstand? Ein Blick in seine Augen genügte, und es gab keinen Zweifel mehr daran, dass er sich dessen ganz sicher war.

»In diesem Zusammenhang gibt es nur eine«, erwiderte sie mit einem Lächeln. »Wie stellen wir das Gleichgewicht zwischen Gesetz und Hoffnung, Gerechtigkeit und Liebe her? Wir müssen einerseits ehrlich warnen, und andererseits dürfen wir nicht so unnachgiebig sein, dass die Menschen vor Angst davonlaufen.«

»Es ist noch mehr«, sagte Alexius mit Nachdruck und Schmerz in der Stimme.

Er beobachtete sie. Ta-Thea spürte es, doch sie blickte nicht auf.

»Wie viel mehr?«

»Diejenigen, die vom Gesetz nichts wissen, sind ihm gegenüber auch nicht verantwortlich.« Er suchte nach Worten. »Wenn man jemanden liebt … und wir sollten alle Menschen lieben … und man lehrt sie das Gesetz, zeigt ihnen den Weg, dann erlegt man ihnen die Last der Wahl auf. Selbst wenn sie sie abschütteln, so haben sie sie doch gesehen, und man hat sie der Verdammung preisgegeben. Wenn man geschwiegen hätte, wäre dies nicht geschehen.« Er zögerte und fuhr dann mit stockender Stimme fort: »Habt Ihr den Menschen dann geholfen oder geschadet?«

Ta-Thea wusste genau, an wen er dachte. Es ging um Xanthica und neben ihr um viele, viele andere, um all jene, die seit ewigen Zeiten und in der Zukunft die Wahrheit bereits gesehen hatten und noch sehen würden, sich aber von ihr abgewandt hatten oder eben abwenden würden, weil sie zu schwer zu tragen war.

Ta-Thea hatte keine Antwort.

»Ihr schweigt«, stellte Alexius prompt fest und beugte sich zu ihr. Er musste es wissen. Er hatte zwar Angst vor der Antwort, doch er war es gewohnt, sich seiner Furcht zu stellen.

Ta-Thea kannte ihn bereits zu gut. Sie hatte gelernt, seine Gedanken zu erraten, seine Gefühle zu erahnen. Trotzdem gab es noch vieles, das ihr vollkommen fremd waren. Sein Leben war wie ein Land mit riesigen unerforschten

Gebieten, über deren Beschaffenheit sie nur Vermutungen anstellen konnte. Auch er kannte sie nur so, wie sie jetzt war, und hatte keinerlei Vorstellung davon, wie sie als Kaiserin von Shinabar gewesen war und welche Macht sie einst in Händen gehalten hatte. Und doch schien er viele Facetten ihrer Liebe zu dem Buch zu erfassen, die noch nicht einmal Isadorus und Eleni sahen.

»›Der Mensch muss alles geben‹«, zitierte sie leise und blickte in seine hellen Augen. »›Die Höhen und Tiefen seiner Seele, doch mehr verlangt es nicht. Ich erlasse keine Gebote, ohne gleichzeitig einen Weg zu weisen, der Gehorsam ermöglicht.‹«

Ein schwaches Lächeln spielte um seine Lippen. Er war ihr so nah, dass sie seine Wärme spüren konnte. »Das Gesetz gilt von Ewigkeit zu Ewigkeit, und selbst Gott muss es befolgen oder aufhören, Gott zu sein.«

Dem konnte sie nicht widersprechen. So stand es in dem Buch, und er wiederholte es in einfachen Worten, die jeder verstand.

»Und wo das Gesetz herrscht, muss es die Möglichkeit geben, es zu befolgen«, fuhr er fort. »Und die, es nicht zu befolgen.«

»Ja.« Ta-Thea wusste, was er als Nächstes sagen würde, und sie nahm es ihm nicht ab.

»Und wo es Gehorsam und Ungehorsam gibt, dort muss es auch Lohn und Strafe oder – wenn Ihr es vorzieht – einen Preis geben«, stellte Alexius fest. »Anderenfalls wird das Chaos herrschen, und der Widersacher gewinnt. Dann wird alles bedeutungslos.«

»Ja«, stimmte Ta-Thea abermals zu. »Doch Ihr dürft nicht vergessen, dass es große Unterschiede gibt unter den Menschen. Nicht jeder ist in der Lage zu verstehen oder gar zu gehorchen. Millionen werden leben und sterben, ohne jemals auch nur ein Wort über das Gesetz gehört zu haben. Wir werden nach dem Licht, das wir in die Welt tragen, beurteilt werden. Wem viel gegeben wurde, von dem wird viel verlangt werden.« Sie hörte ihre Worte wie die einer Fremden und wusste, dass dies die uneingeschränkte

Wahrheit war. »Das Urteil ist gerecht. Die Wünsche des Herzens werden bemessen. Wir werden nach dem beurteilt werden, was wir hätten sein können, wenn wir dazu die Chance gehabt hätten, genauso wie nach dem, was wir sind. Es gibt viele, die Gutes tun würden oder auch Böses, doch die Umstände hindern sie daran.«

Draußen war der Wind schärfer geworden, und in dem Raum wurde es langsam kälter. Einer der Schreiber erhob sich, um ein Stück Holz auf das Feuer zu legen.

Alexius betrachtete Ta-Thea sehr aufmerksam. Sand rann durch das Stundenglas, und sie schwieg. Er hielt ihren Blick fest. Nur seine Lippen bewegten sich, um ein leichtes, trauriges, selbstironisches Lächeln zu zeigen.

»Ich sage es an Eurer Stelle: Es gibt keinen Ausweg.«

»Nein …«

Er stand auf und trat zu den Fenstern. Lange betrachtete er die dunkle Silhouette der Stadt. »Was sollen wir den Menschen sagen, Ta-Thea? Wie viel? Wenn sie die Wahrheit hören und sich von ihr abwenden, wird ihre Verdammnis noch viel größer sein als die derjenigen, die nie etwas davon erfuhren. Ich frage noch einmal: Helfen wir ihnen damit oder schaden wir ihnen? Ohne uns könnten sie auf unschuldig plädieren. Wir sind verantwortlich, so oder so.«

»Wir sind dafür verantwortlich, dass sie die Wahrheit erkennen, nicht für ihre Wahl.«

»Seid nicht so spitzfindig. Das ist kein Argument, und Ihr wisst es. Wenn wir die Menschen nicht dazu zwingen würden, die Wahrheit zu hören, wären sie auch nicht genötigt, ihre Wahl zu treffen, mag sie richtig oder falsch sein.«

»Ich glaube nicht, dass es hier um Spitzfindigkeiten geht. Die Wahl muss so oder so getroffen werden. Früher oder später, in diesem Leben oder danach wird jeder die Wahrheit finden.« Sie schüttelte den Kopf. »Und wenn nicht, haben wir dann nicht genau das erreicht, was der Große Widersacher sich wünscht – Unwissenheit und die Dummheit derer, die nichts wagen?«

Alexius wandte sich Ta-Thea zu, und seine Züge waren

von Schmerz und Verwirrung gezeichnet. »Ja ... ja, ich glaube auch, dass es so sein wird. Aber ...« Er schwieg.

»Ich weiß«, flüsterte Ta-Thea. »Es schmerzt, und so wird es immer sein, wenn die, die wir lieben, den anderen Weg wählen. Ich weiß keine andere Antwort. Könnten wir nicht zwei Regeln haben, eine für die, die wir lieben, und eine zweite für die wir nicht lieben? Aber Gott liebt uns eben alle.«

Alexius schloss die Augen. »Ich weiß. Und wenn wir wissen und nicht reden, nehmen wir den anderen das Recht auf ihre eigene Wahl. Wir maßen uns an, sie von vornherein als Versager zu verurteilen.« Seine Worte waren voller Bitterkeit.

Am liebsten wäre sie zu ihm gegangen, hätte ihn in die Arme geschlossen und seinen Schmerz mit ihm geteilt. Sie wusste, was er fühlte, denn ihr selbst war es ebenso ergangen. Dieser Kummer war universell, und doch gehörte er jedem Menschen allein, und sie wollte die Grenze nicht überschreiten. Er dachte an seine Schwester, und seine Gefühle für Xanthica gehörten ihm allein.

Alexius kehrte zum Tisch zurück und setzte sich. »Steht es in dem Buch?«, fragte er schließlich.

»Was?«

»In der Armee, besonders bei den Grenztruppen, gibt es immer Wachen, Männer, deren Aufgabe es ist, die anderen zu bewachen, während sie die Waffen säubern, kochen, die Verwundeten versorgen, den nächsten Angriff vorbereiten und andere Dinge erledigen. Man vertraut ihnen, und nur unbedingt vertrauenswürdige Männer werden mit dieser Aufgabe betraut.« Er beobachtete sie eindringlich.

»Der Wächter ... ja, alle Menschen haben einen Wächter«, erwiderte Ta-Thea. »Ohne ihn könnten wir weder schlafen noch essen oder unsere Gedanken der Erkenntnis widmen. Und wenn er versagt, wird er getötet, weil er uns verraten hat. Ich weiß, was Ihr sagen wollt. Es ist des Wächters Aufgabe, die Wahrheit zu verkünden. Ob die Truppe anschließend kämpft oder flieht, ist nicht mehr seine Angelegenheit. Aber er muss die anderen warnen, ob sie ihm glauben oder nicht.«

Alexius nickte langsam.

»Jetzt gibt es keine Fragen mehr … nicht wahr?«, flüsterte sie.

»Nein.« Er seufzte und erhob sich erneut. »Wir haben die Antwort gefunden. Ich bin nicht sicher, ob sie mir gefällt, doch ich weiß, dass dies die Wahrheit ist.« Er legte für einen Augenblick die Hand auf ihren Arm, dann ging er zur Tür und wünschte den Schreibern eine gute Nacht. Er richtete nicht noch einmal das Wort an sie, doch sie verstanden einander auch so.

12

Als Ra-Nufis von seiner zweiten Reise nach Shinabar zurückkehrte, besuchte er Ta-Thea unmittelbar nach seiner Ankunft noch spät am Abend. Er war vollkommen erschöpft, als er ihre Wohnung betrat. Sie freute sich sehr, ihn zu sehen, und sie bemerkte sofort, dass er gealtert war und der Junge in ihm der Erfahrung Platz gemacht hatte. Seine Augen jedoch strahlten vor Begeisterung, und er durchquerte den Raum in langen, geschmeidigen Schritten. In den Händen hielt er ein kleines Päckchen, dass er vorsichtig vor sich hertrug.

Ta-Thea freute sich wie ein Kind. Natürlich hatte sie schon andere Geschenke erhalten. Eleni war immer großzügig gewesen. Doch dieses Geschenk kam aus Shinabar, und Ra-Nufis hatte einen ganz besonderen Platz in ihrem Herzen erobert. Vielleicht sah sie in ihm, was aus Habi hätte werden können.

Er reichte ihr das Päckchen. Sie nahm es behutsam entgegen. Es war leichter, als sie gedacht hatte. Sie warf ihm einen Blick zu und sah den Eifer in seinen Augen. Das Päckchen war mit einer dünnen Kordel verschnürt, und sie brauchte einige Zeit, bis sie den Knoten gelöst hatte. Dann entfernte sie vorsichtig die zahllosen Schichten der Verpackung, bis sie unter ihren Fingern die kühle, glatte Oberfläche einer winzigen Schildkröte spürte, die aus einem einzigen Lapislazuli gearbeitet worden war. Die Figur war bis ins kleinste Detail vollkommen und nur ein bisschen größer als das erste Glied ihres Daumens.

Ta-Thea blickte auf und sah Ra-Nufis' Lächeln. Die Vorfreude auf ihr Entzücken blitzte in seinen Augen.

»Sie ist … wunderschön«, flüsterte Ta-Thea voller Dankbarkeit und Heimweh. Die Last des Exils und der Einsamkeit erdrückte ihre Stimme für einen Moment. »Es ist gut, Euch wieder zu sehen«, fügte sie eifrig hinzu. »Ich danke

Euch dafür, dass Ihr so schnell hierher gekommen seid. Ihr seid sicher sehr müde.«

»Nichts war wichtiger, als Euch so schnell wie möglich aufzusuchen«, erwiderte Ra-Nufis mit einem leichten Achselzucken. Dabei hob er nur eine Schulter. Diese Geste hatte sie in Thoth-Moara tausende von Malen gesehen, in Camassia noch nie.

Ta-Thea drängte nicht, von den Neuigkeiten zu berichten. Die ganze Zeit, während er unterwegs war, hatte sie gewartet, und jetzt, da er zurück war, fürchtete sie sich beinahe vor dem, was er zu sagen hatte. Sie hielt die kleine Schildkröte in der Hand, drehte sie hin und her und strich immer wieder mit den Fingern über die Oberfläche. Dann bot sie Ra-Nufis eine Mahlzeit und etwas Wein an, und erst, als er sich gestärkt hatte, sprachen sie von Shinabar.

Sein Blick war sehr ernst. »Die Nachrichten sind nicht gut, Majestät. Wenn Ihr Rache wolltet und die Macht hättet, sie Euch zu holen, dann würde ich sagen, dass die Zeit reif ist. Doch ich weiß, dass Ihr wie ich Euer Volk liebt, und dass Ihr Euch nichts sehnlicher wünscht, als das Wort des Buches nach Shinabar zu bringen.« Er holte tief Luft. »Doch die Menschen dort achten selbst den alten Glauben nicht mehr. Die Rituale werden erhalten, weil das Volk sie schätzt, doch man hat längst vergessen, was sie bedeuten, und niemand hat mehr den Mut, die Wahrheit über irgendetwas zu sagen. Der Unterschied zwischen richtig und falsch ist so verschwommen, dass eine Generation heranwächst, die nicht weiß, was die Worte überhaupt bedeuten. Alle sind verbittert, enttäuscht und hungrig und wissen nicht einmal, aus welchem Grund. Alles wollen sie sofort, und wenn sie es haben, befriedigt es sie in keiner Weise.«

Ta-Thea konnte es nicht glauben und war sicher, dass Ra-Nufis übertrieb. »Das ist nur eine Reaktion auf eine gravierende Veränderung. Sie wird nicht von Dauer sein.«

In seinen dunklen Augen glomm Mitleid, als er sie anblickte, aber er zögerte nicht. »Nein, Majestät, das stimmt nicht. Es ist eine schleichende Krankheit, die sich seit langer Zeit ihren Weg bahnt, vielleicht schon seit einer Dekade oder noch länger. Hässlichkeit wohnt jetzt in Shinabar. Wir sind ein müdes Volk. Das Elend des Krieges im Osten vor fünfzehn Jahren und dann die Dürre, all das stellte uns auf die Probe …«

»Wir wuchsen daran!«, fiel Ta-Thea ihm ins Wort. An jene bitteren Tage erinnerte sie sich genau, an die Anspannung, die täglichen Nachrichten über Hunger und Tod. Zuerst hatte man um das Leben der Freunde und Angehörigen gebangt. Doch nach dem Sieg kam erst das eigentlich Entsetzliche: Wenn es nicht einmal in den Bergen regnete, trockneten die unterirdischen Flüsse aus, die die Zisternen speisten, und ganze Städte verhungerten. Drei Jahre lang war man der Dürre hilflos ausgeliefert gewesen. Die Felder trugen keine Früchte mehr, die Tiere mussten geschlachtet werden. Krankheiten breiteten sich aus. In den Straßen sprachen die Menschen sogar von Seuchen. Doch dann war der Regen zurückgekehrt, hatte die Zisternen langsam mit kostbarem Wasser gefüllt. Und mit ihm war auch die Hoffnung nach Shinabar zurückgekehrt.

»Ja, ich weiß«, gab Ra-Nufis zu, doch seine Stimme brach, als spräche er von einer Tragödie, als hätte er eine noch größere Niederlage vor Augen.

»Was ist los?« Ta-Thea erhob sich. Sie konnte nicht mehr still sitzen. Furcht ergriff sie. »Was wisst Ihr? Worüber wollt Ihr nicht sprechen? Sagt mir die Wahrheit – oder das, was Ihr darüber wisst.«

Schweigen senkte sich über das Zimmer. Der Sand in dem Stundenglas rann lautlos durch das Röhrchen, und es gab keine Regentropfen, die gegen die Fensterscheiben trommelten. Die kleine schwarzweiße Katze streckte sich und rollte sich wieder zusammen. Sie schnurrte vor Behagen. Nichts lenkte ab.

Ra-Nufis ergriff schließlich das Wort. »Nach dem Elend und den Schrecken jener Zeit war Eure Generation darauf versessen, ihren Kindern solches Leid zu ersparen. Ihr habt uns vor der Wirklichkeit beschützt. Das Leben gab uns nicht die Disziplin des Krieges und des Hungers, und Ihr gabt uns keine Gesetze und keine Normen, die sie hätten ersetzen können.« Bedauern und Zorn traten in seine Augen. »Ihr wart müde. Ihr gabt Eurer Erschöpfung nach und Eurer Sehnsucht, uns zu beschützen, uns Zügellosigkeit jenseits jeder Freiheit zu gewähren. Ihr lobtet, was gut in uns war, doch auch, was gewöhnlich, ja, sogar billig war. Weil das Schicksal allzu viele Forderungen an Eure eigene Jugend gestellt hatte, blieben für meine Generation allzu wenige übrig. Bald werden wir vergessen haben, wie man sich gegenseitig von der Wahrheit berichtet, wir werden vergessen haben, was Wahrheit eigentlich ist.«

Seine Worte waren furchtbar, doch Ta-Thea wusste, dass sie der Wirklichkeit entsprachen. Sie schwieg.

»Selbst unsere Armee ist nachlässig geworden.« Ra-Nufis ließ sie nicht aus den Augen. »Im Grund glauben die Soldaten nicht einmal mehr an sich selbst, und sie tun gut daran. Wir haben keine Helden mehr.« Wieder zuckte er mit den Achseln. »Vielleicht waren einige der Helden, an die wir glaubten, gar nicht so heldenhaft, wie wir dachten. Doch wir hätten sie so oder so verehrt.« Er lächelte, und es war ein ironisches Lächeln, typisch für einen Shinabari. »Wir hätten auf gewöhnliche Gesichter Masken der Größe gemalt, und doch hätten wir nach dem gehungert, was diese Masken symbolisierten. Nun haben wir Angst. Wir haben die Unschuld verloren. Ta-Thea, Ihr müsst einen Weg finden zurückzukehren, um Euer Volk die große Wahrheit des Buches zu lehren. Die Schönheit darin wird Tausende gewinnen, dann Zehntausende, vielleicht sogar Millionen. Jeder sollte das Recht haben, davon zu hören. In Camassia hat es schon begonnen, Gott weiß es, und Shinabar geht unter, weil seinem Volk das Buch vorenthalten wird. Gesetze können Nationen nicht verändern. Es muss aus dem Inneren heraus geschehen. Und nur die Wahrheit kann dabei helfen.«

Ta-Thea stand da, ohne zu antworten, und Ra-Nufis wartete geduldig. Sie dachte über verschiedene Möglichkeiten nach, und kam schließlich zu dem Ergebnis, dass er Recht hatte.

»Helft mir«, bat sie schließlich. »Ich brauche Argumente, die Isadorus überzeugen. Er wird seine Macht nicht dazu gebrauchen, die Usurpatoren zu stürzen und mich in die Lage zu versetzen, die Botschaft des Buches zu lehren. Er glaubt, dass dies ein falscher Weg ist, der der Lehre nicht gerecht wird. Er würde aber die Sicherheit und den Frieden Camassias verteidigen. Er ist schließlich nicht nur Kaiser, sondern auch Soldat.«

Ra-Nufis erhob sich langsam und lächelte. »Ich verstehe mein Handwerk, Majestät. Ich habe eine Menge gelernt, seit ich verstand, dass ich meinem Volk und dem Buch dienen muss. Ich werde Euch nach Shinabar zurückbringen. Ich verstehe etwas von Kriegführung. Ich kenne die Generäle und ihre Schwächen. Ich kenne auch die Fürsten der Provinzen, die sich am ehesten auf Eure Seite schlagen würden. Und ich weiß, wer in wessen Schuld steht.« Er trat einen Schritt vor, und Ta-Thea roch den heimatlichen Duft nach Salz und Teer, der immer noch in seinen Kleidern hing. »Ich weiß, wer davon überzeugt werden könnte, das Bündnis zu wechseln, wer nur darauf wartet, dass er die Möglichkeit erhält, sich erfolgreich gegen Schwäche und Korruption zu wenden.«

»Das allein wird Isadorus' Meinung nicht beeinflussen«, gab Ta-Thea traurig zurück.

»Ich weiß.« Ra-Nufis' Stimme war scharf und voller Hoffnung. »Doch die Bedrohung durch die Barbaren wird noch größer werden, wenn Shinabar fällt und sich ihnen auf ihrem Weg nach Camassia niemand entgegenstellt. Dann wird er begreifen, dass auch er keine andere Wahl hat.«

Ta-Thea machte sich mit noch größerem Eifer an die Arbeit. Sie übersetzte das Buch nun gleichzeitig in ihre Muttersprache und ins Camassianische. Wenn sie mit einer Passage fertig war, stellten die Schreiber hunderte von Kopien her.

Immer noch war sie auf Alexius' Hilfe angewiesen. Alle sieben oder acht Tage besuchte er sie in dem langen Raum und las, was sie geschrieben hatte. Dann stritten sie über Widersprüche und die Bedeutung der Texte.

Ta-Thea hatte nicht geplant, ihm von den Neuigkeiten aus Shinabar zu berichten. Es erschien ihr nicht klug. Doch während der langen Stunden, in denen sie über Leidenschaften und Träume sprachen, kam sie unweigerlich auf die Krankheit der Seele ihres eigenen Volkes zu sprechen.

Es war Hochsommer, der Wind blies von der See her aus dem Süden und häufte Sturmwolken am Horizont auf. Alexius sprach über die Vorbereitungen, die getroffen wurden, um zu retten, was zu retten war. Am Hafen arbeiteten die Menschen Tag und Nacht. Kein Schiff lief mehr ein oder aus.

»Ich bin froh, dass ich nicht zur See fahre«, sagte er und starrte aus das Fenster auf die ersten schweren Regentropfen. »Kein Sturm an Land kann so furchtbar sein wie einer auf dem Meer.«

Die Erinnerung an einen anderen Sturm erwachte in einem Winkel in Ta-Theas Gedächtnis. Er war gewaltiger als dieser und von einer Wucht, die jenseits der Kraft der Elemente lag. Er traf sie in ihrem Innersten. Angstschauer liefen ihr über den Körper. Ohne jeden Grund dachte sie plötzlich an die Barbaren, die an den Grenzen von Shinabar und im Osten und Westen von Camassia lauerten. Vielleicht standen sie auch schon im Norden. Sie waren ebenfalls eine unbekannte Macht, gesetzlos und bösartig.

Ta-Thea war glücklich, dass Alexius bei ihr war. Wenn sie sich einem Feind würde stellen müssen, gleichgültig welchem, dann wollte sie ihn an ihrer Seite wissen, niemanden sonst. Er würde niemals Ausreden finden, um dem Kampf auszuweichen. Er würde niemals davonlaufen. Manchmal war er weniger empfindsam als Ra-Nufis, ganz sicher weniger fantasievoll und amüsant, weniger großzügig als Eleni und weniger weise als Isadorus. Manchmal schien er das Gesetz so sehr zu lieben, dass nur wenig Raum für Barmherzigkeit blieb, doch er war kein Feigling und auch kein Lügner. Er würde im Angesicht des Feindes sterben, und sein Opfer war so strahlend wie das Sonnenlicht.

»Wir dürfen nicht verzagen«, sagte sie mehr zu sich selbst als zu Alexius. »Ohne Mut können wir alles verlieren. Er ist die Tugend, von der vielleicht alles andere abhängt. Wenn wir uns dem Widersacher nicht entgegenstellen und für das Gute kämpfen, wird alles verloren sein, sogar die Ehre.« Sie zögerte und setzte dann hinzu: »Sogar die Liebe.«

Der Regen trommelte nun heftiger gegen die Fenster, und hoch über der Stadt zuckten Blitze. Einige Sekunden später krachte ein Donnerschlag so laut, als ob die Himmelsfabrik zerbersten würde.

»Glaubt Ihr, dass der Große Widersacher die Erde mit Krieg und Elend überziehen wird?«, fragte Alexius und legte eine Hand auf ihre Schulter. Sie spürte seine Finger durch den Stoff ihres Kleides hindurch, und seine Kraft schien durch ihren Körper zu strömen.

»Ja, eines Tages wird es so kommen«, entgegnete sie ruhig. Sie starrte zum Himmel, als wieder ein greller Blitz aufzuckte. Die Dunkelheit, die auf ihn folgte, war undurchdringlich. Ein Donnerschlag verschluckte die nächsten Worte, und sie wiederholte sie. »Ich weiß nicht, ob wir es noch erleben werden. Vielleicht nicht, aber es wird geschehen. Es wird die größte aller Prüfungen sein. Es wird keinen Frieden mehr geben, kein Schlupfloch. Wir werden uns denn für die eine oder die andere Seite entscheiden müssen.«

Alexius stand neben ihr, und sie spürte seine Wärme, während sie den Sturm beobachteten. Sein Atem strich über die feinen Härchen auf ihrer Wange.

»Gibt es denn jetzt ein Schlupfloch?«, fragte er zweifelnd. »Ist das denn nicht bloß eine Illusion?«

»So ist es. ›Aus dieser Verwüstung heraus werde ich eine neue Erde schaffen, und diejenigen, die das Leben wählten, werde ich zu Hause willkommen heißen, und sie werden für immer in Meinem Angesicht leben, und sie werden Mich kennen, wie ein Mensch seinen Vater kennt und seinen Freund.‹«

Der Druck seiner Hand wurde stärker. »›Doch zuvor

wird es Krieg Zerstörung geben‹«, zitierte er flüsternd. »›Elend wird das Antlitz der Erde bedecken.‹ Es scheint, als könne es ohne Krieg… ohne Verstümmelung, Leid und Trauer keinen Sieg geben.«

Blitz und Donner waren sich nun ganz nahe, und blauweißes Licht berührte jeden Winkel des Raumes. Der Lärm war so ohrenbetäubend, dass er jedes andere Geräusch verschluckte. In der darauf folgenden Stille schien das Trommeln des Regens nicht mehr als ein Flüstern zu sein.

»Wie können wir so etwas ertragen, wenn wir uns ihm nicht gemeinsam stellen?«, fragte Alexius.

Ta-Thea wandte sich um und schaute ihn an. Sein Blick war plötzlich erschreckend offen, die Zärtlichkeit darin so unverhohlen, als ob er in diesem Augenblick die Liebe neu verstehen würde. Sie erwiderte den Blick für einen wilden Moment, der süßer war als die Berührung seiner Lippen.

Seine Hand glitt von ihrer Schulter hinauf zu ihrer Wange, und die Berührung war so zart, dass Ta-Thea sie kaum spürte.

Der Regen hörte auf. Die Luft war sehr kalt. Es kam ihnen beinahe so vor, als ob der Widersacher unmittelbar hinter ihnen lauerte und sich draußen ins Gras duckte. »Ich werde deinen Namen nicht vergessen.« Die Worte drangen in ihren Geist wie das Echo des Todes.

Sie trat zurück, das Blut gefror in ihren Adern. Tropfen aus Eis schlugen plötzlich auch gegen die Fenster. Sie blickte in Alexius' Gesicht und sah dieselbe Furcht und dasselbe Wissen in seinen Augen. Beinahe hätten sie Eleni verraten – und sich selbst. Das Blut stand heiß in seinen Wangen. Worte waren überflüssig, sie waren allzu plump und konnten nicht mehr zurücknehmen, was besser nur gewusst, aber niemals gesagt werden sollte.

»Wir dürfen nicht verzagen«, wiederholte Ta-Thea. Sie konnte kaum atmen. »Und wir dürfen niemals vergessen, für welche Armee wir in die Schlacht ziehen. Es ist leicht, allzu leicht, sich von den …«

»Ich weiß … sich von den Verlorenen abzuwenden«, fiel Alexius ihr ins Wort. Dann verstummte er.

Sie zwang sich zu einem Lächeln. Tränen brannten in ihrer Kehle, und den Schmerz, der ihr Herz quälte, konnte sie kaum ertragen. »Ich glaube, ich kann jetzt für eine Weile allein weiterarbeiten. Ihr habt mir sehr geholfen ...« Die Worte waren steif, lächerlich formell im Vergleich zu den tiefen Gefühlen, die ihre Seele zerrissen. »Gestalt und Logik und Klarheit des Gesetzes«, fuhr sie gestelzt fort. »Darauf kommt es jetzt an.«

»Natürlich«, entgegnete Alexius allzu hastig. »Ta-Thea ...«

Sie schüttelte den Kopf und wandte sich ab. Sie würde den Abschied nicht ertragen, wollte ihn schnell hinter sich bringen.

Vielleicht tat er es für sie, vielleicht für sich selbst. Sie hörte, wie die Tür ins Schloss fiel, und dann war sie allein. Seit Habis Tod hatte sie nicht mehr so bitterlich geweint.

Isadorus sah Tissarel zufällig wieder. Obwohl er häufig an sie dachte, verspürte er nicht den Wunsch, sie zu sehen. Vielleicht ging es ihr viel besser als ihm. Sie war intelligent, und sie war schön. Sie verstand sich darauf, anderen zu gefallen. Isadorus lächelte bei diesem Gedanken voller Spott über sich selbst. Sie würde schnell genug einen anderen Liebhaber finden, der wahrscheinlich jünger war als er. Vielleicht würde sie sogar heiraten. Immerhin hatte er dafür gesorgt, dass sie genügend Geld zur Verfügung hatte, um zu tun, was immer ihr in den Sinn kam.

Er traf sie eines Abends im Anschluss an eine wahrhaftig unerträgliche Vorstellung. Auf jede Tugend war wie auf einen Nagel eingeschlagen worden. Die Niederträchtigen waren unverbesserlich, die Guten makellos, doch auch humorlos und unmenschlich. Er sehnte sich nach ein wenig Fröhlichkeit inmitten all der wohlmeinenden Ernsthaftigkeit, nach ein bisschen Rot oder Grün, die das bedrückende Schwarz-Weiß auflockern würden.

Man war im Theater geblieben, um den Feierlichkeiten im Anschluss an den letzten Akt beizuwohnen. Barsymet lobte den Autor des Stückes. Doch sie hatte noch nie besonders viel Sinn für die Farben und den Reichtum des Lebens gehabt. Sie kannte nur ihre Pflicht, und die erfüllte sie immerhin auf untadelige Weise.

Isadorus entfernte sich ein Stück von der Gruppe, er konnte dem Mann nicht in die Augen sehen. Er stand allein oben an der breiten Treppe, die in den Hof hinunterführte. Plötzlich fiel sein Blick auf das helle Gewand einer Frau.

»Es tut mir Leid«, sagte er und glaubte, sie zu stören. Doch er hatte nicht vor, sich zurückzuziehen. Er war der Kaiser, sollte sie gehen, wenn sie wollte.

Doch die Frau rührte sich nicht. Er gönnte ihr einen zweiten Blick, und da erkannte er sie.

»Tissarel?« Er wollte noch etwas hinzufügen, ein paar oberflächliche, lustige Worte vielleicht, doch sein Kopf war vollkommen leer. Die große Halle voller Würdenträger und Kunstliebhaber verschwand, und die Erinnerungen drohten ihn zu überwältigen. Er spürte ihre Nähe, hörte ihr Lachen, genoss die Stunden, die er mit ihr verbracht hatte, in denen selbst das Reich an Bedeutung verloren hatte. Sein Mund war trocken. Die Sehnsucht, sie in die Arme zu nehmen, erfüllte ihn mit schmerzlicher Leere.

»Mein Herr«, erwiderte sie, doch sie senkte nicht den Kopf, wie jeder andere es getan hätte. Sie war ebenso schön, wie er sie in Erinnerung hatte: der lange Schwung ihres Halses, die Zartheit ihrer Lippen, das duftige Haar. Der Mann in ihm konnte den Blick nicht abwenden, doch Isadorus war erstaunt, wie belanglos ihm das alles schien. Schönheit konnte man kaufen.

»Hast du das Stück gesehen?« Damit hatte er immerhin das drückende Schweigen gebrochen.

»Ja.«

»Hat es dir gefallen?« Würde sie die Wahrheit sagen? Konnte sie es sich leisten? Wer war ihr Begleiter? Das musste er wissen. Die Fantasie war schlimmer als die Wirklichkeit. Doch er hatte nicht das Recht, Erklärungen zu fordern. Er wünschte ihr doch Glück und sogar Liebe. Alles hätte er dafür gegeben, wenn er derjenige hätte sein können. Doch wenn er seine Ehre verriet, wären sie beide verloren. Das Wissen darum war das Einzige, was ihn von ihr fern hielt.

Ein Lächeln spielte auf ihren Zügen und in ihren Augen. Sie beobachtete ihn vorsichtig und ebenso aufmerksam wie er sie. »Nein, es war schrecklich.« Lachen und Weinen waren in ihrer Stimme und in seiner Kehle. »Ich bin mit einer der Schauspielerinnen befreundet. Sonst wäre ich gar nicht gekommen. Ich weiß nicht, was ich ihr jetzt sagen soll.«

Eine Welle der Erleichterung spülte über Isadorus hinweg. Er spürte ein dümmliches Lächeln auf seinen Lippen. »Sag einfach, dass sie gut gespielt hat. Jeder, der diesen Figuren auch nur schwache menschliche Züge verleihen kann, ist ein wahres Genie.«

Tissarel lachte, und es war dasselbe plätschernde, fröhliche Lachen wie früher. Die Zeit löste sich auf. Die Vergangenheit holte Isadorus ein. Nun hatte sie keinen Grund mehr, ihm etwas vorzumachen. Was er in ihrem Gesicht sah, war sicherlich die Wahrheit.

»Danke. Ich werde ihr sagen, dass dies Eure Ansicht ist«, entgegnete sie.

»Sag ihr nur nicht, dass ich das Stück steif fand, dass es dem Leben nicht gerecht wird, dass die Figuren nur von Gedanken sprachen, ohne die Sehnsucht zu begreifen, die das Herz oder den Körper bewegt.« Isadorus sprach von seiner eigenen Leidenschaft, seine Stimme war belegt. »Wahre Tugend wird aus Konflikten geboren, aus den Entscheidungen, die so schwer sind und viel mehr kosten, als man sich jemals vorstellte.« Würde sie ihn verstehen? »Das Gute ist ohne die Versuchung des Bösen nichts weiter als eine Illusion. So ist es auch mit dem Bösen und das Wissen um das Gute.«

»Ich weiß.« Ihre Stimme war sanft und barg eine neue Zärtlichkeit, eine, die nicht mit Juwelen, sondern mit Einsamkeit bezahlt worden war. Und in diesem Augenblick wusste er, ohne dass sie es aussprach, dass ihre Trennung sie genauso viel gekostet hatte wie ihn. Dabei dachte er nicht mehr länger an den materiellen Verlust von Geld und Bequemlichkeit, sondern an den der Liebe. All die Jahre, die er sie gekannt hatte, war sie ihm selbstverständlich gewesen. Er hatte sie gekauft, sie war eine Frau gewesen, die mit ihrer Schönheit handelte. Jetzt, wo es für alles zu spät war, erkannte er, dass er gar nichts gekauft hatte. All die Schätze, die er aus ihrer Hand erhalten hatte, waren ein Geschenk gewesen. Isadorus schämte sich wegen seines geringschätzigen Urteils und fühlte eine neue Demut angesichts der Großzügigkeit, mit der ihm etwas gereicht worden war, was er weder geschätzt noch verdient hatte.

Wie konnte er ihr das jetzt sagen, ohne sie in die Irre zu leiten? Das durfte nicht geschehen. Er durfte sie beide auf keinen Fall verraten.

»Ich wünschte, ich hätte gewusst, dass ich dich liebte, als ich es dir noch hätte sagen können«, flüsterte er. »Jetzt kann ich es nicht mehr.«

Tissarel lächelte, und Tränen glitzerten in ihren Augen. »Ich weiß es doch. Ihr braucht es nicht zu erklären.«

In ihrer Nähe lachte plötzlich jemand und rief den Namen einer Frau.

Tissarel wandte sich ab und ging davon. Einmal noch blickte sie sich um und lächelte ihm zu. Dann wurde sie von der Menge verschluckt.

Isadorus wartete noch eine Weile, nutzte die Zeit, die er allein sein konnte. Als er die Schritte Maximians auf dem marmornen Fußboden hörte, war er bereit, sich ihm zu stellen.

Alexius kehrte von den Grenzen des Reiches zurück. Er war vollkommen erschöpft. Die Schlacht war schwer gewesen, und sein Geist hatte sich verdunkelt. Die barbarische Bedrohung wurde immer größer. Sie veränderte sich, wurde immer wilder, als ob dahinter eine unbekannte Macht stünde, die beständig wuchs und ihre Kraft zu einem fürchterlichen Zweck sammelte. Das Heer des Reiches hatte die Barbaren zwar geschlagen, doch der Preis für den Sieg war hoch. Alexius hatte allzu viele Männer sterben sehen, allzu viele Freunde. Und er konnte nicht mehr anders: Er spürte, dass das Licht des Buches mit der Macht der Dunkelheit zusammenhing, die sich an den Rändern der Welt zusammenballte.

Die Neuigkeiten aus dem Süden von Shinabar waren ähnlich bedrohlich.

Alexius verzehrte sich so sehr danach, Ta-Thea wieder zu sehen, dass er nicht einmal darüber nachdachte, wie er seiner Sehnsucht Einhalt gebieten konnte. Er traf sie eines Abends allein im Zypressengarten. Sie kam ihm entgegen, war ebenso dunkel und anmutig wie die umstehenden Bäume. Die Sonne stand tief hinter ihr, und er konnte ihr Gesicht nicht erkennen.

»Was ist los?«, fragte sie, als sie ihn erreicht hatte.

»Steht es mir so deutlich ins Gesicht geschrieben?«

»Offenbar kommt es Euch kaum über die Lippen.« Dies war keine Frage, sondern eine Feststellung. Sie kannten einander gut, und manchmal war ihnen deshalb sogar unbehaglich zumute.

Alexius trat neben Ta-Thea, und gemeinsam gingen sie den Pfad entlang. Der schwache Duft nach Thymian, Rosmarin und den letzten Blumen des Herbstes hüllte sie ein.

»Die Barbaren …«, begann Alexius schließlich und suchte nach Worten, die die Schwermut in seinem Herzen erklären würden. »Ich habe das Gefühl, als ob hinter ihnen etwas Böses lauert, das viel größer ist als die Stämme der Unwissenden, die nichts besitzen und nichts schätzen. Dort lauert die Lust an der Zerstörung, eine Art Intelligenz des Hasses, die größer ist als jede Gier.«

Ta-Thea schwieg.

In der Stille des ruhigen Abends schienen die Worte verrückt. Die Wirklichkeit des Krieges gehörte zu einer anderen Welt, hier war sie schlicht unvorstellbar. Trotzdem lag der Schatten der Erkenntnis wie ein Wolke über Alexius, und es gelang ihm nicht, sie zu verscheuchen.

»Thea?«

Sie zuckte unter der vertraulichen Anrede zusammen, und Wärme strömte durch ihre Glieder.

»Ich weiß«, erwiderte sie, und als sie sich umwandte, schien ihr goldenes Licht auf das Gesicht. »Ich habe auch Neuigkeiten aus Shinabar. Jetzt, wo wir einander am nötigsten brauchen, scheint es, als hätten wir nichts im Sinn, als uns über Belanglosigkeiten zu streiten. Eine Art Unbehagen liegt über dem ganzen Land, als ob wir vor der Wahrheit die Augen verschlössen und keinen Willen mehr hätten, uns selbst zu retten.«

»Glaubt Ihr, dass wir tatsächlich versagen werden?«

»Der Einzelne sicher nicht. ›Denn im Kummer wird er zu größter Stärke und höchster Gesinnung finden‹«, zitierte sie aus dem Buch. »›Auch unter dem Joch der Verfolgung wird es jene geben, die ihr Schicksal geduldig und frei von Hass und Selbstmitleid tragen. Es wird jene geben, die den Schwachen und Langsamen zu Hilfe eilen, die die Ängstlichen und die Trauernden trösten, ohne an sich selbst zu denken. Und sie werden den Hungernden den letzten Bissen geben, um sie zu retten.‹«

Alexius lauschte ihren Worten, ohne sie zu unterbrechen. Die Sonne tauchte den Westen in tiefes Rot, und die Schatten der Zypressen fielen schwarz auf den Pfad.

»›Wo Tyrannei und Krieg herrschen, wird es jene geben, die ihr Leben für den Nächsten opfern und lieber sterben, als das Gute, an das sie glauben, zu verleugnen. Sie werden aus Liebe zu dem Licht, dass sie schauten, auch das größte Opfer bringen. Und in Ewigkeit werde Ich ihnen in Meinem Herzen danken, und ihre Freude wird die Meine sein. Sie werden alle Dinge sehen und verstehen und von ewig währendem Frieden erfüllt werden.‹«

Sie standen schweigend da, während die Sonne sie in ihrem Licht badete.

»Warum ausgerechnet jetzt?«, fragte Alexius schließlich. »Ist da wirklich noch eine andere Hand als die Gottes?« Er hielt den Atem an und versuchte, einen klaren Gedanken zu fassen. »Ich weiß, dass der Große Widersacher in dem Buch als Streiter erscheint, doch ist er wirklich nicht mehr als nur das Schicksal und die Verstocktheit, so dass es genügen würde, die Wahrheit zu verkünden? Oder ...« Er stockte. Gedanken begannen sich zu formen, über die er vor wenigen Monaten noch gelacht hätte. Zu ihnen gesellte sich eine Furcht erregende Überzeugung.

Ta-Thea schaute ihn fragend an. Ihr Blick war frei von Vorbehalten, und schließlich spürte er, dass sich ihre Seelen berührten und die Trennung ihrer Körper nur eine Illusion war.

Als sie schließlich sprach, war ihr Stimme weich, tief und fest. »Der Große Widersacher ist ebenso Wirklichkeit wie Gott Wirklichkeit ist. Manchmal erinnere ich mich an ihn, als ob ich ihn schon einmal gesehen hätte, von Angesicht zu Angesicht so wie Euch jetzt.«

Alexius bäumte sich auf. Das war pure Fantasie! Geister in der Nacht! Und vor allem war es nichts weiter als eine Ausrede! Das Übernatürliche bot immer eine willkommene Entschuldigung für die Sünden der Menschen. Doch das meinte sie nicht, und in seinem Herzen wusste er es. Sie dachte an etwas anderes, etwas, das ebenso mächtig war wie der Tod, ebenso schrecklich wie das Ende aller Hoffnung, ebenso wirklich wie seine eigene Haut. Im Krieg gegen die Barbaren hatte er es auch gespürt.

Er kämpfte gegen die Erkenntnis, doch er konnte nicht gewinnen. Er hätte niemals gewinnen können, weil er niemals an ihr gezweifelt hätte. Es war in ihren Augen, in ihrem Mund und dem Atem auf ihren Lippen. Sie hatte des Großen Widersachers Gesicht gesehen, so wie sie vielleicht auch Gottes Antlitz gesehen hatte.

Angst um sie ergriff Besitz von ihm. Sie war so verletzlich. Sie war auf der Erde ganz allein, und Asmodeus kannte ihren Namen und ihre Bürde. Er würde niemals vergessen. Jede Stunde ihres Lebens beobachtete er sie. Sie trug die Tapferkeit und den Glauben in sich, den Funken, mit dem sie die Welt entzünden konnte. Wenn sie nur einmal stolperte, würde die Dunkelheit sie für immer verschlingen.

In diesem Augenblick hätte Alexius seine Seele gegeben, um Ta-Thea zu schützen. Er hätte alles gegeben, um sie vor der Zerstörung zu bewahren.

Doch dies war unmöglich, und er wusste es, bevor die Sonne hinter dem Horizont verschwand und der salzige Wind die Nacht herüberwehte. Er zwang sich dazu, sich an die Worte Gottes zu erinnern: »Es fordert alles, was der Mensch hat, Höhe, Breite und Tiefe, aber nicht mehr.«

Alexius streckte die Hand aus, und Ta-Thea drückte sie für einen Augenblick.

Die Arbeit an dem Buch ließ sie nicht ruhen. Wieder und wieder las sie die Seiten, um sicherzustellen, dass das, was sie geschrieben hatte, keinen Raum für Missverständnisse bot, eindeutig war und frei von Wiederholungen oder Zwiespältigkeiten. Sie verbrachte viel Zeit in tiefem Schweigen, damit ihre Seele so ruhig wie das tiefste Wasser würde und der unbändige und strahlende Friede zu ihr käme. Ein Licht schien dann die Seiten zu überfluten.

Die Kreaturen der Erde sind Mein, schrieb sie auf Shinabari. *Die Kreaturen der Erde sind Mein, sie sind das Werk Meiner Hände. In Schönheit formte Ich sie, und ihre Unschuld ist vor dem Urteil der Ewigkeit ohne Makel. Sie folgten ihrer Bestimmung und kennen keine Sünde, für die sie sich verantworten müssten. Und am letzten Tag wird ihnen Gutes widerfahren. Jeder Vogel, der in den Lüften fliegt, jeder Fisch, der in den Ozeanen wohnt, jede Kreatur, die auf dem Land läuft oder kriecht, jede Blume und jedes Kraut, jeder Baum im Wald, vom kleinsten bis zum größten, ob die Lebensspanne eine Stunde oder tausend Jahre beträgt, nicht ein Wesen wird verletzt werden, ohne dass Ich es weiß und darum trauere. Ich kenne alle Dinge, und sie werden sich nicht vor Meinem Blick verbergen.*

Für eine Weile ist die Erde dem Menschen geliehen. Sie steht unter seiner Verwaltung, ist nicht sein Besitz, und er wird Mir Rechenschaft über jeden Stock und jeden Stein ablegen, über jedes Blatt und jedes lebende Wesen auf ihrem Antlitz, im Guten wie im Bösen. Und so wie es jene gibt, die vernichten und zerstören, so gibt es auch jene, die ehren und die Schönheit mehren, diejenigen die lieben und heilen, die mein Werk preisen und Meine Hand in allen Dingen sehen.

Alle Gaben, aller Reichtum, Güter und Talente, Gesundheit

oder Intelligenz, Humor oder Frohsinn, die Kunst zu schaffen und zu bauen und auch die Zeit selbst sind dem Menschen anvertraut, und Ich werde sehen, ob er sie in Großherzigkeit oder mit Niedertracht, mit Liebe oder ohne, mit Freude und Dankbarkeit, mit Demut nutzt und Mir zurückgibt, wenn sich der Reichtum des Teilens in ihnen zeigt. Dann werde Ich sie groß machen für den Menschen in Ewigkeit.

Den Winter hindurch verbreitete sich die Kunde von dem Buch über das ganze Land. Männer und Frauen jeden Alters lauschten der Schönheit der Worte, für manche waren sie ein leises Echo, für andere der Donner von Musik, und sie bereicherten das Leben der Menschen. Reisende trugen es in die entferntesten Gegenden des Landes. Sogar die Soldaten an den Grenzen trafen auf Menschen, die davon gehört hatten und es für sie zitierten.

Zur gleichen Zeit nahmen die Überfälle der Barbaren zu. Vor allem die Nachrichten aus dem Süden wurden immer beunruhigender. Ra-Nufis warnte davor, dass der Wille zum Kampf der Shinabari von Bequemlichkeit und Gleichgültigkeit zerfressen wurde. Immer häufiger wurden sie angegriffen und immer erfolgreicher in die Flucht geschlagen. Es gab auch Hinweise auf Piraterie auf See. Etliche Handelsschiffe waren mit Mann und Maus untergegangen.

Ta-Thea ging zu Isadorus.

»Ich bitte Euch erneut um eine Armee, damit ich Shinabar zurückerobern kann«, sagte sie mit Nachdruck, obwohl sie kaum daran glaubte, dass sie diesmal mehr Erfolg haben würde. »Die Zivilisation wird von allen Seiten belagert. Shinabar wird durch Regeln geknechtet, die von Mördern diktiert werden. Wenn mein Land fällt – und es sieht so aus, als wäre dies immerhin möglich –, gibt es nur noch Camassia, das dem Chaos widerstehen könnte. Eines Tages werden wir kämpfen müssen. Lasst uns aufbrechen, solange wir noch Verbündete haben, solange wir selbst den Zeitpunkt bestimmen können.«

Isadorus ließ sich Zeit. Immerhin verweigerte er sich

nicht sofort, ohne zuvor die Argumente gegeneinander abzuwägen.

Ta-Thea kannte ihn gut genug. Sie würde ihn nicht mit weiteren Argumenten unter Druck setzen. Sie hatte genügend gesagt.

Ulciber trat an des Kaisers Stuhl. »Mein Herr, die Dame spricht Worte von großer Weisheit. Jeder Sieg, den die Barbaren erringen, nährt ihre Gier und verschafft ihnen Unterstützung. Mit jedem Überfall verschlingen sie immer mehr Menschen und immer mehr Land. Wenn wir träge herumstehen und solches erlauben, sind wir, fürchte ich, daran nicht ganz unschuldig.«

Isadorus warf ihm einen unwilligen Blick zu, doch seine Verärgerung legte sich schnell. »Ihr habt Recht«, gab er schließlich zu. »Der Frieden ist zu einem Luxus geworden, den wir uns nicht länger leisten können. Ihr werdet Eure Armee bekommen, Ta-Thea. Doch ich werde meine eigenen Kommandanten stellen. Die Macht in Shinabar wird Euer sein, wenn ich darüber entschieden habe.«

Ulciber blickte Isadorus an. »Der beste General ist Alexius, mein Herr. Auf ihn könnt Ihr bauen wie auf keinen anderen, sowohl auf seine Fähigkeiten als auch auf sein Ehrgefühl. Kein anderer Mann wird Euch so vollkommen zu Diensten sein.«

»Das weiß ich.« Isadorus schaute nicht einmal auf. »Er wird dabei sein.«

Sie hatte gewonnen! Sie würde nach Shinabar zurückkehren und mit ihr eine Armee, die von Alexius kommandiert wurde. Sie würden das Buch mitnehmen, und sobald Thoth-Moara wieder in ihren Händen war, in Frieden und in neuer Gerechtigkeit lebte, würden sie jeden Mann und jede Frau im ganzen Land das Wort lehren. Sie würden die Wiedergeburt des wahren Shinabar einleiten.

»Ich danke Euch«, sagte sie ruhig.

Ulciber lächelte und trat zurück.

13

Ta-Thea hatte ihr Ziel erreicht. Alexius akzeptierte das Kommando über die Armee, die sie nach Shinabar begleiten würde. Welchen Widerwillen auch immer er bei dem Gedanken daran, Camassia – und vor allem natürlich Eleni – verlassen zu müssen, verspürt haben mochte, er hatte ihn seinem Pflichtgefühl untergeordnet. Isadorus war ein unerbittlicher Verhandlungspartner und ließ keinen Zweifel daran, dass er sich alle Rechte des Siegers vorbehalten würde. Doch im Grund waren sich alle darin einig, dass sich – sobald Shinabar erobert und die Allianz mit Camassia besiegelt war – die Besatzungstruppen zurückziehen und Shinabar Ta-Thea überlassen würden. Wahrscheinlich blieb eine Garnison zur Sicherheit zurück. Im Fall eines Vertragsbruches würde sie die Stellung halten können, bis Verstärkung eintraf.

Ta-Thea würde also neben Alexius reiten und an seiner Seite kämpfen. Wenn sie ihr Land regieren wollte, musste sie deutlich machen, dass sie es erobert hatte. Es durfte nicht der Eindruck entstehen, dass es ihr überlassen wurde, nachdem der Krieg vorbei war.

Camassia zu verlassen, fiel Ta-Thea schwer. Sie würde Isadorus vermissen. Bis zum Augenblick des Abschieds war ihr nicht klar gewesen, wie tief ihre Freundschaft zu ihm geworden war.

»Passt auf Euch auf, Ta-Thea«, sagte er eindringlich. Sie standen auf dem Balkon und blickten auf die Stadt hinunter. Im Hafen lagen die Kriegsschiffe schon bereit, schwarze Schatten auf leuchtendem Wasser. »Macht ist eine dunkle Kraft. Wir hungern nach ihr, wir töten um ihretwillen, und dann missbrauchen wir sie auch noch viel zu häufig.«

»Ich weiß«, erwiderte sie und folgte seinem Blick in Richtung Süden, in Richtung Shinabar. »Ich will nichts weiter als den Frieden bewahren und die Freiheit, damit ich mein Volk die Wahrheit des Buches lehren kann.«

»›Nichts weiter‹«, seufzte er. »Und was ist mit den anderen, Euren Ministern und Generälen? Was ist mit ihren Wünschen? Es wird immer Neid geben, Ta-Thea. Die Illusion, dass man mit Macht andere beherrschen kann, dass man an der Macht festhalten und sie ausüben kann, ohne sich selbst zu verlieren, ist unerschütterlich.«

»Ich werde wachsam sein. Ich habe ohnehin keine andere Wahl. Ich muss fort. Ich habe das Buch, und dort ist mein Volk.«

»Passt auf Euch auf«, wiederholte Isadorus.

Die Trennung von Eleni fiel Ta-Thea noch schwerer. Ein Graben des Leides hatte sich zwischen ihnen aufgetan, doch sie hatten nie darüber gesprochen. Beide hatten die Ursache nur allzu gut verstanden, als dass sie hätten Gelassenheit vortäuschen oder Verantwortung leugnen können. Keine hatte der anderen absichtlich Schmerz zufügen wollen, und doch waren die Wunden tief.

»Es tut mir sehr Leid«, sagte Ta-Thea, als sie mit Eleni im Zypressengarten spazieren ging. »Die Gabe hat Euch mehr gekostet, als ich dachte. Und ich habe Euch nicht einmal gewarnt.«

»Glaubt Ihr denn, dass ich sie zurückgewiesen hätte?« Die scharfe Herausforderung in Elenis Stimme war nicht zu überhören.

Ta-Thea zögerte. Die Frage, die ihr auf den Lippen lag, war zudringlich, doch wenn sie sie jetzt nicht stellte, wäre die Gelegenheit für immer vertan. Vielleicht würden sie sich niemals wieder sehen.

»Hättet Ihr sie denn zurückgewiesen?«

Eleni schwieg lange Zeit. Sie schien über viele verschiedene Antworten nachzudenken. »Manchmal glaube ich es«, sagte sie schließlich. »Doch wenn ich sie zurückgewiesen hätte, wäre ich niemals ganz ich selbst gewesen. Und ich bin davon überzeugt, dass ich sie doch lieber ausprobiert hätte, für eine Weile wenigstens.«

»Für eine Weile?« Ta-Thea starrte sie an, und zum ersten

Mal sah sie das tatsächliche Ausmaß der Qual in den Augen der Freundin.

»Ich habe sie verloren«, antwortete Eleni auf die Frage, die Ta-Thea nicht stellen konnte.

Ta-Thea schwieg vor lauter Entsetzen. Ein tiefes Schuldgefühl ergriff von ihr Besitz.

Eleni jedoch lächelte. »Ich habe sie durch meine eigene Schuld verloren«, ergänzte sie gefasst. »Ihr habt sie mir nicht genommen. Doch jetzt weiß ich, wie ich sie zurückgewinnen kann, und es wird mir gelingen. Nicht heute, nicht morgen, doch eines Tages wird es mir gelingen.«

Ta-Thea dachte immer noch an Eleni, als sie die Werkstatt des Waffenschmiedes betrat. Der Mann betrachtete sie voller Skepsis, schüttelte den Kopf und stieß zischend den Atem durch die Zähne. Er bewunderte weibliche Formen durchaus. Tatsächlich hatte er ihre ästhetischen Qualitäten seit seiner frühen Jugend zu schätzen gewusst, doch er hatte noch nie eine Rüstung für eine Frau gefertigt, nicht einmal zu rituellen Zwecken, an eine komplette Kriegsrüstung gar nicht zu denken. Ein Schwert hatte sie schon, eines, das leichter war als das eines gewöhnlichen Soldaten, eines, dass dem eines Jungen glich, wenn er im Umgang mit dem Schwert geschult wurde, aber es war viel schärfer.

Ta-Thea erwiderte den Blick des Waffenschmiedes voller Verachtung. Es war allein seine Aufgabe, dafür zu sorgen, dass die Rüstung passte. Sollte er sehen, wie er damit fertig wurde. Sie betrachtete die Helme, die Beinschoner und die Brustplatten, die auf Bügeln hingen und in den Regalen lagen. Sie schienen verstümmelte Glieder toter Krieger zu sein. Die meisten Rüstungen waren neu, doch viele Einzelteile trugen die Spuren vergangener Kriege. Vermutlich waren ihre Besitzer tot oder so verkrüppelt, so dass sie keine Verwendung mehr dafür hatten.

Der Waffenschmied schnalzte mit der Zunge. »Glaubt Ihr denn wirklich, dass Ihr auch nur in Nähe des Kampfgetümmels geratet, meine Dame? Würdet Ihr Euch nicht besser in der Rolle einer … einer Galionsfigur gefallen? Oder in der eines Maskottchens?«

»Nein, das würde ich nicht!«, gab Ta-Thea erbost zurück. »Macht es einfach genauso wie bei allen anderen, aber sorgt dafür, dass sie passt. Seid Ihr dazu in der Lage?«

Der Mann war offensichtlich gekränkt. »Es gibt in Camassia keinen besseren Waffenschmied als mich. Und das bedeutet in der ganzen Welt.«

»Gut! Dann bin ich hier richtig. Ihr kniet übrigens auf meinem Fuß.«

Er trat so hastig zurück, dass er das Gleichgewicht verlor. Ta-Thea lachte aus vollem Hals, und er nahm errötend noch einmal Maß, ohne den Blick zu heben.

Endlich schifften sich die Soldaten an einem hellen, strahlenden Herbsttag ein. Der Winter stand schon vor der Tür. Eine andere Jahreszeit kam für den Kampf in der Wüste Shinabars nicht in Betracht. Die Reise würde sieben Tage dauern. Die Zeit war knapp. Die Eroberung musste gelingen, bevor der Frühling die unerträgliche Hitze zurückbrachte. Keine Armee der Welt konnte dann unter freiem Himmel überleben.

Ta-Thea stand am Kai und beobachtete die zahllosen Reihen der Männer, die sich wie ein Lavastrom unaufhaltsam in Richtung der Schiffe bewegten. Sie trugen ihre Waffen, ihre Decken und ihre Marschverpflegung mit solcher Todesverachtung, dass Ta-Thea die Furcht vor dem, was sie angerichtet hatte, nicht mehr abschütteln konnte. Sie war sich ihrer Sache so sicher gewesen. Und nun schifften sich all diese Männer ein, um in den Krieg zu ziehen. Wie viele von ihnen würden zurückkehren? Wie viele von ihnen würden für immer entstellt werden oder ihr Leben verlieren?

Jeder Mann hatte nur ein einziges Leben. Die Welt endete für ihn mit seinem Tod. Vielleicht war sie dann auch für einen anderen zu Ende, für jemanden, der ihn geliebt hatte, für den er einzigartig und von unschätzbarem Wert gewesen war. Vielleicht hatte jeder dieser Männer eine Mutter, die ihn liebte, so wie sie selbst Habi geliebt hatte, die ihn genährt und erzogen hatte, mit Ungeduld und Liebe und Hoffnung.

Der Wind, der über das Wasser strich, war kalt. Ohne es

zu bemerken, wickelte sich Ta-Thea in ihren Umhang. Sie hatte mit Alexius darüber gestritten, welche Art Umhang sie tragen sollte. Er hatte auf einem in Shinabar-Blau bestanden, damit sie auffiel und die Männer sie im Kampfgetümmel leicht ausfindig machen konnten. Sie selbst wollte wie alle anderen Rot tragen, damit der Feind sie von den Übrigen nicht unterscheiden konnte.

Also trug sie Rot.

Der Feind! Ohne es überhaupt wahrzunehmen, hatte sie von ihrem eigenen Volk als dem »Feind« gesprochen ...

Ta-Thea erbebte. Sie sollte aufrecht stehen, wie ein Soldat eben und nicht wie eine Frau, die jemanden brauchte, der sie beschützte. Wie konnte sie erwarten, dass ihr eine ganze Armee folgte, wenn sie da stand und zitterte? Die Männer wussten, dass es kalt war, aber sie würden glauben, dass sie Angst hatte. Und sie hatte tatsächlich Angst. Nicht vor der Schlacht oder der Gefahr und auch nicht vor der Wüste, sondern vor der Ungeheuerlichkeit dessen, was die Schlacht anrichten konnte.

Hinter ihr erklang Ra-Nufis' Stimme. »Zweihunderttausend Mann«, sagte er leise. »Es sind nicht allzu viele, wenn man bedenkt, dass sie alle Macht Shinabars gegen sich haben werden. Doch es sind die Besten. Isadorus hat Euch seine hervorragendsten Truppen zur Verfügung gestellt, die Veteranen aus den Irria-Kand-Kriegen.«

Ta-Thea konnte nicht aufhören zu zittern. »Was soll nur werden, Ra-Nufis? Was haben wir nur angezettelt?«

Er antwortete ohne Zögern, ohne Furcht. »Einen Krieg, Majestät. Und Männer werden fallen. Es wird Verstümmelte, Geblendete und Tote geben. In allen Kriegen kommt es zu Verlusten.« Er dämpfte seine Stimme, und plötzlich klang sie noch eindringlicher und schien voller Tragik. »Doch auch im Frieden gibt es Verluste, wenn der Friede unehrenhaft ist. Wir sehen sie nur nicht so leicht, weil die Wunden und die Toten nicht so offensichtlich sind. Sie bleiben vor den Blicken verborgen. Doch das bedeutet nicht, dass die Wunden weniger schmerzhaft sind und die Toten weniger wirklich.«

Ta-Thea wandte den Blick nicht von den Soldaten. Sie bewegten sich mit vollkommener Präzision im Gleichschritt, als ob sie sich auf geheimnisvolle Weise miteinander verständigten, wie Teile eines gigantischen Ganzen. Die Schiffe schaukelten unter ihrem Gewicht. Die Sonne glitzerte auf ihren Rüstungen. Die Speere formten einen sich beständig nach vorn drängenden Wald, dessen Stämme nackt in den Himmel ragten.

»Ja, Ihr habt Recht, doch danach frage ich nicht. Ich habe eine Entscheidung getroffen. Was geschieht, wenn ich mich geirrt habe? Wie konnte ich es nur wagen, etwas so Monströses in die Wege zu leiten?«

»Wenn Ihr Euch geirrt habt, wird es schrecklich enden. Doch Ihr habt Euch nicht geirrt.« In Ra-Nufis' Stimme schwang die Überzeugung der ganzen Welt. »Die Überfälle der Barbaren sind nicht Eure Angelegenheit, und deshalb schickt Isadorus seine Männer auf diese Reise. Wenn wir jetzt nicht unser Gesicht zeigen, wird es beim nächsten Mal noch schwerer sein. Das weiß er. Wenn wir es jetzt nicht tun, wann dann? Wenn der Süden Shinabars fällt, die Barbaren zur Küste vordringen und unsere Handelsschiffe versenken? Oder wenn sie damit beginnen, die Außenposten in der Wüste zu überfallen? Oder wenn die erste Stadt in Shinabar fällt? Oder wenn die ersten zehn bereits gefallen sind? Oder wenn sie vor den Mauern von Thoth-Moara stehen? Oder …«

»Es ist gut!«, fiel sie ihm mit scharfer Stimme ins Wort. »Ich verstehe Isadorus' Beweggründe. Doch ich, was tue ich? Ich hetze das camassianische Heer gegen mein eigenes Volk.«

»Wäre es denn besser, in der Sicherheit der Stadt im Zentrum der Welt zu bleiben und nichts zu unternehmen, während Shinabar in Apathie und Verderbtheit versinkt?«, forderte Ra-Nufis Ta-Thea heraus. »Das ist zwar ein langsamerer Tod, aber es ist dennoch ein Tod. Die Entscheidung liegt in jedem Fall bei Euch: kämpfen oder tatenlos zuschauen. Das ist es doch, was einen Herrscher ausmacht, sei er General, Isarch oder Prophet.«

Ta-Thea schwieg. Sie wusste, dass er die Wahrheit sprach, doch sie wog schwer, und sie fühlte sich sehr einsam.

Ra-Nufis blieb noch eine Weile hinter ihr stehen und schützte sie mit seinem Körper vor dem Wind.

»Wollt Ihr für die Wahrheit kämpfen, damit Weisheit und Licht jedem, der danach greift, zur Verfügung stehen? Vergesst nicht: Es gibt keinen Mittelweg. Entweder wir sind auf Gottes Seite, oder wir gehören Asmodeus. Wir sind für das Licht, die Schönheit, das Gute, oder wir gehören der Finsternis, dem Leid und den Fesseln. Dazwischen gibt es nichts, nur die Illusion, und auch sie ist eine Schöpfung des Widersachers, eine ewige Lüge, die man ohne Kampf gewinnt, die man ohne Saat erntet, ein Triumph ohne Tapferkeit und Schmerz.«

Sie griff nach Ra-Nufis' Hand. »Es ist schon gut … ich hatte es für einen Augenblick vergessen. Ich verstehe. Ich bin bereit zu gehen. Ich habe jetzt genug gesehen.« Sie wandte sich um und blickte ihn an. Er war schlank und sehr dunkel. Auch er hatte eine camassianische Rüstung angelegt. Trotzdem sah er aus wie ein Shinabari, ebenso wie sie. Sie lächelte ihm zu und drückte seine Hand. »Ich danke Euch. Ihr wart immer an meiner Seite, wenn ich Euch am meisten brauchte. Ich hoffe, dass sich daran niemals etwas ändern wird.«

»Das verspreche ich Euch«, entgegnete Ra-Nufis voller Hingabe.

Die Reise verlief bemerkenswert ruhig. Die Brise war gerade kräftig genug, um die Segel zu blähen. Ta-Thea verbrachte viel Zeit an Deck des Schiffes, das die Kriegsflotte anführte. Zum ersten Mal, seit sie von den Verlorenen Inseln gekommen war, verließ sie Camassia. Sie hatte oft davon geträumt, nach Shinabar zurückzukehren, seine Städte wieder zu sehen, die Wüste zu riechen, den wolkenlosen Himmel mit den funkelnden Sternen zu betrachten, den Duft der Kräuter in der Nase zu spüren und nichts zu hören außer der Stille, in der die Sandkörner miteinander flüsterten.

Alexius und Ra-Nufis verbrachten viele Stunden damit, die Karten von Shinabar zu studieren. Ra-Nufis hatte sich viele Notizen zu dem Gelände gemacht, dass sie durchqueren würden. Sie mussten mit Sanddünen und Treibsand rechnen. Es würde felsige Gegenden geben und Oasen, die zu dieser Jahreszeit über Wasser verfügten. Ra-Nufis sprach auch von den Gefahren der Witterung. Besonders die plötzlichen Stürme waren tückisch. Sie wirbelten den Sand auf und trugen ihn in dichten Wolken mit sich. Eine ganze Armee konnte darin ersticken. Die scharfen Körnchen, die wie winzige Peitschen in die Gesichter der Menschen schlugen, würden ihnen die Haut abziehen.

Es gab viele Dinge, die Alexius erfahren sollte. Dazu gehörten die Namen und die Eigenarten der Fürsten in dem Gebiet, wo sie an Land gehen würden. Manche würden sich auf ihre Seite schlagen.

Ta-Thea setzte sich neben die beiden Männer und lauschte. Manchmal ergänzte sie etwas, doch ihre Erinnerungen waren bereits sechs Jahre alt, und die Worte Ra-Nufis' machten sie immer wieder darauf aufmerksam, wie sehr sich Shinabar verändert hatte. Doch wie viel war tatsächlich Veränderung, wie viel Wirklichkeit, die sie zuvor nur nicht gesehen hatte?

Es war merkwürdig, jemanden auf diese Weise über ihr eigenes Land sprechen zu hören, über ihr Volk, dass sie den größten Teil ihres Erwachsenenlebens über regiert hatte. Jeder Einzelne kannte ihren Namen. Die meisten hatten sicherlich ihr Bildnis auf einer Münze gesehen, vielleicht sogar ein Gemälde oder eine Statue an der Fassade eines Gebäudes. Und jetzt befand sie sich hier, an Bord eines Schiffes, mit einem camassianischen General, als ob ihre eigenen Leute Feinde wären, die von einer Armee vernichtet und einer fremden Besatzungsmacht unterworfen werden sollten.

Ta-Thea stand oft an Deck und betrachtete das Spiel des Lichtes auf der See, die glänzend, tiefblau und in der Ferne so dunkel, dass die Farbe an Tinte erinnerte, bis zum Horizont reicht. Und als das Licht und die Schatten sich veränderten, als sie das Zischen des Wassers, das Knarren der Planken und das Rauschen des Windes in den Segeln hörte, schien es ihr beinahe, als hätte sie ähnliche Reisen bereits unternommen, und eine tiefe Sehnsucht nach etwas unbeschreiblich Süßem ergriff sie. Einst hatte sie es gekannt – oder nur davon geträumt. Es schien zum Greifen nah, verzehrte sich in wilder Schönheit, doch es blieb hinter den Grenzen ihres Bewusstseins, zu scheu, als dass es sich berühren ließ.

Die halbe Flotte landete östlich des großen Seehafens von Tarra-Ghum. Die Soldaten wateten durch das seichte Wasser an Land. Die Hitze trocknete ihre Kleider innerhalb weniger Minuten. Selbst das Leder der Rüstungen brauchte nicht länger als eine Stunde. Ta-Thea beobachtete die Männer. Phalanx auf Phalanx marschierte in vollkommener Disziplin dem Kommando folgend, bereit zum Angriff auf Tarra-Ghum.

Ihre Kehle war trocken. Die Hitze brannte auf ihrer Haut, und sie musste die Augen zusammenkneifen, weil sie das Licht auf dem hellen Sand blendete. Vor sechs Jahren war sie zuletzt hier gewesen, doch die Zeit schien sich aufgelöst zu haben. Ta-Thea musste sich jetzt bereit halten. Sie durfte nicht versagen. Den Gott, der ihr das Buch anvertraut hatte, der sie seitdem gestützt und ermutigt hatte, indem Er die Hand des Friedens auf ihr Herz legte, durfte sie nicht im Stich lassen.

Doch nun, da das Buch auf Camassianisch und Shinabari niedergeschrieben war … wurde sie da eigentlich noch gebraucht? Wenn sie in der Schlacht fiel, würde das Buch trotzdem seinen Weg finden. Ra-Nufis konnte es tragen. Er liebte es genug. Der Gedanke war trotz der Hitze kalt wie Eis. Es war die reine physische Furcht. So deutlich hatte Ta-Thea sie noch nie zuvor gespürt. Bisher war sie darüber hinweggegangen, denn sie war die Wächterin des Buches, und hatte geglaubt, dass sie verschont bliebe, damit sie ihr Volk in seiner Lehre unterweisen konnte. Jetzt wurde ihr plötzlich klar, dass es vielleicht nicht so sein würde.

Alexius stand neben ihr. Es war Zeit, an Land zu gehen. Aurelian hatte den anderen Teil der Flotte übernommen und war Richtung Westen gesegelt. Ta-Thea würde mit Alexius gen Osten ziehen. Sie musste mit ihm marschieren, an seiner Seite bleiben. Der Gedanke daran, dass sie vielleicht doch weniger war, als er geglaubt hatte, zwang sie schließlich dazu, sich in Bewegung zu setzen, ihr Schwert in die Hand zu nehmen, die Rampe hinunter ins Wasser zu gehen, ohne zurückzuschrecken, auch wenn sie bis zu den Hüften darin versank.

Die Soldaten standen Reihe hinter Reihe, so weit das Auge reichte. Rastlosigkeit verbreitete sich unter den Männern. Der mühsam gezügelte Tatendrang während der Tage auf See war kaum noch zu beherrschen. Sie hungerten danach, sich der Herausforderung zu stellen, um derentwillen sie gekommen waren. Überall raschelte es, die Rüstungen klirrten, die Füße scharrten im Sand.

Die Sonne brannte erbarmungslos. Je eher sie sich in Bewegung setzten, desto besser. Ta-Thea wandte sich um. Alexius musste es wissen.

Doch er sprach gerade in einiger Entfernung mit einem Dutzend Leutnants, und während sie ihn noch beobachtete, setzte sich die erste Kolonne in Bewegung. Die Männer schritten gleichmäßig und rhythmisch aus, die Anführer trugen rote Federn, die Sonne glitzerte auf Bronze und poliertem Leder.

Jetzt war die Reihe an Ta-Thea. Sie hatte sich dafür entschieden, als Soldat zu kommen, nicht als Passagier. Alexius würde zu Fuß marschieren, wie seine Männer auch. Es gab kein Pferd, das sie hätte reiten können, und keinen Mann, der sie auf einem Stuhl über den Sand tragen würde. Sie sollte – eher als alle anderen – in der Lage sein, die Hitze zu ertragen. Nur Ra-Nufis wusste es besser.

Ta-Thea hatte weniger als einen halben Kilometer hinter sich gebracht, da war er schon an ihrer Seite. Er lächelte und schaute voller Bewunderung auf die Soldaten, die sich zu zehntausenden wie eine dunkle Welle über das Antlitz der Wüste bewegten. Er fragte nicht, ob er bei ihr bleiben sollte, er nahm es einfach als seine Pflicht und gleichzeitig als ein Privileg.

Sie liefen schweigend nebeneinander her. Beide wussten, dass Reisende in der Wüste jede überflüssige Kraftanstrengung vermeiden mussten. Sie konzentrierten sich darauf, gleichmäßig auszuschreiten, langsam genug, um die Muskeln nicht übermäßig zu strapazieren, und doch auch schnell genug, damit sie ihr Ziel spätestens in der zweiten Stunde nach Sonnenuntergang erreicht hatten. Dann wurde es empfindlich kalt. Im Sommer war es genau umgekehrt. Entweder man reiste nachts und fand bei Sonnenaufgang einen Unterschlupf, oder man war verloren.

Ra-Nufis war rührend um Ta-Thea besorgt. Beim ersten Anzeichen der Erschöpfung reichte er ihr Wasser oder trug die schweren Waffen für sie. Ta-Thea genügte ein Seitenblick. Wenn sie ihn sah, manchmal auch seinen Blick auffing und wusste, dass er sie nicht verlassen würde, spürte sie eine Kraft, die sie niemals vermutet hätte. Die Schmerzen in den Beinen und die Blasen an den Füßen bemerkte sie kaum. Das Gewicht ihres Schwertes drückte sie nicht nieder, und auch die Hitze und das grelle Sonnenlicht, die sie während der Jahre in Camassia schon vergessen hatte, ertrug sie, als ob sie nichts anderes gewöhnt wäre. Sie hatte nicht bemerkt, dass sie durch das Leben in der Stadt verweichlicht war. Wenn Alexius sie nicht dazu angehalten hätte, während ihrer Übungskämpfe so hart zu arbeiten, wäre sie wahrscheinlich einfach umgefallen und den anderen zur Last gefallen, hätte wie ein Verwundeter getragen werden müssen. Sie dankte Alexius von ganzem Herzen für seine Mühe.

Eine Stunde nach Sonnenuntergang erreichten sie ein ausgetrocknetes Flussbett und schlugen ein Lager auf. Nahrungsmittel waren knapp, und das Land hielt nichts bereit, womit sie die schmalen Rationen hätten ergänzen können. Es gab nur Trockenfleisch, Brot, Datteln und sauren Wein. Sie kochten nicht. Der Schein eines Feuers wäre bei Nacht weithin zu sehen gewesen, bei Tag der Rauch. Sie waren weder anderen Reisenden begegnet noch hatten sie Kundschafter gesehen, die über ihre Ankunft berichten würden, doch sie konnten nicht damit rechnen, dass man in Tarra-Ghum nicht längst wusste, dass sie an Land gegangen waren.

Die Männer waren sehr rücksichtsvoll und sorgten dafür, dass Ta-Thea sich abseits halten konnte – sie war die einzige Frau im Heer. Doch es gab keine Sonderration Wasser, mit der sie sich hätte waschen können. So rieb sie sich mit feuchten Händen den Staub aus dem Gesicht und war dankbar, dass sie mit dem Rest den schlimmsten Durst stillen konnte.

Dann zog sie die Stiefel aus und starrte grimmig auf ihre wunden Füße. An solche Märsche waren sie nicht gewöhnt.

»Tragt ein wenig Salbe auf«, riet ihr der Legionär, der neben ihr saß, freundlich. »Sonst werden sich die offenen Stellen entzünden. Habt Ihr welche?«

»Ja, danke.«

»Wickelt Eure Füße sorgfältig ein«, fügte er hinzu und blinzelte ihr zu. »Habt Ihr dafür auch etwas?«

»Ja, ich danke Euch für den Ratschlag.«

»Nehmt ihn an. Wenn Sand in diese Blasen gerät, werden wir Euch tragen müssen.«

Vorsichtig und mit vor Schmerz zusammengebissenen Zähnen gehorchte sie. Er hatte Recht. Sie durfte Alexius nicht durch Stolz oder Dummheit enttäuschen.

Wachen wurden eingeteilt, und die Männer schliefen zusammengerollt in ihren Umhängen. Jeder hatte sein Schwert an seiner Seite. Ta-Thea war zu Tode erschöpft, konnte aber dennoch nicht schlafen. Sie lag auf dem nackten Sand und starrte in den Wüstenhimmel, an dem zahllose Sterne funkelten. Trotz der Männer um sie herum fühlte sie sich grenzenlos einsam. Außer Ra-Nufis war sie die Einzige, die auf heimatlichem Boden lag, und sie war keine Reisende, sondern die Herrscherin.

Dann dachte sie an ihren Vater. Er war ein Wüstenprinz gewesen. Er hätte sie verstanden und sich hier zu Hause gefühlt. Er hätte das riesige Sternenzelt über ihr gekannt und die hellsten unter ihnen sogar bei ihrem Namen nennen können. Die Sterne hätten ihm erzählt, wo er sich befand. Doch er war schon seit langem tot und lag in einem Felsengrab zweitausend Meilen weiter südlich.

Am Morgen aßen sie etwas und machten sich marschbereit. Gegen Mittag würden sie die Außenbezirke von Tarra-Ghum erreichen, doch auf den Feind würden sie sicher schon früher stoßen.

Ta-Theas Rücken und Beine schmerzten heftig. Als sie sich streckte, schrie sie auf. Jede Bewegung war für ihre Muskeln die reinste Qual. Die Blasen an ihren Füßen brannten wie Feuer, als sie die Stiefel anzog. Sie war sogar noch schwächer, als sie befürchtet hatte. Doch als Alexius sie fragte, wie es ihr ging, biss sie die Zähne zusammen.

»Gut, ich danke Euch«, log sie.

Ra-Nufis sagte nichts, doch die Bestürzung in seinen Augen verriet, dass er wusste, dass sie weit davon entfernt war, sich gut zu fühlen. Ta-Thea war dankbar, dass er sich jeder Bemerkung enthielt.

Der Feind schlug ohne Vorwarnung zu. Er kam von Nordosten und schnitt ihnen den Weg zur See ab. Einen Augenblick zuvor schienen sie in dem Meer aus Sand noch ganz allein zu sein, im nächsten war die Luft mit Geschrei erfüllt, dem Klirren der gezogenen Schwerter, und die Erde war voller Männer, die sich flink hin und her bewegten. Dann senkte sich atemlose Stille über die Wüste.

Der Zusammenprall der beiden Heere glich einen tödlichen Strudel im offenen Meer. Männer wurden durch die Wucht des Angriffs von den Füßen gerissen. Sand flog durch die Luft, die Sonne glänzte auf camassianischer Bronze und shinabarischem Kupfer, rote und blaue Federn flogen durcheinander, Körper und Waffen wurden mit Blut befleckt.

Ta-Thea hatte ihr Schwert gezückt, doch die Männer um sie herum verharrten regungslos. Sie warteten mit ernsten Mienen und weit geöffneten Augen. Wenn sie Angst hatten, so wussten sie diese gekonnt zu verbergen. Kein Auge blinzelte, kein Nerv zuckte.

Das Warten schien niemals zu enden. Ta-Thea schmeckte das Salz ihres Schweißes, als sie sich über die Lippen leckte.

Dann war es so weit. Der Befehl war ein gedämpfter Ruf. Es dauerte den Bruchteil einer Sekunde, bis auch sie ihn verstanden hatte. Die Männer vor ihr bewegten sich vorwärts, und der Legionär neben ihr rief etwas Unverständliches und versuchte, sie beiseite zu schieben.

Jemand in ihrer Nähe schrie auf. Sie hörte das Klirren von Metall, Schwerter, die sich trafen, dann einen weiteren Schrei, und schon stand sie mitten auf dem Schlachtfeld. Die Welle des Angriffs hatte unerwartet eine andere Richtung genommen. Plötzlich stand ein einheimischer Soldat vor Ta-Thea, er war nur eine Speerlänge von ihr entfernt, ein ganz gewöhnlicher Soldat wie jene, die unter Mon-Allat gedient hatten, die die Straßen während seiner Inthronisation gesäumt hatten, die jubelnd seinen Namen gerufen hatten. Wahrscheinlich hatte er Familie in einer Stadt oder einem Dorf, die sie selbst kannte.

Er hob sein Schwert und schwang es über dem Kopf. Für ihn war sie ein Camassiani, ein Eindringling. Vielleicht war sie ungewöhnlich dunkel, doch er hielt sie zweifelsfrei für einen Mann, wäre nie auf den Gedanken gekommen, dass er eine Frau vor sich hatte. Im nächsten Augenblick würde er sie töten.

Instinktiv wich sie zur Seite hin aus. Alexius hatte es ihr beigebracht. Der Soldat folgte ihr. Ta-Thea trat zurück, er stürzte nach vorn und verlor das Gleichgewicht. Das genügte. Ta-Thea zielte auf seinen Arm und schlitzte ihn bis zu den Knochen auf.

Nie zuvor hatte sie selbst Blut vergossen. Tiefrot strömte es aus der klaffenden Wunde. Es war schrecklich, Ekel erregend. Ta-Thea sah das Entsetzen im Gesicht des Mannes und erstarrte.

Von hinten erhielt sie plötzlich einen so harten Schlag, dass sie auf die Knie fiel und im ersten Moment nicht einmal Luft holen konnte. Dann griff jemand nach ihrem Arm, und sie wurde grob auf die Füße gerissen, genau in dem Augenblick, als ein shinabarischer Speer sich an der Stelle in den Sand bohrte, an der sie soeben noch gekniet hatte.

Ein camassianischer Soldat mit wettergegerbtem Gesicht, grauem Haar und einer Narbe mitten auf der Nasen schrie sie an und lachte. Dann zuckte er herum und stürzte sich in das Meer aus Kupfer, und einen Augenblick später war seine Rüstung mit seinem eigenen Blut befleckt.

Es blieb keine Zeit, um nachzudenken. Überall war Gewalt. Das Klirren der Schwerter, Schreie und Weinen, Kampfgetöse, sengende Hitze, der Gestank von Blut, Schweiß und Angst – all das lag schwer in der Luft.

Ta-Thea kämpfte, sie hatte keine andere Wahl. Sie schwang instinktiv das Schwert und brüllte mit den anderen, stürzte sich auf Blau und Kupfer, verteidigte Rot und Bronze. Sie verwundete und tötete Männer, die sie nicht kannte, riskierte ihr eigenes Leben, um Fremde zu retten, die dieselbe Uniform wie sie selbst trugen.

Sie sah fürchterliche Wunden und Todesqualen, und sie wusste, dass diese Bilder sie noch jahrelang verfolgen würden. Sie stolperte und fiel in Blutlachen hinein, als ob sie durch einen Schlachthof liefe. Der Kampf tobte mal hier, mal dort, doch dann bemerkte sie, dass sie den Feind langsam zurückdrängten. Die am Boden liegenden Körper trugen scheinbar mehr Blau als Rot, obwohl das inmitten des Gemetzels nicht immer zweifelsfrei festzustellen war.

Ta-Thea trug Prellungen und Schnittwunden davon, doch sie konnte sich nicht darum kümmern. Die Camassiani begannen, neue Reihen zu formieren, um vorwärts zu stürmen. Die Jahre eiserner Disziplin zahlten sich jetzt aus. Ta-Thea nahm es nur am Rand wahr, doch mit einer Mischung aus Zorn, Triumph und bitterer Scham stellte sie fest, dass die shinabarischen Truppen nicht mehr den Mut hatten, sich ihrem Gegner zu stellen. Die Männer der alten Schule, der alten Werte waren tot. Und sie waren gefallen, weil ihre Kameraden verwirrt waren, weder an sich selbst noch an das gemeinsame Ziel glaubten. Und so fielen unnötig viele Soldaten, weil sie sich von Panik leiten ließen, als ihre Reihen in Unordnung gerieten. Sie waren nicht gut genug ausgebildet.

Der Anblick der verstümmelten Körper der alten Garde, die den Angriff geführt hatten, erfüllte Ta-Thea mit Entsetzen. Das Leid presste bittere Tränen in ihre Kehle, doch sie hatte keine Zeit, sie zu vergießen. Ihre eigenen Männer drängten vorwärts, trampelten über die Leichen, sogar über Verwundeten hinweg, weil es keine Möglichkeit gab, ihnen auszuweichen. Schreie dröhnten in ihren Ohren, doch es gab nichts, was sie hätte tun können.

Alexius würde den Sieg erringen. Was immer er fühlte – und darüber konnte sie nur spekulieren –, er würde niemals die Selbstbeherrschung oder die Kontrolle über seine Männer verlieren. Weder Furcht noch Erschöpfung, weder Schmerz noch das Entsetzen angesichts des Gemetzels würden ihn von seinem Weg abbringen.

Am Ende des Tages war es vorbei. Die Shinabari hatten sich in Richtung Thoth-Moara zurückgezogen, und Alexius hatte ihnen gestattet, ihre Verwundeten mitzunehmen.

»Das war sehr großherzig«, sagte Ta-Thea, als sie abseits des Lagers in das wilde Licht des Sonnenuntergangs starrten, das die Verwüstung beschien. Männer mit Fackeln gingen umher, und die Ärzte suchten unter den dunklen Flecken der Körper nach Verwundeten, denen vielleicht noch zu helfen war. Andere suchten ihre Freunde, versuchten, die Toten zu identifizieren, trugen Wasser, Verbandmaterial, Tücher, Umhänge. Es blieb keine Zeit, die Toten zu begraben. Aasvögel kreisten schon am Himmel. Das Stöhnen der Verwundeten und das Wimmern der Sterbenden tönte scharf durch die dünne Wüstenluft. Der Gestank des Gemetzels hing wie eine Glocke über dem Sandboden.

Ta-Thea war zu ergriffen von Mitleid und Entsetzen, als dass sie ihre eigenen Schmerzen zur Kenntnis genommen hätte.

»Es war nicht großherzig«, entgegnete Alexius. »Ich wünschte, ich könnte mir Großherzigkeit leisten, doch im Krieg ist sie nur selten möglich. Mitleid mit dem Feind bedeutet nur allzu oft Verrat an den eigenen Leuten, die einem vertrauen. Ich habe sie gehen lassen, weil ich mich nicht um sie kümmern kann. Außerdem werden sie mit den Verwundeten nur langsam vorankommen. Sie sind zivilisierte Menschen und werden sie nicht wie die Barbaren im Stich lassen.«

Ta-Thea verstand ihn nicht. »Damit sie … sterben? Das war …« Sie hatte keine Worte, um ihre Erschütterung zu beschreiben.

»Nein. Sie töten sie selbst. Für die Barbaren ist auch das ein ehrenvoller Tod.«

Ta-Thea schwieg. Es fiel ihr schwer, in einem Atemzug an Ehre und gleichzeitig an Qual, Grauen und verstümmelte Körper zu denken. Ehre war eine Idee. Sie war eben erst Zeugin der entsetzlichen Wirklichkeit geworden.

»Seid Ihr verletzt?«, fragte Alexius.

»Verletzt?« Welch groteske Frage! Jeder Muskel brannte, ihr Körper war mit Prellungen übersät, mit Schnittwunden und Blasen. »Nein.« Sie war nicht verletzt, nicht ernsthaft. »Ich werde niemals wieder die sein, die ich vorher war«, fügte sie nach einer Weile hinzu. »Ich sehe nichts als Leid und Tod, wo ich auch hinschaue.«

Alexius nahm sie nicht in die Arme, obwohl er es gern getan hätte. Zu viele Augen beobachteten sie. Er war der Kommandeur dieser Armee, und er musste vor allem die Würde wahren. Sie war jetzt wichtiger als Trost.

»Niemand weiß, was der Krieg tatsächlich ist, wenn er ihn nicht mit eigenen Augen gesehen hat. Normalerweise benutzen wir das Wort, ohne die leiseste Vorstellung davon zu haben, was sich dahinter verbirgt.«

»Ist es immer so?«

»Nein, aber die Unterschiede sind im Grunde bedeutungslos. Krieg bedeutet immer Todeskampf, Verlust, Grauen, Dreck und Erschöpfung.«

»Warum gibt es dann überhaupt Kriege?«

Er lachte plötzlich auf, doch es war ein freudloses Lachen. Eine ganze Welt der Qual klang darin. »Möchtet Ihr umkehren?«

Ta-Thea gab keine Antwort. Im Augenblick wollte sie nur noch schlafen und dann im Palast von Camassia wieder aufwachen. Sie wollte es warm, ruhig und sauber haben, Menschen sehen, die nicht verletzt waren, die ihren ganz alltäglichen, banalen Geschäften nachgingen und in Sicherheit waren. Sie wollte nicht schuld an den Qualen anderer sein. Sie wollte weder etwas davon wissen und noch viel weniger dafür verantwortlich sein. Und keinesfalls wollte sie sich all dem am nächsten Tag noch einmal stellen müssen.

Doch das konnte sie Alexius nicht sagen. Er wusste gewiss ohnehin darum. Seine Arme und seine Beine waren voller alter Narben, eine lief quer über seine Brust. Sie hatte sie gesehen, als er sich nach einer der Übungsstunden umgezogen hatte. Er lief nicht davon. Der Kampf bereitete ihm keine Freude, aber er wich ihm auch nicht aus.

»Zweifel?«, fragte er behutsam. Es war jetzt beinahe dunkel. Die Sonne stand tief im Westen, schickte rote Strahlen über den Sand und verdunkelte die Schatten. Der Wind war schon kühl. Nun nahm er doch ihre Hände in die seinen. »Selbst die Verbohrtesten von uns haben Zweifel, wenn sie sehen, wie hoch der Preis tatsächlich ist. Kein Mann ist für die Aufgabe des Kommandeurs geeignet, wenn er nicht die Nachwirkungen einer Schlacht verabscheut – gleichgültig, ob sie gewonnen oder verloren ist – wenn er sich nicht fragt, ob er etwas hätte besser machen können, wenn er sich nicht fragt, ob all das überhaupt einen Sinn hatte.«

Sie drückte seine Hände und spürte die Blasen und das Blut darauf. »Und welche Antwort hat der Mann?«

Alexius zögerte nicht. »Es gibt Dinge, für die es sich zu kämpfen lohnt. Manchmal ist es auch besser, gegen etwas zu kämpfen und zu sterben, als sich zu unterwerfen. Es gibt Preise, die die Seele zahlt, andere zahlt der Körper. Der Mann muss das Für und Wider sorgfältig abwägen und sich dann entscheiden.«

»Und diese Tragödie hier?« Ta-Thea blickte über das Schlachtfeld. Sie konnte nichts erkennen außer den Fackeln, die immer noch hin und her wanderten, doch sie hörte die Schreie und roch das Blut.

»Habt Ihr den langsamen Tod eines versklavten Volkes gesehen, von Menschen, die ihre Seele an Verderbtheit und Tyrannei verlieren? Oder eine Kultur, deren Schönheit erstickt wird, Menschen, die durch Ignoranz zerstört, durch Lügen verdorben werden, bis der Überlebenswille sie dazu zwingt, zu den Waffen zu greifen und selbst Schrecken zu verbreiten, bis sie selbst zu dem werden, was sie einst bekämpften?«

Darauf hatte Ta-Thea keine Antwort. Wenn Ra-Nufis Recht behielt, dann war es jedoch genau diese Tragödie, die in ihrer Heimat auf sie wartete.

Sie verhörten die shinabarischen Gefangenen, doch sie erfuhren nur wenig, was von strategischem Wert hätte sein können. Gleichwohl wussten die Männer zu berichten, dass die barbarischen Überfälle im Süden noch bedrohlicher waren, als selbst Ra-Nufis geahnt hatte.

Alexius schickte die eigenen Verwundeten zurück zu den Schiffen, die vor der Küste vor Anker lagen. Ein Viertel der Truppe würde in Tarra-Ghum bleiben und die nun wehrlose Stadt besetzen und halten. Die übrigen Männer würden auf den anderen Flügel stoßen, der im Westen gelandet war und auf dem Weg nach Thoth-Moara war. Ra-Nufis führte die Truppen durch die Wüste.

In einem Land mit gemäßigterem Klima hätten sie bewohnte Gegenden gemieden, doch in Shinabar war dies unmöglich. Sie brauchten Wasser, und alle Oasen waren besiedelt. Sie stießen jedoch auf keinerlei Widerstand. Er wäre ohnehin vergeblich gewesen, denn ein paar hundert Dorfbewohner konnten gegen die militärische Macht Camassias nichts ausrichten. Darüber hinaus aber waren die Menschen des Kampfes müde und sahen keinen Sinn darin, etwas zu verteidigen, woran sie schon lange nicht mehr glaubten. Ihre Häuser waren in einem schäbigen, vernachlässigten Zustand, und auch die Straßen bedurften dringender Reparaturen.

Ta-Thea erblickte die erste Oase und spürte glühende Scham. In Ra-Nufis' Zügen erkannte sie, dass er sie verstand. Er wusste um die Verwirrung in ihrem Inneren, dem Zorn darüber, dass dies ausgerechnet ihrem eigenen Volk geschah, ihrem Volk, das zu den ältesten und einst stolzesten Nationen der Welt gezählt hatte. Die militärische Macht Shinabar hatte noch vor zweihundert Jahren die ganze Welt beherrscht, es war noch nicht so lange her. Die Architektur von Shinabar war Vorbild für alle übrigen großen Städte von Irria-Kand bis Tirilis gewesen, die Literatur war in zwanzig Sprachen übersetzt worden, die Kunst wurde von Liebhabern in aller Welt gesammelt. Überall in den Schulen wurde Shinabari gelehrt. Es war die Sprache der Philosophie und der Wissenschaft, der Literatur und des Geistes. Nun standen die Menschen regungslos da. Hilflos und benommen beobachteten sie die camassianischen Soldaten, die nicht einmal daran dachten, sie gefangen zu nehmen. Keinerlei Gefahr ging von ihnen aus.

Ta-Thea starrte die Menschen ihres Landes an und fragte sich, ob sie nicht selbst die Schuld an diesen Zuständen traf, hatte sie ihr Volk doch sich selbst und den Usurpatoren überlassen. Wenn sie die Fähigkeit besessen hätte, sich ihr politisches Überleben zu sichern, wäre dies alles dann trotzdem geschehen? Oder hatte es schon viel früher begonnen? War es ihre und Mon-Allats Schuld? War ganz Shinabar davon betroffen? Vielleicht war das ganze Volk einfach müde. Und der Grund dafür lag nicht in dem hohen Alter, das die Menschen erreicht hatten und wofür sie Achtung, Liebe und Dankbarkeit verdient hätten, ebenso wie für ihre Verdienste aus der Vergangenheit, sondern er lag in der Gleichgültigkeit derjenigen, die nichts mehr kümmerte.

Am nächsten Morgen verließen sie die Oase. Ta-Thea fühlte sich sehr einsam, obwohl sie von tausenden von Männern umgeben war, die unaufhaltsam auf die nächste größere Stadt zu marschierten. Vielleicht war es schon Thoth-Moara. Sie musste das Buch dorthin bringen, so wie sie es auch nach Camassia gebracht hatte. Der Unterschied war, dass die Shinabari es so dringend brauchten wie der Wanderer in der Wüste das Wasser. Es würde der sterbenden Seele des Volkes neues Leben einhauchen.

Die nächste Schlacht dauerte nicht lange, war kaum mehr als ein kleines Gefecht. Ein halbes Dutzend Männer wurde getötet, und um die zwanzig wurden verwundet.

Im Rausch des schnellen Sieges teilte jedoch einer der Kommandeure, der bereits seit langer Zeit unter Alexius diente, die Wachen falsch ein. Es war ein folgenschwerer Irrtum, denn seine Männer bezahlten teuer dafür. Ein Dutzend Leben waren zu beklagen.

Ta-Thea hörte, wie die Soldaten darüber sprachen. Alexius selbst hatte ihr nichts gesagt. Doch sie sah sein Gesicht, den abweisenden Blick, die vor Kummer schmalen Lippen. Lange Zeit hielt er sich abseits, sprach nur, wenn es unbedingt nötig war, und dann waren seine Antworten knapp. Im Lager herrschte Totenstille, während die Männer auf seine Entscheidung warteten. Der Kommandeur war sein Freund. Sie hatten zusammen in den großen Wäldern an der Grenze zu den Barbaren gedient. Sie waren gemeinsam durch tiefen Schnee gezogen, hatten Nahrung und Decken miteinander geteilt. Jeder hatte des anderen Schlaf bewacht. Sie hatten die sturmgepeitschten Ebenen von Irria-Kand gesehen und sich dem Feind entgegengestellt, der die eigenen Verwundeten abgeschlachtet hatte.

Ta-Thea beobachtete Alexius und sehnte sich danach, ihm zu helfen, doch sie wusste, dass sie ihn nicht stören durfte. Sie konnte ihm nichts außer der Zurückhaltung des Schweigens geben.

Er traf schließlich die einzige Entscheidung, die möglich war. Dem Gesetz musste Genüge getan werden. Mit bleichem Gesicht und brechender Stimme befahl er die Hinrichtung des Kommandeurs. Das Urteil wurde sofort vollstreckt, die Zeugen standen da mit gesenkten Köpfen. Der Leichnam wurde im Sand begraben, und Alexius befahl, einen Stein mit dem Namen und dem Dienstgrad des Mannes zu versehen und darunter festzuhalten, dass er in

Erfüllung seiner Pflicht gefallen war. Dieser Stein wurde auf das Grab gelegt.

Am Abend gelangten sie in die Nähe einer weiteren Oase. Nachdem die Sonne untergegangen war, erklomm Alexius einen Steilhang und beobachtete den vollen Mond, der über der Wüste aufging.

Ta-Thea zögerte, ihm zu folgen. Ihr ganzer Körper schmerzte vor Erschöpfung, und ihre Füße waren taub. Sie löste die Verbände und wickelte sie erneut. Sie hätte gern ein Bad in dem kalten Wasser im Schatten der Bäume genommen und sich anschließend in ihrem Umhang neben eines der Feuer gesetzt. Sie sehnte sich nach dem gnädigen Vergessen im Schlaf, wollte nicht mehr an Shinabar denken, so wie es jetzt war, so anders als in ihren Träumen. Es war schäbig und träge. Nur die Wüste selbst war ebenso schön wie zuvor, vielleicht sogar noch schöner, weil sie von der Hoffnungslosigkeit, die sie in den sandigen Armen hielt, nichts ahnte.

Doch Verzweiflung, Unsicherheit und Schuldgefühle hungerten nach einem anderen Menschen. Schweigend neben ihm zu stehen, war auf jeden Fall besser als allein zu bleiben.

So folgte Ta-Thea Alexius und stieg langsam und vorsichtig den Hang hinauf. Der Mond leuchtete, und die Luft glühte, wie sie nur über der Wüste glühen konnte.

Sie erblickte Alexius' dunkle Gestalt. Er stand mit dem Rücken zu ihr und starrte auf das milchweiße Meer aus Sand. Sollte sie zu ihm gehen oder wäre es allzu plump, verstieße sie damit gegen die Vereinbarung, die sie getroffen hatten? Zeigte sie damit, dass sie trotz allem nichts verstanden hatte? Doch wenn sie nicht zu ihm ging, würde er vielleicht glauben, dass sie seinen Schmerz nicht sah oder dass sie allzu beschäftigt mit sich selbst war, als dass sie sich um ihn sorgte.

Ihre Füße glitten lautlos über den Sand, doch als sie sich ihm näherte, wandte er sich um und blickte ihr entgegen.

Nun konnte sie nicht mehr umkehren. Sie würde sprechen müssen, und wenn sie nicht die richtigen Worte fand, würde sie etwas unendlich Wertvolles zerstören.

»Ist etwas nicht in Ordnung?« Alexius' Stimme drang ruhig durch die Nacht. Er stand mit dem Rücken zum Mond, so dass sie sein Gesicht nicht erkennen konnte, nur die Umrisse seines Kopfes zeichneten sich gegen den blassen Himmel ab.

»Nein«, erwiderte sie. »Ich kam nur ...« Was konnte sie sagen, ohne sich ihm aufzudrängen?

Das Schweigen knisterte. Er wartete auf ihre Antwort.

»Ich musste einfach wissen, ob Ihr vielleicht doch nicht allein sein wollt.« Sie hatte keine andere Wahl als ehrlich zu sagen, warum sie ihm nachgegangen war. »Ich glaube, dass ich, wenn ich mit einer solchen Entscheidung leben müsste, gern in Euer Gesicht schauen würde, wissen würde, dass Ihr mich versteht, dass Ihr um meine Qualen wisst. Ohne ein Wort darüber zu verlieren. Manche Dinge haben keine Worte. Einfach nur da sein, vielleicht nur für einen Augenblick. Es gibt Dinge, die in Schweigen geborgen bleiben sollten, aber nicht notwendigerweise in Einsamkeit.«

Ta-Thea sah, dass Alexius sich entspannte. »Ich kannte ihn seit zwanzig Jahren.« Seine Stimme war sehr leise, und Tränen schienen darin zu schwimmen. »Er träumte immer davon, im Alter einen Garten zu haben ... und einen Hund.« Er wandte sich wieder dem Mond zu, und Ta-Thea senkte den Blick.

Minuten vergingen. Der Nachtwind trug feine Sandschauer heran.

»Zu viele Menschen opfern alles, was sie haben, für die Sicherheit und den Frieden«, sagte Ta-Thea schließlich. »Die meisten von uns wissen es nicht einmal. Ich glaube nicht, dass es Kriege überhaupt geben würde, wenn wir es wüssten.«

»Vielleicht nicht. Vielleicht hätten wir gar keinen Mut mehr. Doch im Grunde glaube ich nicht daran. Gott sagt, dass es so schwer werden wird, dass wir es kaum ertragen können. Sollten wir wirklich um weniger bitten und trotzdem erwarten, am Ende die Herrlichkeit zu erringen?« Er legte den Arm um ihre Schultern und drückte sie an sich. »Wir müssen durchhalten, uns gegenseitig stützen, uns die Wahrheit sagen … immer nur die Wahrheit.«

Unter ihnen glühten die Lagerfeuer rot, die sich über den Wüstenboden verteilten. Ta-Thea genoss die Wärme von Alexius' Körpers, obwohl die riesigen Felsbrocken, die den Steilhang krönten, schon genügend Schutz vor dem kühlen Nachtwind boten.

»Habe ich richtig gehandelt?«, fragte sie leise. »Würdet Ihr mir auch darüber die Wahrheit sagen? War es wirklich richtig, um diesen Preis nach Shinabar zurückzukehren? Wie viele Männer sind bereits tot?«

»Es gab größere Kriege als diesen.« Seine Stimme war kaum lauter als die Brise, die über den Sand strich. »Kriege der Seele. Der Tod kümmert Asmodeus nicht. Nur die Verdammnis bedeutet Sieg für ihn. Jede Sünde und jede Gemeinheit schwächt uns.«

Sie lehnte sich an ihn. »Und wenn ich meinen Feind töte, den Soldaten, der mich angreift, weil ich in sein Land eingedrungen bin, ist das mein Sieg oder der von Asmodeus?«

»Wenn Ihr Vergnügen daran findet, ist es Asmodeus' Sieg. Wenn es Euch jedoch Widerwillen bereitet, weil Euch die Schlacht aufgezwungen wurde, ist der Sieg Euer. Leid, Furcht und Tod sind die Beute des Krieges. Manchmal ist die einzige Alternative aufzugeben.« Er zögerte für einen Augenblick und fuhr dann fort: »Je älter ich werde, desto mehr hasse ich den Krieg. Ich würde lieber Schlachten des Geistes führen. Vielleicht, weil ich dann die Verwundeten nicht so deutlich sehe. Verderbtheit scheint eher eine Krankheit als eine Wunde zu sein. Sie greift viel langsamer um sich und schafft die Illusion, als könne sie mit viel weniger Aufwand eingedämmt werden.«

»Das ist keine Illusion!«, entgegnete Ta-Thea mit Nachdruck. »Mit dem Buch können wir von vorn beginnen. Wir werden die Ehre und die Stärke, die wir einst hatten, zurückerobern. Wir werden die Wahrheit verbreiten und lernen, nach ihr zu leben.«

Alexius lachte leise. »Mit dem Buch könnten wir alle

Kriege tilgen, die Hungernden speisen, die Unwissenden lehren, die Welt heilen. Doch werden wir das tun?«

»Ich weiß es nicht.«

»Ich bin nicht sicher, dass es sich an Welten richtet, Thea. Vielleicht wendet es sich an den Einzelnen. Vielleicht hat auch Gott jeden Einzelnen von uns im Blick.«

Sie wusste, dass er an seinen Freund dachte, den er erst vor kurzem verdammt hatte. Alexius betrachtete seine Männer nicht als Armee, sondern jeden für sich, jeden mit seinem Leben und jeden mit seinem Tod. Sie hätte ihn nicht so sehr geliebt, wenn es anders gewesen wäre.

Sie legte ihre Hand auf seine Schulter. »Ihr habt Recht. Er kennt jeden von uns, jeden bei seinem Namen, und jeder ist genauso wertvoll wie der Nächste. Das ist wahre Liebe. Sie gilt niemals der Allgemeinheit.«

Er blickte sie an und lächelte ihr zu. Der Wind zerzauste ihr Haar, und er strich die Strähnen aus ihrem Gesicht. Seine Finger waren kühl und doch so sanft, dass sie sie kaum spürte.

Sie hatte seinen Schmerz gelindert. Er hatte nichts dergleichen gesagt, doch sie spürte es in seiner Berührung. Sie brauchte keine Worte, sie wusste auch so genug.

Er neigte den Kopf, und sie bot ihm ihre Lippen. Der Kuss war lang und süß, barg all den Schmerz der lange unterdrückten Sehnsucht. Sein Körper war warm, und sie spürte seine Kraft.

Sie roch den Duft seiner Haut, seiner Haare und des Leders seiner Rüstung … die bitteren Kräuter der Wüste und den Rauch der Feuer im Wind. Sie klammerte sich an ihn, wollte ihm Leidenschaft geben und ihre endlich stillen.

Ihre Lippen lösten sich voneinander, und Alexius sah Ta-Thea in die Augen. Sie wusste, dass seine Sehnsucht ebenso groß war wie die ihre, Schmerz und Zärtlichkeit ebenso tief. Doch sie sah auch den Schatten, die dunkle Gewissheit des Preises.

Zitternd trat sie zurück. Sie sagte nichts, schaute ihn mit zugeschnürter Kehle an. Das Blut rauschte dröhnend in ihren Ohren. Dann wandte sie sich ab und stieg den Steilhang hinunter, zurück zu ihrem Platz im Lager, wo ihre Decke neben dem Feuer ausgebreitet war. Vielleicht würde sie nicht schlafen können, doch immerhin würde sie nicht ihr ganzes Leben lang lügen müssen. Sie wusste, dass sie in einen Abgrund getreten war.

Am folgenden Morgen setzten die Truppen ihren Marsch durch die Wüste in Richtung Thoth-Moara fort. Ta-Thea sah Alexius nur kurz, und er war nicht allein. Sie fühlte sich nicht unbehaglich und wusste, dass er das Gleiche fühlte wie sie. Es gab keinen Grund, Konflikte oder Missverständnisse zu fürchten.

Drei Tage später traf Ta-Thea auf einen alten Mann. Es war noch früh am Morgen, sie hatten in der Nacht zuvor das Lager in der Nähe einer Hügelkette aufgeschlagen und waren gerade mit den Vorbereitungen zum Aufbruch beschäftigt, als er sich aus den Schatten Dämmerung löste. Ta-Thea war allein an einem Teich inmitten der Felsen und genoss einen der wenigen Momente, die sie für sich allein hatte. Als sie aufblickte, sah sie den Mann, der ihr über den Sand entgegenkam, eine schwarze Gestalt, deren Kopf von einem Hof aus weißem Haar umgeben war.

Ta-Thea erhob sich, eine Hand am Schwert.

Als er näher kam, spürte sie, dass er tiefen Frieden mit sich brachte. Seine Züge waren voller Schönheit. Seine Haut war von der Sonne dunkel geworden, doch seine Augen waren groß und blau und so freundlich wie der Himmel selbst. Die gebogene Nase verriet Stärke und der sanft geschwungene Mund Empfindsamkeit. Ta-Thea konnte nicht erkennen, ob er ein Shinabari war. Er sah niemandem ähnlich, den sie kannte.

»Wer seid Ihr?«, fragte sie und ließ das Schwert los.

»Mein Name ist Iszamber«, entgegnete er und hielt wenige Zentimeter vor ihr inne. Er war mit den typischen Kleidern der Wüstenbewohner bekleidet, in hellem Graubraun und Gelb, die durch eine Schärpe in blassem Türkis aufgelockert wurden. Seine Sandalen zeugten von langen, weiten Reisen.

Ta-Thea dachte daran, ihm zu essen und zu trinken anzubieten, doch sie wusste, dass er ihrer Hilfe nicht bedurfte. Sein Gesicht, seine Haltung sprachen eine deutliche Sprache. Dies war sein Haus, und sie war sein Gast, vielleicht sogar ein Eindringling.

»Friede sei mit Euch, Ta-Thea«, sagte er freundlich.

Sie war überrascht. »Ihr kennt meinen Namen?«

»Ich kenne alles, was Bedeutung hat«, entgegnete er, und wie ein Geist spielte ein Lächeln um seinen Mund. Er wandte den Blick nicht von ihr. »Ich weiß, dass Ihr die Wahrheit am Anfang der Welt gesucht habt und sie jetzt bei Euch tragt. Ihr würdet sie allen Menschen geben, doch das könnt Ihr nicht.«

Sie holte Luft, um ihm zu widersprechen, doch sein Blick hieß sie Schweigen.

»Ihr werdet Euer Herz vor ganz Shinabar ausbreiten, Eurem Volk alles erzählen, was Ihr wisst, doch die Menschen werden Euch nicht erhören.« Bedauern zuckte um seine Lippen. »Camassia hat Euch zugehört und wird sich für eine Weile an Eure Worte erinnern. Eine große Nation wird erblühen und sich strahlend über die Erde ausbreiten. Ihre Armeen werden erobern, ihre Gesetze werden überall Geltung erlangen, ihre Künste und ihr Erfindungsgeist werden die Tage der Menschen erhellen. Doch auch Camassia wird welken und am Ende verschwinden, das Licht wird flackern und immer schwächer werden, bis am Ende außer der Dunkelheit der Seele nichts mehr übrig ist.«

Ta-Thea wollte ihn unterbrechen. Wie konnte ein Mann mit solcher Schönheit im Antlitz alle Hoffnung verleugnen, bevor sie überhaupt geboren war. Sie suchte vergeblich nach Böswilligkeit in seinen Augen.

Er schenkte ihr ein Lächeln, das süßer als die aufgehende Sonne war.

»In den Tagen vor dem Ende, wenn sich die große Dunkelheit über die Erde legt und die Völker in Zerstörung und Verzweiflung versinken, wenn die Zivilisation zerfällt und im letzten Krieg verbraucht wird, dann werden die Inseln am Rand der Welt noch da sein und das Licht des Wortes Gottes über das Chaos und den Tod halten.« Er hob eine Hand, als ob er sie daran hindern wollte, ihm ins Wort zu fallen. »In einem Turm über der See werden elf Gläubige die Wahrheit in den Herzen, im Geist und in den Taten erhalten. Manchmal werden sie stolpern, sie werden seufzen, und sie werden leiden, doch sie werden niemals fallen. Von jetzt an bis zum Ende werden sie nicht weniger sein als ihr Ruf, und das Ende aller Dinge wird sie bereit finden. Dies ist das Versprechen Gottes.«

Er senkte langsam die Hand, wandte sich ab und ging in den Sonnenaufgang hinein und davon, ließ sie allein, und ihr Herz füllte sich mit der Erinnerung an einen anderen Weisen, an eine andere Zeit, als der Wind über dem Sand nicht den Geruch von bitteren Kräutern mit sich trug, sondern den Duft von Seenelken und wilden Lupinen.

14

Als die Soldaten die Hügelkette hinter sich gelassen hatten, gerieten sie in einen Hinterhalt. Der Feind hatte sich in einem schmalen Flussbett verborgen, das auch aus einer Entfernung von wenigen hundert Metern nicht zu erkennen war. Jeder Shinabari wusste, dass die Grau- und Brauntöne der Kleidung die beste Tarnung waren, um in der Wüste unentdeckt zu bleiben. Die Schlacht war brutal und unerbittlich, die Verluste auf beiden Seiten schwer. Doch die Camassiani trugen den Sieg davon. Sie verfügten über die bessere Disziplin und die stärkere Moral, und als der General der Shinabari in die Enge getrieben einen taktischen Fehler beging, schlugen sie zu. Der Feind versäumte es, seine Reihen zum richtigen Zeitpunkt zu sammeln und zahlte dafür einen hohen Preis.

Als die Sonne unterging, blickte Ta-Thea abermals über ein blutgetränktes Schlachtfeld. Überall lagen Verwundete und Tote, doch diesmal hatten sich die shinabarischen Truppen nicht so weit zurückgezogen, und ihr Lager war in Sichtweite. Sie hätten ohnehin nur noch nach Thoth-Moara selbst fliehen können.

Ra-Nufis trat zu Ta-Thea. Sie stellte besorgt fest, dass er hinkte, und blickte hinunter auf sein nachlässig verbundenes Bein.

»Es ist nichts«, wehrte er ab. »Nur ein kleiner Schnitt.« Dann schaute er sie forschend an.

Sie lächelte. »Nur ein paar Prellungen … Morgen werde ich am ganzen Körper grün und blau sein.« Sie richtete den Blick wieder auf das Lager der Shinabari. »Sie werden bestimmt noch mehr Soldaten aus den Städten rekrutieren, nicht wahr?« Doch es war eher eine Feststellung als eine Frage. Sie kleidete ihre Furcht in Worte, um sie mit Ra-Nufis zu teilen.

»Ja«, entgegnete er ernst. »Doch die jungen Männer

werden unerfahren sein, wenig Disziplin und noch weniger Kampfgeist haben. Sie werden abgeschlachtet, sobald sie die Arena betreten, denn sie wissen nichts von Herausforderung und Kampf. Viele Jahre lang wurden sie allzu sehr behütet. Und dies ist das Ergebnis.«

Ta-Thea schwieg für eine Weile. Diese Erkenntnis war bitter. Dann deutete sie auf das Lager der Shinabari. »Weiß er das denn nicht?«

»Doch, wahrscheinlich. Aber vielleicht hat er es nicht einmal bemerkt. Manchmal übersieht man den Niedergang. Die Stufen zur Hölle sind nicht steil.«

Plötzlich warf sie Ra-Nufis einen nachdenklichen Blick zu. »Wo ist Alexius?«

Ra-Nufis deutete nach links.

Sie dankte ihm und ging davon. Überall lagen die Soldaten in kleinen Gruppen im Sand, drängten sich um die Lagerfeuer und zogen die Umhänge gegen die Kälte eng um die Schultern.

Alexius blickte fragend auf. Seine Miene wurde weich, als er sie erkannte, und er lud sie mit einer Geste ein, neben ihm am Feuer Platz zu nehmen. Sie nahm die Einladung dankend an, glücklich über die Wärme der Flammen. Sie hatte gar nicht bemerkt, dass der Wind schon so kalt geworden war.

Alexius wartete darauf, dass sie sprechen würde. Er spürte die Last, die auf ihren Schultern lag.

»Ra-Nufis sagt, dass die frischen Soldaten, die sie holen werden, so unerfahren sind, dass sie einfach abgeschlachtet werden, weil sie gar nicht wissen, was es bedeutet zu kämpfen.« Sie hielt den Blick gesenkt. Ein solches Eingeständnis gegenüber einem Camassiani fiel ihr nicht leicht. Immerhin sprach sie über ihr eigenes Volk. Eigentlich hätte sie es verteidigen sollen, und wenn sie das nicht konnte, dann sollte sie Stillschweigen über seine Schwächen bewahren. Doch die Umstände gestatteten dies nicht, wie sie mit Widerwillen feststellte.

Dann blickte sie Alexius in die Augen. »Müssen wir sie denn abschlachten?«

»Nicht, wenn sie sich ergeben. Ich habe mit einigen Gefangenen gesprochen. Ihr Kommandeur ist Sol-Nahidri.«

Ta-Thea nickte. Er war einer der besten Heerführer unter Mon-Allat gewesen. Hem-Shash war offenbar, als er die Gefahr für sein Land erkannte, klug genug gewesen, Sol-Nahidri wieder in den Dienst zu stellen. Er musste schon über sechzig sein. Einen Namen hatte er sich während der großen Feldzüge unter Mon-Allats Vater gemacht. Die Wüstenkämpfe hatten ihm zahllose Narben und graues Haar eingetragen. Der taktische Fehler in der soeben verlorenen Schlacht war sicher auf den Irrtum eines seiner Untergebenen zurückzuführen.

»Was sagen die Gefangenen sonst noch?«, fragte Ta-Thea.

»Nicht viel. Sie haben Angst und sind verwirrt.« Sie hörte das Mitleid in Alexius' Stimme. Konnte er sich die wirren Gedanken in den Köpfen der Soldaten überhaupt vorstellen? Die Camassiani hatten niemals eine Niederlage hinnehmen müssen. In tausend Jahren hatte kein Eroberer es gewagt, einen Fuß in ihr Land zu setzen. Sicherlich hatten sie die Katastrophe immer noch nicht verstanden und glaubten an einen Albtraum, aus dem sie bald erwachen würden. Die Niederlage würde sich als das Ergebnis eines allzu reichhaltigen Mahls oder eines unbequemen Lagers herausstellen.

Ta-Thea blickte auf ihre Hände. »Was ist mit der nächsten Schlacht?«

Alexius beobachtete sie. »Sie wird größer sein als diese und viel schwerer. Vielleicht werden zehntausend Mann ihr Leben lassen. Gott allein kennt die Zahl der Verletzten und Verstümmelten. Warum fragt Ihr danach? Wollt Ihr umkehren?«

»Nein!« Ta-Thea starrte ihn an. »Doch worin liegt der Sinn einer solchen Schlacht? Wenige werden am Leben bleiben, wenige werden mit dem Wiederaufbau beginnen können.«

»Vielleicht.«

»Warum vielleicht?«, gab sie scharf zurück. »Selbstverständlich wird es so kommen!«

»Nicht unbedingt«, entgegnete Alexius ernst. »Kapitulation und Niederlage sind nicht dasselbe. Vielleicht scheint es auf den ersten Blick so, aber ein geschlagenes Volk muss anders beherrscht werden als eines, das sich ergab, bevor es besiegt wurde. Es verfügt über intakte Legionen und Waffen, vielleicht noch über eine vollständige Kommandostruktur.« Er beugte sich vor. Einer der Männer legte ein Stück Palmenholz auf das Feuer. »Ihr müsst weiter denken als an das Blutvergießen des Tages, Thea. Ihr müsst auch an das Morgen denken. Wenn Ihr in Shinabar herrschen wollt, muss Euer Volk daran glauben, dass Ihr das Recht und die Fähigkeiten dazu habt. Ein Zeichen der Schwäche, und man wird sich gegen Euch erheben.«

Ta-Thea zitterte am ganzen Leib. »Und wenn ich zehntausend Männer töte, die gar nicht zu sterben brauchten, wer wird mich denn dafür lieben? Außerdem stellt sich die Frage, ob ich so etwas überhaupt tun kann, tun sollte!«

»Manchmal ist es notwendig.«

Ta-Thea erhob sich hastig und zog sich den Umhang enger um die Schultern. Dann wandte sie sich ab.

»Wollt Ihr denn in einem oder zwei Jahren von vorn beginnen?«, fragte Alexius scharf. »Wie viele Leben wird ein Krieg dann kosten? Vorausgesetzt, Ihr würdet gewinnen.«

Langsam drehte sie sich um und schaute ihn an. Sein Gesicht schimmerte im Schein der Flammen rötlich und Schatten zuckten darüber hinweg, doch den Ausdruck in seinen Augen konnte sie deutlich erkennen. Er hatte Recht, und sie beide wussten es.

»Ich habe eine Botschaft zu Sol-Nahidri geschickt.« Er lächelte ein wenig. »Doch ich bezweifle, dass er kommt. Er weiß besser als Ihr, was ihn die Schlacht kosten wird, und er würde sie vermeiden, wenn er wüsste, wie.«

»Habt Ihr ihm mitgeteilt, dass ich bei Euch bin?«, fragte sie neugierig.

»Nein, aber er wird es bereits wissen.«

Daran hatte sie überhaupt nicht gedacht, aber natürlich: Er würde es bereits wissen.

»Setzt Euch und esst etwas«, bat Alexius. »Die Antwort wird uns schnell genug erreichen.«

Sie gehorchte, doch sie war unruhig, schreckte bei jedem Schritt zusammen, wandte sich nach jedem Schatten um, der vorüberging, wartete mit zunehmender Ungeduld.

»Warum reagiert er nicht?«, fragte sie schließlich und stand auf, um sich die Beine zu vertreten. Sie konnte nicht mehr länger still sitzen. »Seid Ihr sicher, dass der Bote sein Ziel überhaupt erreicht hat?«

»Sol-Nahidri wird sich zuerst mit seinen Kommandeuren besprechen, bevor er sich für eine Antwort entscheidet«, erklärte er. »So wie Ihr und ich miteinander sprechen.«

»Ihr habt mich doch gar nicht nach meiner Meinung gefragt.«, stellte sie empört fest.

Er grinste sie an. »Geht Ihr zurück oder vorwärts?«

»Vorwärts. Ihr …« Ta-Thea stieß seufzend den Atem aus und erwiderte widerstrebend Alexius' Lächeln. »Es ist ja schon gut.«

Die Antwort kam nach Mitternacht. Sol-Nahidri würde sich mit ihnen an dem Felsen zwischen den beiden Lagern treffen. Zwei unbewaffnete Abgesandte jeder Partei sollten geschickt werden.

Der Mond stand hoch an dem wolkenlosen Wüstenhimmel, sie brauchten keine Fackeln. Ihre Schritte auf dem Sand waren lautlos.

Sol-Nahidri war älter, als Ta-Thea ihn in Erinnerung hatte, und ihr wurde mit Schrecken klar, dass es bereits acht Jahre her war, seit sie ihn zuletzt gesehen hatte. Sein Haar war noch grauer geworden, die Falten in seinem Gesicht tiefer, und er hinkte leicht. Obwohl Alexius der General war, starrte er Ta-Thea an, als sie auf ein paar Meter herangekommen waren. Die Umhänge hatten sie zum Schutz gegen die Kälte fest um ihre Körper gewickelt.

»Als wir uns das letzte Mal sahen, hätte ich nicht geglaubt, dass ich Euch auf einem Schlachtfeld wieder begegnen würde, verehrte Dame, noch dazu in Begleitung eines camassianischen Generals«, sagte er grimmig.

»Wenn ich Kaiserin geblieben wäre und nicht zum Flüchtling und zur Witwe geworden, wäre Euch dieser Anblick erspart geblieben.« Kaum hatte sie die Worte ausgesprochen, verachtete sie sich selbst dafür. Rache war nicht der entscheidende Grund für ihre Rückkehr gewesen. Sie sah die Bitterkeit in seinem Gesicht und verstand, dass es bereits zu spät war. Sie konnte das, was er von ihr dachte, nicht mehr beeinflussen. »Wenn ich in Frieden hätte kommen können, hätte ich es getan.«

»Also ist es der Krieg, der Euch zurückbringt?« Finstere Verachtung hatte sich auf seine Züge gelegt, und mit einer ausholenden Geste schloss er die Lagerfeuer im Norden und im Süden und die Legionen schlafender Männer in ihren Zelten ein.

Das war nicht ihre Absicht gewesen. Was konnte sie jetzt sagen, um das Missverständnis aus der Welt zu schaffen?

»Ich bin gekommen, um uns auf unseren Weg zurückzubringen, zu der Ehre, zu der Willenskraft und zu der Gerechtigkeit, die wir einst …«

»Zu Euren Bedingungen?«, fiel er ihr ins Wort, und seine Brauen hoben sich sarkastisch.

»Nein«, erwiderte sie fest. »Vor uns liegt ein langer Weg. Und wir werden gar nichts erreichen, wenn wir nicht zu den Prinzipien zurückkehren, die wir einst verehrten, wenn wir nicht zu der Erkenntnis gelangen, dass wir für das, was wir begehren, arbeiten und bezahlen müssen.«

»Und Ihr werdet uns dies lehren … diejenigen von uns, die noch am Leben sein werden?«, fragte Sol-Nahidri mit schneidendem Ton.

Ta-Thea war jetzt ebenso aufgebracht wie er. »Ja, das werde ich! Es wird nur noch mehr Tote geben, wenn Ihr es darauf anlegt. Wir sind Euch zahlenmäßig nicht überlegen, doch wir haben die besseren Waffen, und unsere Männer sind disziplinierter. Außerdem haben sie den Mut und das Herz zu kämpfen.«

»*Unsere* Männer?« Er hob jetzt die Stimme, schrie sie an. »Seit wann sind die Camassiani *Eure* Männer?«

»Seit Ihr Euch dafür entschieden habt, Euer eigenes Land der Tyrannei, dem Müßiggang und dem Selbstmitleid zu überlassen«, gab Ta-Thea voller Verachtung zurück. »Die Tatsache, an dem einen oder anderen Ort auf die Welt gekommen zu sein, ist keine angeborene Tugend. Entscheidend ist allein, wofür Ihr zu kämpfen bereit seid, woran Ihr glaubt und was Ihr tut, nicht, *wo* Ihr es tut.«

Nun war seine Stimme eiskalt. »Vielleicht ist das für Euch so, meine Dame. Ich und meine ganze Armee, wir lieben unser Land, unsere Kultur und unser Volk, und wir werden unser Leben geben, um all das zu verteidigen, wenn Ihr uns dazu zwingt.«

»Dann werden morgen zehntausend Männer tot sein, die heute noch am Leben sind«, warf Alexius ein. Seine Stimme klang angespannt, und der Schmerz über das eigene Versagen schwang darin, obwohl er mit nichts anderem gerechnet hatte.

»So soll es sein!«, entgegnete Sol-Nahidri. »Doch glaubt mir, dass es mehr Camassiani als Shinabari sein werden!« Dann drehte er sich auf dem Absatz um und ging im Mondlicht über den harten Sand davon.

Am folgenden Morgen griffen die Shinabari unmittelbar vor der Dämmerung an. Die Schlacht dauerte den ganzen Tag lang bis in die Dunkelheit, und mit dem nächsten Sonnenaufgang wurde sie wieder aufgenommen. Ta-Thea kämpfte Seite an Seite mit den anderen Soldaten. Vielleicht schützten sie sie mehr als einen Mann, doch in dem tobenden Getümmel mit all dem Gebrüll, dem Schmerz, dem Leid und der Furcht streckte sie ebenso viele Gegner nieder wie jeder andere auch. Dass sie weniger Verletzungen davontrug als andere, war weniger der Aufmerksamkeit ihrer Kameraden zu verdanken als vielmehr dem Kriegsglück.

Gegen Mittag des zweiten Tages war das Schlachtfeld, so weit das Auge reichte, mit lebenden und toten Körpern bedeckt. Beide Seiten waren so erschöpft, dass an die Fortführung des Kampfes nicht zu denken war. Sol-Nahidri war gezwungen, sich zu ergeben. Seine Verluste waren enorm. Zehntausend Tote Camassiani waren zu beklagen, doch die Shinabari trauerten um noch viel mehr Opfer. Die meisten waren junge Männer aus den Städten. Sie waren in die Armee gezwungen worden und zu unerfahren im Umgang mit dem Schwert. Ihre Väter hatten härtere Lektionen gelernt, doch sie selbst hatten niemals einen Grund gehabt, der Behaglichkeit den Rücken zu kehren.

Ta-Thea stand mit Alexius zwischen den Gefallenen. Ihr ganzer Körper schmerzte, jede Bewegung wurde zur Qual. Ihre Haut war rau von getrocknetem Schweiß und Blut. Ihre Lederrüstung war schwer und in der Hitze schier erdrückend. Sie war mit Schnittwunden und Prellungen bedeckt, und sie war schmutzig.

Wenige Zentimeter entfernt lag ein junger Shinabari in grotesk verdrehter Haltung im Sand. Einen Arm hatte er verloren, und der Boden unter ihm war schwarz von Blut. Er war noch ein Junge mit glatter Haut und wenig entwickelten Muskeln. Er war nur wenige Jahre älter, als Habi jetzt gewesen wäre. Ta-Thea sah die Blasen an seinen Händen. Er war nicht daran gewöhnt, eine Waffe zu halten.

»Er starb, noch bevor er sich am Leben messen konnte.« Ihre Stimme brach, sie erstickte fast an den Tränen. »Gott weiß, wie viele noch hier liegen. Wenn das der Sieg ist, was ist dann erst eine Niederlage?«

Alexius legte die Arme um sie und drückte sie behutsam an sich.

»Es morgen noch einmal tun zu müssen«, entgegnete er. »Es ist leicht, ›Kampf‹ zu sagen, solange man nicht weiß, wie er wirklich ist. Doch es gibt Dinge, die so wertvoll sind, dass es sich lohnt, auch noch mehr als das hier zu bezahlen.«

»Tatsächlich?« Sie hatte bohrende Zweifel. »Ist dies denn nicht das Werk des Widersachers?«

»Dies ist der Zerfall des Fleisches.« Alexius betonte jedes einzelne Wort mit großem Nachdruck. »Dieser Krieg ist nur ein Schatten des wirklichen Krieges, der dem Zerfall der Seele gilt. Gott kann diese Männer auferwecken, vollkommener, als sie jemals waren und mit Körpern, die niemals verfallen. Doch auch Gott kann keine Seele retten, die Licht und Dunkelheit sieht und sich für die Dunkelheit entscheidet. Das habt Ihr selbst mich gelehrt.«

Sie legte den Arm um seine Taille. »Haben wir denn das hier … gewählt?«, flüsterte sie.

Die ersten Aasvögel kreisten über ihren Köpfen.

»Dies ist ein Bollwerk gegen die Barbaren«, erwiderte er, »eine Gelegenheit, mit dem Buch, das uns führt, noch einmal von vorn zu beginnen.«

Ta-Thea erzählte ihm nicht, was der alte Mann in der Wüste gesagt hatte. Das Buch war ihr gegeben worden, alle Menschen seine Botschaft zu lehren, besonders ihr eigenes Volk. Sie stand schweigend neben ihm, die Sonne brannte auf ihrer Haut. Es gab viel zu tun, und sie sollte ebenso wie er gehen und damit beginnen. Doch diese wenigen Minuten des Aufschubs, das Teilen dieser überwältigenden Gefühlen, waren wohl tuender als jede Erholung, süßer als klares Wasser und notwendig, um die schwere Last zu tragen.

Ta-Thea zog an der Spitze einer siegreichen Armee nach Thoth-Moara ein. Alexius fragte sie, ob sie reiten wollte. Es wäre für eine Kaiserin angemessener gewesen. Sie dachte darüber nach. Die Entscheidung fiel ihr nicht leicht. Sie erinnerte sich daran, dass sie Isadorus zum ersten Mal auf seinem weißen Schlachtross gesehen hatte, und mit welcher Ehrfurcht ihn die Menge begrüßt hatte, als er vorübergeritten war. Sogar sie hatte etwas davon gespürt, und seine Macht hatte sich vor ihren Augen erhoben. Außerdem war das Reiten Brauch in Shinabar.

Doch es hätte auch bedeutet, dass sie sich von der übrigen Armee abgrenzte, von all den Männern, die sich den Weg von der Küste hierher zu Fuß erkämpft hatten. Kein

Pferd hatte sie über die lange Distanz getragen. Sie war zu Fuß gegangen wie alle anderen. Sie hatte auf dem nackten Boden geschlafen, in jeder Schlacht gekämpft, ihre Decke und ihr Schwert getragen. Ihre Rüstung war beschädigt, das Leder voller Blutflecken. Ihre Füße steckten immer noch in Verbänden. Dies war keine festliche Parade, sondern das letzte Siegel der Eroberer, die nun die Hauptstadt eines zerfallenen Reiches einnahmen, das auf dem Schlachtfeld geschlagen worden war.

Sie würde zu Fuß gehen, als Soldat unter Soldaten. Sie hatte sich das Recht darauf verdient, und Thoth-Moara sollte es nicht vergessen.

Also schritt sie in ihrer zerfetzten und blutbefleckten Rüstung, mit Blasen an den Füßen, schmerzenden Beinen und dem Schwert an ihrer Hüfte an der Spitze der dichten Kolonnen der Legionen in die Stadt. Ihr Kopf war unbedeckt. Jeder sollte sie erkennen.

Sie gingen durch das Nordtor, das aus rosafarbenem Sandstein gehauen war. Es war doppelt so hoch wie die Stadtmauern und breit genug, um fünf Streitwagen gleichzeitig hindurchzulassen. In den Tagen der großen Isarchen hätte man es erbittert verteidigt. Auch eine feindliche Armee unmittelbar vor dem Tor hätte daran nichts geändert. Doch nun hatten die Menschen nicht mehr das Herz, einer verlorenen Sache nachzujagen, und ganz sicher weder den Willen noch den Mut, um Thoth-Moara Straße für Straße, Haus für Haus zu verteidigen. Die Menschen standen an den Straßenrändern, die Gesichter waren mürrisch, die Blicke voller Zorn oder gesenkt. Alle schwiegen, jedoch nicht vor Ehrfurcht, sondern vor Angst. Man sah es an ihrer Haltung, an der Art und Weise, wie die Frauen ihre Kinder schutzend an sich drückten und die Männer mit nach oben gekehrten Handflächen zeigten, dass sie unbewaffnet waren.

Die Stadt selbst hatte sich nicht verändert. Sie war groß mit hohen Gebäuden, langen Treppenfluchten, die man auf einem Pferd hinaufreiten konnte, hohen Säulen und Platten, die aus einem einzigen Stein gehauen waren, riesigen Standbildern von Menschen und Tieren und schönen Gemälden in Basreliefs. Doch alles erschien seltsam heruntergekommen, staubig, als ob jene, die all dies einst geliebt hatten, müde und gleichgültig geworden waren.

Der Einzug war nicht der Triumphzug, von dem Ta-Thea einst geträumt hatte. Nicht die Spur von Herrlichkeit war darin, der einzige Farbtupfer war das Rot der Federn und der Umhänge. Es gab keine Trompeten, keinen Jubel, nur das Stampfen der Füße von tausenden von Männern, die müde in vollkommenem Gleichschritt marschierten.

Dann verteilten sich die Legionen in die Viertel der Stadt, um sicherzustellen, dass sich nirgendwo Widerstand formierte. Die Männer brauchten Nahrung und Quartiere. Sie stellten die Besatzungsmacht. Zahllose Aufgaben warteten darauf, erledigt zu werden. Mit der Zeit würden sie eine neue Verwaltung etablieren, Nachzügler aus der geschlagenen Armee mussten aufgespürt und, wenn nötig, entwaffnet werden. Widerstand im Untergrund konnte nicht geduldet werden. Dies hier war nur Thoth-Moara. Vielleicht gab es in den größeren Städten im Süden auch bewaffnete Gruppen, die sich nicht kampflos ergeben würden.

Ta-Thea betrat den Palast mit Alexius an ihrer Seite und tausend Mann im Gefolge. Die dicken Mauern ragten über den Hof. Die Brunnen aus kühlem Marmor und Granit waren ihr so vertraut, und der Schmerz schlug ihr mitten ins Gesicht. Die Jahre des Exils verschwanden, und es schien ihr, als hätte sie ihr Heim erst am Tag zuvor verlassen. Sie vergaß ihre zerfetzte, blutige Rüstung und das Schwert an ihrer Seite. Sie hätte ebenso gut rote Seide tragen können, als sie durch das große Tor schritt und an den mit Lilien verzierten Säulen vorbeiging.

Auf jeder Seite senkten die Wachen mit den kupfernen Helmen langsam die Speere und zeigten auf diese Weise, dass sie sie erkannt hatten. Sie trugen weißes Leinen und Zeremonialrüstungen. Die Blicke hielten sie gesenkt, doch ihre Köpfe bewegten sich ruckartig, als sie Alexius' camassianischen Helm mit den roten Federn sahen, den er in der Hand hielt. Nachdem die sengende Sonne untergegangen war und die brennende Hitze verlöscht, war die Luft in der Wüste kühl. Doch weder die Musik des Wassers in den Springbrunnen noch der Duft der Blumen konnten über die Anspannung hinwegtäuschen, die wie dichter Rauch in der Luft hing.

In der großen Empfangshalle hielt Ta-Thea inne und blickte sich um. Der Raum war etwa hundert Meter lang und beinahe ebenso breit. Das Dach, etwa dreißig Meter hoch, wurde von riesigen Säulen getragen, die aus Stein gehauen und mit Szenen aus der zweitausendjährigen Geschichte Shinabars bedeckt waren. Die Halle hatte sich verändert. Ta-Thea stand regungslos da und versuchte zu ergründen, was diese Veränderung ausmachte. Die Stufen am anderen Ende waren dieselben, die steinernen Throne, die Hunde aus Alabaster an jeder Seite mit den stolzen Köpfen und den gespitzten Ohren, die Vorhänge aus blauer Seide, die sich in der Brise sanft bewegten – nichts schien sich verändert zu haben.

Dann bemerkte Ta-Thea plötzlich, dass die Fackelhalter an den Wänden aus Gold waren. Zu Mon-Allats Zeiten waren sie aus Kupfer gewesen. Und jetzt fiel ihr auf, dass überall Gold war. Die Halsbänder der Hunde waren aus Gold, die Fußkettchen der Diener waren aus Gold, selbst die Ringe und die Scharniere der Kisten aus Sandelholz, die an den Wänden standen, waren aus Gold. Hem-Shash hatte sich offenbar mit Luxus umgeben.

Alexius blickte sich aufmerksam um. Ehrfurcht zeichnete seine Züge, als er die Größe Shinabars erblickte, den Glanz der alten Macht, die gesammelten Schätze aus aller Welt. Doch all das legte auch den Hochmut derjenigen bloß, die niemals damit rechneten, dass ihre Herrschaft zu Ende gehen konnte. Camassia schien dagegen geradezu unerfahren zu sein.

Einer der Diener trat offensichtlich nervös zu ihnen. Er ignorierte Alexius und wandte sich an Ta-Thea. Langsam sank er auf die Knie. Es war die bedächtige Geste der Unterwerfung.

»Wo ist Hem-Shash?«, fragte Ta-Thea.

»Er ist fort, Majestät«, erwiderte der Mann so leise, dass sie ihn kaum verstehen konnte. Dann bemerkte sie seine Furcht. Er fürchtete um sein Leben.

»Wenn Ihr meine Befehle befolgt, braucht Ihr den Tod nicht zu fürchten«, sagte sie kühl. »Wann ging er fort?«

»Gestern, Majestät.«

»Wohin?« Wahrscheinlich war die Frage sinnlos. Hem-Shash war ein Idiot, wenn er es irgendjemandem verraten hatte.

»Richtung Süden, Majestät. Mehr weiß ich nicht.« Er wartete mit gesenktem Kopf.

»Erhebt Euch!«, befahl sie. »Wir brauchen Zimmer, etwas zu essen, Wasser und saubere Kleidung.«

»Ja, Majestät.« Der Mann richtete sich mit einem Ruck auf und stolperte sichtlich erleichtert davon.

Ta-Thea blickte sich abermals in der riesigen, leeren Halle um, und die gewaltige Aufgabe, die vor ihr lag, klopfte an eine weit entfernte Tür ihres Bewusstseins. Der Wiederaufbau dieses verfallenen Reiches würde ihr vielleicht nicht gelingen. Wie sollte sie nur die einfachsten Bedürfnisse befriedigen? Wie sollte sie die Ordnung in einem Volk wiederherstellen, dass nicht nur von Fremden erobert, sondern schon vor langer Zeit von seiner eigenen Gleichgültigkeit geschlagen worden war?

Instinktiv warf sie Alexius einen Blick zu.

Er lächelte sie kurz an, doch es war kaum mehr als ein Schimmer in seinen Augen. Er hatte seinen Teil der Aufgabe erfüllt. Das Herrschen war ihre Angelegenheit. Sie hatte darum gefleht, Isadorus überredet, ihr zu helfen. Sie war durch die Wüste marschiert, hatte getötet und erobert. Jetzt lag alles in ihrer Hand.

Ta-Thea hatte Hem-Shashs Habseligkeiten entfernen lassen und durch Gegenstände ihrer Wahl ersetzt. Alles, was sie besaß, hatte sie in Camassia zurückgelassen. Nur die kleine Schildkröte hatte sie mitgenommen. Es war ihr schwer gefallen, die kleine schwarzweiße Katze in Isadorus' Obhut zu geben, doch sie hatte keinen anderen Weg gesehen.

Sie wanderte durch den Palast, der ihr einst so vertraut gewesen war. Nur wenig aus den Tagen Mon-Allats war unverändert geblieben. Sie stand in den Räumen, die sie vor zwanzig Jahren als Braut zum ersten Mal betreten und in denen sie als Kaiserin gelebt hatte. Jeder barg eine Fülle von Erinnerungen. Manche waren glücklich, doch die meisten erfüllten sie mit Traurigkeit, weil sie eingestehen musste, dass sie vieles nicht verstanden hatte. Es schien ihr beinahe unmöglich, dass sie einst so blind und sorglos gewesen war. Mitleid erfüllte sie mit denjenigen, die ihre Ignoranz geteilt hatten.

Viele von ihnen waren jetzt tot: Dienstboten, die sie als Freunde hätte betrachten sollen, Wachleute, die geschworen hatten, ihr Leben für sie zu geben, und nicht daran geglaubt hatten, dass sie eines Tages tatsächlich für sie würden sterben müssen. Doch wie viele von denen, die sie für Freunde gehalten hatte, waren unter den Mördern oder den Verbündeten der Mörder gewesen, bereit, dem zu folgen, der die höchste Belohnung versprach?

Ta-Thea stand in dem blauen Hof neben dem Springbrunnen mit den Lilien. Das Wasser rann wie ein glattes Laken an den Mauern hinunter, das Sonnenlicht brach sich in den Mosaiken aus Juwelen.

Wie viel sollte sie vergeben? Wie viel sollte sie wagen? Würde Gnade als Schwäche ausgelegt? Wenn nur Kol-Shamisha noch leben würde, er könnte ihr raten. Sie wusste nicht, welchem von den alten Ministern sie noch vertrauen konnte. Mit denen, die sich mit dem neuen Regime arrangiert hatten, konnte sie jedenfalls nicht rechnen. Und die, die Mon-Allat gegenüber loyal gewesen waren, hatten mit ebenso blinden Augen in die Welt gestarrt wie sie selbst. Sonst hätten sie den Aufstand vorhergesehen und den Isarch gewarnt.

Vielleicht hatten sie es sogar getan, und Mon-Allat hatte nicht auf sie gehört.

Ta-Thea hatte ein Zimmer für sich herrichten lassen. In

das alte wollte sie nicht zurückkehren. Sie würde es nie wieder betreten. Habis Zimmer ließ sie zumauern. Frieden und Ruhe sollten nun darin wohnen. Sie selbst konnte es nicht ertragen, dort hineinzugehen, und auch niemand sonst sollte je wieder einen Fuß hineinsetzen. Zu viel war darin geschehen. Ihre und Mon-Allats Räume waren nun für die Dienstboten bestimmt.

Innerhalb weniger Tage war in der Stadt eine oberflächliche Ordnung hergestellt. Camassianische Truppen patrouillierten in den Straßen, doch den Menschen schien es kaum in den Sinn zu kommen zu kämpfen. Vereinzelt kam es zu Zwischenfällen mit jungen Leuten, doch der Aufruhr wurde im Keim erstickt. Niemand wurde getötet.

Ra-Nufis war von unschätzbarem Wert. Täglich erstattete er Ta-Thea Bericht, hielt Ratschläge und neue Ideen bereit. Seine Einschätzung der Lage erwies sich stets als richtig. Er wusste, welche Fürsten und Minister dem alten Regime gegenüber loyal waren und welchen sie nicht vertrauen durfte. In kurzer Zeit erkannte Ta-Thea, dass er in den Jahren ihrer Abwesenheit Großes geleistet hatte. Sie verließ sich auf sein Urteil wie auf kein anderes.

Doch nicht nur als regierender Minister und Schüler des Buches stand er ihr zur Seite. Er sorgte sich auch wie ein Bruder oder ein Sohn um ihr Wohlergehen. Er war bei ihr, wenn sie müde wurde, und stellte sicher, dass sie genügend Nahrung zu sich nahm, mochten Empfänge, Entscheidungen oder Dokumente noch so drängen. Er war der einzige Mensch, mit dem sie sowohl die Vergangenheit als auch die Gegenwart teilen konnte.

»Gibt es irgendeine Nachricht von Hem-Shash?«, fragte Ta-Thea zehn Tage nach dem Sieg. Sie war in dem blauen Hof. Nur Ra-Nufis und Alexius empfing sie dort. An diesen Ort zog sie sich zurück, wenn sie der Förmlichkeiten in der großen Halle überdrüssig war, wenn die Erinnerungen, die in den anderen Räumen hingen, sie allzu sehr quälten. In diesem Hof war sie sie selbst und nicht mehr länger nur eine Shinabari. Hier konnte sie auch über das Buch sprechen.

»Ja, Majestät«, erwiderte Ra-Nufis und biss sich auf die Lippen.

Ta-Thea warf ihm einen Blick zu. Sie trug die Landestracht: eine weite Hose und darüber den langen weißen, mit Goldfäden bestickten Kittel der Kaiserin. An den Türen des Palastes jedoch standen camassianische Wachen mit roten, nicht mit blauen Umhängen. Ta-Thea verspürte immer noch eine beklemmende Furcht, wenn sie das Kupfer und Türkis der shinabarischen Palastwache sah. Die Erinnerungen an das Grauen jener Nacht konnte sie nicht abschütteln. Sie sprach weder mit Ra-Nufis noch mit Alexius darüber, doch wenn sie nachts die Hitze, die Stille und den Duft nach bitteren Kräutern wahrnahm, kehrte der Albtraum jedes Mal zurück, und sie erstarrte. Schweiß stand auf ihrer Haut, und ihr Herz drohte zu zerspringen. Es war, als wären seit den furchtbaren Ereignissen nicht bereits sechs Jahre, sondern erst sechs Tage vergangen.

»Habt Ihr ihn aufgespürt?« Ta-Thea hatte viele Stunden damit verbracht, darüber nachzudenken, was mit Hem-Shash geschehen sollte, wenn er gefangen würde. Vor ihrem geistigen Auge sah sie sein verbittertes, heimtückisches Gesicht, als ob er unmittelbar vor ihr stehen würde. Er war der älteste Sohn von Mon-Allats Schwester, doch der Thron war nicht für den Erben einer weiblichen Linie bestimmt, wenn es einen männlichen Überlebenden gab. Hem-Shash hatte immer darunter gelitten, sich von Geburt an betrogen gefühlt. Mit dem Tod von Mon-Allat und Habi war er zum einzigen männlichen Nachfahren des Herrscherhauses und gleichzeitig zum legitimen Thronerben geworden. Nach den Morden war es nicht nötig gewesen, den Thron gewaltsam an sich zu reißen. Das Gesetz wurde durchgesetzt, er brauchte nur abzuwarten. Wenn er für den Mord an Mon-Allat nicht verantwortlich gemacht werden konnte, war er immer noch der rechtmäßige Isarch. Als Witwe hatte Ta-Thea kein Anrecht auf den Thron, es sei denn, Habi wäre noch am Leben. Als kinderlose Witwe hatte sie überhaupt keine Rechte.

Hem-Shash am Leben zu lassen, war ein großes Risiko,

und doch konnte sie ihn nicht hinrichten lassen, solange seine Schuld am Tod des Isarch nicht bewiesen war. Ta-Thea wusste nicht, ob er tatsächlich schuldig war. Vielleicht hatte er sich diesen Tod gewünscht und war klug genug gewesen, seine Chance mit beiden Hände zu ergreifen, als er die Möglichkeit dazu hatte, doch der Mann, an den Ta-Thea sich erinnerte, hatte weder den Mut noch die Fähigkeiten, einen solchen Staatsstreich zu organisieren und durchzuführen.

»Nein, Majestät«, entgegnete Ra-Nufis leise. »Doch er wurde tief im Süden gesehen. Es sieht so aus, als sei er auf dem Weg zur Grenze. Vielleicht versucht er, Truppen um sich zu scharen, doch es wird ihm nicht gelingen.«

»Wirklich nicht?«

»Nein, Majestät. Ich kenne sowohl den General als auch den Fürsten dort unten. Sie werden nicht einen einzigen Soldaten von den Grenzen abziehen. Sie würden es einfach nicht wagen, selbst wenn sie es wollten. Sie sind Realisten. Es wird ihnen genügen, wieder einem starken Isarch zu dienen. Sie wissen genau, dass wir uns einen Bürgerkrieg unter keinen Umständen leisten können.«

Spontan legte Ta-Thea eine Hand auf Ra-Nufis Arm. »Ich danke Euch. Mehr als jeder andere habt Ihr dazu beigetragen, dass unser Unternehmen gelingt. Ich weiß Eure Loyalität sehr wohl zu schätzen.«

»Ich diene meinem Volk, Majestät.« Er blickte ihr offen in die Augen, für einen Moment ohne den gebotenen Respekt des Untergebenen. »Vor allem aber diene ich dem Buch und der Schönheit, die ich darin gesehen habe.«

»Ich weiß. Deshalb werdet Ihr nicht versagen, und deshalb vertraue ich Euch.«

Er schenkte ihr ein strahlendes Lächeln. »Keiner von uns wird versagen, Majestät, keiner, der dem Wort Gottes dient.«

Die Begegnung mit der alten Königin Tiyo-Mah, Mon-Allats Mutter, zögerte Ta-Thea so lange wie möglich hinaus. Sie hatte die alte Frau nie gemocht. Unter günstigen Umständen war ihre Beziehung zerbrechlich gewesen, unter schlechten geradezu feindselig. Tiyo-Mah war nie eine schöne Frau gewesen, doch bis in ihre mittleren Jahre hinein hatte sie eine Ausstrahlung besessen, die viele Männer gereizt und für sie eingenommen hatte. Und sie hatte sich all jener bedient, die irgendeinen Vorteil versprachen oder auch nur unterhaltsam genug waren. Vor allem aber war sie schlau. Ihr Stammbaum reichte über beide Eltern zu den ersten Isarchen zurück, und niemand wachte eifersüchtiger über Macht und Erbrecht als sie.

Ta-Thea brauchte sich gar nicht erst zu fragen, was Tiyo-Mah davon hielt, dass sie an der Spitze einer Armee zurückgekehrt war. Dass es eine camassianische Armee war, erschien ihr ohne Zweifel besonders verwerflich. Von allen alten Feinden waren die Camassiani die verhasstesten, weil sie nach Höherem strebten. Wenn Tiyo-Mah von der Stadt im Zentrum der Welt sprach, nannte sie sie immer Pellagris. Der alte Name ging auf die Siedlung zurück, die vor tausend Jahren an der Stelle, wo nun Camassia lag, gegründet worden war. Damals hatte die Zivilisation dort noch nicht einmal eine Spur gelegt.

Doch ebenso wie Ta-Thea ihren Ehemann verloren hatte, war Tiyo-Mah der Sohn genommen worden. Unabhängig von ihren persönlichen Gefühlen war sie die letzte Überlebende der königlichen Familie, und es war Ta-Theas moralische und politische Pflicht, ihr mit dem gebührenden Respekt zu begegnen. Soweit Ta-Thea wusste, hatte Tiyo-Mah es weder an Mut noch an Vaterlandsliebe fehlen lassen und dabei getan, was in ihrer Macht stand, um ihrem Volk zu helfen.

Tiyo-Mah bewohnte einen eigenen Palast im alten Teil der Stadt. Er war klein und ebenso alt wie die engen Straßen um ihn herum. Aus schwarzem Basalt war er gebaut worden, und das Portal schmückten Säulen, die so dünn wie Nadeln waren. Die bunten Fresken späterer Epochen fehlten, aber es gab Reliefs und Mosaiken aus gemasertem Achat und Kristall. Auch die Mauern, an denen das Wasser hinunterströmte, um den Menschen in der sengenden Hitze Kühlung zu verschaffen, waren eine spätere Erfindung.

Die Architektur des Gebäudes erlaubte stattdessen eine großzügige Zirkulation der Luft.

Ta-Thea wurde von einem unbewaffneten Diener empfangen. Sie war überrascht, als sie sah, dass das Innere des Palastes verschwenderisch renoviert worden war. Das Gebäude selbst war von großer Schlichtheit, die Wände glatt und dunkel. Die Türen waren so hoch wie drei Mann, doch als die Flügel jetzt vor ihr aufschwangen, erkannte Ta-Thea voller Staunen, dass sie mit gehämmertem Kupfer beschlagen und mit Mosaiken aus Gold und Silber geschmückt waren. Auf Tischen aus Ebenholz mit Beinen aus Gold standen Krüge aus Chrysopras, Jaspis und Alabaster. Sie erblickte auch eine goldene Schildkröte, deren Panzer mit dunkelgrünem Malachit verziert war, und dachte mit einem Lächeln an Ra-Nufis' Geschenk.

Ta-Thea wurde eine lange Treppe hinuntergeführt. Die Wohnräume befanden sich unter der Erde. So blieben sie kühl, und die hohen Fenster ließen strahlendes Sonnenlicht herein.

Die Türen am Ende eines langen Flurs wurden wie von Geisterhand geöffnet. Es schien, als ob ein Diener auf der anderen Seite durch das polierte Metall hindurchsehen könnte. Der Raum hinter der letzten Tür wurde von Kerzen beleuchtet, die einen schweren Duft verbreiteten.

Tiyo-Mah saß in einem Stuhl mit hoher Rückenlehne, dessen Armlehnen mit Einlegearbeiten aus Kupfer und Gold besetzt waren, und ein Sklave mit ausdruckslosem Gesicht bewegte mit einem bemalten Fächer die Luft.

Ta-Thea hatte nicht damit gerechnet, Tiyo-Mah so verändert zu finden, und sie erschrak, als sie eine uralte Frau vor sich sah. Das schwarze Haar war so schütter geworden, dass es den Schädel kaum noch bedeckte. Die Wangen waren eingefallen, die Knochen stachen hervor. Die gebogene Nase verlieh dem Gesicht etwas Grausames. Die Lippen schienen verknittert wie alte Seide, die Mundwinkel waren eingesunken. Doch es waren die Augen, die sich am meisten verändert hatten. Einst waren sie lebhaft gewesen, durchdringend und so dunkel, dass sie schwarz wirkten.

Jetzt waren sie von einem grauen Schleier überzogen und schienen kaum noch etwas zu erkennen, so unsicher blickten sie umher.

»Ta-Thea?« Die Stimme war eben so klar und schneidend wie immer. Der Klang brachte Ta-Thea die Erinnerung an die erste Begegnung mit Tiyo-Mah zurück. Sie war als junge Braut zum ersten Mal im Palast gewesen, verunsichert und vor Ehrfurcht gegenüber ihrer neuen Stellung und der damit verbundenen Pflichten wie erstarrt. Vor Tiyo-Mah hatte sie mehr Angst gehabt als vor allen anderen, und ihre Schwiegermutter hatte das gewusst.

»Tiyo-Mah, ich bin glücklich, Euch gesund zu sehen, doch ich trauere mit Euch um Euren schweren Verlust«, entgegnete Ta-Thea formell. Dies war die einzig angemessene Einleitung zu einem Gespräch, und um ihrer selbst und der alten Frau willen musste sie vor allem die Würde wahren.

Tiyo-Mahs Miene war undurchdringlich. »Ihr trauert? Um meinen Sohn oder meinen Enkel, Ta-Thea?« Sie beugte sich vor und krallte ihre langen Finger in die Armlehnen des Stuhls. »Oder um mein Land und all das, was Shinabar seit dreitausend Jahren war? Oder darum, dass eine fremde Armee mir und meinem Volk die Freiheit genommen hat? Worum trauert Ihr?«

»Um den Verlust Eures Sohnes«, entgegnete Ta-Thea mit fester Stimme, doch ihr Herz klopfte heftig. Die alte Frau hatte sie immer so geringschätzig behandelt, und selbst jetzt, da sie die Unterlegene war, gab sie nicht auf. »Ich weiß nicht, was mit Hem-Shash geschehen ist. Es kursieren Gerüchte, dass er sich im Süden aufhält. Ich trauere auch um unser Volk. Und um unser Land, das in Apathie verfallen ist, das die alten Tugenden nicht mehr länger hoch hält und sich kaum noch an sie erinnert. Die fremde Armee wird sich zurückziehen, und wenn es so weit ist, werden wir die alten Werte und noch größere wieder herstellen.«

Tiyo-Mahs Gesichtsausdruck änderte sich nicht. Ta-Thea fragte sich, ob die alte Frau überhaupt mehr als einen

Schatten sah. Offensichtlich war sie halb blind. Sie blinzelte häufig und bewegte ihren Kopf hin und her, als ob sie vom Klang der Stimme auf den Standort ihrer Gesprächspartnerin schließen wollte.

»Seid Ihr gekommen, um mir das zu sagen?«, fragte sie kalt.

»Ja, auch das ist ein Grund. Doch ich kam vor allem, um nach Euch zu sehen und zu erfahren, ob mein Mann« – es fiel ihr immer noch schwer, es auszusprechen – »und mein Sohn in Ehren bestattet wurden.«

Tiyo-Mah erhob sich langsam und tastete nach einem Stock, der an dem Stuhl lehnte. Er war ebenfalls aus Ebenholz und mit schweren Ringen aus Gold verziert. Ihre Schwiegermutter ging mit gekrümmtem Rücken zu einem der Fensterschlitze, und trotz ihrer Beeinträchtigung schlurfte sie nicht. Sie stand nun mit dem Rücken zu Ta-Thea, die Schultern nach vorn gezogen, und der bodenlange Kittel wirkte im Schatten beinahe schwarz, im Schein des Kerzenlichts eher glutrot. Ta-Thea durchzuckte die Erinnerung an einen anderen unterirdischen Raum und einen alten Mann mit einem faltigen Gesicht, der Rot trug, und für einen atemberaubenden Augenblick war sie wie betäubt vor Schmerz. Dann war es vorbei.

Tiyo-Mah ergriff abermals das Wort und sagte mit schriller Stimme: »Die Morde brachten mich vollkommen aus der Fassung. Tagelang war ich krank vor Kummer und konnte nicht einmal aufstehen. Mein einziger Sohn ... ermordet von seinen eigenen Leuten! Sein Erbe umgebracht, obwohl er noch ein kleines Kind war! Der Thron, der seit über tausend Jahren in den Händen meiner Familie war, wurde mit Blut befleckt und von Verrätern besetzt.«

Tiefes Mitleid ergriff Ta-Thea. Für einen Augenblick sah sie nur eine alte Frau vor sich, deren Herz während einer schrecklichen Nacht gebrochen worden war. Doch die Kluft zwischen ihnen war unüberbrückbar, und es gab keinen Trost für einen so unermesslich großen Kummer.

»Am Anfang war ich vollkommen hilflos«, fuhr Tiyo-Mah fort. Das Gesicht wandte sie immer noch dem Licht zu, das durch das hohe Fenster hereinströmte. »Doch dann hörte ich Gerüchte. Es gab immer noch Menschen, die loyal waren. Ich brachte immer mehr in Erfahrung … und damit gewann ich an Macht.« Ihre Stimme liebkoste das Wort. »Und nach einem Monat brach ich mein Schweigen. Den Usurpator stieß ich vom Thron und ließ ihn hinrichten. Sein Körper wurde den Hunden zum Fraß vorgeworfen.« Sie sagte es ganz langsam, die Worte schienen sie zu befriedigen. »Die Mörder habe ich gefangen und ebenfalls getötet. Ihre Knochen liegen auf dem Sand, damit sie die Vorübergehenden daran erinnern, was mit denen geschieht, die den Isarch von Shinabar verraten.« Sie stand regungslos da. Der schwere Duft der Kerzen betäubte die Sinne.

»Und Mon-Allats Leichnam?«

»Ich ließ ihn ausgraben und in der Gruft der Isarchen bestatten. So sollte es sein. Sein Sarkophag ist aus Alabaster und Gold.«

Ta-Thea zwang sich dazu, auch die nächste Frage zu stellen. »Und Habi?«

»Er liegt neben seinem Vater. Er wäre der nächste Isarch geworden.« Tiyo-Mahs Stimme verlor sich in der rauchigen Luft. Die Trauer schien sie zu erdrücken, und zum ersten Mal spürte Ta-Thea, dass sie etwas sehr Persönliches mit ihrer Schwiegermutter verband. Vielleicht gab es auch hier die Hoffnung auf Erneuerung.

»Ich danke Euch.«

Damit war alles gesagt. Ta-Thea entbot Tiyo-Mah einen letzten Gruß, wandte sich ab und verließ den dunklen Palast.

Mit einer kleinen Eskorte ritt sie hinaus in die Wüste zu den Gräbern der Isarchen. Die Männer bat sie zu warten, dann betrat sie die Gruft allein. Seit Mon-Allats Vater vor zwanzig Jahren bestattet worden war, hatte sie keinen Fuß mehr in die Gruft gesetzt.

Der weite Raum lag ebenso wie Tiyo-Mahs Wohnräume halb unter der Erde. Die Luft war kühl. Die Gruft war in derselben Epoche entstanden wie der dunkle Palast. Sie war aus einem Felsen herausgehauen, dann verputzt und mit Gemälden aus dem Leben der Isarchen, die dort lagen, ausgeschmückt worden. Die unterschiedlichen Stile erlaubten Rückschlüsse auf die Ära, in der sie entstanden waren. Vieles hatte sich im Laufe der Jahrhunderte verändert, nur die Kleider waren fast dieselben geblieben. Kupfer und Blau waren seit jeher die Landesfarben.

Ta-Thea war nicht gekommen, um den Trost des Vertrauten zu suchen oder um sich vom Glanz der Vergangenheit beeindrucken zu lassen. Sie wollte trauern. Lange verharrte sie schweigend vor Mon-Allats Sarkophag. Sie erinnerte sich an den Beginn ihrer Beziehung, als es so viel Hoffnung und Vertrauen, vor allem aber Unschuld gegeben hatte. Voller Absicht gedachte sie nur des Guten, dass sie mit ihrem Mann erfahren hatte. Alles andere war jetzt nicht mehr wichtig. Sie stellte fest, dass sie mit größerer Zuneigung an ihn denken konnte, als sie es während vieler Jahre tatsächlich getan hatte, dass sie sich an fröhliche und liebevolle Tage erinnern konnte, die zwar nicht von Leidenschaft, wohl aber von Zärtlichkeit geprägt gewesen waren.

Dann wandte sie sich zu Habis kleinem Sarkophag. Er war viel schlichter und nicht mit den goldenen Insignien des Isarch geschmückt. Es gab nichts außer dem Guten und der Hoffnung, an die sie nun denken musste, und sie weinte abermals, bis sie ein tiefer Friede überkam, eine Wärme, die ihr Innerstes erfüllte.

Als Ta-Thea die Gruft verließ, war sie nicht mehr länger ein Ort des Todes, sondern nur noch einer der Erinnerungen, einer von vielen und der am wenigsten Wichtige.

Bevor Ta-Thea damit beginnen konnte, die Botschaft des Buches in Shinabar zu verbreiten, galt es, den Frieden wieder herzustellen und ihre Autorität zu sichern. Die camassianischen Soldaten durften nicht länger als unbedingt nötig durch die Straßen patrouillieren. Sie erinnerten nur daran, dass sie durch ihre Unterstützung in ihr Land zurückgekehrt war und nicht, weil sie das Recht und die Macht dazu hatte.

Ra-Nufis war derjenige, der sie mit besonderem Nachdruck auf diesen wichtigen Punkt hinwies. Sie trafen sich in dem blauen Hof an einem Nachmittag im Winter. Die Sonne stand schon tief und fiel in goldenen Strahlen auf das Wasser, das an den Wänden hinunterfloss.

»Majestät, Ihr solltet nicht länger zögern!« Ra-Nufis' Stimme war drängend. Es blieb keine Zeit mehr für höfliche Floskeln.

»Zögern?«

»Der Thron ist Euer! Nur der Umhang des Isarch wird Euch die Stärke geben, den Frieden nach Shinabar zu bringen und die Voraussetzungen dafür zu schaffen, Euer Volk die Botschaft des Buches zu lehren und so seine Erneuerung einzuleiten.«

Isarch? Ta-Thea hatte auch daran gedacht, natürlich hatte sie daran gedacht, doch aus dem Mund eines anderen wog das Wort viel schwerer, war ein riesiger Schritt zur Macht, die sich erst am Rand ihres Bewusstseins gezeigt hatte. Ein Camassiani hätte die Ungeheuerlichkeit gar nicht verstanden, doch Ra-Nufis kannte das Gesetz Shinabars ebenso gut wie sie.

»Isarch ...« Ohne ihn anzublicken, schmeckte sie das Wort, erschrak vor ihrem eigenen Wagemut, und dann ergriff sie eine Welle der Erregung.

»Natürlich, so muss es sein!« Ra-Nufis gab nicht nach.

»Niemals gab es eine Frau auf dem Thron von Shinabar.« Ta-Thea versuchte, der Gewissheit noch für einige Augenblicke auszuweichen, doch im Grund hatte sie ihren Widerstand bereits aufgegeben.

»Es gibt keinen Mann mehr.« Ra-Nufis lächelte sanft, und Schalk blitzte in seinen Augen. »Isarch muss außerdem jemand werden, der das Buch liebt, es kennt und es versteht. Nur so kann er dem Volk ein Vorbild sein.«

Ta-Thea schwieg. Die Ungeheuerlichkeit des Gedankens senkte sich bereits in ihren Geist. Ra-Nufis hatte Recht. Das Buch war die Ursache aller Dinge, und was immer dazu beitrug, seine Botschaft zu verbreiten, musste einfach richtig sein.

»Isarch?« Der Hohepriester Tugomir starrte sie mit einer Mischung aus Spott und Ungläubigkeit an. Er war in die prächtige Robe seines Amtes gekleidet: einen bodenlangen Kittel aus türkisfarbenem Leinen mit goldenen Stickereien über Röcken aus weißer Seide und goldenem Musselin. Er war ein kleiner, magerer Mann mit schmalen Schultern und einem plumpen Gang. Das lange Gesicht mit dem pedantisch gestutzten Bart war verkniffen, der Mund schief und die Augen dunkel und glänzend.

»Ja.« Ta-Thea hatte ihre Entscheidung getroffen, und niemand würde sie davon abbringen. Sie hatte um eine Zusammenkunft mit dem Hohepriester gebeten, um ihn davon in Kenntnis zu setzen, nicht, um ihn zu überzeugen.

»Niemals gab es eine Frau auf dem Thron des Isarch«, widersprach er energisch.

»Dann werde ich die erste sein«, entgegnete Ta-Thea bestimmt. »Und es wird noch viel mehr Neues geben.«

Die Miene des Mannes verhärtete sich, sein Körper war steif vor kaum beherrschter Wut. Er war das religiöse Oberhaupt der Nation. Er war ein leidenschaftlicher Asket, ein Mann voller brennender Überzeugungen und dem Mut, gegen jeden zu kämpfen, der seinem Glauben beleidigte. Er hatte keinerlei Selbstzweifel und leider nur wenig Humor.

»Wir haben eine Menge zu lernen«, fuhr Ta-Thea gelassen fort. »Vieles von dem, was wir in jüngster Zeit glaubten, wird verschwinden, und die Wahrheit wird an seine Stelle treten.«

»Hängt das etwa mit Eurer … Schöpfung zusammen?«, fragte er mit schneidendem Sarkasmus. »Mit diesem … Buch?« Schon das Wort bereitete ihm größtes Unbehagen.

»Es ist nicht meine Schöpfung. Und auch nicht die irgendeines anderen Menschen«, entgegnete Ta-Thea scharf. »Es ist das Wort Gottes. Ich habe es hierher gebracht, ich habe es nicht geschrieben.«

»Woher habt Ihr es?« Seine Stimme hatte einen hässlichen, fordernden Unterton. Man konnte sie nicht vergessen, ebenso wenig wie sein Gesicht. Ta-Thea hatte ihn vorher nicht gekannt, er war erst nach dem Staatsstreich in sein Amt gelangt. Trotzdem war er ihr vertraut wie ein Echo in ihrem Geist.

»Von den Verlorenen Inseln«, entgegnete sie, »aus einer Gegend, wo die Seele wohnt und das Leben noch so ist wie vor …« Sie hielt überrascht inne. Dies waren nicht ihre Worte, sondern sie kamen aus den Tiefen ihres Geistes, und sie hatte keinerlei Einfluss darauf. Es schien, als ob Tugomir sie hervorrief. Dann fuhr sie langsam fort: »So wie es die Wiederauferstehung nach dem Tod gibt, so gibt es auch ein Leben der Seele vor der Geburt. Wir haben es nur vergessen.«

»Alle außer Euch scheint mir«, sagte er voller Hohn.

»Ich habe es auch vergessen. Ich weiß nur, dass es existiert.«

»Das ergibt keinen Sinn.« Jetzt blickte er sie mit Verachtung an. »Wenn wir es vergessen haben, welcher Sinn steckt dann dahinter? Wenn wir je etwas davon wussten, ist es jetzt jedenfalls verschwunden. Euer Gott ist ein Idiot.«

»Es ist nicht verschwunden«, erwiderte Ta-Thea gelassen. »Damals hatten wir die Wahl, der Unterschied zwischen Gut und Böse war deutlicher, und der Wert des Preises wurde verstanden.«

»Warum denn dann das Vergessen? Jetzt haben wir nichts mehr. Warum sollten wir an Euren Gott glauben, wenn wir den Sinn vergessen haben?«

Die Antwort sprang erneut von ihren Lippen. »Tugend, die ihren Ursprung in der Erwartung auf eine Belohnung hat, ist nichts wert. Am Ende geht es nicht darum, was man tut, sondern was man ist.«

»Spitzfindigkeiten!« Tugomir spuckte das Wort beinahe hervor. »Was ist der Mensch denn anderes als die Summe seiner Handlungen?«

»Er ist auch das, was er fühlt und wonach er sich sehnt. Eure Seele muss wie die Gottes werden, nicht aus Furcht oder der Hoffnung auf Belohnung, erst recht nicht aus Gehorsam, sondern weil Ihr versteht und vor allem weil Ihr liebt.«

Seine Augen wurden groß. Seine Stimme war nur noch

ein Flüstern und zitterte vor Zorn. »Ihr glaubt, wie Gott zu werden? Das ist Blasphemie! Das ist der größte Hochmut – und vollkommen lächerlich!«

Ta-Thea ließ sich nicht beirren. »Ich will es nicht nur für mich, sondern für jeden Menschen.«

Blut stieg ihm ins Gesicht. »Das ist in der Tat ein ganz besonderer Lohn. Alle werden Götter? Ihr und der Hofnarr, der Koch, der Vagabund und der Dieb? Ihr seid verrückt! Ich will damit nichts zu tun haben, und ich werde Euch auf jedem Schritt Eures Weges bekämpfen.« Seine schmale Brust schwoll an. »Solange ich atme, werde ich Euch daran hindern, die Menschen in die Dunkelheit Eures kranken Geistes zu führen.«

»Ich werde niemanden führen«, widersprach Ta-Thea. »Ich werde den Menschen von der Wahrheit erzählen. Sie ist für alle bestimmt, für jeden Mann und jede Frau, die jemals gelebt haben und leben werden. Wie viele die Höhen des Himmel erklimmen werden, weiß ich nicht. Vielleicht sind es nur wenige. Der Lohn wird das Licht oder die Dunkelheit in ihren Seelen sein, wenn sie Gott gegenüberstehen und sich so sehen, wie sie sind.«

»Und die Hölle? Was ist mit den Feuern der Verdammnis für die Schlechten?«

»Würde denn nicht das Wissen um die verlorenen Gelegenheiten Euch für immer versengen? Das Wissen darum, was Ihr hättet sein können und nicht geworden seid? Ist das denn nicht Hölle genug?«

»Wenn es denn wahr wäre, schon.« Seine Züge verrieten Anspannung, seine Augen loderten. »Aber das sind alles Lügen. Ihr leugnet die alten Tugenden, die Dinge, an die schon Eure Ahnen glaubten, die uns groß machten. Ihr versprecht die Vergebung der Sünden. Dazu hat kein Mensch das Recht, denn er hat nicht die Macht, ein solches Versprechen zu halten. Eure Ideen sind aus Hochmut geboren, und am Ende werdet Ihr nichts als Staub ernten.« Seine Hand fuhr zornig durch die Luft. »Mir ist es gleichgültig, ob Ihr bis in alle Ewigkeit Asche esst, doch ich weine um die Unschuldigen, die Ihr mit Euch reißt.«

»Ich kann Euch nicht dabei helfen zu sehen, was das Buch bereithält«, entgegnete Ta-Thea ruhig. »Ich wünschte, ich könnte es, obwohl ich es vielleicht nicht sollte.«

Tugomir blickte sie verblüfft an.

Ta-Thea lachte. »Niemand kann dafür sorgen, dass Ihr glaubt. Nicht einmal Gott kann das für Euch tun. Für Euch wird es nur Kummer geben, wenn Ihr Euch für die Dunkelheit entscheidet.«

Tugomir drehte sich auf dem Absatz um und stürzte hinaus. Nur der Hohepriester konnte es wagen, sie einfach stehen zu lassen. Er fürchtete nichts so sehr wie das Böse für die Seele. Sie hatte davon gehört. Jetzt glaubte sie es.

Ta-Thea wurde zum Isarch von Shinabar gekrönt. Die Zeremonie entsprach der alten Tradition, mit der alle König hunderter Generationen vor ihr gekrönt worden waren. Sie trug die blauweiße Robe und den goldenen Helm, das Schwert und den Stab des ersten Isarch. Nun waren sie mit Gold und Edelsteinen verziert, doch sie waren immer noch die Symbole des Kriegers und des Schäfers, der führte. Hinter ihr trugen die Höflinge das Schild, das mit rotem Jaspis besetzt war. Es symbolisierte die Opferbereitschaft des Isarch: Ta-Theas Leben für das ihres Volkes. Dann wurde der Kelch mit dem Wasser gebracht. Ohne Wasser gab es kein Leben für Menschen, Tiere und Pflanzen, kein Leben auf der Erde.

Ta-Thea sprach den heiligen Eid mit klarer Stimme. Sie versprach, ihr Volk zu führen und zu verteidigen, sein Wohlergehen über alles andere zu stellen. Sie konnte die Namen ihrer Vorfahren nicht aussprechen, als wären sie Gottheiten, und auch nicht erlauben, dass dies jemand glaubte. Sie hatte sich dem Gott der Zeit und der Ewigkeit verschrieben und diente nur ihm und niemandem sonst.

Sie gab also ihr Wort in aller Schlichtheit, verzichtete auf Ausschmückungen jeder Art.

Die Trompeten zerschnitten mit einem einzigen hohen Ton die Luft. Die Kupferbecken schlugen in den Reihen der Priester und Höflinge, hundert Mann lang, fünfzig

Mann tief. Alle außer Ta-Thea senkten die Köpfe. Die Krone senkte niemals das Haupt.

Fünftausend Menschen huldigten ihr als dem neuen Isarch. Der Gesang umfing sie wie ein tosender Strudel, eine See aus Blau und weiß, gekrönt von dunklen Gesichtern – ihr eigenes Volk.

Sie hatte hinter Mon-Allat gestanden, als er gekrönt wurde, nur wenige Meter von dem Platz entfernt, an dem sie jetzt stand. Es war ein überwältigendes, Schwindel erregendes, großartiges Erlebnis gewesen. Jetzt war sie selbst Isarch, das Oberhaupt einer sterbenden Nation, eines Volkes, das in die Dunkelheit stolperte, und sie hielt ein einzelnes Licht in die Höhe. Sie musste es sehr hoch halten. Nichts durfte sie von ihrem Ziel abbringen, es mit allen zu teilen. Es war das Pfand, um dessen willen sie geboren worden war.

Aus Wochen wurden Monate, der Winter wurde zum Frühling, und Frieden senkte sich über Shinabar. Alexius hatte die Kontrolle über das ganze Land erlangt. Ra-Nufis' Netz von Verbündeten und Informanten war immer größer geworden. Immer mehr Höflinge kehrten zurück. Viele waren nach dem Mord an Mon-Allat vor sieben Jahren geflohen und beriefen sich nun eifrig auf ihre Loyalität. Ta-Thea war weise genug zu vergessen. Der Gerechtigkeit war bereits durch Tiyo-Mah zum Sieg verholfen worden. Sie hatte die Morde gesühnt. Hem-Shash konnte nicht zurückkehren. Manchmal kursierten Gerüchte aus seinem Exil und dann, im Sommer, über seinen Tod. Widerstand gab es nur vereinzelt. Er war nicht organisiert und wurde kaum unterstützt. Niemand war an einem Krieg und noch mehr Leid interessiert.

Die einzige Stimme, die sich gegen Ta-Thea erhob, war die Tugomirs. Doch eigentlich wandte er sich gegen die gotteslästerliche Lehre der neuen Religion, nicht gegen den Isarch selbst.

Ta-Thea belohnte Ra-Nufis großzügig. Er wurde ihr Erster Minister. Seine Kenntnisse über Politik waren viel größer als ihre eigenen, und seine Liebe zu dem Buch machte ihn ohnehin vertrauenswürdiger, als es jemals ein anderer Shinabari sein konnte.

Mit Camassia wurde ein neuer Friedensvertrag geschlossen. Acht camassianische Legionen würden in Shinabar bleiben, die übrigen würden sich zurückziehen. Beel-Habak wurde zum Kommandeur über die Truppen ernannt. Er würde auch für die Ausbildung der shinabarischen Soldaten zuständig sein. Er kam von den Außenposten in der Wüste, war ein Wüstensohn wie Ta-Theas Vater. Er hatte gegen die Barbaren gekämpft, kannte Schlacht und Entbehrung, seine Tapferkeit hatte er oft genug unter Beweis gestellt. Auch die Gefahren von Faulheit und Unachtsamkeit kannte er, und Ta-Thea brauchte ihn gar nicht erst auf die fatalen Folgen von Uneinigkeit hinzuweisen.

Für sie selbst war es nun an der Zeit, die Lehre des Buches in ihrem Volk zu verbreiten. Alexius würde in die Stadt im Zentrum der Welt zurückkehren. Ta-Thea hatte mit dem Gedanken gespielt, ihn zu bitten, bei ihr zu bleiben, doch das war nur ein Traum, ein Wunsch, dem sie nachhing, wenn sie nachts nicht schlafen konnte und in das helle Rechteck aus Mondlicht hinter dem Fenster starrte.

Das Buch wartete auf sie. Auf Alexius musste sie verzichten. Seine Aufgabe war erfüllt. Wenn Einsamkeit, Begehren und Sehnsucht Überhand gewannen, legte sie die Hände auf das warme Gold des Buches. Sie brauchte es nicht einmal zu öffnen, um zu wissen, dass sie für Alexius einen schrecklichen Preis zahlen würde. Sie blickte in den Spiegel und sah Eleni.

Ta-Thea empfing Alexius in dem blauen Hof. Seit zehn Tagen hatte sie ihn nicht mehr gesehen. Er war im Palast gewesen, als Beel-Habak über die militärische Lage im Land Bericht erstattet hatte, doch die Gelegenheit zu einem Zwiegespräch hatte sich nicht ergeben.

Wie gewöhnlich trug er die Uniform der Camassiani und seine alte Lederrüstung. Trotz der Hitze hatte er nicht auf seinen roten Umhang verzichtet, wohl aber auf den Helm. Der Diener zog sich zurück, und sie waren allein.

Alexius blieb respektvoll in der Tür stehen. Er war der Kommandeur einer großen Armee, doch Ta-Thea war die Herrscherin einer Nation. Sollte sie diese Mauer zwischen ihm und ihr erhalten? Für sie würden sie immer ein Mann und eine Frau bleiben, alles andere war unwichtig. Die Ewigkeit würde solche Unterschiede ohnehin mit sich fortreißen.

»Ich danke Euch, dass Ihr gekommen seid«, sagte sie. Welche Worte sollte sie wählen, damit er sie verstand? Damit er auch die Worte verstand, die sie nicht aussprechen konnte, weil sie zu denen gehörten, die sie beide nicht wechseln sollten?

Alexius schwieg und betrachtete sie.

»Ihr habt Großes vollbracht«, fuhr Ta-Thea schließlich fort. Ihre Stimme war heiser, ihr Mund trocken. Es fiel ihr schwer, ihn anzuschauen, noch schwerer war es jedoch, den Blick abzuwenden. »Und Ihr habt es mit Tapferkeit und Ehre vollbracht, so wie ich es von Euch erwartet hatte. Weder mein Volk noch ich selbst können Euch angemessen dafür belohnen. Uns bleibt nur, das Geschenk, dass Ihr uns machtet, zu hüten. Ich werde niemals wanken. Ich werde das Buch zu jedem Mann und jeder Frau bringen, die davon hören wollen.«

»Mein war das Privileg, Euch zu dienen, Majestät«, entgegnete Alexius. »Euer Anliegen ist das meinige.« Seine Worte klangen steif und formell, ein General antwortete einer Königin. Doch in seinen Augen schimmerte Zärtlichkeit und Trauer lag auf seinen Lippen.

In Ta-Theas Augen brannten keine Tränen, kein Kloß schnürte ihre Kehle zu. Sie würde später weinen. Sie hatte Jahre, die sie mit Weinen verbringen konnte.

»In Ehre werdet Ihr in Eure Heimat zurückkehren, unsere Dankbarkeit wird Euch begleiten. Wir werden Euch nicht vergessen.« Sie schluckte. »Ich werde Euch nicht vergessen, nichts werde ich vergessen.«

Regungslos stand er da und kostete den Augenblick aus. Seine nächsten Worte würden die letzten sein, und beide wussten es. Es gäbe nichts mehr zu sagen. Ta-Thea blickte ihn sehnsüchtig an. Niemals würde sie seine Augen vergessen, niemals das Licht auf seinen Wangenknochen, den Schwung seiner Nase, seiner Lippen. Sie würde immer seine Stirn sehen, sein Haar, jedes Mal, wenn sie die Augen schloss, auch nach Jahren noch.

Alexius erwiderte ihren Blick ebenso eindringlich. Dieser Augenblick würde ewig leben.

»Ich auch nicht«, sagte er schließlich. Dann verneigte er sich, wandte sich ab und ging davon. Er blickte sich nicht um, und die Tür fiel hinter ihm ins Schloss.

15

Ta-Thea widmete sich mit aller Kraft der Verbreitung der Botschaft des Buches. Doch den stechenden Schmerz darüber, dass Alexius fort war, linderte diese große Aufgabe nicht. Alexius war längst wieder in Camassia, in seinem alten Leben, das Ta-Thea gut kannte. Immer dachte sie an ihn, stellte sich vor, was er gerade tat, erinnerte sich an die Stadt, in der er wohnte und an die Menschen, die nun wieder sein Leben teilten. Wenn er von den Grenzen zu den Ländern der Barbaren zurückkehrte, konnte nur sie, Ta-Thea seine Erfahrungen nachfühlen und nicht Eleni oder Xanthica oder sonst jemand, der nicht selbst im Krieg gekämpft hatte. Sie hatte nicht nur an seiner Seite das Schwert gegen den Feind erhoben, sondern war mit ihm marschiert, hatte wie er Wache gehalten und gemeinsam mit ihm um die Gefallenen geweint, während die Aasvögel ihre Kreise über die Toten zogen.

Ta-Thea vermisste aber auch Eleni. In Shinabar gab es niemanden, der ihr Wärme und Freundschaft entgegenbrachte, niemanden, mit dem sie hätte lachen und sich über schöne Dinge hätte freuen können. Ihrer Freundin hatte sie ihr Herz ausgeschüttet und sich gemeinsam mit ihr über banale, lächerliche Dinge lustig gemacht. Auch das war nun vorbei.

Ta-Thea war umgeben von Dienstboten, Höflingen und den Ehefrauen der Adligen, doch sie war nun Isarch, und die Kluft zwischen ihr und den anderen war groß. Manchmal beobachtete sie die Leute und wie vertraut sie miteinander umgingen, doch wenn diese Leute sie bemerkten, änderten sie sogleich ihr Verhalten. Voller Respekt wandten sie sich ihr zu und senkten die Stimmen. Sie warteten darauf, dass sie zuerst das Wort ergriff. Sie lachten über ihre Scherze, doch es war ein höfliches Gelächter, kein herzliches. Im Grunde wusste sie nie, ob die Menschen ihr gegenüber jemals ehrlich waren. Jeder sagte das, von dem er glaubte, sie wolle es hören. Sie lebte wie in einer riesigen Halle voller Spiegel, und jeder dieser Spiegel schien nur einen verzerrten Teil der Wirklichkeit, der immer abhängig von ihrer eigenen Wahrnehmung war, zu reflektieren.

Einzig Ra-Nufis war ihr gegenüber offen. Er verbrachte allerdings so gut wie jede freie Stunde mit der Arbeit an dem Buch. Zahllose Schreiber waren damit beauftragt, das Original zu kopieren, und jede Kopie wurde von vier Männern überprüft. Nur wortgetreue Kopien verließen den Palast.

Die Botschaft wurde zuerst in Thoth-Moara selbst verbreitet. Bald erhielten jeweils zwei Anhänger den Auftrag, die Lehre auch außerhalb der Stadtmauern zu verkünden. Schließlich war ein ganzes Heer von Pilgern im Land unterwegs, um die Herzen und die Seelen der Menschen zu bekehren. Keine noch so kritische Frage blieb ohne Antwort. Die Aufgabe war gewaltig.

Als Isarch musste Ta-Thea ihre Aufmerksamkeit jedoch noch vielen anderen Dingen widmen. Ausländische Gesandte und Botschafter warteten darauf, zu ihr vorgelassen zu werden. Mit Ministern und Verwaltungsbeamten besprach sie staatliche Angelegenheiten. Die Geburt der neuen Sittlichkeit forderte ihre ganze Kraft. Und doch gab es nur vereinzelte Hinweise darauf, dass der Boden fruchtbar war, und niemand wusste, ob die Saat aufgehen und Früchte tragen würde.

Ta-Thea widmete einen Tag der Erinnerung an ihre Mutter, wie sie es immer getan hatte, ein weiterer galt Habi.

Der Sommer ging vorüber. Die Hitze konnte sie kaum ertragen. Die Jahre in Camassia hatten sie an ein anderes Klima gewöhnt. Und die ganze Zeit über pries die Stimme Tugomirs Ehrlichkeit und Fleiß und verfluchte das Buch und jeden, der damit in Berührung kam.

Oft dachte sie an die Stadt im Zentrum der Welt. In den Höfen und Gärten in Thoth-Moara, die in sengender Sonne lagen, sehnte sie sich nach dem Regen wie nach einem längst vergangenen Traum.

Auch an Barsymet und Tissarel erinnerte sie sich, und ihre Gedanken glitten unaufhaltsam zu Mon-Allat und Arimapsis. Sie hatte sich bisher nicht darum bemüht, etwas über den Verbleib der Mätresse ihres Mannes in Erfahrung zu bringen, doch eines Tages spürte sie, dass Arimapsis vielleicht die Antworten auf einige ihrer Fragen kannte.

Ta-Thea benötigte drei Tage, um sie zu finden. Arimapsis lebte in einem kleinen Haus im alten Teil der Stadt, und Ta-Thea beschloss, sie aufzusuchen. Sie in den Palast zu bestellen, war vielleicht unklug. Arimapsis könnte Rache fürchten und aus der Stadt verschwinden. In der Öffentlichkeit würde zudem der Eindruck entstehen, dass sie das Opfer einer eifersüchtigen Frau wurde, die ihren Mann nicht mehr zur Rede stellen konnte.

Ta-Thea war auch aus anderen Gründen daran gelegen, dass Zusammentreffen geheim zu halten. Ihr Ansehen durfte auf keinen Fall Schaden nehmen. Sie war die erste Frau auf dem Thron Shinabars, und sie war die Überbringerin des Buches. Jede Sünde, so klein und verständlich sie auch sein mochte, würde sie besudeln.

Ta-Thea kleidete sich in einen hellbraunen Kittel und weiße Hosen. Yattu-Shia wählte sie zum Leibwächter, ihm konnte sie vertrauen. Im alten Teil der Stadt suchten sie das kleine, aus rosafarbenen Steinen gebaute Haus, in dem Arimapsis nun lebte. Ta-Thea stieg die Stufen hinauf, und Yattu-Shia klopfte mit dem Heft seines Schwertes an die verwitterte Tür.

Die Frau, die ihnen öffnete, trug einen hellblauen Kittel und Hosen in ebenfalls hellen, sanften Farben, die sich an ihren Körper schmiegten. Allein die Schlichtheit ihrer Kleider war von großer Schönheit. Ihr Haar war von rötlichem Hellbraun, ganz anders als das der meisten Shinabari, und ihre Augen waren blau. Sie war viel schöner, als Ta-Thea es jemals gewesen war, und aus ihrem Gesicht sprach zudem Charakter. Die Jahre des Leides hatten ihre Spuren hinterlassen, doch Ta-Thea erkannte kein Zeichen der Bitterkeit.

Arimapsis hätte Ta-Thea sicher erkannt, wenn sie sich im Palast begegnet wären. Zu Mon-Allats Zeiten hatten sich die Wege der beiden Frauen manchmal gekreuzt, wenn auch selten und eher zufällig. Doch Arimapsis hatte nicht mit dem Isarch vor ihrer Tür gerechnet, hier in dieser heruntergekommenen Gegend, ebenso schlicht gekleidet wie sie selbst und in Begleitung eines einzigen Mannes.

»Ja?«, fragte sie neugierig. »Sucht Ihr jemanden? Der Juwelier wohnt unten, der Gewürzhändler gegenüber.«

»Arimapsis?«

»Ja?« Sie wurde blass und trat einen Schritt zurück. Ta-Theas Stimme war unverwechselbar. Erinnerungen wurden wach. Arimapsis schluckte, Furcht trat in ihre Augen. »Majestät?«

»Darf ich eintreten?«

Eine Weigerung war unmöglich. Arimapsis ließ sie mit weißen Lippen eintreten. Das Haus war eng und nur sparsam dekoriert, doch die Schlichtheit hatte etwas Beruhigendes. Die Teppiche aus gebleichter Baumwolle waren sehr schön. Ihre Farben erinnerten an die Wüste und den Himmel. Ein einziges Bild hing an der Wand. Es zeigte Sumpfvögel in der Abenddämmerung. Eine Wasserlilie blühte in einer irdenen Schale, und der Lärm, der von der Straße hereindrang, wurde durch das stetige Tröpfeln des Wassers gemildert. Gewiss war es schwere Arbeit, Eimer voll Wasser hierher zu tragen, um den Brunnen immer wieder zu füllen. Doch offenbar nahm das Arimapsis in Kauf. Und Ta-Thea war sich sicher, dass sie es ebenso halten würde.

Yattu-Shia wartete taktvoll vor der Tür.

Arimapsis schwieg. Niemand sprach in Gegenwart des Isarch zuerst.

So hatte Ta-Thea sich diese Begegnung nicht gewünscht. Es wäre ihr lieber gewesen, wenn sie einander ebenbürtig gewesen wären, doch in Shinabar gab es niemanden mehr, der mit ihr auf einer Stufe stand. Dies war ein Preis der Macht.

»Ich bin glücklich, dass Ihr überlebt habt«, begann sie.

Schmerz zuckte über Arimapsis' Gesicht. Ta-Thea hatte sich gefragt, ob sie Mon-Allat geliebt hatte. War er für sie das, was Isadorus für Tissarel gewesen war? Hatte sie in ihm einen besseren Mann entdeckt als sie selbst? Schließlich hatte Barsymet das Beste in Isadorus verkümmern lassen.

Ta-Thea versuchte verzweifelt, die Geister des Zweifels zu verscheuchen, die sie jagten, doch sie konnte nicht fragen, ob die beiden einander geliebt hatten.

»Ich habe leider keinen Wein«, sagte Arimapsis zögernd. »Doch ich kann Euch gutes Wasser und Honigkuchen anbieten.«

Ta-Thea dankte und nahm auf einem der breiten, niedrigen Stühle Platz.

Arimapsis verschwand und kehrte einige Minuten später mit einem blauen Krug und einer Platte voller Kuchen zurück.

Es war eine absurde Situation. Ta-Theas Aufgabe war es, sie zu zerstören. All die Worte, die sie sich zurechtgelegt hatte, waren plötzlich verschwunden. Diese Frau strahlte eine Würde aus, die alte Rivalitäten und Vorbehalte zu Belanglosigkeiten werden ließ.

Ta-Thea begann vorsichtig. »Vieles hat sich während der letzten sieben Jahre in Shinabar verändert. Zuerst dachte ich, es wäre plötzlich geschehen, doch jetzt, nachdem ich Gelegenheit hatte, länger darüber nachzudenken, glaube ich, dass dieser Prozess bereits vor langer Zeit eingesetzt hat. Ich habe es einfach nur nicht gesehen.«

Arimapsis verstand sofort. »Ich habe früher am Meer gelebt«, erwiderte sie. »Die Wellen türmen sich weit draußen auf dem Wasser, sie brechen erst vor der Küste. Es scheint, als geschehe es plötzlich, doch das ist nur eine Illusion.«

Ta-Thea wählte ihre nächsten Worte mit Bedacht. »Ich habe für einige Jahre am Hof von Camassia gelebt. Dort habe ich Kaiser Isadorus recht gut kennen gelernt.«

Arimapsis schwieg.

»Habt Ihr von dem Buch gehört? Ich lehrte ihn viele seiner moralischen Grundsätze. Er lernte schnell und glaubte daran. Er ist ein Mann von großer Persönlichkeit und Integrität.« Sie schaute Arimapsis an und suchte in ihren Augen nach einer Gefühlsregung, nach Verständnis. Sie war nicht sicher, was sie sah – Leidenschaft, Intelligenz … »Es war schwer für ihn, die Lehre zu akzeptieren«, fuhr sie schließlich fort. »Er hatte eine Mätresse, die er sehr liebte. Ich glaube, er wusste nicht einmal, wie sehr er sie liebte, bis er ihr sagte, dass er künftig nach den Gesetzen der Reinheit des Herzens *und* des Körpers leben würde.«

Feine Röte schimmerte auf Arimapsis' Wangen, aber sie wandte den Blick nicht ab.

»Doch sie verstand. Ich glaube, sie war viel großzügiger als seine Ehefrau. Und ganz sicher liebte sie ihn wahrhaftiger.«

»Liebte seine Frau ihn denn nicht?« Arimapsis' Stimme stockte. Sie wusste genau, wonach sie da fragte.

Ta-Thea war für einen Augenblick verwirrt. Sollte sie jetzt für Barsymet oder für sich selbst antworten? Doch hier war nur ihre eigene Antwort wichtig. Arimapsis wusste nichts von Camassia, es bedeutete ihr nichts.

»Auf ihre Weise«, entgegnete sie. »Sie war ihm gegenüber loyal. Doch sie lachte nicht mit ihm und teilte auch seine Träume nicht.«

»Vielleicht brachte er nicht das Beste in ihr zum Vorschein«, gab Arimapsis gleichermaßen vorsichtig zurück. Ihre Finger hatten sich verkrampft, die Knöchel stachen weiß hervor. »Vielleicht hat er weder ihren Mut noch ihre Leidenschaft erkannt. Vielleicht hatte er sogar ein wenig Angst vor ihr. Schließlich war sie ihm ebenbürtig, und eine Mätresse hätte ihn niemals herausfordern können. Sie kannte ihren Platz. Sicher war dies sogar bequemer …«

»Mit ihr … fühlte er sich … war er freier?« Ta-Thea tastete sich dem Licht entgegen, und es war schmerzvoll.

Arimapsis lächelte. »Nein, nicht so, wie Ihr glaubt. Ich meine, dass seine Frau vielleicht eine Vision hatte, die er nicht teilte, vielleicht sogar eine Stärke, die er wohl schätzte, aber nicht verstand. Es ist auch möglich, dass er Angst davor hatte, sich zu strecken, den Erwartungen von jemandem zu begegnen, der nicht nachgeben würde.«

»Glaubt Ihr wirklich, dass das der Fall war?« Ta-Thea war überrascht. Hatte diese Frau überhaupt das Recht, ihr solche Dinge zu sagen? Bevor Arimapsis antworten konnte, fuhr sie hastig fort: »Oder lag es nicht doch nur daran, dass seine Mätresse liebevoller war?«

»Sie hätte es sich kaum leisten können, etwas anderes zu sein«, stellte Arimapsis fest. Dann biss sie sich auf die Lippen. »Doch ich wage zu behaupten, dass sie ihn liebte, obwohl sie manchmal auch seine Fehler sah.«

»Dann war sie eine gute Frau«, gab Ta-Thea nachdrücklich zurück. »Ich hoffe, dass es ihr gut geht, auch wenn sie nicht mehr länger am Hof weilt.«

Arimapsis blickte auf die Honigkuchen auf dem Tisch. »Hat auch die Mätresse die Lehren des Buches angenommen?«

»Ja.«

»Und es spielte keine Rolle, dass sie … dass sie eine Kurtisane war?«

»Überhaupt nicht. Sie war doch ehrlicher als die Kaiserin selbst.«

»Was?« Arimapsis war entsetzt. Die blauen Augen weiteten sich ungläubig.

»Als die Kaiserin Barsymet«, entgegnete Ta-Thea ruhig.

»O ja … natürlich.«

»Würdet Ihr das Buch gern kennen lernen?« Zu ihrer eigenen Überraschung sprang die Frage Ta-Thea von den Lippen. Sie hatte gar nicht daran gedacht, mit Arimapsis über das Buch zu sprechen.

»Ja, sehr gern sogar.« Arimapsis sprach mit leiser, klarer Stimme.

»Dann wird Yattu-Shia Euch eine Kopie bringen«, versprach Ta-Thea und wunderte sich immer noch darüber, wie sich das Gespräch entwickelt hatte.

Eine halbe Stunde später machte sie sich leichten Schrittes und mit Fröhlichkeit im Herzen auf den Weg zurück zum Palast. Als sie durch die engen Straßen ging, spielte ein Lächeln um ihre Lippen, das sich in der sengenden Sonne, die auf die weiten Plätze schien, noch vertiefte.

Arimapsis war eine der wenigen, die den Wunsch verspürten, mehr über das Buch zu erfahren. Der Sommer wurde zum Herbst, und schon näherten sich die Stürme des Winters. Ta-Thea begann langsam zu erahnen, wie groß das Unglück Shinabars tatsächlich war. Ra-Nufis brachte immer wieder Nachrichten von den Fürsten anderer Städte, die mit unglaublichen Ausreden zu begründen versuchten, warum sie die Botschaft des Buches nicht verbreiten oder gar selbst nach seinen Prinzipien leben wollten.

»Es ist überall dasselbe!«, erklärte er verzweifelt, während er in dem blauen Hof auf und ab ging und die Fäuste ballte. Er trug einen langen, hellen Umhang und Reitstiefel, die deutliche Spuren andauernden Gebrauchs zeigten. »Einer erzählte mir, dass er unmöglich Selbstbeherrschung propagieren könne, weil mindestens die Hälfte seiner Heerführer sich Mätressen hielten. Er würde ihre Loyalität aufs Spiel setzen. Sie würden sich angegriffen fühlen, wenn er ihren Lebenswandel kritisierte.« Er wandte sich um und starrte Ta-Thea zornig an. »Könnt Ihr Euch das vorstellen? Er hat sogar gesagt, dass, wenn er seine eigene Mätresse aufgebe, sie alles seiner Frau erzählen würde. Und weil er bei deren Vater Schulden hätte, könnte er so etwas wohl kaum in Erwägung ziehen.« Ra-Nufis' Stimme war voller Verachtung. »Ausreden! Überall gibt es Gründe, weshalb der Weg Gottes allzu schwierig ist. Nicht jetzt, nicht hier, nicht mit mir! Mein Vater wäre dagegen! Mein Bruder wäre dagegen! Meine Kinder würden mich nicht mehr lieben, wenn ich ihre Freiheiten einschränke. Sie werden denken, dass ich mich aufblase und ihnen ihren Spaß nicht gönne. Ihren unabhängigen Geist werde ich zerstören, wenn ich ihnen sage, dies oder jenes ist falsch.« Abscheu und Trauer um die, die sich der Wahrheit versagten, zeichneten seine Züge. »Ausreden über Ausreden! Wir dürfen angesichts des Hungers und der Besetzung nicht zu viel verlangen. Er ist alt! Er ist jung! Er hat gerade erst geheiratet! Sein Vater ist vor kurzem gestorben! Er war Zeuge eines Unfalls, eines Aufstands, einer Hinrichtung!« In ohnmächtiger Wut zerschnitt seine Hand die Luft. »Er hat Magenschmerzen, Kopfschmerzen, jemand war gemein zu ihm! Niemand ist bereit, Verantwortung für irgendetwas zu übernehmen. Sie fürchten den Menschen mehr als Gott!« Er starrte Ta-Thea voller Verzweiflung an, die Unschuld der Jugend war für immer aus seinen Zügen verschwunden. »Ich habe alles versucht! Ich weiß, wie ich ihnen die Schönheit der Wahrheit zeigen kann. Doch sie wollen nicht hinschauen! Wenn sie mich belügen, ist es egal, doch wenn sie sich selbst belügen, bedeutet es ihren Tod.«

Ta-Thea sah die Erschöpfung in seinem Gesicht, doch sie hatte ihren Ursprung in seinem Zorn, nicht in Entmutigung. Niemals würde er aufgeben.

»Es ist sogar noch schlimmer«, sagte sie ruhig, und blickte ihn an, als er mitten im Schritt innehielt, um sie neugierig anzuschauen. »Tugomirs Feindschaft dem Buch gegenüber ist ungebrochen.«

»Tugomir!« Ra-Nufis konnte sich kaum noch beherrschen. »Wenn wir ihn nur zum Schweigen bringen könnten! Der Mann richtet an einem Tag mehr Schaden an als hundert andere es jemals könnten!« Er stand reglos da, seine Augen funkelten. »Ist er ein Abgesandter des Großen Widersachers?«

»Ich weiß es nicht«, gab Ta-Thea ehrlich zurück, doch sie spürte die Kälte in ihrem Herzen. Tugomir war ihr unerklärlich vertraut, als ob sie ihn aus einer Zeit jenseits ihres Gedächtnisses kannte. »Doch ich weiß, dass er das Buch und seine Lehren hasst«, ergänzte sie mit Schaudern. »Und er zieht eine Reihe guter Menschen mit sich, die immerhin so offen wären, die Lehren des Buches wenigstens anzuhören, wenn Tugomir sie nicht davon überzeugt hätte, dass sie den alten Glauben lästern und ihre Ahnen verraten, wenn sie das Buch nur öffnen.«

»Dieser Heuchler!«, schimpfte Ra-Nufis. »Er ist der Hohepriester, und je mehr Menschen sich der Wahrheit zuwenden, desto weniger Schüler wird er haben. Er wird Macht einbüßen, und das weiß er!«

Als der Herbst vorbei war und sich die Kälte des Winters über Shinabar legte, fühlte Ta-Thea sich immer mehr zu Arimapsis hingezogen, die sich von ganzem Herzen dem Buch widmete und vor Zeugen ihren Bund mit Gott besiegelte. Die Vergangenheit ließen die beiden Frauen ruhen. Keine sprach von Mon-Allat, und Ta-Thea war in Arimapsis' Gesellschaft vollkommen unbefangen. Sie verfügten über eine ähnliche Art von Humor und brachen häufig zur selben Zeit in Gelächter aus, wenn sie sich über etwas amüsierten. Häufig liefen ihnen dabei sogar Tränen über die Wangen. Manchmal wurden sie über dieselben Kleinigkeiten zornig, zeigten dieselbe Ungeduld. Es gab so vieles, was Arimapsis auch ohne Erklärung verstand. Oft genügte ein einziger Blick, und jede war sich des Verständnisses der anderen sicher.

»Tugomir hat wieder auf dem großen Platz gepredigt«, sagte Arimapsis eines Tages, als sie gemeinsam in einem der Höfe des Palastes saßen. Die Bäume warfen Schatten auf die blauen Wasserbecken, in die von den Wänden grünes Wasser lief. »Hunderte lauschten seinen Worten.«

»Ich weiß«, seufzte Ta-Thea. »Doch ich kann ihn nicht daran hindern. Ich müsste meinen eigenen Glauben verleugnen, und er wäre der Erste, der seinen Finger auf eine solche Wunde legen würde.«

»Er kann gewinnen, nicht wahr?«, fragte Arimapsis mit gerunzelter Stirn. Sie hatte das Buch bereits einige Male gelesen und verstand viel vom Wesen des Lichts und dem der Dunkelheit. »Er ist sehr wohl in der Lage, die Menschen zu täuschen, selbst die klügsten unter ihnen.«

»Ja …« Mit dieser Wahrheit hatte Ta-Thea zu kämpfen, und es fiel ihr schwer, sie zu akzeptieren. »… wenn sie es erlauben. Aber trotzdem bin ich nicht sicher, ob er tatsächlich eine böse Absicht verfolgt. Ich weiß es einfach nicht.« Das hässliche, leidenschaftliche Gesicht des Hohepriesters vor Augen versuchte sie, das unangenehme Gefühl zu verscheuchen, das sie in seiner Gegenwart befallen hatte. »Ich glaube schon, dass er wirklich an die alte Religion glaubt. Und es gibt darin auch viel Gutes: Ehre und Tapferkeit, Pflichtbewusstsein und die Sorge um diejenigen, die am Körper und im Herzen benachteiligt sind. Es gibt eine Beziehung zur Schönheit und zum Sinn der Dinge, zum Lernen und zur Tatkraft.« Das zunehmend bedrückende Gefühl in ihr wurde klarer, als sie versuchte, es in Worte zu fassen. »In alter Zeit gab es den Aberglauben nicht, der sich gegenwärtig ausbreitet. Er ist neu, eine Art Flucht aus der Verantwortung für die eigene Entscheidung und für die eigenen Fehler. Wenn man an die Bestimmung glaubt, an die Sterne oder den Sand, dann ist dieser Glaube Entschuldigung genug. Warum sollte man gegen das Schicksal aufbegehren? Nur ein Trottel verschwendet seine Energie auf so etwas. Eine bessere Ausrede gibt es nicht.«

»Aber dann ist eine solche Lehre doch auf jeden Fall böse.«, sagte Arimapsis erregt.

»Tugomir lehrt sie ja nicht.« Ta-Thea starrte in das Licht, das sich auf dem Wasser brach. Der Anblick beruhigte sie längst nicht mehr so wie früher. »Er ist ein Mann mit unglaublicher Energie, der gegenüber der Wahrheit des Buches blind ist. Ich habe niemals jemandem zugehört, der weniger von einem Heuchler, von einem Feigling hatte. Die große Mehrheit des Volkes lehnt das Buch ab, weil es Opfer, Gehorsam und die Anerkennung der eigenen Verantwortung fordert. Letztendlich wird jeder Einzelne zum Bewahrer und Beschützer aller Dinge. Jeder ist aufgefordert zu lernen, seine eigenen Entscheidungen zu treffen, doch es ist eben viel einfacher, sich von anderen sagen zu lassen, was zu tun ist und was nicht. Gehorsam rechtfertigt jeden. All das ist so leicht zu durchschauen.« Sie lächelte bitter.

Schweigen senkte sich über den Hof. Nur das Plätschern des Wassers und das Summen der Bienen war noch zu hören. Ein Gärtner mit einer Harke in der Hand ging lautlos vorüber.

»Tugomir betrachtet das Buch als eine Kraft, die die

Ordnung zerstört, die Shinabar einst groß machte«, fuhr Ta-Thea nachdenklich fort. »Für ihn bedeutet es Tod, nicht Leben. Er glaubt, dass es Zauberei ist, ein Angebot, der Wirklichkeit der Welt zu entfliehen. Er sieht, wie ein Abglaube wächst, und seine Verderbtheit entsetzt ihn. Es ist eine Zurückweisung von Tatkraft, Gerechtigkeit und jedweder Ordnung. Es entspringt dem Chaos, und treibt uns dorthin zurück. Das ganze Konzept scheint ihm durch und durch verdorben. Das Wesen der Wahl und der Entwicklung, die der Kern von Gut und Böse ist, ist für ihn Unsinn. Er muss es einfach hassen, denn er hat allen Grund, es zu fürchten.«

Arimapsis näherte sich Ta-Thea. Sie berührte sie aber nicht – denn das wäre nicht erlaubt gewesen –, doch allein diese Nähe bedeutete Freundschaft, und das gemeinsame Schweigen besiegelte das tiefe Einverständnis zwischen den beiden Frauen. Sie blickten sich in die Augen und lächelten sich an.

Ta-Thea kehrte von einem langen Ritt in die Wüste zurück. Nur Yattu-Shia hatte sie begleitet. Sie stieg in demselben Hof vom Pferd, in dem Kol-Shamisha ihr vor beinahe acht Jahren geholfen hatte, den Mördern zu entfliehen. Bisher hatte sie jene Ställe noch nicht wieder betreten, und nun spürte sie eine Gegenwart, die nichts mit den Pferden und ihren eigenen Leuten zu tun hatte.

Sie blickte sich um. Zuerst sah sie niemanden. Dann, als sie ihre Augen an das Dämmerlicht gewöhnt hatte, entdeckte sie ihn: einen Zwerg von untersetzter Gestalt und mit einem mächtigen Haupt. Das Zwielicht spielte auf seiner mit Diamanten besetzten Tunika, seine weißen Hände flatterten durch die Luft. Seine Augen schimmerten wie Bernstein, beinahe gelb wie die einer Ziege. Er schaute Ta-Thea an, und Erkennen, das so alt war wie die Zeit selbst, lag in seinem Blick. Kalte Furcht griff nach ihrem Herzen. Ohne darüber nachzudenken, legte sie die Hand an ihren Dolch, ließ ihn jedoch sofort wieder los. Dies war ein Kampf des Geistes.

»Wer seid Ihr?«, fragte sie und tätschelte den Hals ihres Pferdes, um es zu beruhigen. Es zitterte vor Furcht – spürte das Tier auch ihre eigene Angst? Oder erkannte es instinktiv das Böse?

»Mein Name ist Azrub, Majestät.« Der Zwerg neigte den Kopf, doch die Geste war spöttisch.

»Was wollt Ihr?«

Azrub lächelte. »Majestät, was wollt *Ihr*?«

»Von Euch will ich gar nichts«, entgegnete Ta-Thea scharf.

»Ah, doch Ihr solltet trotzdem wissen, was ich Euch geben kann.« Seine Stimme klang eigenartig zischend, zugleich sehr sanft und doch durchdringend. »Ich habe unvorstellbare Macht.«

Ta-Thea wollte den Stall verlassen, in das helle Sonnenlicht treten, doch dieser Zwerg stand in der Tür, und sie musste an ihm vorbei. Vielleicht zwang er sie sogar, ihn beiseite zu schieben, und allein der Gedanke an eine solche Berührung verursachte ihr Gänsehaut. Das Pferd begann zu schwitzen, seine Augen rollten in ihren Höhlen.

»Ihr habt nichts, was ich mir wünschen würde«, wiederholte sie. Ihre Stimme zitterte.

»Schaut hinunter, Majestät«, flüsterte er und leckte sich die Lippen.

»Was?«

»Schaut hinunter«, wiederholte er. »Schaut in den Staub zu Euren Füßen und sagt mir, was Ihr seht.«

Sie dachte gar nicht daran zu gehorchen, und doch senkte sie gegen ihren Willen den Blick. Ein Windstoß fuhr zur Tür herein, und der Staub flog auf. Nach und nach veränderte er seine Form, wurde zum Bild, zeigte Menschen, Gesichter. Sie sah einen Mann, der das Buch in den Armen hielt, es öffnete und zu predigen begann. Seine Züge waren von verklärter Schönheit, und jeder, der seine Stimme hörte, glaubte, weil sie voller Überzeugung und voller Leidenschaft in die Herzen der Menschen drang. Es war der Hohepriester Tugomir.

Wenn es nur wahr wäre.

Ein weiterer Windstoß fegte herein, wischte die Szene fort und breitete vor Ta-Theas Augen eine Karte von Shinabar aus. Es schien, als könnte sie beobachten, wie das Licht des Glaubens die Dunkelheit im ganzen Land vertrieb.

Dann erblickte sie sich selbst auf dem Thron, umgeben von Gesichtern, in denen sich Glückseligkeit spiegelte. Alle waren ihr in Dankbarkeit zugewandt. Tiefer Friede lag auf den Zügen der Menschen. Mann, Frau und Kind leuchteten mit innerer Erkenntnis.

Sie schaute fragend in die goldenen Ziegenaugen des Zwerges. Er spitzte die Lippen, und mit einem kaum spürbaren Hauch war das Bild verschwunden. »All das kann Euer sein, Majestät.«

Die Worte brannten sich in ihr Herz.

Ganz Shinabar glaubte an das Buch. Selbst Tugomir. Friede, nicht von Armeen und Gesetzen erzwungen, sondern aus den Herzen der Menschen geboren. Eine ganze Nation liebte die Ehre, das Mitleid und die Reinheit, schritt dem Licht entgegen.

Doch plötzlich klang ein Echo in ihrem Geist. »Ich werde jede Seele so vollkommen zurückgeben, wie sie zu mir kam – lasst mir die Herrschaft über den Menschen – und die Herrlichkeit.« Und eine andere Stimme ertönte, sie war wie Musik. »Lasst den Menschen selbst wählen. Er soll unter Beweis stellen, dass er an seiner eigenen Errettung arbeitet, um die Herrlichkeit, das Reich und immer währende Freude zu erlangen, denn dafür wurde er in der Tat geboren.«

»Nein.« Ihr Stimme war zunächst noch leise und grimmig. Dann trat sie heftig in den Staub. »Nein! Auf diese Weise wird alles verleugnet. Hinaus mit Euch! Ich weiß, wer Ihr seid …« Sie hielt gebieterisch eine Hand in die Höhe. »Im Namen Gottes, fort mit Euch!«

Die Lippen gaben die Stümpfe seiner Zähne frei. In den gelben Augen glomm hunderttausend Jahre alter Hass. »Und ich weiß, wer Ihr seid, Weib. Ich kenne Euren Namen in alle Ewigkeit, und ich werde Euch nicht vergessen.

Alles wurde Euch geboten. Und nichts werdet Ihr erlangen! Ich werde Euch bekämpfen, und die Seelen, die Ihr verliert, werden die Armee der Hölle sein. Ich verfluche den Boden, den Eure Füße betreten, und er wird unter Eurem Schritt verschwinden.« Er spuckte in den Sand. Die Speicheltropfen wurden zu Maden im Staub, und Gestank stieg in Ta-Theas Kehle.

Sie kämpfte gegen die aufsteigende Übelkeit, gegen den würgenden Ekel. Sie schwankte. Der Boden unter ihren Füßen gab nach, und schon war sie auf Händen und Knien. Sie blickte auf, und ihre Stimme bebte. »Die Erde, die Gott geschaffen hat, könnt Ihr nicht verfluchen. Über die Unschuldigen habt Ihr keine Macht.« Sie hielt eine Hand über die sich krümmenden Maden, und vor ihren Augen verschrumpelten sie und lösten sich in Rauch auf. Dort, wo sie gewesen waren, schimmerte der Boden in blaugrünem Feuer.

Der Zwerg stieß den Atem durch seine verfaulten Zähne, drehte sich auf dem Absatz um und stürzte aus dem Stall.

Ta-Thea kam mühsam auf die Füße, klammerte sich an das Pferd, um nicht erneut zu fallen. Voller Entsetzen rang sie nach Luft, und es gelang ihr nur langsam, das Zittern ihres Körpers zu beherrschen.

Als der Stallbursche hereinkam, stand sie immer noch an derselben Stelle. Ohne es zu bemerken bedeckte der junge Mann das blaugrüne Feuer auf dem Boden mit dem Stroh, dass seine Schritte vorwärts trieben.

Es war bereits Frühling, als Ra-Nufis Ta-Thea die letzten Informationen über den Staatsstreich überbrachte. Ta-Thea war mit dem Buch beschäftigt. Das Arbeitszimmer war voller Tische, auf denen überall Stapel von Papier lagen. Schreiber gingen ein und aus. Und die Sonne schien hell auf den Marmorfußboden.

Ra-Nufis war formell in Blau und Weiß gekleidet. Ta-Thea starrte ihn fassungslos an.

»Tiyo-Mah? Später, natürlich … aber …«

»Nicht nur später, sondern auch vorher. Sie war diejenige, die alles geplant hat. Sie hat die Palastwache bestochen. Sie hat diejenigen um sich geschart, die Camassia ebenso sehr hassten wie sie selbst, hat sie davon überzeugt, sich mit unserem ältesten Feind zu verbünden, so dass der Isarch sein Land verriet …« Ra-Nufis' Lippen kräuselten sich zu einem verbitterten Lächeln. »Dahinter steckt schon eine gewaltige Ironie, wenn man es recht bedenkt: Sie paktiert mit dem Großen Widersacher und treibt Euch dadurch dazu, nach dem Buch zu suchen.«

Ta-Thea spürte den Zorn, das bösartige Gelächter und die Bedrohung, als hätte der Feind sie persönlich berührt. Sie fand sich plötzlich in einem Strudel der Gefühle wieder und wusste nicht, wie sie ihm entrinnen sollte.

»Aber Mon-Allat war doch ihr Sohn!« Sie konnte es nicht glauben. »Ihr eigenes Kind …« Sie versuchte, die Erinnerung an Habi aus ihrem Gedächtnis zu vertreiben, doch es gelang ihr nicht. Sie spürte die Wärme des Säuglings, der in ihren Armen lag. Sie sah seine ersten Schritte auf wackligen Beinchen, hörte sein Lachen, roch den Duft seiner Haut. Und Tiyo-Mah hatte ihn wie ihren eigenen Sohn einfach umbringen lassen.

Ra-Nufis hielt ihre Hände. Plötzlich bemerkte sie es und fuhr entsetzt zurück. Sein Griff war fest, er ließ sie nicht los. Er starrte sie erschrocken an.

»Ta-Thea.« Angst klang in seiner Stimme, Angst um sie.

»Ja …«

»Sie hat sich selbst schon zerstört. Lasst nicht zu, dass sie auch Euch zerstört!«, flehte er.

Ta-Thea wusste, wovon er sprach. Sie war ganz steif, jeder Muskel hatte sich verhärtet. Verzweifelt versuchte sie, sich zu entspannen, und schließlich ließ er sie los.

»Ich werde mich ihr stellen«, sagte sie. »Ich werde sie festnehmen und ins Gefängnis werfen, nicht hier in Thoth-Moara, sondern in eine der Festungen draußen in der Wüste. Sie wird nur das bekommen, was sie zum Überleben braucht, keine Diener, die sie bestechen kann. Die Wüstenprinzen sollen sie bewachen – sie sind die Leute meines Vaters. Den Tod meines Sohnes werden sie ihr nicht vergeben.«

Ra-Nufis trat zufrieden zurück.

»Begleitet mich.« Es war eine Bitte, kein Befehl. »Wir werden Yattu-Shia mitnehmen. Er ist der Beste, und vielleicht hat sie eigene Männer und widersetzt sich der Festnahme.«

Zwanzig Männer bezogen in den Straßen um Tiyo-Mahs alten Palast unauffällig Position. Ta-Thea, Ra-Nufis und Yattu-Shia betraten das Gebäude gemeinsam. Aus purer Gewohnheit hatte Ta-Thea einen Dolch bei sich. Vielleicht würde sie ihn brauchen.

Tiyo-Mah hielt sich in dem Raum mit den hohen Fenstern auf. Wieder war die Luft mit Weihrauch geschwängert. Sie saß in demselben Ebenholzstuhl. Ihr Gesicht war noch eingefallener, und ihre Hände legten sich wie Klauen um die Armlehnen. Ihre Augen waren nun vollkommen blind und um die Pupillen herum weißlich wie Steine.

»Wollt Ihr Euren Sieg genießen, Ta-Thea?«, fragte sie und beugte sich ein wenig nach vorn.

Ta-Thea bebte am ganzen Körper. Sie hatte darauf verzichtet, Tiyo-Mah von ihrem Kommen in Kenntnis zu setzen, und doch wusste die alte Frau, wer vor ihr stand. Nach so langer Zeit konnte sie sich unmöglich an den Klang ihrer Schritte erinnern. Wer hatte sie auf diese Begegnung vorbereitet?

Tiyo-Mah lächelte ohne Fröhlichkeit. »Kostet ihn aus«, flüsterte sie. Ihre Stimme klang rau, als hätte sie sie lange nicht mehr benutzt, und die blicklosen Augen hingen an Ta-Theas Gesicht. »Er wird nicht lange andauern, vielleicht ein paar Wochen, einige Monate, nicht länger. Und lange bevor Ihr mein Alter erreicht habt, wird Staub Euren Mund füllen. Keine Eurer Schöpfungen wird von Dauer sein. Glaubt mir, ich weiß es.« Sie sprach ohne Zorn, ohne den leisesten Anflug von Hysterie, nur die stille Freude über die eigene Gewissheit färbte ihre Stimme. Sie klang wie

Gelächter auf einem Friedhof und war von unendlicher Boshaftigkeit erfüllt.

Ta-Thea nahm all ihre Kraft zusammen, besann sich all des Guten, das sie jemals erfahren hatte: das Schimmern des Buches, seine Wärme unter ihren Fingern, das helle Leuchten des Friedens, als sie sich an die erhabene Stimme und die Hände über ihrem Haupt erinnerte.

»Die Zukunft ist nicht vorherbestimmt, niemand kann davon wissen.« Es fiel ihr schwer, die Worte auszusprechen. Ihre Kehle war wie zugeschnürt. »Alles liegt in unserer Macht. Vielleicht wünscht Ihr es Euch, vielleicht vermutet Ihr es, aber Ihr wisst es nicht.«

Tiyo-Mah brach in trockenes Gelächter aus. Es klang wie das Rascheln von Lumpen, die von alten Knochen fielen. Sie hob den Arm, und zwischen den Schatten der Wandbehänge aus Gold, Schwarz und Bronze hinter ihr schlüpfte der Zwerg Azrub hervor. Seine gelben Augen leuchteten im Licht der Kerzen.

Ta-Thea fror, maßloses Entsetzen kroch über ihre Haut.

»Glaubt Ihr immer noch, dass ich die Zukunft nicht kenne?«, fragte Tiyo-Mah mit sanfter Stimme. »Denkt daran, was Euch eine Lüge kosten wird.«

Ta-Thea blickte in die blinden Augen, dann zu dem Zwerg hinter ihrer Schwiegermutter. »Die Zukunft steht noch nicht fest«, wiederholte sie mit zitternder Stimme. Irgendeine drohende Macht füllte den Raum, schüttelte sie, suchte einen Weg in ihr Inneres.

»Gibt es denn keine Propheten mehr?« Tiyo-Mah hob erstaunt die Augenbrauen. »Keine Seher, niemanden mehr, der Gottes Willen offenbart?«

»Gottes Willen, ja …«

»Wenn Gott die Zukunft kennt, ist sie doch vorherbestimmt«, stellte Tiyo-Mah fest.

Ta-Thea holte tief Luft, um ihr zu widersprechen, doch das Gewicht des Bösen im Raum schien sie zu erdrücken.

»Sag es ihr, Azrub«, befahl Tiyo-Mah und lächelte vor Vergnügen.

Der Zwerg richtete seinen Blick auf Ta-Thea, und seine

Ziegenaugen schienen in ihren Geist zu dringen. Seine Stimme flüsterte sanft, schien eindringlich wie das Rauschen der See, und jedes Wort fiel klar wie Kristall in ihren Kopf.

»Gott kennt die Zukunft, weil er Euer Herz kennt.« Seine weißen Finger fuhren durch die Luft, und das Kerzenlicht schimmerte auf seinen Armen. »Er weiß, was Ihr tun werdet, wo Ihr versagen werdet, wo Ihr erfolgreich sein werdet. Wenn Ihr genug wisst, so wie Gott genug weiß, dann seid Ihr in der Lage, die Dinge vorherzusagen.« Sein Mund verzog sich zu einem breiten Grinsen. »Natürlich gibt es noch andere, die Euch ebenfalls kennen, die um Eure Träume und Eure Sünden wissen. Es gibt Dinge, die Ihr vor Gott zu verbergen trachtet, Regionen in Eurer Seele, die nicht einmal Ihr selbst betretet, Leidenschaften, Hassgefühle und Sehnsüchte, die Ihr nicht beim Namen nennt. Und es gibt die Ängste, die Euch in der Dunkelheit verfolgen, wenn Ihr nachts auf Euch selbst trefft, wenn Ihr allein seid … auch davon wissen wir.«

Ta-Thea war wie gelähmt. Sie versuchte, sich zu bewegen, doch ihre Glieder gehorchten ihr nicht.

»Ja, es gibt ein Leben vor diesem hier«, fuhr Azrub fort. »Genauso wie es ein Leben danach gibt. Ich habe Euch dort gesehen. Ich kenne Euch, so wie auch Ihr mich in Eurer Seele kennt.«

Das Entsetzen traf Ta-Thea mit solcher Gewalt, dass der ganze Raum zu schwanken begann. Sie hatte Mühe, das Gleichgewicht zu halten und nicht zu stürzen. Die Furcht erregende Kreatur neben Tiyo-Mah kannte die Wahrheit, die sie selbst nur halb in plötzlichen Geistesblitzen hatte zusammentragen können: eine gewaltige Halle voller Menschen, eine riesige Menge, die auf den Plan des Lebens wartete, auf das Versprechen immer währender Glückseligkeit, auf die Erkenntnis, die alles andere ersetzte.

Ihr Blick wanderte von dem Zwerg zu der alten Frau. Wie konnten sie nur davon wissen? Das war unmöglich.

Tiyo-Mah lachte. Es war ein leises, gurgelndes Geräusch, und die Bösartigkeit der ganzen Welt lag darin.

»Ihr seid wohl doch nicht so schlau, Ta-Thea.« Sie beugte sich nach vorn. »Habt Ihr wirklich geglaubt, Ihr wäret die Einzige, die etwas weiß. Als Ihr das Licht in die Welt brachtet, trugt Ihr auch die Dunkelheit hinein. Ich weiß unendlich viel besser als Ihr selbst, wie es in Eurem Herzen aussieht, mein Kind, und Ihr werdet mir niemals entkommen.«

Ta-Thea starrte in die blinden Augen. »Nein, Ihr wisst es nicht!«

»O doch, ich weiß es«, versicherte Tiyo-Mah. »Und Azrub hat mir einiges beigebracht. Die Geheimnisse der Toten sind mein.« Plötzlich schwieg sie, legte den Kopf auf die Seite und lauschte, als ob sie mit ihren Ohren in Ta-Theas Gesicht lesen wollte. Nicht die leiseste Bewegung, nicht der sanfteste Atemhauch entging ihr.

»Es gibt so viele Mächte, Ta-Thea.« Nun drang wieder die zischende Stimme Azrubs in ihren Geist. »Wenn Ihr auf der Seite des Dieners der Heiligkeit und Seiner Engel seid, dann seid Ihr gegen Asmodeus und uns alle, die wir ihm dienen. Und wir sind viele. Viel mehr, als Ihr Euch vorstellen könnt, nämlich der dritte Teil der Himmlischen Heerscharen.«

»Ich weiß«, entgegnete Ta-Thea mit trockenen Lippen. »Doch wie stark Ihr auch immer sein mögt, ich will mich Euch nicht anschließen. Euer Lohn ist das Elend und die ewige Einsamkeit derjenigen, die nicht lieben können.«

»Und welches ist Euer Lohn, Ta-Thea?«, fragte Tiyo-Mah und schlug heftig auf die Armlehnen des Stuhls. Das Licht brach sich auf den Ringen an ihren dünnen Fingern. »Etwa Macht? Die Zeit, in der Ihr Shinabar vorschreibt, was es zu glauben hat, und die nötig ist, um diesen Glauben in aller Welt zu verbreiten? Am Ende werdet Ihr doch unseren Lohn nehmen. Glaubt mir, ich beschwöre die Toten, und sie erzählen mir Geheimnisse, von denen Ihr keinerlei Vorstellung habt.«

Totenbeschwörung!

Ta-Thea bekam kaum noch Luft. Die Toten schienen sich in den Raum hineinzudrängen. Der süßliche Geruch der Fäulnis füllte ihre Nase und ihre Kehle.

Dies konnte nur ein Trugbild sein.

Doch das Böse war Wirklichkeit. Wenn man es verleugnete, verneinte man auch das Gute. Aber Ta-Thea war nicht stark genug. Sie verachtete ihre Feigheit, doch sie kannte ihre eigene Verletzlichkeit. Sie wollte nur noch aus diesem Raum mit all den Kerzen, der Seide und den Gerüchen fliehen, weg von der Frau mit dem Lächeln auf den zerknitterten Lippen und dem funkelnden Zwerg neben ihr. Doch sie hatte das Gefühl, dass sie von allen Seiten bedrängt wurde, als ob sich heiße Körper gegen sie drückten, ihr die Luft zum Atmen nahmen, sie niederzwangen, ihre Kraft aufsogen, so dass sie sich nicht rühren konnte.

Die Kerzen brannten, und der Weihrauch drang immer dichter und süßer in ihre Nase. Sie konnte ihn schon schmecken.

Ich werde nicht nachgeben!

Doch die Worte waren in ihrem Geist, nicht auf ihrer Zunge. Die Stille in dem Raum war ungebrochen.

Sie starrte in Azrubs Augen, und seine Stimme tropfte in ihren Geist. »O doch, du wirst! Am Ende wirst du meinen Preis zahlen. Die Macht wird dein Streben sein, und du wirst sie dir nehmen!«

Nein, das werde ich nicht!

Die lächelnden Augen schienen noch heller zu strahlen, und die Stimme in ihrem Kopf war so deutlich wie das gesprochene Wort. »Vielleicht glaubst du es nicht, aber am Ende wird es so kommen.«

»Stell mich auf die Probe! Lass mich wählen! Ich werde nicht nachgeben!« Endlich stürzten die Worte Ta-Thea von den Lippen.

Die Augen flackerten. Ta-Thea holte tief Luft, und sie spürte die Kraft, die darin lag. Der süßliche Geruch wurde schwächer. Sie bewegte eine Hand, einen Fuß, dann den zweiten.

Sie wandte sich ab und ging schwerfällig, als ob sie durch Wasser watete, durch den stickigen Raum zur Tür hinaus, dorthin, wo Ra-Nufis und Yattu-Shia auf sie warteten. Die beiden Männer starrten sie an. Ra-Nufis stürzte zu ihr, und Yattu-Shia legte eine Hand an sein Schwert.

Schweiß stand auf Ta-Theas Stirn, und sie fror wie in eiskaltem Fieber. Die Macht des Großen Widersachers hatte sie eingehüllt wie ein eisiges Laken aus dem ewigen Chaos, wie die Dunkelheit jenseits aller Sterne, wo alles Licht verbraucht und verloren war.

»Was ist geschehen?«, fragte Ra-Nufis. »Was ist los? Hat sie ihre Beteiligung an den Morden abgestritten?«

Ta-Thea bemerkte überrascht, dass sie diesen Punkt nicht einmal erwähnt hatte. Es waren nicht mehr Tiyo-Mahs Taten, die sie erschreckten, sondern das, was aus ihr geworden war.

»Wir müssen sie ergreifen«, sagte sie hastig mit trockenem Mund. »Ihr müsst mir helfen. Sie ist nicht allein. Ein Abgesandter der Finsternis ist bei ihr. Wir werden alle Kraft unseres Geistes brauchen, doch wir werden sie nicht entkommen lassen.« Ta-Thea blickte in die bleichen Gesichter, Furcht stand in die Augen der beiden Männer. Auch sie hatten die dunkle Macht bereits gespürt.

»Wir müssen beten«, flüsterte sie. »Lasst uns zusammen beten. Gebt mir Eure Hände.«

Yattu-Shia zögerte, er wollte das Schwert nicht loslassen.

»Eure Hand!«, befahl Ta-Thea. »Wir sind keine kämpfende Truppe. Nur Gott kann uns jetzt noch helfen.«

Langsam steckte Yattu-Shia das Schwert in die Scheide und nahm ihre Hand. Sie drängten sich mit gesenkten Köpfen aneinander.

»Vater der Ewigkeit«, begann Ta-Thea mit sanfter Stimme, »wir haben keine Waffen, um gegen die Finsternis zu kämpfen, außer denen, die Du uns gibst. Azrubs Macht ist sehr groß. Bitte, geh mit uns.«

»So soll es sein«, fielen Ra-Nufis und Yattu-Shia ein.

Ta-Thea ließ ihre Hände los. »Bleibt hier«, sagte sie zu Yattu-Shia.

Er trat vor.

»Das ist ein Befehl!«, setzte sie scharf hinzu.

Er blieb stehen, Röte überzog sein Gesicht, doch er gehorchte.

Ra-Nufis folgte Ta-Thea in den Palast. Die Luft war schwer. Nichts rührte sich. Die Stille schluckte ihre Schritte, und der süßliche Geruch wurde immer stärker. Nicht einmal ein Diener war zu sehen.

Endlich hatten sie den Raum, in dem Tiyo-Mah gesessen hatte, erreicht. Er war verlassen. Sonnenlicht drang durch die hohen, schmalen Fenster. Die schweren Vorhänge schienen im Spiel von Licht und Schatten Trugbilder zu sein.

Für einen Augenblick starrten sie einander an, dann wandten sie sich zur Tür. Doch der Weg wurde von der untersetzten, mächtigen Gestalt des Zwerges versperrt. Die Arme hatte er vor der Brust gekreuzt, und seine Augen funkelten vor Boshaftigkeit.

»Sie schaut nach ihren Schätzen.« Seine Stimme klang wieder sanft und zischend wie Regen auf toten Blättern, doch jedes Wort war grauenhaft deutlich gesprochen. »Zum letzten Mal«, fügte er hinzu. »Dann ist sie bereit.« Er ging an ihnen vorbei und verschwand in einem Durchgang hinter dem Ebenholzstuhl, als ob er damit rechnete, dass sie ihm folgten. Seine Tunika glitzerte selbst in dem dämmrigen Licht.

Er führte sie noch weiter nach unten, zuerst über niedrige Stufen aus schwarzem Basalt, dann über eine enge, steile Treppe, die von Fackeln beleuchtet wurde. Der Rauch entwich durch verborgene Schächte, und die Luft war süß. Sie befanden sich jetzt tief unter der Erde, das Gewicht des Palastes schien schwer auf ihren Schultern zu lasten.

Ra-Nufis hielt sich dicht hinter Ta-Thea. Wenn er wie sie die erdrückende Furcht spürte, so ließ er es sich nicht anmerken. Er folgte ihr mit sicherem Schritt.

Azrubs Füße bewegten sich lautlos über die Stufen, als ob sein schwerer Körper schwebte. Nicht einen einzigen Blick warf er über die Schulter, um sich davon zu überzeugen, dass sie ihm folgten.

Er führte sie durch verschiedene Räume. Jeder verfügte

über einen Eingang und am anderen Ende über einen Ausgang. Überall war der Boden mit einer dicken Staubschicht bedeckt. Der Zwerg folgte einer Fußspur. Der Abdruck des rechten Fußes war deutlich zu erkennen, der linke etwas verwischt, als ob der Besitzer hinkte. Tiyo-Mah. Die Spuren des Zwerges waren breit und glatt und glichen eher denen eines Tieres als denen eines Menschen.

Schließlich gelangten sie in einen Raum, der dem Inneren einer Höhle glich. Er war aus dem Felsen unter der Stadt herausgehauen worden. Die alte Frau stand in der Mitte und blickte ihnen entgegen. Wertvolle Gegenstände aus Gold und Edelsteinen umgaben sie, erlesenes Kunsthandwerk, das weit in die Jahrtausende alte Geschichte Shinabars zurückreichte ... das Lösegeld für eine ganze Welt.

Tiyo-Mah ignorierte Ra-Nufis und wandte sich an Ta-Thea. »Es gibt Menschen, die behaupten, du seist wie ich«, sagte sie und beugte sich nach vorn. Der bestickte schwarze Kittel und die Hakennase gaben ihr das Aussehen eines ausgezehrten Raubvogels. »Sie sind Idioten! Du verfügst wohl über eine oberflächliche Stärke, doch sie ist nicht beständig. Den Mut, nach der wirklichen Macht zu greifen, hast du nicht. Am Ende wirst du sie immer aufgeben, weil du dich nach Liebe sehnst.«

»Ich will keine Macht«, entgegnete Ta-Thea.

Tiyo-Mah lachte. Es war nicht das trockene Krachen, mit dem Ta-Thea gerechnet hätte, sondern ein leiser, hässlicher und vollkommen menschlicher Laut.

»O doch, Schwiegertochter, o doch! Vielleicht wirst du es zu spät erkennen. Ich aber werde davon erfahren, und ich werde es auskosten.« Sie trat einen Schritt zurück. »Doch nun muss ich gehen. Du lässt mir keine andere Wahl.« Die blinden Augen richtete sie kurz auf den Zwerg, dann wieder auf Ta-Thea. »Azrub wird hier warten und an meiner Stelle Wache halten. Er wird meine Interessen vertreten, und du wirst ihn niemals besiegen.« Sie zuckte mit den schmalen Schultern. »Doch das weißt du bereits selbst. Ich brauche es dir gar nicht zu sagen. Du verstehst die

Ewigkeit sehr wohl, ebenso wie die Endlichkeit aller Dinge.« Dann wandte sie sich ab und ging davon. Als sie die gegenüberliegende Wand erreichte, zögerte sie für einen Augenblick. Dann setzte sie ihren Weg fort. Der mächtige Felsen schien zu wanken, zu schmelzen, dann schloss er sich um sie, und sie war fort. Nur Ra-Nufis und Ta-Thea befanden sich noch in dem Raum, und Azrub stand im Eingang. Seine Ziegenaugen schimmerten im Licht der Fackeln goldfarben.

»Sie ist im Unrecht«, sagte er mit trockener Heiterkeit. »Ihr versteht überhaupt nichts. Wir sind bereits dabei ...«

»Wir?« Ta-Thea fiel ihm ins Wort.

»Wir, die wir Eurem Großen Widersacher dienen.« Grinsend bleckte er die Zähne. »Tiyo-Mah ist in die Vergangenheit zurückgekehrt. Ihr werdet sie nicht finden. Doch sie wird wieder kommen, jetzt ... später ... oder früher. Wenn der Zeitpunkt gekommen ist.« Er trat zur Seite. »Geht nun Eurer Wege. Es gibt nichts, was Ihr tun könntet. Vielleicht ist die Zukunft Euer vielleicht aber auch nicht. Die Vergangenheit ist jedenfalls sicher und mit ihr Tiyo-Mah.« Dann wandte sich der Zwerg ab und eilte davon, und als Ra-Nufis und Ta-Thea den Gang betraten, war er bereits verschwunden.

Erst als sie wieder im Sonnenlicht standen, blickte Ra-Nufis Ta-Thea an. Schweiß glänzte auf seiner Haut.

Sie antwortete auf die unausgesprochene Frage: »Sie können sich an eine Existenz vor dieser erinnern, an Dinge, die wir vergessen haben. Sie kennen die ganze Wahrheit.«

Ra-Nufis' Augen wurden schmal, sein Körper steif. »Warum erinnern sie sich und wir nicht? Warum gewährt Gott ihnen einen solchen Vorteil?«

Yattu-Shia lauschte in schweigender Verwirrung den Worten und blickte ratlos von einem zum anderen.

»Vorteil?«, fragte Ta-Thea leise. »Ist es denn ein Vorteil?«

»Ja, natürlich!« Ra-Nufis war offensichtlich davon überzeugt. »Wissen ist immer ein Vorteil. Wenn sie verschweigen, was sie gelernt haben, und wir dieses Wissen verloren haben, dann verfügen sie über Waffen, die wir nicht haben. Das ist ungerecht, und ich kann nicht glauben, dass Gott ungerecht ist.«

»Das kann ich auch nicht.« Ein kleiner Funke Licht entzündete sich in Ta-Thea. »Und dies ist einer der Gründe, warum ich nicht glaube, dass es ein Vorteil ist. Die Erinnerung an Vergangenes ist keine Waffe. Wenn wir tatsächlich einst davon wussten, haben wir unsere Wahl bereits getroffen, auch wenn wir uns nicht daran erinnern. Etwas anderes zu glauben, bedeutet, den Sinn des Lebens misszuverstehen. Wir müssen unsere eigene Entscheidung treffen, das Gute oder das Böse ohne das Wissen um den Lohn wählen, einfach, weil wir lieben. Eine andere Wahl hat keinen Wert, sie hätte ihre einzige Ursache im Eigennutz.«

»Das ist doch ein Widerspruch«, stellte Ra-Nufis fest und blinzelte in die Sonne. Die Luft in der engen Straße war drückend. »Wenn es so wäre, hätten die Gesandten der Dunkelheit doch das Licht gewählt, weil sie nur aufgrund einer solchen Entscheidung überhaupt mit einem Lohn rechnen können.« Er schüttelte den Kopf. »Irgendetwas habt Ihr missverstanden.«

Das Licht, das in ihr leuchtete, war ihre Sicherheit. »Nicht das Wissen ist das Entscheidende, sondern die Liebe«, entgegnete sie. »Alles könnt Ihr wissen, und in der Tat gibt es nichts, was der Große Widersacher nicht weiß.« Ta-Thea wünschte sich nichts mehr, als dass Ra-Nufis sie verstand. »Doch er glaubt nicht an das Gute. Er liebt weder die Menschen noch irgendeine andere Kreatur. Wissen ist gut, Weisheit kann daraus entstehen, doch die Liebe ist die größte Macht.«

»Vielleicht habt Ihr Recht ...«, gab Ra-Nufis zögernd zu. »Und er lehrte Tiyo-Mah und ... diesen Zwerg?«

»Azrub? Ja, alles lehrte er sie, sogar die Totenbeschwörung.«

Yattu-Shia zitterte trotz der Hitze und ballte die Hände zu Fäusten.

»Totenbeschwörung?«, fragte Ra-Nufis mit schriller Stimme. »Gibt es denn so etwas?«

»Ja. Ich habe …« Hier draußen auf der Straße klang es hysterisch, doch es war die Wahrheit. »Ich habe dort unten, als ich bei ihr war, das Gewicht der Toten gespürt, derjenigen, die nicht vergeben, und derjenigen, denen nicht vergeben wurde. Ich habe die Fäulnis gerochen. Der Gestank hing in meiner Nase und in meiner Kehle.«

Ra-Nufis schauderte und schüttelte den Kopf. »Ich wusste nicht, dass solche Dinge mehr sind als nur schreckliche Albträume.«

»Die Macht zum Bösen geht Hand in Hand mit der Macht zum Guten«, entgegnete Ta-Thea ruhig. »Als ich das Licht brachte, öffnete ich auch der Dunkelheit die Tür. Das ist das Wesen der Freiheit der Wahl.«

Ra-Nufis schwieg, doch er stieß einen langen Seufzer aus. Er hatte verstanden.

Obwohl die große Mehrheit des Volkes von Shinabar nicht an die Botschaft des Buches glaubte, war der Hohepriester Tugomir immer noch in tiefer Sorge, weil sie überhaupt gelehrt wurde. Sie war für ihn mehr als ein Irrtum, sie war eine gefährliche Krankheit im Herzen des Volkes, das doch verzweifelt dabei war, nach den Wirren des Krieges, der Hungersnot und nun – und das war das Schlimmste – unter der Besatzung von Camassia – zu einer neuen Sittlichkeit zurückzufinden. Die Philosophie des Buches fraß die Charakterfestigkeit auf, zerstörte die Tugend und verlegte sich auf Zauberei und das Vertrauen auf mystische Wesen, wo eigentlich Tapferkeit, Selbstbeherrschung, Ehre und Pflichtbewusstsein an oberster Stelle standen.

Er hatte unerbittlich dagegen gehalten und all seine Fähigkeiten in Lehre und Rhetorik ins Feld geführt. Der Erfolg war überwältigend, doch der Isarch gab nicht auf. Noch folgten Ta-Thea zu viele Anhänger. Wie eine dunkle Strömung wogten sie durch die Stadt und sogar draußen durch die Wüste.

Tugomir trug nur einen einfachen Kittel, denn er hatte

einen alten Freund besucht. Sie hatten über die Tage vor Mon-Allats Sturz gesprochen, über die Zeit, bevor Ta-Thea als Fremde nach Shinabar zurückgekehrt war und sich anschickte, entschlossen das Einzigartige und Wertvolle in ihrem Volk zu zerstören. Sie hatten zwischen kühlen, wasserüberströmten Mauern ein wenig Wein getrunken und Honigkuchen gegessen.

Als Tugomir nun an dem Turm, der die großen Zisternen überragte, vorbeiging, hörte er plötzlich schrille Schreie und raues Gelächter. Er beschleunigte seinen Schritt, um nach der Ursache zu sehen und dem Treiben ein schnelles Ende zu bereiten. Hinter einer Mauer lag ein kleiner Platz, an den ein alter Tempel mit einer reich verzierten Fassade grenzte. Auf den flachen Sandsteinstufen stand eine Frau, die sich erbittert gegen einen Mob wehrte. Die Gruppe hatte sich bereits formiert, um einen Mann mit einem verkrüppelten Arm anzugreifen. Mit erhobenen Fäusten und wütenden Mienen drohten sie den beiden.

»Hört auf damit!«, forderte die Frau. »Was ist los mit euch Schlaubergern? Glaubt ihr denn, dass die Worte des Mannes etwas daran ändern können, was ihr seid? Er hat doch gar keine Macht. Lasst ihn in Ruhe!« Sie schlang die Arme um die mageren Schultern des Mannes, eine schöne Frau mit heller Haut und glänzendem, rotbraunem Haar, das sie mit einem türkisfarbenem Band aus Seide lose im Nacken zusammengebunden hatte. Tugomir kannte sie. Es war die Kurtisane Arimapsis, die einst Mon-Allats Mätresse gewesen war und jetzt zu den wenigen gehörte, die offen für die Lehren des Buches eintraten.

»Er hat uns verflucht!«, schrie eine Frau mit hagerem Gesicht. »Er sagt, dass Shinabar eines Tages ins Verderben stürzen wird. Solange er lebt, lebt auch der Fluch!« Sie schwenkte dramatisch die Arme durch die Luft. »Das wollt Ihr doch, Ihr und Euer Buch! Auch die Priester wissen es.« Dann wandte sie sich an die Menge, das Gesicht vor Wut zu einer abstoßenden Grimasse verzerrt. »Habt Ihr denn Tugomir nicht gehört, den größten aller Priester? Er hat uns doch davor gewarnt, dass dieser Dreck uns schwächt und verseucht, bis wir unserer Ahnen nicht mehr wert sind und wir von den Göttern abgeschnitten sind – einsam in alle Ewigkeit!«

»So ist es!«, tönten viele Stimmen. »Steinigt ihn! Steinigt beide!«

»Ja, steinigt sie!«, brüllte ein Mann in Blau und Grau. »Zur Hölle mit dem Buch! Zurück nach Camassia mit ihm, und die Hexe, die es hierher gebracht hat, soll auch ebenfalls verschwinden!«

»Fort mit der Widerlichkeit!«, fielen die Stimmen schreiend ein. »Steinigt die Gotteslästerer!«

»Ihr seid im Unrecht!« Arimapsis versuchte, die anderen zu übertönen. »Niemand hat die Macht, euch zu verfluchen. Eure Seele gehört nur euch selbst. Ihr könnt sein, was immer ihr wollt!«

»Ich will reich sein!«, keifte eine schrille Stimme. »Wie steht's denn damit?«

»Ich habe nicht gesagt, dass ihr haben werdet, was ihr wollt«, entgegnete Arimapsis. Immer noch hielt sie den alten Mann in den Armen und schützte ihn mit ihrem eigenen Körper. »Ich sagte, dass ihr sein könnt, was ihr wollt. Ihr könnt gut oder böse sein, feige oder mutig …«

Sie brachte den Satz nicht zu Ende. Ein Stein flog und prallte gegen die Mauer hinter ihr. Sie zuckte zusammen, doch sie wich nicht zurück.

»Ihr könnt nicht immer wählen, was euch geschieht«, versuchte sie es erneut. Ihr Körper bebte, und in ihren blauen Augen stand nackte Furcht. »Doch ihr könnt wählen, was ihr damit beginnt, was ihr fühlt, ob ihr liebt oder hasst.« Sie schluckte. »Shinabar wird mit der Kraft seines Volkes stehen oder fallen, nicht mit den Worten eines alten Mannes.«

Tugomir nahm die Gestalt, die im Schatten der Säulen des Tempels stand, nur mit halbem Auge war. Es war ein schwerer, untersetzter Mann mit einem großen Kopf, dessen Hände unentwegt durch die Luft fuchtelten, doch der Hohepriester lenkte seine ganze Aufmerksamkeit auf die Frau in der Menge. Er bahnte sich seinen Weg, schob die

Leute mit spitzen Ellbogen beiseite, bis er endlich neben ihr stand. Dann schaute er in die Gesichter der Menschen. Sie waren voller Hass, und die Kälte in ihren Augen erschreckte ihn. Dies waren doch seine eigenen Gefolgsleute.

»Das Buch enthält eine falsche und schlechte Lehre«, sagte er laut.

Man kannte ihn. Schweigen senkte sich über den Platz. Jeder wollte hören, was er zu sagen hatte.

»Doch dies ist nicht der Weg, dagegen vorzugehen!«, rief er, und das Feuer in seiner Stimme verbrannte jedes andere Gefühl. »Wie die Tiere in den Straßen zu schreien, entehrt eure Vorfahren und bringt Schande über eure Familien. Solches Gebaren wird Shinabar zerstören. Lasst den Alten in Ruhe!« Eine geringschätzige Geste unterstrich seine Worte. »Ob er nun wahr oder falsch spricht ... ihr könnt es nicht dadurch ändern, dass ihr ihn schlagt, sondern nur, indem ihr euch selbst ändert.« Tugomirs Gesicht glühte. Genau das hatte soeben noch Arimapsis gesagt. Sein letzter Satz war nichts weiter als das Echo ihrer Worte.

»Doch, das können wir sehr wohl«, kreischte eine Frau. »Steinigt den Flucher, und der Fluch stirbt mit ihm!« Sie bückte sich, nahm einen glatten Stein vom Boden auf und schleuderte ihn mit aller Kraft. Er traf Arimapsis an der Schulter. Sie stolperte rückwärts, Schmerz verzerrte ihr Gesicht. Ein weiterer Stein traf den alten Mann, und Blut strömte aus einer klaffenden Wunde. Ein dritter prallte mit einem lauten Knall gegen die Mauer des Tempels.

Tugormir war entsetzt. War es mit seinen Leuten tatsächlich schon so weit gekommen? Und dies waren doch seine Leute. Sie spiegelten seinen eigenen Hass auf das Buch, wiederholten seine Worte, verdreht zwar und mit einer Heftigkeit, die er gar nicht gemeint hatte, doch es waren seine eigenen Worte.

Er brüllte in die Menge hinein, doch er konnte nichts gegen den Lärm ausrichten. Niemand hörte ihm zu. Unkontrollierbarer Zorn hatte die Menschen ergriffen, geboren aus der Furcht, die er selbst gelehrt hatte. Sie drängten mit erhobenen Fäusten vorwärts, schlugen um sich, schleuderten Steine. Es war grauenhaft. Arimapsis stürzte zu Boden.

Dann stürzte sich die Menge auf Tugomir, schlug ihn nieder. Voller Entsetzen versuchte er, den Kopf mit den Armen gegen die Steine zu schützen, die jetzt auch ihm galten. Er schrie, doch niemand hörte ihn. Wieder traf ein Stein Arimapsis, dann noch einer. Blut rann über ihr Gesicht. Ein anderer Stein traf Tugomirs Schulter. Einer brach den Knochen seines dünnen Arms, und Schmerz zuckte durch seinen Körper. Der alte Wahrsager war nur noch ein Bündel. Den Schlägen, die auf ihn niederhagelten, hatte er nichts entgegenzusetzen. Schreie und Flüche erfüllten die Luft, der Geruch von Schweiß, Furcht und von dickem, süßem Blut hing über dem Tempel.

Dann senkte sich plötzliches Schweigen über die Menge, die Menschen standen reglos da. Sie starrten auf die gekrümmten Körper, die auf den Stufen lagen, auf die Steine, über die tiefrotes Blut rann.

Einer nach dem anderen trat zurück, schlurfte durch den Staub. Tugomir beugte sich ungelenk zu Arimapsis hinüber und hob ihren Kopf mit seinem gesunden Arm. Schmerz und Elend ergriffen ihn wie eine Krankheit. Sie war mit Blut bedeckt und durch zahlreiche Wunden vollkommen entstellt.

»Warum?«, schluchzte er und hielt sie mit verzweifelter Zärtlichkeit. »Warum? Ihr glaubt doch nicht an Wahrsagerei. Warum habt Ihr den alten Trottel verteidigt?«

Ihre Stimme war kaum mehr ein Flüstern. Sie kämpfte gegen die Finsternis und den Schmerz. »Ich wollte, dass sie sehen … dass Gott ihnen das Recht gab zu wählen.«

Er versuchte, sie aufzurichten, wollte ihr das Blut aus dem Gesicht und dem zerzausten Haar wischen, doch sein gebrochener Arm war unbrauchbar und der eigene Schmerz zu stark.

Arimapsis versuchte zu sprechen. Er beugte den Kopf zu ihren Lippen.

»Keine Macht des Himmels und der Hölle kann sie davon befreien«, flüsterte sie. »Nur sie selbst. Ich wollte …«

Sie erbebte, ihr Atem stockte, und ein dünner Blutfaden rann über ihr Kinn. Tugomir hielt sie sanft in seinem Arm, wünschte sich, er könne ihr sein eigenes Leben einflößen, als ob sein eigenes Entsetzen und sein eigener Kummer ihr Kraft geben könnten. Ein durchdringendes Schuldgefühl schüttelte ihn heftiger als jede körperliche Qual. Er sah sich selbst, als hätte er bis zu diesem Augenblick mit dem Rücken zur Sonne gestanden.

»Ich wollte …« Arimapsis versuchte es erneut. Ihre Augen trafen die seinen, und sie erkannte die Qual darin. Ein schwaches Lächeln trat auf ihre Lippen. Mit letzter Kraft legte sie ihre Finger auf seinen verletzten Arm. »Das ist Liebe …« Sie hatte keinen Atem mehr, kein Leben mehr. Ihr Herz schlug ein letztes Mal, ihre Hand glitt von seinem Arm. Und dort, wo sie gelegen hatte, war die Wunde geheilt.

Tugomir starrte ungläubig auf die Stelle. Nicht einmal eine Narbe war zu sehen. Er hätte sogar daran gezweifelt, dass sein Arm überhaupt gebrochen gewesen war, wenn nicht sein Kittel mit seinem eigenen Blut getränkt gewesen wäre.

Er blickte auf. Der Mann neben ihm starrte ebenfalls auf die Stelle, wo noch kurz zuvor die Wunde gewesen war, er war aschfahl. Er hob langsam die Hände und rieb sich den Staub ins Gesicht. Dann ließ er sie wieder sinken, und seine Augen füllten sich mit Erstaunen und Entsetzen.

»O Gott! Was haben wir nur getan?«, krächzte er.

Ein anderer begann zu schluchzen.

Niemand wagte es, den Nächsten anzuschauen, alle waren stumm vor Entsetzen und Furcht.

Dann plötzlich stolperte die Menge auseinander. Die Uniformen der Kaiserlichen Wache hoben sich Blau und Weiß gegen den Staub ab. Yattu-Shia drängte die Menschen mit gezücktem Schwert zurück. Isarch Ta-Thea schritt vorwärts, das Gesicht von Zorn und Gram gezeichnet. Sie kniete neben Arimapsis nieder, so nah, dass Tugomir der Duft ihres Haars in die Nase stieg.

»Sie ist tot«, sagte er mit Tränen in der Stimme. »Ich

konnte sie nicht retten. Ich habe es versucht. Ich … es war meine Schuld.«

Ta-Thea starrte ihn an, richtete sich auf und wandte sich mit einem Ruck an die Steinewerfer, die sich noch in der Nähe befanden.

»Ist das euer Glaube?«, fragte sie mit lodernder Verachtung. Tränen strömten über ihr Gesicht. »Ist es das, woran ihr glaubt? Frauen zu ermorden und alte Männer zu steinigen, nur weil euch nicht gefällt, was sie sagen? Ist es das, was ihr bewundert, was ihr sein wollt?«

Finsteres Schweigen antwortete ihr. Unbehaglich traten die Menschen von einem Bein auf das andere.

»Hundert von euch töten einen alten Mann?«, fuhr Ta-Thea fort. »Ich sehe, dass Tapferkeit auch zu euren Tugenden zählt …« Der Sarkasmus war beißend. »Toleranz, Großmut in Gedanken und Taten, Wahrhaftigkeit ebenso!«

Leises Gemurmel erhob sich unter den Menschen. Einige Zuschauer traten vor, Zorn entstellte die Gesichter.

Ta-Thea starrte ihnen entgegen, Wut und Schmerz schüttelten sie. »Feiglinge seid ihr, jeder Einzelne von euch, bösartig, verdorben und abscheulich. Wenn euer Glaubensbekenntnis euch zu solchen Dingen treibt, dann ist es die Lehre der Verdammnis …«

Weiter kam sie nicht. Ein großer Mann mit vorgewölbtem Leib schleuderte ihr einen Fluch entgegen und bückte sich nach einem Stein. Andere drängten nun ebenfalls wieder gewaltsam nach vorn.

Tugomir versuchte, sich zu erheben, doch das Gewicht von Arimapsis' Körper drückte ihn zu Boden, und er hätte es nicht ertragen, sie loszulassen, weder um sich selbst noch den Isarch zu retten.

Die Kaiserlichen Waffen zogen die Schwerter. Noch ein Augenblick und es würde zu einem Massaker kommen.

Da erhob unmittelbar neben Ta-Thea der Zwerg seine Stimme. Er stand im Schatten einer Säule und war kaum zu erkennen.

»Wahl!«, zischte er leise. »Ihr habt die Wahl, Ta-Thea! Blut in den Straßen von Thoth-Moara, das Blut Eures Volkes, das Blut Eurer Wachen. Yattu-Shias Blut ganz sicher ... und das Tugormirs ... vielleicht sogar Euer eigenes. Wollt Ihr es so enden lassen ... das Buch unter Eurem Volk?« Er stieß den Atem durch die Zähne. »Und noch etwas: Ich kann den Turm in die Zisterne darunter stürzen lassen, das Wasser der ganzen Stadt vergiften, und ich werde es tun. Die Toten werden die Straßen verstopfen, und sie werden Euch und Euer Buch dafür anklagen. Ihr habt diesen Menschen soeben die Verdammnis versprochen. Wir alle haben es gehört. Zweifelt niemals daran, dass ich dazu imstande bin. Ihr wisst gut genug ...«

Ta-Thea wandte sich dem Zwerg zu und blickte in die scheußlichen Ziegenaugen.

»Oder?«, flüsterte sie.

Triumph glomm in seinen Augen. »Oder leugnet das Buch, sagt, dass es eine Lüge ist, ein Täuschungsmanöver, mit dessen Hilfe Ihr auf den Thron zu gelangen hofftet, durch das Ihr den Kaiser Camassias übertölpeln konntet, Euch dabei zu helfen. Dann ist die Krone Shinabars Euer für den Rest Eures Lebens, und ich werde dafür sorgen, dass es lange dauert, viel länger, als Ihr ahnen könnt.«

»Nein!« Jeder Muskel war gespannt, als ob er sie geschlagen hätte. Sie hielt die Hände hoch, um sich zu verteidigen. »Nein, das kann ich nicht ...« Sie schien die Menge, die Hitze, die Gefahr, selbst den zusammengekrümmten Tugomir mit Arimapsis zu ihren Füßen vergessen zu haben. Sie sah nur noch den Zwerg. »Nein!«

»Und die Zisterne?«, flüsterte er. »Ich werde es tun.«

»Nein!« Sie stürzte vorwärts, hielt inne.

»Es gibt noch eine andere Möglichkeit.« Er betonte jedes einzelne Wort.

Ta-Thea schwieg.

»Verlasst Shinabar für immer. Setzt niemals wieder einen Fuß in dieses Land. Dann werde ich die Menge zurückhalten, und sie wird Euch ziehen lassen. Geht, ohne noch einmal in den Palast zurückzukehren, ohne das Buch – und Thoth-Moara wird leben.«

Das war ungeheuerlich! Alles in ihr rebellierte gegen

diesen Vorschlag ... Nur in einem kleinen Winkel ihres Herzens blieb es still, der so tief in ihrem Inneren lag, als habe er dort seit Zeitaltern verborgen gelegen. Iszambers Stimme klang durch die Wüste, seine großen blauen Augen schienen in das Wissen unbekannter Zeiten hineinzublicken. Er hatte gesagt, dass Shinabar nicht glauben würde, dass nur die Insel am Rand der Welt selbst nach der Zerstörung der Erde noch glauben würde.

»Ich werde gehen. Ich werde Shinabar verlassen.« Ta-Thea sprach mit lauter, deutlicher Stimme.

Azrubs Augen blinzelten, und im nächsten Augenblick stellte sie mit Verwunderung und tiefer Freude fest, dass er enttäuscht war. Das hatte er nicht gewollt. Es war weder seine Absicht gewesen, noch das, was er erwartet hatte. Er wandte sich an Tugomir.

»Jetzt seid Ihr an der Reihe, Priester«, sagte er. »Nun könnt Ihr wieder über den Glauben Eures Volkes herrschen.«

Endlich ließ Tugomir Arimapsis' Körper behutsam auf die Steine sinken und erhob sich mit steifen Gliedern. Er stand sehr aufrecht, ein schmaler, hässlicher, kleiner Mann mit einer großen Nase und brennenden Augen.

»Heute sah ich schreckliche Schönheit.« Seine Stimme klang rau. »Und ich werde ihr folgen. Ich werde Ta-Thea begleiten. Wo sie hingeht, dort werde auch ich hingehen. Und nun, was immer Himmel oder Hölle Euch auch bieten mögen, lasst uns gehen und unsere Reise antreten.« Er wandte sich an Yattu-Shia. »Bestattet die Frau und den alten Mann. Gott wird das Licht ihrer Seelen bewahren.« Er hob die Hand und folgte Ta-Thea über den Platz.

16

In Tarra-Ghum legten sie ab. Unerkannt durchquerten sie die Stadt und bestiegen im Hafen ein Schiff, das Kurs auf die Insel am Rande der Welt nahm. Tugomir hatte Shinabar noch nie zuvor verlassen, doch Furcht vor dem Abenteuer oder der aufgewühlten See zeigte er nicht. Alle Kraft seines Geistes konzentrierte sich nun darauf, von Ta-Thea zu lernen und alles über die wahre Bedeutung des Buches zu erfahren. Die entstellten Bruchstücke, von denen er bisher gehört hatte, interessierten ihn nicht mehr. Die Dunkelheit, in der seine Irrtümer ihn gefangen hielten, erfüllte ihn mit tiefer Sorge, und immer, wenn er allein mit Ta-Thea war, sprach er mit ihr darüber.

Das Buch selbst war in Thoth-Moara zurückgeblieben. Zum ersten Mal, seit Ta-Thea auf dem Schiff vor der Küste der Verlorenen Inseln erwacht war, hatte sie es nicht bei sich. Tiefe Trauer erfüllte sie angesichts des schweren Verlustes. Doch ein noch größerer Kummer plagte sie, weil sie nicht wusste, was nun mit dem Buch geschehen würde.

Was würde aus Ra-Nufis werden? Er war vielleicht der einzige leidenschaftliche Gläubige, der in Shinabar zurückgeblieben war. Er wusste, wo das Buch war und würde es sicher an sich nehmen – wenn Azrub ihn überhaupt am Leben ließ.

Das Wissen um die eigene Niederlage war erdrückend. Nur Tugomirs beharrliche Fragen und die Verpflichtung, ihm zu antworten, hielten Ta-Thea aufrecht.

Das Schiff segelte über die aufgewühlte, kobaltfarbene See und ließ die Küste Shinabars hinter sich. Bald erreichte es die kühleren, dunkelblauen Gewässer im Westen, glitt an einer Bergkette vorüber, dann nordwärts in Richtung der zerklüfteten Küste von Tirilis. Ta-Thea versuchte, sich so genau wie möglich an den Inhalt Buches zu erinnern und Tugomir die Worte von Anfang an zu erklären. Die ersten Seiten konnte sie zitieren, als ob sie in ihr Herz eingeschrieben wären. Sie berichtete von dem Gespräch zwischen Gott und dem Großen Widersacher, Asmodeus, und erzählte, wie Gott auf die einzelnen Argumente geantwortet und gezeigt hatte, dass der Plan für die Menschheit dem Leben erst seinen Sinn gab und dass der Große Widersacher ihn trotzdem nicht akzeptierte.

»Aber so ist es doch!«, ereiferte sich Tugomir. Er verstand die Bedeutung der Wort oft schon, bevor Ta-Thea ihre Erläuterungen zu Ende gebracht hatte. Es schien, als ob er sein ganzes Leben lang nur danach gesucht hätte, und nun, da er sie gefunden hatte, nicht genug davon bekommen konnte. »Mehr brauchen wir nicht!«

Tirilis hatten sie schon hinter sich gelassen, die See war noch kälter und wilder geworden, als Ta-Thea überrascht bemerkte, dass die Gespräche mit Tugomir auch ihren eigenen Glauben noch mehr festigten. Alles hatte mit ihrer Liebe zu der Botschaft des Buches begonnen, mit dem Wissen darum, dass sie die Wahrheit war. Nun, als sie im Dunst der Morgendämmerung an Deck stand und beobachtete, wie der Himmel im Osten langsam hell wurde und Licht über das Antlitz des Wassers goss, fühlte sie eine neue Kraft in ihrem Herzen. Die Niederlage lag hinter ihr, die Finsternis noch vor ihr, und trotzdem ließ der Kummer nach. Sie spürte ein neues Vertrauen, das mit dem Verstand nicht zu erklären war.

Die Worte erfüllten sie mit strahlendem Frieden. »Ich bin der Anfang und das Ende. Ich habe dich bei deinem Namen gerufen, und Ich werde dich nicht vergessen.«

Die See jedoch war nicht friedlich. Je weiter sie nach Westen gelangten, desto stürmischer wurde der Wind und desto höher schlugen die Wellen. Ein gewaltiges Unwetter schien sich zusammenzubrauen. Als die Nacht hereinbrach, ging der Kapitän an Deck und starrte voller Sorge in den Himmel. Die Matrosen standen zu zweit oder zu dritt beieinander und unterhielten sich leise. Der Wind heulte immer schriller in der Takelage, und mit der Dunkelheit zuckten die ersten Blitze über dem Horizont. Die Strömung war gewaltig, das Wasser wie Blei, doch die Wellen trugen noch keine Schaumkronen.

Tugomir stand an Deck und starrte in die geballte Wucht der Natur. In dem blauweißen Licht der Blitze war sein Gesicht voller Ehrfurcht. Die Angst um ihn herum schien nicht die seine zu sein. Er kannte das Wort Gottes, und nichts war stärker.

Ta-Thea verstand. Tief in ihrem Inneren erinnerte sie sich an einen anderen Sturm, der wie ein Zusammenspiel aller zerstörerischen Mächte ein ganzes Volk bedroht hatte. Luft und Wasser, das barbarische Chaos und der ewige Hass des Großen Widersachers hatten sich verbündet, um die Schöpfung ins Verderben zu reißen. Doch die Erkenntnis hatte das Licht der Gewissheit gebracht, die Erinnerung daran, dass Liebe jedes Opfer wert war, und es war mächtiger als alle Dunkelheit, die hinter den Sternen des Universums lauerte.

Der Sturm brach mit aller Gewalt über sie herein. Die Wellen um sie herum wurden zu mächtigen Türmen, die Segel zu Stofffetzen, und das Schiff war nur noch ein Ball, der von dunklen Mächten hin und her geworfen wurde. Die Menschen an Deck waren bald bis auf die Haut durchnässt, wurden gegen die Planken geschleudert und stürzten immer wieder zu Boden. In der Dunkelheit konnten sie nichts erkennen, nur den tosenden Lärm hörten sie. Sie waren dem Tumult um sich herum hilflos ausgeliefert, klammerten sich aneinander und suchten Schutz in des anderen Kraft.

Als es endlich vorbei war, fanden sie keine Worte. Sie waren vollkommen erschöpft und konzentrierten sich mit letzter Kraft darauf zu retten, was noch retten war.

Das Schiff gelangte gerade noch nach Sylum, und alle waren dankbar, in dem Hafen anlegen und endlich an Land gehen zu dürfen. Festen Boden unter den Füßen zu spüren, erfüllte sie mit noch nicht gekannter Erleichterung. Erst am nächsten Tag fanden sie Zeit und Muße, sich umzuschauen. Ein kurzer Blick genügte, und sie wussten, dass die Stadt um einiges jünger war als die Stadt im Zentrum der Welt. Die Architektur war jedoch dieselbe. Nur kleine Veränderungen waren vorgenommen worden, um sie dem kälteren Klima anzupassen. Der Stein, aus dem die Häuser gebaut waren, schien grauer, die Fassaden waren schlicht. Die Steinmetze hatten sich mit ihrer Kunst offenbar zurückgehalten.

Im Hafen lagen camassianische Kriegsschiffe neben Handelsschiffen. Einheimische Schiffe waren offensichtlich eher für die raue See gebaut worden als für große Entfernungen. Auch grazile Boote mit rost- und safranfarbenen Segeln von den Verlorenen Inseln waren zu sehen. Ta-Thea erkannte sie sofort, und die Erinnerung schlug ihr ins Gesicht. Das Spiel des Lichts auf dem Wasser, die dicken Sturmwolken am weiten Himmel trugen süße, ferne Fetzen der Erinnerung zu Ta-Thea, doch sie verschwanden nur allzu schnell wieder, und sie konnte sie nicht fest halten.

»Wir befinden uns in einer camassianischen Provinz«, sagte Tugomir, und Abscheu lag in seiner Stimme. »Baradeus hat das Gebiet vor etwa vierzig Jahren erobert. Wenn Isadorus Wort gehalten hat, wird man hier zumindest von Euch gehört haben. Wir sollten uns dem Statthalter zu erkennen geben.«

Ortelios hatte tatsächlich von Ta-Thea gehört, und auch die Botschaft des Buches war bis zu ihm vorgedrungen. Er hieß die Ankömmlinge herzlich willkommen und war begierig, mehr darüber zu erfahren. Er war bereits ein Anhänger der Lehre, hatte den Bund mit Gott aber erst vor kurzem geschlossen und wusste, dass sein Verständnis noch in den Kinderschuhen steckte.

»Hier gibt es viele Menschen, die nach dem Buch fragen«, berichtete er am ersten Abend, als sie gemeinsam um den großen Ofen herum saßen. Ein halber Baum brannte darin, und die lodernden Flammen vertrieben die Kühle der Frühlingsnacht. Der steinerne Fußboden war mit Fellen bedeckt, und an den Wänden hingen Teppiche, die den ärgsten Luftzug dämpften. Einige große Hunde lagen dösend in der Nähe des Feuers, und eine gestreifte Katze putzte sich hingebungsvoll.

Ta-Thea warf Tugomir einen Blick zu. Mit geballten Fäusten und starrem Blick saß er da, und sie wusste, dass er fror und ängstlich war. Diese barbarische Kultur erfüllte ihn mit Furcht. Alles, was er liebte, hatte er aufgegeben, die Sicherheit seines Heims und die Dinge, die ihm vertraut waren. Er hatte keinerlei Vorstellung von dem, was ihn erwartete. Er wusste nur, dass es dunkel und kalt war. Und nun war er von Fremden umringt. Dieses Unternehmen hatte ihn all seine Tapferkeit gekostet, und Ta-Thea liebte ihn für seinen Glauben.

»Ich hoffe, Ihr werdet uns noch viel mehr lehren«, sagte Ortelios gerade und warf erneut Holz ins Feuer. Einer der Hunde seufzte und streckte sich, dann schlief er wieder ein. Draußen heulte der Wind und rüttelte an den Fenstern. »Doch unser alter Glaube ist noch stark, vor allem außerhalb der Stadt«, fuhr er mit einem entschuldigenden Lächeln fort. »Der größte Teil unseres Landes ist von Wäldern bedeckt. Nur die Berge im Westen nicht, doch dort waren die Armeen des Reiches noch nie, und im Norden auch nicht.«

Tugomir schauderte. Wälder waren ein Unglück, an das er überhaupt noch nicht gedacht hatte. »Was hat das Reich überhaupt hierher gebracht?«, fragte er ungläubig. Er konnte sich nicht vorstellen, dass sich jemand freiwillig in eine solche Gegend begab.

Ortelios lächelte und lehnte sich behaglich zurück. »Es ist ein reiches Land. Hier wächst nur das beste Holz und alle Arten von Getreide.«

»Getreide?« Tugomir blickte verdrießlich aus dem Fenster in die Dunkelheit.

»O ja! Weizen, Roggen, Gerste, natürlich auch Gemüse und Obst, sogar einige Nusssorten.« Ortelius sprach voller Entzücken. »Dem regelmäßigen Regen verdanken wir auch saftige Weiden und gesundes Vieh. Unsere Wolle ist die beste der Welt.«

»Ich bezweifle nicht, dass Ihr sie dringend benötigt«, entgegnete Tugomir trocken.

Ortelios lächelte immer noch. »Rinder und Schweine züchten wir auch. Und recht gute Pferde, in der Tat. Wir haben einige einheimische Rassen mit Tieren aus Shinabar gekreuzt, und die Ergebnisse sind ganz hervorragend.«

Tugomir bleckte die Zähne. »Tatsächlich?«

»Aber es gibt hier noch andere Schätze«, fuhr Ortelios unbeirrt fort. »Fisch natürlich, in jeder erdenklichen Zubereitung …«

Zum ersten Mal zeigte Tugomir einen Funken Interesse. Gutes Essen war auch in der Zivilisation, der er soeben den Rücken gekehrt hatte, von großer Bedeutung gewesen.

»Und Perlen, verschiedene Metalle, vor allem Zinn.«

»Sind sie deshalb gekommen?«, fragte Ta-Thea.

»Auch deshalb«, erwiderte Ortelios und wandte sich zu ihr. »Die erste Expedition diente vor allem der Erforschung dieser Gegend. Baradeus machte sich damals gerade erst einen Namen als General. Er hatte noch keinerlei Ambitionen, den Thron von Camassia einzunehmen. Das Unternehmen war ein Segen für ihn. Die Eroberung war jedoch ein harter Kampf. Einige der Stämme hatten gute Krieger, doch Camassia verfügte natürlich über die besseren Waffen, und am Ende trug das Reich den Sieg davon. Der Krieg dauerte etwa zehn Jahre. Dann begannen die Sieger damit, Städte und Straßen zu bauen und Häfen anzulegen. Viele Soldaten ließen sich hier nieder. Auch mein Großvater war darunter. Er heiratete eine Einheimische.« Der Stolz auf seine Abstammung war unverkennbar. »Langsam wurde die Bevölkerung mit einer anderen Form der Regierung vertraut gemacht. Selbst die Stämme, die sich vorher mehr oder weniger ununterbrochen bekämpft hatten, schlossen Friedensverträge. Das Land kam zu einigem Wohlstand. Heutzutage sind viele Inselbewohner stolz darauf, von camassianischem Blut zu sein. Die meisten von uns sprechen beide Sprachen.«

Tugomir schwieg. Ta-Thea blickte zu ihm hinüber und wusste auch ohne Worte, dass er an die Feinsinnigkeit und die Schönheit dachte, die er zurückgelassen hatte, die langen philosophischen Gespräche mit seinen Freunden, die bis weit in die Wüstennacht hinein gedauert hatten. Niemals wieder würde er durch große Bibliotheken wandeln, an deren Wänden zehntausende von Rollen nur darauf warteten, dass er zufällig eine herauszog und die großen Geister der Vergangenheit erforschte, die Geschichte und die Legenden, die Dichtkunst und die Träume. Dieser Verlust hatte tiefe Spuren in seinen Zügen hinterlassen, und sie erkannte die Einsamkeit darin und auch die Furcht vor der Dunkelheit und dem Unbekannten, das vor ihm lag.

Sie lächelte ihm zu, doch er sah es nicht.

Am folgenden Abend gab Ortelios zu ihren Ehren ein großes Fest, um sie offiziell in Sylum und auf der Insel willkommen zu heißen. Etwa siebzig Gäste waren geladen, alle bekleideten hohe Ämter und verfügten über großen Einfluss.

Ein Mann erregte die Aufmerksamkeit Ta-Theas. Er saß an dem gewaltigen Eichentisch zur Linken Tugomirs, war durchschnittlich groß und hatte ein hageres Gesicht voller Sommersprossen. Seine Augen waren blau und so hell, dass sie beinahe durchsichtig wirkten. Seine Bewegungen und die Art und Weise, wie er die Menschen um sich herum beobachtete, hatten etwas Verschlagenes. Er hieß Nastemah, und er war der Besitzer einiger ertragreicher Silber- und Eisenminen.

Neben ihm saß seine Frau. Eine Wolke dunklen Haars umrahmte ihr Gesicht, das von außergewöhnlicher Schönheit war. Immer, wenn Nastemah das Wort ergriff, lauschte sie ihm mit großen Augen, als ob sie sich jeden seiner Gesichtszüge und jedes seiner Worte einprägen wollte. Wenn sie selbst angesprochen wurde, blickte sie immer erst fragend ihren Mann an, bevor sie antwortete.

Ta-Thea vermutete, dass die beiden erst vor kurzem geheiratet hatten.

Ortelios schüttelte jedoch den Kopf, und Traurigkeit legte sich über seine Züge, für die es keinen Grund zu geben schien. »O nein, die beiden sind schon seit vielen Jahren verheiratet. Verrani ist viel zurückhaltender und fügsamer geworden, als sie es früher war. Sie hat sich sehr verändert, seit ich ihr zum ersten Mal begegnet bin.«

»Dann liebt sie ihn auch mehr als früher,« stellte Ta-Thea fest.

Ortelios wandte den Blick ab. »Vielleicht.«

»Schuldet sie ihm irgendetwas?« Ta-Thea suchte nach einer anderen Erklärung. »Hat ihre Familie ihm Schaden zugefügt? Oder hat er sie vor Krieg und Sklaverei bewahrt?«

»Nichts dergleichen, soweit ich weiß«, gab Ortelios zurück, und die Traurigkeit schwang immer noch in seiner Stimme. Vielleicht war es auch Neid. Verrani war nicht nur schön, sondern ihr Liebreiz barg eine unbestimmte Sehnsucht, verlangte wie ein zartes Kind nach Schutz. Ta-Thea bemerkte, dass mehrere Männer eifrig um sie bemüht waren, um ihr Lächeln wetteiferten, als ob sie sie vor bitteren Wahrheiten bewahren wollten.

Ta-Thea und Tugomir begannen damit, alle Menschen, die daran interessiert waren, die Botschaft des Buches zu lehren. Der Grundstein war bereits durch Redner und Briefe aus Camassia gelegt worden. Hier und da musste noch etwas ergänzt, verfeinert und erklärt werden. Fragen warteten auf Antwort, die Bedeutung der Selbstdisziplin konnte gar nicht oft genug betont werden. Es war eine Sache, die Menschen von der Botschaft zu überzeugen, sie waren sogar oft mit Eifer dabei, doch bald stellte sich heraus, dass die eigentliche Aufgabe darin bestand, dafür zu sorgen, dass sie nicht wankten, dass sie verstanden, dass der Bruch des Bundes eine empfindliche und spürbare Strafe nach sich ziehen würde.

Tugomir lernte ebenso viel, wie er lehrte. Ta-Thea beobachtete mit immer größerem Vergnügen, wie sein Geist in dem Bemühen wuchs, all das, was sie ihm über die Lehren des Buches erklären konnte, mit dem Verstand und mit dem Herzen zu begreifen.

Der Frühling wurde zum Sommer, dann kam der Herbst. Doch der herbstliche Glanz verschwand im Rauch des Holzes, den roten Beeren in den Hecken und im frostigen, klaren Licht des Winters. Ta-Thea und Tugomir hatten die Menschen außerhalb der Stadt gelehrt, und die Sonne sank bereits, als sie in einem Streitwagen über eine der wenigen breiten Straßen, die nach camassianischem Vorbild gebaut waren, zurück nach Sylum fuhren. Tugomir schwieg. Er hatte noch nie etwas für Streitwagen übrig gehabt, auch nicht für die, die auf den Wüstenstraßen seiner Heimat fuhren. Dieses grobe Gefährt mit den ungefederten Sitzen und der scharfe Wind, der ihm ins Gesicht schlug, forderten seine ganze innere Kraft.

Ta-Thea jedoch blickte mit flammender Freude auf einen rot leuchtenden Baum und auf ein gemähtes Feld, auf dem die Sensen nur Stoppeln hinterlassen hatten, die nun im Sonnenlicht golden leuchteten. Die Schönheit der Landschaft war überwältigend, und Ta-Thea fühlte, wie die Saite einer Erinnerung angeschlagen wurde, die so schön war, dass ihr Verlust nicht zu ertragen gewesen wäre.

Sie hatten die Mauern von Sylum beinahe erreicht, als sie sagte: »Es ist jetzt an der Zeit, dass wir das Wort auch in andere Gegenden tragen.« Sie warf Tugomir einen kurzen Blick zu.

Er erstarrte. »Wir ziehen Richtung Süden«, sagte er sofort. »Vielleicht sollten wir im Süden beginnen.« Ein schwacher Hoffnungsschimmer hatte ihn ergriffen, doch er traute ihm nicht und blickte sie nicht an.

Sie lächelte. »Eine gute Idee. Wir könnten in Kyeelan-Iss beginnen.« Sie dachte an die lange Halbinsel tief im Südwesten, die sich in Richtung der Verlorenen Inseln in die See streckte, eine natürliche Festung mit steilen Klippen, die von Wassern umspült wurden, die in den letzten Ozean strömten, den der Mensch kannte.

Ta-Thea sah das zustimmende Lächeln auf Tugomirs

Lippen, bevor er sich den Umhang enger um die Schultern zog und nickte.

Den Winter hindurch arbeiteten sie schwer. Die Jahreszeit zehrte an ihren Kräften, denn sie waren das strenge Klima nicht gewöhnt. Stürme heulten über das Land und brachten schwere Unwetter mit sich. Der Ozean selbst schien auseinander zu brechen, und riesige Wassermassen ergossen sich über die Klippen. Allein die Gastfreundlichkeit der Menschen gab Wärme. Die Schroffheit der Natur schien die Menschen näher zusammenrücken zu lassen.

Hunger, Erschöpfung, Kälte, und nicht einmal der ständige Regen, den Tugomir von ganzem Herzen verabscheute, hielten sie von ihrer Arbeit ab. Durchnässt bis auf die Haut, vom Frost und vom Wind geschüttelt und mit laufender Nase sprach er zwischen Hustenanfällen mit ungebrochener Begeisterung zu den Menschen. Manche hassten ihn, doch die meisten begegneten ihm mit Ehrfurcht, ob sie seinen Worten nun Glauben schenkten oder nicht.

Sie reisten von einer Stadt zur nächsten, drängten sich unter Decken und Fellen aneinander, erzählten sich schräge Witze aus Shinabar und versuchten, sich an alte Lieder zu erinnern. Manchmal waren die Berge mit Schnee bedeckt, und der Himmel darüber glänzte blau. Die Tage waren kurz. Nachts war die Dunkelheit so undurchdringbar wie in einer tiefen Grube. Manchmal verbreitete die leuchtende Kraft der Sterne einen schwachen Schimmer auf dem Schnee. Der Sonnenuntergang tauchte das Eis in wildes, flammendes Feuer.

Sie hörten viele Geschichten aus anderen Teilen der Insel. Tief im Westen, hinter den Bergen von Horvellyn, lag die Festung Dinath Aurer. Dorthin hatte noch kein Kaiserlicher Soldat einen Fuß gesetzt. Und aus der Gegend jenseits der Festung, hinter den Klippen von Kharkheryll, war noch nie jemand zurückgekehrt, um darüber zu berichten. Niemand war bisher nach Lantrif am Fluss gereist. Der Westen war weit.

Der große Wald von Hirioth war das Gebiet der Vlamen, Anhänger der alten Religion der Insel, und kein Camassiani hatte es bisher gewagt, das Gebiet uralter Heiligkeit zu durchqueren. Dort standen alte, knorrige Bäume, die helle Lichtungen umgaben, und die Luft selbst erschien grün und goldfarben zugleich zu sein.

Ta-Thea und Tugomir reisten die östliche Küste entlang nach Yba und weiter zu den Ruinen von Layamon. Vielleicht würde der Weg sie auch noch nach Norden führen. Ta-Thea behielt diesen Plan für sich. Tugomir würde sie noch nichts verraten. Er hatte schwer genug an dem zu tragen, was er bereits wusste. Das Öde Land erstreckte sich bis hinauf zu den entlegensten Ufern, die an die Länder des Eises grenzten. Sie hatte von seiner Schönheit gehört, den weiten Mooren, die von heftigen Winden gepeitscht wurden, und den kleinen, versteckten Seen zwischen den Hügeln, in denen sich der Himmel spiegelte. Im Herbst war die Erde dort von roten Blumen übersät, und überall wuchsen Farne, deren Glanz an die alte Bronze von Kriegsschilden erinnerten.

Der Frühling zog langsam und süß herauf, als sie gen Osten zogen. Er war die Jahreszeit der heftigen Regengüsse, und die Vögel sangen so laut und hingebungsvoll, dass ihre Kehlen zu bersten schienen. Winzige Blumen steckten ihre Köpfe an den südlich gelegenen Hängen der Hügel aus der Erde, blass und zart wie eine Decke aus Blütenblättern. Jenseits von Hirioth sah Ta-Thea, dass auch die Bäume schon Knospen trugen, und bald zerplatzte eine nach der anderen und gab strahlendes Grün frei.

Auf ihrer Reise begegneten Ta-Thea und Tugomir vielen Menschen, und allen, die zuhören wollten, erzählten sie von dem Buch.

Die Hecken waren bald mit Blüten übersät, und die Böschungen glänzten golden. Zarte Blautöne strahlten neben alten Wäldern, tausend Menschen hatten den Bund bereits geschlossen und folgten dem Buch, fünftausend weitere zögerten noch.

Die Ostküste war ein Landstrich mit gewaltigen Sanddünen, die mit gelben Lupinen bedeckt waren. Die Gezeiten und stürmische Winde prägten das Land, die Luft schmeckte nach Salz, und Seevögel kreischten in der Sonne. Auch hier gab es Menschen, die Ta-Thea und Tugomir lauschten, und sie verbrachten viel Zeit damit, über die Botschaft zu sprechen und sie zu erklären.

Der Frühling gebar den Sommer, dann wurde es wieder Herbst. Sie verbrachten den Winter in Yba, dann kehrten sie um und zogen ins Landesinnere, gelangten an Hirioth vorbei nach Süden.

Im Hochsommer, als die Bäume wie grüne Türme in den Himmel ragten und die Zweige der Apfel- und Pflaumenbäume mit ihren prallen Früchten bis zum Boden reichten, hatte die Botschaft jede Stadt erreicht, jedes Dorf und jeden Weiler, der unter dem Einfluss Camassias stand.

Nun war es an der Zeit, Richtung Norden zu ziehen. Die Reise dorthin durfte nicht länger hinausgezögert werden. Iszambers Worte, Ta-Thea in Erinnerung kamen, waren wie ein Sog. Er hatte gesagt, dass die Finsternis zu einem Zeitpunkt über die Menschen hereinbrechen würde, den niemand vorhersagen konnte. Einzig im tiefen Westen würden elf aufrechte Priester die letzte Hochburg des Lichts sein.

Ta-Thea sprach schließlich mit Tugomir über ihre Pläne. Sie saßen in einem ruhigen Garten beieinander. Das Sonnenlicht fiel durch die Äste dicht bewachsener Pflaumenbäume und warf goldene Flecken auf die Erde.

»Nach Norden?« Tugomir war misstrauisch geworden. Es lag ihm fern, sich dem Dienst an dem Buch zu verweigern, doch Ta-Thea erblickte in seinem Gesicht die Furcht vor dem, was diese neuerliche Reise bedeuten könnte. »Noch weiter? Wir waren doch schon dort.«

»Ja, aber wir müssen noch durch den Wald.«

Er erbleichte. »Durch den Wald? Leben denn dort auch Menschen?«

»O ja, und es sind eine ganze Menge.«

Er dachte eine Weile schweigend darüber nach. Ein Vogel sang in einem der Pflaumenbäume, ein Igel huschte durch das Gras.

»Wie gelangen wir denn dorthin?«

Ta-Thea wusste, was er dachte. Wenn sie in der Nähe eines Pferdes vorbeigekommen waren, hatte sie ihn jedes Mal genau beobachtet. Furcht hatte tief in seinen Augen gestanden, ja, sein ganzer Körper und seine schwerfälligen Bewegungen hatten diese Furcht gespiegelt. Doch es gab keine andere Möglichkeit. Die Pfade durch den Wald waren so schmal, dass es ausgeschlossen war, mit irgendeinem Gefährt hindurchzufahren, und sie konnten das Gepäck auch nicht auf dem Rücken transportieren. Die Kopien des Buches waren besonders schwer. Außerdem bezweifelte Ta-Thea, dass Tugomir mit seiner schmalen Brust und seinen dünnen Beinen in der Lage war, eine Strecke von über tausend Kilometern zu Fuß zurückzulegen.

Er ahnte schon, was sie ihm sagen würde. Vielleicht las er es in ihren Augen. »Auf einem Pferd«, stellte er ruhig fest. »Ich nehme an, dass Gott ein Auge auf mich haben wird.«

In der Tat war die Reise eine schwerere Probe für ihn, als er es sich selbst vorgestellt hatte. Er hasste sein Pferd, weil er Angst vor ihm hatte. Obwohl es von Natur aus ein gutmütiges Tier war, spürte es doch die Abneigung seines Reiters und verhielt sich entsprechend. Es war unruhig, stieg bei jedem Geräusch in die Höhe, scheute, wenn ein Kaninchen oder ein Vogel den Weg kreuzte. Einmal – Tugomir erschrak zu Tode – fuhr sein Kopf heftig herum, und es biss in den Fuß seines Reiters.

Das Pferd, das Ta-Thea für sich selbst ausgewählt hatte, war ein langbeiniges Geschöpf. Das Fell war grau, der Rücken mit weißen Flecken gesprenkelt. Sie nannte es Casper. Es war nicht besonders schön, doch flink und klug und hatte ein freundliches Wesen. Sehr schnell wuchs es seiner Reiterin ans Herz.

Am zweiten Morgen der Reise – sie hatten in Decken gehüllt auf der nackten Erde geschlafen – war Tugomirs Körper so steif, dass er nicht auf die Füße kam. Schmerz schoss durch jedes seiner Gelenke, und er sank immer wieder auf das Lager zurück. Ta-Thea war schon bei den Pferden und erkannte das Dilemma. Schnell trat sie zu ihm, um ihm zu helfen. Er nahm ihre Hand, weil er keine andere Wahl hatte, doch er war sehr ungehalten darüber.

»Danke.«, zischte er.

Ta-Thea wollte seine Füße mit einer Salbe behandeln, doch bevor sie überhaupt etwas sagen konnte, humpelte er schon davon, um sich einen ungestörten Platz zu suchen, an dem er die morgendliche Waschung verrichten konnte.

Zwei Tage später hatten sie das offene Land hinter sich gelassen und erreichten Hirioth. Die alten Bäume krallten sich mit ihren knorrigen Wurzeln tief in den Boden. Tugomir wurde bald von dem beunruhigenden Gefühl beherrscht, dass dieser Wald lebte und atmete. Das Laub an den Zweigen über ihren Köpfen war so dicht, dass das Licht selbst grün erschien. Es erinnerte an tiefes Wasser. Die Sonne brach nur hier und da durch das dichte Dach, aber dann tauchte sie plötzlich alles in ihr goldenes Licht. Die Geräusche der Menschen, der Welt, die für Tugomir Vernunft und Verstand bedeutete, waren aus dieser hier ausgeschlossen. Und dennoch gab es keine Stille. Mit zunehmendem Unbehagen stellte er fest, dass alles um ihn herum in ständiger Bewegung war: die Blätter, die Vögel, kleine Tiere, die geschäftig über den Boden huschten, Tag und Nacht. Es pfiff, schnaufte, raschelte oder knackte ununterbrochen. Der Wald selbst schien zu atmen.

Und natürlich wurden die Tage kürzer, die Nächte länger und die Luft war immer feucht. Tugomir sehnte sich schmerzlich nach der sengenden Hitze Shinabars. Er erinnerte sich an das klare, grelle Sonnenlicht, und es schien ihm wie der Himmel selbst zu sein, von dem er nun für immer ausgeschlossen war. Er litt Todesqualen.

Gekrümmt saß er in seinem Sattel, wurde wie ein Sack voller Getreide hin und her geschleudert. Jeder Knochen schmerzte. Das dichte Dach der Blätter hüllte ihn in ewige Dämmerung, und er dachte nur noch an die weite Kuppel des Wüstenhimmels und den bitteren Duft von wilden Kräutern. Selbst der Sand, den der Wind immer mit sich trug, der die Haut der Menschen beständig reizte, schien ihm unendlich süßer als die kalten Rinnsale des Regens, die von den Blättern liefen.

Doch er klagte nicht. Ta-Thea wusste um sein Elend, und sie hätte alles getan, um es zu lindern, wenn sie die Möglichkeit dazu gehabt hätte. Das war Tugomir Trost genug. Es war der Wald, der ihm Angst machte, doch er konnte nichts anderes tun, als sich der Herausforderung zu stellen. Ein wenig half ihm dabei, dass Ta-Thea ihre Umgebung zu genießen schien. Er verstand es allerdings nicht. Sie war ebenso eine Shinabari wie er, doch jedes Mal, wenn er einen Blick in ihr Gesicht warf, hatte er den Eindruck, dass sie sich sehr wohl fühlte, als ob sie sich in einer vertrauten Umgebung befände.

Ta-Thea setzte alles daran, Tugomir für die Schönheiten des Waldes empfänglich zu machen, ihn zum Lachen zu bringen, ihn zu lehren, sein Pferd zu lieben, und er gab seinerseits sein Bestes, um ihr eine Freude zu machen, doch diese Welt blieb ihm fremd. Er vermisste das gepflegte Gespräch mit seinen alten Freunden, deren Erfahrungen und Ansichten mit seinen eigenen übereinstimmten. Vor allem aber sehnte er sich nach der Geborgenheit seines Heims und der Anerkennung der anderen, die ihm das Amt des Priesters eingetragen hatte. Er wusste, dass dies für immer vorbei war. Nun war er ein Anhänger des Buches Gottes.

Diese Art zu reisen war zweifelsfrei unbequem. Den ganzen Tag über schüttelte es ihn auf dem Rücken einer Kreatur, die ihn verabscheute und die ebenso viel Angst vor dem Wald zu haben schien wie er. Die meiste Zeit über war er vollkommen durchnässt. Die Blätter um ihn herum wurden braun, dann goldfarben und schließlich rot. Bald wurden sie zu Boden fallen, und dicke Äste, die an verkrüppelte Glieder, an Knochen von Riesen erinnerten, würden überall herumliegen. Es würde alles noch ärger kommen.

Am elften Tag der Reise trafen sie zum ersten Mal auf die Bewohner des Waldes. Sie ritten auf eine weite Lichtung, an deren Rändern hölzerne Häuser so dicht an den

Bäumen standen, dass sie kaum zu erkennen waren. Ein Mann stand im Sonnenlicht. Er war kräftig, hatte helles Haar und war in Braun- und Grüntöne gekleidet. Der Anblick der beiden Reiter schien ihn nicht zu überraschen, und Tugomir vermutete, dass er durch irgendein Warnsystem von ihrer Ankunft unterrichtet worden war. Vielleicht war das auch eine Erklärung dafür, dass er sich im Wald unter ständiger Beobachtung gefühlt hatte.

»Willkommen«, sagte der Mann höflich, aber zurückhaltend. »Ich bin Garran. Mein Haus steht Euch offen. Wohin geht denn die Reise?« Er schien im Umgang mit Fremden nur wenig Erfahrung zu haben.

Das erstaunte Tugomir nicht. Welchen vernünftigen Grund konnte es geben, dass ein Mensch solche Strapazen auf sich nahm, um hierher zu gelangen? Unbeholfen stieg er vom Pferd. So sehr Ta-Thea sich auch darum bemüht hatte, ihn an das Reiten zu gewöhnen und sein Verhältnis zu dem Tier günstig zu beeinflussen, es war ihm nicht gelungen, es seinem Willen zu unterwerfen oder sich gar mit ihm anzufreunden. So blieb ihm jetzt nichts, als mit schmerzenden Knochen vor Garran in die Knie zu gehen. Doch dann biss er entschlossen die Zähne zusammen und richtete sich auf.

»Mein Name ist Tugomir. Und dies ist die Dame Ta-Thea. Wir sind gekommen, um Euch gute Nachrichten zu bringen. Es ist das Wort der großen Liebe, das die himmlischen Heerscharen für Euch und Euer Volk bereithalten.« Er hatte gelernt, gegenüber Menschen, die viele Götter gleichzeitig verehrten, nicht von dem einen Gott zu sprechen.

Garran schien zwar erstaunt, aber nicht ablehnend. Er betrachtete Tugomir offenbar als Anführer, wahrscheinlich, weil er zuerst das Wort ergriffen hatte. Tugomir hatte nicht die Absicht, sich vor Ta-Thea in den Vordergrund zu spielen, sondern er hatte das dringende Bedürfnis verspürt, sich selbst die Gründe für diesen Höllenritt in Erinnerung zu rufen. Vielleicht wurde er auf diese Weise doch noch erträglich.

Garran bot ihnen zu essen und zu trinken an, kümmerte

sich um die Tiere und einen Unterschlupf für die Zeit, die sie bleiben wollten. Tugomir war sehr dankbar, dass er sein Pferd endlich der Verantwortung fremder Hände überlassen, eines der Holzhäuser betreten und auf einem stabilen, gut gepolsterten Stuhl Platz nehmen konnte.

Er blickte sich angenehm überrascht um. Der kleine Raum war so schön, dass er keines Schmucks bedurfte. Die meisterhafte Verarbeitung des Schnittholzes rechtfertigte sogar die Existenz des dichten Waldes. Den herannahenden Winter fürchtete er bereits, doch nun würde er es wenigstens warm haben. Mit Wohlwollen hatte er die für ein kräftiges Feuer bestimmten Holzscheite an der Außenwand des Hauses bemerkt. Es gab auch große Fässer, die wahrscheinlich für die Aufbewahrung von Nahrungsmitteln bestimmt waren, und draußen hatte er auch Hühner gesehen. Vielleicht würde es sogar frische Eier geben.

Garran lud sie ein, das Abendessen mit ihm gemeinsam einzunehmen. Es war sehr schmackhaft und bestand vor allem aus Wurzelgemüse und einer Art essbarer Stängel. Tugomir hütete sich davor zu fragen, was es war, betete stumm und aß schließlich. Das Mahl war köstlich. Zum Abschluss gab es noch Obst und Beeren, die ebenso süß und saftig waren, wie er es sich nur wünschen konnte.

Nach dem Essen traten sie hinaus auf die Lichtung und sahen sich etwa vierzig Menschen gegenüber, die sie voller Erwartung anstarrten. Das Gerücht über den Fremden, der gute Nachrichten brachte, hatte sich wie ein Lauffeuer verbreitet, und alle waren gekommen, um Tugomir anzuhören.

Er stand jetzt mitten auf der Lichtung. Die letzten Sonnenstrahlen spielten auf den Blättern der Bäume und die Vögel sangen ihr Nachtlied.

»Ich habe euch so viel zu sagen.« Tugomir sprach klar und deutlich, und der Überzeugungskraft in seiner Stimme konnte sich keiner der Zuhörer entziehen. »Es wird eine Weile dauern, doch ich werde mit dem beginnen, was für euch alle besonders wichtig ist: Es geht um die Frage, wer ihr seid.«

Alle starrten ihn an. Niemand rührte sich.

»Gottes Kinder seid ihr! Er hat alle Dinge erschaffen, Welten, die außerhalb eurer und meiner Vorstellungskraft liegen, viele Welten, zahlreicher als alle Blätter im Wald von Hirioth. Trotzdem kennt Er eure Namen, jeden einzelnen. Und trotzdem kennt Er eure Gesichter, und jeden von euch liebt Er, als wäre er der einzige Mensch auf Erden.«

Ein vielstimmiges Seufzen stieg in die klare Luft empor. Ein Wiesel huschte über das Gras, sein Fell schimmerte wie Bronze. Für einen Augenblick verharrte es mitten im Lauf, starrte die Menschen aus großen Augen an, dann schoss es auch schon wieder davon.

»Euer Geist existiert so lange wie die Ewigkeit und wird in Ewigkeit fortbestehen. In einer Ära lange vor dieser Zeit – ihr könnt euch nicht daran erinnern – gingt ihr an der Seite Gottes und spracht mit ihm von Angesicht zu Angesicht wie ein Mensch mit dem anderen. Gott hat euch geliebt mit einer Kraft, die jenseits von allem Vorstellungsvermögen liegt. Sein Wille ist es, dass wir wachsen und nicht wie kleine Kinder in Unwissenheit verharren, ebenso wie ihr euch dies für eure Kinder wünscht. Also schuf Er einen Plan, der uns dieses ermöglicht, damit wir eines Tages Seine Herrlichkeit und Seine Freude erben.«

Die Schatten wurden länger und die Luft kühler, doch immer noch rührte sich niemand.

»Natürlich wird es lange dauern und schwierig werden, dieses Ziel zu erreichen«, fuhr Tugomir fort. »Als Männer des Waldes, die ihr seid, wisst ihr, dass nur der Tapfere, der Fleißige, derjenige, der bereit ist, hart zu arbeiten und zu lernen, seinen Lohn erhält. Ihr seid frei, diese Herausforderung anzunehmen oder ihr auszuweichen. Sich ihr zu stellen, ist gefährlich. So wie Gott existiert, gibt es einen Widersacher, der euch seit dem Beginn der Zeiten hasst, der vor Eifersucht brennt, weil er die Chance verwirkte, die nun eure ist. Mehr als alles andere hasst er den Gedanken daran, dass ihr eines Tages diese Welt der Trauer und des Schmerzes verlassen und in eine andere gelangen werdet, die die Finsternis nicht erreichen kann und wo ihr wieder an der Seite Gottes gehen werdet, nicht als Kinder, sondern als Ebenbürtige.«

Tugomir blickte in die Gesichter der Menschen und erkannte seine eigene Leidenschaft darin. Doch die Unschuld in den Mienen erfüllte ihn mit einer eigenartigen Trauer und einer Liebe, die ihn selbst überraschte und ihm die Kehle zuschnürte.

Am nächsten Tag wiederholte sich das Ereignis. Noch mehr Menschen kamen, und die Lehrer verbreiteten das Wort, das die Verheißung auf ein neues Leben brachte und die Kunde von einem Gott, der sie alle liebte.

Jeden Tag sprachen Tugomir und Ta-Thea über das Buch, und die Menschen lernten eifrig. Bis in die Abendstunden hinein blieben sie, erpicht darauf, alles zu hören, was sie sagten.

Tugomir begann damit, Geschichten zu erzählen. Er erfand sie, während er sprach, und es waren keine Legenden aus Shinabar, sondern Geschichten aus dem Land seiner Vorstellung, aus einer schönen Stadt am Meer, in der eine alte, außergewöhnliche Kultur große Kunstwerke und eine neue Gesellschaftsform schuf, in der jeder einzelne eine wichtige Rolle spielte. Er erfand Figuren und erzählte die Geschichte von zwei Männern. Der eine riss die Macht an sich und wurde zum Tyrannen, der andere stellte sich gegen ihn, und es kam zum Bürgerkrieg.

Es war nur ein Märchen, eine Geschichte zum Ende des Tages, doch mit den Figuren veranschaulichte Tugomir die leidenschaftlichen Kräfte des Guten und des Bösen, und er sah in den Gesichtern der Zuhörer, dass sie die tiefere Botschaft verstanden.

Ta-Thea lauschte den Geschichten ebenfalls, und sie hallten in ihrem Herzen mit dem Echo seltsamer Vertrautheit nach, obwohl sie wusste, dass sie nur ein Medium waren, das der Darstellung größerer Wahrheiten diente. Als sie in Tugomirs merkwürdiges, hässliches Gesicht blickte und das Feuer darin erkannte, die Liebe und die Sanftheit in seinen Augen, spürte sie, dass er nun stark genug war, sich allein der großen Aufgabe zu widmen. Sie selbst würde ebenfalls allein weiter ziehen, nach Norden und dann nach Westen, durch Hirioth hindurch und über die Berge von Kharkheryll, wo die Vlamen den alten Glauben der Inselbewohner hüteten. Von dort aus führte ihr Weg nach Celidon und in das Öde Land.

Der Abschied von Tugomir würde ihr schwer fallen. Sie hatte beinahe eineinhalb Jahre mit ihm verbracht, so viele Dinge mit ihm geteilt, traurige und fröhliche, komische, bittere und erbärmliche. Doch ein Blick in sein Gesicht genügte, und die Leidenschaft in seiner Stimme sagte ihr, dass er viel zu entzückt von seinem Auftrag war, als dass er sie häufig vermissen würde. Vielleicht würde er sich an sie erinnern, wenn die Dunkelheit hereinbrach, wenn niemand bei ihm war, der seine Furcht vor dem Wald verstand, niemand, mit dem er in seiner eigenen Sprache sprechen konnte. Doch schon zu der Zeit, als sie sich in Shinabar noch in tiefer Feindschaft begegnet waren, hatte sie gewusst, dass er kein Feigling war.

Am Tag ihrer Abreise stand Tugomir auf der Lichtung. Die Morgensonne hüllte ihn in ihre leuchtenden Strahlen, und er betrachtete sie mit leichter Überraschung, als ob er doch nicht damit gerechnet hatte, dass sie tatsächlich aufbrechen würde.

»Jetzt schon? So bald schon?«

»Ich muss endlich weiter. Der Winter ist nicht mehr fern. Und ich muss zu den Menschen an der Westküste.«

»Allein? Warum wartet Ihr nicht, bis diese Menschen hier bereit sind und ich Euch begleiten kann?«

»Ihr braucht mich nicht.« Ta-Thea lächelte ihm zu.

Er errötete. »Habe ich mich etwa zu weit vorgewagt?«

»Nein!« Sie legte beruhigend eine Hand auf seinen Arm. »Genauso soll es sein. Ich werde jetzt nach Kharkheryll ziehen.«

»Soll ich Euch nicht doch lieber begleiten? Es ist doch sehr gefährlich.« Sorge und Bestürzung legten Schatten über seine Züge.

»Ich glaube nicht, dass es für zwei von uns ungefährlicher ist«, entgegnete Ta-Thea. »Solange ich auf den Spuren

Gottes wandele, wird Er mich beschützen, bis die Aufgabe erfüllt ist. Und Er wird auch mit Euch sein, Tugomir. Ich werde Eure Gesellschaft jedenfalls vermissen.«

Sie küsste den Alten leicht auf die Wange und wandte sich ab. Casper wartete schon auf sie. Sie stieg auf das Pferd und ritt in den Wald hinein. Bald hatten die grünen Schatten der Bäume sie verschluckt.

17

Viele Tage lang ritt Ta-Thea allein durch den Wald. Sie hielt nach Norden und Westen, obwohl sie sich nie vollkommen sicher war, ob sie in die richtige Richtung ritt. Das Dach der Blätter war so dicht, dass sie die Sonne nur selten sah und sich auf ihr Gefühl verlassen musste.

Endlich lichteten sich die Bäume. Der Weg führte immer häufiger durch offenes Gelände, und eines Tages traf sie auf den ersten Menschen des alten Glaubens.

Sie hatte von Ortelios ein wenig über diese Religion erfahren. Es schien sich um einen animistischen Kult zu handeln, der Bäume und Steine verehrte, einen Überrest aus einem Zeitalter vor jeder Zivilisation.

Der Mann, der plötzlich vor ihr auf einer Lichtung stand, strahlte eine außerordentliche Würde aus. Sein Gesicht mit einer gebogenen Nase und einer breiten Stirn war ausgesprochen ausdrucksstark. Die dichte Mähne seines grauen Haares ging in einen wundervoll schimmernden Bart über. Er trug einen Umhang, der weder Blau noch Grün und trotzdem beides war.

»Was treibt Ihr hier, Weib?« Seine Stimme klang herausfordernd, gleichzeitig aber auch tief und melodisch.

Eine schlichte Antwort wie die, die Tugomir Garran gegeben hatte, durfte Ta-Thea hier nicht vorbringen. Dieser Mann war ohne Zweifel viel kultivierter und tiefer in seinen eigenen Überzeugungen verwurzelt. Seine Augen sprachen eine allzu deutliche Sprache, und er hatte sich vor ihr aufgebaut, als wollte er ihr, wenn nicht mit seinem Körper, so doch mit der Kraft seines Geistes den Weg versperren.

»Ich bin gekommen, um mit Euch zu sprechen«, sagte sie daher schlicht. »Ich bin gekommen, um von Eurem Glauben zu lernen und Euch von meinem zu erzählen.«

»Ihr seid diejenige, die ein Buch gebracht hat, in dem

steht, wer wir sind und wie wir leben sollen«, entgegnete der Mann grimmig. Es klang wie eine Beschuldigung.

Ta-Thea erklärte gelassen: »Jeder hat das Recht, es anzunehmen oder es abzulehnen. Jeder trifft seine eigene Wahl. Hört, was ich zu sagen habe, dann prüft Euer Herz und tut, was immer es Euch befiehlt.«

»Und Ihr, Weib, werdet Ihr auch mir zuhören? Wollt Ihr den Glauben der Vlamen, die seit alter Zeit – lange bevor Ihr oder das Reich Camassias zu uns gelangten – hier leben, kennen lernen?« Zorn klang in seiner Stimme, ein tiefer, bebender Unterton mühsam beherrschter Wut. »Ihr und Euresgleichen kommt in Begleitung stampfender Legionen und scharfer Schwerter. Gewaltige Straßen baut Ihr, die durch das ganze Land führen bis tief in den Westen nach Lantrif am Fluss, in den Süden nach Kyeelan-Iss und nach Norden zu den Grenzen Celidons und dem Öden Land. Die Festung von Layamon gleicht eher einem Berg als einer Stadt. Zehn Millionen Ziegel legen Zeugnis davon ab, wer in diesem Land herrscht. Bin ich tatsächlich frei, mich für oder gegen Euer Buch zu entscheiden?«

Es war so leicht, Zwang auszuüben, ohne es eigentlich zu wollen. Freiheit war ein zerbrechliches Gut. Durch ein einziges Wort konnte sie zerstört werden. Wenn der Eroberer ein solches Wort gab, konnte ein kaum hörbarer Unterton in der Stimme dazu führen, dass er unabsichtlich auch Strafe oder Belohnung versprach.

»Es gibt keinen Lohn außer dem ewigen Leben«, entgegnete Ta-Thea, »und keine Strafe außer dem Verlust dieses Lebens.«

Ein schwaches Lächeln spielte jetzt um die Lippen des Mannes, das traurige, bittere Lächeln eines Menschen, der schon oft betrogen worden war. »Soll denn auch ich zu meinem Volk sprechen und es an seine Väter erinnern, die auf den Schlachtfeldern ihr Leben ließen, an das Land, das es nährt?«, fragte er. »Soll ich die Menschen dazu einladen, die Rinde der Bäume Hirioths zu berühren« – er breitete die Arme aus – »dem Murmeln der Äste zu lauschen und das Spiel der Blätter in der Sonne zu beobachten, und ihnen dann sagen, dass sie von ihren Eroberern einen neuen Glauben angenommen haben? Soll ich sie dazu einladen, in die Berge von Kharkheryll zu gehen, wo die nackten Klippen den Himmel bürsten und der Wind rein und rau vom Rand der Welt her bläst, die Erde zu berühren, die sie genährt und behütet hat, und ihnen dann berichten, dass sie nun Erben eines neuen Gottes sind und ihres alten Glaubens nicht länger bedürfen, dass sie Träger einer anderen Hoffnung sind, dass die Vergangenheit nichts mehr bedeutet?«

Ta-Thea wusste nicht, was sie darauf antworten sollte. Sie durfte auf keinen Fall versagen. Sein Zorn und sein Schmerz waren geradezu greifbar und hüllten sie ein.

»Ich werde zuerst von Euch lernen.« Die Worte klangen in ihren eigenen Ohren wie die einer Fremden, und Zweifel erfüllten sie, ob sie das Richtige gesagt hatte.

Offenbar hatte er mit dieser Antwort nicht gerechnet. Erstaunt blickte er sie an. Er holte tief Luft, suchte nach einer passenden Entgegnung und wurde dann unsicher. »Ich bin Immerith«, sagte er schließlich zögernd, »Hoherpriester der Vlamen. Wenn Ihr wirklich zuhören wollt, dann werde ich Euch westwärts bringen, nach Kharkheryll, und Euch unsere Gesetze lehren. Dann könnt Ihr tun, was immer Euch beliebt.«

Ta-Thea stieg vom Pferd, und von nun an führte sie Casper am Zügel, ging wie Immerith zu Fuß, wie alle Vlamen seit uralter Zeit. Eine Weile schwiegen sie, und Ta-Thea betrachtete den sonderbaren Mann, der den Wald nicht nur zu beobachten und ihm zu lauschen, sondern auch eine Art Zwiegespräch mit ihm zu führen schien. Wenn er innehielt, um etwas zu essen, griff er, ohne zu zögern, nur nach bestimmten Blättern und Früchten.

Der Herbst nahm sich in diesem Jahr Zeit. Die letzten Sommerblumen verflochten sich zu langen, goldfarbenen Trompeten, die abends einen berauschend süßen Duft verströmten und sich in langen Ranken um die abgebrochenen Äste schlangen, die auf den wenigen Lichtungen lagen, die die Sonnenstrahlen durch das dichte Blätterdach erreichen konnten. Immerith betrachtete die leuchtenden Blüten mit stiller, tiefer Freude. Er teilte seine Nahrung mit den kleinen Tieren: Eichhörnchen, Wieseln, einem Dachs. Selbst die Hirsche mit ihren großen, sanften Augen flohen nicht vor ihm.

Erst am zweiten Tag ihrer gemeinsamen Reise sprach er von seinem Glauben. Er war ganz anders als alles, was Ta-Thea in Shinabar oder Camassia gehört hatte. Einiges erinnerte an alte Legenden, die so alt waren, dass niemand sie aufgeschrieben hatte.

»Ihr Camassiani trampelt durch die Welt, als ob sie ohne Euch weder Leben noch Bedeutung hätte«, sagte er grimmig, als sie eines Morgens aufbrachen. Er ging neben ihr, Casper folgte ihnen. »Ihr seid blind und hochmütig gegenüber allem, was jenseits Eurer Vorstellungskraft liegt.«

Ta-Thea wollte schon abstreiten, eine Camassiani zu sein, doch dann erkannte sie, dass dies gar nicht wichtig war. Also wartete sie geduldig darauf, dass Immerith fortfuhr.

»Auch die Vögel und die wilden Tiere haben Seelen, genauso wie wir. Ihr reitet doch auf einem Pferd. Blickt in seine Augen und dann in die eines Menschen, und erklärt mir, warum es für Euch selbstverständlich ist, dass Euer Geist unsterblich ist und der seine nicht. Liegt es an der Sprache? Daran, dass Ihr Eure eigenen Worte versteht, seine aber nicht, glaubt Ihr, dass dies Euch Würde verleiht? Liegt es daran, dass es Euch geduldig trägt, Euch seine Kraft leiht, damit Eure Arbeit leichter wird? Oder hat es damit zu tun, dass es Eure Art in den Krieg trägt, bereit ist, für Euch zu sterben, dass Ihr glaubt, die bessere Kreatur zu sein?«

»Nein, aber wir sind klüger ... und deshalb ist uns eine größere Verantwortung gegeben, damit wir unsere Macht nicht missbrauchen«, erklärte Ta-Thea hastig.

Er blickte sie neugierig an. »Eure Macht über alle Tiere? Oder nur die über die Pferde?«

Sie wusste nicht, was sie darauf antworten sollte. Sie

hatte nur an die Tiere gedacht, die sie kannte: Pferde, Hunde, Katzen.

»Ihr zögert«, stellte er vorwurfsvoll fest.

Jede Anwandlung von Stolz wäre hier in diesem murmelnden Wald mit dem tiefen Grün über ihren Köpfen nur lächerlich gewesen. Abermillionen von Blättern flüsterten miteinander. Knorrige Wurzeln krümmten sich wie sich windende Schlangen. In geschützten Hohlräumen wuchsen Moose in smaragdfarbenen Becken.

»Ich habe darauf keine Antwort«, gab sie zu.

»Es geht um alle wilden Tiere, alle Vögel, all das, was lebt. Und nicht nur das: Es betrifft auch die Bäume, die Blumen, die Grünpflanzen, und selbst die Felsen verfügen über eine Art von Klugheit, die unsere Achtung verdient. Nichts darf verschwendet werden oder willentlich zerstört oder missbraucht werden.«

Der Weg führte weiter nach Westen, durch Hirioth hindurch. Manchmal standen die Bäume so dicht, dass der Schatten unter ihnen wie tiefes Wasser war. Dann erreichten sie immer häufiger Lichtungen, auf denen das Gras im Sonnenschein leuchtete. Blumen wuchsen dort, und blühender Wein rankte sich an den Baumstämmen in die Höhe und füllte die Abendluft mit seinem süßen, schweren Duft.

Immerith schwieg oft für lange Zeit, doch wenn er sprach, erzählte er immer die alten Legenden seines Volkes aus einer Zeit, in der Mensch und Tier noch in Eintracht lebten, in der es noch keinen Tod gab, als Menschen und Tiere nur Früchte und Korn aßen und jede Kreatur sich mit der anderen verstand, als die Unschuld noch auf der Erde wohnte.

Beide wussten, dass dies nur Fabeln waren, doch während die Tage vergingen, begann Ta-Thea, die Dinge mit anderen Augen zu sehen. Die Bedeutung von Worten in dem Buch, die sie bisher nicht verstanden hatte, wurde nun so offensichtlich, dass sie kaum glauben konnte, dass sie sie nicht gesehen hatte.

Wunder schienen nicht mehr länger der Beweis für Gottes Macht zu sein, die Natur manipulieren zu können, sondern vielmehr eine selbstverständliche Reaktion der Natur auf den Willen des Gottes, den auch die Natur liebte und als ihren Gebieter anerkannte. Ihr Geist war dabei reiner, als es der der Menschen jemals sein würde. Das größte Geschenk von allen, das Recht auf Wahl, war den Kindern Gottes gegeben worden, und mit ihm die erdrückende Last des Wissens um das Gesetz und die Macht, es zu bewahren oder zu brechen. Die übrige Schöpfung folgte der Ordnung, für die sie bestimmt war, und konnte daher nicht schuldig werden.

Schließlich ließen Ta-Thea und Immerith den Wald hinter sich und erreichten nacktes, trockenes Land, wo die Berge sich mit gezackten Gipfeln dem Himmel entgegenstreckten und breite Flüsse von steilen Hängen herabstürzten und tosend in der Einöde verschwanden. Der Wind war rau und rein, und wenn er von Westen wehte, brachte er das bittere Aroma von Salz und Unkraut mit sich. Dieser Landstrich war Kharkheryll, eine der letzten Hochburgen der Vlamen. Bis hierher war die Kaiserliche Macht noch nie vorgedrungen.

Immerith fuhr fort, Ta-Thea in seinem Glauben zu unterweisen, und langsam lernte sie, ihn auf eine ganz neue Weise zu respektieren. Noch nie hatte sie einem Menschen eine solche Achtung entgegengebracht. Er lebte in vollkommenem Einklang mit der Erde, sie war für ihn ein lebendiges Wesen, fähig, Leidenschaft und Schmerz zu empfinden, und ihre Schönheit war kein Zufall, sondern gewollt. Diejenigen, die daran teilhaben wollten, mussten sie nähren, sonst versiegte dieser Quell tiefster Freude.

Bisher hatte Ta-Thea noch nicht über ihren eigenen Glauben gesprochen, und Immerith hatte sie auch nicht danach gefragt. Ein- oder zweimal hatte sie seinen Blick am abendlichen Lagerfeuer aufgefangen. Er hatte sie beobachtet und den Eindruck gemacht, als wollte er etwas sagen, doch dann war der Augenblick vorüber gegangen, und er hatte geschwiegen. Sie hatte versprochen, ihm zuzuhören, und war reichlich dafür belohnt worden, nicht mit einem neuen Glauben, sondern mit einem unermesslich tieferen Verständnis für sich selbst.

»Was ist mit dem Gesetz?«, fragte sie, als sie einen steilen Pfad hinaufstiegen, der auf einen der hohen, kahlen Berge von Kharkheryll führte. Der Wind wurde immer kälter, und das Heidekraut hob sich dunkel gegen die leuchtende Bronze der Farne ab. Dies war ein Land von gnadenloser, schrecklicher Schönheit. Es glich einer großen Wahrheit, der sich keine Seele entziehen konnte.

Immerith blickte sie an, dann ging er weiter und entgegnete: »Das höchste Gesetz liegt in der Hand der Ewigkeit. Wir verwalten es nicht selbst. Wenn ein Mann oder eine Frau eine Sünde begehen, verlassen sie die Einheit mit der Erde. Das ist eine viel größere Strafe als jede, die ein Mensch verhängen könnte, und kein Mensch kann sich davor retten.«

Kaum hatte er die Worte ausgesprochen, erkannte Ta-Thea, dass darin die Wahrheit wohnte. So stand es auch im Herzen des Buches, sie hatte es nur nicht verstanden.

Für eine Weile schwiegen sie, und Ta-Thea spürte das frische Gras unter ihren Füßen. Ein Adler stieg mit ausgebreiteten Schwingen in die Lüfte des Himmels.

»Und wie ist es mit den niederen Gesetzen?«, fragte sie schließlich.

»Für deren Beachtung müssen wir hier auf der Erde sorgen«, entgegnete Immerith. »Wenn ein Mann seinem Nachbarn Schaden zufügt oder den Tieren oder dem Land seines Nachbarn oder dem, was der Gemeinschaft gehört, muss er vor dem Rat der Priester Rechenschaft ablegen. Der Rat wird ein Urteil fällen. Wenn es ihn nicht gäbe, wären die Schwachen ohne jeden Schutz vor denen, die ihre Stärke oder die Fähigkeiten, die ihnen geschenkt wurden, missbrauchen. Die Unwissenden und die Gedankenlosen würden nichts lernen, und so hätten auch die Fehler keinen Sinn.«

»Das klingt ja wie die Lehre des Buches!«, rief Ta-Thea überrascht, bevor sie sich an ihr Versprechen erinnern konnte.

Immerith hielt inne und blickte sie überrascht an. »Wirklich? Ist denn in Eurem Glauben nicht der Mensch der Herrscher über die Erde?«

»Nein, so ist es jedenfalls nicht gemeint«, erwiderte Ta-Thea. »Wahrhaftig Herr über die Erde zu sein, bedeutet, sie zu schützen und zu lieben, ihre Verletzlichkeit zu achten und Freude aus ihrer Schönheit zu schöpfen.« Sie dämpfte ihre Stimme, als neue Einsicht ihren Geist erhellte. »Wahrhaftig zu sein, bedeutet im Sinn Gottes zu dienen. Das Recht, etwas ohne Not zu verletzen, existiert nicht. Warum sollte der Mensch so etwas wollen, wenn nicht Dunkelheit in ihm wohnt, wo doch Licht sein sollte? Wie könnte sich jemand Heiligkeit auch nur vorstellen, wenn er gleichzeitig Vergnügen am Leid irgendeiner Kreatur empfindet?«

»Dies könnte tatsächlich niemand«, sagte Immerith mit sanfter Stimme. »Vielleicht ist da doch etwas Göttliches in Euch.«

Ta-Thea hielt Schritt mit ihm, als sie sich wieder ostwärts wandten, doch ihre Gedanken waren bei dem Buch, und sie wusste, dass er sie zum richtigen Zeitpunkt fragen würde.

Sie hatten offenes, hügeliges Land erreicht, als er sie schließlich ansprach. »Ich werde mein Versprechen ebenfalls halten«, sagte er. »Erzählt mir von diesem Buch.« Er blickte sie nicht an, doch sie wusste, dass er ihr zuhörte und sein Herz bereit war.

Sie gingen mit gleichmäßigen Schritten dahin, Casper folgte ihnen, und sie erzählte von Asmodeus' Streitgespräch mit Gott und dem Plan für die Seele des Menschen.

Manchmal diskutierte er mit ihr, bat sie darum, die Dinge deutlicher zu erklären, und während Ta-Thea dieser Bitte nachkam, bemerkte sie, dass auch ihr eigenes Verständnis noch tiefer wurde. Sie sah überwältigt wie in einem Strahl gleißenden Lichts, wie die Dinge ineinander griffen, wie sich ein Gesetz in den anderen reflektierte und erst auf diese Weise wahrhaft groß wurde.

»Gott selbst hat erklärt, dass auch Er das Gesetz nicht

brechen kann. Auch Er kann sich der Gerechtigkeit nicht in den Weg stellen, oder Er würde aufhören, Gott zu sein.« Ta-Thea zögerte, doch dann fuhr sie mit um so größerer Gewissheit fort: »Die Welten müssen sich miteinander versöhnen. Sonst fordert Asmodeus Gott heraus, und das Chaos regiert. Das Universum des Geistes würde in der Finsternis zugrunde gehen. Das Licht selbst wäre tot, das Licht des Geistes, das des Herzens und das der Seele. Ohne das Gesetz würde die Schöpfung zerfallen, das Leben würde aufhören. Und bei seinem Sturz in das Vergessen würde Asmodeus jede Existenz mit sich reißen.«

Immerith nickte langsam. Der Wind zerzauste sein Haar. Er wartete, und sein Blick war voller Hoffnung.

»Es gab einst den geliebten Sohn Gottes, der in einer anderen Welt als der unseren lebte. Seine Art zu leben war die Antwort auf das Gesetz. Ich weiß nicht, wie er so leben konnte, ich weiß nur, nur dass es ihm gelang. Ich kann es mir nicht einmal vorstellen, doch ich weiß, dass es so war.« Ta-Thea erwiderte Immeriths Blick. »Ich kann Euch meine Sicherheit nicht geben. Doch wenn Ihr selbst Gott fragt, wird Er Euch diese Gewissheit geben. Ihr werdet große Wärme in Eurem Herzen spüren, ein Leuchten und tiefen Frieden. Das wird die Stimme Gottes sein.«

»Ich werde Euren Rat befolgen.« Bis zum Abend sprach Immerith kein Wort mehr.

Am nächsten Tag erreichten sie die Ostküste. Sonne und Wind spielten in ihrem Haar, und große Wolkenbänke zogen über den endlosen Himmel. Wellen brachen sich tosend auf dem Sand, und die Lupinen waren schon beinahe verblüht. Vögel zogen über ihren Köpfen Kreise, und ihre Rufe hallten durch das Donnern der See.

Immerith wandte den Blick vom Horizont und schaute Ta-Thea in die Augen. »Ihr habt mir von der größten aller Wahrheiten erzählt. Sie ist größer als diese Welt. Sie gilt für alle Kreaturen, für alles, was sich bewegt, atmet und lebt, für jeden Stein und jeden Stern in den Welten hinter den Sternen, die wir sehen oder von denen wir nur träumen. Diese Wahrheit werde ich nie vergessen und jedem davon berichten, der zuhören will.« Dann zögerte er. »Ich würde Euch gern Gutes wünschen, doch Ihr wandelt auf den Wegen Gottes, und es bleibt mir nichts, was ich dem hinzufügen oder Euch geben könnte«, sagte er schließlich zum Abschied.

»Ihr habt mir vieles gegeben«, erwiderte Ta-Thea wahrheitsgemäß. »Die Weisheit und die Liebe der Erde und die Einsicht, dass wir mit ihr in Frieden leben können. Und Ihr habt mir Eure Freundschaft geschenkt.«

»Ich kehre jetzt zu meinem Volk zurück. Ich muss allen erzählen, dass sie die Kinder Gottes sind. Wenn wir gerecht und gläubig Seinem Weg folgen, wird Er all unsere Hoffnungen erfüllen und die Leere vertreiben, die wir nicht gewagt haben, beim Namen zu nennen.« Damit streckte Immerith seine Hand aus.

Ta-Thea ergriff sie und hielt sie für einen Augenblick. Sie spürte seine Wärme, und bevor der Abschied zu schwer wurde, wandte sie sich ab.

Sie ritt west- und dann südwärts, war auf dem Weg zu Tugomir. Mit ihm gemeinsam würde sie dem hohen Gesetz der Verwaltung der Erde folgen und vielleicht auch den kurzen Blick auf die Herrlichkeit, die sich ihr gezeigt hatte, teilen.

Tugomir war guter Dinge. Die Nachricht von Ta-Theas Ankunft war ihr vorausgeeilt, und er erwartete sie am Eingang des Dorfes. Immer noch bereitete ihm der Wald Unbehagen. Er war jetzt in einheimische Kleider gehüllt, trug sie jedoch nach der Art der Shinabari.

Ta-Thea lächelte, als sie ihn erblickte. Zwei Monate war sie fort gewesen, und er hasste den Wald immer noch genauso wie zuvor. Aus der Haltung seines ganzen Körpers sprach Ablehnung, die Schultern hatte er wie zur Abwehr hochgezogen. Das Wiesel, das gerade über den Pfad huschte, schien ihn nur zu bestätigen.

»Tugomir!«

»Ta-Thea!« Er lief auf sie zu, die dunklen Augen strahlten. »Seid Ihr gesund? Habt Ihr die Vlamen gefunden? Wie geht es Euch? Haben sie Euch zugehört? Hier …« Er streckte die Arme aus, um ihr vom Pferd zu helfen, obwohl sie noch recht weit vom Dorf entfernt waren.

Ta-Thea glitt aus dem Sattel. »Mir geht es gut, und Euch offenbar auch, wie ich sehe. Ja, ich habe die Vlamen gefunden, und ich habe viele gute Neuigkeiten für Euch. Und was ist mit den Leuten hier? Machen sie Fortschritte? Eurer Miene nach zu urteilen, kann es kaum anders sein.«

»O ja, sie machen sogar große Fortschritte«, entgegnete Tugomir eifrig, während er neben ihr herlief und darauf achtete, dass sie zwischen ihm und dem Pferd ging. »Sie sind unglaublich fleißig, lernen schnell und befolgen die Gebote, sobald sie diese verstanden haben. Jetzt ist mir klar, warum der Prophet der Wüste von ihnen als denjenigen sprach, die das Wort glauben und das Licht hoch halten würden, selbst wenn alle anderen Völker in die Finsternis stürzen würden.« Sein Schritt wurde schneller, und er wedelte aufgeregt mit beiden Armen in der Luft herum. »Ich muss zugeben, dass ich froh bin, hier zu sein.« Ein Lächeln voller Selbstironie erhellte seine Züge.

Ta-Thea lachte ihn an und klopfte ihm auf die Schulter. »Ihr habt gute Arbeit geleistet, mein Freund. Und ich bin auch froh, dass Ihr hier seid.«

Tugomir errötete heftig und starrte geradeaus. Als ein kleines Tier durch das Unterholz huschte, zuckte er erschrocken zurück. Ta-Thea schüttelte, immer noch lachend, den Kopf, und er blickte sie deswegen verständnislos an. Dann lachten beide, bis ihnen Tränen über die Wangen liefen.

Den Abend verbrachte Ta-Thea mit Garran und den anderen Männern und Frauen des Dorfes. Sie lauschte den Gesprächen, und die Veränderung der Menschen waren deutlich zu sehen. Nun bestimmten die Gesetze und die Lehren des Buches ihr Leben, und sie waren voller Ehrfurcht. Sie strahlten große Würde aus, die jungen Frauen benahmen sich schicklicher als zuvor, und die jungen Männer sprachen nicht mehr so hitzig und geringschätzig miteinander. Sie begegneten einander voller Respekt. Vor allem aber strahlten die Gesichter in großer Liebe zu Tugomir. Seine Worte wurden mit solcher Ehrfurcht wiederholt, als wären sie heilig. Ihm zu gehorchen, schien nun das höchste Gut zu sein.

Viel später setzte Ta-Thea sich in warme Decken gehüllt noch einmal auf und erzählte Tugomir von Immerith, von den Dingen, die er sie gelehrt hatte. Tugomir lauschte voller Aufmerksamkeit, eifrig bemüht, alles zu verstehen.

Lange nach Mitternacht legte Ta-Thea sich endlich nieder. Sie war glücklich und von tiefem Frieden erfüllt. Ihr gemeinsamer Kampf trug Früchte.

Auch der folgende Tag verlief friedlich. Erst am dritten Morgen stellte sich eine Krise ein. Es kam zwischen zwei jungen Männern zu einem Streit über die Ernte der Feldfrüchte, und Ta-Theas Freude zerrann wie Wasser zwischen ihren Fingern.

Garran musste eine Entscheidung treffen, und er war verwirrt.

Einer der Streithähne starrte ihn an. »Er hat die Waage manipuliert!«, rief der eine junge Mann empört und deutete mit dem Finger auf seinen Kontrahenten.

»Er hat mir zugesichert, dass das Fallobst mein wäre«, entgegnete der andere wütend. »Das war unsere Abmachung, als ich ihm meinen Ochsen auslieh.«

»Fallobst! Die halbe Ernte habt Ihr Euch doch unter den Nagel gerissen!«

Garran blickte ratlos von einem zum anderen und schien nicht in Lage, eine Entscheidung zu treffen.

»Ich werde Tugomir zu Rate ziehen«, sagte er schließlich und blickte sich suchend nach dem alten Mann um.

Ta-Thea bemerkte voller Entsetzen, dass Garran nicht mehr weiterwusste, weil Tugomir ihm nicht gesagt hatte, was er tun sollte. Das Volk des Waldes hatte Regeln gelernt, und die Menschen waren folgsam. Doch sie verstanden die Prinzipien nicht, die nun herrschten. Sie liebten Tugomir, und sie folgten Tugomir. Kein Funke hatte sich in ihnen entzündet, der auch dann noch brennen würde, wenn Tugomir sie verließ. Das wahre Feuer des Buches aber würde niemals verlöschen, selbst wenn Himmel und Erde verschlungen würden und ein Mann allein gegen die Dunkelheit kämpfte.

Es war ihre Aufgabe, Garran aus seiner Notlage zu befreien, und zwar ohne ihn zu demütigen. Sie trat zu ihm.

»Kennt Ihr die beiden Männer gut?«, fragte sie.

»O ja.«

»Vielleicht hilft es Euch, wenn Ihr bedenkt, wie viel jeder der beiden gearbeitet hat, um die Ernte einzubringen, die Bedürfnisse der beiden Familien berücksichtigt und Euch daran erinnert, wie in den vergangenen Jahren verfahren wurde. Vielleicht solltet Ihr den Überschuss der Ernte einlagern und im Notfall an die Alten und Kranken verteilen.«

Garrans Miene hellte sich auf. »Das ist ein guter Vorschlag! Ja, das werde ich tun. Ich danke Euch.«

Die beiden Männer blickten sie an. Offensichtlich waren sie nicht zufrieden mit dieser Entscheidung, doch sie erkannten, dass Garran entschlossen war, Ta-Theas Rat zu befolgen, und schwiegen.

Doch wie sollte sie nun mit Tugomir über ihre Beobachtungen sprechen?

Abends saß Ta-Thea am Feuer und beobachtete die Zärtlichkeit und den Stolz in Tugomirs Gesicht, während er einem jungen Mann zuhörte, der von seinem Glauben an das Buch Zeugnis ablegte und versprach, fortan nach seinen Grundsätzen zu leben.

»Ich weiß, dass dies die Wahrheit ist«, sagte er voller Hingabe. »Ich schließe daher meinen Bund mit Gott. Seinem Weg werde ich in Worten und Taten, in Gedanken und meinem ganzen Sein folgen. Ich werde Ihm dienen, das, was mir gegeben wurde, mit anderen teilen und Ihn im Dienste allen Lebens preisen, vor allem aber meinen Nächsten lieben.« Er blickte Tugomir an, und der alte Mann nickte zustimmend und voller Freude.

Ein weiterer Mann erhob sich und versprach, sich in Liebe zu Gott zu wandeln. Auch er schaute Tugomir voller Erwartung an, bevor er sich wieder setzte. Sein Blick war klar und offen, seine Miene zeugte von brennender Unschuld.

Ta-Thea beobachtete die Szene mit wachsendem Unbehagen, das schließlich alles andere überschattete. Diese Menschen, dieser Ort waren ihr fremd. Die Heimat war fern. Ihre Beine waren für die Hitze geschaffen, doch ihr Rücken war kalt. Sie gehörte nicht dazu, obwohl die anderen gerade das glaubten. In ihren Augen schimmerte Freundlichkeit, und niemand rechnete damit, dass sie in der nächsten Stunde ihre Behaglichkeit erschüttern würde.

Tugomir konnte sie nicht anschauen. Sie erinnerte sich an seine plötzliche Loyalität in Azrubs Gegenwart, seinen blinden Mut. Er hatte alles, was er besaß, geopfert – und das war eine ganze Menge –, hatte zahllose Entbehrungen ertragen, was ihm ohne Zweifel nicht leicht gefallen war. Die meiste Zeit über hatte er sich unbehaglich gefühlt, Angst verspürt, und doch hatte er nicht geklagt. Selbst wenn sie ihn auslachte, ertrug er es mit stoischer Gelassenheit. Wenn sie die Augen schloss, sah sie im kalten Regen seine hoch gezogenen Schultern vor sich.

Als die anderen sich endlich zurückgezogen hatten und Ta-Thea mit Tugomir allein neben dem Feuer saß, erzählte sie ihm von Garrans Unentschlossenheit.

»Ich hätte dort sein sollen«, sagte er sofort. Dann blickte er sie mit gerunzelter Stirn an. »Es sind keine bösen Männer, sie haben nur ein hitziges Temperament und Angst vor den Entbehrungen des Winters. Öl und Getreide sind lebenswichtig für sie. Wenn sie nicht genügend davon haben, werden sie sterben.« Seine Züge spiegelten das eigene Entsetzen vor der Jahreszeit, die vor der Tür stand. Seine Stimme war rau vor Furcht.

»Ich weiß.« Ta-Thea blickte auf ihre Hände. »Hier ist es nicht wie in Shinabar. Dort hatten wir Angst vor der Hitze. Wir hätten um Schatten und Wasser gekämpft.« Sie hielt inne. Wie sollte sie es ihm sagen, ohne ihn zu verletzen?

Es gab keinen anderen Weg.

»Garran wartete auf Euch und Euren Rat …«

»Er will keinen Fehler begehen.«

Ta-Thea blickte auf. »Ihr habt diese Menschen Gehorsam gelehrt, Tugomir, und sie lieben Euch. Es steht in ihren Gesichtern geschrieben. Sie wollten Euch zu Diensten sein, und das ist ein deutlicher Hinweis darauf, dass sie achten, was Ihr sagt und tut. Ihr seid wie ein Vater für sie.«

»Ich danke Euch«, entgegnete Tugomir ergriffen.

Ta-Thea schloss die Augen. Sie konnte es nicht ertragen, ihn anzuschauen. »Doch sie sollten keine Kinder sein«, sagte sie so leise, dass sie es selbst kaum hörte. »Wir sollten sie lehren, nicht abhängig von uns zu sein. Sie sind schön, doch sie wachsen nicht.« Sie blickte auf und sah das langsame Verstehen in seinen Augen, dann das Entsetzen ... und schließlich die Verzweiflung.

»Dann habe ich nichts erreicht«, flüsterte er. »Ich habe sie nach meinen Vorstellungen erzogen. Sie haben nichts gelernt, außer zu gehorchen.«

Ta-Thea legte eine Hand auf seinen Arm. Selbst nach so langer Zeit fühlte er sich knochig und fremd an, doch sie hatte das Bedürfnis, etwas auszudrücken, wofür es keine Worte gab.

»Das ist der Anfang«, sagte sie sanft. »Baut darauf auf.«

Seine Augen waren voller Entsetzen. »Ich weiß nicht, wie. Ich weiß nicht, wo und wie ich Fehler gemacht habe. Ich verstehe es nicht.«

»Ich auch nicht«, gestand Ta-Thea. »Wir müssen zum Anfang zurückkehren und von neuem beginnen.«

Tugomir zog den Arm zurück, schloss die Augen und schlug die Hände vor das Gesicht. »Nein! Es ist mein Fehler. Ihr müsst gen Norden ziehen und die elf Priester finden, die das Licht hoch halten werden. Sie sind nicht hier. Das wissen wir beide. Ich werde zu unserem Vater beten, auf dass Er mir den Weg zeigen möge, und ich werde es weiter versuchen.«

Ta-Thea wusste, wie schwer es für ihn war, das zu sagen. Allein in dem Wald zu bleiben, war ein großes Opfer für Tugomir, und er hatte furchtbare Angst davor, niemanden mehr um sich zu haben, mit dem er in seiner eigenen

Sprache sprechen konnte, niemanden, mit dem er seine Träume von alten Städten und alter Kultur, die süßen Erinnerungen an die vertraute Heimat teilen konnte.

Ta-Thea beugte sich vor und berührte mit den Lippen seine Wange. Schweigend saßen sie am Feuer.

Die Flammen flackerten, wurden kleiner. Schließlich leuchtete nur noch die rote Glut, doch keiner von beiden brach den Frieden des stillen Einverständnisses.

Nachdem Ta-Thea fort war, versank Tugomir in Einsamkeit. Er wusste nicht, wann sie zurückkehren, nicht einmal, ob er sie überhaupt jemals wieder sehen würde. Die Menschen des Waldes waren gute Menschen, sie waren großzügig und eifrig darauf bedacht, ihm zu gefallen, doch gerade ihre Bewunderung war eine Last, unter der Tugomir zu zerbrechen drohte. Das Klima setzte ihm immer noch zu, und mit dem hereinbrechenden Winter wurden auch die Tage dunkler, die Nächte länger. Selbst auf seinem Lager unter den Decken fror er, und wenn er erwachte, waren all seine Muskeln verkrampft.

Jetzt, da Ta-Thea ihn verlassen hatte, schienen die Bäume ihn geradezu einzuschließen. Die Menschen sprachen von Eis und Schnee, und diese Bedrohung beherrschte seine Gedanken. Die Sonne ging immer früher unter, der Morgen brach immer später an. Und in der langen Dunkelheit barg jedes Geräusch eine Gefahr, die er sich nicht einmal vorstellen wollte: hungrige umherstreifende wilde Tiere, große wilde Bestien, die ihn an einem Stück verschlingen würden, kleine Tiere mit spitzen, nagenden Zähnen, die ihm fast noch gefährlicher vorkamen. Tugomir fühlte sich von aller Welt verlassen. Dies war ohne Zweifel der Fluch des Großen Widersachers.

Eines Morgens betrat Garran Tugomirs Kammer. Seine Miene war ernst, er schien verlegen und gleichzeitig entschlossen. Leichte Röte lag auf seinem Gesicht, sein Blick war unsicher, doch seine Schultern waren gerade. Er war etwa so groß wie Tugomir, doch doppelt so breit und doppelt so stark.

»Ja?« Tugomir setzte sich überrascht auf.

»Der Winter kommt«, begann Garran vorsichtig.

Tugomir hatte dies bereits seit langem befürchtet, und er hoffte inständig, dass Garran nicht erwartete, das der große Gott, von dem er ihm erzählt hatte, daran etwas ändern würde.

»Die harten Zeiten werden uns stark machen«, entgegnete er jämmerlich und zwang sich, seinen eigenen Worten zu glauben. »Sie werden uns Tapferkeit lehren, Mitgefühl mit unseren Nächsten. Wir werden all unsere Klugheit nutzen müssen, um sie zu überstehen. Unseren Erfindungsgeist, unseren Erfahrungsschatz werden wir brauchen, wenn wir als Sieger daraus hervorgehen wollen.« Dies war leicht zu sagen, aber es bedeutete eine ganze Welt voller Angst, Entbehrung und Einsamkeit, den eigenen Worten zu folgen.

»Ja, so ist es«, stimmte Garran zu. »Doch ich dachte weniger an den Geist als an den Körper. Selbstverständlich seid Ihr uns willkommen, und Ihr könnt für immer bei uns bleiben.«

Tugomir versuchte mit aller Kraft, sich sein Entsetzen nicht anmerken zu lassen. Der Gedanke daran, für immer in diesem schrecklichen Wald bleiben zu müssen, war schlimmer als der Tod selbst. Kein Wort brachte er über die Lippen.

»Es wird mir eine Ehre sein, für Euch zu sorgen«, fuhr Garran fort. Dann runzelte er die Stirn. »Doch das genügt nicht. Der Wald ist nicht sicher, wenn es kälter wird. Wenn Ihr Euch verirrt, werdet Ihr erfrieren. Es ist auch sehr schwer, etwas zu essen zu finden.«

Tugomir starrte ihn an. Flüchtig dachte er daran, dass der Tod durch Erfrieren vielleicht ein besseres Schicksal war als hier zu bleiben.

Garran errötete vor Verlegenheit, doch er würde nicht nachgeben. Er hatte nicht die leiseste Vorstellung davon, welche Gedanken Tugomir beschäftigten. Er kannte nur den Wald, und er wäre gar nicht auf die Idee gekommen, sich nach etwas anderem zu sehnen.

»Es ist an der Zeit, Euch zu lehren, wie Ihr für Euch selbst sorgen könnt«, sagte er nachdrücklich. »Im Wald sollte sich niemand auf die Fähigkeiten oder das Wissen eines anderen verlassen. Ich werde Euch zeigen, wie man Feuer macht, welche Wurzeln man essen kann, wo man Honig findet, wo Nüsse wachsen und wie man sich vor den Stichen der Bienen schützt. Ich werde Euch lehren, den Wölfen aus dem Weg zu gehen und schlafende Bären nicht zu wecken – sie schlafen im Winter – und wie Ihr Euren Weg zurück findet.«

Tugomir war vor Grauen wie gelähmt. Sein schlimmster Albtraum schien wahr zu werden. Garran stand vor ihm, lächelte ihn freundlich an, doch er war nicht bereit, auch nur einen Schritt zurückzuweichen, war unfähig, Tugomirs Entsetzen zu begreifen. »Es tut mir Leid«, sagte Garran, ohne den Blick abzuwenden. Er trug bereits Stiefel und einen schweren, wollenen Umhang. Er streckte den Arm aus. »Es ist notwendig.«

Tugomir gab nach. Er hatte keine andere Wahl. Wie ein Lamm ließ er sich zur Schlachtbank führen.

Es war die schlimmste Zeit seines Lebens. Er lebte in einem Zustand beständiger körperlicher Qual und geistigem Entsetzen. Die Kälte wurde zu einer ganzen Welt voller unbekannter Gefahren.

Garran ging voraus und wies ihn immer wieder auf Kleinigkeiten hin. »Zuerst müsst Ihr wissen, wie und wo Ihr trockenes Holz findet, damit Ihr Feuer machen könnt«, sagte er.

»Nichts ist hier trocken!« Tugomir war verzweifelt. »Nichts auf dieser ganzen Insel ist trocken!«

Garran lächelte geduldig. »O doch! Die Tiere wissen auch, wo sie Nahrung und Wärme finden. Ihr müsst lernen, auf sie zu achten, sie zu Euren Freunden zu machen.«

Tugomir schauderte. Dieser Gedanke war geradezu obszön, auf jeden Fall aber lächerlich.

Garran ließ sich nicht aus der Ruhe bringen. Sein aufsässiger Schüler benötigte offenbar mehr Zeit als andere. »Seid vorsichtig, wenn Ihr einen hohlen Baum erforscht.

Sehr wahrscheinlich seid Ihr nicht der Erste, der ihn bemerkt. Wasser fließt immer nach unten.«

Diese idiotische Bemerkung verdiente nicht einmal eine Antwort.

»Plätze, die höher liegen, sind trockener«, fügte Garran hinzu. »Seht dort.« Er schob eine Schicht toter Blätter von einem Baumstamm, und darunter kamen einige trockene Zweige zum Vorschein.

Tugomir biss sich auf die Lippen.

Garran zeigte ihm, wie man mit Feuersteinen einen Funken entzündete. Dann sammelte er Regenwasser in einer Zinkdose, die er bei sich trug, gab Wurzeln, die er vom Boden gesammelt hatte, hinein und brachte die Brühe über dem Feuer zum Kochen.

»Ihr könnt sie auch garen«, sagte er voller Eifer. »Wickelt sie in Blätter und legt sie in die Asche.«

Tugomir versuchte, höflich zu bleiben, sich den Anschein zu geben, als würde ihm die Idee gefallen, doch im Grunde seines Herzens wuchs der Abscheu. Seine Knochen schmerzten, und jede Bewegung im Wald war für ihn die Bedrohung durch eine Kreatur, die größer und hungriger war als er selbst und ihn mit ihren Zähnen und Klauen zerreißen würden. Er schlief nur wenig und schlecht und wurde von Albträumen geplagt. Als er erwachte, war sein Körper so steif gefroren, dass er fürchtete, nie wieder laufen zu können.

Doch Garran war unerbittlich. »Kommt«, sagte er unbekümmert. »Heute werde ich Euch zeigen, wo Ihr Honig findet. Das wird Euch gefallen. Haltet einfach nur nach den Bienen Ausschau.«

Tugomir wurde gestochen. Der Schmerz war groß, aber nicht von Dauer. Und der Honig war tatsächlich köstlich. Langsam erkannte der alte Mann, dass auch seine Bemühungen mit Erfolg belohnt wurden. Die Haferkuchen, die sie am folgenden Tag aßen, waren lange nicht mehr so ungenießbar wie die ersten, die er hatte essen müssen.

Die Regenzeit ging vorüber und wurde von klirrender Kälte abgelöst. Das Eis krachte unter den Füßen und legte sich über die Blätter. Millionen von Diamanten schienen in der Sonne zu funkeln.

Garran zeigte Tugomir, welche Blätter essbar, welche giftig waren, wie man kleine, süße Äpfel und wilde Pflaumen fand. Der Alte lernte, reife von unreifen Nüssen zu unterscheiden und welche Sorten wilden Getreides man essen konnte.

Einmal entdeckten sie einen Bären. Das riesige Tier glich einem Berg aus Erde und Blättern, der schlafend in einer Höhle lag. Garran erstarrte geradezu vor Ehrfurcht und schlich mit dem Finger an den Lippen auf Zehenspitzen davon. Tugomir hätte es vorgezogen, die Beine in die Hand zu nehmen, doch er war vor Angst beinahe unfähig, einen Fuß vor den anderen zu setzen. So begnügte er sich damit, hinter Garran herzuschleichen.

Die Zeit verging im Dunst langer Märsche in eisiger Kälte mit tauben, stampfenden Füßen und Mahlzeiten aus unbeschreiblichen Zutaten, die auf kläglichen Flammen gekocht wurden. Die Nächte waren Furcht erregend und brachten zahllose Geräusche mit sich, krachende Zweige, tapsende Schritte und empfindliche klirrende Kälte. Doch Tugomir lernte ständig dazu, und ohne es selbst zu bemerken, wuchs das erhebende Gefühl in ihm, der Hölle selbst getrotzt und sie mit einiger Würde überlebt zu haben.

Als Garran und Tugomir zum Dorf zurückkehrten, stach der Frost unerbittlich in die Haut, und die Erde war hart gefroren. Tote Blätter krachten unter ihren Füßen. Dunkelrote Beeren hingen an den Weinranken, und die Männer rochen schon den Rauch von Brennholz, noch bevor sie das Dorf erreicht hatten.

Tugomir hatte nun die Schönheit des Waldes gesehen, und eine neue Achtung hatte seinem Abscheu Platz gemacht. Garran war von den Leistungen seines Schülers beeindruckt. Er sagte es ihm, nur einmal, doch seine Augen funkelten vor Vergnügen. Er hatte seine eigenen Gaben mit jenem Mann geteilt, der für ihn mehr als ein gewöhnlicher Sterblicher war.

Tugomirs Herz war voller Freude, nicht weil er seine

Ängste und seine körperlichen Unzulänglichkeiten bezwungen hatte, wie auch seine Unwissenheit und sein Scheitern, sondern weil Garran gelernt hatte, dass ein Mann, der sich im Wald nicht auf die Fähigkeiten eines anderen verlassen durfte, nicht im Gehorsam allein wachsen konnte. Er hatte die Absicht des Gesetzes verstanden und den Sinn und die Liebe darin gesehen.

Sie erreichten das Dorf durchnässt und durchgefroren, doch sie gingen Seite an Seite, und ein strahlendes Lächeln lag auf ihren Gesichtern.

18

Ta-Thea ritt allein gen Norden. Sie dachte wehmütig an Tugomir, den sie im Wald zurückgelassen hatte. Und nur das Wissen, dass das Ziel noch nicht erreicht war, trieb sie vorwärts.

Von Immerith hatte sie viel gelernt. Sie wusste mittlerweile, wie man in der Wildnis überleben konnte, und vertraute darauf, dass sie Nahrung und Unterschlupf finden würde.

Jenseits von Hirioth gelangte sie in weite Hochebenen, die unter einem von einsamen Wolken gestreichelten Himmel lagen. Der Wind wehte den süßen Duft von Heidekraut heran, das bereits dunkel wurde. Das Jahr ging langsam seinem Ende entgegen.

Ta-Thea dachte immer noch an Immeriths Worte, und im Lauf der Tage, die sie auf dem Rücken ihres Pferdes verbrachte, fühlte sie sich immer mehr eins mit dem Himmel und der Erde, die sie umgaben. Sie sog die Schönheit der Natur in sich auf, sah die Weiten der Moore mit anderen Augen, die kleinen Bergseen, an deren Ufern üppiges Schilf wuchs, und den kräftigen, reinen Wind, der das Wasser zu silberfarbenen Wellen kräuselte ebenfalls. Über ihrem Kopf kreischte ein Adler in blauer Höhe.

Während sie immer weiter nach Norden vordrang, ergriff die Herrlichkeit des gewaltigen Plans von jedem Winkel ihrer Seele Besitz. Sie wurde Teil des Universums, in dem nichts verschwendet, verachtet oder ausgeschlossen wurde. Die Bedingungslosigkeit der Liebe war jedoch nicht allein die Schöpfung Gottes. Von Anfang an beruhte sie auf der Intelligenz, die willig und bereit war, dem Gesetz zu gehorchen. Deren Schönheit war überwältigend, ein grenzenloses Wunder, dass der Verstand nicht begreifen konnte. Nur das Staunen in atemloser Freude blieb für den Menschen.

Jenseits von Celidon erreichte Ta-Thea die unwegsamen Hügel des Öden Landes. Voller Entsetzen blickte sie auf die verbrannten Dächer einer kleinen Siedlung, dann sah sie die Kadaver der Tiere, das Blut und die Verwüstungen einer Schlacht.

Der Ort lag verlassen da, die Bewohner waren geflohen. Nicht ein Leben regte sich mehr, und Ta-Thea ritt zwischen den Ruinen hindurch, krank vor Elend und Kummer. Von nun an reiste sie nur noch bei Nacht auf verborgenen Wegen und durch versteckte Täler abseits der breiten Straßen. Sie fand Schutz in Höhlen und Felsspalten. Dies war die Gegend, in der das Reich Camassia immer noch gegen Yaltabaoths Barbaren kämpfte. Immerith hatte davon gesprochen, und noch hatte niemand den Sieg davongetragen.

Ta-Thea mied drei Nächte lang jede menschliche Behausung. Dann fand sie schließlich Merdic, den General der entlegensten Grenzstation im Norden. Noch zweihundert Soldaten waren bei ihm. Alle anderen hatten die Kämpfe nicht überlebt.

Das Lager in einem Tal, das sich nach Westen öffnete, war gut bewacht. Ta-Thea zügelte ihr Pferd, als sich ihr der erste Posten in den Weg stellte. Seine Umrisse hoben sich scharf gegen den dämmrigen Himmel ab, und das letzte Licht des Tages schimmerte auf dem Rot seines Umhangs und der Bronze seiner Rüstung. Eine Welle der Erinnerung spülte mit solcher Kraft über Ta-Thea hinweg, dass sie sich benommen an Caspers Mähne klammerte. Der Soldat war groß, breitschultrig und von Schlachten gezeichnet, sein Umhang zerrissen. Die Ähnlichkeit mit Alexius war frappierend, und für einen Schwindel erregenden Augenblick glaubte Ta-Thea, er sei es tatsächlich.

Doch dann gewann sie die Fassung wieder und richtete sich im Sattel auf. »Ich bin Ta-Thea«, sagte sie mit heiserer Stimme. »Ich komme aus Shinabar, habe Sylum und die Stadt im Zentrum der Welt gesehen. Immerith von den Vlamen erzählte mir von Merdic, und ich würde gern mit ihm sprechen.«

Der Wachposten sah sie skeptisch an. »Seid Ihr allein?«

»Ja, seit Hirioth. Wie lange seid Ihr schon ohne Nachricht von Camassia?«

Bitterkeit zerrte an seinen Mundwinkeln. »Neun Jahre. Vor elf Jahren verließen wir Sylum und ritten nach Norden.«

Die Antwort überraschte Ta-Thea nicht. Vor neun Jahren war sie von den Verlorenen Inseln nach Camassia aufgebrochen. Als sie das Buch in die Welt getragen hatten, war Azrub nach Shinabar gekommen, Fürst Nastemah nach Sylum, und Yaltabaoth hatte seine Finger nach Westen ausgestreckt, war über Dinath Aurer in das Öde Land eingedrungen und hatte überall Spuren der Verwüstung hinterlassen. Nun führte er seine Streitmacht gegen Merdic und die Verlorene Legion.

»In Camassia gibt es einen neuen Glauben«, sagte Ta-Thea. »Ich bin hier, um Euch davon zu berichten. Bringt mich zu Merdic.«

Vielleicht war es die Autorität, mit der sie sprach, vielleicht auch die Tatsache, dass sie allein war … Nach einem Augenblick des Zögerns folgte der Soldat ihrer Bitte und führte sie den Abhang hinunter ins Tal. Ein anderer Mann übernahm die Wache.

Es war ein kleines Lager, nur einen Bruchteil so groß wie die, die Ta-Thea aus der Wüste kannte.

Merdic saß an einem Feuer in der Mitte des Platzes und schürte die Flammen, um die erste Mahlzeit des Tages zuzubereiten. Er hatte die Kriegsrüstung angelegt, weil sein Umhang verschlissen war. Das Gesicht dieses hageren Mannes strahlte Macht und zugleich tiefe Einsamkeit aus, obwohl die Jugend noch nicht lange hinter ihm lag.

»Das ist Ta-Thea«, sagte der Wachtposten. »Sie kommt aus der Stadt im Zentrum der Welt, um uns von einer neuen Lehre zu berichten, die es dort gibt.«

»Eine Lehre? Von wem?«, fragte Merdic und richtete sich auf. »Wenn Camassia sich überhaupt noch an uns erinnert, dann brauchen wir Männer und keinen neuen Glauben.«

»Wenn ich zurückkehre, werde ich von Eurem Elend berichten«, entgegnete Ta-Thea und wunderte sich darüber, dass dieser Außenposten des Reiches derart vernachlässigt wurde. Ortelios hatte von der Not dieser Männer offenbar nichts gewusst. Überall im Süden glaubte man, dass das Land bis Yba und bis zur Festung von Layamon sicher wäre. Die Gebiete, die dahinter lagen, interessierten niemanden.

»*Wenn* Ihr zurückkehrt …«, sagte Merdic mit einem bitteren Lächeln. »Es ist nicht einfach, uns zu verlassen, auch wenn Ihr auf Eurem Weg zu uns keine nennenswerten Zwischenfälle erlebt habt. Aber Yaltabaoths Leute sind überall. Wenn wir so ohne weiteres nach Süden reiten könnten, glaubt Ihr tatsächlich, dass wir es nicht längst versucht hätten?« Er blickte auf die hohen Berge, die das Lager umgaben und nackt in den Himmel ragten. Der Wind trug bereits den Geruch von Schnee heran. Ein langer Winter lag bereits auf der Lauer.

Merdic warf eine vertrocknete Heidekrautwurzel ins Feuer. »Ihr solltet Euch auf den Rückweg machen, sobald Ihr Euch ausgeruht und etwas gegessen habt. Wir werden Euch ein frisches Pferd geben. Yaltabaoth liegt nur mit uns im Streit. Euch wird er ziehen lassen. Und mit Sicherheit werdet Ihr allein ein erheblich geringeres Risiko eingehen als in unserer Begleitung.«

»Danke, aber ich werde bleiben«, gab Ta-Thea zurück.

Merdic zuckte zusammen und verbarg seinen Zorn nicht. »Wir befinden uns im Krieg! Wir können Euch nicht beschützen. Wir hetzen von einer Schlacht in die nächste, haben kein sicheres Lager und keinen Unterschlupf für Euch. Manchmal gibt es nicht einmal etwas zu essen. Nur der Tod wartet noch auf uns.«

»Ich *muss* bei Euch bleiben.« Ta-Thea sprach mit fester Stimme. Alles deutete darauf hin, dass es sinnlos war, diesen vergessenen Männern, die der Feind in seinen Klauen hatte und immer weiter nach Norden trieb, die Botschaft zu bringen, doch der Friede in ihrem Herzen war tief und stärker als alle Argumente der Vernunft. Wärme strömte durch ihren Körper und vereinte sich mit strahlendem Glanz, der keinen Schatten kannte und jeden logischen Einwand belanglos erscheinen ließ. Sie kannte dieses Gefühl bereits, und sie wusste, dass es das Licht Gottes war. »Ich werde weder um Rast noch Schutz bitten. Ich werde mit Euch ziehen und an Eurer Seite kämpfen.«

»Kämpfen?« Ungläubiges Staunen und auch Geringschätzung klangen in Merdics Stimme.

»Richtig: kämpfen«, gab Ta-Thea ruhig zurück. »Ich bin mit dem Heer von Camassia über das Meer nach Thoth-Moara gezogen und habe auf dem Weg in vielen Schlachten gekämpft.«

Verwirrt runzelte Merdic die Stirn. »Thoth-Moara? Liegt das denn nicht in Shinabar? Führen wir etwa auch Krieg mit Shinabar?«

»Nein, Shinabar wurde erobert.« Noch immer schmerzten diese Worte. »Vor zehn Jahren gab es einen Staatsstreich. Der Isarch wurde ermordet. Eine neue, verwerfliche Ordnung trat an seine Stelle. Die Armee Camassias beseitigte sie – für eine Weile zumindest.«

Merdic betrachtete sie nun voller Neugier. Seine Augen waren zu Schlitzen geworden, und plötzlich riss er sie überrascht auf. »Ihr seid eine Shinabari!«

»Ich bin die Witwe des Isarch.«

»Ta-Thea ...« Er sprach den Namen nun mit shinabarischem Akzent. »Wenn Ihr die Missetäter tatsächlich stürzen konntet ... was, in Gottes Namen, treibt Euch dann hierher?«

»Der Erfolg währte nur kurz. Die Verderbtheit hatte bereits nach den Seelen der Menschen gegriffen.«

»Das tut mir Leid.« Es stand ihm ins Gesicht geschrieben, dass er es ehrlich meinte. »Doch wir haben keine Zeit für neue Lehren, meine Dame.« Seine Offenheit nahm den Worten die Schroffheit. Ta-Thea erkannte darin die bittere Erfahrung aus vergangenen Schlachten, die zahllosen Toten und das Wissen darum, dass die Zukunft nur die endgültige Niederlage bringen würde. Sie konnte vielleicht hinausgezögert, aber nicht verhindert werden.

»Wenn die Zeit also knapp ist, wäre es gut, sie nicht zu verschwenden. Wir sollten von der Wahrheit erfahren, solange wir am Leben sind«, sagte Ta-Thea sanft und dennoch mit großem Nachdruck.

Merdic blickte sie noch einen Augenblick lang zweifelnd an, dann hatte er ihre Entscheidung akzeptiert.

Nach einem kurzen Mahl, dass sie am Feuer miteinander teilten, traf Ta-Thea die Vorbereitungen für die Reise mit den Soldaten, wie sie es versprochen hatte. Sie würde dem harten Winter des Nordens trotzen, in vom Sturm geschüttelten Lagern in Mooren und Hochebenen ausharren, und sie spürte schon jetzt den ersten Frost und die Nadeln des Eises auf der Haut. Bald würde sich das weiße Laken des Schnees über die Berge senken.

Ta-Thea band sich das Haar zurück und schnitt ihre Röcke so zurecht, dass sie ihr größere Bewegungsfreiheit gestatteten. Die übrigen Stofffetzen wickelte sie sich um die Beine, um sie vor der Kälte und den harten Zweigen des Heidekrauts zu schützen. Sie erhielt einen Harnisch, der hastig aus den Überresten der Rüstungen der jüngst Gefallenen gefertigt worden war, und das leichteste Schwert, das man finden konnte. Auch für Casper wurde gesorgt. Er erhielt einen Brustpanzer und Beinschoner.

Als das Lager abgebrochen wurde, war auch Ta-Thea reisefertig. Die Männer schritten gleichmäßig aus, ließen wachsam die Blicke schweifen und warteten auf den Angriff. Abends an den Lagerfeuern erzählten sie Ta-Thea ihre Geschichte, berichteten von ihrem Marsch nach Norden unter Ortelios' Vorgänger und davon, wie sie die Grenzen jenseits von Yba gesichert und den letzten kriegerischen Stamm besiegt hatten. Dann waren sie abgeschnitten worden und hatten von dem, was das Land hergab, gelebt. Schlachten und harte Winter hatten zahlreiche Opfer gefordert. Verstärkung war nicht eingetroffen.

Vor neun Jahren hatte sich alles geändert. Der letzte rothaarige Häuptling war getötet worden, und seinen Platz hatte Yaltabaoth eingenommen. Er verfügte über frische Truppen, war wilder und blutrünstiger als alle seine Vorgänger, und der Zorn in seiner Seele vernichtete alles Leben um ihn herum.

Ta-Thea dachte in der tiefen Stille der Nacht unter funkelnden Sternen lange darüber nach, was sie den Männern sagen sollte. Worte des Trostes waren sinnlos und würden ihre Wirklichkeit verleugnen. Sie hatten weder Heim noch Familie, keine Zukunft und vor allem keine Hoffnung. Sie kämpften nur noch ums Überleben und wussten, dass sie auch diesen Kampf am Ende verlieren würden.

Der einzige Weg zu ihnen lag in ihrer eigenen Wahrheit. Und so erzählte sie von dem Mord an ihrer Familie, von ihrer Reise zu den Verlorenen Inseln, ihrer Rückkehr von Orimiasse mit dem Buch in den Armen und davon, wie sie den Menschen die Botschaft gebracht hatte, wie diese sie angenommen oder abgelehnt hatten. Sie berichtete von ihrem Kampf mit der Sprache, dass sie das Buch ins Camassianische übersetzt hatte, dann ins Shinabarische, damit alle Menschen das Buch lesen und die Tiefe und die Schönheit seiner Bedeutung erfahren könnten. Alexius erwähnte sie, der die Passagen, die vom Gesetz handelten, interpretiert hatte und der von der vollkommenen Ordnung zu Gott geführt worden war. Auch Ra-Nufis, der die Schönheit des Buches über alles geliebt hatte, vergaß sie nicht.

Eines Abends, als sie sich im Regen um ein Feuer herum zusammengekauert hatten, erzählte Ta-Thea den Männern von ihrem eigenen Scheitern in Shinabar. Isadorus hatte ihr prophezeit, dass sie die Wahrheit nicht mit einer Armee im Rücken würde lehren können, und sie hatte seinen Worten keinen Glauben geschenkt. Doch er hatte Recht behalten: Shinabar wollte ihr tatsächlich nicht zuhören.

Sie berichtete von dem Propheten Iszamber, den sie in der Wüste getroffen und der ihr von der Insel am Rand der Welt erzählt hatte, von den elf Priestern, die an den letzten Tagen noch aufrecht stehen würden, wenn alles andere bereits von der Dunkelheit verschlungen war, vom Zusammenprall der Unwissenheit und des Bösen im Untergang der Völker.

»Zu Fuß seid Ihr gegangen, den ganzen Weg durch die Wüste?«, fragte einer, der Drusus hieß, staunend.

»Ich wollte ein Teil des Heeres sein«, entgegnete Ta-Thea mit einem ironischen Lächeln und dachte daran, wie sie sich damals gefühlt hatte, erinnerte sich an Entsetzen und Hochgefühl, an die überwältigende Macht, aber auch an die Verletzten und die Toten, die Kameradschaft, das tiefe und tragische Gemeinschaftsgefühl und an das Lachen, das zu jeder Zeit von Leid durchdrungen gewesen war. »Ich wollte in meine Heimat zurückkehren und zugleich zeigen, dass ich gekämpft und es verdient hatte, dort zu sein.«

»Doch es ist Euch nicht gelungen ...« Merdic schaute sie fragend an.

Ta-Thea wandte sich ab. »Nein. Damals wusste ich nicht, warum. Ich glaubte, es sei der Fehler der Menschen und dass es doch gelingen könnte, wenn ich mich noch mehr anstrengte. Ich glaubte, ich hätte gegenüber Gott versagt.«

»Sagtet Ihr nicht, dass Seine Pläne nicht durchkreuzt werden können?« Drusus runzelte die Stirn. »Das sagtet Ihr doch, nicht wahr? Wie könnte Er auch Gott sein, wenn ein einfacher Menschentor Seinen Plan ruinieren kann?«

Ta-Thea blickte auf und lächelte ihm zu. »Ihr habt Recht. Das ist nicht möglich. Ich glaube nicht, dass Shinabar jemals an das Buch geglaubt hätte außer einigen, wenigen Menschen wie Tugomir und Arimapsis. Am Ende ist es die Sache der Einzelnen, nicht die der Völker. Damals hatte ich das Wesen der Wahl noch nicht verstanden. Ich glaubte, ich könnte Shinabar dorthin führen, wohin es gar nicht gehen wollte, allein weil ich es mir so sehr wünschte.«

»Vielleicht solltet Ihr daraus lernen«, überlegte Merdic laut und suchte ihren Blick. »Vielleicht war das Ziel von Anfang an gar nicht Shinabar. Wenn Iszamber die Wahrheit kannte, dann ist es sicher etwas ganz anderes, etwas, das noch nicht erreicht ist.«

Er hatte Recht, und Ta-Thea sah jetzt, da sie völlig

durchnässt am Feuer saß, das Schimmern einer viel größeren Bedeutung. Sie konnte noch nicht das Ganze sehen, wusste nicht, was die nächste Stunde bringen würde, doch als sie nun mit der Weisheit der Erfahrung auf die Vergangenheit zurückblickte, erkannte sie, dass dort, wo damals Dunkelheit geherrscht hatte, nun das Licht schien, und dass der einst schwere Verlust auch ein Gewinn gewesen war. Die größten Gefahren waren nicht von außen an sie herangetragen worden, sondern hatten ihren Ursprung in ihr selbst. Die größte Kraft der Zerstörung hatte in ihrer eigenen Einsamkeit und der Versuchung gewohnt, der sie in jener Wüstennacht, in der sie Alexius hatte trösten wollen, beinahe erlegen war. Ulciber war es gewesen, der darauf gedrängt hatte, dass sie nach Shinabar zurückkehrte und dass Alexius das Heer kommandierte. Hätte sie das Böse in seinen Augen erkennen müssen?

Ihre größte Schwäche war es gewesen, dass sie die Krone der Isarchen auf ihr eigenes Haupt gesetzt und daran geglaubt hatte, dass sie ihr Volk würde retten können.

Nun saß sie am Rand der Welt mit zweihundert verlorenen Soldaten im Regen, wartete auf den Angriff eines weiteren Boten der Dunkelheit und spürte trotzdem den betörenden Frieden, der aus dem Versprechen Gottes erwuchs: Er würde sie niemals verlassen, sie nicht vergessen, nichts von ihr verlangen, was über ihre Kräfte ging.

Ta-Thea brauchte den Männern nicht zu sagen, dass sie aus diesem Grund mit ihnen ritt, obwohl Yaltabaoth ihnen auf den Fersen war und entweder am nächsten oder übernächsten Tag angreifen würde. Sie sah in ihren Gesichtern, dass sie verstanden. Sie lächelten ihr voller Anteilnahme zu, und sie wussten, dass Yaltabaoth auch mit ihr kein Erbarmen kennen würde, obwohl sie eine Frau war.

Zwei Tage später sank der Mut im Herzen der Männer, denn sie ahnten, dass der Feind nahe war. Die Vögel verstummten, und selbst der Wind ließ nach und weinte nur noch im Heidekraut. Der Himmel war mit Wolkenbändern bedeckt, die den Schweifen von Pferden glichen. Zweihundert Reiter bildeten mit gezückten Schwertern eine geschlossene Phalanx und warteten.

Plötzlich hörten sie einen schrillen, unmenschlichen Schrei. Er klang wie das Lied eines Dämons. Yaltabaoth stürzte mit erhobenem Speer durch die Bäume im Moor hervor. Das schwarze Haar flatterte im Wind, und sein Umhang glich den Flügeln einer Furcht erregenden Fledermaus. Hinter ihm galoppierten dreihundert Reiter mit stampfenden Hufen. Erdklumpen wurden in die Luft geschleudert. Die schwarzen Rüstungen waren im kalten Licht vollkommen glanzlos.

Die Schlacht war erbittert, verzweifelt und kannte keine Gnade, weder mit den Verwundeten noch mit den Toten. Es wurden keine Gefangenen gemacht.

Ta-Thea kämpfte noch entschlossener als in der Wüste, doch das Entsetzen erfüllte sie mit namenloser Furcht. Die schwarzen Krieger schienen von einem Hass besessen zu sein, der sie sogar dazu trieb, die bereits gefallenen Gegner in Stücke zu hacken. Und obwohl sie sich selbst bald nur noch verletzt und blutüberströmt auf den Pferden halten konnten, schlugen sie unerbittlich auf jeden ein, der ihnen in die Quere kam. Sie ertranken in ihrem eigenen Blut.

Ta-Thea überwand die Erschöpfung und sank in einen Zustand, der einem Traum von der Hölle glich, doch es gab kein Erwachen. Männer fielen neben ihr, und es war keine Zeit, sich um sie zu kümmern.

Als das Licht schwächer wurde und die Dunkelheit ihr Laken über den Osten breitete, zog Yaltabaoth sich zurück. Merdic, dessen Rüstung zerfetzt und mit Blut befleckt war, befahl seiner Truppe, nach Norden zu marschieren. Es blieb keine Zeit, die Toten zu begraben. Nur für einen kurzen Augenblick gedachten sie schweigend der tapferen Männer, die nicht mehr waren, und empfahlen ihre Seelen dem Gott, der sie geschaffen hatte. Dann wurden die Verwundeten auf die Pferde gehoben, Nahrung und Zelte zusammengepackt, und die beschwerliche Reise begann von neuem.

Casper war an der Schulter verletzt. Ta-Thea versorgte die Wunde mit einer Salbe und ging neben ihm her.

Die ganze Nacht hindurch zogen sie dahin, Erschöpfung in Herzen und Gliedern. Die Finsternis und der Schmerz schienen wie das Böse unerschöpflich. Die Pferde hatten in der Schlacht Verletzungen davongetragen und brachen vor Entkräftung beinahe zusammen. Da entdeckten sie endlich eine tiefe Furche, die von zwei Felsbrocken geschützt wurde. Offenbar waren sie einem Flussbett gefolgt, und der Feind würde ihren Spuren nicht folgen können.

Es gab nur wenig Holz, und das spärliche Feuer spendete nur den Verwundeten Wärme, die in der Nähe auf die Erde gebettet wurden. Die Übrigen mussten sich mit Decken und Umhängen begnügen. Es gab eine heiße Suppe aus Korn und Kräutern, mehr nicht. Die Dämmerung erhob sich bleich und kalt im Osten, kurz darauf fiel ein feiner Regen.

Ta-Thea hatte sich unter einer Decke auf dem Boden zusammengerollt. Sie war zu müde, um zu weinen, der Schmerz über das Leid, dass sie gesehen hatte, war zu groß. Wenn dies der Weg war, den sie nach Gottes Willen gehen sollte, war er viel beschwerlicher, als ein Mensch es sich vorstellen konnte.

Sie dachte an Alexius und fragte sich, ob sie ihm jemals von diesem unmenschlichen Krieg würde erzählen können. Gab es Worte für solches Grauen?

Als sie keine Ruhe fand, setzte sie sich schließlich auf. Die Sonne stand tief im Süden, und wässriges Licht lag über den hohen Felsen. Das Rauschen des Stroms übertönte die Geräusche der Menschen, dämpfte das Wimmern der Verwundeten. Neben den Resten des Feuers stand Merdic. Sein linkes Bein war notdürftig mit Stofffetzen verbunden, und das Blut sickerte bereits hindurch.

Ta-Thea erhob sich. Sie zitterte vor Kälte. Schmerzen peinigten ihre Glieder. Langsam ging sie zu Merdic hinüber. Sie hatte keine Worte, doch das Bedürfnis, ihm in die Augen zu blicken, trieb sie zu ihm. Er sollte wissen, dass sie nicht nur mit dem Körper, sondern auch mit dem Herzen bei ihm war. Sie legte die Hand auf seinen Arm. Es war eine Geste der Zuneigung und der Wärme, obwohl ihre Finger eiskalt waren.

Merdic lächelte düster. »Ich hoffe, dass Euer Gott sich nicht irrt und all dies einen Sinn hat«, sagte er so leise, dass nur sie ihn verstand. »Ich gestehe, dass ich so etwas noch nicht erlebt habe. Noch ein solcher Angriff, und wir sind alle tot. Dieses Gebiet wird an die Barbaren fallen. Er überlässt alles dem Feuer und dem Schwert. Am Ende wird niemand übrig sein, und es wird auch Eure elf Priester nicht geben.«

»Die Pläne Gottes werden nicht durchkreuzt werden«, entgegnete Ta-Thea mit fester Stimme. »Er kennt das Ende von Beginn an.« Sie sprach, um ihm Trost zu spenden, ihm die schreckliche Last der Liebe und der Trauer für seine Männer zu erleichtern. Und während sie ihren eigenen Worten lauschte, spürte sie, wie süße Wärme in ihrem Inneren die Schwingen ausbreitete. Sie erinnerte sich an jemanden, den sie mit schmerzhafter Bedingungslosigkeit geliebt hatte, der eine andere verlorene Armee durch eine noch unerbittlichere Kälte geführt hatte, gegen einen Feind, der niemals besiegt werden würde. Er hatte Fehler gemacht und war allein durch die tiefe Nacht seiner Seele gegangen. Er hatte auf Gott vertraut, als es keine Hoffnung gab. Er hatte das Licht des Sterns, das er einst geschaut hatte, nicht vergessen, und war in der Dunkelheit nicht von seinem Weg abgewichen.

Sie würde es ihm gleichtun, im blinden Vertrauen darauf, dass Gott existierte und ihr Name in Seinen Händen geschrieben stand.

Hoch über ihren Köpfen war plötzlich das Klirren eines Schwertes zu hören, das gegen den Felsen schlug. Eine Sekunde später ertönte ein zweiter Schlag. Merdic erstarrte, und die Köpfe aller Männer wandten sich in die Richtung, aus der die Geräusche gekommen waren. Hände griffen nach den Waffen. Nur langsam kamen die Soldaten auf die Füße.

Gegenüber, auf der anderen Seite des Flussbettes, erschien eine Gestalt. Sie war in einen bunten Wams und ebenso farbenfrohe Kniehosen gekleidet und ging leichten Schrittes dahin. Es war eine geradezu fantastische Erscheinung. Purpurrot wie das Heidekraut, golden wie der Stechginster im Sommer und bronzefarben wie verwelkender Adlerfarn schimmerte die Tracht. Der Mann trug einen Umhang über den Schultern, und seine Schuhe waren so dunkel wie Torf, die Spitzen nach oben gebogen. Lächerlich kleine Glöckchen waren daran befestigt. In einer Hand trug er einen Stock, an seiner Hüfte hing ein lederner Beutel. Und er lächelte.

»Wer seid Ihr?«, fragte Merdic misstrauisch. »Dies ist nicht das Land, das sich für einsame Spaziergänge eignet. Habt Ihr etwa die Zeichen des Krieges nicht gesehen, die Toten und die Aasvögel, die den Himmel verdunkeln?«

»Dies ist mein Land«, entgegnete der Mann schlicht. »Mein Name ist Menath-Dur. Ich bin Heilkundiger und werde Eure Verwundeten versorgen.«

»Wir haben unsere eigenen Ärzte.« Merdic stellte sich dem Fremden in den Weg, Argwohn lag auf seinen Zügen. Dieser Mann war ganz offensichtlich kein Krieger. Er hatte weder Ähnlichkeit mit einem Camassiani noch mit den Inselbewohnern. Wenn er tatsächlich allein unterwegs war, warum sollte er dann dieser verzweifelten Truppe hier im Öden Land, die mit dem Rücken zur See stand, helfen? Und wenn er ein Verbündeter Yaltabaoths war, brachte er nur Böses.

Menath-Dur ließ sich nicht aus der Ruhe bringen. Sein Blick fand schließlich Ta-Thea. »Aha, so bald schon seid Ihr in den Norden gekommen«, sagte er sanft. »Ich fürchtete schon, Ihr würdet zu spät aufbrechen.«

Ta-Thea erhob sich langsam und ging auf ihn zu. »Woher kennt Ihr mich? Gehört Ihr zu den Vlamen?«

»Nein.« Dieser Gedanke schien ihn zu belustigen. »Ich bin viel älter als die Vlamen – unvorstellbar viel älter. Habt Ihr Euch um die Kranken gekümmert?«

»So gut wir konnten. Aber sie sind schwer verwundet.«

Ta-Thea war verwirrt, weil er so schnell das Thema wechselte. Sein Name bedeutete nichts, und seine Worte waren merkwürdig. Doch etwas in seinem Gesicht zog sie wie das Sonnenlicht über einer wunderschönen Landschaft magisch an, und die lächerlichen Schuhe mit den gebogenen Spitzen weckten die Erinnerung an eine Hoffnung, die süßer war als alle Vernunft, älter als Habis Tod oder die Einsamkeit oder der Krieg und sogar der Verlust von Shinabar, älter noch als Azrub. Es war die Erinnerung an ein Licht in tiefster Finsternis, schnell wie der Blitz war sie und schon wieder verglüht.

»Natürlich sind die Wunden schwer«, stimmte Menath-Dur zu. »Dies ist der wütendste aller Kriege, der schwerste der Menschheit. Kommt, lasst mich die Verletzten mit Salbe und Balsam versorgen, und die Wunden werden heilen.«

Merdic rührte sich nicht. Er war furchtsam und verwirrt, wusste nicht, wie er am besten seine Männer schützen konnte, welche Gefahr die bedrohlichere war.

Menath-Dur lächelte sanft. Lange blickte er in Merdics Augen. »Es ist an Euch zu wählen«, sagte er schließlich. »Soll ich gehen oder bleiben?«

Merdic erwiderte den Blick, dann entspannte er sich und trat zur Seite. »Bleibt und heilt uns, wenn Ihr könnt.«

Menath-Dur blieb zwölf Tage lang. Sie reisten durch das dunkle, winterliche Land in Richtung Norden, dann nach Westen, bis der erste Schnee fiel und die Moore im Dämmerlicht weiß schimmerten, so weit das Auge reichte.

Menath-Dur hatte nicht zu viel versprochen. Die Wunden der Verletzten heilten erstaunlich schnell, nicht einmal Narben blieben zurück. Niemand bekam Fieber, niemand litt an Infektionen. Männer und Pferde wurden gleichermaßen behandelt, und als er sie am dreizehnten Tag ohne Ankündigung gegen Mittag verließ, hatten alle das Gefühl, einen schweren Verlust zu erleiden. Doch nun waren sie wieder eine Streitmacht von einhundertsiebzig Mann, die sich dem Feind mit neuer Kraft entgegenstellen würde.

Die zweite Schlacht gegen Yaltabaoth brach wie die erste über sie herein. Die Luft war eisig und der Himmel frostig. Der Wind heulte schrill und wirbelte durch Yaltabaoths schwarzes Haar. Er stand aufrecht in den Steigbügeln, den Speer hoch erhoben, der Umhang flatterte hinter ihm.

Merdic wich nicht zurück. Drei Speere zersplitterten in seiner Hand, doch der Feind stürzte zu Boden. Dann kämpfte sie mit den Schwertern, von Angesicht zu Angesicht.

Die Verwundeten wurden geborgen und versorgt. Die Toten wurden gestapelt. Ta-Thea kämpfte in einem Albtraum aus Leid und Tod, aus Tapferkeit, Opferbereitschaft und Kameradschaft mit denjenigen, die gemeinsam dem Tod ins Auge blickten.

Als es vorbei war, zog Yaltabaoth sich erneut zurück. Hundert unverletzte und vierzig verwundete Männer standen am Rand einer Schlucht. Die Felswände waren so steil, dass sie nicht einmal daran dachten hinabzusteigen. Sie waren mit Moosen und Farnen bewachsen und vom Wasser glitschig, das in silbrigen Rinnsalen daran hinunterlief. Es gab nur eine Möglichkeit zur Flucht. Sie mussten die blutrünstige Armee Yaltabaoths, die verwundet und hasserfüllt auf sie wartete, überlisten.

»Wir werden sterben«, stellte Merdic im Schein des Feuers fest. »Doch der Feind wird einen hohen Preis dafür zahlen. Wir kamen in den Norden, um unsere Siedlungen vor den plündernden und brandschatzenden Stämmen zu schützen. Das ist uns immerhin gelungen. Es ist besser, in Ehre zu sterben, als in Behaglichkeit am heimischen Kamin zu leben, ohne für das Recht gekämpft zu haben. Heute Nacht werde ich den Worten Ta-Theas lauschen und den Bund mit dem Gott ihres Buches schließen. Euch allen steht es frei, diese letzte Wache zu verbringen, wie ihr es für richtig haltet. Morgen werden wir sterben.« Er warf Ta-Thea einen Blick zu und fügte dann leise hinzu: »Wir werden nicht zulassen, dass Ihr in seine Hände fallt, das schwöre ich.«

Ta-Thea lächelte düster. Sie wusste, wovon er sprach, und tiefe Dankbarkeit erfüllte sie.

Den ganzen Abend lang erzählte sie von dem Buch: von dem Gesetz der Liebe, von der Schönheit, von der Anteilnahme an allen Dingen in allen Welten, Welten, in denen der Mensch lebte, und Welten, die er sich nicht einmal vorstellen konnte. Sie sprach von der Erlösung, die durch das Leid Gottes möglich geworden war, die nur durch die Kraft des Geistes erfahren wurde, von ewiger Brüderlichkeit für diejenigen, die danach strebten, von dem langen, wunderbaren und schrecklichen Weg zu der Herrlichkeit der Sterne und dem Licht, das niemals verging.

Anschließend verpflichteten sich alle, das Wort in ihren Herzen zu bewahren und am kommenden Tag im Angesicht des Gesetzes Gottes zu sterben, ohne Hass, Überheblichkeit oder auch nur des kleinsten Schattens von Falschheit. Als der Mond unterging, legten sie sich zur Ruhe, und ein friedlicher Schlaf senkte sich über sie.

Nicht einmal der Wachposten hörte den leichten Schritt Menath-Durs, und er sah auch den Schatten seiner Gestalt nicht, als er leise durch die Reihen ging und das Feuer schürte. Funken stoben, und bald brannten die Reste des Holzes. Dann legte er dunkle Klumpen, die Steinen ähnelten, hinein, und plötzlich loderten die Flammen auf und spendeten wunderbare Wärme.

Als das Wasser in dem Kessel kochte, weckte er Ta-Thea, einen Finger an den Lippen, die Augen funkelnd.

»Weckt Merdic«, befahl er. »Die Männer sollen trinken. Im Kessel ist heiße Suppe. Die Kräuter darin werden ihnen Kraft geben. Dann brechen wir auf. Ich werde Euch den Weg nach Westen zeigen.«

»Wir können nicht fort«, flüsterte Ta-Thea. »Yaltabaoth lagert hinter uns, und es gibt südlich von dieser Schlucht keinen Weg.«

»Vertraut auf Gott und hofft«, entgegnete er leise. »Verliert niemals die Hoffnung! Wenn Ihr das Licht nicht seht, geht auf dem Weg, an den sich Euer Herz erinnert – und hofft!«

»Wer seid Ihr?« Ta-Thea ahnte, dass sie die Antwort auf diese Frage in irgendeinem verborgenen Winkel ihres Herzens bereits kannte, doch sie wollte es mit eigenen Ohren hören.

»Mein Name ist Menath-Dur.«

»Das weiß ich, aber er bedeutet nichts. Wer seid Ihr?«

»Ein Diener Gottes«, sagte er leichthin. »Ein Gefährte auf der Reise.«

Ta-Thea öffnete den Mund, um eine weitere Frage zu stellen, doch es gelang ihr nicht, die Worte über die Lippen zu bringen. Ihr Geist vergaß sie sofort.

»Vergesst nicht: Selbst wenn es keine Hoffnung mehr gibt – gebt sie nicht auf! Und jetzt folgt mir, wir haben keine Zeit zu verlieren.«

Es hatte keinen Sinn, Widerstand zu leisten. Sie hatte nichts zu verlieren außer dem bisschen Schlaf und der Bequemlichkeit, sich dem Gedanken an den sicheren Tod zu überlassen. Es fiel ihr jedoch schwer, wieder von neuem zu beginnen. Schließlich hatte sie die Hoffnung schon aufgegeben und mit ihr der Anstrengung und auch dem Risiko entsagt, doch sie tat, wie ihr geheißen.

Merdic erwachte mit dem gleichen Schmerz. Auch er musste sich in das Leben zurückkämpfen, das er bereits aufgegeben hatte.

Als alle Männer von der heißen Suppe, die erstaunlich erfrischend war, getrunken hatten, ging Menath-Dur voraus. Sein Schritt war leicht, und die Glöckchen an seinen Schuhen sangen in der Nacht wie sonst nur die Insekten.

Niemand sprach. Die Hoffnung kam auf leisen Schwingen. Die Schlucht schien immer noch unüberwindbar zu sein. Schroffe Felsen stürzten in die Tiefe, und müde Augen suchten vergeblich nach dem schmalsten Spalt, der es einem Mann, vielleicht sogar einem Pferd erlauben würde hinabzusteigen.

Doch Menath-Dur zögerte nicht. Er ging einen schmalen, gewundenen Pfad entlang, der durch die Farne, die nichts als nassen Felsen zu bedecken schienen, führte, und brachte sie zu versteckt liegenden Höhlen, die sich in weite Furchen öffneten.

Sie kamen nur langsam voran, gingen zu Fuß, um die

Tiere zu führen. Der Boden war glitschig, und loses Geröll stürzte unter ihren Stiefeln in den Abgrund. In der Dunkelheit war kaum etwas zu sehen. Nur manchmal spiegelte sich das Licht der Sterne im Wasser oder in den Tropfen auf den Farnwedeln.

Immer noch schwiegen die Männer. Das Schnaufen der Pferde war nah und vertraut, das Knirschen von Leder und das Klirren von Metall klangen gedämpft, hin und wieder schnappte jemand nach Luft, wenn er mit dem Fuß gegen einen Felsen stieß.

Schließlich ging langsam die Sonne auf. Sie stand bleich am Himmel im Südosten. Einmal schien es, als wollte Menath-Dur geradewegs in einen Wasserfall hineinlaufen, doch dann tauchte er dahinter schon wieder auf, nass, fröstelnd, und schritt durch eine tiefe Felsspalte hinauf in ein Tal. Ein toter Baum lag auf einem Felsen, und in seinem Schutz wartete er lächelnd. Das Haar klebte an seinem Schädel, und seine Kleider erinnerten an Blumen in voller Blüte.

»Zerhackt diesen Baum«, sagte er zu Merdic. »Macht Feuer und trocknet Euch. Versorgt die Pferde. Reibt sie ab. Esst. Ruht Euch aus. Dort hinten« – er streckte den Arm aus – »liegt die Westküste. Yaltabaoth wird Euch finden. Doch jetzt noch nicht, denn auch er wird müde sein. Ihr habt Zeit, Euch zu erholen und neue Kraft zu sammeln.«

Die Männer starrten Menath-Dur an. Freude erfüllte ihre Herzen. Sie erhob sich wie ein weißer Vogel, der die Morgenröte auf den Flügeln trug. Dann machten sie sich an die Arbeit, zogen die Äxte hervor, versorgten auch die Tiere, breiteten die Decken aus und gaben Korn in ihre Kessel.

Menath-Dur öffnete seinen Beutel und holte Pulver und Öl hervor. Beides reichte er Ta-Thea.

»Für die Wunden«, sagte er sanft. »Gegen Fieber und Schüttelfrost, zur Vorbeugung von Infektionen.« Seine Lippen verzogen sich zu einem schiefen Lächeln. »Behaltet die Hoffnung – behaltet sie für immer. Wir werden uns wieder sehen.«

Ohne ein weiteres Wort wandte er sich ab und lief davon. In wenigen Sekunden war er verschwunden, und es gab nur noch das Licht des Winters auf dem Gras und den beißenden Rauch des Feuers in der Luft.

Die Schrecken des Winters brachen mit Unwettern herein und überzogen die Moore mit einem leuchtenden Panzer aus Eis und füllten die Täler mit hohen Schneewehen. Im Mondlicht schienen sie lebendige Juwelen zu sein, die Luft selbst schien zu schimmern, und die Nacht war wie die Berührung eiskalten Wassers.

Die Zeit des Korns und der Beeren war längst vorüber, doch es gab Wurzeln, die sie ausgruben und aßen. Den größten Teil ihrer Nahrung jedoch holten sie aus dem Meer. Viele der Algen, die in seichte Becken gespült wurden, wenn die Flut zurückging, waren essbar, und sie gewöhnten sich an ihren Geschmack. Fische gab es reichlich, und die Not lehrte sie, sie zu fangen.

Als die Tage wieder länger wurden, fraß die Kälte sich immer noch in Fleisch und Knochen, doch der Schnee wurde zu bereits zu Matsch. Die Erde war dunkel und schien tot. Das Licht war grau, doch die Männer wurden im Körper und im Geist immer kräftiger. Die Worte des Buches sogen sie begierig auf. Bald kannten sie nur noch ein gemeinsames Ziel, und jeder sorgte sich um das Wohl seines Nächsten.

Bevor sich die erste zarte Blüte, der erste Halm frischen Grases hervorwagte, griff Yaltabaoth an. Es geschah gegen Mittag an einem Tag, als das Leichentuch einer dicken Wolke gerade zerrissen war und schmale Steifen des eisblauen Himmels sehen ließ. Der Wind streichelte das Heidekraut und schluckte den hohen, schrillen Schrei des Dämonen. Merdic und seine letzten Krieger, etwa einhundertdreißig Mann, lagerten auf den Ebenen an der Westküste, die auf die See hinausblickten und die die Welt begrenzten. Und hier würden sie kämpfen.

Das Furcht erregende Geräusch traf sie, als sie gerade am Feuer saßen und Seekräuter trockneten. Plötzlich gefor das Blut in ihren Adern, und Angst griff nach ihren Herzen. Der Atem stockte in ihren Kehlen.

Merdic fuhr herum, hoffte für einen kurzen Augenblick, dass er sich das Geräusch bloß einbildete oder dass es seiner Erinnerung entsprang. Doch dann stellte er sich der Wirklichkeit.

»Zu den Waffen!«, rief er, und alle gehorchten, griffen nach Schwertern und Speeren, hasteten zu den Pferden.

Er wandte sich an Ta-Thea. »Es wird keinen Fluchtweg geben«, sagte er hastig und kniff die Augen zusammen. »Wir werden tun, was wir können. Dies ist unser letzter Auftritt. Wenn wir diese Schlacht verlieren, dürft Ihr nicht in Yaltabaoths Hände fallen. Gott wird es Euch nicht übel nehmen, wenn Ihr versucht, ihm zu entkommen. Ich wünschte, ich könnte Euch retten, doch jetzt ist es zu spät. Meine Seele jubelt, dass Ihr uns das Wort der Wahrheit brachtet. Gottes Wille geschehe!« Und er hob die Hand zum alten Gruß des Reiches, stieg auf sein Pferd und ritt davon, um seine Armee in die Schlacht zu führen.

Yaltabaoths dunkle Streitmacht stürzte über die Kuppe eines Hügels und traf in vollem Galopp auf Merdics Heer. Speere und Schwerter klirrten, Schilde flogen durch die Luft, und im ersten Aufprall stürzten viele Männer zu Boden und wurden von fliegenden Hufen zertrampelt. Das Wiehern der Pferde, das Schlagen von Metall auf Metall und die Schreie der Männer dröhnten in den Ohren. Vögel stoben auf, und selbst die Aasfresser flogen davon, um in sicherer Entfernung zu warten. Die kleinen Tiere im Heidekraut versteckten sich in ihren Höhlen. Nur der weite, eisige Himmel und die endlose See hinter der Westküste blieben, wo sie waren.

Die Schlacht tobte, Wunden blieben unbemerkt. Jeder Mann saß im Sattel, bewaffnet mit einem Schwert: Soldaten, Ärzte, Waffen- und Hufschmiede gleichermaßen. Jenseits dieses Kampfes gab es keine Zukunft, auf die es sich vorzubereiten galt. Ta-Thea ritt mit den Männern, den Dolch an der Hüfte, das Schwert in der Hand.

Die Sonne ging bereits unter, und immer noch gab es

weder Sieger noch Verlierer. Casper war verwundet, und Ta-Thea stieg ab und kämpfte am Boden weiter. Sie stolperte über die Gefallenen. Die größeren Verluste allerdings hatte Yaltabaoth zu beklagen. Die kleinen Tiere blieben verschwunden, und auch die Aasvögel wagten sich noch nicht heran, obwohl die Erde mit Sterbenden und Toten bedeckt war.

Im Zentrum der Schlacht stellte sich Merdic der schwarzen Gestalt mit dem fließenden Haar und dem blutigen Schwert. Beide standen auf der Erde, beide hatten nur noch die nackten Klingen. Für einen Wimpernschlag begegneten sich ihre Augen, und Yaltabaoths Lippen enthüllten gelbe Zähne in einem höhnischen Lächeln, Siegesgewissheit blähte seine Nüstern.

Merdic schwang das Schwert, und Yaltabaoth parierte den Hieb. Immer wieder klirrten die Klingen. Merdic wurde verletzt. Blut strömte aus seinem Oberkörper, seinem Schenkel, seinen Armen. Nur selten gelang es ihm, Yaltabaoth zu treffen, der keinen Schmerz zu spüren schien, selbst wenn die Schwertspitze in sein Fleisch drang.

Niemand kam Merdic zu Hilfe. Jeder kämpfte seinen eigenen verzweifelten Kampf. Ta-Thea erhielt gerade Unterstützung von einem der Soldaten, als Merdic auf die Knie fiel und Yaltabaoth sein Schwert mit triumphierendem Geheul in das Herz des Gegners stieß.

Er zog das Schwert aus der Wunde und schwang es hoch über dem Kopf. Seine Augen glänzten, sein Mund öffnete sich weit zu einem Siegesschrei. Merdic rührte sich nicht mehr.

Ta-Thea stand da, als wäre sie allein auf der Welt. Das Kampfgetöse, der eisige Wind und das verblühte Heidekraut schienen zu verschwinden, als sie die schwarze Gestalt anstarrte.

Sie dachte an Menath-Dur, den bizarren Mann mit dem bunten Kostüm und den Glöckchen an seinen Füßen. Er hatte ihr befohlen zu hoffen, selbst wenn es keine Hoffnung mehr gab und die Dunkelheit undurchdringlich war, und dem Licht des Sterns, das sie geschaut hatte, zu folgen.

Mit dem Schwert in der Hand trat sie vor und blickte für einen Moment in die schrecklichen Augen. Dann stürzte sie vorwärts, den Kopf gesenkt, und stieß das Schwert mit aller Kraft in Yaltabaoths Bauch.

Schwarzes Blut schoss aus der Wunde, und ein Schmerzensschrei zerriss die Luft, stieg schrill in die Höhe, und die Wolken rissen auf. Zart wie die Flügel der Morgendämmerung strömte das Licht der Sonne hindurch.

Das Kampfgetümmel ruhte. Wie von Gram gebeugt standen die dunklen Krieger da. Die Waffen in ihren Händen schienen den Sinn verloren zu haben.

Merdics Soldaten waren erschöpft, verletzt durch Schwerter und Trauer. Sie alle hatten Merdic geliebt. Seit ihrer Jugend war er ihr Anführer und Freund gewesen. Sein Tod war der schwerste Schlag.

Ta-Thea blickte auf Yaltabaoth hinab. Er wand sich auf der Erde, doch die Wunde war nicht tödlich. Das Sonnenlicht fiel nicht mehr auf den dunklen Ritter, der mit einem dämonischen Schrei über den Hügel geritten war, sondern auf einen alten Mann mit weißem, schütterem Haar, faltigem Gesicht, verwelktem Fleisch und kraftlosen Gliedern. Nur seine Augen waren unverändert. Immer noch glühte das Feuer des Hasses und die Gier nach der Nacht der Seele darin.

Langsam kam er auf die Knie, krallte die knotigen Finger um sein Schwert.

Ta-Thea wich zurück. Furcht schnürte ihre Kehle zu, sie zitterte am ganzen Leib. Sie hatte ihren Hieb gesetzt, und nun blieb ihr nichts.

Yaltabaoth stützte sich schwer auf das Schwert, und plötzlich wurde es zu einem Speer, dann zu einem Stock, doch er würdigte es keines Blickes, obwohl er die Veränderung sicher spürte. Sein Lächeln war ohne Fröhlichkeit. Er rührte sich nicht, als er endlich aufrecht stand, eine wilde Gestalt, das weiße Haar wehte im Wind, die Kleider waren blutig und zerfetzt.

»Ihr seid nicht geflohen«, sagte er leise zischend, und seine Stimme erinnerte Ta-Thea an die Azrubs, der weit fort in Shinabar war. Und plötzlich erkannte sie Yaltabaoth. Er war der Herr der Verzweiflung – so wie Menath-Dur der Herr der Hoffnung war.

»Ihr habt mich verwundet«, fauchte er. »Doch ich werde nicht sterben. Für immer werde ich auf diesem Boden wandeln, und mein Stock wird der Stock der Zerbrochenen Träume sein. Ich bin der Herr der Hoffnungslosigkeit, und mein Reich wird die Erde überdauern.«

Mit diesen Worten wandte er sich ab und starrte auf die Überreste seiner erschöpften und verwundeten Armee. Dann ging er durch das Heidekraut und die Farne davon, und in wenigen Minuten war er mit seinen Männern verschwunden.

19

Merdic und die übrigen Gefallenen wurden mit militärischen Ehren begraben. Nach dem alten camassianischen Ritus standen die Männer schweigend mit federngeschmückten Kriegsstandarten und hoch erhobenen Speeren in der Abenddämmerung am Strand. Die Wellen brachen sich grau und silberfarben auf dem Sand und spuckten noch weißen Schaum auf die Algen, die sie dort anspülten.

Vögel kreisten über den Köpfen der Trauernden, und die Flügel blitzten in der Sonne rötlich auf. Ihre Rufe vermischten sich mit dem Rauschen des Windes im Schilf und dem Tosen des Wassers. Der Ort war nun friedlich geworden, und als die Überlebenden den Toten den letzten Gruß entboten hatten, wandten sie sich ab und gingen zu den Pferden.

»Wohin sollen wir uns jetzt wenden?«, fragte Drusus. »Yaltabaoth ist zwar geschlagen, doch seine Truppen besetzen immer noch das Öde Land, und für uns gibt es keinen Weg zurück.«

»Wir müssen hier ausharren«, entgegnete Ta-Thea bestimmt. »Wir werden auf dieser Landzunge eine Festung bauen, dort hinten, wo die Fluten uns vor den Angreifern schützen. Es gibt viele Steine hier, und Werkzeuge haben wir auch. Später werden wir auch Samen finden. Frisches Wasser und Torf für Feuer gibt es in genug.«

Drusus stand mit wehenden Haaren vor ihr, der Wind zerrte an seinem Umhang. »Einer nach dem anderen werden wir sterben«, sagte er müde.

Im ersten Augenblick verstand Ta-Thea ihn nicht. Dann blickte sie zu den fünfzig Männern hinüber, die noch übrig waren. Es waren nur Männer hier, es fehlten die Frauen. Verzweiflung flackerte auf, doch sie wich schnell der Erkenntnis, dass für diejenigen, die *glaubten*, nichts verloren war und dass die Absichten Gottes nicht durchkreuzt werden würden.

»Gott lässt niemals den im Stich, der an Ihn glaubt und Seinen Geboten gehorcht«, entgegnete sie mit neuer Überzeugungskraft. »Es wird einen Weg geben.«

Einer nach dem anderen fiel auf die Knie, die Verwundeten, die Erschöpften, die Trauernden, und alle beteten zu Gott, der sie in einer Welt viel älter als diese gezeugt hatte und dessen Liebe niemals sterben würde.

Sie versorgten die Verletzten, Mann und Pferd, und langsam erholten sie sich. Doch es dauerte neununddreißig trostlose und mühevolle Tage, bis sie mit Dechseln und Meißeln endlich genügend Steine aus den Felsen herausgeschlagen und behauen hatten. Es reichte gerade, um ein Fundament für einen notdürftigen Unterschlupf zu bauen, der sie vor dem Schneeregen, der vom Moor her herübertrieb, schützen würde. Es gab keinen Mörtel, und auf dem sturmgepeitschten Landstrich fanden sie nichts weiter Treibholz. Der Mut sank, und die Männer arbeiteten schweigend, ruhten sich aus, und arbeiteten weiter.

Auch Casper kam wieder zu Kräften, und Ta-Thea ritt allein in das Moor hinauf, auf dem immer noch Inseln aus Eis lagen. In der Ferne erstrahlten die Berge zwischen finsteren Wolken im Sonnenlicht. Der Wind hatte nachgelassen, und die Luft war rein und duftete nach feuchtem Farn, nasser Erde und bitteren Kräutern.

Ta-Thea ritt langsam dahin. Sie hatte Zeit, und sie wollte vor allem eins: allein sein. Als die Sonne glühend rot im Südwesten unterging, stieg sie vom Pferd und ließ Casper grasen. Sie selbst zog sich in eine Höhle zurück. Die Erde dort war trocken, und sie zog ihren Umhang um die Schultern, um sich gegen die Kälte zu schützen. Dann neigte sie den Kopf und öffnete ihr Herz dem Gott, der sie zur Erfüllung seines Plans gerufen hatte. Sie wusste nicht, wie sie dieses Ziel erreichen sollte. Dunkelheit umgab sie auf dieser erbarmungslosen Erde, so weit ihr Auge reichte. Yaltabaoth hatte zerstörerische Verzweiflung in ihr Herz und ihren Geist gepflanzt.

Nach einer Weile setzte sie sich auf. Der Schatten über ihrer Seele verschwand, und sie blickte in einen Garten, in dem es weder Tod noch Geburt gab. Kein Wesen unter dem Himmel wusste von Feindschaft, und es herrschte vollkommener Friede.

In dem Garten wohnten auch ein Mann und eine Frau, die keine Sünde kannten. Ihre Gesichter waren hell und glatt, die Zeit existierte nicht, und das Alter war für sie ohne Bedeutung. Ihre Augen hatten kein Leid gesehen, und ihre Unschuld war ohne Makel. Sie hatten die Freiheit zu tun, was ihnen beliebte. Nur eines war ihnen verboten: Unter all den Früchten der Bäume gab es eine, von der sie nicht essen durften. Und sie begehrten die Frucht nicht, denn sie hatten nur einen Wunsch: zu gehorchen.

Seit Zeitaltern ohne Namen und Zahl pflegten sie diesen Garten und freuten sich an seiner Schönheit.

Dann erblickte Ta-Thea einen weiteren Mann, der unter einem schimmernden Baum stand, und sein Antlitz war furchtbar. In seiner Seele schien finsterste Dunkelheit zu wohnen, die die Sterne zermalmte und alles Leben verschlang. Und dieser Mann sprach zu der Frau.

Sie kannte ihn nicht und fragte ihn nach seinem Namen.

»Ich bin Asmodeus, dein Bruder.«

Sie kannte das Böse nicht, wusste nichts von der Lüge. Sie blickte ohne Furcht und fragend zu ihm auf.

»Iss von der Frucht«, forderte er. »Sie wird dir Erkenntnis bringen.«

Sie schüttelte verwirrt den Kopf. »Mein Vater hat es mir verboten. Ich darf nicht davon essen, denn sonst werde ich den Tod schmecken.«

In seinen Augen verwoben sich Gerissenheit, Verderbtheit und Wahrheit zu einer Falle der Zerstörung.

»Du bist wie ein ungeborener Säugling. Du weißt nichts! Wenn du bitter von süß nicht unterscheiden kannst, Licht nicht von Dunkelheit, dann bist du dazu verdammt, für immer und ewig ein Kind zu bleiben. Würde jemand, der dich tatsächlich liebt, so etwas wollen? Das Leben und das Wissen um Gut und Böse haben aus deinem Vater erst Gott gemacht! Nimm das Risiko auf dich. Nimm das Leben … und werde wie Er.«

Sie zögerte. »Es muss noch einen anderen Weg geben.«

»Ohne das Wissen um Gut und Böse gibt es nichts«, erwiderte er sanft. »Es ist Gottes Weg. Wie also könnte er falsch sein?«

Die Blätter in dem schimmernden Baum raschelten leise. Die Frau war immer noch unschlüssig.

Ta-Thea blickte in Asmodeus' Herz und sah den Triumph, der darin lauerte und sich den Weg zu seinen Lippen bahnte. Wenn die Frau von der Frucht aß, dann würde Menschheit sterblich werden. Wenn die Menschen um Gut und Böse wüssten, würden sie anfällig für die Sünde werden. Der Weg hinauf zu Gott würde ihnen immer noch offen stehen, doch ebenso der Abstieg in den Schlund der Hölle.

Asmodeus hatte bereits ein Drittel aller Himmelsbewohner in seiner Gewalt. Sie waren wie er gefallen. Wenn die Frau nicht von der Frucht aß, würde es dabei bleiben, und Gott würde weiter über mehr als die Hälfte der himmlischen Heerscharen verfügen. Doch wenn sie in Versuchung geriet, hätte Asmodeus sein Ziel erreicht: Auch die restlichen Menschen würden fallen, jeder Einzelne, denn so sicher, wie sie die Erkenntnis erlangen würden, so sicher würden sie auch Verderbtheit und Tod gewinnen, denn sie würden sündigen. Es war so leicht – ein Augenblick der Unachtsamkeit genügte, eine vergebene Chance, ein Wimpernschlag der Gleichgültigkeit.

Und alles würde dann von einem Manne abhängen, der im Zenit der Zeiten ohne Makel leben und sich zur vorbestimmten Stunde in einem anderen Garten Asmodeus stellen würde. Er würde allein sein mit all der Schwäche des menschlichen Herzens und Fleisches, und Asmodeus würde über unsterbliche Macht und die Bewohner der Hölle verfügen, hätte das Leid und das Entsetzen der Ewigkeit in seiner Gewalt. Jener Mann würde versagen!

Asmodeus würde ihn langsam zermalmen, ihn mit dem Bösen und dem Leid allen Lebens zerstören. Dann würde jede menschliche Seele ihm gehören, alles Leben, das je geatmet oder ein Blatt ausgetrieben hatte, selbst die Felsen und der Lehm der Erde. Seine Herrschaft würde grenzenlos sein. Seine Finger griffen danach, seine Augen hatten sie schon erblickt, und der Geruch des Sieges war in seinen Nüstern. Er glaubte in Furcht erregendem Triumphgefühl daran.

Die Schöpfung hielt den Atem an. Die Ewigkeit stand still.

Da streckte die Frau ihre Hand aus und pflückte die Frucht. Sie führte sie an die Lippen und aß davon.

Asmodeus lächelte zufrieden. Nun brauchte er nichts weiter zu tun als auf das leuchtende Zentrum der Zeit und die letzte Schlacht zu warten. Dann lag alles Leben innerhalb seiner Reichweite.

Die Frau beobachtete ihn. Noch spürte sie keine Furcht, doch eine Ahnung davon glomm bereits in ihren Augen.

»Ich weiß, wer du bist«, sagte sie langsam. »Und ich weiß, dass ich den Tod gegessen haben, genauso wie das Leben. Doch es ist besser so. Ohne das Wissen um Gut und Böse kann ich nicht wie mein Vater werden. Und ich weiß, dass der Grat zwischen dem Leben und der Dunkelheit so schmal ist wie die Schneide eines Messers.«

Asmodeus lächelte voller Zufriedenheit über das ganze Gesicht.

Ta-Thea blickte der Frau nach, als sie davonging, und wusste, dass sie den Garten für immer verließ. Der Mann würde sich dafür entscheiden, ihr in das Exil zu folgen, Versuchungen und Leid, Erschöpfung und Trauer ertragen. Gemeinsam würden sie den Weg bis zum Ende gehen, seine Bedeutung verstehen und daran glauben, dass sie das Licht finden würden.

Und Ta-Thea liebte sie von ganzem Herzen.

Als ihr Blick wieder zu Asmodeus wanderte, sank ein erdrückendes Gewicht auf sie herab, und sie war wie gelähmt. Sie blickte in seine Seele und sah die Welt mit seinen

Augen: Eitelkeit, Gier und Zorn wohnten darin. Er dagegen sah die Liebe, spürte ihre Hand in der seinen und ihren Atem auf seiner Wange. Sie flüsterte seinen Namen, doch er hörte sie nicht. Er glaubte, sie sei eine Täuschung, würde sich sogleich in Luft auflösen. Er verstand sie nicht. In seiner Eitelkeit und seiner Feigheit würde er es auch nicht einmal versuchen, sie zu verstehen.

Dann sah Ta-Thea, dass der Mann und die Frau Kinder hatten. Geburt und Tod waren in der Welt, standen nicht nur für sie bereit, sondern auch für die Tiere und Pflanzen. Alle Dinge hingen davon ab. Die Zahl der Menschen wurde größer, und sie bedeckten das Antlitz der Erde. Immer zahlreicher wurden sie, und sie verfügten über große Reichtümer an Feldfrüchten und Tieren, Bäumen und wertvollem Metall aus den Tiefen der Erde.

Langsam verdarb die Rechtschaffenheit und verwandelte sich in ein solches Übel, dass Gott die Himmel öffnete und gewaltige Fluten hinunterstürzen ließ. Die Wasser auf der Erde schwollen an, tobten und verschlangen das trockene Land, bis nichts mehr davon übrig war. Ta-Thea beobachtete voller Entsetzen, wie alles Leben ertrank und sich nur eine einzige Familie an Bord eines einzigen riesigen Schiffes retten konnte.

Dann zogen sich die Wasser wieder zurück, und aus jener Hand voll Menschen bevölkerte sich die Erde erneut, Tiere und Pflanzen verbreiteten sich. Und wieder gab es beides: Recht und Unrecht. Es gab Leidenschaft und Leid, Lachen und Weinen, Wut und Freude.

Große Männer setzten alles daran, in die Fußstapfen Gottes zu treten. Um Ihm zu dienen, gaben sie alles auf und liebten auch das Hässliche bedingungslos und ohne Dank. Sie bewahrten den Glauben an jenen leuchtenden Augenblick im Zentrum der Zeit. Ein Mann würde kommen, der allein in einem Garten auf die Hölle blicken würde, der die Augen nicht abwenden würde.

Ta-Thea sah Völker aufsteigen und vergehen, Heldentum und Grausamkeit, Glanz und Verfall. Sie sah Kriege, die über die Städte zogen, Plagen, die ganze Länder verwüsteten. Prophezeiungen wurden von vielen bespöttelt, doch immer noch bewahrten einige strahlende Hoffnung. Das Herz der Zeit kam immer näher. Die Zeichen erfüllten sich, doch die Völker sahen sie nicht.

Und unterdessen wartete Asmodeus in schwarzem Gelächter, sich seines Sieges sicher, und die Schöpfung war an seiner Seite. Unzählige Welten bewahrten das Licht der Hoffnung – und warteten.

Der Augenblick nahte, der Tag und die Stunde. Der Mann wurde geboren und wuchs heran.

Asmodeus bereitete sich vor. Er flüsterte in die Ohren von Königen und Priestern, gewöhnlichen Männern und der Völker Herrscher.

Und der Mann wurde erwachsen. Sein Herz war rein, Seine Hände waren unbefleckt. Da begann Er mit gewaltiger Kraft, das Wort Gottes zu predigen. Manche hörten Ihm zu, viele nicht. Seine Lehre trennte wie ein Schwert das Wahre vom Falschen, den Feigling vom Tapferen und diejenigen, die Gott liebten, von denjenigen, die Ihn nicht liebten. Und weil Er Sein Licht über Ihm ausgoss, verschworen sich diejenigen, die das Licht fürchteten, gegen Ihn, und die Schwachen, die Grausamen und die Selbstsüchtigen taten es ihnen alle gleich. Sie hassten Ihn voller Entsetzen, weil Er ihnen eine Wahrheit offenbarte, die sie nicht verleugnen konnten.

Dann war der Augenblick gekommen. Sie suchten nach einem Weg, Ihn in den Tod zu stürzen. Er betete allein in dem Garten. Seine Seele bebte vor Angst, Er wusste, welches Schicksal Seiner harrte. Er sehnte sich danach davonzulaufen, doch Er wusste auch, was am Ende zählte. Die Ewigkeit hing über dieser einen Schlacht.

Nur mit Liebe bewaffnet stand er auf. »Ich will …«

Und Asmodeus stand ihm gegenüber, von Angesicht zu Angesicht, die Legionen der Hölle im Rücken. Er öffnete die Grube der Verdammnis und zeigte Ihm die Qualen der Sünde, Schuld und Entsetzen, Einsamkeit und Versagen, Hohn und auch die Verkümmerung der Unschuld. Und Er erblickte Hunger und Gemetzel, die Schönheit der Erde sah er verschwendet, ihre Kreaturen gejagt und gequält. Er erblickte Seine eigene Wahrheit zerbrochen und missbraucht, um Abscheulichkeiten zu rechtfertigen, bis im Verfall der Körper und der Verzweiflung der Seelen Sein Geist wie Wasser ausgegossen wurden.

Doch Er wandte sich nicht ab. Das Leid tobte durch Ihn hindurch, die Dunkelheit verhüllte Sein Antlitz, und immer noch schrie Er nicht um Seinetwillen auf, verriet nicht die Liebe, nicht einmal die für die Schwächsten, die Hässlichsten und Geringsten unter den Menschen.

Die Schöpfung hielt den Atem an.

Die Verdammnis wütete gegen Ihn, doch sie geriet aus den Fugen, weil sie die Macht, die Großartigkeit und die Unendlichkeit der Liebe nicht verstand. Die Dunkelheit erbebte und zog sich zurück, und Asmodeus wusste, dass das Zentrum der Zeit vorüber war, dass der Sieg nicht sein war.

Und sie ergriffen den Mann und töteten Ihn, und Er starb im Fleisch. Doch Sein Geist blieb unversehrt und vollkommen und lebendig, und die Schöpfung jubelte. Die Toten aller vergangenen Zeiten, die den Glauben an Ihn bewahrt hatten, wurden auferweckt, und diejenigen, die in Unwissenheit gestorben waren, wurden in die Versprechen Gottes eingewiesen.

Und der Mann kehrte auf die Erde zurück und berichtete denen, die Ihn liebten, von Seinem Sieg, und sie glaubten Ihm und wurden von Hoffnung erfüllt, die keine Dunkelheit jemals verschlingen würde.

Sie lehrten in Seinem Namen, und manche glaubten, andere nicht. Und als sie von der Sterblichkeit in die Unsterblichkeit hinübergingen, wurden ihre Worte missbraucht, so wie der Mann es im Antlitz der Hölle gesehen hatte. Böses wurde in Seinem Namen angerichtet, und verfälschte Lehren legten eine neue Art Dunkelheit über die Welt. Doch selbst in Zeiten der Unwissenheit, der Kriege, der Verderbtheit und der Tyrannei gab es doch immer Liebe, Mut und Opferbereitschaft und eine Hoffnung, die niemals ganz verschwand. Und wieder warteten die Menschen und beteten.

Und nach einer langen Zeit wurde die Wahrheit erneut aus dem Himmel gesandt, die alten Mächte wieder eingesetzt und auch die alten Verfolgungen, denn wie immer war das Wort Gottes ein Schwert, das die Menschen entzweite, ein Spiegel, der einem Mann sein Gesicht zeigte, so wie es wirklich war.

Und die Dunkelheit des Bösen schüttelte die Erde wie nie zuvor. Ganze Völker verschwanden in vernichtenden Gemetzeln, es gab Hungersnöte und neue, schreckliche Epidemien. Schließlich ertrug die Erde selbst es nicht länger und schrie auf: »Wie lange soll ich denn noch leiden? O Herr, wie lange noch?« Und Gott streckte seine Hand aus und reinigte sie, stellte sie wieder her, die Ernte wurde eingebracht, und sie war vollkommen, und die Freude war größer, als Ta-Thea ermessen konnte.

Die Vision verschwamm vor ihren Augen, und sie erwachte. Am östlichen Himmel dämmerte es bereits, und das bleiche Licht schien ebenso weit und rein wie der Atem des Himmels.

Langsam erhob sie sich mit steifen, kalten Gliedern. Casper wartete auf sie, und sie machte sich auf den langen Weg zurück zu der Festung auf der Landzunge.

Ta-Thea berichtete Drusus, was sie gesehen hatte, andächtig, mit ehrfürchtigen Worten, und dann gravierte sie alles mit großer Sorgfalt in dünne Metallplatten, die der Hufschmied für sie fertigte, denn sie hatten kein Papier. Die Arbeit war anstrengend und kostete viel Kraft, doch Ta-Thea wusste, dass die Ritter der Westküste niemals vergessen durften.

Die Männer arbeiteten an dem Gebäude, und im Frühling pflügten sie die Erde und pflanzten die Samen, die sie von den wilden Gräsern des Hochlandes gesammelt hatten, und die Wurzeln, von denen sie aus den Jahren im Norden wussten, dass sie essbar waren.

Doch es gab keine Frauen, und alle waren sich schmerzlich bewusst, dass all die Arbeit und alle ihre Träume mit ihrem eigenen Tod dahingehen würden. Niemandem würden sie das gleißende Licht der Erkenntnis hinterlassen können.

»Wir müssen tun, was wir können«, sagte Ta-Thea mit einer Bestimmtheit, die mit verzehrender Süße in ihr wohnte. »Dann wird der Diener der Heiligkeit sich des Übrigen annehmen.«

Iszamber hatte gesagt, dass elf Priester das Licht der Wahrheit bewahren würden, und sie betete Tag für Tag darum zu erfahren, welche der Legionäre auserwählt werden würden. So sehr sie sich auch bemühte – nur neun Namen kamen ihr in den Sinn. Also rief sie jene neun zu sich, und jeder akzeptierte die Aufgabe mit Erstaunen, Demut und Dankbarkeit. Zuerst waren sie überwältigt von der Bedeutung des Rufes und zweifelten an ihren Fähigkeiten, ihm gerecht zu werden. Doch mit der Zeit lernten sie, auch an das zu glauben, was sie nicht sahen. Fehler wurden seltener, die Erkenntnis größer, und die Hoffnung wurde ein Stab, auf den sie sich in der Einsamkeit der Jahreszeiten stützten. Das Leben wurde sicherer. Sie sammelten Samen, Getreide wuchs, und die Tiere vermehrten sich. Doch sie waren immer noch allein.

Es war Winter. Zwei Jahre waren seit der Niederlage Yaltabaoths vergangen, als eines Nachts ein großes Boot an den Strand gespült wurde. Der Wachposten fand es, als die Morgendämmerung den Osten erhellte. Rasch ritt er zum Ufer, die Hufe des Pferdes hinterließen tiefe Spuren im nassen Sand. Er war neugierig, aber auch ängstlich geworden, denn er wusste nicht, was er vorfinden würde. Er preschte durch den seichten Schaum und spähte über die hohe Bootswand. Der Anblick raubte ihm den Atem, und sein Herz sang vor Freude. Frauen kauerten sich furchtsam und vor Kälte zitternd auf den Planken zusammen, alte und junge, mindestens fünfzig. Eine bewegte sich, ahnte den Schatten über sich und öffnete die Augen.

»Habt keine Angst«, sagte er hastig. »Ihr seid in Sicherheit. Gott hat Euch hierher gebracht.« Er streckte langsam die Hand aus und berührte die Frau, lächelte, um sie wissen zu lassen, dass er nichts Böses im Schilde führte. Ihre

Kleider waren nass, und sie war steif vor Kälte. »Ich werde Hilfe holen«, versprach er. »Bald werdet Ihr es warm haben … ich hole Euch etwas zu essen … und trockene Kleider. Wartet hier!«

Der Wachposten wandte sich ab und galoppierte am Strand entlang zurück, dann hinauf über die Felsen. Die Ersten waren schon dabei, das Vieh zusammenzutreiben, um es zu melken.

»Wo ist Drusus?«, rief er aufgeregt. »Sucht Ta-Thea! Ein Boot voller Frauen ist an den Strand gespült worden. Sie sind hungrig und frieren erbärmlich. Holt Decken und etwas zu essen. Schnell! Gott hat unsere Gebete erhört!«

Die Männer ließen alles stehen und liegen, und in überwältigender Dankbarkeit schafften sie das Beste herbei, um die Frauen zu empfangen. Das schmackhafteste Essen, die wärmsten Decken und die behaglichsten Räume wurden ihnen zur Verfügung gestellt.

Als die Frauen trockene Kleider angezogen hatten und in warme Decken gehüllt waren, aßen sie zur Stärkung eine heiße Suppe.

Ta-Thea sprach die dunkeläugige Frau an, der der Wachposten seine Hand entgegengestreckt hatte. »Mein Name ist Ta-Thea.«

Die Frau blickte sie an. »Wo sind wir? Warum seid Ihr so besorgt um uns? Kennt Ihr uns etwa?«

»Ihr seid an der Westküste des Öden Landes. Wir sorgen für Euch, weil Ihr in Not seid. Kümmert Ihr Euch denn nicht um die, die frieren, verletzt oder verloren sind?«

Die Frau schenkte ihr ein flüchtiges Lächeln, dann trat Furcht in ihre Augen. »Mein Volk würde sich nicht um die Ausgestoßenen scheren. Ich schon, denn ich bin keine von ihnen. Ich weiß, was es heißt, aus der Heimat verbannt zu sein.«

»Ich auch«, entgegnete Ta-Thea bewegt, jedoch ohne Bitterkeit. Das Ende der Behaglichkeit war gleichzeitig der Beginn des Reifens gewesen, und dies hätte sie für nichts auf der Welt eingetauscht. »Wie heißt Ihr denn?«

»Sefaris.« Die Frau lachte plötzlich, dann zitterte sie und

zog die Decke fester um die Schultern. Ihr Gesicht war immer noch aschfahl. »Wollt Ihr denn nicht wissen, warum wir ausgestoßen wurden?«

»Wenn Ihr mir davon erzählen wollt ... Doch es hat Zeit. Es braucht nicht heute und nicht morgen zu sein.«

»Wir haben die Götter unseres Volkes gelästert«, sagte Serafis herausfordernd, die Augen groß und zornig. »Ich sehe, dass Ihr uns nicht von den Resten, sondern vom Besten gabt, doch so dankbar wir Euch sind, wir werden um Euretwillen nicht unseren Glauben verraten.«

»Die Ursache für unsere Hilfsbereitschaft liegt nicht in Eurem Glauben, sondern in unserem«, entgegnete Ta-Thea.

Serafis lächelte. Es war ein fröhliches und entschuldigendes Lächeln zugleich. »Das hätte ich wissen müssen. Ich danke Euch.«

In den nächsten Tagen erfuhr Ta-Thea etwas von Sefaris' Glauben und über die Gründe, die zur Vertreibung der Frauen geführt hatten. Serafis war die Tochter eines Häuptlings von Lantrif am Fluss, dessen Glauben auch den Vlamen fremd geblieben war.

»In vieler Hinsicht sind sie durchaus gut«, erklärte Serafis vorsichtig, als ob sie ihr Volk verteidigen müsste. »Doch ihre Macht, scheint mir, gründet sich nicht in Sittlichkeit. Ich verbrachte viel Zeit allein, und eines Nachts, als ich über Gut und Böse und des Menschen Kurs zwischen diesen beiden Polen meditierte, hörte ich eine Stimme, die mich aufforderte, die Weisheit in der Liebe zu allen Menschen zu suchen, zur ganzen Erde, zu allem, was sie beherbergt. Die Stimme sagte, dass dies das Werk eines einzigen Gottes ist.«

»Seid Ihr der Stimme gefolgt?«

»Natürlich! Nur eine Verrückte oder ein Feigling ignoriert die Stimme des Himmels!«

»Was habt Ihr denn gelernt?«

»Dass die Liebe zu Gott über allem steht, über der zu den Menschen, zu den Ideen, zu den Orten und den Träumen, dass man nach dem Wohl der Seelen aller Menschen streben muss, ob Freund oder Feind«, entgegnete Sefaris. Ihr Blick ruhte auf Ta-Theas Gesicht, und sie sprach voller Überzeugung.

»Dann war es tatsächlich die Stimme des Himmels, die zu Euch sprach«, stellte Ta-Thea fest. »Und wer immer Euch davon abbringen will, ist entweder blind oder böse. Bleibt bei uns, solange Ihr wollt. Ihr seid uns willkommen.«

»Wir werden sehen«, sagte Sefaris vorsichtig. »Doch wir stehen in Eurer Schuld.«

Die Tage wurden zu Wochen, und der Winter machte den Weg für den Frühling frei. Es war nicht die Predigt, die Sefaris und die Frauen für das Wort einnahm, sondern die unauffälligen Lektionen der Freundlichkeit, das Beobachten der Männer, die wesentlich disziplinierter waren als sie selbst, die alles miteinander teilten, die den Geringsten ebenso sehr liebten wie den Größten und die von Gott als demjenigen sprachen, der die Welt über alles liebte.

Schließlich bat Sefaris Ta-Thea darum, sich dem Weg des Buches verpflichten zu dürfen. Auch sie wollte den Bund schließen. Und sie fragte, ob Ta-Thea es begrüßen würde, wenn die Frauen sich mit den Soldaten verheirateten, die sie liebten.

Im Spätsommer wusste Ta-Thea, welche beiden Legionäre Gott so sehr gefielen, dass sie für die Eröffnung des Reigens der elf Priester auserkoren waren. Es waren die, die nicht durch Handauflegen heilten, sondern mit der Sanftmütigkeit des Herzens, die des Nächsten Klage und seinen Ängsten lauschten, die liebten, wenn der Gequälte am schwächsten, am hässlichsten und scheinbar verloren war, die niemanden ausschlossen. Die beiden hatten die Kraft, von der Wahrheit zu sprechen, selbst in Zeiten, in denen niemand zuhören wollte, in denen man sie dafür sogar hasste. Sie liefen nicht davon. Ta-Thea liebte sie, wie sie niemanden seit Arimapsis und Eleni geliebt hatte.

Im folgenden Frühling kehrte an einem Tag, als die Sonne gerade in einem glühenden Ball in die See fiel und Wolken wie Hexenhaar über den Himmel zogen, Menath-

Dur zurück. Er kam zu Fuß über die Heide, und sein Schritt war so leicht, wie man es von ihm kannte. Die winzigen Glöckchen an seinen lächerlichen Schuhen sangen ihr Lied. Der Sonnenuntergang färbte Menath-Durs Kleider, und das Gold darin schien von innen heraus zu leuchten.

Die Flut nahm stetig zu, und die Wellen brachen sich mit immer größerer Wucht am Strand. Menath-Dur näherte sich den Fallgattern. Die Wachtposten grüßten ihn und gaben den Weg frei.

In der großen Halle im Inneren der Festung traf er auf etwa siebzig Menschen, die an Tischen saßen. Männer und Frauen waren versammelt. Als er eintrat, verstummten Gespräche und Gelächter, und alle blickten ihn an.

Er begrüßte Drusus, dann ging er mit einem Lächeln, das alle ergriff, zu Ta-Thea und blieb vor ihr stehen. Dies war einer jener Augenblicke, die in jedem Herzen bewahrt wurden, auf die die Geschichte wartete und dann zurückblickte.

»Es ist so weit, meine Dame. Das Licht der Westküste ist in Sicherheit. Es wird nicht erlöschen, und die Fackel wird nicht fallen, bis der letzte Krieg gekämpft und gewonnen und die Welt in Gott wieder geboren ist. Nun müsst Ihr fort und auf den Weg zurückkehren, der nach Euch ruft. Eure Reise ist noch nicht zu Ende.«

Ta-Thea erschrak bestürzt. Darauf war sie nicht vorbereitet. Sie war davon überzeugt gewesen, dass sie den Rest ihres Lebens hier verbringen würde, bei diesen Menschen, mit denen sie der Finsternis getrotzt hatte, schreckliche Schlachten gefochten und gewonnen, mit Herz und Hand eine Festung gebaut. Sie hatte sich mit ihnen altern sehen, geliebt und liebend, und am Ende die Fackel des Lichts an die Jüngeren weiter gebend.

Sie blickte in Menath-Durs glattes Gesicht und sah die Bestimmung in seinen Augen.

»Wie soll sie denn durch das Öde Land gelangen?« Drusus hatte das Wort ergriffen, Zweifel überschatteten seine Züge. »Yaltabaoths Streitmacht liegt immer noch in den

Hügeln und Tälern, und der Wanderer mit dem Stock der Zerbrochenen Träume wird sie in unerbittlicher Feindschaft jagen. Das hat er geschworen.«

»Sie hat alle Waffen, die sie braucht, um den Widersacher zu schlagen«, gab Menath-Dur mit sanfter Stimme zurück. »Weder Mann noch Engel können den Auftrag an ihrer Statt erfüllen. Es gibt Strecken auf dem Weg nach oben, die jeder von uns allein bewältigen muss. Am Anfang ist es so, weil die freie Entscheidung getroffen werden muss, und am Ende kommt der Zeitpunkt, da der Geist das Licht gut genug kennt. Dann steht er aus eigener Kraft aufrecht, wird zum Krieger und ist nicht mehr länger der Verteidigte.«

Drusus neigte den Kopf in schweigendem Einverständnis. Er hatte Ta-Thea beobachtet und verstanden.

Menath-Dur ließ ihr nur eine Nacht. Zeit genug, sich auf die Reise vorzubereiten und um das zu trauern, was sie zurücklassen würde. Sie hatte Entsetzen und Leid mit diesen Menschen geteilt, sie war Teil ihrer Tatkraft gewesen und hatte ihre Freude geschmeckt. Und nun würde sie nicht sehen, wie ihre Kinder geboren wurden. Die zerklüftete Landzunge mit dem hellen Sand und der tosenden See war ihr ans Herz gewachsen. Sie liebte das Geschrei der Vögel und das Licht auf dem Wasser. Die harten Winter waren von reiner Schönheit, die ihr trotz der bitteren Kälte teuer geworden war.

Im Morgengrauen stand sie neben Menath-Dur im Hof und blickte an den Mauern hinauf, die sie mit den anderen errichtet hatte, schaute die Menschen an, die sie gelehrt und geliebt hatte, die Tiere, die sie alle mit Namen kannte. Jeder Abschied hatte seinen ganz eigenen Schmerz, doch wenn man ihn nicht leugnete, war er voller Würde, die es Freunden erlaubte, ohne Tränen und Versprechungen voneinander zu scheiden.

Alle hatten Haltung angenommen wie Legionäre, die von ihrem kommandierenden General gerufen worden waren, die Köpfe hoch erhoben. Sie hatten die zerlumpten Uniformen und ihre Waffen angelegt. Die zerfetzten Umhänge flatterten im Wind. Drusus senkte sein Schwert zum alten Gruß des Reiches, eine einzige glänzende Schneide im Sonnenlicht. Niemand sprach. Alles war gesagt.

Ta-Thea stand schweigend da und prägte sich jedes einzelne Gesicht ein. Nie würde sie diese Menschen vergessen. Dann wandte sie sich ab, führte Casper am Zügel und folgte Menath-Dur durch die Fallgatter hindurch hinaus in den Sand.

Ihr Weg führte sie ins Landesinnere und südwärts über die Weiten des Öden Landes, vorbei an schilfgesäumten Bergseen, die schimmernd im bleichen Sonnenlicht lagen. In den windgeschützten Tälern wuchsen wilde Blumen in strahlendem Gold und Blau.

An der Grenze zu Celidon verließ Menath-Dur Ta-Thea.

»Der Feind liegt auf der Lauer. Er wird Euch in vielen Gesichtern begegnen«, sagte er ernst und streichelte mit langen, weichen Fingern ihr Gesicht. »Auf manche werdet Ihr vorbereitet sein, auf andere nicht. Einige werden entsetzlich sein und Eure Seele herausfordern. Doch Gott kennt Euch, und Er wird kein Leid über Euch bringen, das Ihr nicht ertragen könnt. Vergesst die Hoffnung nicht. Hofft immer. Mehr kann ich Euch nicht sagen. Es ist mir verboten. Lebt wohl!«

Damit wandte er sich ab und ging über das Heidekraut davon. Die Sonne schimmerte auf dem Gold an seiner Schulter.

Als er außer Sichtweite war, ergriff das Gefühl tiefster Verlassenheit von Ta-Thea Besitz.

Celidon war ein schönes Land, und der Frühling hatte es mit Leben erfüllt. Die Äste der jungen Bäume in den Niederungen waren mit durchscheinenden Blättern bedeckt. Flüsse rauschten durch ihre Betten, Halme und Blumen sprangen aus der Erde, und die Tiere beendeten ihren Winterschlaf. Trotzdem setzte Ta-Thea hastig ihren Weg fort. Es blieb keine Zeit, sich an der Schönheit zu freuen.

Sie ließ die Festung von Layamon hinter sich, ritt Richtung Yba und gelangte in die Umgebung von Hirioth, wo die Bäume in Beeten von Glockenblumen wuchsen. Einen Dämon erblickte sie nicht hinter sich, doch sie spürte einen Schatten. Weiße Federn im Wind erinnerten sie an den Wanderer und goldfarbene Butterblumen an Azrubs schimmernde Ärmel.

Doch erst unter den riesigen Bäumen im Wald, als sie ihr Lager für die Nacht herrichtete, zeigte der Widersacher sein Gesicht, und sie erkannte es sofort. Ein kahlköpfiger Mann erschien. Bis auf einen Schurz um die Hüften war er unbekleidet. Die ölige Haut glänzte im roten Licht des Lagerfeuers. Dann hörte sie ein Rascheln hinter sich, und sie erblickte einen weiteren Mann, der genauso aussah wie der erste. Auch er war kahl, sein Körper glänzte, und seine Augen lagen tief in den Höhlen. Er kroch auf Ta-Thea zu, ganz dicht an der Erde, als ob er mit seinen Händen das Gleichgewicht hielt. Und plötzlich löste sich aus der Dunkelheit ein dritter, der sich ihr ebenfalls langsam näherte, die Augen starr auf sie gerichtet, die Nüstern wie die eines schnüffelnden Tieres geweitet.

Casper rollte vor Furcht die Augen und bäumte sich auf. Kaltes Entsetzen packte Ta-Thea. Sie kam mühsam auf die Füße und drückte sich mit dem Rücken an den Stamm einer riesigen Eiche.

»Lauf!«, schrie sie und fürchtete ebenso um Casper wie um sich selbst.

Die Kreaturen kamen unaufhaltsam näher, und sie spürte die Baumrinde unter ihren Fingern. Es gab keinen Fluchtweg außer dem in die Höhe, doch der Gedanke kam ihr eher instinktiv und nicht aus Vernunft. Wahrscheinlich waren diese Wesen viel geschickter als sie und würden den Baum mit Leichtigkeit erklimmen. Doch der kalte Hauch ihres Atems und der Gestank von Fäulnis, der darin lag, erfüllte sie mit solchem Entsetzen, dass sie herumschwang und sich um den Stamm klammerte. Dann zog sie sich hinauf, ergriff erst den einen Zweig, danach den nächsten, grub die Finger in die kleinste Höhlung, kümmerte sich nicht um Schürfwunden und abgerissene Nägel, bis sie schließlich den ersten dicken Ast erreicht hatte. Die Kreaturen hatten sich am Boden zusammengekauert, ihre Hände griffen in die Luft, nach ihren Füßen, die Arme ausgestreckt, die leeren Augen in die Höhe gerichtet. Die Hände reichten immer höher, kamen immer näher, mit jedem Sprung reichten sie ein Stückchen weiter, die Münder waren offen, die Lippen in höhnischem Jubel verzerrt.

Was für Wesen waren das bloß? Kreaturen des Abgrunds, Ausgeburten der Hölle oder gefallene Männer, einst menschlich, doch nun für alles Licht so verloren, dass sie so geworden waren? Hatten sie je von der Wahrheit gehört? Kannten sie nur den kleinsten Funken des Lichts?

Ta-Thea kam nicht mehr weiter. Ta-Thea konnte nicht mehr klettern, ihre Kraft ging zur Neige, floss aus ihrem Körper wie das Blut aus einer Wunde. Und sie rochen es, die Gesichter gierig, die Zungen über die Lippen leckend.

Ta-Thea rutschte hinunter, war zu schwach, um zu kämpfen. Einer berührte sie beinahe. Noch ein Sprung, und die Hände würden ihre Füße umklammern.

Und plötzlich zuckte ein verwegener Gedanke durch ihren Geist. Aus Verzweiflung war er geboren. Entkommen würde sie ihnen nicht. Sie war so schwach und hatte der harten Rinde, die ihre Haut ritzte, während sie daran in die Tiefe rutschte, nichts entgegenzusetzen. Nichts würde sie retten. Doch vielleicht hatten auch diese Kreaturen Seelen. Was würde geschehen, wenn dort immer noch etwas verborgen war, dass sie einst menschlich gemacht, offen für das Licht gemacht hatte?

Ta-Thea begann, zu ihnen zu sprechen. »Es ist noch nicht zu spät für Euch. Es gibt keinen Winkel auf der Erde und auch nicht in der Hölle, den Gott übersehen würde. Er reicht auch Euch Seine Hand, wenn Ihr sie ergreift und Ihr Euch dem Leben zuwendet.« Sie schluckte, das Herz hämmerte in ihrer Brust. »Lernt nur zu lieben, und sei es auch noch so wenig, dann werdet Ihr selbst geliebt werden. Vergebt, eine Kleinigkeit nur, irgendetwas, und Euch wird vergeben werden. Der Weg ist frei, nehmt ihn nur an. Ich werde Euch begleiten.«

Und während Ta-Thea ihren eigenen Worten lauschte, spürte sie, wie das Entsetzen vor dem schrecklichen Anblick sich auflöste. Mitgefühl trat an seine Stelle, Trauer über die Verlorenheit dieser Wesen. Ganz langsam streckte sie eine zitternde Hand aus.

»Kommt mit mir«, flüsterte sie. »Folgt dem Licht.«

Doch wie die Dunkelheit vor dem Sonnenlicht schreckten sie zurück, schrumpften zu kleinen, verwachsenen Gestalten, und ihre Macht verschwand.

Als Ta-Thea wieder festen Boden unter den Füßen spürte, war sie allein. Die Lichtung lag im Mondlicht. Es gab nichts außer dem Geruch nach dampfendem Lehm und Nachtluft und Casper, der mit gesenktem Kopf durch die Nüstern atmete und auf sie wartete. Plötzlich erklang hoch über ihrem Kopf das Lied eines Vogels, kurz darauf war es wieder still.

Ta-Thea hob das Gesicht zu den Sternen und wusste, dass ihr Geist die Waffe und das Schild gegen den Widersacher hielt und auch das Licht, das ihre Schritte durch jeden Sturm, den Erde und Hölle schicken würden, lenkte.

In dem Dorf im Wald, wo Tugomir lebte, unterbrach Ta-Thea ihre Reise, um ihn zu besuchen. Er hatte sich sehr verändert. Tiefe Ruhe strahlte er aus, und mit seinem Herzen umarmte er die zahllosen Bäume von Hirioth in Liebe. Es war nicht nötig, ihn zu fragen, ob er doch noch erfolgreich gewesen war. Es stand in seinem dunklen Gesicht geschrieben, und in seinen Augen loderte es wie ein Feuer.

Dieses Feuer brannte auch in Garran und seinem Volk. Sie wünschten nichts mehr, als dass Tugomir bei ihnen blieb, nicht damit sie sich auf ihn stützen oder sich auf seinen Rat verlassen konnten, sondern weil sie ihn liebten, so wie auch er sie liebte. Er kannte die Stärken und Schwächen jedes Einzelnen von ihnen, ihr Lachen und ihren Schmerz.

Ta-Thea blieb drei Tage und berichtete Tugomir von den Ereignissen an der Westküste, von Merdic und Yaltabaoth, von Drusus und der Festung, von Menath-Dur und von der Vision, die sie im Zentrum der Zeit geschaut hatte, von der Erlösung aller Dinge.

Dann kam der Tag des Abschieds, und Ta-Thea ritt nach Süden in die weiten Landschaften, die vor Sylum lagen.

Auf dem breiten Waldweg kam ihr ein Reiter entgegen. Er war ein großer Mann, der an den Sattel gewöhnt schien. Als er sie erblickte, zügelte er für einen Augenblick sein Pferd, dann beugte er sich vor und trieb es doch wieder an, sprengte auf sie zu und hielt erst wenige Zentimeter vor ihr in einer Wolke aus Dreck und Grashalmen. Er sprang vom Pferd.

Erst da erkannte Ta-Thea Alexius.

Sieben Jahre waren vergangen. Er hatte sich verändert, war älter geworden. Sein Gesicht war hager, sein Haar zeigte das erste Grau, doch seine Augen und sein Mund waren dieselben geblieben.

Glückseligkeit rauschte durch ihre Adern. Auch sie sprang vom Pferd und warf sich in seine Arme. In leidenschaftlicher Umarmung klammerten sie sich aneinander. Ta-Thea spürte den rauen Stoff seiner Tunika, roch den vertrauten Duft der ledernen Rüstung, fühlte die Wärme seines Körpers und seine Kraft. Ihr Herz klopfte so wild, dass sie am ganzen Leib bebte. Als sie ihn endlich losließ, rannen Tränen über ihre Wangen und über seine ebenfalls.

»Ich muss Euch so viel erzählen!«, rief sie atemlos und suchte in seinen Augen nach Zeichen der Trauer oder nach etwas, das sich in seinem Geist umtrieb.

»Und ich Euch«, entgegnete er sanft. »Doch Ihr seid zuerst an der Reihe.«

Alexius sprang in den Sattel seines Pferdes und streckte die Hand aus, um Ta-Thea hinaufzuhelfen. Gemeinsam ritten sie langsam den Weg entlang, Casper folgte ihnen. Und in der Wärme seiner Arme, die er um sie geschlungen hatte, erzählte Ta-Thea von den Ereignissen, die ihr widerfahren waren, seit sie sich in Shinabar getrennt hatten.

Die Schatten wurden länger, die Nacht brach herein, und als der Mond aufging, schlugen sie ihr Lager auf. Am Morgen erhoben sie sich und setzten ihren Weg fort. Wieder erzählte Ta-Thea von den Dingen, die sie erlebt hatte, von denen sie gehört hatte und von den Schlachten im Öden Land. Die Vision beschrieb sie in allen Einzelheiten, und plötzlich spürte sie, wie Alexius' Arme sich anspannten, fühlte, dass er litt, als wären es ihre eigenen Qualen.

Sie fuhr herum, um ihm ins Gesicht zu blicken. Dann zwang sie das Pferd anzuhalten. »Was ist?«, fragte sie mit rauer Stimme. »Was ist geschehen?« Sein Blick ängstigte sie. Es schien, als hätte er in die Hölle geschaut. »Was ist los?«

»Im Osten gab es einen Aufstand. Ich kämpfte an Ortelios Seite. Ein böser Mann ergriff die Macht und tötete viele Menschen, weil sie ihm im Weg standen.«

Ta-Thea wartete. Das war es nicht, was ihn quälte.

»Er floh mit seinen Männern nach Hirioth, östlich von hier. Ich folgte ihm. Ich wusste, dass er sich irgendwo verstecken würde, wo man ihn nicht finden konnte. Später würde er wieder auftauchen und erneut über die Dörfer herfallen.«

Ta-Thea legte die Hand auf seinen Arm, doch sie zog sie sofort wieder zurück. Dies hier lag außerhalb ihrer Vorstellungskraft, und sie schien es bereits zu wissen.

»Ich habe ihn in Brand gesteckt«, flüsterte Alexius. »Ich habe den lebendigen Wald angezündet, die Bäume und die Tiere darin. Ich wusste nicht, was ich tat, aber jetzt weiß ich es. Ich habe die Erde verwundet und mich selbst von ihr entfernt.«

Ta-Thea verstand Alexius' Entsetzen. Sie teilte es mit ihm, als ob es ihr eigenes wäre. Sie sah den Schrecken und die Zerstörung, das Leid, die verkohlten Körper und die kläglichen Stümpfe, und sie litt darunter in einer Art und Weise, die er gerade erst zu ahnen begann. Doch sie wusste, welchen Weg er einschlagen würde.

Zärtlich schlang sie die Arme um ihn und barg ihren Kopf an seinem Hals, doch sie konnte ihn nicht trösten. Sein Leid kannte keine Linderung.

Ta-Thea wusste nicht, wie lange sie Alexius so umschlungen hielt. Schließlich stieg er vom Pferd, sie blieb im

Sattel. Er hatte das Bedürfnis, eine Weile zu laufen, die Erde unter seinen Füßen zu spüren. Schweigend setzten sie die Reise fort. Alexius war allein in einer Dunkelheit, in die sie ihn nicht begleiten konnte. Nur einmal noch sprach er.

»Ich muss den Priester der Vlamen finden. Ich habe das Höchste Gesetz gebrochen, und ich werde mich meiner Verantwortung stellen.«

Ta-Thea sagte nichts. Sein ganzes Leben hatte er in Ehrfurcht vor den Gesetzen der Menschen gelebt, dann vor denen Gottes. Er wäre nicht fähig, dagegen zu verstoßen und nicht dafür zu bezahlen. Der Preis wäre viel zu hoch. Er würde sich selbst verraten.

Wieder schwiegen sie. Nur der Gesang der Vögel, der Wind, der in den Blättern rauschte, und das Knirschen des Sattels waren zu hören. Ta-Thea blickte auf Alexius' gebeugte Schultern, doch es gab nichts, was sie hätte sagen oder tun können.

Es war Ta-Thea, die die Gestalt Immeriths zuerst erblickte. Er stand vor ihnen mitten auf dem Weg. Der Umhang in der Farbe der Blätter schmiegte sich um seine Schultern. Er war in Begleitung zweier Männer, die hinter ihm standen, die Gesichter ernst und voller Schmerz über den erlittenen Verlust.

Alexius blickte auf und wusste sofort, wer vor ihm stand. Er zögerte nur einen winzigen Augenblick. Dann straffte er die Schultern und trat vor.

»Ich bin Alexius«, sagte er ruhig. »Ich war es, der die Bäume abbrennen ließ. Damals verstand ich es nicht, doch nun weiß ich, was ich tat. Ich habe einen Teil des Waldes getötet, und ich bin hier, um mich dem Gesetz zu stellen.«

Er löste das Schwert von seinem Gürtel und hielt es Immerith entgegen.

Immerith nahm die Waffe und ließ sie zu Boden fallen. Dort blieb sie liegen.

»Ihr würdet Euch dem Gesetz der Vlamen stellen?«, fragte er verwundert. »Selbst wenn es Euch das Leben kostet?«

Alexius erwiderte seinen Blick. »Ohne das Gesetz erlischt die Schöpfung. Selbst Gott kann und wird es nicht brechen. Ich habe Schreckliches getan. Ich wünschte von ganzem Herzen, es wäre nicht so, doch ich habe es getan. Ich werde mich meiner Verantwortung stellen.«

Immerith warf Ta-Thea nur einen Blick zu, dann nickte er langsam. Seine Gefährten beachtete er nicht. Es war offenbar nicht nötig, sie um Rat oder Zustimmung zu bitten.

»Ihr versteht, dass Ihr den Wald getötet habt, und das ist gegen das Gesetz Gottes. Eure Hand war die des Zerstörers.«

»Ich weiß«, entgegnete Alexius mit sanfter Stimme, und seine Worte waren kaum zu hören.

Ta-Thea lauschte in ohnmächtiger Anspannung.

»Ja, ich spüre, dass Ihr tatsächlich versteht, was Ihr angerichtet habt, dass Eure Seele darunter leidet. Es gibt ein Gesetz im Universum, das nicht gebrochen werden kann. Doch es wird mit Reue befriedigt und erfüllt sich durch die Gnade, die das Band zwischen Himmel und Erde ist. Ihr habt gesündigt, und Euch wurde vergeben.« Immerith hob die rechte Hand. »Ihr seid wieder eins mit den Geschöpfen, die Gott liebt, mit den Vögeln, den Tieren und den Sternen, und Ihr seid eins mit dem Wald – und mit mir, weil wir gemeinsam die Dunkelheit und das Licht gesehen und gemeinsam verstanden haben. Geht in Frieden!«

Ta-Theas Geist füllte sich mit dem Feuer tiefster Freude.

Alexius starrte Immerith an. Er war sprachlos vor Staunen. Er suchte nach Worten, doch es gab keine, mit denen er hätte ausdrücken können, was er fühlte.

Immerith bückte sich und hob das Schwert vom Boden auf. Er reichte es Alexius.

Ganz langsam, immer noch voller Staunen, nahm Alexius es entgegen.

Immerith verneigte sich. »Ich danke Euch. Ein Wunder ist hier geschehen, und wir beide sind daran gewachsen. Ich, weil ich aus freien Stücken gab, und Ihr, weil Ihr in Demut empfingt. Großmut segnet meine Seele. Ihr habt etwas gesehen, das schöner ist als alle Gerechtigkeit, und deshalb seid auch Ihr gesegnet.«

Sein Blick wanderte noch einmal zu Ta-Thea, und seine Augen waren voller Zärtlichkeit. Dann wandte er sich ohne ein weiteres Wort ab und verschwand mit seinen Gefährten zwischen den Bäumen. Die grünen Schatten verschluckten sie schnell.

Alexius hob den Blick zu Ta-Thea, und seine Augen waren weit vor Staunen. Das Geschenk, das er erhalten hatte, war so groß, dass er es noch nicht fassen konnte, doch er ahnte bereits, wie unermesslich seine Bedeutung war.

Ta-Thea lächelte ihm zu und trieb die Pferde an. Sie wusste, dass er noch eine Weile allein laufen musste. Er war noch allzu gefangen in seinen Gefühlen, um sie zu teilen.

Am nächsten Tag erreichten sie Sylum. Ortelios hieß sie willkommen und stellte ihnen eine Unterkunft zur Verfügung, versorgte sie mit Nahrung und sauberen Kleidern. Dann lauschte er voller Spannung den Neuigkeiten von der Verlorenen Legion.

Tags darauf gab Ortelios den Gästen zu Ehren ein großes Fest in der Burg. Soldaten, Landbesitzer und Kaufleute waren dort, auch Nastemah und die schöne Verrani trafen sie wieder. Etwa drei Dutzend Frauen und Männer saßen an den Tischen. Fackeln brannten an den Wänden, die mit polierten Schilden und Teppichen geschmückt waren. Feuer loderten in riesigen Kaminen, in deren Nähe es sich Hunde bequem gemacht hatten und darauf warteten, dass ihnen Essensreste zugeworfen wurden.

Alexius saß an einem Ende der Halle, Ta-Thea am anderen. Seit ihrer Ankunft hatte er noch keine Gelegenheit gehabt, mit ihr allein zu sprechen. Er war immer noch wie benommen von der Barmherzigkeit der Vlamen, und hatte vollkommen vergessen, ihr zu erzählen, was ihn eigentlich auf die Insel am Rande der Welt geführt hatte. Er hatte ihr nur gesagt, dass er auf der Suche nach ihr gewesen war und sie bitten wollte, mit ihm in die Stadt im Zentrum der Welt zurückzukehren. Immer wieder hatte er Gerüchte gehört, von Seeleuten, die die nördlichen Meere bereist hatten. In wilder Hoffnung war er aufgebrochen. Er wusste, welches Schicksal ihr in Shinabar widerfahren war. Er wollte sie unbedingt wieder sehen. Die Sehnsucht nach ihr war nie erloschen. Die Einsamkeit seiner Seele war tief, wenn er nicht mit ihr sprechen, sie nicht sehen und ihren Geist mit seinen Träumen nicht berühren konnte. Doch es gab einen viel wichtigeren Grund, der ihre Rückkehr nach Camassia erforderlich machte, und den hatte er nicht einmal erwähnt.

Nun machte er belanglose Konversation mit den Inselbewohnern und betrachtete Verranis zerbrechliche Schönheit und die Traurigkeit in ihren Augen. Immer wieder schaute sie Nastemah an, doch ohne jede Freude. Ihr Blick war nicht der einer verliebten Frau, sondern sprach nur allzu beredt von Fesseln der Not und der Angst, in denen sie gefangen war. Wenn sie mit einem anderen Mann sprach, standen ihr der Wunsch zu gefallen und die Angst davor, verletzt zu werden, deutlich ins Gesicht geschrieben. Ihre Verletzlichkeit erfüllte Alexius' Herz mit tiefem Mitgefühl.

Warum litt sie nur so? Weder die Gesetze des Reiches noch die der Insel verlangten von einer Frau, bei einem Mann zu bleiben, den sie fürchtete. Die Zivilisation eines Volkes ließ sich nur daran messen, wie sie mit den Schwachen, den Furchtsamen umging, mit denjenigen, die vom Schicksal oder von Geburt an benachteiligt waren. Ein barbarisches Volk tötete seine Außenseiter, ein Volk, das im Untergang begriffen war, ignorierte sie und ließ es zu, dass sie litten und schließlich starben. Camassia jedoch war auf der Höhe seiner Macht.

Alexius schaute sich um und begegnete Nastemahs verschlagenem Blick.

Es wurde spät, und die Gäste lachten, unterhielten sich und tranken. Die anderen Frauen waren alle guter Stimmung, beteiligten sich ungezwungen an den Gesprächen, doch Verrani wagte es nicht, eine andere Meinung als die ihres Mannes zu vertreten. Nur, wenn es um Belanglosigkeiten ging, sprach man sie an. Für alles Übrige war Nastemah der Gesprächspartner. Verrani schien keine Freunde zu haben. Wenn sie unsicher wurde, setzte er sie vor den anderen herab und lachte auf ihre Kosten.

Alexius beobachtete die Szenerie mit wachsender Verärgerung. Im Lauf des Abends wurde Verrani zusehends blasser, und schließlich schwammen ihre Augen in Tränen, die sie nicht zu vergießen wagte. Ihre Einsamkeit und ihre Furcht konnte er sich nur vorstellen. Er wäre dazwischen gegangen, hätte sie energisch verteidigt, doch er wusste, dass dies keine langfristige Wirkung haben würde. Sobald sie mit ihrem Mann die Halle verlassen hätte, würde Nastemah sich dafür rächen, dass sie sich seinem Willen widersetzt hatte. Eine öffentliche Demütigung hätte sicherlich noch ärgere Konsequenzen.

Also schwieg Alexius. Innerlich aber tobte er vor Zorn.

Als die Süßigkeiten verzehrt waren und der Wein zur Neige ging, erhoben sich die Gäste. Alexius beobachtete Ta-Thea, die mit Ortelios hinausging. Die beiden hatten noch viel zu besprechen, bevor Ta-Thea die Insel verließ, um zurück in die Stadt im Zentrum der Welt zu segeln. Als er ihr gesagt hatte, dass ihre Rückkehr notwendig war, hatte sie es ohne ein weiteres Wort akzeptiert, und Alexius fragte sich, ob sie durch eine Vision oder eine Prophezeiung bereits von der Dringlichkeit wusste. Vielleicht hatten die Worte des merkwürdigen Mannes Menath-Dur schon genügt. Erklärungen hatten Zeit, bis die Reise angetreten war. Nun war es Verranis bleiches Gesicht, das seinen Geist erfüllte, ihr auswegloses Elend.

Alexius traf sie in einem der Vorzimmer, allein und wie vor Kälte zitternd. Niemand sonst war zu sehen. Er trat zu ihr.

Sie lächelte ihn unsicher an. Es schien, als wollte sie ihm etwas sagen und nicht wüsste, wie sie den Mut dazu finden sollte. Vielleicht spürte sie, dass er an ihrem Schicksal Anteil nahm und bereit war, sie zu beschützen.

»Ihr braucht keine Angst zu haben«, sagte er freundlich. Seine Stimme war kaum mehr als ein Flüstern. »Das Gesetz des Reiches wird Euch schützen, wenn Ihr Nastemah verlassen wollt. Keine Schande würde Euren Namen beflecken. Ihr braucht nicht an einer Verbindung festzuhalten, die Euch widerwärtig geworden ist.«

Sie blickte ihn voller Verwunderung an. Ihre Augen waren so groß und klar wie die eines erstaunten Kindes, das versuchte, das Unglaubliche zu glauben.

Aus dem Raum, der hinter den Vorhängen lag, drang Gelächter. Das Licht der Fackeln schimmerte auf den Steinen der Mauern golden.

»Seid Ihr sicher?«, fragte sie. Furcht und Hoffnung schwankten in ihren Augen, Schatten, die er nicht verstand, Erinnerungen an Leid und an Träume, die schon sehr alt waren. Als sie den Kopf wandte, erinnerte ihn der Schwung ihres Halses und die Wolke dunklen Haars an Xanthica. Seine Schwester war tausend Meilen entfernt, in einer anderen Welt, doch der Wunsch, die Frau vor sich zu beschützen, entsprang demselben Bedürfnis. Gegenüber Xanthica hatte er versagt. Es war ihm nicht gelungen, ihr das Licht zu zeigen, dass auch ihr hätte den Glauben geben können. Sie hatte lieber sich selbst verleugnet, als das Risiko auf sich zu nehmen, einen Teil der Liebe Maximians zu verlieren. Es war nie zu spät, doch der Weg war nun schwieriger geworden, und sie hatte nicht genügend Vertrauen in sich selbst, um es zu versuchen.

Doch vielleicht konnte er Verrani retten.

»Ja, ich bin sicher«, erwiderte Alexius.

»Ich habe Angst«, flüsterte Verrani, und ihre Stimme war heiser. »Wenn ich etwas gegen Nastemah unternehme, wird er sich rächen. Vielleicht tötet er mich sogar. Ihr wisst ja nicht, wie stark er ist.«

»Ich werde Euch beschützen«, versprach Alexius. »Auch ich bin stark, sowohl körperlich als auch geistig. Wenn Ihr wollt, werde ich Euch von der Insel fortbringen. Wenn wir in See stechen, könnt Ihr uns nach Camassia begleiten, gehen, wohin auch immer Ihr wollt.«

Verrani schüttelte den Kopf, doch ihre Augen flehten Alexius an. Eine merkwürdige Mischung aus Offenheit und Verzweiflung lag darin.

»Begehrt Ihr die Freiheit, selbst zu entscheiden, was Ihr tut, Euren eigenen Überzeugungen zu folgen und Eurem Geist ehrlich zu antworten, Eure Freunde selbst zu wählen?« Alexius ließ nicht locker.

Verrani biss sich auf die Lippen und flüsterte dann: »Natürlich will ich das.«

»Dann wird es Euch gelingen.«

Sie erstarrte, Furcht ergriff sie. Sie schluckte. »Ich muss jetzt wieder zu Nastemah. Doch kommt mich holen wie versprochen.«

»Ich werde Euch mit einigen vertrauenswürdigen Soldaten erwarten«, versprach er.

»Heute Nacht?«

»Ja, in etwa einer Stunde.«

»Schwört es!«

»Ich schwöre es.«

Verrani nickte und entspannte sich. Mit dem Schatten eines Lächelns wandte sie sich ab und ging davon. Einmal blickte sie zurück. Widersprüchliche Gefühle stritten auf ihrem Gesicht, Dunkelheit und Entsetzen verdüsterten es, und er glaubte, sie für immer davon befreien zu können.

Sofort machte Alexius sich auf den Weg zu dem Kommandeur der Legion, der an seiner Seite gegen die Aufständischen an der Ostküste gekämpft hatte. Der Mann unterstützte sein Anliegen ohne Zögern und versprach, mit zehn Soldaten zum verabredeten Zeitpunkt bereitzustehen. Auch er spürte für Nastemah keinerlei Sympathie und machte ihn für viele innenpolitische Schwierigkeiten auf der Insel verantwortlich.

Alexius hinterließ Ta-Thea eine kurze Nachricht und machte sich dann auf den Weg zu Verrani. Ihre Rettung würde seine letzte Tat auf der Insel sein, bevor er am folgenden Morgen nach Camassia aufbrechen würde.

Sie ritten nach Osten, dann nach Süden auf der Reichsstraße entlang. Der Weg war nicht weit. In Nastemahs Haus brannte noch Licht, obwohl es schon früh am Morgen war. Alexius postierte die Soldaten und ging dann auf das gewaltige eiserne Tor zu.

Die Diener ließen ihn eintreten, sie wirkten nicht allzu erstaunt. In der Halle brannte ein Feuer im Kamin. An den Wänden hingen Teppiche, und das Gold der Verzierungen warf das warme Licht der Flammen zurück. Verrani stand da wie ein junger Baum. Sie trug immer noch das silberfarbene Gewand und die dunkle Schärpe. Hinter ihr lächelte Nastemah und starrte Alexius aus seinen Fuchsaugen an.

»Weit seid Ihr geritten, mein Herr«, sagte er sanft. »Lasst uns Wein trinken. Verrani! Füll den Kelch für den hohen Herrn Alexius.« Er deutete mit der Hand auf einen mit Blau und Gold emaillierten Krug und einen roten Weinkelch daneben.

Verrani gehorchte demütig, füllte den Kelch und reichte ihn Alexius mit gesenkten Augen. Einen weiteren gab sie Nastemah.

»Ich danke Euch.« Alexius erwiderte Nastemahs Blick, erkannte den Feind, sah das Böse in seinen Zügen. »Die Dame Verrani will nicht mehr länger bei Euch bleiben.« Ohne Umschweife kam er zur Sache. »Sie verabscheut Eure Taten und Eure Gedanken. Ich bin gekommen, um sie in Sicherheit zu bringen. Meine Soldaten warten draußen, und es wäre nicht klug, wenn Ihr Widerstand leisten würdet.« Er nippte an dem Wein, der köstlich schmeckte.

Nastemahs Augenbrauen hoben sich vor Überraschung, nicht vor Ärger. »Tatsächlich! Wie wenig Ihr versteht! Doch Camassia ist noch jung.« Er zuckte die Achseln. »Noch sehr jung. Und Eure Weisheit wird von großer Dummheit begleitet, mein Herr.« Er stand neben dem Kamin, und der Schein des Feuers tauchte seinen Kopf und die Schultern in helles Licht. »Ein schönes Gesicht, ein Opferlamm – und Ihr eilt herbei, obwohl weisere Männer vorübergehen würden. Glaubt Ihr wirklich, dass ich Verrani gegen ihren Willen festhalte?«

»Zumindest nicht mehr lange«, entgegnete Alexius mit fester Stimme. »Ich habe bereits Vorkehrungen für sie getroffen. Ich werde auf sie Acht gegen, bis sie in der Lage ist, sich für einen anderen Ehemann zu entscheiden und für das Leben, das sie führen will.« Von dem Schiff und der

Reise verriet er nichts. Sollte Nastemah doch glauben, dass sie auf der Insel bliebe.

»Oh, das ist mutig«, Nastemah lächelte. Nur Spott lag in seinen Zügen. Keine Spur von Zorn war darin zu sehen. »Aber auch so dumm.« Das letzte Wort spuckte er Alexius ins Gesicht und goss gleichzeitig den Inhalt seines Weinkelchs auf den Boden. »Ihr wisst nichts von mir. Meine Macht liegt nicht im Schwert. Ich halte weder Verrani noch sonst jemanden gegen seinen Willen hier fest.« Er lachte, und es war ein kaltes, hässliches Geräusch. »Ihr glaubt, dass sie meine Sklavin ist? Das ist wahr, doch es ist ihr eigener Wunsch. Ich diene der Dunkelheit. Ich bin der Sohn von Asmodeus, des Großen Engels der Tiefe.« Seine Stimme wurde zu einem Flüstern. »Und die Dunkelheit kennt keine Streitmacht, sondern nur Verführung.«

Alexius fuhr zu Verrani herum, und zum ersten Mal sah er die Schatten auf ihrem Gesicht. Unter der Oberfläche schimmerte die helle Haut grau. Die Augen lagen tief in den Höhlen, um die Lippen zuckte Verachtung. Vielleicht warf das Feuer entstellendes Licht, doch plötzlich ergriff Abscheu Besitz von ihm. Kälte umfing sein Herz.

»Verrani ist bei mir, weil sie es mit ganzer Seele so will«, sagte Nastemah sanft und tief vergnügt. »Nicht ich habe sie ins Elend gezogen. Es ist der Krieg, der in ihrem Inneren tobt. Sie sehnt sich nach dem Licht, doch sie hat nicht den Mut, danach zu greifen.«

Alexius starrte ihn an. Das verschlagene Gesicht strahlte auf, die Augen wurden groß, das Haar schien zu wachsen.

»Sie hat die Dunkelheit gewählt«, wiederholte Nastemah.

Alexius öffnete den Mund, doch das »Nein!« kam nicht über seine Lippen.

»O doch!« Nastemah schien den Aufschrei seines Geistes wohl gehört zu haben. »Aus diesem Grund gab sie Euch vergifteten Wein. Sie hat Euch verraten, Alexius, Herr des Buches, so wie sie sich selbst verraten hat. Und deshalb wird sie bei mir bleiben. Ich sage die Wahrheit: Diejenigen, die an mich gebunden sind, haben sich aus freien Stücken dafür entschieden. Und Ihr habt noch nicht einmal den kleinsten Teil meiner Gefolgschaft gesehen.«

Gift! Der Raum schwankte und verschwand in einem Nebel, als Alexius auf die Knie sank. Der Boden kam ihm entgegen, jedoch nicht mit Gewalt, wie er es erwartete, sondern so sanft, als wäre er ein Ruhelager. Dann wusste er nichts mehr.

Nastemah trat zu ihm. Er betrachtete den liegenden Körper und sah den Frieden, der die Gestalt selbst in diesem Augenblick umgab. Die Zeichen der Erschöpfung und Bedrängnis vieler Jahre waren verschwunden und hatten sich in der Erkenntnis der Schönheit, die alles Leid tilgte, aufgelöst.

Plötzlich krümmte sich Nastemah in einem gewaltigen Krampf, der seinen Körper zu zerstören schien. Die Zähne schlugen sich in die Lippen, bis sie bluteten, und die Nägel rissen die Haut von den Handflächen. Ein Schrei des Zorns und der Verzweiflung hallte durch die Nacht, und selbst die Tiere in ihren Höhlen auf den Feldern drängten sich aneinander und erstarrten. Die Vögel in den Bäumen verstummten.

20

Die Soldaten kehrten mit Alexius' Leichnam nach Sylum zurück. Mit bleichem Gesicht stand der Kommandeur der Legion am frühen Morgen in der Tür, die in Ta-Theas Räume führte. Noch bevor er ein Wort gesagt hatte, erfüllte Ta-Thea Entsetzen.

Seine Stimme war die eines gebrochenen Mannes. »Der Herr Alexius ist tot, verehrte Dame. Nastemah hat ihn umgebracht … vergiftet.«

Ta-Thea traute ihren Ohren nicht. Das konnte nur ein Irrtum sein.

»Tot?«, wiederholte sie und blickte aus weiten Augen in das verhärmte Gesicht.

»Ja, verehrte Dame. Er ging allein ins Haus. Der Wein war vergiftet.«

Ta-Thea rührte sich nicht. Die ganze Welt hatte sich durch wenige Worte verändert. Plötzlich war es kälter geworden. Etwas unbeschreiblich Süßes war für immer verloren. Ta-Thea wusste nicht mehr, wo sie sich befand, bemerkte nicht, dass sie am ganzen Leib zitterte und nicht einmal, dass der Kommandeur zu ihr trat und sie zu einem Stuhl führte.

Er verharrte schweigend neben ihr. Es gab nichts, was er sonst noch hätte sagen können.

Nach einer Weile stützte Ta-Thea sich auf seinen Arm und erhob sich schwerfällig.

»Wo ist er? Was ist mit seinem Leichnam geschehen?« Es war ihre Pflicht, dafür zu sorgen, dass er in Ehren bestattet würde. Seine Ehefrau – seine Witwe – war die Schwester des Kaisers.

»Ich bringe Euch zu ihm.«

Ta-Thea erstarrte. »Ich … ich will ihn nicht …« Sie konnte den Gedanken, in sein totes Gesicht zu schauen, nicht ertragen. Das Gift hatte doch sicher seine Züge entstellt.

Und sie wollte sich so an ihn erinnern, wie er im Leben gewesen war.

»Geht zu ihm, verehrte Dame.« Zum ersten Mal sprach der Kommandeur mit klarer Stimme. »Er strahlt Frieden aus, und Ihr werdet ihn vielleicht sogar verstehen. Davon solltet Ihr seiner Familie berichten.«

Ta-Thea blickte den Mann verwirrt an. Daran hatte sie noch gar nicht gedacht. Doch er hatte Recht: Sie würde Eleni die Nachricht überbringen. Alles in ihr wehrte sich dagegen, aber es gab keinen vernünftigen Grund, den sie hätte anführen können, um dieser Aufgabe auszuweichen. Den letzten Dienst, den sie Alexius erweisen würde, war der, seiner Witwe von seinem Tod zu berichten. Das und mehr war sie Eleni schuldig. Vieles würde sie der Freundin ohnehin niemals vergelten können.

»Natürlich, Ihr habt Recht«, stimmte sie schließlich zu und folgte dem Kommandeur hinunter in die große Halle. Ortelios war schon dort, mit bleichem und grimmigem Gesicht. Er neigte den Kopf, doch er begleitete Ta-Thea nicht. Dieser Augenblick gehörte ihr allein. Er wusste zwar nicht, was zwischen Alexius und Ta-Thea gewesen war, doch sein Instinkt sagte ihm, dass es mehr war als der gemeinsame Glaube oder das gemeinsame Ziel.

Ta-Thea ging an dem Wachposten vorbei und betrat den Raum. Alexius ruhte auf einem schlichten Tisch. Er trug noch dieselben Kleider wie am Abend zuvor, doch das Schwert lag neben ihm. Man hatte ihm einen Harnisch und Beinschoner angelegt. Jemand – vielleicht war es Ortelios gewesen – hatte auch an den kaiserlichen Helm gedacht, und sein Umhang lag sorgsam zusammengefaltet zu seinen Füßen.

Doch all dies war nebensächlich. Ta-Thea nahm diese Details nur am Rande wahr. Sein Antlitz, obwohl es verändert wirkte, war ihr so vertraut, dass es ihr schier den Atem nahm. Der Friede, der wie ein Licht darin strahlte, umfing auch sie und linderte den schneidenden Schmerz, den die scharfe Klinge der Trauer in ihr Herz schnitt. Alexius hatte sie verlassen, und nichts würde mehr wie früher sein, jetzt, da sie wusste, dass er nicht mehr irgendwo auf dieser Welt war und an sie dachte, so wie sie an ihn. Doch sein Geist war nun an einem strahlenderen Ort, jenseits der Reichweite des Großen Widersachers. Alexius' Schlacht war vorbei, und er hatte sie gewonnen. Daran hatte Ta-Thea keinen Zweifel, der Sieg stand ihm ins Gesicht geschrieben. Um den Mann auf dem Tisch konnte sie nicht weinen, nur um sich selbst und den schweren Verlust, den sie erlitten hatte.

Lange blickte sie ihn an. Sie würde ihn niemals wieder sehen. Dieser Abschied war endgültig. Jede Linie in seinem Gesicht, seine Lippen, seine Wangen, seine Hände … alles würde sie sich einprägen. Für immer würde er in ihrem Herzen lebendig bleiben.

Endlich wusste sie, dass es genug war. Alexius war fort, und auch sie musste jetzt gehen. Es war an der Zeit, Ortelios zu danken. Alexius' Schiff wartete, und es würde sie nach Camassia tragen. Er war gekommen, um sie aus irgendeinem Grund, den er ihr nicht mehr sagen konnte, nach Camassia zurückzubringen, doch auch dies änderte nichts an ihrem Auftrag. Menath-Dur hatte sie davor gewarnt, dass der letzte, der größte Konflikt noch vor ihr lag. Die Reise war noch nicht zu Ende.

Im Frühsommer erreicht Ta-Thea die Stadt im Zentrum der Welt. Es war jetzt dreizehn Jahre her, seit sie diesen Ort zum ersten Mal mit dem Buch in den Armen betreten hatte. Sie hatte vergessen, wie hell die Sonne hier schien, wie heiß die Steine sich erhitzten. Wie damals war sie allein. Es gab keinen Hofstaat, keine Armee an ihrer Seite, nicht einmal Tugomir war bei ihr. Und Kol-Shamishas Juwelen waren schon lange verbraucht.

Es war ihr schwer gefallen, die Insel zu verlassen. Die Menschen waren ihr ans Herz gewachsen, und selbst das Land hatte sie schließlich geliebt. Bei diesem Abschied waren bittere Tränen über ihre Wangen gelaufen.

Unerkannt lief sie durch das Gewimmel in den Straßen. Nur verschwommen nahm sie das Geschehen um sich herum wahr, die Veränderungen in den Straßen sah sie nicht. Ihr Geist hatte sich von der Außenwelt zurückgezogen.

Ortelios hatte ihr das Geld gegeben, das man bei Alexius gefunden hatte. Damit gelangte sie zu Elenis Haus. Ein fremder Diener stand in der Tür und fragte nach ihrem Namen.

»Ta-Thea von Shinabar. Sagt der Dame Eleni, dass ich Neuigkeiten von der Insel am Rand der Welt bringe.«

Irgendetwas in ihren Zügen zwang den Mann, ohne weitere Fragen zu gehorchen.

Sie wurde in denselben erdfarbenen Raum gebracht, in dem sie mit Eleni vor vielen Jahren so viel Zeit verbracht hatte. Immer noch lag der Zypressengarten hinter den Fenstern, und Ta-Thea erinnerte sich an die aufregenden Stunden, die sie mit der Freundin und dem Buch geteilt hatte. Damals waren sie noch unschuldig gewesen. Diese Zeit war vorüber. Jetzt gab es einen Verlust, den sie teilen mussten, der sie aber vielleicht auch für immer voneinander trennen würde. Alexius war zu der Insel gereist, um sie zu finden. Wäre er nicht dorthin aufgebrochen, würde er jetzt noch leben.

Eleni betrat schweigend den Raum. Auch sie hatte sich verändert. Ihr Haar zeigte das erste Grau, und ihre Gestalt war nicht mehr so geschmeidig wie früher, doch die Freundlichkeit und die Wärme in ihren Augen waren immer noch da. Die Falten in ihrem Gesicht gründeten sich auf dem Guten, waren aus der Fröhlichkeit und der Zeit geboren. Offenbar freute sie sich, Ta-Thea zu sehen, und ging ihr leichten Schrittes entgegen. Doch dann blickte sie in ihr Gesicht und hielt inne.

»Was ist geschehen?« Ihre Stimme klang rau. »Wo ist Alexius?«

Es gab keine Antwort, die sie nicht verletzen würde. Es war lächerlich, dachte Ta-Thea, dass die Worte selbst jetzt, wo sie alles wusste, so schwer zu sagen waren.

»Er traf auf einen Gesandten des Großen Widersachers«, entgegnete sie sanft. »Sie kämpften eine Schlacht, die Alexius gewann, doch sie kostete ihn das Leben. Ich habe ihn danach gesehen. Der Friede Gottes lag über seinem Antlitz. Ihr würdet keine Träne um ihn weinen, wenn Ihr ihn gesehen hättet, höchstens um diejenigen, die ihn liebten und zurückgeblieben sind. Ich ... ich wünschte, ich müsste Euch dies nicht sagen ...« Es klang wie eine Entschuldigung, und sie brach verärgert ab.

Eleni starrte sie an. Zorn, Verwirrung und Trauer zeichneten ihre Züge. »Warum?«, fragte sie und schüttelte den Kopf. »Dort ist doch gar kein Krieg. Wieso ist er gestorben?«

»Überall ist Krieg«, gab Ta-Thea zurück. Sie hoffte verzweifelt, dass es ihr gelingen würde, eine Brücke über den Abgrund, der zwischen ihr und Eleni lag, zu schlagen. Schuldgefühle plagten sie, nicht nur weil Alexius zu der Insel gereist war, um nach ihr zu suchen, sondern auch wegen der vielen Erlebnisse, die sie mit ihm geteilt hatte und von denen Eleni ausgeschlossen gewesen war: der Kriegszug in Shinabar, Sieg und Tod, die unvergleichliche Kameradschaft, die Stille der Wüstennacht und der Augenblick, in dem sie der Versuchung getrotzt hatten. Vielleicht war sie ihm damals am nächsten gewesen. Und sie hatte seine dunkelste Stunde miterlebt, als er verstand, dass er das Gesetz gebrochen hatte, und dann die höchste Gnade empfing und auch sie verstand. Sie hatte ihn im Tod gesehen und von dem Frieden seines Geistes erfahren, und diese Erfahrung hätte eigentlich die Elenis sein sollen, nicht ihre. Dies konnte sie nicht mit Alexius' Witwe teilen, nicht einmal davon sprechen würde sie. Ein einziges Wort wäre schon ein Kränkung.

»Was meint Ihr damit?« Eleni war zornig. Sie wollte den Verlust nicht akzeptieren. »Es ist nirgendwo Krieg!« Ihre Stimme klang schrill.

»Ich sprach vom Krieg des Geistes.«

Auch Eleni war einst eine Kämpferin in diesem Krieg gewesen, hatte ihren eigenen Mut bewiesen und ihre eigenen Wunden davongetragen.

»Ich danke Euch, dass Ihr gekommen seid, um mir diese

Nachricht zu bringen«, sagte sie nun kühl. »Es war sicher nicht leicht für Euch.«

Ta-Thea schreckte zurück. Die Kälte in Elenis Augen war unverhohlen. Die Worte waren höflich, doch ihre eigentliche Bedeutung war eine andere als die, die sie vorgaben. Wie sollte sie darauf reagieren?

»Es gab niemanden, der diese Aufgabe hätte übernehmen können …«, begann sie vorsichtig. »Niemand sonst hätte Euch von dem Frieden erzählen können, der größer war als der, den andere Männer im Tod finden, wenn sie fallen, weil ihn keiner …«

»… besser kannte als *Ihr*?« Eleni hob die Augenbrauen.

Ta-Thea spürte, wie brennende Röte ihr Gesicht überzog. »Natürlich nicht. Ich hatte Alexius sieben Jahre lang nicht gesehen. Es geschah einfach nur an diesem Ort, und ich war zufällig auch dort.«

Elenis Gesichtsausdruck änderte sich nicht. »Und Ihr konntet nicht helfen?« Sie stieß ein kurzes, raues Lachen aus. »Einst glaubte ich, dass Ihr den Widersacher schlagen könntet.« Jetzt traten Tränen in ihre Augen. Sie zwinkerte sie fort. »Wieso ließt Ihr es zu, dass er Alexius mit sich nahm?«

Die Frage war absurd. Sie war nicht in Nastemahs Haus gewesen, sie hatte nicht einmal etwas von Alexius' Plan gewusst, dorthin zu gehen. Sie hatte keinerlei Gewalt über den Widersacher. Wenn er töten wollte, tötete er. Mehr als einmal hatte sie bewiesen, dass sie nicht in Lage war zu verhindern, dass er den Geist verdarb und die Menschen täuschte. Ihr Weg unterschied sich nicht von dem der anderen. Doch Alexius war ihretwegen auf die Insel gekommen. Und er hatte sie geliebt. Sie hatten nie darüber gesprochen, aber sie hatten es beide gewusst. Damit hatten sie Schuld auf sich geladen. Alles andere war nebensächlich, und ein Streit darüber war unaufrichtig und unwürdig.

»Ich war nicht dabei als er starb«, sagte sie. »Alexius unterstützte eine Frau, von der er glaubte, dass sie gegen ihren Willen festgehalten wurde. Er war in Begleitung einiger Soldaten, doch er ging allein in das Haus. Niemand weiß, was dort geschah. Doch der Widersacher verlor die Schlacht des Geistes, und sein Zorn darüber tötete Alexius.«

»Woher wisst Ihr, dass er die Schlacht gewann?«, fragte Eleni. »Lügt nicht, um mich zu trösten.« Ihre Stimme klang warnend und furchtsam zugleich.

»Einst kannten wir einander besser!« Ta-Thea war nun aufgebracht. »Ich habe mich nicht geändert. Und Ihr? Habt Ihr denn alles vergessen?«

Eleni wandte sich ab und trat an das hohe Fenster. Sie starrte hinaus, in die Sonne, die auf die Zypressen schien. Eine Weinranke mit goldfarbenen Blüten rankte sich die Stufen hinauf.

»Ich lüge nicht«, fuhr Ta-Thea mit sanfterer Stimme fort. »Ich habe sein Gesicht gesehen, und deshalb bin ich hier. Ich wünschte, ich hätte Worte, die Euch seinen Ausdruck vor Augen führten. Gottes Friede war in ihm. Ich trauere um ihn, doch mein Schmerz gilt mir, nicht ihm. Ich würde sonst die Wahrheit dessen, was ich sah, verleugnen. Niemand kann den anderen von der großen Reise hoch hinauf abhalten, wenn er … wenn er ihn liebt.«

Schweigen füllte den Raum. Die Luft schien zu zittern. Sonnenstrahlen tanzten auf dem glatten Boden. Der Duft nach Zedern und Blumen wehte herein. Diese Welt war ganz anders als die auf der Insel, die Schönheit schien beinahe einer anderen Schöpfung zu entstammen. Hier drückte der Regen die Blüten nicht zu Boden, die Vögel sangen aus vollem Hals, es gab keine wilden, dunklen Heiden und keinen sturmgepeitschten Himmel. Und doch waren Liebe und Trauer dieselben.

Endlich wandte sich Eleni um und blickte Ta-Thea an. Tränen liefen über ihre Wangen. »Ihr habt ihn geliebt, nicht wahr?« Die Frage war im Grunde eine Feststellung. Doch sie wollte eine Antwort, obwohl sie, wenn sie ehrlich war, längst wusste, wie sie lauten würde.

»Ja«, entgegnete Ta-Thea mit sanfter Stimme. »Und ich habe Euch geliebt. Doch am meisten liebe ich das Licht, das ich gesehen habe, und das werde ich bis an mein Lebensende vergessen.«

Eleni holte tief Luft und schloss die Augen. Sie trat wieder ans Fenster, mit dem Rücken zu Ta-Thea gewandt. »Ich schon. Eine Weile lang habe ich es vergessen … doch dann erinnerte ich mich wieder.« Ihre Stimme klang nun sanft, die Verbitterung war daraus verschwunden. »Ich erinnerte mich daran, wer ich war, wer ich sein musste, wenn ich meine Gabe bewahren wollte. Nur mit bedingungsloser Liebe kann sie bewahrt werden. Ich glaubte, ich hätte sie verloren … doch sie kehrte zurück, stärker und süßer als jemals zuvor, denn ich fand die Erkenntnis.«

Wieder breitete sich das Schweigen in dem Raum aus, doch diesmal war es sanft. Irgendwo sang eine Quelle. Die Brise trug das Murmeln des rauschenden Wasser ins Zimmer.

»Hat Alexius Euch gesagt, warum er auf der Suche nach Euch war?«, fragte Eleni.

»Nein. Dazu hatte er keine Gelegenheit mehr.« Ta-Thea zögerte und fragte sich, ob sie von dem Höheren Gesetz erzählen sollte, davon, dass Alexius es gebrochen hatte, und der Gnade, die ihm aus der Hand der Vlamen zuteil geworden war. Doch kaum hatte sich diese Frage gestellt, da wusste sie auch schon, dass sie schweigen würde. Vielleicht war dies der größte Augenblick in Alexius' Leben gewesen: die Vision von der Liebe Gottes, die sich nicht in Worten, sondern in der blanken Wirklichkeit gezeigt hatte. Sie war dabei gewesen, Eleni nicht. Für sie blieb noch genug Zeit zu lernen.

Eleni blickte auf ihre Hände. »Hier hat sich viel verändert, seit Ihr fortgingt. Es ist Euch noch gar nicht aufgefallen, nicht wahr?«

»Nein …«

Elenis Miene verfinsterte sich. »Isadorus ist tot. Hat er Euch nicht einmal das gesagt?«

»Nein.« Ein weiterer Anlass zu großer Trauer, doch … keine Überraschung. »Und Tiberian ist jetzt Kaiser?«

»Ja, aber nicht deshalb brauchen wir Euch hier.« Elenis

Stimme klang jetzt noch viel bitterer und zorniger als zuvor. »Ihr werdet es nur verstehen, wenn ich von Anfang an berichte.« Sie stand auf, trat an den Tisch und goss Wein in zwei Kelche. Einen davon reichte sie Ta-Thea.

»Nachdem Ihr Shinabar verlassen hattet, kehrte Ra-Nufis hierher zurück, mit dem Buch …«

Ta-Thea hatte nicht einmal gewagt, nach dem Buch zu fragen. Sie hatte sich darauf verlassen, dass Gott es beschützen würde. Nun spürte sie grenzenlose Erleichterung, und sie stellte überrascht fest, dass sie lächelte.

Eleni hob die Hand und strich sich eine Haarsträhne aus der Stirn. Es war eine einfache Geste, doch darin lag eine solche Erschöpfung, als erinnerte sie sich gerade an eine schreckliche Familientragödie.

»Was ist los?«, fragte da Ta-Thea plötzlich alarmiert.

Eleni seufzte. »Er brachte es hierher, und innerhalb weniger Tage beanspruchte er die Position des religiösen Führers, vielleicht weil er Euch begleitet hatte, vielleicht weil er nun im Besitz des Buches war. Zunächst war er uns auch eine große Unterstützung. Allein die Tatsache, dass das Buch sich wieder in Camassia befand, war wundervoll.« Sie lächelte bei diesen Worten, und doch verzog sie die Lippen, als hätte sie sich verbrannt. »Es war ein sehr langsamer Prozess«, fuhr sie fort. »Zuerst fiel es uns gar nicht auf. Ich habe auch nichts bemerkt, also kann ich niemanden dafür verantwortlich machen.«

Ta-Thea hatte plötzlich Angst. »Was bemerktet Ihr nicht?«

»Er war großartig.« Elenis Züge verzerrten sich. »Er predigte mit solchem Feuer und solcher Leidenschaft von der Schönheit des Buches. Er schien geradezu von innen heraus zu strahlen …«

»Schien?« Ta-Thea brachte das Wort kaum über die Lippen. Schmerzlich erinnerte sie sich an Ra-Nufis, an seine Loyalität, seine Tapferkeit und seine Fähigkeiten. Er hatte das Buch mehr als alles andere geliebt. Nichts war ihm zu teuer gewesen, um es in seinen Dienst zu stellen, kein Opfer zu groß. »Ist er etwa auch tot?«

»Tot?« Eleni biss sich auf die Lippen, und diesmal war sie diejenige, die der anderen die Hand hielt, und die mitfühlende Wärme, die in der Berührung lag, erfüllte Ta-Thea bereits mit maßlosem Entsetzen. Dennoch war sie nicht auf Elenis Worte vorbereitet.

»Tot? Nur in gewisser Hinsicht.«

»Was meint Ihr?« Sie wollte die Antwort im Grunde gar nicht hören, doch sie konnte ihr nicht ausweichen.

Eleni lehnte sich zurück und nippte an dem Wein. Ihr Gesicht lag im Schatten von Zorn und Trauer. »Er liebte die Schönheit des Buches über alles«, wiederholte sie. »Sogar mehr als die Wahrheit. Die verlor in seinen Predigten immer mehr an Bedeutung.« Elenis Stimme wurde leiser und ihr Schmerz umso größer. »Schließlich verschwand die Wahrheit ganz in seinen Worten, und von dem Preis, der für sie zu zahlen ist, sprach auch niemand mehr. Natürlicherweise traten nun immer mehr Menschen zu dem Glauben über, die von der Lehre nur wenig verstanden und nur das annahmen, was ihnen gefiel, und nicht das Ganze. Wir waren so sehr darum bemüht, sie zu gewinnen, dass wir uns davor fürchteten, sie zu lehren, dass der Schmerz ebenso zur Wahrheit gehört wie die Freude.« Ihr Blick ruhte auf Ta-Thea, ihr Gesicht war angespannt. »Wir machten die Barmherzigkeit zur Weichheit der Seele, die die Existenz der Sünde leugnet«, sagte sie so leise, dass Ta-Thea die Worte kaum verstand. »Wir forderten viel zu wenig. Niemanden wollten wir ausschließen oder beiseite schieben, nur weil wir mehr verlangten, als die Leute zu geben bereit waren. Wir glaubten, dass sie von ihren alten Gewohnheiten nicht lassen würden, also haben wir den Glauben verändert, um ihnen entgegenzukommen.«

»Ra-Nufis würde so etwas niemals zulassen!«, widersprach Ta-Thea erregt. »Was hat man ihm angetan? Ist er etwa im Gefängnis?«

Elenis Blick verriet ihre Not. Sie schüttelte kaum merklich den Kopf. »Nicht so, wie Ihr meint. Es geschah alles ganz langsam: die Aufweichung des Gesetzes, wenn es um eine Sünde ging, die man verstand und die jeder hätte begehen können, die Missachtung einer Regel, wenn wir bei einem Menschen seine Möglichkeiten erkannten und er nur eine Schwäche gezeigt hatte. Es war ein schleichender Prozess, und wir gewannen immer mehr Anhänger. Es sind inzwischen Millionen! Vielleicht sind alle schon deshalb bessere Menschen, weil sie *sagen*, dass sie der Lehre des Buches folgen. Ich habe lange über diese Frage nachgedacht, und ich habe immer noch keine Antwort gefunden. Viele Philosophen vertreten diesen Standpunkt … die Rettung der ganzen Welt. Sicher behandelt Gott alle gleich. Er will doch nicht nur wenige gewinnen und viele ausschließen.«

»Diese Art zu denken ist vollkommen falsch«, sagte Ta-Thea zornig. »Gott liebt uns alle. Doch zu glauben, Er könne die Gesetze des Lichts und der Dunkelheit beeinflussen, bedeutet, Seine Worte falsch auszulegen. Euer Lohn liegt in dem, was Ihr seid. Wenn Ihr nicht werdet wie Er, nicht das Gute mehr als alles andere liebt, wenn Ihr am Ende doch die Heiligkeit nicht erreicht, kann Er Euch weder Seine Macht noch Seine Freude geben, noch könntet Ihr sie empfangen. Gäbe es den Himmel für jeden, unabhängig davon, ob er sich bemüht, ihn zu erreichen oder nicht, dann wird der Himmel geringer, und das ist die größte aller Tragödien. Größere Schrecken könnte sich nicht einmal die Hölle selbst ausdenken: das letzte Licht schwächen!«

Eleni starrte sie mit aufgerissenen Augen an, und das größte aller Entsetzen spiegelte sich darin. Eine tiefe Grube hatte sich vor ihr aufgetan. Dass sie verstand, wovon Ta-Thea sprach, war ihr deutlich anzusehen. »Ra-Nufis ist unbestritten der Anführer«, sagte sie von Grauen ergriffen. »Ich weiß nicht, wie wir ihm Einhalt gebieten können. Niemand wehrt sich gegen ihn. Lehnen wir uns gegen ihn auf, wird es so aussehen, als würden wir viele von der Herrlichkeit ausschließen, die wir nur für uns begehren. Ra-Nufis sagt, dass er alle Menschen liebt, dass die Freuden des Himmels auf alle Menschen warten und dass dies der Wille Gottes ist. Er hat eine schreckliche Macht geschmeckt, eine Macht, die noch größer ist als die Tiberians, und Gott weiß, dass sie groß genug ist, doch die Macht von Ra-Nufis ist größer, weil sie mit den Herzen und dem Geist der Menschen regiert und nicht mit irdischen Gesetzen. Nichts auf der Welt ist mächtiger als ein Traum, an den die Menschen glauben wollen.«

»Und Alexius war bereit, dagegen anzukämpfen?«, fragte Ta-Thea.

Eleni nickte kurz. »Jedenfalls als er hörte, wo Ihr wart. Er glaubte an Euch, daran, dass es ihm mit Eurer Unterstützung gelingen würde, eine Lösung zu finden. Es gibt eine kleine Gruppe, die sich weigert, den neuen Weg zu beschreiten, aber es sind nur wenige, und ihre Haltung verlangt großen Mut. Ra-Nufis hat das Buch. Es ist das Symbol der Macht Gottes. Das kann niemand öffentlich bestreiten. Es wäre Blasphemie.« Sie beugte sich nach vorn, und ihre Augen suchten verzweifelt nach einem Hoffnungsschimmer. »Vielleicht können wir es gemeinsam versuchen, vielleicht hilft uns Gott. Ich zögere noch, meine Macht zu gebrauchen. Gegenwärtig werden Wunder und Zeichen publik gemacht und benutzt, um die Gefühle der Menschen zu manipulieren.«

Ta-Thea erhob sich. Sie fror und fühlte sich schwindelig und krank vor Elend. Dunkelheit schien sie zu umfangen, die Sterne selbst schienen zu vergehen. Ra-Nufis! Noch vor einer Stunde hätte sie das alles nicht geglaubt. Ein Teil von ihr hoffte immer noch, dass alles nur ein Missverständnis war, dass Eleni sich geirrt, irgendetwas übersehen hatte – was auch immer. Nicht Ra-Nufis! Sie hatte ihn geliebt, so wie sie Habi geliebt hätte, wenn er am Leben geblieben wäre. Sie hatte ohne Einschränkung an ihn geglaubt! Wie hatte so etwas nur geschehen können?

Und da wusste sie es auch schon. Die Verführung durch die Schönheit und das rationale Handeln waren die letzte Versuchung für den Menschen.

»Es tut mir Leid.« Tränen schwammen in Elenis Stimme. »Vielleicht waren die Neuigkeiten, die ich für Euch bereithielt, noch schlechter als Eure. Alexius hat immerhin das Licht gewonnen.«

»Ja, das ist wahr«, gab Ta-Thea mit fester Stimme zurück. »Doch wir müssen immer noch die Dunkelheit bekämpfen.«

Eleni legte eine Hand auf ihren Arm. »Wie kann ich helfen? Lasst mich mit dem Naheliegendsten beginnen. Ihr braucht auf jeden Fall eine Unterkunft. Ich werde mich darum kümmern.«

»Ich danke Euch«, erwiderte Ta-Thea mit einem Lächeln, das auch ihre Traurigkeit spiegelte. »Ihr habt Recht. Ich habe gar nichts … noch weniger als beim ersten Mal.«

Eleni erfüllte ihr Versprechen schnell und brachte Ta-Thea in einer ruhigen, eleganten Wohnung im alten Viertel der Stadt unter. Sie lag in der Nähe des Kaiserlichen Hügels, wo Baradeus gewohnt hatte, bevor er Kaiser wurde. Eleni hatte das Haus geerbt, und es war in gutem Zustand. Auch Dienstboten standen Ta-Thea zur Verfügung. Es war eine großzügige Geste, und Ta-Thea war zutiefst dankbar, dass sie auf so liebevolle Weise umsorgt wurde.

Nachdem sie die Wohnung bezogen hatte, machte sie einen Spaziergang durch die Straßen der Stadt. Sie trug bequeme, elegante camassianische Kleider, die aber keinen allzu großen Reichtum verrieten. Sie war einfach eine Frau in mittleren Jahren, die allein unterwegs war, und solange sie niemand aufmerksam betrachtete, konnte sie sich unauffällig unter die Menschen mischen. Und wenn doch jemand die große Würde in ihrer Haltung bemerkte, würde er sicherlich dennoch nicht die Kaiserin oder gar die Überbringerin des Buches wieder erkennen.

In der Straße der Uhrmacher fragte sie einen älteren Händler: »Verzeiht bitte, mein Herr, aber wo findet das nächste Treffen der Anhänger des Buches statt?«

Das gutmütige Gesicht zeigte Erstaunen. »Seid Ihr fremd in der Stadt?«

»Ich war für einige Jahre fort«, entgegnete Ta-Thea wahrheitsgemäß.

»Die Bewahrer des Lichts treffen sich an jedem sechsten

Tag. Sie sind überall. Am besten geht Ihr in die Große Halle auf dem Platz neben dem Rat der Archonten. Wisst Ihr, wo das ist?«

Sie lächelte. »Ja, ich danke Euch. An jedem sechsten Tag?«

»So ist es, meine Dame. Übermorgen, gegen Mittag.«

»Vielen Dank.«

Ta-Thea neigte den Kopf und ging ihres Weges.

Zwei Tage später stand sie kurz vor Mittag vor der Großen Halle. Das Bauwerk war in der Tat gewaltig und schien aus den Wüsten Shinabars hierher verpflanzt worden zu sein. Die anderen Gebäude in der Nähe schienen dagegen winzig, selbst der Rat der Archonten war klein. Zuerst glaubte sie, das Gebäude sei neu, doch dann erkannte sie, dass es früher die Bibliothek und den Gerichtshof beherbergt hatte. Die Fassade war verändert worden, und das Dach war höher.

Aus allen Richtungen liefen Leute herbei, einzeln und in Gruppen. Sie unterhielten sich miteinander und lächelten. Manchmal war auch lautes Gelächter zu hören. Bald waren hunderte Menschen versammelt. Alle waren gut gekleidet, als wären sie zu einer besonderen Feierlichkeit unterwegs. Viele Roben waren mit bunten Bordüren verziert, feinster Musselin flatterte in der sanften Brise, und Juwelen glänzten in der Sonne.

Das Reich hatte offenbar seine Grenzen ausgedehnt. Ta-Thea bemerkte Tirilisi, die durch ihre in warmen Erdtönen eingefassten Tuniken auffielen. Sie sah auch Menschen aus dem Norden mit heller Haut und blondem Haar in grünen Gewändern und Einwohner aus Irria-Kand in Kniehosen und feinen Lederstiefeln. Auch einige Shinabari waren in der Menge. Ta-Thea erblickte das Kupfer und das Blau.

Hinter den anderen ging sie die Stufen hinauf und trat durch die hohen Tore.

Das Innere der Halle nahm ihr den Atem. Die hohe Decke ruhte auf mächtigen Säulen, hinter denen sich ein Reiter mitsamt seinem Pferd hätte verstecken können. Die Wände waren aus goldfarbenem camassianischem Stein, auf dem die Strahlen der Sonne tanzten. Licht fiel in leuchtenden Farben durch die bunt verglasten, hohen Fenster. Die Luft schimmerte blau, golden und rosenfarben. Ein Genie musste diese Halle erbaut haben. Sie berührte die Sinne und erfüllte den Geist mit Ehrfurcht. Unwillkürlich schaute jeder nach oben, und das Licht vertrieb die Erinnerung an die Welt draußen, an die Nebensächlichkeiten des Alltags.

Ta-Thea zwang sich, die Augen zu senken. Der Boden war in dunklem Grau und Grün gefliest. Auch er war schön, bestechend, aber düster. Instinktiv lenkte jeder Stein den Blick wieder nach oben.

Die Menschen strömten herein, verstummten, und wandten sich mit ehrfürchtigen Gesichtern der erhöhten Plattform am anderen Ende der Halle zu. Darauf stand ein Tisch, über den ein weißes Tuch aus Seide gebreitet war. Die Perlen, mit denen es bestickt war, schimmerten, und auch Ta-Thea sah den zarten Glanz, obwohl sie am gegenüberliegenden Ende der Halle stand.

Der Tisch wurde von zwei goldenen Sockeln eingerahmt. Auf dem linken befand sich ein Rad, dessen Durchmesser der Größe eines erwachsenen Mannes entsprach. Es war aus Gold und mit hunderten von Edelsteinen besetzt. Auf dem rechten Sockel stand ein Abakus, dessen Kugeln ebenfalls aus Edelsteinen gefertigt waren: Lapislazuli, Malachit, Jaspis, weißer und goldener Achat und Rosenquarz. Das Licht der Sonne brach sich darin mit atemberaubendem Funkeln. Offenbar waren die beiden Gegenstände Symbole, die einen Altar schmückten, doch sie hatten nichts mit dem Buch zu tun.

Ta-Thea dachte daran, jemanden nach der Bedeutung zu fragen, doch dann zögerte sie, weil ihre Unwissenheit sie als Fremde entlarvt hätte. Nicht ein bekanntes Gesicht hatte sie bisher gesehen, alles war ihr unvertraut.

Plötzlich verstummten die Gespräche, und aller Augen wandten sich zu den beiden großen aus Kupfer gehauenen Türen neben der Plattform. Langsam öffneten sie sich, und eine Prozession zog in das Innere der Halle ein, durchquerte sie, bevor sie schließlich die Stufen zu der Plattform hinaufstieg. Allen voran schritt ein Mann von beeindruckendem Aussehen in einer weißen, fließenden Robe. Das schwarze Haar wurde von einem goldenen Reif gekrönt, und um die Taille war eine blutrote Schärpe geschlungen, die mit Achaten, Kristallen und Korunden besetzt war.

Vierzig Männer folgten ihm in merkwürdig zögernden, rhythmischen Schritten. Auch sie waren in Weiß gekleidet, jedoch nicht so prächtig, und sie trugen auch keine Schärpen. Sie hatten lange Wachsstöcke aus Bronze in den Händen und sangen eine eintönige Melodie. Als sie die Plattform erreicht hatten und die Stufen emporstiegen, verwandelte sich der Gesang in ein wunderschönes, harmonisches Lied, die Bässe waren voll und tief, die Tenöre schwangen sich empor, und die Soprane erklangen in reinsten Höhen.

Die Erregung der Menschen in der Halle war beinahe mit den Händen zu greifen. Sie waren nicht Teil einer Gemeinde, sondern Zuschauer, die eine sorgfältig einstudierte Choreografie aus Bewegung und Klang betrachteten. Niemand rührte sich, niemand sprach.

Zunächst wurde die Musik leiser, ihr Rhythmus veränderte sich, dann wurde sie wieder lauter. Die Komplexität war vom menschlichen Ohr kaum zu erfassen. Die Herrlichkeit der Melodie prallte gegen die Wände, benebelte die Sinne, und eine Welle überwältigender Schönheit spülte über die Zuhörer hinweg. Als die Melodie schließlich verklang, waren die Menschen wie erschöpft.

Ta-Thea schaute in die gebannten, geradezu hypnotisierten Gesichter um sich herum, und sie spürte, wie die eisige Hand der Angst nach ihr griff.

Der Anführer mit der roten Schärpe trat vor und sprach zu der Versammlung. Seine Gestalt war wunderschön und seine Stimme weich wie warmer Honig.

»Lasst uns Gott preisen, der über allen Welten, allen Menschen und allen Vorstellungen wohnt!«, rief er. »Lasst uns an Gott denken, der unsterblich ist, der das Universum mit unsterblicher Macht regiert. Lasst uns über unsere eigene Wertlosigkeit nachdenken, über unsere Minderwertigkeit, unsere Vergänglichkeit, unsere Sünden und unsere angeborene Schwäche. Lasst uns anerkennen, dass wir und alle Menschen von Gott abhängen, dass wir ohne Ihn nicht leben und nicht atmen und keinen Schritt tun können und dass es in alle Ewigkeit so sein wird.«

Die Menschen fielen in einen langsamen, wunderschönen Sprechchor, und die vollkommene Aussprache und der präzise Rhythmus verrieten, dass sie seit langer Zeit damit vertraut waren.

»Wir beten Dich an, o unvorstellbarer, unbeschreiblicher, allmächtiger Gott, für den nichts unmöglich ist.«

Ta-Thea riss erstaunt die Augen auf und starrte die Menschen an. Das stand nicht in dem Buch. Wussten sie überhaupt, was sie da sagten?

Und wieder erklang die Stimme des Anführers, schwang sich über die Köpfe der Menge hinauf in die flirrenden Schäfte der bunten Sonnenstrahlen, die durch die Fenster hereindrängten.

»Wir preisen Dich, o Herr, der Du ein Geheimnis für unseren beschränkten Geist bleibst. Deine Herrlichkeit und Deine Macht sind grenzenlos und ewig.«

»Grenzenlos und ewig«, wiederholten zahllose Stimmen. »Wir preisen Dich, o unendlicher Gott.«

Dann wurde ein weiteres Lied angestimmt, und diesmal sangen alle mit. Die Melodie erfüllte die Luft, und die Wände warfen das Echo zurück. Es war ein schönes, frohes Lied, und als es zu Ende war, schwappte das Glück wie eine Welle durch die Halle. Der Anführer trat wieder vor, und es erhob sich ein Raunen.

»Jetzt wird Zulperion zu uns sprechen. Ruhe für Zulperion!«

»Meine Freunde!« Der Mann hob die Hände und schien die Menge zu segnen. »Meine Weggefährten auf dieser Reise des Lebens! Was kann ich euch noch sagen, was ich nicht schon gesagt hätte? Es sind die Worte des Buches Gottes. Seid gerecht und gehorsam, seid bescheiden und bleibt auf dem Weg der Liebe, und ihr werdet ohne Furcht und Schmerz durch den Vorhang der Sterblichkeit schreiten.« Er betonte jedes einzelne Wort, und die Zuhörer lauschten verzückt.

»Geht euren Weg in Demut und Gerechtigkeit«, fuhr er fort. Er sang mehr, als dass er sprach. »Und am Ende eurer Tage werdet ihr rein sein, und Er wird sich eurer annehmen. Groß wird dann euer Lohn sein, unvorstellbar euer Reichtum. Frieden, größer als ihr ihn euch erträumt, wird über euch kommen, das Ende aller Mühsal und allen Elends. Gott hat einen Ort für euch vorbereitet, und ihr werdet die Sünden der Welt aufgeben, und er wird euer sein. Dieses Versprechen gab Er euch, im Namen Seiner Liebe, die nicht verleugnet werden kann und die alles ermöglicht.«

Ta-Thea tobte innerlich vor Zorn. Dies war eine ungeheuerliche Verfälschung der Wahrheit. Für einen kurzen Augenblick sah sie in einer schrecklichen Vision eine riesige Menschenmenge, viel größer als diese hier, und eine ebenso schöne Gestalt mit grausamen Augen, einem verzerrten, gierigen Mund, der von einem Plan sprach. Jede Seele sollte sich auf dem schmalen Weg gerechten Handelns bewegen, doch nicht aus Liebe zum Guten, sondern weil es keinen anderen Weg gab. Doch auf solch eine Weise entwickelte sich der Mensch nicht weiter, und die Herrlichkeit der Liebe wurde mit einem einzigen Hieb ausgelöscht. Jener Weg führte die Seelen in den Zustand der urzeitlichen Unschuld zurück, verurteilte sie zum Stillstand, und der, der dafür eintrat, würde für immer die Herrschaft und das Reich und die Herrlichkeit für sich beanspruchen.

Ta-Thea drängte sich zwischen den Menschen nach vorn. Dann stand sie vor der Plattform und blickte dem überraschten Zulperion ins Gesicht.

»Schwester, Ihr seid uns willkommen, doch Euer Handeln ist unangemessen«, sagte er, und seine Stimme klang freundlich. »Kehrt auf Euren Platz zurück, und ich werde anschließend mit Euch sprechen.«

»Ich bin Ta-Thea«, gab sie zurück, ohne den Blick von ihm zu wenden.

Zulperion stammelte: »Ta…the…a?«

Einer der anderen Priester öffnete den Mund, um etwas zu sagen, doch ihre Miene hieß ihn schweigen.

»Ich bin Ta-Thea«, wiederholte sie. »Ich habe das Buch aus der alten Welt hierher gebracht.« Sie wandte sich halb an die Gemeinde, ließ Zulperion jedoch nicht aus den Augen. »Ihr habt die Lehren Gottes verfälscht, vielleicht nicht wissentlich, doch Ihr predigt die Unwahrheit. Ihr versprecht Leben ohne Schmerz.« Ihre Stimme gewann an Kraft. »Wisst Ihr denn nicht, dass ein solches Leben ohne Entwicklung wäre? Aber Entwicklung ist der Sinn allen sterblichen Lebens. Es gäbe kein Entsetzen und kein Leid, keine Demut und keine Reue, die uns lehrt zu vergeben. Das ist die Lüge des Großen Widersachers, die das Leben und das Risiko verneint. Am Ende werdet Ihr für Eure Reinheit gepriesen werden, und sie wird Euch über die erheben, die trotz aller Gefahren den Mut zur Liebe haben und auf diese Weise das Leben erst groß machen!«

Zulperion versuchte, sie mit einer Geste zum Schweigen zu bringen, doch Ta-Thea ließ sich nicht unterbrechen. Zornig fuhr sie fort: »Ihr behauptet, dass der Bund mit Gott und die Mühe, ihm zu entsprechen, alles Leid auslöschen wird. Wenn dies tatsächlich so wäre, würden dann nicht alle Menschen Gott gehorchen? Es wäre ja verrückt, etwas anderes zu tun!« Sie ließ ein bitteres Lachen hören. »Die Verrückten könnten wir nur bemitleiden, aber es wären ohnehin nicht viele. Und Gott wäre ihr Richter, wir nur die Wächter, die Hüter.«

Totenstille herrschte in der Halle. Unbehagen breitete sich aus. So etwas war noch nie zuvor geschehen.

»Sprecht Ihr wirklich von einer Tugend, deren Lohn Ihr kennt, oder verbirgt sich hinter Eurer Rede nicht etwa doch Selbstsucht?« Ihre Verachtung sprühte förmlich Funken. »Wollt Ihr denn geliebt werden von einem, der nur so lange zur Liebe bereit ist, wie Ihr dafür bezahlt? Das ist doch nichts weiter als ein billiger Handel!«

Einige traten nun unbehaglich von einem Fuß auf den anderen. Zweifel erschien auf den Gesichtern mancher Zuhörer, langsam wurden sie unsicher.

»Ein solcher Handel birgt nichts Edles!«, fuhr Ta-Thea unbeirrt fort. »Es gibt keinen Mut ohne das Wissen um das Leid, den Verlust und sogar den Tod. Was ist tapfer in jenen, die wissen, dass sie nicht verletzt werden können?« Sie warf Zulperion einen Blick zu, schaute dann wieder in die Menge. »Er bietet euch ein Leben ohne Schmerz. Aus welchem Grund? Was würdet ihr lernen? Am Ende würdet ihr doch wieder am Anfang stehen. Es gibt kein Mitleid ohne das Wissen, wie es ist, selbst zu leiden, keine Vergebung ohne das Wissen um Versuchung und Schwäche und das eigene Bedürfnis nach Verzeihung. Es gibt kein Wachstum ohne Schmerz, und es gibt keine Liebe ohne Einsamkeit. Die Liebe darf niemals müde werden zu geben, sich niemals der Gleichgültigkeit und der Verzweiflung ergeben. Es kann keinen Sieg geben, wenn es keine Schlacht gibt!«

Erstauntes Murmeln erhob sich in der Menge, dann sah Ta-Thea ein neues Licht auf den Gesichtern. Kein Auge ließ den Blick von ihr.

Nun sprach sie mit gedämpfterer Stimme: »Auf einem leeren Blatt findet ihr nichts Schönes, weder die Lobpreisung Gottes noch die Liebe des Menschen. Kummer ist keine Strafe Gottes. Der größte Teil davon widerfährt uns durch unsere eigene Schuld, doch er ist auch das Feuer, das den Abfall in unseren Seelen verbrennt.« Sie beugte sich vor, und ihre Stimme wurde drängend. In der großen Halle hörte sie jeder Mann, jede Frau und jedes Kind. »Wollt ihr mit Gott gehen – oder mit dem Widersacher? Vielleicht dauert es lange, bis der Lohn sich einstellt. Gott bringt nicht jeden Tag Seine Ernte ein. Die Samenkörner, die ihr jetzt aussät, werden vielleicht nicht reifen, bevor ihr von den Toten aufersteht. Genau das fordert der Glaube von euch: das Vertrauen darauf, dass Gott existiert und dass Er gerecht ist. Kein Schmerz wird vergeblich sein, kein Opfer vergessen werden, wenn es aus Liebe dargebracht wird. Die Ernte ist euch sicher. Was ihr in Liebe ausbringt, wird euch hundertfach zurückgegeben werden, wenn Gottes Zeit gekommen ist.«

Zulperion trat einen Schritt nach vorn, doch dann blickte er in die Gesichter der Menschen und zögerte.

Ta-Thea sprach nun freundlich, geradezu zärtlich wie zu guten Freunden. »Beweist eure Liebe zum Guten, weil es gut ist, gleichgültig, ob es euch nützt oder schadet. Nur dann werdet ihr der Herrlichkeit und dem Glanz und der ewig währenden Freude teilhaftig werden. Dann werden eure Augen klar genug sehen, um Gott zu erkennen, und eure Seelen groß genug sein, um Seine Gegenwart aufzunehmen. Erst dann werdet ihr die Dinge festhalten können, die Er von Beginn an für euch bereithält.«

Ta-Thea trat zurück und wandte sich um. Zulperion schwieg. Tiefe Verwirrung griff nach seinem Herzen. Die Vorhänge der Dunkelheit fielen in seine Seele, und er sah, wie sich seine Macht auflöste, zusammenfiel wie ein Turm aus Sand in der Flut.

»Wir werden Euch immer dankbar dafür sein, dass Ihr uns das Buch brachtet, Ta-Thea«, sagte er mit lauter Stimme und wandte sich an die Menge. »Als Ihr fort wart, sind wir nicht stehen geblieben. Ihr könnt jetzt nicht einfach nach der Macht greifen. Und auch Hochmut wird Euch nichts nützen.« Langsam gewann er an Selbstvertrauen. »Wir haben dazugelernt. Ra-Nufis verstand Dinge, von denen Ihr nichts wisst. Und deshalb habt Ihr versagt. Wir hatten die größere Vision. Gott ist freundlicher und unendlich mächtiger als das beschränkte Wesen, das Ihr aus Ihm gemacht habt.«

Seine Lippen verzogen sich zu einem kalten Lächeln, und Ta-Thea sah das Eis in seinen Augen.

»Ihr messt Gott mit den Maßstäben der Menschen.« Hohn und gleichzeitig Mitleid lagen in seiner Stimme. »Sicherlich ist es nicht Eure Absicht, Gott zu lästern, und dennoch tut Ihr genau das. Ihr macht den Menschen Angst. Kommt mit mir, und wir werden diese Dinge ungestört besprechen.« Er legte eine Hand auf ihren Arm, und sein

Griff war so kräftig, dass seine Finger sich in ihr Fleisch gruben. Sie versuchte, sich zu wehren, doch er verstärkte den Druck so, dass sie nach Luft schnappte.

Sein freudloses Lächeln vertiefte sich. »Kommt! Wir wollen unsere Meinungsverschiedenheiten an einem ruhigeren Ort austragen. Ihr wollt doch sicher nicht all diese Menschen in Verlegenheit bringen oder in Verwirrung stürzen …?«

Dies war es, was Ta-Thea im Sinn hatte, doch wenn sie ihr Ziel erreichen wollte, durfte sie es nicht zugeben. Seine physische Kraft war überwältigend. Beinahe hätte sie um Hilfe geschrien, doch damit würde sie ihm nur einen Gefallen erweisen. Gegen ein hysterisches Weib hätte er von vornherein gewonnen. Ihr blieb keine Wahl. Er zog sie durch den Saal und die hohen Türen und hinaus aus der Halle. Als sich die Türen hinter ihnen schlossen, stimmten die Menschen ein weiteres Lied an.

Endlich ließ Zulperion ihren Arm los. Der Schmerz trieb ihr die Tränen in die Augen.

»Ihr hättet auf der Insel am Rande der Welt bleiben sollen«, sagte er und verbarg seinen Hass nicht länger. »Hier gibt es keinen Platz für Euch. Solltet Ihr Euch noch einmal öffentlich äußern, werdet Ihr froh sein, wenn Ihr nicht angegriffen werdet.« Das war eine offene Drohung. »Wir sind hier alle sehr glücklich. Die Menschen sind tugendhaft und glauben an die Hoffnung. Ich werde niemandem erlauben, dies zu zerstören!«

Die Tür ging auf, und zwei Priester traten in die Vorhalle hinaus. Auf ihren Gesichtern spiegelten sich Zorn und Furcht. Sie wandten sich an Zulperion.

»Was ist los?«, fragte dieser ungehalten.

»Die Menschen sind verwirrt«, antwortete einer der beiden Männer. »Einige fragen sich, ob sie nicht doch die Wahrheit gesagt hat. Andere sind wütend.«

Zulperion warf Ta-Thea einen schnellen Blick zu, dann sagte er zu den Männern: »Bringt sie durch die Hintertür hinaus. Ich werde die Leute beruhigen. Es gibt keinen Grund zur Sorge. Sie ist verwirrt. Ich werde mich in ihrem

Namen entschuldigen. Ihr wisst, was zu tun ist?« Sein Blick war entschlossen.

Einer der Priester schluckte und nickte, der andere schien unsicher und schaute Ta-Thea unglücklich an.

Zulperion entfernte sich bereits und betrat wieder die Halle. Die Türen schlossen sich hinter ihm.

Die Priester griffen nach Ta-Theas Armen und brachten sie zur Rückseite des Gebäudes.

»Hier entlang! Die Menschen sind Euretwegen sehr aufgebracht. Sie glauben, dass Ihr Gott lästert. Ihr könnt doch nicht ihren Glauben angreifen und Leid versprechen und dann noch erwarten, dass Ihr dafür geliebt werdet.«

»Das interessiert mich überhaupt nicht!«, rief Ta-Thea zornig. Die Männer schleiften sie zwischen sich durch einen schmalen Gang. »Mich interessiert nur die Wahrheit! Wollt Ihr denn etwa nur geliebt werden?«

»Liebe ist die größte Macht im Universum«, erwiderte einer im Brustton der Überzeugung.

Ta-Thea versuchte, sich zu befreien, doch er hielt sie fest. Er war ein junger Mann und doppelt so stark wie sie.

»Um Gottes willen!«, schrie sie. »Es gibt einen riesigen Unterschied zwischen Liebe und dem Eifer, das zu sagen, was immer die Leute hören wollen, damit sie Euch lieben! Diese Menschen scheren Euch einen Dreck! Es ist Euch vollkommen gleichgültig, ob ihre Seelen wachsen oder verkümmern! Ihre Bewunderung wollt Ihr doch nur, um Eure eigenen Begierden zu befriedigen!«

Einer der Priester schlug sie mitten ins Gesicht.

Und plötzlich flog die Tür nach draußen auf. Zwei Männer in Straßenkleidung standen davor. Einer hatte ein Messer in der Hand, der andere eine Keule.

Die Priester hielten mitten im Schritt inne.

»Ich werde Euch nicht töten«, sagte der Mann mit dem Messer betont langsam. »Aber ganz sicher werde ich Euch ernsthaften Schaden zufügen, wenn Ihr die Frau nicht gehen lasst.«

Beide Priester traten erschrocken zurück. Ta-Thea war wie gelähmt.

»Kommt!«, befahl der Mann mit dem Messer herrisch. Dann, als er in das bleiche Antlitz Ta-Theas blickte, fügte er hinzu: »Wir werden Euch nichts tun, meine Dame. Wir wissen, dass das, was Ihr sagt, wahr ist. Wir glauben noch an den alten Weg.«

Ta-Thea zögerte nicht lange, und sie machte sich los und ging durch die Tür. Die drei liefen über die breite Straße und verschwanden in einer engen Gasse. Menschen, die am Straßenrand das Geschehen entgeistert verfolgt hatten, stießen laute Rufe aus, und schon waren hastige Schritte in den Gassen zu hören. Einer der Männer griff nach Ta-Theas Hand und zog sie mit sich. Sie liefen um eine Ecke und befanden sich auf einem kleinen Platz, als drei Verfolger durch die Gasse hinter ihnen heranstürzten.

Ta-Thea und ihre Retter liefen zu einer Tür. Der eine klopfte energisch mit dem Heft des Messers gegen das Holz, während der andere den Platz im Auge behielt.

»Wer seid Ihr?«, fragte Ta-Thea zwischen heftigen Atemstößen. »Warum habt Ihr mich befreit?«

»Weil Zulperion Euch getötet hätte«, entgegnete der Mann mit dem Dolch. »Es hätte wie ein Unfall ausgesehen.« Er hämmerte immer noch gegen die Tür. »Ich fürchte, Ihr habt mehr Mut als Verstand.«

Endlich öffnete sich die Tür, und sie schlüpften hindurch. Es war ein ganz gewöhnliches Haus mit verputzten Wänden in blassen Farben, gefliesten Böden und schlichten Möbeln aus Holz. Die Frau, die in der Mitte des kleinen Raums stand, starrte Ta-Thea neugierig an.

»Es ist besser für Euch, wenn Ihr nichts wisst«, warnte der Mann mit der Keule die Frau. »Es ist sicherer.« Dann wandte er sich an Ta-Thea. »Wir gehen hinten wieder hinaus.«

»Wohin?«

»Zu unserem Anführer. Wir sind eine Widerstandsgruppe und wollen uns nicht den neuen Verfälschungen des Buches beugen. Kommt!«

Ta-Thea folgte ihm gehorsam. Vielleicht hatte Alexius deshalb nach ihr gesucht. Es ging um einen neuen Anfang.

Ohne ihn würde es ein schwieriger Kampf werden, härter und einsamer, doch nun verstand sie den Widersacher noch besser als zuvor, und auch sich selbst. Und sie erkannte, warum Nastemah Alexius getötet hatte. Jene Schlacht war ein Teil des größten aller Kriege gewesen. Und Alexius hatte sie gewonnen.

Ta-Thea wurde durch ein Labyrinth von Straßen und Gassen im alten Teil der Stadt geführt, der noch aus den Tagen vor den Kaisern stammte. Schließlich liefen sie über eine Treppe, die in einen unterirdischen Raum führte. Die Tür schloss sich hinter ihnen.

Drinnen wartete ein Mann. Er war schlank und dunkel, hatte das Gesicht eines Dichters, das auch von Linien des Mutes und der Härte geprägt war. Die Weisheit in seinen Augen war größer als alle Träume.

»Ich bin Sanobiel«, sagte er lächelnd und ein wenig unsicher, als ob er schon wusste, wen er vor sich hatte und Ehrfurcht ihn ergriffen hätte. »Es tut mir Leid«, sagte er leise. »Ich wünschte, dies wäre Euch erspart geblieben. Ihr hättet nicht so offen sprechen dürfen. Hat Alexius Euch denn nicht gewarnt? Wo ist er?«

Etwas Vertrautes klang in seiner Stimme, und für einen Augenblick erinnerte sich Ta-Thea an Musik, Herrlichkeit und Entsetzen, an Mondlicht über dem Eis. Dann war es schon vorbei, und sie war allein in dem Raum mit einem Mann, dem sie soeben zum ersten Mal begegnet war.

»Er starb auf der Insel«, gab sie zurück. »Es geschah, bevor er mir etwas erzählen konnte.« Sie blickte in Sanobiels erschüttertes Gesicht. »Er hatte einen guten Tod«, fügte sie mit sanfter Stimme hinzu. »Er stellte sich einem Boten des Großen Widersachers und besiegte ihn. Es kostete ihn das Leben, doch er gewann die Sicherheit der Seele. Wenn Ihr wie ich sein Gesicht gesehen hättet, wüsstet Ihr es auch.«

»Ich bin froh«, entgegnete Sanobiel, doch seine Stimme war schwer vor Trauer. »Und was ist mit Euch?« Er blickte sie aufmerksam an, suchte ihre Augen.

»Ich habe viele Dinge gelernt, die ich mit Euch teilen muss. Ich habe gesehen, was im Zentrum der Zeit geschah, und ich weiß, dass am Ende doch alles gut werden wird. Die Siege des Widersachers werden nur kurze Zeit währen. Einzelne werden fallen, doch nicht die Welt.«

Sanobiel setzte sich auf einen Stuhl und bot ihr den einzigen gepolsterten Platz an. Er goss Wein aus einem irdenen Krug in zwei Kelche und wickelte einen Laib Brot aus.

»Erzählt mir davon, bitte«, sagte er.

Stundenlang berichtete Ta-Thea von den Ereignissen in Shinabar und den Jahren, die darauf folgten. Sie erzählte von Tiyo-Mah und dem Zwerg Azrub, von Arimapsis' Tod und dann von Tugomir. Beinahe wörtlich gab sie Iszambers Prophezeiung wider, schilderte die Schönheit der Insel am Ende der Welt als sanft und schrecklich zugleich. Sanobiel lachte mit ihr über Tugomirs Abneigung gegen den Wald, beweinte wie sie sein Versagen, Merdic und die verlorene Legion.

Auch von Yaltabaoth berichtete Ta-Thea, von Menath-Dur und dem Sieg der tapferen Männer, von der Festung an der Westküste, der Ankunft der Frauen und natürlich von Tugomirs Triumph. Sie erzählte von der Vision vom Beginn der Zeiten, von der Frau in dem Garten, von dem Mann, der sich der Hölle gestellt hatte und dessen Liebe stärker als die Dunkelheit gewesen war, dann von dem Schrecken und der Herrlichkeit am Ende der Zeiten, wenn die Ewigkeit begann.

Sanobiel seinerseits berichtete ihr von seiner Reise nach Camassia auf der Suche nach der Wahrheit, seiner Entdeckung des Buches, dass er nur für einen kurzen Augenblick hatte berühren dürfen. Seine Liebe zu dem Buch hatte ihn mit Mut erfüllt, und so hatte er die Führung des Widerstands gegen die Abtrünnigen übernommen.

»Was wisst Ihr über Ra-Nufis?«, fragte Ta-Thea. Schmerz erfüllte sie, doch sie glaubte, nun stark genug zu sein, über das Schicksal des einstigen Gefährten zu erfahren. Sie musste sich der Wahrheit stellen.

Sanobiels Miene verfinsterte sich. »Wir haben es beobachtet«, sagte er stockend und suchte nach den richtigen Worten. »Wir haben es kommen sehen, ohne zu erkennen, was es wirklich war.« Er warf Ta-Thea einen fragenden Blick zu. Würde sie ihn verstehen? Ihm glauben? »Als er mit dem Buch aus Shinabar zurückkehrte und uns erzählte, was geschehen war, fühlten wir uns wie zerschmettert. Dem ganzen Volk war das Licht geboten worden, und es hatte sich trotzdem abgewandt.« Er runzelte die Stirn. »Wir konnten es kaum glauben, doch als er auch die Einzelheiten berichtete, kamen wir zu dem Schluss, dass es doch so gewesen sein könnte. Es wird immer Menschen geben, die das Wort und die Veränderungen, die es mit sich bringt, nicht akzeptieren. Und je mehr es sind, desto einfacher ist es für sie, die Augen vor dem Guten zu verschließen.« Seine Lippen verzogen sich zu einem schiefen Lächeln. »Jetzt verstehe ich das alles viel besser als damals. Er hatte das Buch. Es wurde uns zurückgegeben, und das war eine große Freude. Wir waren eine Art revolutionäre Zelle und strengten uns noch mehr an. Wir glaubten, dass wir das Licht der Welt sein könnten.«

»Hat er Euch denn nicht von Azrub und Arimapsis' Steinigung erzählt?«, fragte Ta-Thea überrascht.

Sanobiel biss sich auf die Lippen. »Er sagte uns, dass Ihr von einem großen Übel vertrieben worden wäret und dass der Hohepriester Tugomir der Drahtzieher gewesen sei, dass etwas Schreckliches in den Straßen geschehen sei, doch dass er die Fakten nicht mehr hätte überprüfen können und er die Wahrheit nicht wisse.«

Es gab nichts, was Ta-Thea dazu hätte sagen können.

»Wir trauerten um Euch«, fuhr Sanobiel fort. »Tief in meinem Herzen glaubte ich jedoch daran, dass Gott Euch retten würde, obwohl wir keine Ahnung hatten, was aus Euch geworden war. Erst vor einem oder zwei Monaten hörten wir Gerüchte über Euch. So erfuhren wir von Eurem Verbleib auf der Insel am Rand der Welt. Wir hatten schon früher davon gehört, doch dann erzählte man sich, dass Ihr schon wieder fort und zu den Verlorenen Inseln zurückgekehrt wäret.«

»Ich war die ganze Zeit auf der Insel, aber ich reiste in den Norden. Doch erzählt von Ra-Nufis.«

Sanobiel blickte zu Boden. »Unter Ra-Nufis' Führung predigten wir mit doppelter Anstrengung. Die ganze Zeit über nahm die Gefolgschaft zu, doch einige waren der Meinung, dass manche Gebote sehr schwierig zu befolgen seien, und die Kargheit war nicht so reizvoll wie die alten Zeremonien, also führte Ra-Nufis etwas Pomp ein. Zunächst schien alles ganz harmlos, nicht mehr als die äußere Demonstration eben jener Schönheit, die er so sehr liebte. Der Abakus wurde zum Symbol für die Wahrhaftigkeit des Gesetzes.« Sanobiel warf Ta-Thea einen Blick zu. »Die Ironie darin ist bemerkenswert, nicht wahr? Das Rad symbolisiert die Ewigkeit. Wir begannen damit, Wachsstöcke zu tragen. Die Menschen liebten das. Es war ein schleichender Prozess, und zunächst bemerkten wir ihn gar nicht. Er war wie ein kriechender Gletscher.«

»Wie ein was?«

»Ein Gletscher.« Er runzelte die Stirn, als er das Wort wiederholte. »Das ist ein Fluss aus Eis, der sich in einem ganzen Jahr nur wenige Zentimeter fortbewegt. Soviel ich weiß, gibt es so etwas im hohen Norden.« Er schien verwirrt. »Ich weiß nicht, warum ich an einen Gletscher denke, aber all das erfüllte mich langsam, doch stetig mit eisiger Kälte, als würde der Tod nach mir greifen, obwohl es doch nur um die Äußerlichkeiten der Schönheit ging. Ich glaube, dass dies Ra-Nufis' Geist bewegte: die äußere Schönheit. Damit konnte er mehr Menschen gewinnen, und langsam weichte er das Gesetz auf, weil er die Leute nicht durch eine Härte, die sie nicht annehmen würden, abschrecken wollte.«

Ta-Thea verstand nur allzu gut. Es war alles so einfach und hatte trotzdem den Anschein von Freundlichkeit, wenn nicht gar Liebe.

»Und er wurde immer stärker«, fuhr Sanobiel fort. »Er war sehr geschickt. Mit Schmeicheleien und Zugeständnissen gelang es ihm, sogar Barsymet einzuwickeln. Durch ihn gelangte sie zu neuer Bedeutung, und dieses Gefühl mochte sie.« Er seufzte. »Durch sie gewann er viele der alten Adelsfamilien für sich, auch die aus dem Rat der Archonten. Selbst dessen Mitglieder waren inzwischen der Meinung, dass es durchaus das eigene Ansehen förderte, ein Anhänger des Lichts zu sein. Nur einige wenige, wie zum Beispiel Maximian, beugten sich nicht. Immer mehr Menschen kamen, zuweilen ganze Städte. Die Schönheit und die Versprechungen zogen sie magisch an. Doch das Buch ist schwer zu verstehen, es braucht Zeit, und sie wollten alles sofort. Also berief Ra-Nufis Priester, die den Menschen alles erklärten. Innerhalb eines Jahres hatte er einen neuen Berufsstand geschaffen. Diese Männer interpretieren das Buch. Sie ersparen den Leuten die Mühe, selbst zu lesen und zu lernen. Alle sechs Tage finden diese Versammlungen statt, auf denen sie erfahren, was sie denken und glauben sollen.« Er biss sich auf die Lippen, und seine Stimme klang müde, als hätte er etwas sehr Altes und Hässliches gesehen. »Die Leute wollen schnelle Antworten, nicht die Wunder, die dem Glauben folgen, sondern den Zauber, der sich vorher einstellt – Antworten, die weder etwas mit dem Gehorsam gegenüber den Geboten noch mit der Suche des Herzens nach Gott zu tun haben.«

Ta-Thea nickte, sagte aber nichts. Die Kerze auf dem Tisch flackerte, doch sie nahm es kaum wahr.

Sanobiels Züge wurden hart. »Die Gnade erhob sich über die Werke. Und natürlich führte das geringere Wissen der Menschen zu immer größerer Macht für die Priester. Und am Ende ging es nur noch darum – nur noch um die Macht.

Die Menschen liebten Ra-Nufis. Ich habe Versammlungen von mehr als zwanzigtausend Menschen gesehen, und alle priesen Gott. Doch in ihrem Herzen riefen sie Ra-Nufis' Namen, und ich glaube, er wusste es. Aus zwanzigtausend wurden zweihunderttausend, zwei Millionen und dann zwanzig Millionen.« Er holte tief Luft und stieß einen Seufzer aus. »Jetzt führen die Priester die Menschen nicht mehr in die Spiritualität. Doch sie folgen ihnen trotzdem, weil sie genau das sagen, was die große Mehrheit hören will.«

Ta-Thea sah die Vergiftung der Schönheit, des Wunsches, sie zu teilen, die flachen Stufen, die in die Dunkelheit führten, jede Tat eine erlöschende Kerze. Langsam wurde die Macht zu einer Haltung, dann zu einer Abhängigkeit und schließlich zu einer Art Wahnsinn.

»Habt Ihr mit ihm gesprochen?«, fragte sie.

»Ich habe es versucht.« Sanobiel lachte auf. »Jetzt würde er mich gar nicht mehr empfangen. Wie Ihr seht, bin ich ein Flüchtling geworden.«

»Ist der Widerstand stark?«

»Ja, er ist stark, aber viel zu klein und versteckt. Doch nun seid Ihr hier. Ihr müsst uns führen! Wir werden von vorn beginnen.«

»Ihr habt die anderen schon so weit gebracht. Ihr seid der Gründer der Bewegung, und ich werde damit zufrieden sein, Euch zu folgen«, widersprach Ta-Thea.

»Nein.« Er schüttelte heftig den Kopf. »Ihr seid die Überbringerin des Buches, und – noch wichtiger – Ihr verfügt über die visionäre Kraft und die Sicherheit, die wir brauchen werden. Euer Wissen ist nun mehr als Glaube. Deshalb seid Ihr zurückgekehrt. Ich sehe es, auch wenn Ihr selbst es noch nicht sehen könnt.«

»Aber ein Anführer muss doch Unterstützung von allen erhalten«, wehrte sich Ta-Thea.

»So wird es auch sein.« Sanobiel schien keinerlei Zweifel zu haben. »Ich habe nur den Anfang gemacht. Ihr müsst das Werk nun fortführen.«

Ta-Thea gab nach. »Wenn alle damit einverstanden sind, werde ich tun, was Ihr von mir verlangt.«

21

Sanobiel hatte Ta-Thea erklärt, dass es sinnlos sein würde, mit Ra-Nufis zu sprechen, doch sie erinnerte sich lebhaft an die Loyalität des alten Gefährten und das Gute in ihm. Er war immer so fürsorglich gewesen, wenn sie erschöpft war. In der Wüste hatte er sich stets darum gekümmert, dass sie ausreichend Nahrung und Wasser hatte, eine Decke und ein Lager. Wenn sie an sich selbst gezweifelt hatte, war sein Glaube an ihre Stärke und ihren Mut unerschütterlich gewesen. Er hatte unermüdlich gekämpft und ihr unter Einsatz seines Lebens den Weg nach Shinabar geebnet. Ihre Rückkehr war sein Werk gewesen. Er hatte mit größter Umsicht die nötigen Informationen zusammengetragen, und letztlich war der Erfolg der Invasion erst durch ihn möglich geworden.

Ta-Thea wollte nicht glauben, dass Ra-Nufis sich auch ihr gegenüber verschließen würde. Also ging sie trotz Sanobiels Warnung zu dem Palast auf dem Hügel der Zypressen, den er bewohnte, wenn er nicht auf Reisen in andere Städte und Provinzen unterwegs war.

Sie betrat die Halle, in der er üblicherweise Audienzen gewährte. Einem der Schreiber nannte sie ihren Namen. Er trug ihn gleichgültig in die Liste ein, die vor ihm auf dem Tisch lag. Sie wartete lange, und erst am späten Nachmittag, als die Sonne bereits sank, wurde sie endlich vorgelassen.

Eine Flügeltür aus Zedernholz wurde von zwei Dienern, die in weißes Leinen gekleidet waren, geöffnet. Ta-Thea würdigte sie keines Blickes. Die Türen schlossen sich hinter ihr. Der Raum war beeindruckend. Die hohe Decke war hell verputzt, und das goldene Licht der Sonne im Westen schien durch die Fenster. Die Möbel waren aus vergoldetem Holz, und ein lebensgroßer Hund aus Alabaster hockte auf einer Säule aus Ebenholz. Voller Wehmut erinnerte sich Ta-Thea an die winzige Schildkröte aus Lapislazuli, die Ra-Nufis ihr einst geschenkt hatte.

Er stand in der Mitte des Raums. Sein Gewand war weiß und mit Goldfäden durchwirkt. Um die Taille trug er eine blutrote Schärpe, deren ebenfalls goldene Stickerei den Abakus und das Rad zeigte. Ra-Nufis war kräftiger als früher, sein Gesicht fülliger geworden, und die Jugend war daraus verschwunden.

Er lächelte, als er Ta-Thea erkannte, und sie wusste in jenem Augenblick, dass sie darauf gehofft hatte, die Begegnung mit ihm würde beweisen, dass all das Schlechte, das sie über ihn gehört hatte, sich als Täuschung, als Irrtum erweisen würde, dass die alte Freundschaft unversehrt geblieben war. Doch ein Blick genügte: Sie hatte sich einer falschen Hoffnung hingegeben.

»Ich habe mich schon gefragt, ob Ihr den Weg hierher finden würdet«, sagte Ra-Nufis mit einem Grinsen. »Ihr kommt viel zu spät. Eure Tage sind vorüber. Im Reich gibt es für Euch keinen Platz mehr. Zweimal schon habt Ihr das erfahren. Kehrt zurück auf die Insel am Rand der Welt. Hier gibt es außer Enttäuschung nichts mehr für Euch – vielleicht noch Demütigung.«

»Man sagte mir bereits, dass Ihr ein anderer geworden seid«, entgegnete Ta-Thea. Immer noch suchte sie in seinem Gesicht nach einer Spur des Mannes, den sie einst geliebt hatte. »Ich wollte es zuerst nicht glauben, doch jetzt sehe ich, dass es die Wahrheit ist. Was ist mit Euch geschehen?«

»Ich habe mich entwickelt, Ta-Thea, ich bin gewachsen. Meine Wahrnehmungsfähigkeit ist viel größer geworden seit der Zeit, als wir damals in Shinabar waren.« Endlich bewegte er sich und ging leichten Schrittes, immer noch voller Anmut, zu den Fenstern. »Damals stand die Erkenntnis gerade erst am Anfang. Die Vision hatte ich kaum verstanden. Ich dachte nur an mein eigenes Volk …« Er warf ihr einen Blick zu. »… wie Ihr. Nun weiß ich, dass alle Menschen mein sind, dass Gott keine Außenseiter kennt. Das Buch ist für alle Menschen auf der Erde bestimmt.«

»Ach, wirklich?« Ta-Theas Stimme klang bitter, und die

Enttäuschung drohte, sie zu überwältigen. »Oder ist es nicht vielleicht doch nur für Euch, für Eure Macht und Euren Ruhm bestimmt?«

»Seid Ihr etwa neidisch, Ta-Thea?« Hohn lag in seinen Worten, aber keine Furcht. Er würdigte sie keines Blickes. »Ihr hattet tausende Anhänger, mir folgen Millionen. Das Buch breitet sich über die ganze Erde aus, und genau dafür wurde es geschaffen. Ihr solltet Euch darüber freuen.«

»Nicht das Buch breitet sich aus«, gab Ta-Thea zurück und trat einen Schritt vor. »Ihr habt ihm Gewalt angetan, und jetzt ist es nur noch das, was die Menschen hören wollen, aber nicht mehr die Wahrheit.«

Ra-Nufis drehte sich abrupt um und schaute ihr ins Gesicht. Ta-Thea wich erschrocken zurück. Seine körperliche Kraft schien überwältigend.

»Es ist das, was sie akzeptieren können«, entgegnete er leichthin. Sein Selbstbewusstsein schien unerschütterlich, und sein Stimme blieb sanft. »Es ist nicht gut, den Menschen eine Lehre zu geben, die sie nicht annehmen können. Ihr solltet das doch wissen. Was habt Ihr denn in Shinabar erreicht? Nichts. Ihr wurdet vertrieben – zum zweiten Mal. Meine Absichten sind nun ganz andere, weil ich dazugelernt habe. Die Menschen lieben mich.« Unermessliche Befriedigung sprach aus seinen Worten. »Sie hören mir zu, und sie glauben mir. Ich kann sie zum Guten führen und auch zu Gott. Ihr habt Eure Chance gehabt, Ta-Thea, und Ihr habt sie vertan. Mir wird es gelingen, und Ihr werdet mich nicht aufhalten. Und es ist besser für Euch, wenn Ihr es nicht einmal versucht.«

»Und Ihr werdet sie alle retten …«, sagte Ta-Thea leise, Eiseskälte in ihrem Herzen. Die Worte waren das Echo einer tödlichen Bedrohung, an die sie sich nur schemenhaft erinnerte.

»Nicht alle«, antwortete er und lächelte immer noch. »Doch die meisten. Missfällt Euch das?« Er hob die Augenbrauen. »Soll denn die Erlösung nur wenige Auserwählte treffen, nur Euch und diejenigen, die Ihr bestimmt? Wollt Ihr die anderen in der Verdammnis sehen?«

»Nein! Doch weder das, was Ihr wollt, noch das, was ich will, spielt irgendeine Rolle. Selbst der Wille Gottes hat nichts mit der Wahrheit zu tun. Ihr lehrt, dass Gott allmächtig ist, und das ist eine Lüge. Aus Niedertracht kann keine Freude erwachsen. Und selbst Gott kann daran nichts ändern.«

»Das ist Blasphemie!« Ra-Nufis' Miene verdüsterte sich bedrohlich. Er trat einen halben Schritt vor und hielt inne.

Ta-Thea ließ sich nicht beirren. »Das ist nicht wahr! Lest das Buch. Darin stehen Seine eigenen Worte. Wenn die Gleichgültigen, die Feigen, die Schmutzigen und die Lieblosen Zutritt zum Himmel erhielten, wäre es nicht mehr länger der Himmel.«

»Der Himmel ist ein Geheimnis«, stieß Ra-Nufis zwischen den Zähnen hervor. »Ihr wagt es tatsächlich, hier zu stehen, eine schwache Frau, eine Versagerin, und Gott zu erklären, was der Himmel ist?«

»Noch habe ich nicht versagt! Ich bin nämlich noch nicht am Ende«, erwiderte sie wütend und wusste im selben Augenblick, dass sie besser geschwiegen und ihn in dem Glauben gelassen hätte, sie wäre geschlagen. Alexius hatte sie klügere Taktiken gelehrt als diese. »Und ich erkläre es nicht Gott, sondern Euch.« Sie sah den Zorn in seinem Gesicht, und Furcht drang in ihr Herz. Der Mann, den sie einst gekannt und geliebt hatte, existierte nicht mehr. Den, der vor ihr stand, erreichte sie nicht.

»Es war ein Fehler, hierher zu kommen«, sagte sie hastig. Das Herz klopfte ihr bis zum Hals.

Sie drehte sich um und verließ den Raum so schnell, dass ihre Gestalt jede Anmut verlor. Sie riss die Türen auf und blickte voller Erleichterung in die Halle, in der noch viele Menschen warteten.

Draußen in der Sonne, im Straßenlärm schämte sie sich. Sie war davongelaufen! Doch sie schritt kräftig aus und beruhigte sich erst, als sie das alte Viertel der Stadt erreicht hatte. Sanobiel hatte in seinem Haus einen Raum für sie hergerichtet, der nun auf sie wartete.

»Wir müssen uns besser organisieren«, sagte Sanobiel drängend. »Bis jetzt haben wir es nur geschafft, den Menschen Mut zuzusprechen, die an dem alten, wahren Glauben festhalten wollen, und ihnen einen Ort zur Verfügung zu stellen, wo sie sich treffen und gemeinsam beten können. Wir können nicht in dem Buch lesen, weil es nur den Priestern zur Verfügung steht, und sie legen es weiter nach ihrem Gutdünken aus. Uns bleiben nur die Prinzipien, an die wir uns erinnern, gegenseitiger Trost und die Unterstützung des Nächsten.«

»Wie viele Anhänger sind es überhaupt? Wisst Ihr das?«, fragte Ta-Thea.

Er schüttelte den Kopf. »Ich weiß nur von wenigen. Und das ist gewiss auch sicherer für uns.«

Kalte Furcht wehte durch den Raum.

»So sehr müssen wir auf der Hut sein?«

»Vielleicht. Es kann natürlich sein, dass der Große Widersacher seinen Schritt dem unseren anpasst.« Er blickte ihr forschend ins Gesicht. »Wenn unsere länger werden, bleibt er nicht zurück. Davon bin ich überzeugt.«

Ta-Thea hätte gern widersprochen, doch sie wusste, dass er Recht hatte.

Er sah die Zustimmung in ihren Augen, und tiefe Traurigkeit erfüllte sein Herz. »Es herrscht Krieg, nicht wahr?«

Sie nickte. »Ich glaube, so war es schon immer. Wenn der Widersacher nicht auf uns aufmerksam würde, wäre dies das sicherste Zeichen dafür, dass wir nichts erreichen.« Sie erhob sich und begann, im Zimmer auf und ab zu gehen. »In dieser Schlacht – und ich weiß von Ra-Nufis, dass sie nicht mehr lange auf sich warten lässt – wird es keine Zuschauer geben. Jeder wird sich entweder auf die eine oder die andere Seite schlagen. Unser Geist muss stark sein. Wir dürfen den falschen Lehren nicht nachgeben, keine Fehler und keine Lüge mehr zulassen.«

»Wir brauchen das Buch«, stellte Sanobiel schlicht fest und blickte sie an. »Aber Ra-Nufis hat es. Und nur die Priester haben die Erlaubnis, darin zu lesen, und unter uns ist keiner. Die Bewahrer des Lichts – so nennen sie sich selbst – verlässt niemand mehr aus freien Stücken. Zu viele persönliche Interessen spielen inzwischen eine zu große Rolle. Wir haben versucht, einige von ihnen zu überzeugen, aber es ist viel zu gefährlich geworden. Wie dem auch sei: Vieles von dem, was sie glauben, über das Buch zu wissen, ist falsch. Sollen wir es trotzdem weiter versuchen, sie zu überzeugen? Unter uns gibt es welche, die bereit sind, ihr Leben aufs Spiel zu setzen.«

»Nein!« Ta-Thea zögerte keinen Augenblick. »Ich werde es noch einmal schreiben. Mit Gottes Hilfe wird es mir gelingen. Ich brauche einen Raum, wo ich arbeiten kann, Tinte und Papier.«

Sanobiel blickte sie aus sanften, glänzenden Augen an. Hoffnung keimte darin auf. Dann erhob er sich und griff behutsam nach ihrem Arm. »Dem Himmel sei Dank, dass Ihr zurück seid! Wir werden noch einmal von vorn beginnen. Und wenn Gott mit uns ist … was stört es uns, wer gegen uns ist?«

Während des langen, heißen Sommers widmete sich Ta-Thea ihrer Aufgabe. Oft schlief sie am Tag und saß nachts bei Kerzenlicht an dem großen Holztisch. Immer wieder unterbrach sie ihre Arbeit, fiel auf die Knie und betete. Dann kehrte die Erinnerung zurück, und es schien ihr, als würden die Worte des Buches mit lauter Stimme gesprochen. Ihre Bedeutung war so klar, dass sie diese mit neuer Tiefe und einer Liebe verstand, die sie vollkommen erfüllte und keinen Raum für irgendetwas anderes ließ. Sie bemerkte nicht, wie die Zeit verging. Das Leben, das in den Straßen der Stadt nur wenige Meter von ihr entfernt tobte, drang gar nicht mehr in ihr Bewusstsein. Sanobiel versorgte sie mit allem, was sie benötigte, doch er störte sie weder mit Neuigkeiten noch richtete er das Wort an sie.

Als sie das Werk vollendet hatte, spürte sie Triumph und Abschiedsschmerz zugleich. Die Zeit des Lernens war vorüber. Nun galt es, die Waffe der Erkenntnis in der Schlacht zu erproben. Die Vorbereitungen waren getroffen.

Sie überreichte Sanobiel die Seiten und beobachtete sein Gesicht.

Seine zarten Hände griffen mit solcher Behutsamkeit nach den Blättern, als enthielten sie das Herz der Welt.

»Die Schreiber sind bereit«, sagte er ruhig. »Wir werden es so oft wie möglich abschreiben und es unter den Anhängern verteilen.«

Ta-Thea nickte. »Und wenn wir genügend Abschriften für uns haben, werden wir noch Seiten an Orten hinterlegen, wo die Menschen sie finden. Und manche werden erkennen, dass sie die Wahrheit enthalten. Auf diese Weise wird sie sich verbreiten.«

Und so geschah es. Im Lauf des Jahres entstanden in der Stadt über fünfundzwanzig Zellen von Gläubigen mit jeweils zwanzig Mitgliedern. Seiten mit den Zitaten aus dem Buch wurden überall hinterlegt. Jeder Papierfetzen, der durch die Luft wehte oder auf einem Tisch, einem Stuhl oder in einer Schriftrolle lag, enthielt einen Auszug aus dem Gespräch zwischen Gott und Asmodeus. Doch es handelte sich um Ta-Theas Abschrift und nicht um Ra-Nufis verfälschte Version, die er an seine Priester weiter gegeben hatte.

All das blieb natürlich nicht unbemerkt. Mitten im Winter brachte ein junger Mann namens Timmaron die erste Warnung. Er lief in großer Eile die Treppe hinunter und klopfte heftig gegen die Tür. Als sie endlich geöffnet wurde, stürzte er in den Raum. Furcht saß in seinem Nacken.

»Wir müssen fort! Sie kommen! Zulperions Männer! Die Schreiber müssen sofort verschwinden! Schnell! Ich nehme Tinte und Papier. Beeilt euch!«

Nach der ersten Sekunde lähmenden Entsetzens warf Saspia, die die Arbeiten beaufsichtigte, die Tür zu und rannte los, um die Schreiber zu warnen. Sie sammelte die fertigen Seiten ein und versteckte das Material.

»Lauft!«, befahl sie. »Verschwindet und kehrt nicht mehr zurück! Wir treffen uns in der Straße der Korbflechter. Steht nicht herum! Verschwindet!«

Von nun an blieben die Schreiber nie länger als acht Tage in einem Haus. Einzeln zogen sie bei Nacht weiter. Ihre Seiten jedoch lagen weiter überall in der Stadt herum. Zulperions Männer zogen zwar von der Plattform her gegen sie zu Felde und behaupteten, dass sie Gott lästerten, doch immer mehr Menschen lasen und behielten die Blätter, und die Anhänger wurden immer zahlreicher.

Ta-Thea und Sanobiel arbeiteten unermüdlich, unterstützt von Getreuen wie Saspia und Timmaron.

Der Frühling war gerade angebrochen. Es regnete heftig, und ein kräftiger Wind wehte das Nass in die Straßen, als Lindor, ein älterer Mann, der im Steuerbüro des Rates der Archonten arbeitete, eines Tages auf Ta-Thea zutrat, als sie gerade über den Marktplatz ging, der hinter den Läden der Korbflechter lag. Sie sah ihn schon von weitem, und Achtung vor dem Mut und der Unerschütterlichkeit, mit der Lindor selbst in seiner Stellung dem alten Glauben anhing, erfüllte sie. Er hatte viel zu verlieren, und das Risiko, entdeckt zu werden, war für ihn größer als für die meisten anderen.

Seine Miene war ernst, als er sie erreicht hatte und neben ihr herging. Er war sehr schlicht gekleidet und hatte wohl die Hoffnung, dass er in dieser Aufmachung nicht erkannt werden würde.

»Ich habe sehr schlechte Nachrichten«, berichtete er atemlos. »Ich habe zufällig davon gehört, und ich fürchte, dass ich nicht wieder kommen werde.«

»Was ist denn geschehen?« Ta-Thea warf ihm nur einen kurzen Blick zu. Auf keinen Fall durften sie Aufmerksamkeit erregen. Ein Frösteln ergriff sie, das seine Ursache weder in dem Regen noch in dem Wind hatte.

»Ein neues Gesetz! Ich habe einige Freunde unter den Priestern, doch fragt mich nicht nach ihren Namen. Einer besucht mich immer, wenn es dunkel ist. Ich kenne ihn nur als Schatten, der auf den Stufen an der alten Straße zum Hafen steht. Er sagt die Wahrheit.«

»Was ist das für ein neues Gesetz?« Ta-Thea wollte den Namen des Informanten gar nicht wissen. Im Stillen segnete sie ihn für seinen Mut.

»Ra-Nufis' Auslegung des Buches wird zur einzig richtigen erklärt. Jeder, der davon abweicht, macht sich des Verbrechens der Häresie schuldig.«

Ta-Thea hielt mitten im Schritt inne und starrte Lindor an. »Was meint Ihr damit … Verbrechen? In Camassia durften die Menschen immer glauben, was sie wollten. Ihr dürft auch einen Steinhaufen anbeten, wenn es Euch beliebt. Niemals würde sich der Rat der Archonten darüber hinwegsetzen.«

»Die Mehrheit ist gerade dazu bereit«, gab Lindor zurück und griff nach ihrem Arm, um sie mit sich zu ziehen. Er blickte argwöhnisch von links nach rechts, als sie die geschäftige Straße überquerten, war auf der Hut für den Fall, dass Ta-Thea Aufmerksamkeit erregt hatte. »Die neuen Gesetze verwehren den Heiden die Freiheit nicht. Einen Steinhaufen dürft Ihr immer noch anbeten, wenn Ihr wollt. Nur eine andere Version des Buches dürft Ihr nicht mehr lehren und verbreiten. Jeder andere Glaube wird nach wie vor toleriert. Das Buch ist der offizielle Glaube des Reiches, und es soll vor Verfälschung bewahrt werden.«

»Man wendet sich gegen uns.«

»So ist es. Von nun an gibt es keinen Raum mehr für abweichende Meinungen. Ra-Nufis' Lehre ist heilig, und sie in Frage zu stellen, bedeutet Häresie. Das Gesetz wird die Abtrünnigen mit aller Härte bestrafen. Sie sind eine Gefahr für das Wohl des Staates, für den Frieden und den Wohlstand seiner Nachbarn.«

»Das ist doch absurd!«

»Selbstverständlich ist es absurd.« Lindor nickte einer Gruppe von Frauen zu, die tuschelnd beieinander standen. »Doch wenn Ihr den Menschen Angst macht, könnt Ihr sie zu allem Möglichen verleiten. Sie behaupten, wir seien Aufrührer, untergrüben die Moral, und dass Ihr jeden Preis für die Macht zahlen würdet.«

»Das ist ungeheuerlich!« Ta-Thea brannte vor Zorn. »Ra-Nufis weiß, dass das nicht wahr ist.«

»Vielleicht nicht.«

»Natürlich weiß er es!«

Ta-Thea wollte stehen bleiben, doch Lindor zog sie mit sich. »Ihr vergesst – oder vielleicht wisst Ihr es nicht –, dass wir dazu neigen, die Menschen nach unseren eigenen Maßstäben zu beurteilen. Ra-Nufis ist von der Macht besessen, er verzehrt sich nach ihr. Die Liebe zur Macht hat seine Seele aufgefressen. Er hat einfach vergessen, wie es ist, etwas loszulassen, eines anderen Wohl wichtiger zu nehmen als das eigene. Vielleicht hat er überhaupt vergessen, wie es ist zu lieben.«

Ta-Thea nahm die Menschen um sich herum nicht mehr wahr. Auch die Straße war nun nicht mehr als ein Strich hinter dem Vorhang aus Regen. Sie spürte nur Lindors Finger, die sich in ihren Arm gruben, und ihre Füße, die über das Kopfsteinpflaster stolperten. Lindor hatte Recht. Ra-Nufis glaubte tatsächlich, dass nur die Gier nach Macht sie trieb. Dies war die Mission seiner eigenen Seele, und eine andere kannte er nicht.

»Ich muss jetzt gehen«, sagte Lindor, als sie einen kleinen Platz erreichten. »Jemand könnte mich erkennen. Dann wäre ich Euch keine Hilfe mehr. Ich werde tun, was ich kann.« Seine Stimme brach. »Gott schütze Euch!«

Und noch bevor Ta-Thea antworten konnte, hatte er seine Hand zurückgezogen und sich abgewandt. Einen Augenblick später war er hinter einem Karren verschwunden, der mit Häuten beladen war.

Ta-Thea kehrte zu dem Haus zurück, in dem sie in dieser Woche wohnte, und betete. Sie war zutiefst bestürzt, dass sie Ra-Nufis für immer verloren hatte. Ohne es zu wollen, hatte sie ihm all die Zärtlichkeit und Hoffnung geschenkt, die Habi gegolten hätten. Größer hätte sein Verrat nicht sein können.

Vor Gott ließ sie ihrer Trauer freien Lauf. Sie verlangte nicht nach einer Antwort, doch sie wusste, dass Er sie verstand. Langsam senkte sich tiefer Friede in ihr Herz, und die Wärme Seiner Umarmung hüllte sie ein. Eine zarte Stimme sprach zu ihrer Seele.

»Asmodeus war *mein* Sohn.«

Und sie erkannte den Schmerz Gottes.

Lindor hatte die Wahrheit gesagt. Die Lehre der Bewahrer des Lichts wurde nun genau festgelegt, und jede Veränderung oder Zweifel daran wurden unter die Strafe der Enteignung des persönlichen Besitzes gestellt. Nur die ordinierten Priester durften noch aus dem Buch zitieren. Dies galt auch für Ra-Nufis' Version. Diejenigen, die der Häresie verdächtigt wurden, waren von öffentlichen Ämtern oder der Armee ausgeschlossen. Niemand durfte ihnen Geld leihen. Sie durften den Gerichtshof nicht anrufen und auch nicht an Akademien lehren. Die Gilde der Architekten durfte sie nicht mehr aufnehmen, desgleichen die der Goldschmiede, der Steinmetze und der Apotheker.

Im Sommer erfuhren bereits die ersten Verdächtigen, was es bedeutete, aus ihren Häusern vertrieben zu werden. Ihr Eigentum wurde verwüstet, auf offener Straße wurden sie angegriffen. Jugendliche überfielen einen alten Mann, dessen Herz vor Angst aufhörte zu schlagen. Jeder wusste, wer sie waren, doch sie wurden nicht zur Rechenschaft gezogen. Eine Frau wurde zu Tode gesteinigt. Niemand kümmerte sich darum, die Schuldigen zu finden. Doch trotz Verfolgung und Ungerechtigkeit wurden die Anhänger des alten Glaubens immer zahlreicher.

Im Herbst wurde der Besitz einer Abschrift des Buches, wie Ta-Thea sie verfasst hatte, unter Todesstrafe gestellt.

Eleni berichtete davon, nachdem Saspia sie zu Ta-Thea geführt hatte. Sie sah müde aus. Sie schien seit vielen Nächten nicht mehr geschlafen zu haben. Und doch lag Frieden über ihren Zügen. Zu Ta-Theas großer Freude hatte Eleni die schwarzweiße Katze bei sich.

»Ich komme, um Euch zu unterstützen«, sagte Eleni schlicht. »Ich darf nicht länger abseits stehen. Jetzt ist der Zeitpunkt gekommen. Wir müssen uns entscheiden, auf welcher Seite wir stehen. Diejenigen, die nicht mit Euch sind, kämpfen gegen Euch.«

»Es geht nicht um mich«, widersprach Ta-Thea mit sanfter Stimme, »sondern um Gott. Es kann Euch Euer Leben kosten.«

Sie wusste, dass dies keinen Unterschied machte. Die

Art und Weise, wie Eleni vor ihr stand, mit erhobenem Kopf, klaren und traurigen Augen, zeugte von Erkenntnis und Überzeugung.

»Ich weiß. Aber ich weiß auch, dass es mich meine Seele kostet, wenn ich anders handele.« Sie setzte die Katze auf den Boden. »Ich will an der Schlacht teilnehmen. Ich muss es tun, und an Eurer Seite fällt es mir leichter als allein.«

Ta-Thea streckte die Hand aus, und Eleni ergriff sie. Ihre Freundschaft würde nie wieder so sein wie früher. Durch Alexius hatte sie sich unweigerlich verändert, doch sie war immer noch tief.

Die Tage wurden kälter, und im alten Viertel der Stadt war das Leben hart. Den Luxus, an den Eleni gewöhnt war, gab es hier nicht. Sie war die Tochter eines Kaisers, die Schwester eines anderen Kaisers, und nun lief sie die Treppen hinauf und hinunter, um Eimer voll Wasser aus den Quellen herbeizuschaffen. Sie aß trockenes Brot und trug schlichtes Leinen und einfache Sandalen, auch wenn es regnete. Und sie konnte es sich nicht leisten, Aufmerksamkeit auf sich zu lenken. Ra-Nufis würde es erfahren. Er würde sie auffordern, das Buch öffentlich zu verleugnen, und sie würde sich weigern. Wenn er sie dann schonte, würde er seine Autorität einbüßen.

Und Ta-Thea, die Kaiserin und Isarch gewesen war, schleppte ebenfalls Wassereimer, wusch ihre Kleider selbst, ging auf den Markt, um Brot, Käse und Obst zu kaufen. Doch die Entbehrungen waren für sie leichter zu ertragen als für Eleni, schließlich war sie sogar schon Soldatin gewesen und hatte schlimmere Mühen auf sich genommen.

Nachts saßen die beiden Frauen lange beieinander und sprachen über alles Mögliche, oft auch über unwichtige Dinge, einfach um Zeit miteinander zu verbringen. Sie machten Scherze und erzählten sich lange, komische und belanglose Geschichten. Lachen war das einzige Mittel, das sie die Gegenwart ertragen ließ.

Die Schlinge wurde immer enger. Jeden Tag erfuhren sie von einem Anhänger, der seine Arbeit oder sein Heim verloren hatte. Die Leute wurden eingesperrt und hatten keine Möglichkeit, sich auf das Gesetz zu berufen. Niemand war mehr sicher. Alte Männer, Frauen und sogar Kinder waren betroffen. Immer mehr Menschen wurden im Besitz einer Kopie von Ta-Theas Abschrift angetroffen und wegen Häresie hingerichtet. Und auch die Zahl der Verräter nahm stetig zu.

Der Winter ging vorüber. In regelmäßigen Abständen packten sie ihre Habe zusammen und zogen weiter. Das Risiko, durch ein achtlos dahingesagtes Wort, ein allzu neugieriges Auge oder einen allzu aufmerksamen Beobachter verraten zu werden, wuchs beständig. Zulperions Spione waren überall, und es gab tausende, die nur darauf warteten, ihm gefällig zu sein.

Furcht beherrschte die Stadt. Zulperion mit der honigsüßen Stimme' überzeugte selbst Tiberian davon, sich ihm nicht in den Weg zu stellen. Unterwerfung wurde zum Symbol des rechten Glaubens. Die Stimmen, die für den etablierten Glauben sprachen, wurden immer lauter und schriller. Die Leute versuchten, sich gegenseitig in ihrem Gehorsam gegenüber dem Buchstaben des Gesetzes zu übertrumpfen. Und sie wurden immer flinker darin, diejenigen zu beschuldigen, von denen sie glaubten, dass sie von der rechten Lehre abwichen. Niemand wagte es mehr, mit seinem Nachbarn zu diskutieren. Die Furchtsamen, die Einfachen, die, die sich nicht ausdrücken konnten, wurden die Opfer derjenigen, die andere verurteilten, bevor sie selbst verdächtigt werden konnten.

Es war Eleni, die Ta-Thea die Nachricht von dem Tod überbrachte, der diese allzu hart traf. Eleni war ausgegangen, um Brot zu kaufen. In der Bäckerei und später auf der Straße hatte sie von dem Vorfall gehört. Mit bleichem Gesicht kehrte sie zurück und schloss die Tür hinter sich. Der Straßenlärm blieb draußen. Dann stand sie reglos da, nicht einmal das Brot legte sie aus der Hand.

Ihr Schweigen lenkte schließlich Ta-Theas Aufmerksamkeit auf sie. Fragend löste sie den Blick von dem Blatt, das sie gerade beschrieb, und schaute Eleni an.

»Was ist?«

Inzwischen war sie daran gewöhnt, von Ungerechtigkeiten zu erfahren, Verluste zu ertragen, doch immer noch litt sie darunter. Manchmal fragte sie sich sogar, ob Zulperions goldene Zunge nicht doch so viele überzeugen würde, dass am Ende alle glaubten, er vertrete das Werk Gottes.

»Lindor«, entgegnete Eleni. Ihre Stimme brach. »Er hatte eine Abschrift des Buches bei sich. Ich weiß nicht, ob ihn jemand verraten hat oder ob er einfach zu sorglos wurde. Zulperions Männer kamen bei Nacht und erzwangen sich den Zutritt zu seinem Haus. Sie durchsuchten es. Sie fanden eine Abschrift, und es gab keine Möglichkeit, irgendetwas abzustreiten.« Sie legte endlich das Brot auf den Tisch. »Leugnen hat ohnehin keinen Sinn. Es verlängert nur die Qual und die Farce des Ganzen. Lindor hat es gar nicht erst versucht. Er hielt treu zu dem Buch.« Ihre Augen füllten sich mit Tränen. »Kaum jemand ist dazu in der Lage. Fast alle gehen in den Tod und sind zu Feinden derjenigen geworden, die das Haupt nicht neigen.« Ihre Schultern zuckten. »Es tut mir so Leid.«

Dies war eine sinnlose Ungerechtigkeit zu viel. Ta-Thea saß für einige Minuten wie benommen da, dann stand sie langsam auf. Plötzlich fühlte sie sich steif und alt. Sie entschuldigte sich und verließ das Zimmer. In ihrer kleinen Kammer setzte sie sich auf das schmale Lager. Die Katze hielt sie in den Armen, und heiße Tränen liefen über ihr Gesicht. Sie weinte so bitterlich, wie sie es sich seit Jahren nicht erlaubt hatte. Sie weinte nicht nur um Lindor – er war ein guter Mann und treuer Freund gewesen, der niemals über den Preis nachgedacht hatte, den er vielleicht würde zahlen müssen –, sondern um all die tapferen, liebenden und ehrenhaften Menschen, die an ihr Wort geglaubt hatten und deshalb in den Tod gegangen waren.

Tat sie das Richtige? Oder war es nicht doch nur ein langsamer Abstieg, Stufe für Stufe, der in die Zerstörung führte, von der sie glaubte, sie zu verhindern?

Sie vermisste Alexius so sehr! Mit Eleni konnte sie nicht

über ihre Zweifel sprechen, auch nicht mit Sanobiel. Für ihn wären das eine Herausforderung, und er würde sich dazu getrieben fühlen, an ihrer Statt eine Entscheidung zu treffen. Das durfte auf keinen Fall geschehen. Die Entscheidung war allein ihre, und sie würde sie allein treffen.

Nach einer Weile erhob sie sich und wusch ihr Gesicht mit kaltem Wasser. Alexius konnte sie nicht um Rat fragen. Er war fort. Und es gab ohnehin nur einen Einzigen, der alles wusste.

Doch zuerst galt es, wieder zur Ruhe zu kommen. Sie war nicht Schuld an diesem ganzen Elend.

Ta-Thea kniete nieder, um zu beten. Sie bat um einen klaren Kopf, damit sie Gottes Antwort hörte und erkannte, dass sie die Wahrheit war und nicht das Echo ihrer eigenen Wünsche und Ängste.

Langsam wurde sie ruhiger. Sie erinnerte sich daran, was Alexius über den Wächter in dem Turm gesagt hatte, über den warnenden Ruf. Diejenigen, die sehen, tragen die Last, die Wahrheit zu sprechen, ob sie beachtet werden oder nicht, ob sie um ihrer Worte willen geliebt oder gehasst werden.

Dann sah sie wie in einer Vision Merdic und die Verlorene Legion. Die Männer kämpften ohne Hoffnung im Öden Land gegen den Herrn der Verzweiflung, bereit zu sterben, aber nicht aufzugeben. Dann erblickte sie Menath-Dur und hörte die klingenden Glöckchen an seinen Schuhen. Er hatte sie die Bedeutung der Hoffnung gelehrt, ebenso wie die des Glaubens.

Doch vor allem anderen erinnerte sie sich in ihrer Seele an die große Vision, die ihr den Plan für alle Dinge und die Absichten Gottes offenbart hatte. Im Krieg mit dem Großen Widersacher ging es um die Seele, nicht um das Leben. Diese Erkenntnis war bitter und schwer zu ertragen, doch sie war keine Niederlage, wenn sie es nicht zuließ. Für Lindor war sie jedenfalls der letzte Sieg gewesen.

Ta-Thea strich sich den Rock glatt und das Haar aus der Stirn. Dann stand sie langsam auf.

Eleni saß am Tisch und schrieb mit vorsichtiger, zarter

Hand. Sie blickte auf, als Ta-Thea den Raum betrat. Bestürzung zeichnete ihre Züge.

»Es ist alles in Ordnung«, sagte Ta-Thea freundlich und setzte sich neben sie. »Es schmerzt, doch dieser Schmerz zerstört mich nicht. Genauso muss es sein.«

Eleni blickte sie unverwandt an, als ob sie ihre Gedanken lesen wollte.

Ta-Thea legte die Hände auf die Schultern der anderen und drückte sie sanft.

»Ihr selbst sagtet, dass die Zeit der Entscheidung gekommen ist. Ihr habt Recht. Lindor traf seine Wahl, und sie bedeutete den Sieg für ihn. Es ist unsere Last und unser Segen, Wächter auf dem Turm zu sein und die Worte der Mahnung zu sprechen.«

»Und Ra-Nufis?«, fragte Eleni. »Und all die anderen, die abwärts gehen?«

Ta-Thea legte den Arm um sie und drückte sie an sich. »Auch sie sind Gottes Kinder. Er liebt sie mehr, als wir es können, und sie sind frei.« Ihre Stimme wurde zu einem Flüstern. »Asmodeus war Gottes Sohn.«

Eleni klammerte sich in schweigender, überwältigender Erkenntnis an sie.

Ta-Thea wusste weder, wie sehr Zulperion sie hasste noch wie groß die Zahl der Männer und Frauen wurde, die sich ihm widersetzten und sich für sie entschieden. Sie bedrohten mit ihrer Wahl das, was er so sorgfältig aufgebaut hatte. Immer mehr Leute bestrafte er, indem er ihr Eigentum konfiszierte, ihnen verbot, ihrer Arbeit nachzugehen, sie gar aus ihren Häusern vertrieb, sie ihrer Stellung in der Gemeinschaft beraubte, ja sogar mit dem Tod bestrafte. Doch es gelang ihm nicht, Furcht in die Herzen der Menschen zu säen, im Gegenteil: Es schien, als stärkten diese Maßnahmen nur den Widerstand, und inzwischen war die Substanz des neuen Glaubens selbst bedroht. Wenn er dem nicht ein Ende bereitete, würde sich der Ungehorsam über die Grenzen des Reiches hinaus ausdehnen. Verrat und Unvernunft waren größer, als er es geglaubt hatte. Ra-Nufis hatte ihn zwar gewarnt, doch dann war er in die Provinzen gereist, um dem Aufstand dort zuvorzukommen, und hatte ihn mit der Verantwortung, das Gesetz in der Stadt zur Geltung zu bringen, allein gelassen. Wenn Ra-Nufis zurückkehrte, musste er diese Aufgabe erfüllt haben, oder seine eigene Position geriet in ernste Gefahr. Ra-Nufis war ein strenger Meister. Wenn man die Nächte friedlich im eigenen Bett verbringen wollte, war man auf eine mächtige Position angewiesen.

Ta-Thea, dieses Weib, war der Kern des Problems. Ohne sie hätten die anderen schon längst aufgegeben. Unglücklicherweise war auch die Schwester des Kaisers, die Dame Eleni, zu ihr übergelaufen. Viel wäre ihm erspart geblieben, wenn man dies hätte verhindern können. Er hätte größeren Einsatz zeigen sollen, um sie auf seine Seite zu bringen. Bei Barsymet war es ihm schließlich gelungen. Eleni war zwar nicht so leicht zu manipulieren, aber er hatte es nicht einmal versucht. Die Gabe des Heilens, über die sie verfügte, war ein unschätzbares Werkzeug. Damit vollbrachte sie Wunder, die Menschen vor Ehrfurcht erstarren ließen. Die Kunde von solchen Ereignissen verbreitete sich wie ein Lauffeuer. Dabei spielte die Häufigkeit gar keine Rolle. Die Geschichten wurden immer beeindruckender, je öfter sie erzählt wurden, und konnten so leicht genährt werden.

Zulperion starrte aus dem Fenster seines Palastes auf den Garten.

Außerdem war Eleni nicht die Frau, die ihre Gabe zu ihrem eigenen Vorteil ausnutzte. Sie war ganz anders als Ta-Thea. Eleni hungerte nicht nach Macht, und nun, da sie Witwe war, hatte sie sich ohnehin aus der Öffentlichkeit zurückgezogen. Die Menschen liebten sie immer noch und verehrten sie. Zulperion ärgerte sich über sich selbst, weil er sie ignoriert hatte.

Doch das eigentliche Problem war Ta-Thea. Ra-Nufis war über ihre Rückkehr sehr erbost gewesen. Er hatte Zulperion vor ihrer Unberechenbarkeit gewarnt. Dieser jedoch hatte sich darauf verlassen, dass Ta-Thea in ihrer Niederlage in Shinabar die Sinnlosigkeit erkannt hatte, ihre Ziele weiterhin zu verfolgen. Dies war ein Fehler gewesen. Offenbar lernte sie nicht dazu.

Er trat an den Tisch aus Ebenholz und nahm den Weinkrug. Nachdem er einen Kelch mit dem köstlichen Getränk gefüllt hatte, nippte er jedoch nicht einmal daran.

Er musste sich ihrer entledigen. Sie forderte das neue Gesetz heraus, indem sie auf ihrem häretischen Standpunkt beharrte, der bereits die Gesellschaft destabilisierte. Sie allein war dafür verantwortlich, hatte ihrer eigenen Zerstörung die Hand gereicht.

In einem Zug trank er den Kelch aus und goss sich erneut ein. In diesem Fall musste er jedoch diskreter vorgehen. Es würde wie ein Unfall aussehen. Im Sinne des Gesetzes konnte er sie auch hinrichten lassen, doch man wusste nie, wie sich die öffentliche Meinung entwickeln würde. Auf keinen Fall würde er sie vor Gericht stellen. Nur ein vollkommen Verrückter überließ ihr ein solches Forum, und der Himmel wusste, dass diese Frau eine solche Gelegenheit nicht ungenutzt verstreichen lassen würde. Das hatte sie bereits bewiesen. Außerdem würde er sie so zur Märtyrerin machen. Immer würde es leichtgläubige Trottel geben, die sich überreden ließen, Häresie und die umstürzlerische Auslegung der Wahrheit zu entschuldigen. Und für diese Wahrheit hatte Ra-Nufis sehr hart gearbeitet.

Nein, es gab keine andere Möglichkeit. Im Augenblick der Festnahme würde sie einem Unfall zum Opfer fallen. Sie würde sich sicher wehren, vielleicht sogar gewalttätig werden. Schließlich hatte sie mit einer Armee ganz Shinabar durchquert und Seite an Seite mit den Soldaten gekämpft. Welche gesunde und anständige Frau brachte so etwas überhaupt fertig? Sicher würde sie versuchen zu kämpfen, wenn sie in die Enge getrieben und der Häresie und der Anstiftung zum Aufruhr beschuldigt wurde.

Zulperion nahm einen großen Schluck von dem Wein. Vielleicht hatte sie sogar vor, den Kaiser zu stürzen und sich selbst auf den Thron von Camassia zu setzen. Im

Grunde war dieser Gedanke gar nicht so abwegig. In Shinabar war ihr das schließlich auch gelungen. Je länger er darüber nachdachte, desto wahrscheinlicher erschien es ihm. Ihr Ehrgeiz kannte keine Grenzen.

Schnelles Handeln war geboten. Daran konnte es keinen Zweifel mehr geben. Zulperion stürzte zu der goldenen Glocke neben der Tür und klingelte Sturm.

Innerhalb von wenigen Sekunden erschien der Kammerdiener. »Ja, mein Herr?«

»Bringt den Herrn Mynoth hierher.«

»Ja, mein Herr.«

Mynoth, ein dunkelhäutiger Mann mit flinken, intelligenten Augen, war sofort zur Stelle. Wie Zulperion trug auch er eine lange Robe aus Brokat, die an den Säumen mit roten und goldenen Bordüren verziert war.

»Ich habe zu lange gezögert, mich der aufrührerischen Häresie des Weibes Ta-Thea anzunehmen«, begann Zulperion und beobachtete Mynoth aufmerksam. Würde er verstehen, welche Absicht sich hinter diesen Worten verbarg?

»In der Tat, das stimmt.« Mynoth nickte. »Eure Nachsicht wiegt die Gefährlichen in Sicherheit. Ein wenig Gnade ist durchaus tugendhaft, zu viel davon kann schnell ein böses Ende nach sich ziehen.«

Zulperion lächelte kalt. »Bin ich etwa böse, Mynoth?«

»Ich glaube, dass Ihr allzu nachsichtig gewesen seid, mein Herr. Doch damit ist jetzt Schluss, wenn ich Euch richtig verstanden habe.«

»Genauso ist es! Die Zeit ist gekommen. Noch länger zu zögern, wäre unverantwortlich. Ich habe mich zurückgehalten, so lange ich konnte. Besorgt Euch ein paar Männer, auf deren Diskretion unbedingt Verlass ist. Habe ich mich deutlich genug ausgedrückt?«

»Ja, das habt Ihr. Es wäre mehr als unklug, jemanden zu wählen, dessen Loyalität unter Druck ins Schwanken geraten könnte.«

»So ist es. Geht und setzt sie fest. Ein Informant hat uns zugetragen, wo Ihr sie finden könnt. Er musste erst noch überzeugt werden, aber das ist nun geschehen.«

Mynoth spitzte die Lippen. »Seid Ihr sicher, dass es klug wäre, sie vor Gericht zu stellen? Sie wird sich nicht kampflos geschlagen geben. Sie wird vielmehr alles daran setzen, so viel öffentlichen Wirbel zu veranstalten wie irgend möglich.«

»Das weiß ich auch«, zischte Zulperion. Manchmal irritierte ihn Mynoth zutiefst. Er wusste genau, was notwendig war, doch er bestand darauf, es auszusprechen. »Dem öffentlichen Wohl würde es jedenfalls schaden, mehr noch, es wäre geradezu gefährlich. Doch sie wird nicht aufgeben. Sie ist eine Kämpferin, eine Soldatin. Wahrscheinlich wird sie ein Messer oder einen Dolch bei sich tragen und Euch sogar angreifen. Ihr müsst sehr vorsichtig sein. Niemand darf verletzt oder gar getötet werden. Sie weiß, welches Schicksal sie erwartet, wenn sie vor Gericht gestellt wird, denn sie ist schuldig. Und sie kann es sich kaum leisten zu widerrufen.«

»Ja, Ihr habt Recht.« Mynoth stimmte zu. »Ich glaube auch, dass sie kämpfen wird. Eine außergewöhnliche Frau. Ich freue mich schon darauf, mit ihr zusammenzutreffen.«

»Worauf wartet Ihr noch?« Zulperions Stimme hatte einen scharfen Unterton angenommen. »Und haltet mich auf dem Laufenden!«

Mynoth zog sich zurück. Er mochte Zulperion nicht und neidete ihm seine Position. Außerdem war er von seinem Auftrag alles andere als begeistert. Ta-Thea war eine Frau, und Frauen zu töten, gehörte nicht zu den Aufgaben eines Priesters.

Er rief vier seiner vertrauenswürdigsten Männer zusammen und ging mit ihnen in das alte Viertel. Sie verhielten sich unauffällig, waren nur mit Dolchen bewaffnet.

Sie stürmten das Haus und fanden die Frau sofort. Sie saß an einem Tisch und las. Eine ihrer eigenen Abschriften des Buches lag vor ihr, der unerschütterliche Beweis ihrer Schuld. Mynoth war beeindruckt. Sie war eine ausgesprochen stattliche Frau, deren rötlich braunes Haar erste graue Strähnen zeigte. Sie sah gar nicht aus wie eine Fremde. Im Gegenteil: Sie erinnerte vage an Kaiser Isadorus. Vielleicht gab es eine Art Krone, die sich in den Zügen der Menschen bemerkbar machte.

Sie gab sich sofort zu erkennen, schien geradezu stolz darauf zu sein, und sie begleitete die Männer aus freien Stücken. Mynoth war überrascht. Es war geradezu peinlich, denn sie machte nicht den kleinsten Versuch, sich zu wehren, und sie war nicht bewaffnet. Die Situation war unbehaglich. Er hätte sich gewünscht, dass sie kämpfte. Dann hätte er sie wenigstens in Notwehr töten können. Jetzt blieb ihm keine andere Wahl, als sie vorsätzlich und kaltblütig in irgendeiner Straße umzubringen. Zwei seiner Leute kämpften anschließend gegeneinander, damit sie den Anschein erwecken konnten, die Frau hätte Widerstand geleistet.

Sie trugen den Leichnam zu dem Marktplatz und bahnten sich einen Weg durch die Menge.

»Wir haben sie in flagranti erwischt«, sagte einer der Männer dreist. »Sie hatte eine der verbotenen Abschriften in ihren Händen. Eigentlich wollten wir ihr nur ein paar Fragen stellen, doch sie griff uns sogleich an. Jetzt gebt den Weg frei, wir müssen sie zu Zulperion bringen. Aus dem Weg!«

Doch die Leute rührten sich nicht. Mit aschfahlen Gesichtern drängten sie sich aneinander. Ihr Ohnmächtiger Zorn war beinahe mit den Händen zu greifen.

»Was schert es euch?«, fragte Mynoth. »Sie war Ausländerin, eine Shinabari, und sie hat uns nichts als Schwierigkeiten bereitet.«

»Sie war Baradeus' Tochter!«, widersprach ein alter Mann mit tränenerstickter Stimme. »Sie war mehr eine Camassiani als Ihr! Sie war Isadorus' Schwester, und sie heilte uns von unseren Krankheiten! Im Namen Gottes, das ist die Wahrheit!«

»Blödsinn redet Ihr da!«, zischte Mynoth. »Dies ist Ta-Thea, die Shinabari.«

»Das ist die Dame Eleni, des Kaisers Tante«, warf eine junge Frau mit brennender Verachtung ein. »Sie lebte hier, weil sie an den alten Weg glaubte. Sie war genauso wenig eine Shinabari wie ich.«

Die Menge drängte vorwärts, wütend und unnachgiebig. Diesmal waren die Priester zu weit gegangen. Sie waren nicht mehr länger nur Teil des Unterdrückungsapparats, sondern waren jetzt persönlich verantwortlich für einen Mord an einer aus ihrer Mitte. Alle kannten Eleni. Sie wussten, dass sie nicht gegen diese Männer gekämpft hatte. Sie hatte unter ihnen gelebt. Sie hatte mit ihnen gesprochen, über ihre Scherze gelacht, mit ihren Kindern gespielt. Und sie hatte die Kranken geheilt. Mit ihrem Tod war eine Grenze überschritten worden. Tiefe, lange unterdrückte Wut bahnte sich plötzlich ihren Weg an die Oberfläche. Sie würden nicht zurückweichen, und sie würden nicht verzeihen.

Mynoth hob warnend den Dolch.

Die Menschen starrten ihm nur mit kaltem Abscheu entgegen.

»Wollt Ihr etwa auch noch ein paar von uns umbringen, Priester?«, fragte eine Frau mit scharfer Stimme. »Jetzt sehen wir endlich, wer Ihr wirklich seid!«

»Zulperion soll zu seinem Meister, dem Teufel, zurückkehren! Sagt ihm das!«, rief ein in Grau gekleideter Mann. »Wir haben genug von ihm!«

Zustimmendes Gemurmel erhob sich. Langsam wurde es lauter, schließlich war es ein vielstimmiges Brüllen, und Mynoth und seine Männer ließen Elenis Leichnam fallen und ergriffen die Flucht.

Ta-Thea erfuhr von den Ereignissen, als sie zurückkehrte. Sie hatte die letzten Abschriften des Buches verteilt. Die Menschen in den Straßen standen immer noch in Gruppen zusammen und kommentierten das Geschehen. Als Ta-Thea sich näherte, verstummten sie. Eine junge Frau mit einem Kind an der Hand erzählte ihr, was geschehen war. Immer noch rannen die Tränen über ihr Gesicht.

»Zulperions Leute haben nach Euch gesucht. Die Dame Eleni haben sie erwischt.« Sie schluckte, ihre Augen liefen über. Doch sie schämte sich ihrer Tränen nicht. »Sie ließ sie in dem Glauben, sie wäre Ihr. Sie haben sie umgebracht. Sie leistete keinen Widerstand, doch sie haben sie trotzdem umgebracht. Ich glaube, sie hatten es von Anfang an so geplant.« Die Frau war sehr blass, und in ihrer Stimme lag Furcht. »Ihr könnt nicht mehr zurück, sonst werden sie auch Euch erwischen. Mein Onkel hat ein Haus in der Nähe der Arena, wo die Pferde trainiert werden. Mein Bruder wird Euch hinbringen. Geht sofort! Und beeilt Euch!«

Ta-Thea stand regungslos in der schattigen Straße. Ihr Herz war schwer. Es hatte so kommen müssen, doch der Schock traf sie trotzdem mit aller Gewalt. In den vergangenen Monaten war Eleni ihre Schwester und Freundin gewesen. Und nun war sie gestorben, um sie zu retten. Daran gab es keinerlei Zweifel.

»Geht!«, drängte die Frau, und ihre Stimme wurde lauter. »Ich werde Sanobiel und den anderen sagen, wo Ihr seid. Lauft, solange Ihr noch könnt!«

Ta-Thea wandte sich ab und gehorchte. Sie stolperte mit tränenblinden Augen davon.

Die Nachricht von Elenis Tod verbreitete sich wie ein Lauffeuer in der Stadt, und in Windeseile wussten auch die Menschen in den Provinzen davon. Die Wahrheit wurde nicht beschönigt. Eleni hatte sich ohne Widerstand abführen lassen, eine zurückhaltende Frau mit ergrauendem Haar und Frieden in den Augen, die das Wort Gottes gelehrt und die Kranken geheilt hatte … und sie war von Zulperions Priestern getötet worden.

Dies war das Ende seiner Macht. Um seine eigene zu erhalten, schob Ra-Nufis ihm die alleinige Verantwortung für die Planung und die Ausführung des Verbrechens zu. Doch Zulperion nahm sich das Leben, bevor er vor Gericht gestellt werden konnte. Mynoth berief sich darauf, dass er nur Befehle ausgeführt hätte, wurde jedoch hingerichtet. Ra-Nufis fühlte sich sicherer, wenn er keine Gnade walten ließ, und er hatte ohnehin kein Interesse daran, dass Mynoth am Leben blieb. Er wäre sicher geschickt genug, sich auf Kosten seines Meisters aus der Sache herauszureden.

Kaiser Tiberian äußerte seinen Unmut über die Situation, doch er hatte keine Möglichkeit, die Angelegenheit genauer zu beleuchten. Ra-Nufis hatte schließlich Entsetzen und Trauer geäußert und sich selbst von der Tat distanziert.

Die Menschen verlangten nach Befriedung, und Ra-Nufis erfüllte diesen Wunsch. »Es ist alles in Ordnung«, sagte er. »Ein Spitzbube war unter uns, doch wir sind damit fertig geworden – er hat für seine Schuld bezahlt. Die Krankheit der Seele gehört der Vergangenheit an. Nun ist wieder alles wie vorher. Geht in Frieden Eurer Wege.«

Doch in Ra-Nufis' Herz war noch kein Friede eingekehrt. So etwas durfte nicht noch einmal geschehen. Die Priester mussten sorgfältiger ausgewählt und auch besser entlohnt werden. Es musste deutlich werden, dass ihre Macht jenseits der gewöhnlicher Gesetze lag, mit denen der Rest der Gesellschaft regiert wurde.

»Von nun an wird es keine Diskussionen mehr um die Lehre geben«, sagte er zu den Bewahrern des Lichts. Diese waren mit der Autorität ausgestattet worden, den Menschen ihre Sünden nach ihrem Gutdünken zu vergeben, wenn sie im Gegenzug dafür eine Bezahlung erhielten, die den finanziellen Möglichkeiten des einzelnen Sünders entsprach. Die Bewahrer des Lichts saßen in ihren weißen Roben mit blutroten und goldenen Säumen vor ihm. »Die Menschen müssen vor Verwirrung und Enttäuschung bewahrt werden. Sie sind Kinder im Geist, und es ist Eure Aufgabe, sie auf dem Pfad der Rechtschaffenheit zu führen. In Ewigkeit werden sie uns danken und unsere Namen preisen, weil wir ihre Füße davor bewahrten, vom rechten Weg abzuweichen.« Ra-Nufis blickte in die eifrigen Mienen seiner Zuhörer. »Bewahrt ihre Unschuld im Angesicht des Himmels. Herrscht über sie, unterweist sie in allen Dingen, Schritt für Schritt. Unterbindet jeden Streit, jede Auseinandersetzung. Erinnert sie daran, dass das Leben kurz ist. Sagt ihnen, dass die Hoffnung auf die Ewigkeit alles ist und dass das Fleisch wertlos ist, nichts weiter als eine sterbliche Hülle aus Staub, die heute lebt und morgen wieder der Erde übergeben werden wird. Unschuld und Gehorsam werden ihnen einen Körper geben, der unsterblich ist. Nur so werden sie ewig währenden Frieden erlangen.« Seine Stimme wurde von den Wänden zurückgeworfen, und nicht ein Auge wandte den Blick von ihm. »Und nun geht! Werdet Schäfer und hütet die Menschen«, befahl er. »Wendet niemals Gewalt an. Sie ist nicht nötig. Alle Macht, die ihr braucht, findet ihr in dem Buch. Ihr kennt die Geheimnisse der Erlösung, sie kennen sie nicht. Ihr kennt die Wunder, und – vergesst es niemals – ich stehe hinter Euch, und ich habe das große Buch, das Ta-Thea einst von Gott erhielt. Sie könnte an meiner Stelle stehen, doch durch die Sünde verlor sie das Buch. Also gab Gott es in meine Hände. Wenn irgendjemand euch danach fragt, gebt ihm dies zur Antwort.« Dann hob er das Buch in die Höhe. Es schien warm und golden auf sie herab, und alle stießen einen tiefen Seufzer aus, die Herzen klopften schneller, von Ehrfurcht und Staunen ergriffen.

Dann nahm Ra-Nufis das Buch und schloss es in einen verborgenen Raum ein. Vor dessen Tür standen Wächter, so dass niemand das Buch auch nur berühren konnte. Es symbolisierte den Gipfel der Macht – mehr als aller Lorbeer und jede Krone – weil es den Weg in den Himmel wies. Und Ra-Nufis würde es mit keinem anderen teilen.

22

Einige Tage später stürzte Saspia völlig außer Atem in den kleinen Stall, den Ta-Thea nun bewohnte. Schweißperlen glänzten auf ihrer Stirn, und sie schien sehr beunruhigt.

Ta-Thea blickte auf. Sie fertigte gerade eine weitere Abschrift an und ihre Finger waren schon ganz voller Tinte. Stroh hing in ihrem Haar und an ihren Kleidern und stach durch das grob gewebte Leinen in ihre Haut.

»Der Archon Maximian wünscht Euch zu sprechen«, stieß Saspia hervor.

Ta-Thea erschrak. »Wo?«

»Nicht hier«, gab Saspia hastig zurück. »Er kennt niemanden von uns. Vielleicht verdächtigt er ein oder zwei, aber mehr sind es nicht. Er hat es so dahin gesagt, ganz leise. Einer von denen, die es gehört haben, ist eines unserer Mitglieder.« Sie wagte ein schiefes Lächeln, und heimliche Freude stahl sich in ihre Augen. Obwohl sie die Furcht davor, dass Maximian den Gefährten vielleicht längst entlarvt hatte, nicht gänzlich verbergen konnte. »Er wird von nun an vorsichtiger sein oder ganz in den Untergrund gehen.« Sie schüttelte sich. »Timmaron schätzt, dass etwa fünf- oder sechstausend Menschen ihre Häuser verlassen und sich versteckt haben, weil sie Anhänger des wahren Buches sind. In den Armenvierteln wimmelt es von ihnen. Wollt Ihr Maximian denn treffen? Wir werden schon einen sicheren Ort finden, wenn es sein muss.«

Ta-Thea zögerte. Was wollte Maximian? Er hatte schon zu Isadorus' Zeiten geglaubt, dass die Lehre des Buches nur Schlechtes barg. Nun war er sicher davon überzeugt, dass alles noch viel schlimmer war, als er es damals vermutet hatte. Würde er sie als Vertreter des Rates der Archonten auffordern, um des Friedens willen von der Lehre Abstand zu nehmen?

Dazu war sie nicht bereit. Sie würde Ra-Nufis das Feld

nicht überlassen, damit er ungehindert in der ganzen Welt das falsche Wort verbreiten konnte. Solange sie lebte, würde sie die Wahrheit verteidigen.

Saspia wartete schweigend und beobachtete sie.

Maximian war damals, als sie ihn kennen lernte, ein Mann von ausgeprägtem Ehrgefühl gewesen. Er war den alten, asketischen Werten Camassias aus den Zeiten vor den Kaisern in unerschütterlicher Liebe ergeben. Er war unbeugsam, selbstbewusst, mutig, freundlich, aber auch nachtragend.

»Ja, ich werde ihn treffen«, sagte Ta-Thea schließlich.

Saspia lächelte, wandte sich ab und ging hinaus.

Sie trafen sich auf dem Fischmarkt im alten Viertel unten bei den Docks. Es war laut, die Luft roch nach Salz, und der Wind wehte vom Wasser kalt herüber. Leute kamen und gingen. Als Ta-Thea von der Insel zurückgekehrt war, hatte sie sich unter den Arbeitern und den Armen, die den ganzen Tag lang schufteten und trotzdem arm blieben, ein neues Zuhause geschaffen. Hier fühlte sie sich ebenso sicher wie an jedem anderen Ort. Sie konnte sich vielleicht vor den Menschen verstecken, doch der Große Widersacher wusste immer, wo sie sich befand, und seine Boten würden sie finden, wenn sie es darauf anlegten.

Maximian kam allein. Er war wie ein Händler gekleidet, nicht wie ein Archon. Seine Robe war nicht mit purpurfarbenen Bordüren bestickt.

Er war älter geworden. Sein Gesicht war zerfurcht und sein Haar beinahe vollkommen weiß, doch er hielt sich immer noch gerade, und sein Gang war voller Anmut. Gram zeichnete sein Antlitz, doch weder Alter noch Krankheit waren die Ursache dafür. Die Abkehr seiner Landsleute von der alten asketischen Lebensweise und ihre Hinwendung zu nachlässiger Selbstgenügsamkeit schmerzte ihn zutiefst.

Er lächelte ein wenig, als er sie erblickte. Ta-Thea erkannte, dass auch sie sich sehr verändert hatte. Als er sie zum letzten Mal gesehen hatte, war sie in Rot gekleidet gewesen, hatte eine Rüstung getragen und war bereit gewesen, nach Shinabar zu segeln, um den Thron zu erobern. Nun glich sie all den anderen Frau, die am Kai den Fisch ausnahmen. Und auch sie hatte bereits weißes Haar.

»Ich hätte Euch beinahe nicht erkannt. Nur Eure Augen und Eure Haltung haben sich nicht verändert«, sagte er. Er sprach sie nicht mit ihrem Namen an, und vielleicht war das besonders klug.

»Es ist viel geschehen«, gab Ta-Thea zurück und erwiderte sein Lächeln. »Überall auf der Welt.«

»Ich weiß nur, was mit Camassia geschieht«, sagte er und trat näher. Er wollte den Anschein erwecken, als handelte ein Händler mit einem Fischweib. »Ich bedaure, was in Shinabar geschah …«

»Vergesst es.« Ta-Thea biss sich auf die Lippen. »Damals glaubte ich, dass ich versagt hätte, aber nun weiß ich es besser.«

Maximian war offensichtlich überrascht und schaute sie neugierig an. Er legte die Stirn in Falten. »Wenn dies kein Versagen war, was dann?«

»Die gemeinsame Sache mit Ra-Nufis. Den Kampf für das Gute aufzugeben. Ich weiß, dass Ihr darunter etwas anderes versteht als ich, doch wir können alle nur nach dem suchen, was wir für die Wahrheit halten, und dann für sie kämpfen, sie hoch halten und sie allen zeigen, die sie sehen wollen.«

Maximian lächelte. Trotz seiner Unnachgiebigkeit war sein Gesicht doch auch weich, und große Liebenswürdigkeit sprach daraus. Seine Augen hatten den festen Blick behalten. Es war leicht zu verstehen, warum Xanthica ihn liebte. Tragisch war nur, dass sie ihn über Gott gestellt hatte, denn am Ende würde sie beide verlieren.

»Ihr habt Euch nicht verändert, oder?«, stellte er fest. »Es stimmt, meine Wahrheit ist immer noch nicht die Eure. Doch Euer Buch war wunderschön verglichen mit der mystischen Blasphemie, mit der wir uns jetzt herumschlagen müssen.« Seine Lippen zuckten. »Es zählt nur noch das Ritual – Musik und Wachsstock, Weihrauch, der die Sinne benebelt, Gesänge, bis auch der Klügste beinahe den Verstand verliert, Vergebung wird mit barer Münze gekauft, und niemand versteht mehr, was Sünde eigentlich bedeutet.«

Zwei Frauen gingen laut streitend vorüber.

»Die Priester sind zu Zauberern geworden«, fuhr Maximian grimmig fort. »Sie versprechen die Erfüllung aller Träume und kennen weder Tugend noch Laster. Es gibt keinen Unterschied mehr zwischen Unschuld und Unwissenheit. Jeden Tag wird ihre Macht größer, und die Liebe zu ihr verdirbt ihre Seelen.«

»Ich weiß«, sagte Ta-Thea mit Bitterkeit in der Stimme. »Ich hatte gehofft, dass das Böse darin so offensichtlich würde, dass die Menschen sich schließlich abwenden.«

Maximian stieß ein freudloses Lachen aus. »Immer noch die alte Optimistin. Bei manchen ist es tatsächlich so, aber die meisten lieben doch das ganze Theater. Der Samt der Sünde ist weich, verglichen mit der harten Wirklichkeit, die Ihr lehrt.«

Ein Schwarm Möwen flog ganz nah an ihren Köpfen vorbei, und die Schreie erfüllten die Luft. Ein Mann schlug mit Armen nach ihnen, aber sie achteten gar nicht darauf. Sie waren auf der Jagd nach Fischköpfen.

»Merkwürdig, aber nun erkenne ich etwas von den Vorzügen Eurer Lehre.« Maximians Stimme war weich vor Reue. »Doch ich bin nicht deshalb gekommen.«

»Und warum dann?«

Er zögerte, blickte über ihre Schulter hinweg auf die in der Sonne schimmernden Wellen. »Ist es wirklich Gottes Buch? Ich meine nicht die Worte darin, sondern das Buch selbst. Oder ist es von Menschen gemacht, von irgendeinem Geist diktiert?«

»Das Buch selbst stammt von Gott«, erwiderte Ta-Thea. »Ich habe es weder geschrieben noch hergestellt. Ich reiste in eine Welt jenseits dieser, die wir kennen. Ich kann mich nur an wenige Augenblicke erinnern. Sie sind wie ein Traum, der immer wieder kehrt, aber das Buch war in dem Boot, mit dem ich an die Küste gespült wurde.« Sie bat ihn nicht, ihr den Grund für seine Frage zu erklären. Sie wusste, dass er es ihr aus freien Stücken sagen würde, wenn er die Worte fand und bereit war, sie auszusprechen.

Ein Vogel stieß herab und schnappte sich die Eingeweide eines Fisches von einem der hölzernen Bretter am Kai, schwang sich wieder hinauf in die Lüfte und verschwand über dem blauen Wasser.

»Ra-Nufis hat daraus das Symbol seiner Macht gemacht«, fuhr Maximian fort. »Es ist viel mehr als ein Zepter oder eine Krone.«

Ta-Thea nahm seinen Arm und ging mit ihm am Kai entlang. Sie durften sich nicht von den übrigen Menschen unterscheiden, die ihrer Arbeit nachgingen, miteinander stritten und über Preise handelten. Niemand hatte Zeit für ein längeres Gespräch.

»Wenn Ihr die Wahrheit sagt, gehört es ihm gar nicht«, stellte Maximian fest. »Dann ist es für jeden bestimmt oder für niemanden. Ohne das Buch wird er fallen – durch seine eigenen Worte.«

»Wirklich?« Ta-Thea war nicht überzeugt, und doch wurden ihre Zweifel zerfetzt wie die Dunstschleier des Nebels in der Sonne.

»Ja!« Maximian blickte ihr fest in die Augen. »Ich sehe es deutlich vor mir, besser als Ihr. Es ist viel Zeit vergangen, seit Ihr zum letzten Mal am Gerichtshof oder im Rat der Archonten wart.«

»Das Buch wird an einem geheimen Ort aufbewahrt«, warf Ta-Thea ein und wartete geduldig auf seine Antwort.

»Ich weiß.« Nun hatten sie den Deich erreicht. Die Flut brach sich rauschend an den Steinen. »Aber es befindet sich nicht in seinem Palast«, fügte er hinzu. »Das wäre nicht ratsam, und er hat aus Zulperions Niedergang gelernt. Es liegt in einem Gewölbe im Kaiserlichen Palast. Dieses Gewölbe verfügt über einen eigenen Eingang. Es ist ein großartiger Raum und sehr sicher. Baradeus traf sich früher dort mit seinen Generälen. Ich kenne ihn gut, und ich kenne auch den alten Zugang. Wir werden die Wachleute überwältigen müssen, die dort Tag und Nacht ihren Dienst versehen.«

Wie selbstverständlich hatte er vorausgesetzt, dass Ta-Thea seine Absicht erriet, ohne dass er sie mit konkreten Worten beschrieb.

Es war ein ungeheuerlicher Gedanke: das Buch zurücknehmen. Es ging nicht um ihre eigene Macht, nicht um eine Herausforderung für Ra-Nufis. Daraus würde nur ein Bürgerkrieg erwachsen, die Unterdrückten würden selbst zu Unterdrückern. Es war an der Zeit, die Erkenntnis diesem Kreislauf zu entziehen. Die Welt war noch nicht bereit für große Wahrheiten. Nur die niedrigeren Gebote würden überleben, die Gesetze, die ohnehin in jedem Menschen wohnten, der guten Willens war, der Nächstenliebe und Ehre für selbstverständlich hielt. Das Buch musste zurück zu den Verlorenen Inseln gebracht werden. Dort war es in Sicherheit vor der Gier nach Macht. Und dort würde es bleiben, bis dieser Wahnsinn in Vergessenheit geraten war und eine neue Generation von vorn beginnen würde.

Noch während der Gedanke langsam seine Flügel in Ta-Theas Geist ausbreitete, erkannte sie, dass er die Lösung barg. Sie zögerte nicht, bat nicht um Bedenkzeit, verzichtete sogar auf das Gebet, das ihr sonst immer den Weg gewiesen hatte. Wenn das Buch in Camassia bliebe, in den Händen der Priester, würden sie am Ende alles zerstören.

»Ich bin einverstanden«, sagte sie mit fester Stimme. »Wenn Ihr mir Eure Unterstützung anbietet, das Buch zu holen und zu den Verlorenen Inseln zurückzubringen, dann nehme ich Euer Angebot an.«

Maximians Augen wurden zu Schlitzen. »Ihr werdet es fortbringen?«

»Das werde ich.«

Er bat sie nicht darum zu schwören. Er hatte geahnt, dass das Buch nicht in Camassia bleiben würde, wenn er Ta-Thea in seine Pläne einweihte.

»Wir müssen mit großer Sorgfalt vorgehen«, sagte er ruhig und bestimmt. »Ihr dürft zu niemandem über unseren Plan sprechen. Nur diejenigen, die unbedingt etwas davon erfahren müssen, werden eingeweiht, und auch sie bloß so knapp wie möglich.«

Ta-Thea stimmte zu. Sie sprach nicht von dem Großen Widersacher. Maximian glaubte ohnehin nicht an ihn. »Ich werde die nötigen Vorbereitungen treffen, damit ich schnell die Stadt verlassen kann.«

»Beauftragt jemanden damit, für Euch ein Schiff anzuheuern«, drängte er. »Vertraut niemandem, wenn Ihr es vermeiden könnt. Wir sind alle fehlbar.«

Sie seufzte. »Das werde ich nicht. Wir treffen uns hier in drei Tagen wieder.«

»In zwei Tagen … ich habe meine Gründe.«

»In zwei Tagen, einverstanden.«

Maximian nickte kurz, lächelte kurz und ging davon. Nach wenigen Metern hatte ihn die Menschenmenge bereits verschluckt.

Ta-Thea saß in dem kleinen Raum, in dem die Abschriften angefertigt wurden. Nur Sanobiel, Saspia und Timmaron waren bei ihr. Eine einzige Kerze brannte, die sich erbittert gegen den Einbruch der Dunkelheit wehrte, und das gelbe Licht der Flamme schien auf die angespannten Gesichter.

»Zurück zu den Verlorenen Inseln?«, fragte Saspia erstaunt und fuhr dann fort: »Ja, vielleicht ist das das Beste. Es ist einfach schrecklich. Das Licht wurde uns geboten, und wir nehmen es nicht an.«

»Wir müssen praktisch denken.« Timmaron beugte sich vor. »Wie wollt Ihr das Buch in Eure Gewalt bringen? Traut Ihr diesem Archon Maximian wirklich?«

»Ja.«, gab Ta-Thea, ohne zu zögern, zurück. »Und es ist besser für Euch, wenn Ihr so wenig wie möglich wisst. Eure Aufgabe ist es, die Anführer der anderen Zellen zu warnen, damit jeder versteht, was geschehen ist, und die nötigen Schritte einleiten kann. Ra-Nufis' Rache wird furchtbar sein.«

Sanobiel runzelte die Stirn. »Ohne das Buch wird sich seine Macht schnell verflüchtigen. Er wird viel zu viel mit seinen Priestern zu tun haben, als dass er sich um uns kümmern könnte.«

Saspia stieß ein kurzes Lachen aus, und ihre Miene verriet nur allzu deutlich, was sie von der Hoffnung auf eine solche Aussicht hielt.

»Warnt alle«, drängte Ta-Thea. Ihr Blick wanderte zwischen Saspia und Timmaron hin und her. »Über den Grund schweigt. Sprecht nur mit denen, die über jeden Zweifel erhaben sind. Ratet ihnen, sich im alten Viertel zu verbergen. Sie müssen unsichtbar werden. Vertraut niemandem außer denen, die bewiesen haben, dass sie treue Anhänger sind. Brecht alle Brücken hinter Euch ab, damit keine Spur zurückverfolgt werden kann und auch ein unabsichtlicher Verrat unmöglich wird.«

Timmaron war blass geworden. Er saß regungslos da, die Schultern nach vorn gebeugt. Er war noch nicht einmal zwanzig Jahre alt. »Das bedeutet Krieg, nicht wahr?«, fragte er leise.

»Ja«, antwortete Sanobiel. »Und manche werden sterben, doch wir müssen retten, was zu retten ist.« Seine Stimme klang heiser. »Wir werden uns nicht mehr wieder sehen.«

Timmaron warf ihm einen Blick zu, als ob er ihn geschlagen hätte. Die Wirklichkeit holte sie plötzlich ein. Die Heimlichkeit, das Flüstern der Gefahr, der Folter und sogar des Todes … am Ende mündete alles in einer einzigen Wahrheit, in einer letzten Trennung.

Timmaron holte tief Luft und schaute Saspia an.

Sie lächelte ihm zu und legte eine Hand auf seine Schulter. »Wir werden die Nachricht verbreiten«, versprach sie. »Wir werden vorsichtig sein und niemandem gedankenlos vertrauen.«

Timmaron zwang sich dazu, ihr Lächeln zu erwidern. »So wird es sein.«

Sie sagten sich nicht Lebewohl, erflehten noch Gottes Unterstützung und machten sich dann wie jeden Tag auf den Weg, als ob sie sich am Abend wieder sähen. Für Tränen war keine Zeit.

Ta-Thea ließ die kleine Katze in Saspias Obhut zurück und nahm nur den blauen Seidenumhang von den Verlorenen Inseln mit sich. Gemeinsam mit Sanobiel verließ sie unmittelbar nach Sonnenuntergang das Haus. Beide waren dunkel gekleidet und trugen Dolche bei sich.

Unter den Zypressen in der Nähe des Palastes trafen sie Maximian. Er wurde von vier Männern aus der alten Kaiserlichen Garde aus Isadorus' Zeiten begleitet. Niemand sagte ein Wort. Maximian führte die Gruppe unter den Bäumen hindurch zu den hohen Mauern des Palastes. Schließlich standen sie vor Baradeus' altem Kriegshauptquartier, in dem nun das Buch untergebracht war.

Der aufgehende Mond spiegelte sich bleich auf dem polierten schwarzen Marmor, und die Posten neben dem Eingang waren dunkle Schatten.

Einer drehte sich um, die Hand auf dem Schwert, als der erste von Maximians Männern vortrat, innehielt und einen Gruß entbot. »Der Archon Maximian«, verkündete er mit fester Stimme.

Der Posten rührte sich nicht. Wie jeder andere in der Stadt kannte auch er Maximian und seine Ansichten über das Buch. »Und was führte den Archon hierher?«, fragte er neugierig.

Maximian trat vor. Sein Gesicht war im Mondlicht deutlich zu erkennen. Das Gold auf seiner Robe, wie sie die Archonten trugen, glitzerte. »Ich bringe eine Nachricht für Hauptmann Ramus. Es geht um eine geheime Angelegenheit von größter Bedeutung. Sagt ihm bitte, dass ich hier warte.«

Der Name des Hauptmanns überzeugte den Posten. Er salutierte und gehorchte.

Ta-Thea und Sanobiel warteten voller Anspannung.

Der Wachposten kehrte nach einer Weile zurück. Ohne weitere Umstände führte er Maximian die Stufen hinauf und erhob keine Einwände, als Ta-Thea und Sanobiel folgten. Die anderen blieben, wo sie waren.

Die Türen schlossen sich hinter ihnen, und Maximian schritt furchtlos voraus. Drei Männer standen vor den gewaltigen Bronzetüren im Inneren des Gebäudes. Sie zeigten Szenen alter Schlachten und Siege. Zwei der Männer standen reglos und auf unnatürliche Art unbeholfen da, und Ta-Thea erkannte, dass sie entweder schliefen oder betäubt worden waren.

Der dritte Mann trat vor und reichte Maximian die Hand.

»Ramus«, sagte Maximian schlicht. »Ich danke Euch.« Er drückte die Hand.

»Beeilt Euch«, gab Ramus leise zurück. »Ra-Nufis hat den einzigen Schlüssel.«

Maximian führte Sanobiel und Ta-Thea durch einen engen Gang, unter einem schweren Vorhang hindurch und zu einer kleinen Tür. Dahinter lag eine schmale Treppe, die hinunter in die Dunkelheit führte.

»Folgt mir«, flüsterte er, ging langsam die Stufen hinunter, eine Hand an der Mauer. Unten angekommen liefen sie durch einen Tunnel. Es war stockfinster. Sie waren tief unter der Erde. Die Luft war feucht. Nichts außer ihrem eigenen Atem und dem Pochen ihrer Herzen war zu hören.

Plötzlich hielt Maximian inne und tastete mit der Hand über die Mauer. Dann stieß er einen kurzen, zufriedenen Seufzer aus und ging weiter.

»Achtung! Stufen!«, warnte er, und schon stiegen sie wieder nach oben. Am Ende der Treppe gab es erneut eine Tür, und dann betraten sie auch schon den bemalten Raum, in dem Baradeus seine Kriegszüge vorbereitet hatte. Vor ihnen lag auf einem Sockel und unter einer einzigen Fackel das Buch.

Ta-Thea wurde von einem überwältigenden Gefühl der Freude ergriffen. Wie hoch auch immer der Preis war, wie lang oder wie schwer auch immer der Weg, schon der Anblick war alles wert, was sie zahlen konnte. Am ganzen Körper bebend trat sie vor. Es schien, als würde das Buch selbst das Licht spenden und die Fackel es nur zurückwerfen.

Ta-Thea streckte die Hand aus, und ihre Finger glitten über die goldene Oberfläche. Sie war warm, wie sie es immer gewesen war, und die Kraft des Buches sang in ihren Adern, erfüllte ihr Herz. Sie nahm es auf und wandte sich an Maximian.

Neugier spiegelte sich in seinen Zügen, die sich langsam mit Erstaunen paarte. »Es ist schön.« Er stieß Atem aus. »Und doch ist es schwer zu glauben, dass es der Grund für so viel … Krieg ist.«

»Es ist die Wahrheit«, entgegnete Ta-Thea. »Und die Wahrheit wird die Menschen immer entzweien.«

Sanobiel wurde ungeduldig. »Wir müssen uns beeilen«, drängte er. »Wir müssen die Flut noch erreichen. Das Boot kann nicht warten. Und die Wachposten werden aufwachen.«

»Ihr habt Recht.« Maximian drehte sich um. Ta-Thea wickelte das Buch in den blauen Umhang, drückte es an sich und folgte den anderen. Vorsichtig gingen sie den Weg zurück und gelangten schließlich wieder in den Vorraum.

Doch nicht Ramus erwartete sie dort, sondern Ra-Nufis. Die beiden Wachposten, die draußen gewartet hatten, standen nun neben Ra-Nufis und einem anderen schlanken Mann mit heller Haut und glattem Gesicht. Er war immer noch so jung wie damals, als Ta-Thea ihn zuletzt gesehen hatte, und mit eisigem Entsetzen erkannte sie Ulciber. Seine Lippen zogen sich lächelnd zurück, und es schien ihr, als hätte sie ihn schon immer gekannt.

Ra-Nufis blickte auf den seidenen Umhang in Ta-Theas Armen, als ob er durch ihn hindurch das Buch sehen könnte.

»Ich wusste, dass Ihr es eines Tages holen würdet«, sagte er leise. »Ich wusste immer, dass seine Kraft Euch rufen würde. Ich wollte Euch nicht töten, Ta-Thea, aber Ihr lasst mir keine Wahl.« Seine Hand senkte sich auf das Heft seines Schwertes, seine Finger schlossen sich darum.

Ulciber lehnte lässig an der Wand und beobachtete die Szene.

Die beiden Wachposten zogen die Schwerter. Maximian ergriff das seine, und Sanobiel hielt den Dolch in der Hand.

Ta-Thea legte das Buch nieder, zückte ebenfalls ein Messer und stellte sich Ra-Nufis. Er trat lächelnd auf sie zu, das Licht der Fackel schimmerte golden und rot auf der Klinge seines Schwertes. Es war mehr als zweimal so lang wie ihr Dolch, und Ra-Nufis selbst war größer als sie und verfügte daher auch über die größere Reichweite.

Maximian wich vor dem Wachposten zurück, ließ den Blick nicht von ihm, bewegte sich auf Ta-Thea zu, ignorierte Ra-Nufis.

Sie glaubte, er würde Rücken an Rücken mit ihr kämpfen, damit sie sich gegenseitig schützen könnten. Doch das wollte sie nicht. Sie brauchte Raum, um sich zu bewegen, sich zu ducken und Finten zu schlagen.

Doch als er nah genug war, hielt er ihr sein Schwert mit dem Heft voran entgegen. »Nehmt es!«, befahl er und griff nach ihrem Dolch.

Als sie sich umdrehte, stieß Ra-Nufis gerade zu. Nur um Haaresbreite verfehlte er sie.

Maximian riss Ta-Thea den Dolch aus der Hand und zwang sie, das Schwert zu ergreifen. Sie nahm es und parierte Ra-Nufis' nächsten Hieb. Sie hatte keine Zeit mehr, an Sanobiel oder Maximian zu denken. Sie brauchte ihre ganze Kraft für diesen Kampf. Und Ulciber lehnte immer noch an der Wand und lächelte im Licht der Fackel.

Vor und zurück bewegten sich die Menschen, die Klingen klirrten. Ta-Thea beobachtete Ra-Nufis' Hand, seine Schultern, seinen ganzen Körper, so wie Alexius es sie gelehrt hatte. Sie dachte an all die Schlachten, die sie in der Wüste Shinabars gekämpft hatte. Ra-Nufis hatte ebenso viele ausgetragen und verfügte sicherlich über die gleichen Fähigkeiten wie sie. Er hatte überlebt, war immer nur leicht verwundet worden. Doch dann hatte er sich dem Krieg des Verstandes und des Geistes zugewandt. Sie aber hatte den dunklen Kriegern Yaltabaoths in jener letzten, entsetzlichen Schlacht an der Westküste die Stirn geboten.

Daran dachte sie, als sie Ra-Nufis gegenüberstand.

Seine Klinge sauste knapp an ihrem Kopf vorbei. Sie trat zur Seite, fiel zurück, dann schlug sie zu. Die Spitze ihrer Klinge ritzte die Haut über seinen Rippen. Sie sah den

Zorn und die Überraschung in seinem Gesicht. Er verdoppelte seine Anstrengungen. Seine Klinge riss ihren linken Arm auf. Blut schoss hervor. Er lächelte boshaft.

Ra-Nufis war viel stärker als sie, doch seine prächtigen Kleider schränkten seine Bewegungsfreiheit ein. Sie wollte ihn nicht töten. Einmal schlug er daneben, hatte die Situation falsch eingeschätzt, und die Chance war da: ein sauberer Stich ins Herz – doch Ta-Thea zögerte.

Ra-Nufis sah, dass sie den Augenblick verstreichen ließ, und zeigte seine Zähne.

»Tötet sie …«, sagte Ulciber mit leiser Stimme, doch die Worte waren so deutlich wie ein Schrei in dem Raum, in dem nichts als das Stampfen der Stiefel und Sandalen, das Klirren der Klingen und die Atemstöße der Menschen zu hören waren.

Ra-Nufis stieß zu, überzeugt, dass es ihm diesmal gelingen würde.

Doch Ta-Thea war darauf vorbereitet. Er hatte geglaubt, sie würde seitlich ausweichen, aber sie trat zurück, dann auf die andere Seite und schlug direkt unterhalb des Heftes auf sein Schwert. Es fiel ihm aus der Hand und rutschte über den Boden.

Im nächsten Augenblick war Maximian zur Stelle und hatte es schon ergriffen. Es rettete ihn vor des Soldaten tödlichen Hieb.

Ra-Nufis rührte sich nicht, seine Züge waren starr vor Entsetzen. Jedoch erinnerte er sich an Ta-Theas Zögern, und er schien innerlich zu jubeln. Sie würde ihn nicht umbringen. Sie brachte es nicht über sich, den tödlichen Hieb zu führen. Und er wirbelte zu Ulciber herum.

Der nahm eine der Fackeln von der Wand und warf sie Ra-Nufis zu. Er fing sie auf und trat vor, schwenkte sie vor Ta-Thea hin und her. Flamme und Rauch zuckten vor und zurück. Es war eine andere, aber nicht weniger tödliche Waffe. Wenn sie mit dem Schwert danach schlug, würde die Klinge an dem Eisen splittern oder brechen und Feuer über sie beide spucken. Sie wäre unbewaffnet.

Ta-Thea wich zurück, wusste nicht mehr, wie sie nun

kämpfen sollte. Ra-Nufis folgte ihr. Triumph glomm in seinen Augen.

Zu ihrer Rechten kämpfte Sanobiel. Seine Kleider waren voller Blut und sein Dolch war zu kurz, um den Gegner abzuwehren. Erfolgreicher war Maximian zu ihrer Linken, denn er hatte Ra-Nufis' Schwert in der Hand. Maximian wandte sich Sanobiel zu, um ihm zu helfen.

Ra-Nufis schwenkte die Fackel. Ta-Thea roch den Qualm und spürte die Hitze im Gesicht. Sie musste gewinnen. Sie musste das Buch zu den Verlorenen Inseln zurückbringen, es Gott zurückgeben. Die Menschen waren noch nicht bereit für seine Kraft. Sie verfälschten es, verwandelten es in eine Waffe der Unterdrückung, und so war es zum Werkzeug des Widersachers geworden.

Ra-Nufis schwenkte erneut die Fackel. Die Flamme verbrannte Ta-Theas Arm. Sie dachte an Yaltabaoth. Dann fiel sie auf die Knie, stürzte nach vorn, traf Ra-Nufis' Oberschenkel und spürte, wie die Klinge in sein Fleisch drang.

Er stieß einen Schmerzensschrei aus und fiel vornüber, auf die brennende Fackel in seiner Hand. Die Flammen leckten über seine Kleider und zuckten wie ein Laken aus Feuer in die Höhe. Schreie hallten durch die Kammer. Die anderen Kämpfer waren vor Entsetzen wie gelähmt.

Ulciber stürzte vorwärts, sein Gesicht verzerrt vor Entsetzen, doch er konnte nichts mehr tun. Es gab weder Wasser noch Sand. Die Flammen zuckten höher, das Öl in der Fackel hatte längst Ra-Nufis' Kleider getränkt.

Endlich verstummten die Schreie. Der geschwärzte Körper lag rauchend auf dem Boden, die Wunden hinter einem schwelenden Schleier verborgen, der Kopf haarlos, die Haut verkohlt.

Maximian war der Erste, der sich rührte. »Lauft!«, befahl er, blickte zuerst Ta-Thea, dann Sanobiel an.

Sanobiel zögerte. Er wusste, dass Maximian sein Leben lassen würde.

»Lauft!«, wiederholte Maximian, und seine Stimme klang hoch und scharf. »Ihr müsst fort, solange Ihr noch könnt. Nehmt das Buch! Es ist das Buch Gottes, nicht das des Menschen.«

Sanobiel steckte den Dolch in den Gürtel und bückte sich, um das Buch vom Boden aufzunehmen. Er griff Ta-Theas Arm und zerrte sie mit sich zur Tür.

Sie wandte sich um, wollte einen letzten Blick auf Maximian werfen. Er wehrte mit dem Schwert in der Hand zwei der Soldaten ab. Lange würde er das nicht durchhalten. Ta-Thea grüßte ihn noch einmal mit dem alten kaiserlichen Gruß, den Drusus ihr geboten hatte, als sie die Westküste verließ, und dann lief sie hinter Sanobiel her.

Als sie die Stufen hinunterstolperte, hörte sie hinter sich ein furchtbares Geräusch. Es war ein hohes, dünnes, jubelndes Gelächter. Es war Ulciber, der so unmissverständlich lachte wie die Dunkelheit selbst.

Ta-Thea und Sanobiel liefen zwischen den Säulen hindurch auf den offenen Platz hinaus, dann in den Schutz der Straßen, rannten so schnell sie konnten, hielten nur hin und wieder für einen Augenblick inne, um Atem zu schöpfen.

Der Mond stand hoch am Himmel, und die Flut hatte gerade den Scheitelpunkt erreicht, als sie endlich die Kaimauern erblickten, die sich schwarz gegen das glitzernde Wasser der See erhoben. Der Himmel war so klar, dass die Luft selbst im Licht zu vibrieren schien.

Das Schiff wartete schon, und flink sprangen sie an Bord. Sie gingen sofort hinunter in die Kabinen, die für sie vorbereitet waren. Nicht einmal ein zufälliger Beobachter sollte sie sehen und sich über den Mann und die Frau wundern, die aneinander geklammert einen Gegenstand an sich pressten und um Mitternacht in See stachen.

Die Mannschaft hisste die Segel und löste die Taue. Leise, wie ein Schiff aus einem Traum, glitt es über die silbrige, schaukelnde Strömung davon, hielt zuerst auf die Hafenmauer zu, dann auf die offene See.

Ta-Thea und Sanobiel versorgten ihre Wunden, so gut es eben ging, mit sauberem Wasser und Stofffetzen, die sie von den Laken in der Kabine abrissen.

Anschließend lag Ta-Thea allein auf dem Bett. Sie hatte eine der ungeheuerlichsten Entscheidungen ihres Lebens getroffen. Und sie zweifelte auch nicht daran, dass es die richtige Entscheidung gewesen war. Nicht das Buch hatte versagt, sondern der Mensch. Die Menschen waren für das Licht noch nicht bereit. Und doch musste es möglich sein. Warum hätte Gott es sonst dargeboten?

Es gab einige wenige: Alexius, Eleni, Tugomir, die Ritter an der Westküste … Sanobiel. Auch einer wäre genug gewesen, eine Seele, die hinaufgestiegen wäre, um am Ende Gottes Antlitz zu schauen.

Schmerz erfüllte Ta-Thea. Wie hatte Ra-Nufis die Dunkelheit wählen können, obwohl er so viel wusste? Warum hatte die große Täuschung einen solchen Eindruck auf ihn gemacht? Aus welchem Grund hatte die Verfälschung der Wahrheit eine solche Gier in ihm entfacht, dass er sich am Ende dem Bösen ergeben hatte, das ihn doch noch wenige Jahre zuvor mit blankem Entsetzen erfüllte hatte? Oder war die Saat der Verdammnis schon immer in ihm gewesen?

Ta-Thea starrte in die Dunkelheit und erinnerte sich. Sie dachte an die lange Zeit, die sie mit Ra-Nufis verbracht hatte, an seine Loyalität und seinen Mut, seine unerschöpfliche Energie und seine Kraft, die er allein der großen Aufgabe gewidmet hatte. Nichts schien ihm zu viel abzuverlangen. Doch wofür das alles? Sie konnte nicht glauben, dass er damals schon geplant hatte, sie zu stürzen. Der Schatten war langsam über ihn gekommen. Die Liebe zur Schönheit hatte sich in die Liebe zur Macht verwandelt. Er hatte gesehen, wie die Menschen nach dem griffen, was Hoffnung versprach, Ordnung ohne Verwirrung, Erlösung ohne Schuld. Und dann hatte er ihre Dankbarkeit geschmeckt und die überwältigende Kraft des Geliebtwerdens. Er hatte ihnen gestattet zu glauben, dass er derjenige war, der ihnen das Geschenk machte, nicht Gott. Und mit der Zeit hatte er selbst daran geglaubt.

Schließlich drehte Ta-Thea sich um und schlief ein. Sie war erschöpft und immer noch voller Trauer. Allerdings verwirrt war sie nicht mehr.

Als sie erwachte, stand die Sonne schon hoch am Himmel. Ihre Glieder waren steif, und bei jeder Bewegung schmerzten die Wunden und die Muskeln, die die Anstrengung nicht mehr gewöhnt waren. Die Schnitte, die Ra-Nufis' Schwert hinterlassen hatten, mussten verbunden werden, und es schmerzte, das trockene Blut abzuwaschen.

Schließlich ging sie an Deck. Es war Mittag, und die Stadt im Zentrum der Welt war bereits vor langer Zeit am Horizont verschwunden. Sie blickte zu den großen Segeln hinauf, die weiß in den kobaltblauen Himmel ragten. Es war ein schnelles Schiff, das geschmeidig und elegant durch das Wasser schoss und ein weißes Band aus schäumendem Wasser hinter sich herzog.

Einige Männer waren an Deck. Einer saß am Ruder im Heck. Die Leichtigkeit seiner Bewegungen verriet, dass er seit langer Zeit mit dem Ruder vertraut war. Ein anderer Mann stand an der Reling und blickte über das Wasser. Ein dritter warf ein Seil über Bord, und ein vierter beugte den Kopf über ein Flickarbeit an den Netzen. Sanobiel war offensichtlich noch unten. Sie wollte ihn nicht stören.

Auch Ta-Thea kehrte zurück in ihre Kabine, und kurze Zeit später klopfte Sanobiel behutsam an die Tür. Er sah müde aus und stand merkwürdig krumm da, als ob sein ganzer Körper schmerzte. Er hatte etwas Brot und Obst bei sich.

»Kommt herein«, sagte Ta-Thea hastig und trat schnell zur Seite.

Sie aßen hungrig und sprachen über die Vergangenheit, über Menschen, die sie nicht vergessen wollten oder durften. Vor allem gedachten sie Maximians, der nie an das Buch geglaubt hatte und der doch am Ende sein Leben geopfert hatte, damit es Gott zurückgegeben werden konnte.

»Sie haben ihn umgebracht«, sagte Sanobiel leise und starrte an die Wände der winzigen Kabine. »Er muss es gewusst haben, als er dieses Unternehmen vorschlug.«

»Er war ein guter Mann«, stellte Ta-Thea fest und aß den letzten Bissen Brot. »War es unser Fehler, dass es uns nicht gelang, ihm das Buch auf eine Weise zu vermitteln, dass er daran hätte glauben können? Haben wir etwas falsch gemacht, irgendetwas übersehen?«

»Ich glaube nicht.« Sanobiel goss noch etwas Wasser in ihren Becher. »Er wusste doch alles, und trotzdem entschied er sich für einen anderen Weg – einen guten, aber unvollständigen Weg. Vielleicht erkannte er am Ende doch, dass das Buch die Wahrheit ist.« Ein Lächeln zuckte über sein müdes Gesicht. »Von allen Geschenken Gottes ist mir das wichtigste, dass Er uns nicht das Recht gab, über andere zu urteilen. Dafür bin ich am dankbarsten. Dies bleibt Sein Recht allein.«

Ta-Thea erwiderte sein Lächeln, drückte leicht seine Hand, die auf dem kleinen Tisch zwischen ihnen lag. Er legte schnell die andere Hand über ihre.

Sie sprachen von Menschen, die sie geliebt hatten, deren Glaube, Ehrlichkeit und Mut ihren Weg erleuchtet hatten. An manche erinnerten sie sich in Traurigkeit, an andere in Freude.

Die folgenden Tage verliefen ereignislos. Sie verbrachten die Zeit mit Gesprächen. Sanobiel berichtete von einigen Vorfällen, die sich zu Beginn des Widerstandes ereignet hatten, und Ta-Thea erzählte ihm von der Schönheit der Insel und den Menschen, die sie dort kennen gelernt hatte.

Schließlich sprach sie auch von dem Maelstrom, den man in der Luft riechen konnte, von der Gänsehaut, die den Körper des Menschen überzog, der sich ihm näherte, versuchte, das Dröhnen zu beschreiben, das sich über dem Horizont erhob, zuerst dumpf war, nur eine kleine Veränderung in der Tonlage des Windes in der Takelage, bevor das Ohr das beharrliche, verdrießliche Grollen des ewig währenden Chaos' wahrnahm.

Am vierten Tag ihrer Reise gingen sie erneut an Deck, und im hellen Sonnenlicht schien das Wasser um sie herum blau zu lodern. Ta-Thea blickte über das unendliche Meer Richtung Süden und Sanobiel nach Westen. Dort, so erwartete er, würde er sicher bald den Dunst des Maelstroms erkennen können.

Plötzlich spürte Ta-Thea seine Hand auf ihrem Arm, und der Griff war so hart, dass sie vor Schmerz beinahe aufschrie. Sie fuhr herum und schaute in sein schreckensbleiches Gesicht. Dann sah auch sie es: Land in Sicht! Klar und deutlich war die Silhouette einer Stadt zu erkennen, die sich in die Hügel schmiegte, die Steine rosa- und ockerfarben.

»Tirilis!«, stieß Sanobiel zwischen zusammengebissenen Zähnen hervor.

Ta-Thea wandte sich ab und ging zu dem Mann am Ruder hinüber, der mit dem Rücken zu ihr stand und ganz in seine Arbeit vertieft schien.

»Warum segeln wir nach Tirilis?«, fragte sie.

Der Matrose rührte sich nicht und sagte kein Wort.

»Warum segeln wir nach Tirilis?«, rief Ta-Thea noch einmal, und Furcht lag in ihrer Stimme.

Als er immer noch nicht reagierte, legte sie eine Hand auf seine Schulter, um ihn auf sich aufmerksam zu machen.

Langsam drehte er sich um, und sein Gesicht war so Furcht erregend, dass Ta-Thea meinte, in den Schlund der Hölle zu blicken. In den Augen des Mannes sah sie Verderbtheit, Chaos und die Dunkelheit, die niemals enden würde. Die Wangen unter den hohen Knochen eines Shinabari waren eingesunken, die Lippen von den Zähnen zurückgewichen, als wäre der Mann bereits seit tausend Jahren tot.

»O Gott!« Der Aufschrei explodierte in Ta-Theas Herz, doch sie brachte ihn nicht über die Lippen, die in Eiseskälte erstarrt schienen.

Sanobiel stürzte zu dem anderen Mann, der am Ausguck stand. Doch auch dessen Anblick ließ das Blut in den Adern gefrieren. Hilferufe blieben in Sanobiels Kehle stecken. Die Fratze war fürchterlich. Die Augen, die tief in eingesunkenen Höhlen lagen, hatten im Leben keine Gnade gekannt und sie auch im jahrhundertealten Tod nicht gefunden.

Sanobiel wich zurück. Sein Herz klopfte wie rasend, und namenloses Entsetzen schüttelte seinen Körper.

Eine weitere knochige Gestalt ließ sich am Mast herunter und machte sich umsichtig an den Tauen und den Segeln zu schaffen.

Ta-Thea ging langsam zu Sanobiel hinüber. Ihr Körper schmerzte, und die Beine gehorchten ihr nur widerwillig. Die salzige Luft wehte über sie hinweg und erfrischte die Haut. Die Segel ragten in den Himmel, und das klare Wasser umspülte den weißen Rumpf des Schiffes, das immer noch Kurs auf Tirilis hielt.

»Tiyo-Mah …«, sagte Ta-Thea mit heiserer Stimme, als sie sich an die erstickende Atmosphäre und den tödlichen Druck in dem unterirdischen Raum in Thoth-Moara erinnerte. »Sie hat von Asmodeus gelernt, und nun weckt sie die reulosen Toten auf …«

»Reuelos?« Sanobiel klammerte sich an die Fallleinen, weil er befürchtete das Gleichgewicht zu verlieren. Die Erde schien zu schwanken, als ob sie das Zentrum des Maelstroms bereits erreicht hätten. Doch die See war ebenso ruhig wie die klare Luft des Sommers.

»Das sind jene, die selbst nach ihrem Tod das Licht zurückweisen und Gott den Rücken zuwenden«, entgegnete Ta-Thea. »Bis zum Ende der Welt haben sie Zeit, doch wenn sie sich auch dann für die Finsternis entscheiden, werden sie für immer in der Finsternis verharren. Auf irgendeine Weise erfuhr Tiyo-Mah davon, dass Ra-Nufis die Macht über das Buch verlor. Nun sendet sie diese Kreaturen, damit sie uns nach Tirilis bringen.«

»Vielleicht können wir sie bestechen«, schlug Sanobiel vor.

»Wie denn?«

»Ihnen irgendetwas anbieten?«

»Was?« Ta-Theas Stimme klang rau. »Gott hat ihnen bereits ewig währende Freude geboten, die Herrlichkeit der Liebe und des Lachens und endlose Welten. Und sie haben alles zurückgewiesen. Was, um Himmels willen, könnten wir ihnen anbieten?«

Er griff nach ihrer Hand. »Und wenn wir gegen sie kämpfen? Gibt es denn keine Waffe … eine Art Schwert des Geistes?«

»Was hätte das für einen Sinn?«, flüsterte sie. »Sie befinden sich doch bereits in der unendlichen Nacht ohne Liebe und Hoffnung. Sie schauten das Licht und wählten die Dunkelheit. Was könnten wir ihnen denn antun?« Sie suchte in seinen Zügen nach Zeichen der Einsicht. »Was könnten selbst Gott oder der Große Widersacher ihnen antun, das auch nur halb so entsetzlich wäre wie das, was sie sich selbst angetan haben?«

»Nichts«, gab Sanobiel schließlich leise zurück. Dann nahm er Ta-Thea in die Arme und drückte sie an sich.

Die See rauschte im strahlenden Sonnenlicht. Möwen kreisten um den Mast, der in den klaren Himmel ragte. Der Wind kühlte ihre Gesichter.

Sanobiel holte tief Luft. »Nichts«, wiederholte er, und tiefe Überzeugung wohnte in diesem einen Wort.

Dann ließ er sie los und küsste sie zart auf die Wange.

»Gott beschütze Euch!« Er lächelte, ging zu dem Mast und hielt davor inne. Er hob sein Gesicht zum Himmel und schloss die Augen zu einem inbrünstigen Gebet. Die Lebendigen hatten keine Macht über die Verdammten, und die hatten keine über ihn. Doch es gab einen Weg, sie zu bekämpfen, und seine Seele kannte ihn. Er zögerte nur einen Augenblick lang, und dann bat er Gott um die einzige Gabe, die er benötigte, nicht für sich selbst, sondern für die Kreaturen der Hölle um sich herum.

Das Licht über dem Wasser wurde strahlender.

Wie ein Mann traten die Matrosen mit erhobenen Armen zu Sanobiel. Jeder versetzte ihm einen gewaltigen Hieb. Erst der letzte tötete ihn. Doch er fiel nicht. Stattdessen schien er von innen heraus zu leuchten, als ob er innerhalb eines Wimpernschlags den Weg von der Sterblichkeit in die Unsterblichkeit zurückgelegt hätte.

Dann hob er mit Furcht erregender Würde den rechten Arm und sprach: »Im Namen dessen, der sich den Mächten der Hölle stellte und sie überwand, befehle ich euch zu verschwinden!«

Die Matrosen wichen zurück, stolperten und fielen zu Boden. Wie dunkle Flecken lagen sie auf den Planken. Die

Kleider waren plötzlich leere Hüllen, und ein Wind erhob sich und nahm sie mit sich. Sie fielen ins Wasser und wurden von der See verschlungen.

Als Ta-Thea wieder auf die Stelle blickte, wo soeben noch Sanobiel gestanden hatte, sah sie nur noch ein Leuchten in der Luft. Sie war allein, Freund und Feind waren verschwunden. Alexius, Arimapsis und Eleni waren tot. Kol-Shamisha hatte sein Leben gegeben, um sie zu retten. Maximian ebenfalls. Und nun Sanobiel. Jeder von ihnen hatte einen Sieg für die Seele erstritten, doch der Verlust war unermesslich, die Leere, die sie hinterließen, durch nichts zu füllen.

Ta-Thea blickte über die See. Irgendwo hinter diesem schimmernden Wasser lagen der Maelstrom und die Verlorenen Inseln. Dorthin musste sie das Buch bringen und es Gott zurückgeben. Dort würde es in Sicherheit sein, außerhalb der Reichweite des Menschen und des Teufels.

Die Segel hingen schlaff herunter, und das Schiff begann, auf den Wellen hin und her zu schaukeln.

Ta-Thea trat ans Ruder und nahm es entschlossen in die Hand. Sie wusste nicht, wann und wo sie gelernt hatte, damit umzugehen. Dann holte sie die Segel ein und rollte sie auf. Der Wind schien stärker zu werden. Das Schiff schwankte, und der Bug schoss durch das schäumende Wasser.

Sie wusste nicht, wie lange sie gearbeitet hatte. Die Sonne ging glühend rot unter und sandte ihr Feuer über das Wasser. Ta-Thea saß in der Dunkelheit da und schlief immer wieder ein. Als sie erwachte, war der Morgen grau, und der Osten schickte fahles Licht über die Kämme der Wellen.

Den ganzen Tag lang glitt das Schiff durch das Wasser, doch Ta-Thea entdeckte nicht den geringsten Hinweis auf den Maelstrom. Voller Verwunderung stellte sie fest, dass sie sich nicht allein fühlte. Die Erinnerung an diejenigen, die sie geliebt hatte, erfüllte ihren Geist und ihr Herz, und es schien ihr, als ob sie bei ihr wären. Und das Buch war wie eine lebendige Flamme, ein Kompass, der ihr den Weg durch den Ozean wies, der keine Pfade kannte. Es war das Licht, das den leeren Raum zwischen den Sternen erhellte.

Am Morgen des sechsten Tages erwachte Ta-Thea und erblickte Land. Es war nicht der strahlende Hafen von Orimiasse, wie sie gehofft hatte, sondern die lange, hügelige Ostküste der Insel am Ende der Welt. Als das Schiff an den Strand gespült wurde, nahm sie das Buch in die Arme, stieg in das weiß schäumende Wasser und watete durch Algen und winzige Muscheln hindurch ans Ufer. Der Duft von wilden Lupinen hing in der Luft, und die Vögel kreischten hoch über ihrem Kopf. Der Himmel war von einem sanften Blau und unendlich weit. Zarte Wolkenschleier zogen darüber hinweg.

Ta-Thea lief durch das windgekämmte Gras auf die Hochebene. Feldlerchen schwebten in der sonnigen Luft und sangen ihr süßes Lied.

Ta-Thea wandte sich nach Süden. Vielleicht würde sie in Kyeelan-Iss einen Seemann finden, der sie durch den Maelstrom hindurch zu den Verlorenen Inseln bringen würde.

Die Landschaft war noch schöner, als sie sie in Erinnerung hatte. Bäume, die bis in den Himmel ragten, flüsterten leise in der süßen Brise, die den Duft der Blumen atmete. Wilde Rosen kletterten an den Hängen empor, Gänseblümchen schauten sich dazwischen neugierig um. Ta-Thea begegnete Landarbeitern, Schäfern, Holzfällern und Schweinehirten, die unter den Bäumen rasteten, und auch einigen anderen Reisenden. Sie ernährte sich von Äpfeln und wilden Beeren, die an den Hecken wuchsen.

Die Sonne stand hoch und schien warm auf ihr Gesicht, als sie eine Gestalt erblickte, die ihr auf dem schmalen Pfad, der durch das Gras führte, entgegenkam. Der Gang schien ihr seltsam vertraut, und das Haar, das im Wind wehte, schlug wie ein Flügel der Angst in ihrem Herzen, doch erst, als sie nur noch wenige Meter voneinander trennten, erkannte sie das Gesicht. Es war ausgezehrt, die Augen darin glühten, und der hagere Körper stützte sich auf einen langen Stock, als ob er sich aus eigener Kraft nicht halten konnte. Es war der Wanderer mit dem Stock der Zerbrochenen Träume, der einst Yaltabaoth gewesen war, der Herr der Verzweiflung. Als sie an der Westküste kämpften, hatte sie ihn verwundet.

Nun stand er vor ihr und versperrte ihr den Weg. Seine Augen glitzerten höhnisch, und seine knotigen Hände ballten sich zu Fäusten.

»Ich sagte Euch, dass wir uns wieder begegnen würden«, sagte er leise. »Ich halte meine Versprechen.«

Ta-Thea hatte keine Waffe, nichts, womit sie sich gegen ihn wehren konnte.

Die Lippen des Wanderers legten gelbe Zähne frei. »Fürchtet Ihr etwa um Euer Leben, Frau des Buches? Das braucht Ihr nicht. Ich kann Euch nicht töten, nur eine Wunde, die niemals heilen wird … die kann ich Euch zufügen, und der Schmerz wird Euch für den Rest Eures Lebens Tag und Nacht begleiten.«

Er bewegte sich so schnell, dass Ta-Thea kaum sah, was er tat. Der lange Speer verfehlte ihre Schulter nur knapp, ritzte ihren Umhang ein.

Beinahe hätte sie es vorgezogen, dass er sie umbrachte als ihr eine solche Wunde zuzufügen. Alle, die sie geliebt hatte, waren fort. Doch sie war die Einzige, die das Buch nach Orimiasse zurückbringen konnte. Sie hatte es in die Welt gebracht, und sie würde nicht zulassen, dass es der Willkür und dem Missbrauch der Menschen überlassen blieb.

Der Wanderer schenkte dem Buch nicht die geringste Beachtung. Er sann auf Rache. Er würde den Schmerz der Enttäuschung, der niemals verging, über sie bringen, die Galle der Bitterkeit, die alles auffraß, und das Leben, das keine Hoffnung mehr kannte.

Im strahlenden Sonnenschein standen sie sich gegenüber. Doch als der Wanderer zum nächsten Schlag ausholte, erklang plötzlich das Klingeln von Glöckchen, winzigen Glöckchen an fremdländischen Schuhen.

Der Wanderer erstarrte.

Ta-Thea drehte sich hastig um. Ihre Hoffnung sang ein jubelndes Lied.

Menath-Dur schritt durch das Gras und die Blumen und wandte den Blick nicht von dem Wanderer. In der Hand trug er einen langen Stock. Seine Finger schlossen sich darum, und sie sah, dass er bereit war, den Schlag zu führen.

Doch es kam nicht dazu. Der Wanderer hatte Zeit, und alles sterbliche Fleisch war sein Opfer. Menath-Dur würde nicht überall sein.

Der Wanderer wich zurück, wandte sich ab und schlug auf das zarte Gras ein, brach die schlanken Halme, zerstörte die Blumen dazwischen, und wohin seine Füße getreten waren, hinterließen sie schwarze Flecken.

Menath-Dur starrte auf den dunklen Boden, und Trauer spiegelte sich in seinen grauen Augen. Dann hob er den merkwürdigen Stock, und plötzlich erwachte die Erde zu neuem Leben. Das grüne Gras des Lebens kehrte zurück, und des Wanderers Fußspuren waren nicht mehr zu sehen.

Menath-Dur wandte sich an Ta-Thea. »Kommt«, sagte er schlicht. »Wir müssen nach Hirioth.«

»Nein«, widersprach sie. »Ich gehe nach Kyeelan-Iss. Ich muss ein Schiff finden, dass mich zu den Verlorenen Inseln …«

Er schüttelte den Kopf und lächelte sie gütig an. »Ihr werdet nicht zu den Verlorenen Inseln zurückkehren. Dafür ist keine Zeit. Ihr müsst nach Hirioth.«

»Ihr versteht nicht …«

Sanft nahm er ihren Arm, aber seine Hand war stark. »Doch, ich verstehe. Kommt. Wir dürfen keine Zeit verlieren. Andere Feinde werden sehr bald wissen, wo Ihr seid.«

»Ich muss das Buch zurück zu den Verlorenen Inseln bringen.« Ta-Thea rührte sich nicht. »Es kann nicht mehr länger in der Welt bleiben. Wenn Ihr wüsstet, was …«

»Ich weiß.« Er ließ ihren Arm los und nahm stattdessen ihre Hand. Sie spürte die Wärme unbeschreiblicher Süße. »Ich bin von Anfang an, und ich werde sein bis ans Ende. Euer Weg führt nach Hirioth.«

War das möglich? Gott konnte das Buch überall zurücknehmen, die ganze Erde war schließlich Sein. Nur die Erinnerung hatte ihr gesagt, dass es in Orimiasse geschehen würde. Vielleicht war doch der Wald der richtige Ort.

Menath-Dur wartete geduldig, während sie nachdachte.

Schließlich ließ sie es zu, dass der Frieden und das Wissen um die Wahrheit ihr Herz erfüllten. »Ja«, sagte sie dann, »wir werden nach Hirioth gehen.«

»So ist es gut. Kommt schnell. Viele Kräfte wirken überall. Einige kann ich schlagen, aber nicht alle.«

Und schon schritt Menath-Dur aus. Mit seinem leichten Gang lief er durch das Gras, in den Schatten der hohen Bäume und wieder in den Sonnenschein hinein und an langen Hecken entlang, die mit Blumen übersät waren. Ta-Thea hatte Mühe, mit ihm Schritt zu halten. Als er endlich innehielt, um einige wilde Früchte zu pflücken, die sie essen konnten, war sie völlig erschöpft, und das Buch in ihren Armen war so schwer geworden, dass sie es kaum noch tragen konnte.

Menath-Dur gestattete ihr eine kurze Rast. Die Sonne sank bereits, und die Luft färbte sich golden. Pappeln schimmerten wie Säulen aus Seide, die Blätter raschelten leise im Atem des Sonnenuntergangs. Die Gänseblümchen im Gras fingen das letzte Licht auf und wurden zu Millionen zarter Sterne. Vögel auf der Suche nach ihren Nestern flogen durch den Himmel, und sie glichen einer Hand voll Blätter, die in die Luft geworfen worden waren.

Sie erreichten den Waldrand. Die schlanken Bäume reckten sich geschmeidig in den Himmel, die Blätter schienen leise miteinander zu flüstern. Die Äste der gewaltigen Eichen neigten sich zur Erde. Darunter war auch die Luft grün.

Plötzlich hielt Menath-Dur inne. Seine Miene war ernst. »Ich kann nun nicht mehr weiter. Den Rest des Weges müsst Ihr allein zurücklegen. Geht mit dem Licht Gottes …« Er zögerte, als wollte er noch etwas hinzufügen, doch alles, was ihm am Herzen lag, wohnte in diesen wenigen Worten. Nachdem er noch einmal ihre Hand gestreichelt hatte, wandte er sich hastig ab und ging davon, ohne sich noch einmal umzublicken. Die Glöckchen an seinen

Schuhen sangen ihr Lied, bis auch das Klingeln von der Stille verschluckt wurde.

Ta-Thea stand nun allein auf dem Pfad, der in den Wald hineinführte. Hoch über ihrem Kopf murmelte der Wind in den zarten Blättern, doch der Weg vor ihr war so ruhig wie tiefes Wasser. Die uralten Stämme waren in ihrer Regungslosigkeit unbeschreiblich schön. Leuchtendes Moos bedeckte ihre Wurzeln, und zarte Farnwedel reckten sich in die laue Luft.

Ta-Thea wanderte eine Weile über den Pfad, und der sanfte Abend leuchtete immer noch am Himmel. Er spendete genügend Licht, und sie lief sicheren Schrittes dahin, als sie plötzlich einen Mann erblickte, der an einer riesigen Eiche lehnte und auf sie zu warten schien. Er richtete sich auf und kam auf sie zu. Seine Gestalt war schlank, sein Gang anmutig, und sein Gesicht von unbeschreiblicher Schönheit.

Ta-Thea hielt mitten im Schritt inne, ihr Herz raste. Er schien ihr vertraut, und eine Erinnerung aus einem verborgenen Winkel in ihrem Herzen flog auf.

Der Mann lächelte und sprach mit sanfter Stimme. »Ihr seid also bereit, das Buch zurückzugeben, für das Ihr einen so hohen Preis zahltet. Die Welt hat Euch geschlagen.« Kummer lag in seinen Worten.

Ta-Thea war verwirrt. Damit hatte sie nicht gerechnet. Sie hatte das Buch zurückbringen wollen, um es vor dem Missbrauch durch den Menschen zu retten. Niemals hatte sie daran gedacht, dass dies eine Niederlage wäre.

Das Lächeln des Mannes war wie das Sonnenlicht im Frühling, hell, doch ohne Wärme.

»Die Wahrheit ist in dem Buch, die Macht, die Welt zu retten«, sagte er. Sein Blick ruhte auf ihrem Gesicht, nicht einmal lenkte er seine Augen auf das Buch in ihren Armen.

»Ich weiß. Doch die Menschen haben immer noch die Erkenntnis, die in ihm wohnt. Und die kann ihnen keiner nehmen«, entgegnete Ta-Thea.

»Aber sie können es selbst«, widersprach er. »Ohne das Buch, nur mit den Abschriften, kann alles verzerrt werden, und mit der Zeit wird niemand mehr wissen, was tatsächlich geschrieben steht. Habt Ihr nie daran gedacht?«

Ta-Thea rührte sich nicht. Sie war vollkommen verwirrt. Der Mann sagte die Wahrheit. Die Botschaft konnte verloren gehen, verändert werden. Und das geschah bereits jetzt.

»Die Lehre des Buches wurde missbraucht.« Sie blickte in das schöne Gesicht, das an ihrer Erinnerung zerrte und sie mit unerträglicher Sehnsucht und schmerzlicher Leidenschaft erfüllte. »Das Buch wurde zum Symbol der Macht, der Herrschaft über die anderen.«

»Es wird immer Menschen geben, die es missbrauchen«, entgegnete der Mann freundlich. »Ist dies ein Grund dafür, alles zu rauben? Wenn Ihr gekämpft und um Verständnis geworben hättet … wäre das nicht viel hochherziger gewesen?«

Er hatte Recht. Sie lief davon. War dies am Ende die letzte Prüfung für ihre Liebe?

Der Mann stand nun dicht neben ihr, berührte beinahe ihren Ellbogen. »Mit diesem Buch und der Erkenntnis, die es enthält … und wenn Ihr es in Weisheit verwendet, es gegen die Schlechten geschützt hättet, wäret Ihr zur Retterin der Welt geworden. Jeder Mann und jede Frau, die leben und noch geboren werden, hätten von der Sünde befreit, von Irrtum und falschem Glauben abgehalten werden können. Kommende Generationen hätten Euren Namen gepriesen.« Er beobachtete sie aufmerksam. »Niemals wäre jemand mehr geliebt worden als Ihr.«

»Alle …?« Verwunderung zeichnete Ta-Theas Züge. »Ich hätte alle retten können?«

»Ja, so hätte es sein können. Nicht eine einzige Seele hätte verloren gehen müssen …«

Und da endlich erkannte sie ihn. Sie sah die Dunkelheit der Seele in seinen Augen und begriff, dass Asmodeus selbst vor ihr stand. Sie erblickte nicht Entsetzen, Gewissenlosigkeit und Fäulnis, er war die Entstellung der heiligsten Wahrheit selbst. Er war das Verderben dessen, der einst erhaben gewesen war. Der Weg in die Hölle war kein abrupter Fall, sondern ein langsamer Abstieg, ein einziger kleiner Schritt von Zeit zu Zeit.

»Nein …« Sie drückte das Buch an sich. »Nein, ich kann die Welt nicht retten. Ein anderer lebte und starb vor langer Zeit, um alle vom Tod des Fleisches zu erlösen. Ihr wisst es – denn Ihr wart dabei. Ich nehme nicht die Wahrheit aus der Welt, sondern nur das Buch, das zum Werkzeug der Herrschaft wurde, weil die Menschen es noch nicht verstehen. Sie wollen Erlösung ohne Mühe und ohne Schmerz. Doch Gott wird trotzdem immer zu den Herzen derjenigen sprechen, die zuhören.« Sie erwiderte den Blick des Mannes standhaft, und die Furcht und die Zweifel flohen von ihr. »Ich werde das Buch nicht behalten, noch werde ich es dazu verwenden, Macht zu gewinnen – weder für mich noch für Euch.«

Er starrte sie ungläubig an. Nur langsam erkannte er seine Niederlage, und da fiel die Maske von ihm ab. Ta-Thea sah die Hölle in seinen Augen, die undurchdringliche Dunkelheit desjenigen, der Gott einst geschaut und ihn verleugnet hatte.

Sie kannte ihn und verstand sein Leben. Nun hatte er keine Macht mehr über sie.

Zwischen den Stämmen der Bäume erhoben sich plötzlich Gespenster wie Rauch, der vom Boden aufstieg. Langsam nahmen sie Gestalt an, menschliche Gestalt, doch Körper und Glieder änderten ihre Form beständig. Nur die Gier in ihren Gesichtern blieb unverändert, schien sie selbst zu verschlingen. Langsam setzten sie sich in Bewegung.

Eins griff nach einem Eichhörnchen und steckte es sich in den Schlund, und seine Züge verzerrten sich vor Hohn, als ob es eine gewaltige Prämie erhalten hätte.

Ein rotbrauner Hirsch erschien. Einer der Geister stürzte sich auf ihn, drückte die Kiefer des Tieres auseinander, steckte den Arm in das Maul und kroch in den Leib. Er begann, es von innen heraus zu verschlingen.

Jede formlose Kreatur, die die Hölle kannte, kam nun hervor, zu besitzen, zu fressen, kleine Wesen zu verschlingen und in die größeren einzudringen, um auch sie zu beherrschen.

Die sterblichen Wesen versuchten, sich gegenseitig zu retten, achteten nicht darauf, wie hoch das Risiko für sie selbst war. Eins nach dem anderen legten sie ihr Leben nieder: die Drossel für den Dachs, der Bär für das Wiesel, das Pferd für den Fuchs. Selbst die Bäume, die Blumen und die Gräser schlangen sich um die Füße und Arme der Formlosen, wurden aber zertrampelt oder ausgerissen.

Die entsetzliche Schlacht wogte auf und nieder, während die Legionen des Himmels und der Hölle um den Sieg des Lebens rangen. Die Augen der Hölle glommen voller Hoffnung. Die Seelen der Formlosen, die Asmodeus gefolgt waren, bekämpften die Ungeborenen der Erde wegen ihrer Körper, die sie einst sein würden, so hofften sie jedenfalls.

Die Luft zitterte, splitterte nahezu wie Eis. Während ein Tier nach dem anderen sich selbst opferte, spürten die verdammten Seelen, dass sich ein Körper nach dem anderen aus ihrem Griff wand und sich die Tore der Ewigkeit für immer vor ihnen schlossen. Die Hoffnung erlosch wie die letzten Strahlen einer Sonne, die niemals wieder aufgehen würde, wenn die Nacht begann, die keinen Tagesanbruch und keine Dämmerung kannte und niemals den Funken des Lichts sehen würde.

Einer nach dem anderen schmolz in tiefster Verzweiflung dahin, erkannte am Ende des Meisters Lohn und schmeckte auch den letzten Tropfen seiner Verachtung.

In der darauf folgenden Stille warf Asmodeus Ta-Thea einen Blick zu, in dem unversöhnlicher, unendlicher Hass lag. Dann wandte er sich um und verschwand zwischen den Bäumen. Die Kälte, die er in die Luft sandte, ließ die Blätter welken und auf die Erde fallen. Auch die Rinde der Bäume wurde zu Stein, als ob die Hand des Todes sie gestreichelt hätte.

Ta-Thea ging benommen ihres Weges. Die Dunkelheit brach langsam herein, grün und duftend und sanft. Als sie den Pfad nicht mehr erkennen konnte, kletterte sie auf einen Baum und schlief auf seinen dicken Ästen ein.

Auch am folgenden Tag lief sie immer weiter in den Wald von Hirioth hinein, und als das nächste Mal die Sonne aufging, erreichte sie schließlich das Ufer eines Sees. Dieser See war von hohen, uralten Bäumen umgeben, die schon seit dem Beginn der Zeiten dort standen. Die Äste waren stark und von der Last der Jahre knorrig geworden. Zwischen den Wurzeln bedeckte Moos die Erde, und schlanke Farne wuchsen aus Höhlungen und Vorsprüngen auf dem Holz.

Das Wasser war glatt wie Seide. Als ob der Himmel mit all seiner Pracht von Licht und Schatten gefangen und zur Erde gebracht worden war, lagen die ersten Strahlen der Sonne auf dem Antlitz des Sees.

Da erblickte Ta-Thea den Mann am Ufer, der ihr langsam entgegenkam. Er glich Asmodeus, war wie er schlank und dunkel, sein Gesicht unbeschreiblich schön. Und doch war er ganz anderes. In ihm wohnte das Wissen um den Schmerz und um die Herrlichkeit, und in seinen Augen strahlte seine Seele.

Und da erkannte sie ihn! Endlich, endlich kehrte die Erinnerung zurück: das Boot am Ufer hinter Orimiasse, Parfyrion in goldenem Verfall, Bal-Eeya und seine Stürme, das schöne und öde Malgard und Sardonaris – Licht auf dem Wasser, Liebe und Tod … und der Palast über dem Meer, der Diener der Heiligkeit.

»Ishrafeli!«

Er trat zu ihr und betrachtete sie lange. Dann hob er die Hand, streichelte ihre Wange, dann ihre Stirn und schließlich ihre Kehle.

»Es war eine schwere Aufgabe, Ta-Thea«, sagte er sanft. »Und du hast deine Sache gut gemacht.«

Langsam, mit zitternden Händen, hob Ta-Thea das Buch und ließ den Umhang zu Boden fallen. Es schimmerte warm im Gold der aufgehenden Sonne.

Sie reichte es ihm.

Seine Lippen waren zärtlicher als der Himmel, und seine Augen strahlten in tiefster Liebe.

»Nein«, wehrte er ab. »Das kann ich nicht. Du hast das

Feuer der Wahrheit vom Himmel genommen. Du musst es bewahren, bis jemand kommt, dessen Herz rein genug ist, dass er das Siegel brechen und lesen kann, was geschrieben steht. Vielleicht dauert es hundert Jahre, vielleicht auch tausend, doch Gott wird bis dahin und bis ans Ende der Zeiten über dich wachen. An jenem Tag werde ich zurückkehren, und wir werden die letzte Schlacht der Welt kämpfen, du und ich.«

Ta-Thea öffnete den Mund, wollte ihm widersprechen, ihn anflehen, doch die Worte in ihrem Herzen schwiegen. Es war Gottes Gesetz, und es war gut so.

Ishrafeli neigte sich zu ihr und küsste sie. Dann wandte er sich ab und ging zum Wasser in das strahlende Sonnenlicht hinein.

Ta-Thea stand reglos am Ufer des Sees. Das Buch hielt sie in den Armen, und das Feuer und das Licht Gottes brannten in ihrer Seele.

Das Buch

Kind Gottes, wenn deine Hände das Schloss dieses Buches geöffnet haben, ist deines Herzens Absicht endlich frei von Eitelkeit und Falschheit.

Wisse, dass am Anfang allen Seins das Gesetz war, durch das jede Intelligenz ihre Daseinsberechtigung erhält und zugleich die Bestimmung ihrer Schöpfung erfüllt.

Auch als Gott selbst ein Mensch war wie du, mit deinen Schwächen, deinen Bedürfnissen und deiner Unwissenheit durch gefährliches Land wanderte, selbst damals galt unwiderruflich das Gesetz.

Mit Gehorsam gegenüber dem Gesetz wirst du alles überwinden, sogar die Dunkelheit, die der Große Widersacher ist. Das Herz wird angerührt werden durch den Schmerz und die Sehnsucht, bis die Liebe über alle Lebewesen kommt und das Nichts fortgeworfen wird, zuerst das Nichts, dann die Grausamkeit und die Gleichgültigkeit. Der Geist wird erhellt werden durch die Einsicht, die durch das Bemühen und die harte Arbeit, vor allem aber durch den unstillbaren Hunger nach großen Werken langsam gewonnen wird. Mut wird die Gefallenen aufrichten, den Schmerz vieler Wunden lindern und deine Füße lenken, wenn deine Augen das Licht nicht mehr sehen.

Wenn dein Geist von Verzweiflung zerrieben wird und alles dich im Stich lässt, wird Mitleid deine Seele groß machen, und bis dahin wird die Herrlichkeit nicht möglich sein.

Auf einem solchen Pfad stieg auch Gott zur Heiligkeit auf.

Das Gesetz ist unveränderlich, und auch wenn die Tränen des Himmels die Sterne für dich fortspülen können, auch wenn Gott sein Blut um deiner Reinheit willen vergoss, wird jede lieblose Tat, jede Gleichgültigkeit, jeder

Verrat dich von dem entfernen, was du hättest sein können. Die Ewigkeit schaut auf dich hinunter, während du die Leiter zum Licht ersteigst, doch weder Gott noch der Teufel werden an deiner Statt eine Stufe erklimmen oder hinabsteigen. Jeden Schritt wirst du allein gehen.

Wenn es nicht so wäre, wo bliebe am Ende deine Größe? Würde Gott dir nicht die Freude deiner Seele rauben, an dem Tag, an dem du im ewigen Leben vor Ihm stehst und nicht als Fremder, sondern als Himmelsbürger sagst: ›Ich habe den langen Weg zurückgelegt, alle Dinge überwunden, Du hast mir die Tür geöffnet, und ich bin nach Hause gekommen.‹

Das Gespräch zwischen dem Diener der Heiligkeit und Asmodeus, dem Großen Widersacher:

Asmodeus: Ich habe den Plan gesehen, doch er wird versagen, weil deine Gebote nicht erfüllbar sind. Du verlangst Vollkommenheit, und davon kann der Mensch nicht einmal träumen. Im Nichts erschallt Gelächter, weil du über ihn und seinen Hochmut spottest, denn er könnte dir Glauben schenken. Es wird ihm nicht gelingen. Von Anfang an wird er versagen. Er ist blind, und seine Reise ist vergeblich.

Diener der Heiligkeit: Vollkommenheit bedeutet das Beste geben, ohne den Schatten von Falschheit oder Feigheit, ohne Selbstrechtfertigung oder Heuchelei. Sie meint das Bemühen eines ehrlichen Geistes und eines reinen Herzens und eines Auges, das sich nur auf die Liebe zum Guten richtet. Sie bedeutet nicht klettern, ohne zu fallen, aber jedes Mal, wenn du fällst, sollst du aufstehen und die Reise fortsetzen, gleichgültig wie anstrengend sie auch sein mag. Vollkommenheit kennt keinen Rückschlag und keinen Schmerz, keinen Kummer und keine verlorene Hoffnung. Sie bedeutet, sich mutig dem Licht zu stellen und es niemals zu verleugnen. Sie verlangt alles aus der Höhe, der Tiefe und der Weite der Seele des Menschen, aber nicht mehr. Ich erteile keine Gebote, ohne den Weg zu zeigen, der zu ihrer Erfüllung führt.

Asmodeus: Das wird der Mensch nicht glauben. Er ist kurzsichtig und furchtsam. Diese Ungeheuerlichkeit wird ihn lähmen. Wenn du gerecht wärest, würdest du weniger verlangen. Du würdest den Pfad leichter machen.

Diener der Heiligkeit: Dann würde der Mensch seiner Erfüllung nicht entgegenwachsen, sondern verkümmern und für immer hinter den Träumen seines Geistes zurückbleiben, wie ein Vogel ohne Flügel, wie ein ungesungenes Lied. Ich kenne die Freude und die Qual jedes einzelnen Schrittes, so wie ich die Narben an meinen eigenen Füßen kenne. Wenn der Mensch es wirklich will, wird es ihm gelingen.

Asmodeus: Dass du es geschafft hast, ist für ihn ohne Bedeutung. Diese Reise ist nicht für ihn bestimmt. Seine Seele wird in Feuer verbrennen und dann verloren in der Dunkelheit wandeln.

Diener der Heiligkeit: Er ist Mein Kind. Wohin Ich gehe, kann er Mir folgen, und Meine Herrlichkeit wird die seine werden. Es ist Meine Absicht und Meine Freude, dass er zu einer Zeit jenseits aller Gedanken so wird wie Ich, und gemeinsam werden wir für immer auf den Sternen wandeln.

Asmodeus: Der Mensch ist schwach und wird an der ersten Entmutigung verzweifeln. Wenn du dagegen Laternen des Lohns und der Strafe am Wegesrand aufstellen würdest, dann könnte er das Gute vom Bösen unterscheiden, und seine Entscheidungen würden richtig sein.

Diener der Heiligkeit: Daraus erwüchse keinerlei Verdienst, denn er würde Gutes tun wegen des Lohns, der auf ihn wartet, nicht weil er das Gute liebt. Das Böse würde er meiden wegen des Schmerzes, der darin wohnt, nicht weil er das Schlechte darin erkennt und seine Seele daran krankt. Der Pfad des Lebens würde nur die Dummen von den Klugen trennen, nicht die Gerechten von den Niederträchtigen. Am Ende, wenn sich das helle Gericht am letzten Tag erhebt, würden wir sehen, was der Mensch getan hat, aber nicht, was er ist. Und ehe Ich ihm seinen Platz im Haus der Ewigkeit zuweise, sind es nicht seine Taten im Licht des Mittags, nicht die in der Nacht verborgenen Heimlichkeiten, die Ich beurteilen muss, sondern es ist die Sehnsucht seiner Seele, denn sie wird er erfüllen, wenn er Meine Macht in seinen Händen hält.

Asmodeus: Das ist unmöglich! Dieser Traum ist ein Hohn! Gib ihm Erkenntnis, einen sicheren Weg. Er wird niemals Gott sein, aber doch vor der Dunkelheit in sich selbst gerettet werden.

Diener der Heiligkeit: Wenn ich ihn vor der Dunkelheit errette, dann wird es auch kein Licht geben. Ein verborgener Weg wird seinen Glauben prüfen. Am Anfang werde ich seine Schritte lenken. Mein Arm wird ihn beschützen, und mein Geist wird voranschreiten. Während seiner Suche werde ich ihn beschenken, immer wieder. Ich werde ihn segnen und ihm Wunder im strahlenden Erwachen seines Glaubens an Mein Wort senden.

Asmodeus: Das ist viel zu spät. Schick ihm die Wunder vorher, und sie werden seinen Glauben stärken!

Diener der Heiligkeit: Bei den Ungläubigen rufen Wunder Ehrfurcht hervor, manchmal auch Gehorsam, doch nur für eine kurze Zeit, und dann sind sie vergessen. Die Vernunft schiebt sie beiseite, und der Mensch vergisst Mich, oder er wird abergläubisch und sucht nach Zeichen, die Meine Existenz beweisen. Dies ist weder Glaube noch Ehre und erst recht keine Liebe. Dies ist nicht der Mut, den er braucht, um auf dem verborgenen Pfad zu wandeln und sich den Schrecken der Nacht zu stellen, weil sein Herz

Meine Stimme gehört hat und mir in Ewigkeit folgen wird. Wenn er zeigt, dass er Mir vertraut und nach jedem Meiner Worte lebt, dann gibt es nichts, was im Gesetz des Himmels unmöglich wäre. Keine Schönheit und keine Freude ist so groß, dass Meine Macht und Mein Wille sie ihm nicht geben könnte.

Asmodeus: Und jenseits der Gesetze des Himmels? Was liegt außerhalb deines Geschenks?

Diener der Heiligkeit: Diener der Heiligkeit ist Mein Name. Ich bin der Anfang und das Ende. Ich bin Gott, nicht weil ich die Macht und die Herrschaft habe, sondern weil ich den langen Weg ging und das Gesetz einhielt, das von Ewigkeit zu Ewigkeit reicht. Würde ich es brechen, würde die Schöpfung sich in Zorn und Entsetzen erheben, und ich wäre nicht mehr Gott. Du glaubst, es ist Macht. Du bist an Meiner Seite gegangen, hast mit Mir gesprochen, Mein Werk gesehen und Mein Angesicht, so wie ich das deine, und du verstehst immer noch nicht. Es ist Liebe … und es war schon immer Liebe.

Ich werde den Menschen nicht der Freiheit berauben, für sich selbst zu wählen, was er tut und wer er sein will. Niedertracht kann niemals Freude sein. Nicht einmal ich kann das ändern.

Asmodeus: Er wird es nicht verstehen, und wenn du es ihm sagst, wird er es nicht glauben. Der Mensch ist schwach, selbstsüchtig, gefangen in Schrecken und Enttäuschung, leicht zu entmutigen, zu täuschen und abzulenken. Er kann nur ein paar Tage überblicken, nur wenige Jahre. Er wird immer die Zukunft der Gegenwart opfern, den Glanz der Ewigkeit für ein kleines Vergnügen im Jetzt. Sein Gedächtnis ist kurz, seine Einsicht zerbrechlich. Die Schwachheit des Fleisches beeinträchtigt ihn, Krankheit und Erschöpfung, Begierden, die ihn zerstören und in die Dunkelheit führen.

Du gabst ihm einen Körper nach deinem Bild, doch er

wird ihn besudeln! Ohne Hunger wird er welken und sterben. Seinen Begierden wird er so lange nachgeben, bis sie ihn beherrschen. Sie werden das Gute in ihm verzehren. Was ihn am Leben erhält und seine Gebrechen heilt, wird sein Meister werden. Er wird verrohen und abstoßend werden und nach Ansehen gieren. Er wird Kräuter missbrauchen, um der Wirklichkeit zu entfliehen, die du geschaffen hast, damit er Geduld, Ausdauer und Mitleid lernt. Er wird sie gebrauchen, um den Schmerz zu verleugnen, den du auf seinem Weg bereitgelegt hast, damit er Wahrheit und Verständnis lernt.

Diener der Heiligkeit: Der Hunger gehört zu der Seele des Menschen, und die größte Lektion, die er zu lernen hat, ist die der Selbstbeherrschung. Wenn er wie Ich werden soll, Meine Freude, die keine Grenzen im Raum und der Zeit kennt, erfahren soll, dann besteht der erste und größte Schritt auf jener Reise darin, seine Leidenschaften zu zügeln und ihre Kraft dem Guten zu widmen. Sonst wird er kein Leben haben, höchstens einen Schatten davon, den Schatten des Feuers in der Dunkelheit.

Asmodeus: Leben? Vor allem die Macht, Leben zu zeugen, wird er missbrauchen, mehr als alles andere, was du ihm gabst. Aus dieser Begierde heraus wird er quälen und foltern, seine Gier nach Fleisch und die Lust zu beherrschen befriedigen, die seinen Geist zersetzt. Er wird alles verderben und der Fäulnis preisgeben, die eigentliche Natur so verzerren, bis nur noch eine entsetzliche Fratze übrig ist. Im Namen der Liebe wird er Elend und Tyrannei unter die Menschen bringen. Folter des Geistes und des Körpers, Zerstörung und Gewaltherrschaft werden nur durch das Wort Liebe gerechtfertigt werden. Im Namen der Liebe werden mehr Scheußlichkeiten begangen werden als in jedem anderen.

Diener der Heiligkeit: Ich weiß darum, und Meine Seele weint. Und doch muss es sein. Je erhabener das Gute, um so tiefer ist das Böse. Durch die Entstellung der Liebe werden mehr Seelen verloren gehen als durch irgendeine andere Kraft. Doch die Erkenntnis wird auch mehr wieder herstellen, selbst diejenigen, die jenseits aller Rufe in der Dunkelheit verschwunden schienen.

Asmodeus: Das ist ein Irrtum. Der Mensch ist durchdrungen von Zweifeln und Undankbarkeit. In Unwissenheit und Ungeduld wird er zerstören, was er in Händen hält. Die Verzweiflung geht neben ihm und flüstert in der Leere der Nacht in sein Ohr.

Diener der Heiligkeit: Ich gebe dem Menschen die Schwäche, damit er Demut lernt und aus seinen eigenen Fehlern heraus vielleicht die Sanftmut und das Mitgefühl für diejenigen findet, die ebenfalls stolpern. Und aus diesem Mitgefühl heraus wird er helfen und größere Liebe erlangen. In seinen Schwächen wird er auf Mich schauen, und Ich werde ihn groß machen, und Meine Gnade wird für alle Dinge reichen. Ich werde seinen Kummer und seine Prüfungen weihen, damit er am Ende die Tiefe des Abgrunds und die Höhen des endlosen Himmels kennt. Er wird das Werk aus Meiner Hand lieben, weil er neben ihm wandelte, an ihm sich mühte, mit ihm lachte und weinte, und er wird es ehren, auf dass seine Freude vollkommen werde und damit auch die Meine.

Asmodeus: Doch dein Angebot ist widersprüchlich und ungerecht. Deine Gunst steht über allem. Für manche gibt es das Glück, körperliche Gesundheit und Reichtum. Auf andere wartet nur Elend, Kummer und die Last der Einsamkeit. Wie kann ein ungerechter Gott denn Achtung oder gar Liebe verlangen? Ich habe die Gebete gehört, auch die der Gerechten – ein Echo ohne Antwort in der Leere der Nacht.

Diener der Heiligkeit: Kein Gebet bleibt ungehört, doch viele Antworten werden zu Schall und Rauch, weil des Menschen Geist nur auf seine eigene Stimme achtet und nicht gelernt hat, Meine zu hören. Und manchmal lautet die Antwort ›nein‹ oder ›noch nicht‹, weil das, worum er bittet, nicht das Glück bringt, das er sich erhofft. Ich kenne ihn besser als er sich selbst. Jeder Seele gebe Ich das, was nötig ist, um die Erfüllung ihrer Natur zu erreichen und Bitteres von Süßem zu unterscheiden. Das ist der Sinn der Trennung zwischen Mir und dem sterblichen Leben des Menschen. Doch jedem ist die Gelegenheit gegeben zu lernen, was für jene Seele nötig ist, das Schwache zu stärken, auch das Hässliche zu ehren und es schön zu machen, Zweifel und Ungeduld zu beherrschen und das Feuer zu sehen, mit dem die Selbstsucht verbrannt werden kann. Die Gelegenheiten kommen in vielfältiger Form und häufig mehr als einmal.

Asmodeus: Er wird es als launenhaft und ungerecht betrachten, dass du den einen liebst und den anderen hasst.

Diener der Heiligkeit: Allzu oft nur schaut der Mensch nicht weit genug und schreit in der Nacht, weil er ein Kind geblieben ist. Er sieht nicht, was Ich sehe, der ihn versteht und ihn liebt und das Ende von Beginn an kennt. Mit der Geburt aller Dinge wurde verfügt, dass Ich den Menschen, die sich als geeignet erwiesen haben, den Segen nicht versagen kann. Wenn Ich ihn jedoch zu früh segne, wird er es nicht verstehen, und er wird sich als unwürdig erweisen. Auch die Tugend wird von der Eigennützigkeit verschluckt werden, und die Gabe wird nicht segnen, sondern verderben.

Ohne Warten und Mühsal würde es das erhabene Geschenk des Opfers nicht geben, und darin zeigt sich doch die größte Liebe. Nur Entlohnung würde es geben und die Gewissheit eines vielleicht noch größeren Lohns. Nicht Heiligkeit wäre das Ende, sondern die Armut des Herzens.

Asmodeus: Wirst du ihm von diesem Versprechen erzählen? Vielleicht glaubt er dir nicht. Und selbst wenn er dir glaubt, wird er nur in der Hoffnung auf Gewinn anderen geben. Und wenn du schweigst, dann lügst du, weil du ihm etwas vorenthältst.

Diener der Heiligkeit: Ich werde es ihm erzählen, so wie ich ihm alles erzähle, was mit seiner Freude zusammenhängt. Manche werden glauben, andere nicht. Manche werden mit kaltem Herzen geben, sich ihrer eigenen Rechtschaffenheit bewusst sein und das Auge auf den Lohn werfen. Doch ihr Lohn ist Staub. Andere wiederum werden geben, weil sie selbst Not kennen und Hunger verspürt haben und wissen, was Einsamkeit ist, und sie werden mit dem Nächsten teilen. Sie verstehen die Wege der Liebe, und Ich werde sie für immer in Meiner Hand bergen. Ihr Name wird auf Meinen Lippen sein.

Und noch andere werden nicht glauben, dass Ich bin, doch Meinen Weg in Liebe gehen, und Ich werde an ihrer Seite wandeln, obwohl sie meinen Mich nicht zu kennen. Ihre Taten sprechen Meinen Namen, und wenn sie dann Mein Angesicht schauen, werden sie Mich erkennen, und Ich werde sie segnen.

Asmodeus: Du siehst den Menschen, wie du ihn sehen willst, und nicht wie er tatsächlich ist. Gib ihm eine Religion, und er wird zum Fanatiker werden, ein Gesetzestreuer, der Wächter seiner eigenen Seele, der den Buchstaben des Gesetzes beugt und mit ausgestreckten Händen und verschlossenem Herzen auf den Lohn wartet. Im Namen des Gesetzes wird er andere verfolgen, nichts verstehen, und dein Name wird die Entschuldigung für Lügen und Verderben und Folter sein. Heuchler werden deinen Namen mit einem Lächeln flüstern und so den Glauben und die Hoffnung töten.

Diener der Heiligkeit: Ich weiß. Und wenn sie nicht bereuen und verstehen lernen, was sie tun, und sich selbst dann nicht ändern, wird sie ihr Weg in eine Einsamkeit führen, in die auch Ich ihnen nicht folgen kann. Und der Graben zwischen uns wird unüberbrückbar sein. Doch wenn es die Möglichkeit, die Straße, die hinunter führt, zu wählen, nicht gibt, dann hat auch die Straße, die aufwärts führt, keine Bedeutung.

Asmodeus: Du weißt um seine Bedürfnisse besser als er selbst. Warum zwingst du ihn dazu, dich täglich zu bitten?

Diener der Heiligkeit: Ich lehre ihn einen Schritt nach dem anderen, denn nur so lernt er. Jedes Ding hat seine Zeit. Erhielte er die große Erkenntnis auf einmal, könnte er sie nicht erfassen. So wie du und Ich muss auch er danach suchen, danach hungern und aus Erfahrung lernen, damit er nicht nur das Wesen ihrer Schönheit versteht, sondern auch ihren Preis. Das, was er allzu leicht verdient, wird er nicht schätzen, und nur allzu oft kann er es nicht bewahren. Zeit und Bequemlichkeit lassen die Erkenntnis aus ihm hinaussickern, und im ersten scharfen Wind erfrieren seine Finger. Dann lässt er den Schatz los und kann ihn nicht mehr zurückholen.

Ich strebe nicht nach Dankbarkeit um Meinetwillen, sondern um seinetwillen. Sie macht die Seele weit. Sie gehört zur Freude dazu und ist frei von den Schatten des Hochmuts und des Triumphs. Sie ist das Band zwischen dem Gebenden und dem Empfangenden. Ihre Süße verweilt noch lange in den Herzen, selbst wenn die Gabe schon vergessen ist.

Asmodeus: Des Menschen Worte sind wie tote Blätter im Wind. Dankbarkeit schreibt nichts in sein Herz.

Diener der Heiligkeit: Da sind Gaben, für die gearbeitet wird und die verdient werden. Andere werden durch Gnade zuteil. Alle Menschen tragen jedoch die Verantwortung dafür, sie groß werden zu lassen, mit Weisheit und Demut, und ihre Früchte mit allen anderen zu teilen, mit den Geliebten und den Ungeliebten.

Die größten Gaben des Geistes sind diejenigen, die am

schwierigsten bewahrt werden können: die Gabe der Erkenntnis, des Heilens, der Prophetie und die der Macht, andere zu leiten und das Licht mit ihnen zu teilen. Solche Gaben weisen ihm den Weg, und er muss sie aufheben oder liegen lassen. Es gibt keinen Mittelweg. Werden sie einmal geboten, bleibt nur die Möglichkeit, sie mit all ihrem Gewicht anzunehmen oder sie abzulehnen und damit die Tür, durch die er auf seinem Weg aufwärts schaut, zu schließen und allein in der Nacht zu verharren, weil er das, was er hätte sein können, für immer unbeachtet ließ. Alle Erkenntnis überlässt ihm das Recht und die Verantwortung der Wahl. Und wählt er den Weg ins Licht, muss er ihn bis zum letzten Schritt gehen.

Asmodeus: Du sprichst, als ob es Erkenntnis für alle gäbe. Doch das ist nicht wahr! Manche verfügen über Intelligenz, Scharfsinn und schnelle Auffassungsgabe. Andere sind langsam und haben verworrene Gedanken. Wieder andere werden von Unvernunft gequält. Millionen sind jeden Tag nur damit beschäftigt, um ihr Überleben zu kämpfen. Die Philosophie ist nicht ihre Welt. Wieder bist du ungerecht und behandelst nicht alle gleich.

Diener der Heiligkeit: Jeder Mensch trägt das in sein Leben, was er sich selbst erwählt und erarbeitet hat, in der Schöpfung vor dem Leben. Manche haben schon viel gelernt und müssen nur noch zu Fleisch werden und oftmals nur für einen Augenblick dort bleiben, um dann zu Mir zurückzukehren. Manche nehmen Beschränkungen mit, das Durcheinander des sterblichen Fleisches, das den Geist verwirrt. Andere sind schlichten Gemütes oder krank im Geist. Sie brauchen nicht mehr zu lernen, und sie sind für ihre Schwächen nicht verantwortlich. Sie bedürfen auch der Prüfung nicht mehr, doch sie leben, weil sie die Geduld und das Mitgefühl der anderen auf die Probe stellen. Es ist jedes Menschen freie Entscheidung zu wachsen oder zu welken, Meine Last aufzuheben oder daran vorüberzugehen.

Der Mensch wird andere unterweisen. Doch bevor er lehrt, muss er selbst lernen. Wenn er in Würde lebt und Meinen Weg sucht, werde Ich ihm Worte für den Fragenden geben und Antworten für die Forschenden. Er wird mehr preisgeben, als er selbst weiß, selbst von verborgenen Dingen wird er sprechen, und beide werden vom Licht berührt werden.

Asmodeus: Du bürdest denjenigen, denen du mit der Wahrheit antwortest, eine unerträgliche Last auf! Was geschieht, wenn sie zu schwer ist und die Menschen sie nicht tragen können? Was geschieht, wenn sie sich abwenden und nach einem leichteren Pfad suchen?

Diener der Heiligkeit: Diejenigen, die nach Meinem Antlitz gesucht haben und zu denen Ich gesprochen habe wie ein Mensch zum anderen, diejenigen, die sich dennoch von Mir abgewandt haben, werden ihrer Straße bis zum Ende folgen. Sie wird die ewige Dunkelheit sein, denn das ist der Ort, wo sie sein wollen. Mein Herz blutet, Meine Seele trauert, die Engel werden den Himmel mit ihren Tränen nässen, doch es liegt nicht in Meiner Hand, es zu ändern, wie Ich auch dich nicht ändern kann. Wenn Ich es könnte, wäre ich nicht mehr Gott, und das Chaos würde die Sterne verschlingen. Es wäre das Ende aller Dinge.

Asmodeus: Dann hast du also, als du von Gnade und Liebe sprachst, nur gespottet! Es war nur die grauenhafte Farce von vorgetäuschtem Licht. Du wusstest von Anfang an, dass der Mensch versagen würde. Immer und immer wieder versagen würde. Sünde und Irrtum werden aus ihm herausfließen wie die Flüsse am Firmament. Du zeugtest ihn für die Verdammnis!

Diener der Heiligkeit: Ich weiß, dass er sündigen, dass er Fehler begehen wird. Er lernt ja noch. Sein Leben im Fleisch ist eine Reise, keine Ankunft. Deshalb hat mein geliebter Sohn sich geopfert, alle Sünden auf sich genommen, allen Schmerz und alle Dunkelheit und allen Verlust, damit die Schöpfung, die uns umgibt und ihre Heiligkeit ohne Makel bewahrt, den Wunsch Seines Herzens erfüllt: das ewige Leben für alle Kinder Meines Geistes und das Werk Meiner Hände. Daher wird es bis zum letzten Tag vor dem Gericht Reue in Meinem Angesicht geben.

Doch Reue ist mehr als Worte und mehr als Kummer. Sie versteht, das Bittere vom Süßen zu scheiden, das Licht von der Dunkelheit, sie lehnt alle Sünde ab, weil diese die Seele beschädigt. Sie liebt das Licht bedingungslos. Reue bedeutet Veränderung, nicht mehr das zu begehren, was von Mir trennt, was die Seele verletzt, vertrocknen und welken lässt. Wenn der Hunger nach jener Veränderung das Herz des Menschen erfüllt, dann werde Ich ihm die Gnade und die Kraft geben, sie zu vollenden. Und dann ist es vollbracht. Ich werde die Sünde aus dem Gedächtnis streichen, und sie wird aufhören zu existieren.

Asmodeus: Reue braucht Zeit und Erfahrung. Was geschieht mit jenen – zahllos wie die Blätter im Wald –, die keine Zeit haben werden? Was geschieht mit den Legionen derer, die durch Kriege, Hungersnöte und Seuchen verloren gehen?

Diener der Heiligkeit: Für diese halte ich einen Raum zwischen dem Tod des Fleisches und dem letzten Gericht bereit. Dort wird die Unterweisung stattfinden, und die Reue der Toten wird sich einstellen. Nicht der Geist eines einzigen Menschen wird ohne Erkenntnis sein und die Zeit, all das zu wählen, was er sein will, wird jedem zuteil werden.

Asmodeus: Du verlangst, dass der Mensch in Hoffnung lebt und in dem Glauben an das, was er nicht sehen kann. Du gibst ihm nichts als Worte in der Luft!

Diener der Heiligkeit: Ich werde ihn niemals verlassen. Die Nächte und die Tage sind mit dem Geist derer erfüllt, die ihn lieben, die in der Sprache des Freundes zu ihm sprechen und in der Sprache des Fremden, der an seiner Tür vorübergeht, dessen Hände ihn segnen werden und dessen Arme ihn auffangen, wenn er erschöpft und gebrochen ist. Hoffnung ist die Gabe der Engel.

Asmodeus: Noch eine Gabe. Du versprichst ihm alle möglichen Gaben und Arten von Macht, wenn er gehorcht. Wenn du ihm all das dann vorenthältst, brichst du dein Wort. Doch wenn du es hältst und ihm die Macht gibst, Wunder zu vollbringen, wird er selbst die Notwendigkeit des Glaubens und des Wachsens, die du über alles hältst, verleugnen. Die Gerechten werden über die Erde wandeln und die Leidenden heilen. Sie werden die Elemente beruhigen, Staub in Brot verwandeln, dem Krieg befehlen zu schweigen, und man wird ihnen gehorchen. Und du wirst durch deine eigenen Gaben geschlagen sein.

Diener der Heiligkeit: Ich werde dem Menschen nur die Macht geben, wenn er auch die Weisheit lernt, sie zu benutzen, und den Sinn des Lebens versteht. Wenn er die Macht missbraucht, werde ich sie von ihm nehmen. Es gibt keinen schnellen, keinen leichten Pfad. Die Macht, die Hungernden zu nähren, die Nackten zu kleiden, die Kranken zu heilen, selbst die Toten aufzuerwecken, bringt nicht eine einzige Seele näher zum Feuer des Mutes, der Reinheit des Herzens oder zu der Liebe, die das Licht des Universums ist. Der Mensch mit all seinen Schwächen und seiner Hoffnung, seiner Blindheit und seinem Mitgefühl besitzt bereits alles, was er benötigt, um die Wahrheit zu lehren, die Kranken zu heilen und den Weg aufwärts zu schreiten.

Asmodeus: Wieder sehe ich den Keim des Widerspruchs in deinen Worten. Wenn du ihm die Macht nicht gibst, wird er niemals lernen, sie zu gebrauchen. Wenn du es tust, wird er sie bald missbrauchen, denn er wird vergessen, dass du es warst, der sie ihm gab, und er wird glauben, dass sie ihm gehört. Er wird andere tyrannisieren und unterdrücken, denn das ist seine Natur.

Diener der Heiligkeit: Wirkliche Macht versteht den Unterschied zwischen Gut und Böse. Sie bedeutet, dass er weiß, wer er ist und wer er zu sein begehrt. Und dass er über eine solche Leidenschaft, einen solchen Hunger verfügt, die es ihm ermöglichen, sich selbst zu beherrschen, bis er wird, was er begehrte, bis er den Mut, die Integrität und das Mitgefühl erreicht hat, die er in einer Vision schaute. Wenn er stark ist, wenn er darauf verzichtet, die Macht zu gebrauchen, wenn er niemanden übergeht, wenn er eine Verletzung vergessen und verzeihen kann, wenn er Mich aus ganzem Herzen und ungeteilt liebt, dann erst hat er wahre Macht in seinen Händen. Und im Leiden an Unterdrückung wird er die Zerbrechlichkeit der Freiheit erkennen und ihren Preis. Er wird lernen, sie für andere ebenso hoch zu schätzen wie für sich selbst, wissen, dass es am Ende keinen Unterschied macht.

Durch den Schmerz und die Erkenntnis, was es bedeutet zu sündigen, wird er lernen, anderen zu vergeben, so wie er sich selbst danach sehnt, Vergebung zu erfahren. Liebe ist der Beginn aller Erfüllung, und niemand kann mit der unendlichen Leidenschaft und Zärtlichkeit, mit dem Lachen und der Geduld und der Freude Meines Weges lieben, wenn er nicht zuerst vergeben hat.

Asmodeus: Der Mensch vergibt vielleicht in schwachen Momenten und weiß auch um sein eigenes Bedürfnis nach Gnade, doch er wird die Kränkung eines anderen nicht mit denselben Augen betrachten wie die eigene. Warte, bis er stark genug ist. Dann wird alles anders sein. Macht ist die größte Gefahr für die Seele. Sie ist der Wurm der Nacht, der sich von seinem eigenen Blut nährt. Am Ende wird er alles andere verschlingen. Doch ohne Macht kann er dir weder folgen noch so werden wie du.

Diener der Heiligkeit: Die Bewährung des Fleisches hat viele Ziele, doch das größte liegt in dem gerechten Gebrauch der Macht. Es ist das Ziel, das am schwierigsten zu erreichen ist, es ist das gefährlichste und dasjenige, das die meisten Fallen und Schlingen für die Seele birgt. Der Mensch muss lernen, sich zu beherrschen, niemals über die Entscheidung eines anderen hinwegzusehen, gleichgültig ob er seine eigene Vorstellung für viel klüger oder sein eigenes Licht für viel heller hält. Vielleicht sieht er schon den Pfad vor sich und jeden Abgrund, der sich vor dem Rand der Hölle auftut, jeden Morast, der den Menschen in seine Därme saugt und ihn restlos verschlingt. Er mag bitten und lehren, mahnen und flehen, doch er darf dem anderen nicht das Recht absprechen, selbst zu entscheiden, zum Guten oder zum Schlechten.

Liebe redet sich nicht heraus. Auch ich muss beobachten und warten, denn alles andere würde nur den Zerfall einleiten, der am Ende den Himmel selbst zerstören würde. Widerspruch muss in allen Dingen wohnen. Ohne Dunkelheit gibt es kein Licht.

Asmodeus: Das wird der Mensch niemals verstehen! Sein kleiner, beschränkter Geist reicht nicht so weit. Die Starken werden die Schwachen missbrauchen und vor allem dann, wenn sie glauben, sie zu lieben. Sie werden sie in ihrer Dummheit beschützen, denn sie vergöttern ihre eigene Stärke. Ihrer eigenen Weisheit werden sie mehr vertrauen als deiner. Ihr Stolz wird es nicht zulassen, eigene Fehler oder die derer, die ihres Blutes sind, einzugestehen.

Sie werden Abhängigkeiten schaffen, denn gebraucht zu werden ist die größte Herrschaft. Sie werden Gehorsam fordern, denn er birgt die Illusion des Ruhmes. Und die Schwachen werden sich auf die Starken stützen, und beide werden verdammt sein.

Diener der Heiligkeit: Die Prüfung für die Starken wird zeigen, ob sie den Schwachen helfen, solange sie der Hilfe bedürfen, ob ihre Geduld unermüdlich ist und sich nicht erschöpft. Sie sollen die Jungen nähren, die Zarten, die Ängstlichen und die Schwachen, bis auch sie stark werden und sie nicht mehr länger brauchen. Lieben bedeutet, sich nach Wachstum zu sehnen, auf dass jede Seele die Größe erreicht, die ihren Möglichkeiten entspricht.

Asmodeus: Doch was geschieht mit denen, die in Körper oder im Geist schwach sind? Was ist mit denen, die unvollkommen sind?

Diener der Heiligkeit: Ihre Schwäche ist nur vorübergehend. Am hinkenden Schritt eines Krüppels zeigt sich, ob der Flinke innehält und sich niederbeugt, um ihn aufzurichten, und, wenn nötig, das Rennen verliert, um den Verstümmelten und Erschöpften zu tragen, um den zu führen, der verloren ist, und seine Last an seiner Statt zu tragen. Allen werde Ich Schwäche geben, auf der Höhe des Lebens oder im Alter. Ich werde die Demut prüfen, mit der er die Hilfe anderer annimmt. Geschieht es in Würde, ohne Ärger oder Neid, Selbstmitleid oder Verzweiflung?

Asmodeus: Er wird sich gegen dich erheben, wenn seine Stärke versagt. Der Mensch ist ein undankbares Wesen. Nichts wird er loslassen, wenn du ihn nicht dazu zwingst. Du wirst seine Finger brechen müssen. Erst dann wird er seinen Griff lösen und das freigeben, was er für sein Eigentum hält. Gib ihm Autorität über einen anderen, und dann nimm sie ihm, und er wird seinen Nachfolger hassen und auch dich um seines Stolzes willen.

Diener der Heiligkeit: Irdische Macht gebe Ich ihm, nicht damit er Herrschaft ausübt, sondern damit er sich um seine Gefährten kümmert und darum, jene Fähigkeiten zu lernen, die er noch nicht besitzt, jede zu ihrer Zeit, bis er sie alle besitzt. Und während er eine erwirbt, muss er zurücktreten und mit der Geduld der Liebe und seiner größeren Fähigkeit den Nächsten stützen, während auch er lernt, und ihm seine Fehler vergeben.

Asmodeus: Wird denn auch die Erde vergeben? Der Mensch in seinem Hochmut hält sich doch für ihren Meister. Er wird sie verseuchen, sie in seiner Gier und seiner Dummheit verschmutzen, ihre Schönheit zu seinem eigenen Vorteil entweihen, sie verpesten und ihre Kreaturen morden und foltern. Ist denn auch das nichts weiter als Erfahrung?

Diener der Heiligkeit: Die Kreaturen der Erde sind Mein, sie sind das Werk Meiner Hände. In Schönheit formte Ich sie, und ihre Unschuld ist vor dem Urteil der Ewigkeit ohne Makel. Sie folgten ihrer Bestimmung und kennen keine Sünde, für die sie sich verantworten müssten. Und am letzten Tag wird ihnen Gutes widerfahren. Jeder Vogel, der in den Lüften fliegt, jeder Fisch, der in den Ozeanen wohnt, jede Kreatur, die auf dem Land läuft oder kriecht, jede Blume und jedes Kraut, jeder Baum im Wald, vom kleinsten bis zum größten, ob die Lebensspanne eine Stunde oder tausend Jahre beträgt, nicht ein Wesen wird verletzt werden, ohne dass Ich es weiß und darum trauere. Ich kenne alle Dinge, und sie werden sich nicht vor Meinem Blick verbergen.

Für eine Weile ist die Erde dem Menschen geliehen. Sie steht unter seiner Verwaltung, ist nicht sein Besitz, und er wird Mir Rechenschaft über jeden Stock und jeden Stein ablegen, über jedes Blatt und jedes lebende Wesen auf ihrem Antlitz, im Guten wie im Bösen. Und so wie es jene gibt, die vernichten und zerstören, so gibt es auch jene, die ehren und die Schönheit mehren, diejenigen die lieben und heilen, die mein Werk preisen und Meine Hand in allen Dingen sehen.

Alle Gaben, aller Reichtum, Güter und Talente, Gesundheit oder Intelligenz, Humor oder Frohsinn, die Kunst zu schaffen und zu bauen und auch die Zeit selbst sind dem Menschen anvertraut, und Ich werde sehen, ob er sie in Großherzigkeit oder mit Niedertracht, mit Liebe oder ohne, mit Freude und Dankbarkeit, mit Demut nutzt und Mir zurückgibt, wenn sich der Reichtum des Teilens in ihnen zeigt. Dann werde Ich sie groß machen für den Menschen in Ewigkeit.

Asmodeus: Dann wirst du ihm alles befehlen müssen, denn er wird nicht freiwillig tun, was nicht den Ursprung in seinen eigenen Bedürfnissen hat. Er denkt nicht weiter als einen Tag oder eine Stunde.

Diener der Heiligkeit: Der Mensch, der liebt, ob er nun Mein Antlitz sucht oder nicht, wird auch ohne Befehle vieles tun. Er wird immer auf der Suche nach dem Guten sein. Die Freude der anderen wird ihm ebenso viel bedeuten wie die eigene. Er wird nicht den Kummer des Nächsten mit ansehen, ohne zu versuchen, ihn zu lindern. Zuerst werde ich ihn anleiten, dann wird es ihm aus eigener Kraft heraus gelingen. Er wird sich mit denen freuen, die gewinnen, und mit denen weinen, die verlieren und trauern. Jeder Mensch wird sein Bruder sein.

Asmodeus: Wenn es sich für ihn auszahlt ... warum sollte er nach etwas anderem streben? Und was geschieht, wenn die Erde ihn im Stich lässt? Was ist dann mit seiner Sorge für den Schwachen, den Beladenen, den Nutzlosen? Was ist mit den Kranken, wenn es eine Hungersnot gibt oder eine Epidemie? Und so wird es kommen, denn du hast weder Dummheit noch Gier von ihm genommen und auch nicht die Fähigkeit zu zerstören. Und du hast die Erde auch nicht von Meiner Macht befreit. Immer noch kann Ich mit Meinem Wort und Meinem Atem Gerüchte in die Welt setzen. Ich kann Hass säen und Lügen flüstern, und Ich kann das letzte Korn der Zerstörung ernten. Ich kann das Angesicht der Erde mit Krieg bedecken, bis die Armeen der Menschheit den Boden mit Blut getränkt haben, mit Krankheit und Missbildung bei Tag, mit Wahnsinn bei Nacht, bis einer das Gesicht seines Bruder nicht mehr kennt und das Fleisch an seinen Knochen verfault. Ich kann die Völker unter der Sonne ins Verderben stürzen und sie offenen Auges ins Grab führen. Und das werde Ich tun. Mein Versprechen gilt ebenso wie deines.

Diener der Heiligkeit: Ich kenne dich seit der Geburt der Zeit. Auch du bist Mein Sohn, und Ich werde auch dir das Recht auf Wahl nicht entziehen. Du wirst sein, was du sein willst, und der ewige Lohn dafür wird dein sein, so wie für alle Menschen von Beginn an.

Asmodeus: Du hast Mir nicht geantwortet! Was geschieht mit dem Menschen im Angesicht Meiner Macht, wenn ihm seine Welt um die Ohren fliegt und überall Tod und Verzweiflung harren?

Diener der Heiligkeit: Im Kummer wird er größte Kraft und höchsten Großmut finden. Wenn er verfolgt wird, gibt es jene, die es mit Geduld ertragen und ohne Hass, Selbstmitleid und Rachedurst. Es wird jene geben, die vor dem gewaltigen Feind fliehen und doch immer zum Schlund der Zerstörung zurückkehren werden, um die Schwachen und Langsamen zu retten, auch wenn sie sie nicht kennen, jene, die die Entsetzten trösten und die Trauernden, ohne an sich selbst zu denken. In der Hungersnot werden jene da sein, die den letzten Bissen hergeben, um den Fremden zu füttern oder die Sterbenden zu nähren, obwohl die Plage auch sie heimsucht. In Tyrannei und Krieg wird es jene geben, die ihr eigenes Leben für den Nächsten opfern, die sich lieber deinem Antlitz stellen, als das Gute, an das sie glauben, zu verleugnen. Sie werden all ihre Habe für die Liebe zu dem Licht, das sie schauten, opfern. Und jene werden die sein, die Ich in der Ewigkeit in Mein Herz nehme. Alle Dinge werden ihre sein, selbst Meine Herrlichkeit. Sie werden das Licht der Welten schauen so wie die aufgegangene Sonne im Tau auf dem Gras. Der Himmel wird über ihnen sein, und sie werden den leuchtenden Frieden, der kein Ende hat, verstehen und von ihm erfüllt werden und von der Freude, die das ewig währende Lachen der Sterne bedeutet.

Asmodeus: Und was geschieht mit den anderen, jenen Millionen von Verlorenen, die nicht die Höhen der Tapferkeit und Opferbereitschaft suchen? Hast du für sie kein Mitleid, keine Liebe?

Diener der Heiligkeit: Auf jeden wartet die Herrlichkeit, die er annehmen kann, das Reich und die Herrschaft, deren Gesetze er fähig und willens ist zu achten. Es kann keinen anderen Weg geben. Wenn ein Mensch sein Lehmhaus verlässt und dann in vollkommenem Fleisch wieder erschaffen wird, dann hat er nichts bei sich außer der Weisheit, die er erwarb, und der Natur und der Sehnsucht seines Herzens. Erfahrung wird ihn vollkommen machen, zum Guten und zum Schlechten, und sie ist sein Schatz, die Summe dessen, was er ist, und es wird ihm niemals genommen.

Asmodeus: Wie kann er das wissen? Du hast in der Welt keinerlei Beweis hinterlassen, der nicht auf hunderterlei Weise diskutiert werden könnte. Du verlangst, dass er einen unbekannten Weg geht, einen Glauben hegt, der sich nur auf Hunger und Hoffnung gründet, dem Schrei eines Wächters auf einem Turm, den er nicht sehen kann. Kein Echo aus der Zeit, bevor der Vorhang vor seine Seele gezogen wurden, blieb zurück. Es wird ihm nicht gelingen.

Diener der Heiligkeit: Kein Mensch kann dem anderen seinen Glauben geben. Schritt für Schritt muss er ihn selbst erlernen, indem er Kleinigkeiten akzeptiert und seine Prinzipien zu gegebener Zeit erprobt. Nähre ihn mit Mut und Hoffnung, und er wird wachsen, bis er die Kraft hat, Meere zu teilen oder aus Asche Brot zu machen oder alles, was Meiner Weisheit entspricht. Ich werde ihn niemals enttäuschen oder ihm weniger geben, bis aus seinem Glauben Erkenntnis geworden ist.

Doch gesegneter ist der, der Mir vertraut, obwohl er noch nicht gesehen hat und doch in Glauben und Mut vorwärts schreitet. Vom ersten Stolpern bis zu dem Tag, an dem er aufrecht an Meiner Seite wandelt und kein Gebot mehr benötigt, weil er alle Dinge schaut, werde ich nichts von ihm verlangen, was nicht seinem ewigen Besten dient. Doch er muss das weiße Feuer des Mutes besitzen, das selbst der Dunkelheit des Abgrunds trotzt. Dies ist die Tugend, ohne die alle anderen, selbst die Liebe, am Ende verloren sein werden.

Asmodeus: Der Mensch ist stolz, rebellisch, voller Zweifel und bis ins Mark ungehorsam. Überall wird er Verschwendung entdecken und Schmerz, vergebliche Mühsal, zerstörte Hoffnung und missbrauchtes Vertrauen. Erschöpfung und Enttäuschung sind der Weg der Massen. Dein Lohn gilt nur für wenige. Meiner wäre für alle gewesen.

Du bist selbst an die Gesetze gebunden, die dich zu Gott machten. Nur so kannst du ihm freie Wahl lassen. Dann lass ihn wählen zwischen deinem Plan und Meinem! Warte doch ab, ob er nicht den Meinen wählt mit geringerem Lohn – und dem geringeren Risiko! Niemand wird umkommen oder das verlieren, was sein ist. Und die Scharen, die Mir folgen, werden für immer Mein sein!

Diener der Heiligkeit: Nichts Gutes und nichts Schönes wird für die verloren sein, die Mein Gesetz befolgen und Mich aus ganzem Herzen lieben. Meine Herrlichkeit ist für jeden erreichbar. Jeder Mensch ist Mein Kind, Mein Bild ist in seine Seele eingraviert. Doch viele werden Mich nicht wählen, und wenn sie dich wählen, sind sie dein für immer. An dem Morgen, an dem er aus Meinem Geist geboren wurde, gab ich ihm seine Freiheit.

Asmodeus: Das war dein erster und größter Fehler. Und darauf beruhen all die anderen. Er ist eine fehlerhafte Kreatur, die niemals das wird, was du von ihm erwartest. Am Ende wird er dich immer verraten.

Diener der Heiligkeit: Er ist Mein Kind, ebenso wie du, und Ich habe an alles gedacht. Meine Absicht kann nicht vereitelt werden. Ich bin Gott, und von Beginn an kannte ich das Ende.

Asmodeus: Am Ende werden Krieg und die Abscheulichkeit der Zerstörung herrschen. Verfall wird das Antlitz der Erde bedecken so wie das Wasser die Meere. Wenn diese Zeit kommt, wird es kein Schlupfloch geben, keine Sicherheit, weder für das Herz noch den Geist oder den Körper, und in Entsetzen und Verzweiflung wird der Mensch Mich wählen!

Diener der Heiligkeit: Es gab niemals ein Schlupfloch. Nur für einen Sonnenstrahl gab es die Illusion, als der Gewehrdonner noch weit entfernt war. Doch aus dieser Verwüstung heraus werde Ich eine neue Erde schaffen, und die, die Mich wählten, werde ich zu Hause willkommen heißen, und sie werden in Meinem Angesicht wandeln immerdar. Sie werden keine Furcht mehr kennen und keine Einsamkeit, denn sie werden mich kennen, wie der Mensch seinen Vater kennt, und gemeinsam werden wir tanzen zu der Musik der Ewigkeit.

Asmodeus: Aber warum? Wozu all diese Äonen der Mühsal und des Schmerzes, all das Warten, all die Sehnsucht, die Hoffnung und das Versagen, die Enttäuschung und die Qual des Mitgefühls, all das für eine Kreatur, die nichts wert ist – nicht mehr als ein Glühwürmchen in den Lüften der Dunkelheit?

Diener der Heiligkeit: Du verstehst nicht. Es geschieht, weil Ich ihn liebe.

Asmodeus: Und das ist alles?

Diener der Heiligkeit: Das ist alles. Es ist das Licht, das nicht verblassen kann, das Leben, das kein Ende kennt. Ich bin Gott, und Liebe ist der Name Meiner Seele.